Alle Rechte, einschließlich das des vollständigen oder
auszugsweisen Nachdrucks in jeglicher Form, sind vorbehalten.

Alle handelnden Personen in dieser Ausgabe sind frei erfunden.
Ähnlichkeiten mit lebenden oder verstorbenen Personen wären rein zufällig.

Der Preis dieses Bandes versteht sich einschließlich
der gesetzlichen Mehrwertsteuer.

Umwelthinweis:
Dieses Buch wurde auf chlor- und säurefreiem Papier gedruckt.

Wo die Liebe hinführt...

Susan Mallery
Ja, ich will – ein Date mit dir!
Seite 7

Beth Kery
Heißes Wiedersehen in Chicago
Seite 95

Roxanne St. Claire
Verlockende Leidenschaft
Seite 231

Debbie Macomber
Ist das alles nur ein Spaß für dich?
Seite 375

MIRA® TASCHENBUCH
Band 25816
1. Auflage: März 2015

MIRA® TASCHENBÜCHER
erscheinen in der Harlequin Enterprises GmbH,
Valentinskamp 24, 20354 Hamburg
Geschäftsführer: Thomas Beckmann

Copyright © 2015 by MIRA Taschenbuch
in der Harlequin Enterprises GmbH

Titel der nordamerikanischen Originalausgaben:

Sister Of The Bride
Copyright © 2010 by Susan Macias Redmond
erschienen bei: MIRA Books, Toronto

The Hometown Hero Returns
Copyright © 2011 by Beth Kery
erschienen bei: Harlequin Books, Toronto

The Fire Still Burns
Copyright © 2004 by Roxanne St. Claire
erschienen bei: Silhoutte Books, Toronto

Rainy Day Kisses
Copyright © 1990 by Debbie Macomber
erschienen bei: Harlequin Books, Toronto
Published by arrangement with
Harlequin Enterprises II B.V./S.àr.l

Konzeption/Reihengestaltung: fredebold&partner GmbH, Köln
Umschlaggestaltung: pecher und soiron, Köln
Redaktion: Mareike Müller
Titelabbildung: Thinkstock/Getty Images, München;
Harlequin Enterprises II B.V./S.àr.l
Satz: GGP Media GmbH, Pößneck
Druck und Bindearbeiten: CPI books GmbH, Leck – Germany
Printed in Germany
Dieses Buch wurde auf FSC®-zertifiziertem Papier gedruckt.
ISBN 978-3-95649-110-8

www.mira-taschenbuch.de

Werden Sie Fan von MIRA Taschenbuch auf Facebook!

Susan Mallery

Ja, ich will – ein Date mit dir!

Roman

Aus dem Amerikanischen von
Claudia Weinmann

1. KAPITEL

„Katie, mein Schatz, du brauchst unbedingt eine Begleitung für die Hochzeit deiner Schwester."

„Ich hatte eine Begleitung, Mom! Er ist der Bräutigam."

„Ja, ja, ich weiß. Deine Schwester hat dir den Freund ausgespannt." Janis McCormick seufzte. „Und natürlich war das nicht richtig von ihr. Aber das alles ist nun schon über ein Jahr her. Du musst endlich akzeptieren, dass die beiden heiraten werden. Nicht nur unsere ganze Familie wird anreisen, sondern außerdem noch über 200 weitere Hochzeitsgäste. Glaub mir, du solltest nicht allein zu der Feier kommen. Sie würden dich und mich mit ihrem Mitleid und ihren Fragen in den Wahnsinn treiben. Bitte, Katie, tu es für mich!" Mit flehendem Blick sah Janis ihre Tochter an.

In Augenblicken wie diesem hasste Katie es, erwachsen und vernünftig sein zu müssen. Wie gern hätte sie einen handfesten Wutanfall bekommen, doch theatralische Auftritte waren noch nie ihre Stärke gewesen – ganz im Gegensatz zu ihrer Schwester. Außerdem war es schwierig, ihrer Mutter etwas abzuschlagen. Vor allem, weil Janis sie nur sehr selten um etwas bat. Sie war eine wunderbare, sehr warmherzige Mutter, die ihr noch immer einen Fünfzigdollarschein zusteckte, wenn Katie zum Essen vorbeikam. Obwohl Katie seit dem Collegeabschluss auf eigenen Beinen stand und einen großartigen Job hatte.

„Mom, du weißt, dass ich dich liebe …"

„Sag jetzt bloß nicht ‚aber'! Ich habe es schon schwer genug. Deine Schwester macht mich wahnsinnig! Seitdem sie beschlossen hat zu heiraten, muss ich mir die Haare tönen. Ich schwöre dir, dass ich von dem Tag an grau geworden bin, an dem sie das erste Hochzeitsmagazin gekauft hat. Seitdem geht es nur noch um Kleider, Deko, Blumen und Menüs. Es ist unerträglich!"

Katie lehnte sich zurück und sah aus dem Fenster des kleinen Restaurants, in dem sie sich mit ihrer Mutter zum Mittagessen verabredet hatte. Draußen herrschte herrlicher Sonnenschein, und in den Blumenkästen auf der Fensterbank blühten die Geranien in leuchtenden Farben. Wie gern wäre Katie ein wenig durch die Straßen geschlendert oder vielleicht kurz ins Schwimmbad gefahren, doch stattdessen musste sie sich mit ihrer Mutter über Courtneys jüngste Planänderungen unterhalten. Es schien ihre kleine Schwester nicht im Geringsten zu irritieren, dass die Hochzeit bereits in zwei Wochen stattfinden würde.

Genauso wenig, wie es sie irritiert hatte, Katie den Freund wegzuschnappen.

Nein, sie würde nicht verbittert enden! Eifersucht war etwas für Kleingeister. Courtney war ihre Schwester und Blut nun einmal dicker als Wasser. Sollte Courtney allerdings am Morgen ihrer Hochzeit einen Riesenpickel auf der Nase haben, würde sich Katies Mitleid in Grenzen halten.

Katie räusperte sich. „Wie auch immer – selbst wenn ich es wollte, könnte ich keinen Mann zu den Hochzeitsfeierlichkeiten mitbringen, denn es gibt einfach im Moment keinen in meinem Leben."

„Willst du damit andeuten, dass du mit niemandem ausgegangen bist, seitdem du dich von Alex getrennt hast?"

Genau genommen hatten sie sich nicht getrennt. Katie hatte Alex zum Essen mit zu ihren Eltern genommen – wie fast jeden Sonntagabend. Der einzige Unterschied bestand darin, dass sie den Verdacht hatte, er würde ihr an dem Abend einen Antrag machen. Da sie sich kurz zuvor bei einem Footballspiel seine Jacke geliehen und in der Tasche eine Quittung über einen Brillantring gefunden hatte, war dieser Verdacht durchaus begründet gewesen.

Katie war sich nicht sicher gewesen, ob Alex der Richtige für den Rest ihres Lebens war, aber plagten diesbezüglich nicht jede Frau leise Zweifel? Wie sollte man wissen, ob eine Beziehung ein Leben lang halten konnte?

Doch er hatte sie nicht gefragt.

Ihr gemütliches Abendessen war durch Courtneys unerwartetes Auftauchen abrupt beendet worden. Alex und Courtney hatten sich angesehen, und von dieser Sekunde an hatte Katie quasi nicht mehr existiert.

„Katie? Hast du wirklich keinen einzigen neuen Freund gehabt?"

„Nein. Ich hatte bei der Arbeit viel zu tun und außerdem keine Lust auf eine neue Beziehung."

Ihre Mutter seufzte. „Es werden vier qualvoll lange Tage, und du wirst die Frage nach deinem Liebesleben eine Million Mal zu hören bekommen. Du musst einfach jemanden finden!"

„Tut mir leid, aber es gibt niemanden."

„Was ist mit Howie?"

Um Himmels willen!

Am liebsten hätte Katie entnervt in die Tischplatte gebissen, denn das wäre immer noch angenehmer, als vier Tage mit Howie zusammen zu sein. „Auf keinen Fall, Mom!"

„Aber warum nicht? Er ist klug und reich und sehr unterhaltsam."

Seine Mutter und Janis waren seit Jahrzehnten beste Freundinnen und träumten seit einer Ewigkeit davon, ihre Kinder miteinander zu verkuppeln. Das letzte Mal, als sie Howie getroffen hatte, waren er und seine Mutter in Fool's Gold zu Besuch gewesen. Damals war er etwa sechzehn gewesen und ein so guter Schüler, dass er bereits aufs College ging. Groß, schlaksig und mit zu kurzen Hosen. Durch seine dunkle Hornbrille hatte er Katie angesehen, als sei sie ein langweiliges Insekt. Sie hatten sich nichts, rein gar nichts zu sagen gehabt.

„Hör zu Mom, ich würde dir ja gern den Gefallen tun, aber Howie ... Das geht einfach gar nicht. Da lasse ich mich lieber vier Tage lang bemitleiden."

„Ach Katie, muss ich denn wirklich die strenge Mutter herauskehren?"

Katie grinste. „Ich bin siebenundzwanzig. Die Nummer mit der strengen Mutter zieht bei mir nicht mehr."

„Wetten doch?" Janis seufzte. „Bitte! Ich flehe dich an. Willst du mir wirklich diesen kleinen Gefallen abschlagen? Ich möchte doch nur, dass du dich amüsierst. Im Rahmen deiner Möglichkeiten. Es sind nur vier Tage, und das Gebäude ist sehr weitläufig. Ihr werdet euch kaum sehen."

Vier Tage gefangen in einem Luxushotel auf einem Berggipfel. Mit ihrer kompletten Familie. Wie sollte man da irgendjemandem aus dem Weg gehen?

„Er ist beruflich sehr eingespannt. Bestimmt wird er die meiste Zeit auf dem Zimmer bleiben und arbeiten."

Katie zögerte. Nicht nur, weil sie ihre Mutter sehr gern hatte, sondern auch, weil die ständige Fragerei ihrer Familie ihr tatsächlich seit Monaten auf die Nerven ging. Ihre Verwandten verstanden nicht, dass sie immer noch Single war, während ihre Schwester es keine fünfzehn Minuten aushielt, ohne sich zu verlieben.

„Na gut", gab sie schließlich nach. „Aber nur für die Hochzeit. Danach ist Schluss. Keine Fortsetzung!"

Ihre Mutter strahlte. „Wunderbar! Ich werde ihm gleich Bescheid sagen. Du wirst sehen, es wird eine großartige Party!"

Wunderbar? Großartig? Katie fielen eine Menge Wörter ein, um ihre Erwartungen zu beschreiben, aber diese beiden gehörten definitiv nicht dazu. Schon jetzt bedauerte sie es, sich auf den Plan ihrer Mutter eingelassen zu haben. Vier Tage mit Howie? Vor vierzehn Jahren hatten sie es kaum eine Stunde im selben Raum ausgehalten. Der einzige positive Aspekt war, dass er sie genauso verabscheut hatte wie sie ihn. Vielleicht war er ja energischer und würde seiner Mutter die Bitte abschlagen, Katies Begleiter zu sein. Dann wären alle Probleme gelöst.

„Nein Mutter, das werde ich nicht tun!" Howard Jackson Kents Stimme klang sehr bestimmt.

„Aha."

Ein einziges Wort. An und für sich unbedeutend, doch der Tonfall, in dem seine Mutter es sagte, ließ ihn Böses ahnen.

„Wir ignorieren also einfach, dass Janis McCormick meine beste Freundin ist?" Sie sah ihn über seinen Schreibtisch hinweg tadelnd an.

Seine Mutter war unangemeldet bei ihm im Büro vorbeigekommen, und der Umstand, dass sie ihn genau zwischen zwei Meetings abgepasst hatte, konnte kein Zufall sein. Er würde später ein ernstes Gespräch mit seiner Assistentin führen müssen.

„Und wir ignorieren die Tatsache, dass Janis mich um Hilfe gebeten hat?"

Schade, dass sie genau das nicht tun würden. Resigniert lehnte Howard sich zurück.

„Wie wäre es, wenn du es Katie zuliebe tätest? Sie ist so eine nette junge Frau."

Gab es einen Satz, den ein Junggeselle noch lieber hörte? Grimmig lächelte er vor sich hin.

„Katie und ich konnten uns noch nie sonderlich gut leiden."

Auch wenn es viele Jahre her war, konnte er sich noch ziemlich genau an den Sommernachmittag erinnern. Seine Mutter hatte darauf bestanden, dass er sie zu ihrer Freundin Janis begleitete. In dem Augenblick, in dem er Katie begegnet war und diese ihn mit einem enttäuschten Seufzen angesehen hatte, hatte er seine Entscheidung sofort bereut.

Katie war rechthaberisch und arrogant gewesen. Ihr einziges Interesse galt dem Sport, und sie hatte ihn mehr als herablassend behandelt. Nun gut, er war damals ein Nerd gewesen, dem es ziemlich schwergefallen war, Kontakte zu knüpfen. Doch sie war unfreundlich und genervt gewesen und hatte ihm sogar gedroht, ihn zu verhauen. Was ihr vermutlich sogar gelungen wäre.

„Euer letztes Treffen ist eine Ewigkeit her. Bestimmt ist jetzt alles anders. Sie ist eine ganz entzückende junge Frau geworden."

„Mhm."

Seine Mutter richtete sich auf. Tina Kent war klein, doch Howard wusste, dass man sich von ihrer zierlichen Statur nicht täuschen lassen durfte.

„Erinnerst du dich daran, wie ich vor zehn Jahren Brustkrebs hatte?"

Howard unterdrückte ein Stöhnen. Nein, nicht schon wieder. Alles, nur das nicht.

„Du warst gerade auf dem College, und ich wollte dich nicht beunruhigen, damit du in Ruhe deinen Master machen konntest."

Während dieses Jahres auf dem College hatte er die Software entwickelt, die ihn innerhalb von nur drei Jahren zu einem Multimillionär gemacht hatte.

„Mom ..."

Abwehrend hob sie ihre Hand. „Als du heimgekommen bist, hast du dir fürchterliche Sorgen um mich gemacht. Ich habe dir damals versprochen, wieder gesund zu werden." Erwartungsvoll sah sie ihn an.

„Und ich habe gesagt, wenn das stimmt, würde ich alles tun, worum du mich bittest", ergänzte Howard pflichtbewusst.

„Nun, ich habe mein Versprechen gehalten. Jetzt bist du dran. Du wirst Katie zu der Hochzeit ihrer Schwester begleiten. Ihr verbringt vier wundervolle Tage in einem traumhaften Hotel in Fool's Gold, und du wirst alles in deiner Macht Stehende tun, damit Katie sich wie eine Prinzessin fühlt."

Wie hatte er sich bloß in diese unmögliche Situation gebracht? Warum konnte er nicht so sein wie die meisten seiner Freunde, die so gut wie nie mit ihren Eltern sprachen? Warum hing er so sehr an seiner Mutter? Howard kannte die Antwort, denn abgesehen von ihren Verkupplungsversuchen war seine Mutter eine außergewöhnliche Frau, mit der man über fast alles reden konnte, denn sie war nicht nur klug, sondern auch sehr schlagfertig und witzig. In diesem Moment hätte er ein wenig mehr Distanz jedoch ganz nett gefunden. Wie sollte er es vier Tage lang mit der schrecklichen Katie McCormick aushalten?

„Mom ..." Resigniert schüttelte er den Kopf. Was waren schon vier Tage? Er würde es zweifellos überleben. Außerdem war die Gegend um Fool's Gold herum angeblich wunderschön und landschaftlich sehr reizvoll. Falls das strahlende Sommerwetter sich hielt, würde es bestimmt ganz nett werden. „Also gut. Du hast gewonnen."

Glücklich strahlte sie ihn an. „Wunderbar! Janis war jeden einzelnen Tag meiner Krankheit für mich da. Ich bin so glücklich, dass ich mich endlich ein wenig revanchieren kann!"

„Indem du deinen eigenen Sohn verkaufst", stichelte Howard. „Was werden die Nachbarn wohl dazu sagen?"

„Ganz einfach: Sie werden sagen, dass es höchste Zeit für dich ist, eine nette Frau zu finden."

2. KAPITEL

Katie wartete nervös in der Lobby des *Gold Rush Ski Lodge and Resort Hotels*. Der lange, wenig attraktive Name ließ nicht vermuten, dass es sich um eine geschichtsträchtige, überaus luxuriöse Herberge handelte.

Das Hotel befand sich auf der Kuppe eines Hügels, sodass man einen fantastischen Blick über das Städtchen Fool's Gold hatte. Architektonisch war es irgendwo zwischen einem viktorianischen Herrenhaus und einem schweizerischen Chalet angesiedelt, und insgesamt sah es sehr einladend und elegant aus. Das exquisite Fünfsternerestaurant war weit über die Stadtgrenzen hinaus berühmt, nicht zuletzt für seinen legendären Service. Die meist sehr wohlhabenden Gäste konnten in einer der Nobelboutiquen in der Eingangshalle shoppen gehen oder sich in dem erstklassigen Wellnessbereich verwöhnen lassen.

Wäre es ihre eigene Hochzeit gewesen, dann hätte Katie sicherlich ein etwas bescheideneres Ambiente gewählt. Eine schlichte Trauung am Strand des Sees und danach ein Empfang in einem der Restaurants in der Stadt. Doch ihre Schwester war schon immer etwas extravagant gewesen, und so würde die Hochzeit eben vier Tage lang im noblen *Gold Rush Ski Lodge and Resort Hotel* stattfinden.

Katie hatte genau wie der Rest ihrer Familie bereits eingecheckt, und die Gäste von außerhalb würden sicher auch bald eintreffen. Es war also höchste Zeit, Howie zu finden – bevor jemand anderes es tat, denn sie mussten sich unbedingt über die Details ihrer angeblichen Beziehung absprechen.

Einen kurzen Augenblick lang überlegte Katie, ob es nicht doch besser wäre, das Täuschungsmanöver abzublasen. Die Vorstellung, die nächsten vier Tage doch nicht mit Howie zusammen sein zu müssen, war sehr verlockend. Andererseits würden die anderen Gäste sie dann für die alte Jungfer halten, die sie im Grunde auch war.

Obwohl das einundzwanzigste Jahrhundert bereits begonnen hatte und Frauen frei und unabhängig leben konnten, war es in der McCormick-Familie nach wie vor eine Katastrophe, wenn eine Frau mit knapp dreißig noch keinen Mann abbekommen hatte.

„Aber du bist doch eine Sportreporterin", würde ihre Tante Tully wieder einmal sagen. „Da müsstest du doch massenhaft reiche und attraktive Männer treffen."

Wenn es doch nur so einfach wäre. Katie liebte den Sport – die Wettbewerbe, die Höchstleistungen, zu denen man manchmal fähig war, die Spannung – doch die Athleten selbst fand sie nur wenig attraktiv. Vielleicht lag es daran, dass sie diese Männer in Extremsituationen erlebte. Es war vergleichbar mit einem Job in einer Restaurantküche. Wenn man jeden Tag dort arbeitete, hatte man keine Lust mehr, auswärts essen zu gehen.

Ein großer, dunkelhaariger Mann betrat die Lobby. Er war so außergewöhnlich attraktiv, dass sämtliche Frauen sich nach ihm umdrehten. Breite Schultern, lange, kräftige Beine, das blau gestreifte Hemd lässig in die Jeans gesteckt. Das Leben war einfach ungerecht! Wieso konnte Katie nicht so ein Exemplar an Land ziehen? Stattdessen stand sie hier und wartete auf Howard, den Nerd, der sich zu allem Überfluss auch noch verspätete.

Er machte irgendetwas in der Computerbranche – vielleicht hätte sie ihn per E-Mail an ihre Verabredung erinnern sollen?

„Katie?"

Der dunkelhaarige Fremde war vor ihr stehen geblieben. Ungläubig starrte Katie ihn an. Sein Gesicht war gleichmäßig, mit einem energischen Kinn und leuchtend grünen Augen hinter der modischen Brille.

Sie öffnete ihren Mund, um etwas zu sagen, brachte jedoch kein Wort heraus. Konnte das wahr sein?

„H… Howie?"

Der Mann lächelte, und es war ein so verführerisches Lächeln, dass sie fast leise aufgestöhnt hätte.

„Jackson", korrigierte er sie. „Ich nenne mich seit Jahren bei meinem zweiten Vornamen. Jackson."

Sahneschnitte wäre ein mindestens genauso passender Name gewesen, überlegte Katie und versuchte, ihre Gedanken zu sortieren. Er war viel größer als damals. Und kräftiger. Selbst sein Haar war perfekt.

„Howie?", wiederholte sie ungläubig.

„Na komm schon, so sehr habe ich mich jetzt auch nicht verändert!"

Aber hallo!

„Du bist ... ähm ... groß geworden", stammelte sie und hoffte, nicht so dämlich auszusehen, wie sie sich gerade fühlte.

„Genau wie du."

Katie kräuselte ihre Nase. Nein, sie war während der letzten vierzehn Jahre eigentlich nicht mehr gewachsen. Allerdings hatte sie über zehn Kilo Gewicht verloren und gelernt, sich vorteilhaft zu kleiden und zu schminken. Obwohl sie sich nur durchschnittlich hübsch fand, beschwerte sie sich nicht, auch wenn sie es manchmal deprimierend fand, dass in ihrer Familie alle außer ihr schlank, groß und attraktiv waren. Warum musste gerade sie diese üppigen Rundungen haben?

„Naja, zumindest habe ich meinen Babyspeck verloren."

Jackson sah sie aufmerksam an. „Deine Augen haben sich nicht verändert. Sie sind genauso schön wie damals. Ich kann mich noch gut an die Farbe erinnern."

„Vermutlich, weil ich dich angestarrt habe."

„Allerdings. Ich hatte furchtbare Angst, du würdest mich verhauen."

„Du hast mich behandelt, als wäre ich eine Idiotin."

„Ich wollte nur meine Unsicherheit überspielen. Tut mir leid. Damals war ich nun einmal so."

„Das ist wohl der Nachteil, wenn man eine sechzehnjährige Intelligenzbestie ist."

„Du konntest dich aber auch recht gut verteidigen."

Katie lachte. „Ja, allerdings nur durch rohe Gewalt. Das ist eher peinlich."

„Unsinn. Du warst beeindruckend. Und heute bist du eine berühmte Sportjournalistin?"

Hätte Katie gerade etwas getrunken, dann hätte sie sich mit Sicherheit vor Schreck verschluckt.

„Das ist völlig übertrieben. Hat meine Mutter dir das erzählt?" Er nickte.

„Ich arbeite für die Lokalzeitung, die *Fool's Gold Daily Republic*, und bin dort für die Sportredaktion verantwortlich. Das ist nicht gerade eine glänzende berufliche Karriere."

„Du magst deinen Job. Das höre ich deutlich aus deinen Worten heraus. Und das ist die Hauptsache."

„Stimmt." Sie sah in seine dunkelgrünen Augen und fragte sich, weshalb sie nicht schon viel früher auf ihre Mutter gehört und ihn getroffen hatte.

Howie ... ach nein: Jackson war einfach umwerfend.

„Ich habe gehört, dass du eine erfolgreiche Computerfirma hast?" Wieso hatte sie sich nicht die Mühe gemacht, ihn zu googeln? „Du hast irgendein Programm geschrieben ... für Firmen?"

Wieder lächelte er sein etwas verruchtes, sexy Lächeln. „Inventurkontrolle. Glaub mir, du möchtest die Einzelheiten nicht hören. Es ist sterbenslangweilig."

„Wahrscheinlich hast du recht. Aber trotzdem ist es wichtig, dass sich jemand um solche Inventursachen kümmert. Bestimmt ist das total prozessoptimierend."

Verwundert sah er sie an. „Prozessoptimierend?"

„Ich habe Sportjournalismus studiert und nicht BWL. Was weiß ich, wie man das nennt. Ich dachte, es geht immer um Prozessoptimierung. Gib mir etwas Zeit zum Recherchieren, und ich werde dich mit meiner Sachkenntnis beeindrucken."

„Vielleicht bin ich ja schon beeindruckt."

Sie war sich nicht sicher, ob es an seinen Worten oder an der Art, wie er sie gesagt hatte lag, aber zum ersten Mal seit langer Zeit fühlte sie sich wieder wie ein junges Mädchen. Wäre ihr Haar nur ein wenig länger gewesen, dann hätte sie es jetzt schwungvoll nach hinten geworfen. Wie gut, dass ihre Mutter sie überredet hatte, ein hübsches Sommerkleid anzuziehen, anstatt wie üblich in Jeans und T-Shirt herumzulaufen. Katie hatte sogar ausnahmsweise Mascara und Lipgloss aufgetragen.

„Du bist ganz anders, als ich es erwartet hatte", gab Jackson zu.

„Ich weiß", erwiderte Katie und widerstand nur mühsam dem Impuls, mit den Wimpern zu klimpern. „Als meine Mutter dich als meine Aushilfsbegleitung vorschlug, war ich alles andere als begeistert. Doch ich bin dir wirklich sehr dankbar, dass du zugestimmt hast."

„Gern geschehen."

„Das sagst du jetzt. Du hast ja keine Ahnung, was dich erwartet." Sie lächelte vielsagend. „Vielleicht sollte ich dir die Autoschlüssel wegnehmen, bevor ich dich über die nächsten vier Tage aufkläre. Damit du nicht schreiend weglaufen kannst."

„Ist es so schlimm?"

„Nun ja, sagen wir mal so: Meine Schwester ist nur dann glücklich, wenn alles um sie herum hochdramatisch ist. Mit Mittelmäßigkeit gibt sie sich nur ungern zufrieden. Dann ist da noch meine Tante, die sich bei solchen Gelegenheiten immer einen Spaß daraus macht, die Freunde oder Ehemänner der anderen Frauen zu verführen. Was den Bräutigam betrifft: Ich schätze, deine Mutter hat erwähnt, dass ich früher mit ihm zusammen war. Und das ist erst der Anfang."

„Hört sich nett an."

„Du hast ja keine Ahnung! Noch kannst du verschwinden."

„Kein Problem. Ich schaffe das schon. Oder zweifelst du etwa daran?"

Nein, Katie hatte nicht den geringsten Zweifel, dass Jackson mit jeder Situation fertig werden würde. Und sie fand die Aussicht, die nächsten Tage mit ihm zu verbringen, ausgesprochen verlockend.

„Du solltest jetzt einchecken. Warst du während der letzten Jahre in Fool's Gold?"

„Nein. Nicht seit unserem letzten Zusammentreffen."

„Aber du bist doch in Sacramento aufgewachsen, also ganz in der Nähe."

„Mich hat's nach dem College in die andere Richtung gezogen, an die Ostküste." Interessiert sah er sich in der Lobby um. „Dieses Hotel ist unter Skifahrern ziemlich berühmt."

„Fährst du auch Ski?"

„Ein wenig. Es gefällt mir sehr, aber leider bin ich nicht besonders gut."

„Geht mir genauso. Aber es ist einfacher als Snowboarding. Ich probiere gern neue Sportarten aus, auch wenn ich bis jetzt keine gefunden habe, in der ich richtig gut bin."

Sie gingen langsam auf die Rezeption zu. „Im Winter gibt es hier einige sehr gute Pisten. Um diese Zeit sind natürlich keine Wintersporttouristen hier, sodass das Hotel sich auf Hochzeitsgesellschaften und Themenwochenenden spezialisiert hat. Das Konzept ist ziemlich erfolgreich; aus dem ganzen Land kommen Gäste, die etwas erleben oder Wellnessurlaub machen wollen."

„Offenbar kennst du dich ziemlich gut aus. Arbeitest du nebenbei in der Tourismusbranche?"

Katie lachte. „Ich lebe in dieser Stadt. Da bekommt man zwangsläufig mit, was hier oben im Hotel passiert."

„Du bist also in Fool's Gold aufgewachsen und immer hiergeblieben? Hattest du nie den Wunsch, woanders zu leben?"

Katie schüttelte den Kopf. „Nein, eigentlich nicht. Ich bin zum Studieren ans Ashland College gegangen, doch obwohl es mir dort sehr gut gefallen hat, konnte ich es kaum erwarten, wieder zurückzukommen. Fool's Gold ist einfach mein Zuhause."

Aus ihren Worten klang Zufriedenheit. Jackson hatte in Sacramento eine glückliche Kindheit verlebt, und auch an der Ostküste, während seines Studiums am Massachusetts Institute of Technology in Cambridge, hatte er sich sehr wohlgefühlt. Doch als er einen Ort für seine Firmengründung suchte, hatte es ihn wieder nach Westen gezogen. Kalifornien war einfach ein ganz besonderer Flecken.

Inzwischen lebte er in Los Angeles, doch auch wenn er die Stadt sehr mochte, empfand er nicht dieses Gefühl von Heimat, das Katie ganz offensichtlich verspürte.

Sie war vollkommen anders, als er es erwartet hatte. Offen und selbstbewusst und voller Energie. Sie schien rundum zufrieden zu sein, und in ihren blauen Augen erkannte er Intelligenz und Humor. Ihre Figur war üppig. So verführerisch üppig, dass ihm der Atem stockte. Ihre Art zu gehen konnte man nur als erotisch bezeichnen, und sein Körper reagierte unmissverständlich auf ihren sexy Gang.

Mit sechzehn hatte er eine Heidenangst vor ihr gehabt, doch nun, vierzehn Jahre später, war sie eine wandelnde Versuchung. Natürlich würde er nicht darauf eingehen. Ein Flirt mit der Tochter der besten Freundin seiner Mutter war völlig indiskutabel. Abgesehen davon, dass die beiden Mütter ihre Beziehung mit Argusaugen überwachen würden, war Jackson klar, was passieren würde, sollte er Katie das Herz brechen.

Schade eigentlich, überlegte er mit leisem Bedauern.

„Die Familienmitglieder sind alle auf dem gleichen Gang", erklärte Katie gerade. „Ich habe dafür gesorgt, dass du so weit wie möglich von ihnen entfernt untergebracht wirst. Wir wollen schließlich nicht, dass Tante Tully sich nachts in dein Zimmer schleicht." Schelmisch lächelte sie ihn an. „Du bist noch jung genug, um bleibende Schäden davonzutragen, falls sie dich vernascht."

„Ich bin mir nicht sicher, ob ich Lust habe, sie kennenzulernen."

„Keine Angst, ich beschütze dich."

Schnell checkte er ein und bekam einen altmodischen Schlüssel.

„Da geht's entlang." Katie wies auf die Fahrstühle. „Und heute Abend wird es ernst. Die Feierlichkeiten beginnen mit einer Party."

„Parties sind toll."

„Es ist eine Themenparty. 50er Jahre. Ich habe schon ein Kostüm in dein Zimmer bringen lassen."

Eine Kostümparty? Offenbar hatte seine Mutter ihm einige entscheidende Details verschwiegen. „Hört sich super an", log er.

Lachend tätschelte Katie seinen Arm. „Mach dir keine Sorgen. Die Jungs tragen nur ein kurzärmliges weißes Shirt und Jeans. Falls du zufällig Slipper dabei hast, wäre dein Auftritt perfekt."

„Mit weißen Socken, nehme ich an."

„Das wäre großartig."

Er spürte ihre warme Hand auf seiner Haut, und es gefiel ihm. Sehr sogar. Am liebsten hätte er sie ebenfalls berührt. Sein

Blick wanderte zu ihrem Mund. Ihre Lippen waren voll und schön geschwungen – genau wie der Rest von ihr. Katie war der Inbegriff von Üppigkeit.

„Ich bin viel schlechter dran als du, denn ich muss einen albernen Petticoat tragen. Mit einem Twinset. Grauenhaft!"

Eine interessante Vorstellung, fand Jackson, dem es nicht gelang, seinen Blick von ihrem Gesicht zu lösen. Normalerweise fand er den Retrolook nicht sonderlich attraktiv, doch er hatte den Verdacht, dass Katie ihm heute Abend ziemlich gut gefallen würde.

„Wir sollten jetzt unsere Geschichte abstimmen", schlug Katie leise vor.

Verwundert sah er sie an. Ihre Pupillen waren ein wenig geweitet, und sie schien etwas aufgeregt zu sein. Zum Anbeißen.

„Ich meine, wie wir zusammengekommen sind", fügte sie hinzu.

„Am besten bleiben wir möglichst nah an der Wahrheit. Unsere Mütter haben uns verkuppelt."

„Gut. Sagen wir, vor einem halben Jahr?"

„In Ordnung. Seitdem sind wir unzertrennlich." Er grinste. „Natürlich war ich etwas erstaunt, als du gleich am ersten Abend mit mir schlafen wolltest, aber als perfekter Gentleman konnte ich die Einladung wohl nicht ausschlagen."

Mit großen Augen sah sie ihn an und runzelte dann die Stirn. „Wie bitte? Du warst derjenige, der schon nach fünf Minuten vollkommen verrückt nach mir war. Du hast mich regelrecht verfolgt! Im Grunde bin ich nur aus Mitleid mit dir ausgegangen, weil ich befürchtete, dass du sonst völlig durchdrehen würdest."

Jackson lachte charmant. „Wie wäre es, wenn wir uns in der Mitte treffen? Es war bei uns beiden Liebe auf den ersten Blick."

„Okay. Auch wenn mir die Vorstellung, dass du verrückt nach mir warst, besser gefällt."

Sie hatte ja keine Ahnung, wie wenig nötig war, um genau das zu bewirken. Nur mit Mühe konnte er dem Drang widerstehen, sie anzufassen, denn er hätte zu gern gewusst, ob ihr ganzer Körper so warm und weich war wie ihre Hände.

Sie gingen zum Fahrstuhl, doch noch bevor sie ihn erreicht hatten, stürmte eine etwa fünfzigjährige Frau auf sie zu. Jackson erkannte die beste Freundin seiner Mutter sofort.

„Hallo Janis! Schön, dich wiederzusehen."

„Howie", begrüßte sie ihn kurz.

Er zuckte zusammen. Da seine Mutter darauf bestand, ihn weiterhin Howie zu nennen, kannte Janis ihn natürlich auch nur unter diesem Namen.

„Es ist eine Katastrophe passiert!", wandte Janis sich an Katie.

„Nur eine? Das geht doch noch."

„Fordere bitte das Schicksal nicht heraus!" Janis holte tief Luft. „Es geht um die Torte. Genau genommen um die Konditorin. Anscheinend werden die Dekorationen im Vorfeld einer Hochzeit hergestellt und dann am Hochzeitstag auf die frisch gebackene Torte gesetzt. So ganz genau hab ich das alles nicht verstanden."

„Und wo liegt jetzt das Problem?"

„Die Konditorin hatte einen Autounfall. Keine Angst, sie hat überlebt, doch ihre beiden Arme sind gebrochen. Ich will ja nicht herzlos erscheinen, aber hätte das nicht an einem anderen Tag passieren können? Die Torte befand sich auch im Auto und ist natürlich hinüber. Wir haben also die Dekorationen, die schon gestern geliefert wurden, aber keine Torte und niemanden, der sich um die Fertigstellung kümmern könnte."

Janis klammerte sich an Katies Arm. „Ich halte das alles nicht mehr aus! Deine Schwester ist vollkommen hysterisch und dein Vater ist mir auch keine Hilfe. Außerdem muss ich ständig neu angekommene Verwandte begrüßen, und zu allem Überfluss schleicht Tante Tully bereits um einen der Hotelpagen herum. Du musst mir helfen!"

„Warum habe gerade ich so eine unmögliche Familie?" Resigniert sah Katie ihre Mutter an.

„Das ist kein bisschen hilfreich", tadelte Janis sie, wobei ihre Stimme mit jedem Wort schriller wurde.

„Tut mir leid. Bestimmt finden wir eine andere Konditorin."

„Und wie? Wir sind mitten in der Hochzeitssaison. Sie sind alle ausgebucht. Ich fürchte, das hier ist ein Wink des Schicksals. Die Hochzeit wird eine Katastrophe – ich spüre es genau!"

„Mom, bitte beruhige dich!"

„Ich kann nicht …"

Jackson holte sein Mobiltelefon heraus. „Vielleicht kann ich euch helfen. Ich habe eine Freundin, die eine Cateringfirma betreibt. Sie hat schon öfter Hochzeitstorten gemacht, und ich bin mir sicher, dass ich sie überreden kann, einzuspringen."

Janis sah ihn an. „Bitte mach mir keine falschen Hoffnungen, Howie. Das wäre ja zu schön, um wahr zu sein."

„Ich rufe sie sofort an."

Er suchte in seiner Kontaktliste nach Ariel. Sekunden später war sie am Apparat. Jackson begrüßte sie und erklärte ihr die Situation.

„Aber es ist nicht etwa deine eigene Hochzeit?", erkundigte Ariel sich argwöhnisch.

„Nein. Die Hochzeit einer Freundin. Ich bin nur übers Wochenende hier und fahre dann wieder nach L.A."

Sie zögerte. „Eigentlich habe ich keine Zeit, aber da heute ein Kunde abgesagt hat, könnte ich morgen früh da sein. Ich brauche allerdings die Hotelküche." Sie nannte einen Preis, der ihn erstarren ließ, doch Janis nickte unbekümmert.

„Also abgemacht. Wir sehen uns dann morgen."

Als er aufgelegt hatte, umarmte Janis ihn überschwänglich. „Du hast mein Leben gerettet!"

„Es ist doch nur eine Torte. Du tust ja so, als hätte ich dich aus einem brennenden Haus getragen."

„Genauso erleichtert fühle ich mich auch!" Sie legte theatralisch eine Hand auf ihre Brust. „Ich kann wieder atmen! Zumindest bis zur nächsten Katastrophe. So Kinder, jetzt geht in eure Zimmer und macht euch für die Party fertig. Ich brauche erst einmal einen Drink."

Grinsend sah Jackson ihr nach und drückte dann auf den Fahrstuhlknopf. Katie blickte ihn skeptisch an. „Ariel ist also eine Exfreundin von dir?"

„Woher weißt du das?"

„Männer haben normalerweise nicht die Nummer eines Cateringservice' in ihrer Kurzwahlliste."

„Unsinn. Sie ist in meinem ganz normalen Telefonbuch."

„Trotzdem hatte ich recht."

Die Türen öffneten sich, und sie traten ein. Katie drückte den Knopf für die vierte Etage.

„Und – war es schlimm? Die Trennung, meine ich."

„Eigentlich nicht. Genau genommen war es ganz einfach. Sie hat mich verlassen. Zuerst fühlte ich mich grässlich, aber das ging schnell vorüber." In der Tat war er so schnell über das Ende der Beziehung hinweg gewesen, dass er rasch eingesehen hatte, wie wenig zukunftsträchtig die Beziehung gewesen war.

„Glückwunsch. Das ist auf jeden Fall besser, als monatelang in Liebeskummer zu versinken."

Er musterte sie prüfend. „Bist du eher der Liebeskummertyp?"

„Hm, es gab ein, zwei Mal in meinem Leben deprimierende Episoden, aber insgesamt neige ich nicht so dazu."

Der Fahrstuhl hielt an, und sie stiegen aus. Katie zeigte Jackson den Weg zu seinem Zimmer.

„Meins ist gleich gegenüber."

Grinsend sah er sie an. „Ich hoffe, ich bin hier vor dir sicher."

„Wenn du vor vierzehn Jahren schon so gewesen wärst wie heute, hätte ich nie damit gedroht, dich zu verhauen."

„Wäre ich vor vierzehn Jahren so gewesen wie heute, dann hätte ich mir gewünscht, dass du es versuchst."

Sekundenlang sahen sie sich in die Augen. Schließlich wandte Katie den Blick ab. „Die Party fängt in einer Stunde an. Am besten machst du dich jetzt fertig. Mach dich auf das Schlimmste gefasst."

„Ich bin nicht so leicht zu verunsichern. Außerdem hast du versprochen, mich zu beschützen."

„Du solltest darum beten, dass Tante Tully dich in Ruhe lässt."

„Ich werde schon mit ihr fertig."

„Warte es ab ..." Mit einem Lächeln auf dem Gesicht ging Katie in ihr Zimmer.

3. KAPITEL

Irgendwie sah dieses 50er-Jahre-Kostüm gar nicht so übel aus, dachte Katie, als sie sich im Spiegel betrachtete. Natürlich ließ der Rock ihre ohnehin nicht sehr langen Beine noch ein wenig kürzer erscheinen – was für jemanden aus einer Familie mit fast ausschließlich großen, schlanken Menschen nur schwer zu ertragen war –, doch ihre Taille wurde durch den Petticoat sehr vorteilhaft betont. Übermütig drehte sie sich ein paar Mal im Kreis.

Ihr schulterlanges Haar hatte sie mit einer quietschgelben Schleife zu einem kecken Pferdeschwanz zusammengebunden. Dazu trug sie eine falsche Perlenkette, um den Retrolook perfekt zu machen.

Ein energisches Klopfen an ihrer Tür ließ sie zusammenzucken.

Sie riss die Tür auf und sah Jackson beeindruckt an. Er trug eine Jeans und hatte die Ärmel seines engen weißen T-Shirts hochgerollt. Sein dunkles Haar war mit Pomade nach hinten gekämmt, was nicht nur sehr sexy, sondern auch verwegen aussah. Eine ausgesprochen verlockende Kombination.

„Die West Side Story ist der Lieblingsfilm meiner Mutter", erklärte Katie lachend. „Du siehst wie ein perfekter *Jet* aus."

Jackson musterte sie von Kopf bis Fuß mit so unverhohlenem Interesse, dass Katie eine Gänsehaut bekam.

„Sehr hübsch. Ich mag den Rock."

Sie drehte sich einmal im Kreis. „Ja, nicht wahr, er ist großartig. Ich habe noch nie vorher einen Petticoat getragen."

„Du siehst aus wie …"

„Ein braver Backfisch? Oder besser wie eine alte Jungfer?"

„Nein, wie das Mädchen, mit dem man zum Abschlussball gehen möchte."

Sie freute sich über das Kompliment, gab sich jedoch Mühe, es sich nicht anmerken zu lassen. „Dann habe ich ja alles richtig gemacht."

Schnell steckte sie ihren Lipgloss und den Zimmerschlüssel in ihre Tasche und trat zu ihm auf den Gang.

Während sie auf den Fahrstuhl warteten, lehnte Jackson sich lässig an die Wand und sah sie unschlüssig an.

„Händchen halten? Küssen? Ständiges Aneinanderkleben? Wie wollen wir der Welt und vor allem deiner Familie zeigen, dass wir unzertrennlich sind?"

Sex, dachte Katie. Sie sollten Sex haben, um den Eindruck eines glücklichen Pärchens zu vervollständigen. Sie hätte absolut nichts dagegen.

„Tja, ein wenig Körperkontakt sollte schon da sein. Courtney und Alex können keine Minute die Finger voneinander lassen, aber ehrlich gesagt finde ich das manchmal schon etwas peinlich."

„Einverstanden."

Er sah sie eindringlich an, ganz so, als würde er über eine Sache angestrengt nachdenken. Langsam machte er sie nervös. Wo blieb nur der Fahrstuhl?

Sekundenlang sagte keiner von ihnen etwas. Dann trat Jackson auf Katie zu, nahm zärtlich ihr Gesicht in die Hände und strich mit den Lippen über ihren Mund.

Sein Kuss kam unerwartet, er war gleichzeitig sanft und leidenschaftlich. Eine Hitzewelle stieg in Katie auf, und am liebsten hätte sie sich in seine Arme geworfen. Doch er war schon wieder einen Schritt zurückgetreten; seine Hände umfassten allerdings noch immer ihr Gesicht, und er streichelte sanft ihre Wangen.

„Wir mussten uns schließlich eine Generalprobe zugestehen", erklärte er grinsend. Katie schickte ein Stoßgebet zum Himmel, dass noch weitere Trainingseinheiten folgen würden.

Als sie gerade vorschlagen wollte, die Übung zu wiederholen, öffneten sich die Türen des Fahrstuhls. Leider war es Tante Tully, die sie hocherfreut begrüßte.

„Katie!", rief die ältere Frau überschwänglich und trat auf den Gang. „Ich habe dich schon überall gesucht!" Dann bemerkte sie Jackson und strahlte ihn an. „Hallo, mein Süßer! Ich bin Katies Lieblingstante, und wir beide teilen uns immer alles."

Jackson trat erschrocken einen Schritt zurück. Katie wusste nicht, ob sie lachen oder weinen sollte.

Tully war die Schwester ihres Vaters; eine mollige, kleine, sehr lebhafte Frau mit blondiertem Haar, die sich kleidete wie eine Zwanzigjährige. Bestenfalls. Nur ihr Schmuck zeigte, dass sie sehr reich geheiratet hatte. Mehrmals. Im Augenblick war Tully auf der Suche nach Ehemann Nummer sechs.

Verheiratet oder nicht – Tully liebte die Männer. Alle Männer. Selbst diejenigen, die verheiratet oder mit anderen Frauen zusammen waren. Sie war der Mittelpunkt einer jeden Party, vertrug eine Menge Alkohol und ignorierte konsequent die Grenzen, die andere Menschen ihr aufzeigten. Katie liebte und fürchtete sie gleichermaßen.

Jackson schien sich von dem Schrecken erholt zu haben und streckte ihr seine Hand entgegen.

„Sie müssen Tante Tully sein. Freut mich, Sie kennenzulernen."

„Na los jetzt!", forderte Tante Tully ihn auf. „Sie gehören nun zur Familie. Da erwarte ich mehr als ein Händeschütteln."

Zögernd kam er näher und nahm sie widerstrebend in den Arm. Doch Tante Tully war für zurückhaltende Gesten nicht zu haben. Beherzt zog sie ihn an sich, drückte ihren Busen an seine Brust und gab ihm einen schmatzenden Kuss auf den Mund. Katie wäre vor Scham am liebsten im Boden versunken.

Schnell löste Jackson sich aus der Umarmung.

Besitzergreifend legte Katie ihren Arm um Jacksons Taille. „Tante Tully, er gehört mir! Du bekommst ihn nicht!"

Tully verzog schmollend ihren Mund und sah Katie herausfordernd an. „Bist du sicher? Ich kaufe dir ein Auto. Den neuen Lexus Hybrid."

„Danke, aber die Antwort ist Nein."

„Willst du Geld?"

Jackson räusperte sich. „Ms McCormick, ich fühle mich sehr geschmeichelt, aber …"

Ungeduldig unterbrach Tully ihn. „Das haben Sie nicht zu entscheiden. Ich verhandle mit Katie. Also?"

„Nein, Tante Tully. Wirklich nicht!"

„Na gut. Dann muss ich mir halt einen anderen Mann suchen. Hat der Bräutigam zufällig einen Bruder?"

„Nein", antwortete Katie und war sehr stolz auf sich selbst, weil sie der Versuchung widerstanden hatte, Tante Tully Alex selbst vorzuschlagen. Es wäre zwar nur gerecht gewesen, wenn jemand Courtney den Mann wegnähme, doch im Augenblick wäre es für zu viele Menschen eine Katastrophe. Abgesehen davon bestand die geringe Möglichkeit, dass ihre Schwester Alex wirklich liebte.

Der Fahrstuhl hielt erneut in ihrer Etage an, und Tully stieg ein.

„Wir nehmen den nächsten", erklärte Katie, die annahm, dass Jackson sich gern einen Moment erholen wollte. „Wir sehen uns dann auf der Party!" Leise schloss sich die Tür.

Jackson lehnte sich an die Wand. „Das war also Tante Tully."

„Ich habe versucht, dich zu warnen."

„Sie wollte mich kaufen!"

„Ich weiß."

„Sie hat dir ganz ernsthaft Geld angeboten!"

„Sie steht nun mal auf Männer."

„Aber sie könnte vom Alter her meine Mutter sein."

„Versuch einfach, nicht mehr daran zu denken."

Er schüttelte den Kopf. „Jetzt verstehe ich, weshalb du unbedingt eine Begleitung für diese Familienfeier haben wolltest."

„Nur ein Teil meiner Familie ist so schräg. Meine Eltern beispielsweise sind ganz entzückend. Und Courtney ist sehr hübsch." Am liebsten hätte Katie hinzugefügt, dass es ausgesprochen nett wäre, wenn Jackson darauf verzichten könnte, sich in Courtney zu verlieben, doch sie widerstand dem Impuls. Es würde sowieso nichts nützen. Wenn es passieren sollte, dann würde es auch passieren.

„Also ist Tully die Schlimmste von allen?"

Katie lachte. „Ja, ganz bestimmt. Die anderen Mitglieder meiner Familie werden sich darauf beschränken, peinliche Fragen zu stellen. Zum Beispiel seit wann wir schon zusammen sind und ob du ernsthafte Absichten hast."

„Sie wollen dich also unter die Haube bringen?"

„Ja, das ist seit Jahren ihr gemeinsames Ziel. Man sollte ja annehmen, dass es reicht, einen tollen Job und viele nette Freunde zu haben, aber das stimmt nicht. Manchmal beneide ich euch Männer. Ihr müsst euch diese Sticheleien nie anhören."

„Da irrst du dich. Meine Mutter erklärt regelmäßig sehr deutlich, dass sie endlich Enkelkinder haben möchte. Aber ich ignoriere sie einfach."

Gut für ihn, wenn er das so einfach konnte, überlegte Katie und drückte auf den Fahrstuhlknopf.

„Warum bist du noch nicht verheiratet? Oder gehörst du etwa zu den Männern, die sich nicht festlegen wollen? Bist du ein eingefleischter Junggeselle?"

„Nein. Mir gefällt die Vorstellung, eines Tages eine Frau und Kinder zu haben. Aber als ich noch jünger war, hatte ich leider nur wenig Erfolg bei den Mädchen."

Sie sah ihn an, betrachtete seine breiten Schultern, die leuchtend grünen Augen und seinen sexy Mund. „Auch auf die Gefahr hin, dass du dir etwas darauf einbildest – ich denke nicht, dass dieses Problem immer noch besteht."

„Nein. Heute besteht die Schwierigkeit darin, die richtige Frau zu finden."

„Wonach suchst du denn?"

Wieder sah er ihr sekundenlang tief in die Augen. Als wollte er …

In diesem Augenblick öffneten sich die Fahrstuhltüren erneut.

„Katie, mein Schatz. Da bist du ja!" Katies Mutter kam leicht taumelnd auf sie zu.

Katie sah ihren Vater entsetzt an. „Sie hat einen Schwips!"

„Meinst du?" Ihr Vater hielt Jackson die Hand hin. „Hallo! Ich bin Mike McCormick."

„Jackson Kent. Ich bin der Sohn von Tina."

„Ich weiß." Er legte einen Arm um seine Frau. „Deine Mutter hatte zwei Martinis", erklärte er leichthin.

Katie zuckte zusammen. „Um Himmels willen! Normalerweise ist sie schon nach einem beschwipst! Auch wenn sie dann immer sehr charmant ist, finde ich nicht, dass heute ein passender Anlass für zwei Martinis ist."

Sie stiegen ein, und die Türen schlossen sich wieder.

Janis tätschelte ihrem Mann die Wange. „Jetzt tu nicht so, als würde es dich stören. Wir wissen doch beide, dass du es magst, wenn ich ein bisschen angeheitert bin. Dann kriegst du mich eher rum."

„Mom!!!" Entsetzt hielt Katie sich die Ohren zu. „Bitte hör auf! Ich will so etwas nicht hören!"

Janis sah ihre Tochter nachsichtig an. „Du solltest dich darüber freuen, dass deine Eltern immer noch Sex haben. Das ist ein Zeichen dafür, dass unsere Ehe in Ordnung ist. Du möchtest doch nicht, dass wir uns scheiden lassen, oder?"

„Soll ich ein Lied singen, damit du sie nicht mehr hören kannst?", schlug Jackson grinsend vor.

„Du findest das also lustig?" Katie war nun fuchsteufelswild. „Wie würdest du es finden, wenn deine Eltern dir über ihr Intimleben berichteten?" Sie sah ihre Mutter wütend an. „Das hier ist Courtneys Hochzeit! Reiß dich gefälligst zusammen!"

„Schon gut, Kleines. Ich wollte ja nur sagen, dass der Sex immer besser wird, je älter man ist. Früher mussten wir immer darauf achten, dass ihr Kinder uns nicht überrascht habt. Ich mag gar nicht an all die Nachmittage denken, an denen wir versucht haben, uns unter der Dusche zu lieben und ständig eine von euch an die Tür geklopft hat. Mami hier und Mami da. Kannst du mal … Darf ich ein Eis … Wo ist mein Taschenrechner? Es war furchtbar. Einmal dachte ich, wir hätten vergessen, die Tür abzuschließen, und ich hätte deinem Vater vor Schreck fast in sein bestes Stück gebissen."

Die Türen öffneten sich und Katie stürmte aus dem Fahrstuhl. Sie musste fort, einfach nur fort, und die grässlichen Bilder aus ihrem Kopf bekommen. „Kleine Kätzchen und Eiscreme", murmelte sie. „Oder London. Ich denke einfach an London." Sie blieb stehen und vergrub ihr Gesicht in den Händen. Was für ein Albtraum!

Plötzlich spürte sie, wie jemand sie in den Arm nahm und an sich zog. Die mitfühlende Geste wurde allerdings durch Jacksons glucksendes Lachen abgeschwächt.

„Falls es dich beruhigt: Dein Vater wäre vor Scham am liebsten im Boden versunken."

„Nein, das beruhigt mich nicht. Wie konnte sie nur so etwas sagen?"

„Naja, sie ist betrunken."

„Trotzdem." Katie schüttelte sich und presste ihr Gesicht an seine Schulter. „Das war widerlich. Natürlich freut es mich, dass sie glücklich verheiratet sind, aber Eltern sollten nie, wirklich niemals, in Gegenwart ihrer Kinder über ihr Sexleben sprechen!"

„Du brauchst eine Ablenkung, um auf andere Gedanken zu kommen."

„Ich brauche eine Gehirnwäsche!"

„Katie?"

Fragend blickte sie zu ihm hoch. Im selben Augenblick küsste er sie.

Seine Lippen waren herrlich weich, und sein Kuss, erst unglaublich zärtlich, dann immer leidenschaftlicher, ließ ihre Knie weich werden.

Er hielt sie fest an sich gedrückt, und Katie konnte sich keinen Ort auf der Welt vorstellen, an dem sie gerade lieber wäre als hier in seinen starken Armen. Sanft streichelte er über ihren Rücken und umfasste dann wie selbstverständlich ihren Po, um sie noch näher an sich heranzuziehen. Selbst durch den Petticoat hindurch spürte sie seine Hitze und sein Verlangen.

Sein Kuss wurde immer fordernder, und Katie schlang ihre Arme um seinen Hals und gab sich ganz und gar dem köstlichen Augenblick hin.

Er raubte ihr den Atem, wie es schon seit langer Zeit kein Mann mehr getan hatte. Viel zu lange. Fast hätte sie vergessen, wie gut es sich anfühlte, begehrt zu werden. Und zu begehren.

Im Hintergrund hörte sie Stimmen, doch sie ignorierte sie. Sie wollte Jackson küssen. Küssen und noch viel mehr. Alles andere war unwichtig. Am liebsten hätte sie für den Rest ihres Lebens eng umschlungen mit ihm hier in der Lobby gestanden.

Leider waren seine Fähigkeiten als Gedankenleser nicht so gut entwickelt wie die als Liebhaber, denn nach einer Weile ließ er sie los und trat einen Schritt zurück.

„Und? Geht es dir nun besser?"

Katie zuckte zusammen. „Hast du das nur getan, um mich abzulenken?"

„Teilweise."

Na wunderbar. Da hatte sie ihre erste erotische Begegnung seit ungefähr einem Jahr, und für ihn war es lediglich eine Mitleidsbekundung gewesen.

Jacksons Mund verzog sich im gleichen Moment zu dem Katie nun schon wohlbekannten sexy Lächeln. „Aber ich habe es auch getan, weil ich es wollte."

4. KAPITEL

Am nächsten Tag quälte Katie sich frühmorgens aus dem Bett, um im Fitnessraum des Hotels ein wenig zu trainieren, bevor der eigentliche Hochzeitstrubel begann. Schlaftrunken stolperte sie durch die Hotelhalle – ungekämmt, in einer alten Jogginghose und mit einer kleinen Wasserflasche bewaffnet. Sie rechnete nicht damit, so früh jemanden zu treffen, und ging davon aus, dass sie den Fitnessraum für sich allein haben würde.

Umso erstaunter war sie, Jackson auf einem der Ergometer zu sehen. Im Gegensatz zu ihr sah *er* auch völlig verschwitzt noch unglaublich gut aus. Er hatte Kopfhörer im Ohr und schaute während des Trainings offenbar gerade die Nachrichten auf dem großen Flachbildfernseher. Bis jetzt hatte er sie noch nicht bemerkt.

Nach dem albtraumhaften Auftritt ihrer Mutter und dem atemberaubenden Kuss in der Hotellobby war der Rest des Abends vergleichsweise unspektakulär verlaufen. Tante Tully hatte freundlicherweise Abstand gehalten, auch wenn sie Jackson immer wieder aufreizende Blicke zugeworfen hatte.

Keiner von Katies Verwandten war durch zu hohen Alkoholkonsum negativ aufgefallen – doch das Wochenende hatte ja auch gerade erst angefangen. Katie ging zu dem zweiten Ergometer.

Wegen Jackson den Fitnessraum zu verlassen kam für sie nicht infrage. Nicht bei ihrer genetischen Veranlagung zur Molligkeit. Wenn sie nicht sehr auf ihr Essen und auf regelmäßige Bewegung achtete, ging sie auf wie ein Hefekloß. Sollte Jackson übernächtigte, verschwitzte Frauen unattraktiv finden, war das sein Problem.

Nachdem sie auf das Gerät geklettert war, studierte sie die Bedienungsanleitung. Zum Glück war es ein Modell, das sie aus ihrem Fitnessstudio bereits kannte. Sie wählte ihr Lieblingsprogramm und schummelte bei der Gewichtsangabe nur um fünf Kilo, bevor sie den Startknopf drückte und sich mental auf den kommenden Schmerz einstellte.

Neben ihr nahm Jackson die Kopfhörer ab. „Guten Morgen!", begrüßte er sie erfreut.

Auch er war weder geduscht, noch hatte er sich rasiert oder auch nur gekämmt. Warum zum Teufel sah er trotzdem so umwerfend aus? Das Leben war einfach ungerecht!

„Hi!"

„Du bist also eine Frühaufsteherin."

„Ich muss hart dafür arbeiten, meinen BMI im zweistelligen Bereich zu halten."

Jackson sah sie von oben bis unten an und schüttelte dann den Kopf. „Unsinn. Du siehst großartig aus!"

Sofort lief Katie rot an. Zum Glück würde es ihm nicht auffallen, denn sie war wegen der sportlichen Anstrengung sowieso schon rot im Gesicht. „Danke. Aber du irrst dich. Du hast mich doch damals gesehen. Ich habe nicht vor, es noch einmal so weit kommen zu lassen."

Jackson runzelte die Stirn. Er konnte sich noch gut daran erinnern, dass er Katie als Teenager beunruhigend attraktiv gefunden hatte. Auch wenn sie ihn verhauen wollte. Verklemmt und eigenbrötlerisch, wie er damals gewesen war, hatte er allerdings keine Möglichkeit gehabt, anders als mit Spott und Ablehnung zu reagieren.

Heute war er nicht mehr verklemmt, und dennoch fiel es ihm schwer, nicht auf ihre üppigen Brüste zu starren. Ihm war klar, dass die enge Trainingshose seine Gedanken sofort verraten würde, wenn er sich dazu hinreißen ließ, sie genauer zu betrachten.

„Deine Sorgen sind völlig unbegründet", erklärte er ihr.

„Du hast gut reden. *Du* warst ja nie fett." Ihre blauen Augen blitzten. „Aber es ist schon okay. Ich trainiere nun seit über zwölf Jahren und habe mich so sehr daran gewöhnt, dass es mir fast schon Spaß macht."

Grinsend sah er sie an. „Das ist also dein Ziel? Spaß zu haben?"

„Möchte das nicht jeder?"

„Bist du deshalb Sportreporterin geworden? Weil du selbst ständig Sport treibst?"

Katie trank einen Schluck aus ihrer Wasserflasche. „Sport hat mich schon immer interessiert. Wahrscheinlich ist mein Dad schuld daran. Meine Mutter erzählt immer, dass er mir früher keine Gutenachtgeschichte, sondern die Sportseite der Zeitung vorgelesen hat. Ich habe mich also zwangsläufig für Fußball und Baseball interessiert."

„Und spielst du auch selbst?"

Sie schüttelte den Kopf. „Ich wünschte, ich wäre gut in einer der Mannschaftssportarten. Ausprobiert habe ich sie alle, aber ich war nur mittelmäßig begabt. Leider bin ich weder sonderlich koordiniert noch schnell. Du hast ja gestern Tante Tully getroffen – figurmäßig komme ich nach ihr. Und so habe ich beschlossen, mich der theoretischen Seite des Sports zu widmen und lieber darüber zu schreiben, als selbst aktiv zu sein. Deshalb bin ich nach Ashland aufs College gegangen."

„Wo du Sportjournalismus studiert hast."

Ihre blauen Augen leuchteten. „Du hast es dir gemerkt."

Nicht nur das. Er konnte sich an fast jedes Wort erinnern, das sie gesagt hatte. Sie war der Typ Frau, bei dem man sich nicht vorstellen konnte, irgendetwas zu vergessen.

„Du bist die erste Sportjournalistin in meinem Bekanntenkreis", erklärte er leichthin. „Und an erste Male erinnere ich mich immer ziemlich gut."

Sie lachte. „Du bist unmöglich! Was ist mit dir? Bist du schon einmal auf ein Klassentreffen gegangen, um mit deiner Karriere anzugeben?"

Er schüttelte sich. „Nein danke! Eher würde ich einen Ausflug in die Hölle machen."

„Du solltest es dir noch mal überlegen. Du wärst sicher der Typ, der das größte Aufsehen erregt. All die Mädchen, die dich früher verschmäht haben, würden dir heute zu Füßen liegen."

„Vielleicht möchte ich gar nicht, dass sie mir zu Füßen liegen."

„Würde dir das nicht gefallen? Sozusagen als späte Rache für vergangene Demütigungen?"

„Nein. Sie sind mir gleichgültig." Nachdenklich sah er sie an. „Was ist mit dir? Hast du Rachegelüste? Wenn ja, wäre dieses Wochenende die passende Gelegenheit."

Katie wischte sich mit einem Handtuch den Schweiß von der Stirn.

Selbst verschwitzt und knallrot im Gesicht sah sie noch gut aus, überlegte er. Ihr Haar war zerzaust und schweißnass, und ihre Brüste hoben und senkten sich unter dem engen T-Shirt. Genau so sollte ein Tag anfangen. Jeder Tag.

„Ich zitiere dich: Nein danke. Alex interessiert mich nicht mehr. Er hatte seine Chance und hat sie nicht genutzt. Selbst schuld."

„Der Mann muss ein Vollidiot sein."

Katie lächelte ihn so hinreißend an, dass Jackson immer heißer wurde.

„Du bist ja ein wahrer Charmeur. Courtney kann ein richtiges Miststück sein, aber wenn man die Vorgeschichte kennt, versteht man vieles besser. Als Kind war sie sehr krank. Krebs. Alle Familienmitglieder haben sie wie ein rohes Ei behandelt und furchtbar verwöhnt. Selbst als sie wieder gesund war, hatten wir alle das Gefühl, sie könnte jeden Augenblick einen Rückfall haben und sterben. So hat sie sich von klein auf daran gewöhnt, im Mittelpunkt des Interesses zu stehen. Und das ist immer so geblieben. Sie wurde eine außergewöhnlich hübsche und selbstbewusste Frau, der die Männer reihenweise nachliefen. Bestimmt wird sie eines Tages erwachsen und hört auf, sich für den Nabel der Welt zu halten." Katie seufzte, da sie sich da selbst nicht so sicher war, dann fuhr sie fort: „Und um der Wahrheit genüge zu tun: Ich glaube, Alex liebt sie wirklich. Deshalb würde ich den beiden niemals die Hochzeit verderben. Dies hier ist ihr großes Wochenende, und ich möchte, dass es eine schöne Erinnerung wird."

Obwohl er sein Pensum längst absolviert hatte, trainierte Jackson weiter, bis auch Katie fertig war. Dann machten sie sich gemeinsam auf den Weg in ihre Zimmer.

Als Jackson Katie in der Hotelhalle gerade fragen wollte, ob sie gemeinsam frühstücken würden, zupfte ihn jemand am Ärmel.

„Jackson? Hallo!"

Er drehte sich um und erkannte Ariel. Seine Exfreundin war schlank und schön wie immer mit ihrer rotblonden Mähne und den hellgrünen Augen, die ihn stets an Frühlingsgras erinnert hatten. Obwohl sie ohne Zweifel sehr attraktiv war, hatte er nicht lange gebraucht, um über die Trennung hinwegzukommen.

„Ariel!", begrüßte er sie und wandte sich dann an Katie.

„Katie, das ist Ariel. Die Konditorin, von der ich dir erzählt habe."

Katie sah von Jackson zu Ariel und wieder zu Jackson und lächelte gequält. „Prima. Wir sind sehr erleichtert, dass du kommen konntest. Hast du schon einen Blick in die Küche geworfen? Der Küchenchef hat versprochen, dir eine Ecke freizuräumen, damit du in Ruhe arbeiten kannst. Vielen Dank noch einmal für deine kurzfristige Hilfe."

Ariel wandte ihren Blick nicht von Jackson ab. „Kein Problem. Der Auftrag hier gibt mir die Möglichkeit, noch etwas Persönliches zu regeln." Dabei sah sie ihm tief in die Augen. Schließlich drehte sie sich doch zu Katie um. „Nein, die Küche habe ich noch nicht inspiziert."

„Wie wäre es, wenn ihr zwei euch gleich darum kümmert?", schlug Jackson vor, dem Ariels Benehmen seltsam vorkam. Nahm sie es ihm übel, dass er sie angerufen hatte? Aber dann hätte sie doch absagen können. Frauen waren immer so kompliziert.

„Natürlich", stimmte Katie zu. „Zur Küche geht es hier entlang."

Ariel war eine dieser Frauen, die jeden Mann sofort in ihren Bann zogen – und jede Frau einschüchterten. Vor allem, wenn man wie Katie verschwitzt und völlig fertig war, konnte der Vergleich mit einer Schönheit wie Ariel nur deprimierend sein.

Sie zeigte Ariel die frisch gebackene Torte, die das Küchenpersonal am Abend zuvor vorbereitet hatte, und machte sie mit André, dem Küchenchef, bekannt. Danach ging sie zurück in die Lobby, um sich endlich einen Kaffee zu besorgen.

Als sie den ersten Schluck trank, schloss sie die Augen und sog genüsslich das Aroma ein. Es war nicht so, dass sie das Koffein brauchte, um wach zu werden. Nein, es ging vielmehr um das allmorgendliche Ritual, das sie an die gute alte Zeit erinnerte, in der es keine ehemaligen Nerds gab, die sie mit einem Kuss völlig aus der Fassung brachten. Und erst recht keine Sexgöttinnen, die sich als Exfreundinnen von eben diesen aufregenden Männern erwiesen.

Dabei hatte es so gut angefangen. Katie war wirklich sicher gewesen, dass zwischen ihr und Jackson die Chemie stimmte und er tatsächlich Interesse an ihr hatte. Vielleicht war das auch so gewesen. Doch sie wusste, dass sie gegen eine Konkurrentin wie Ariel keine Chance hatte. Auch wenn es im Moment – noch – kein Wettstreit war. Aber hätte Jacksons Exfreundin nicht ein kleines bisschen ... normaler sein können?

Sie füllte sich ihren Kaffeebecher noch einmal auf und machte sich auf den Weg zum Fahrstuhl. Als die Türen sich öffneten, kam ihre Schwester Courtney heraus. Obwohl es noch früh am Morgen war, trug Courtney ein schickes Sommerkleid und war perfekt gestylt. Ihr langes Haar glänzte, und das Make-up war wie immer makellos.

„Katie!" Entsetzt sah sie ihre Schwester an. „Was um Himmels willen ist passiert?"

„Nichts. Ich war im Fitnessraum."

„Du siehst furchtbar aus! Bist du sicher, dass alles in Ordnung ist? Dein Gesicht ist ja ganz rot."

„Das passiert eben, wenn ich trainiere", erwiderte Katie betont fröhlich und schlängelte sich an Courtney vorbei, um auf den Fahrstuhlknopf zu drücken.

„Ich weiß ja, dass du wegen deines Gewichts viel Sport machen musst, aber du solltest wirklich darauf achten, in der Öffentlichkeit nicht so herumzulaufen. Alex sagt auch immer ..." Courtney brach ab und lächelte entschuldigend. „Und, hast du gut geschlafen?"

Katie überlegte kurz, ob sie nachhaken und herausfinden sollte, was Alex immer sagte. Dass sie morgens nicht besonders gut aussah? Dass sie nach dem Aufstehen verknittert war und strähniges Haar hatte? Doch sie entschied sich dagegen, denn es wäre ja ohnehin nicht zu ändern.

„Sehr gut. Danke. Und du?"

Anstatt zu antworten, legte Courtney ihre Hand auf Katies Arm. „Ich weiß, dass das hier sehr schwierig für dich sein muss."

Einzuschlafen? Eigentlich nicht. Sie schlief eigentlich immer sehr gut. „Was soll schwierig für mich sein?"

„Mich mit Alex zu sehen."

„Ich hatte über ein Jahr Zeit, mich daran zu gewöhnen."

„Ich weiß. Aber nun wird es ernst. Wir heiraten. Und ich weiß, dass du auch davon geträumt hast, ihn zu heiraten."

„Das ist lange her", beruhigte Katie sie und hoffte inständig, dass der Fahrstuhl endlich kommen würde. „Es geht mir gut. Wirklich."

„Mom musste für dich eine Begleitung engagieren."

Katie schnappte nach Luft. „Jackson arbeitet nicht für einen Escortservice! Und natürlich wird er nicht dafür bezahlt. Man kann also wohl kaum von *Engagieren* sprechen." Ihre Mutter, der neuerdings fast alles zuzutrauen war, hatte ihm doch wohl hoffentlich kein Geld angeboten? „Er ist ein alter Freund der Familie." Oder so ähnlich.

„Trotzdem." Courtney sah sie mitleidig und gönnerhaft an. Eine Mischung, die nicht gerade dazu beitrug, dass Katie sich besser fühlte.

„Es ist wirklich schrecklich, dass es den meisten Männern nur auf Äußerlichkeiten ankommt", klagte Courtney mitfühlend. „Ich könnte das nicht aushalten. Du musst dich sehr einsam fühlen."

Sollte sie sich gleich umbringen oder später? Oder vielleicht lieber Courtney? Während Katie noch überlegte, kam zum Glück der Fahrstuhl. Ohne ein weiteres Wort stürmte sie hinein und wartete verzweifelt darauf, dass die Türen sich schlossen. Sie würde auf jeden Fall schon zum Mittagessen Wein trinken!

5. KAPITEL

Katie schüttelte ihre Locken und besprühte sich das Haar zum dritten Mal mit reichlich Haarspray. Sie würde heute Abend darauf achten müssen, nicht in die Nähe einer Kerze zu kommen.

Da inzwischen alle Gäste angekommen waren, war das Abendessen die erste offizielle Veranstaltung des Hochzeitswochenendes, und entsprechend förmlich musste die Garderobe sein. Katie hatte sich eigens für diesen Anlass ein Cocktailkleid schneidern lassen, das zwar nicht ganz billig gewesen war, doch nach einem prüfenden Blick in den Spiegel fand sie, dass die Investition sich gelohnt hatte.

Bei optimalen Lichtverhältnissen und zusammen mit ihren High Heels konnte man sie heute fast als groß und schlank bezeichnen.

Wenn man bedachte, wie furchtbar der Tag begonnen hatte, konnte der Abend eigentlich nur ein voller Erfolg werden.

Genau genommen war der Tag auch gar nicht so schlecht gewesen – abgesehen vom frühen Morgen. Sie hatte den Vormittag damit verbracht, die nach und nach eintreffenden Hochzeitsgäste zu begrüßen. Mittags war sie mit Jackson, der freundlich und zuvorkommend wie immer gewesen war, essen gegangen. Sie hatten das Glück gehabt, nicht mit Courtney an einem Tisch sitzen zu müssen, und auch die gertenschlanke, attraktive Ariel war nicht aufgetaucht. Im Grunde war also alles sehr erfreulich gewesen.

Als Katie gerade aus dem Bad kam, klopfte jemand an ihre Tür. Das musste Jackson sein! Sofort klopfte ihr Herz ein wenig schneller. Er war pünktlich wie immer.

Tatsächlich stand ihr Begleiter vor der Tür; wie gewohnt umwerfend attraktiv. Diesmal trug er einen dunklen, perfekt geschnittenen Anzug mit einem weißen Hemd und einer grauen Krawatte.

„Bin ich ordentlich genug angezogen?", erkundigte er sich. „Ich habe extra meinen Smoking mitgebracht."

„Du siehst großartig aus", beruhigte Katie ihn und überlegte im Stillen, dass gut aussehende, pünktliche Männer mit eigenem Smoking ziemlich rar gesät waren. „Ich werde alle Hände voll zu tun haben, dich vor Tante Tully zu beschützen."

„Dafür wäre ich dir in der Tat sehr dankbar. Beim Mittagessen habe ich allerdings bemerkt, dass sie offenbar ein reges Interesse am Vater des Bräutigams entwickelt hat – was ich sehr beruhigend fand."

„Na, das wäre ja ganz reizend und würde die Stimmung sicher auflockern." Katie nahm sich vor, umgehend ihre Mutter über diese Entwicklung zu informieren.

Auch wenn sie ihrer Mutter die Indiskretion im Fahrstuhl noch nicht verziehen hatte. Nach wie vor fand Katie es vollkommen inakzeptabel, Details über das Sexualleben ihrer Eltern mitgeteilt zu bekommen.

„Wie geht's dir mit all dem Trubel?", erkundigte Jackson sich.

Katie vergewisserte sich, dass der Schlüssel in ihrem perlenbesetzten Handtäschchen war, und zog dann die Tür hinter sich zu.

„Alles in Ordnung. Ich zähle die Stunden, bis das hier vorbei ist. Wie sieht es bei dir aus?"

„Es ist ja nicht meine Familie. Aber schon jetzt, nach nur einem Tag, habe ich beschlossen, meine eigene Hochzeit ganz einfach und ohne viel Trara zu feiern. Und nur einen Tag lang."

„Da bin ich vollkommen deiner Meinung. Dieser Hochzeitsmarathon ist die Hölle – es kommt mir vor, als würde es niemals vorübergehen."

Wegen der großen Anzahl an Gästen musste das Abendessen im kleinen Ballsaal des Hotels stattfinden. Hier würde am Samstag auch die Trauungszeremonie sein. Für den anschließenden Empfang war der große Ballsaal reserviert.

Schon als sie sich dem Saal näherten, hörte Katie fröhliches Gelächter und das Aneinanderklirren von Gläsern. Sie holte tief Luft, um sich für den Abend mit ihrer anstrengenden Verwandtschaft zu wappnen.

Als sie gerade den Raum betreten wollte, hielt Jackson sie zurück.

„Ich wollte dir noch sagen, dass du heute einfach bezaubernd aussiehst", sagte er leise und sah ihr tief in die Augen.

Katie bemerkte, dass er schöne, lange Wimpern hatte und sein Blick vollkommen aufrichtig war. Obwohl sie sich immer gewünscht hatte, größer zu sein, musste sie zugeben, dass es sich gar nicht so schlecht anfühlte, zu einem Mann wie Jackson aufzusehen.

„Danke. Du bist sehr nett."

Er runzelte die Stirn. „Wie bitte?"

„Du bist wirklich nett."

Sein Blick wurde finster. „Ich sage dir, dass du toll aussiehst, und du beleidigst mich?"

Obwohl er sich Mühe gab, ernst auszusehen, bemerkte Katie, dass sein Mund verräterisch zuckte. Als würde er mühsam ein Grinsen unterdrücken.

„Das ist wirklich unverschämt! Ich werde gehen."

Katie konnte sich ein Kichern nicht verkneifen. „Jackson, bitte warte! Es tut mir leid. Du bist nicht nett."

Abwartend sah er sie an. „Im Gegenteil." Sie zögerte einen Moment und fuhr dann mit leiser Stimme fort. „Du bist einer von den bösen Jungs. Genau die Art Mann, vor der meine Mutter mich immer gewarnt hat."

„Viel besser." Er klang unverschämt zufrieden. „Vergiss das nicht."

Dann zog er sie in seine Arme und küsste sie. Katie schlang die Arme um seinen Hals und seufzte zufrieden. Gerade als sie seinen Kuss leidenschaftlich erwidern wollte, wurden sie unterbrochen.

„Da seid ihr ja endlich!" Innerhalb von einer Sekunde wurde Katie wieder auf den Boden der Tatsachen geschleudert. Vorbei waren die Erregung und die Vorfreude auf einen intimen Moment mit Jackson. Stattdessen ging der Albtraum dieses Wochenendes weiter.

„Katie, mein Schatz! Komm und gib mir einen Kuss!"

Katie löste sich aus Jacksons Armen und lächelte die zierliche alte Dame an, die auf sie zugeschlurft kam. „Nana!", rief sie und ging der alten Frau entgegen, um ihr einen Begrüßungskuss auf die faltige Wange zu geben.

„Mein liebes Mädchen! Lass dich mal anschauen!"

Katie ließ sich von allen Seiten betrachten.

„Sehr gut, du hast abgenommen. Wir alle haben jahrelang befürchtet, dass du ein Moppelchen bleiben könntest. Gut, dass wir uns geirrt haben." Nana Marie wandte sich an Jackson.

„Und wer sind Sie?"

„Jackson Kent. Freut mich, Sie kennenzulernen."

„Jackson, das ist Nana Marie. Sie ist ..." Katie schüttelte den Kopf und sah die alte Dame fragend an. „Nana, wie sind wir eigentlich verwandt?"

„Das sind wir gar nicht, mein Schätzchen. Ich war eine Freundin deiner Großmutter."

Nana lächelte Jackson an. „Sie sind sehr attraktiv. Wir freuen uns alle so sehr, dass Katie endlich einen Mann gefunden hat. Sie hat fürchterlich gelitten, als Alex sie sitzen ließ, um mit Courtney durchzubrennen. Ausgerechnet mit Courtney. Das Mädchen hat ungefähr so viel emotionale Intelligenz wie eine Pellkartoffel. Unsere Katie ist da ganz anders!"

Nana kniff Katie so fest in die Wange, dass ihr vor Schmerz Tränen in die Augen schossen. „Endlich hast du einen Mann. Nur das zählt. So, ich muss mich jetzt leider entschuldigen – ich muss Wasser lassen."

Fassungslos sah Katie der alten Dame nach und überlegte dann, ob es wohl helfen würde, wenn sie ihren Kopf ein paar Mal gegen die Wand schlagen würde. Natürlich würde sie sich dabei verletzen, doch zumindest hätten die Leute dann etwas, worüber sie reden konnten. Ein Thema, das nichts mit ihrem Gewicht oder ihrem Liebesleben zu tun hatte.

„Es tut mir leid", erklärte sie kleinlaut. „Es ist so viel schrecklicher, als ich es erwartet hatte."

Jackson trat dicht vor sie und streichelte sanft ihre Wange.

„He, kein Problem. Ich bin schließlich freiwillig hier. Außerdem finde ich sie nett."

„Warte, bis sie dir in die Wange zwickt."

Er grinste, wurde dann jedoch ernst. „Bitte versteh mich nicht falsch, aber ich finde, dass deine Familie aufhören sollte, auf dir herumzuhacken. Du hast einen großartigen Job, du bist wunderschön und sehr sexy. Wenn du so weit bist, wirst du heiraten, und es wird eine Menge Männer geben, die sich glücklich schätzen würden, dich zur Frau zu bekommen. Alex war ein Vollidiot, als er dich wegen Courtney verlassen hat."

Sprachlos vor Rührung sah Katie ihn an. Was sollte sie auf diese Lobeshymne antworten?

„Danke", flüsterte sie.

„Gern geschehen." Er legte seinen Arm um sie und führte sie in den Ballsaal. „Wir gehen als Erstes bei Alex und Courtney vorbei, damit der Trottel sieht, was er verpasst hat."

Im Laufe des Abends kam Jackson zu der Erkenntnis, dass Nana Marie noch eine der besser zu ertragenden Verwandten war. Die McCormick-Familie war sehr groß, sehr überschwänglich und sehr distanzlos. Jeder Einzelne fühlte sich berufen, auf Katies vermeintlichen Schwächen herumzureiten. Falls jemand sich nicht über ihr Gewicht ausließ, kam mit Sicherheit ein gönnerhafter Kommentar über den Umstand, dass sie endlich einen Freund hatte. Als wäre das die Überraschung des Jahrhunderts.

Jackson war vollkommen verwirrt. Gut, er war ein Mann und möglicherweise nicht der einfühlsamste seiner Art, aber wie zum Teufel kamen Katies Verwandten dazu, so über sie zu reden? Katie war eine umwerfende Frau. Sie hatte wunderschöne Augen, eine tolle, weiche Haut, glänzend blondes Haar – und das waren nur ihre oberflächlichen Vorzüge.

Vor allem wenn er sie wie gerade jetzt beim Tanzen im Arm hielt, ihren weichen Busen an seiner Brust spürte und ihre perfekten Kurven unter seinen Händen ertasten konnte, kam ihm das Gerede vollkommen absurd vor. Ihre Figur war ein

Traum. Die Reaktionen seines eigenen Körpers ließen keinen Zweifel daran, dass Katie eine aufregende, verführerische Frau war.

Wieso zum Kuckuck war ihre Familie so gemein zu ihr? Zum Glück war er bei ihr, um sie zu beschützen!

Er nahm ihren verführerischen, leicht blumigen Duft wahr und musste an dunkle Schlafzimmer und zerwühlte Laken denken. Entschlossen tanzte er mit ihr hinter eine Säule in einer ruhigeren Ecke des Ballsaals. Geschützt vor den Blicken der anderen Gäste zog er sie an sich und küsste sie.

Katie erwiderte seinen Kuss so leidenschaftlich, dass Jackson sein Verlangen nach ihr kaum noch unter Kontrolle hatte. Sie schmeckte köstlich nach Schokolade und Rotwein – die pure Versuchung.

Um sich seine Erregung nicht anmerken zu lassen, versuchte er etwas Abstand zu ihr zu wahren. Vergeblich. Sie hatte ihre Arme um seinen Hals geschlungen und presste sich eng an ihn. Als sie seine Erektion bemerkte, stöhnte Katie leise auf.

„Das dürfen wir nicht tun", murmelte sie zwischen zwei Küssen. „Es wäre keine gute Idee. Im Gegenteil. Eine schlechte Idee. Und sehr gefährlich."

Zärtlich küsste er ihren Hals. Als er die empfindliche Stelle hinter ihrem Ohr mit seiner Zunge umspielte, fing Katie an, vor Erregung zu zittern.

„Wieso ist es keine gute Idee?", fragte Jackson. „Für wen sollte es gefährlich werden?"

„Für mich. Für uns. Es ist doch nur ein Wochenende, Jackson. Ich bin nicht der Typ für One-Night-Stands."

Er sah ihr tief in die Augen. „Wer hat denn gesagt, dass es nur für eine Nacht sein soll?"

Katies Wangen waren gerötet, ihre Lippen glänzten feucht. Durch den dünnen Stoff ihres Kleides konnte Jackson sehen, dass ihre Nippel sich aufgerichtet hatten. Unauffällig stellte er sich so vor sie, dass er sie vor den Blicken der anderen Gäste schützte. Dann strich er sanft mit den Fingern über ihre harten Spitzen. Katie schnappte nach Luft.

„Ich will dich!" Wieder küsste er sie, wobei er diesmal sanft an ihrer Zunge saugte. Lange würde er sich nicht mehr unter Kontrolle haben. Sie machte ihn regelrecht süchtig.

Plötzlich bemerkte Jackson, dass jemand sich ihnen näherte. Schnell löste er sich von Katie. Sekunden später hatten Katies Eltern sie erreicht.

„Da seid ihr ja", stellte ihre Mutter überflüssigerweise fest. „Bis jetzt ist alles planmäßig verlaufen. Womit wir die Hälfte geschafft hätten. Noch zwei weitere Tage, und wir haben es hinter uns. Ich wollte euch nur sagen, dass wir jetzt schlafen gehen. Tante Tully ist auch schon zu Bett gegangen. Glücklicherweise allein. Ihr Versuch, den Kellner zu vernaschen, ist fehlgeschlagen."

„Wir sind auch ziemlich müde", erklärte Katie schnell, ohne Jackson anzusehen. „Wir kommen am besten gleich mit euch mit."

Gemeinsam fuhren sie mit dem Fahrstuhl nach oben. In ihrer Etage angekommen, stiegen sie aus und gingen zu Katies Tür.

„Jackson ..."

„Ist schon gut", unterbrach er sie und gab ihr einen flüchtigen Kuss.

„Was ist schon gut?"

„Das hier ist weder der passende Augenblick noch die passende Gelegenheit. Deine ganze Familie ist in der Nähe. Ich werde mich nach diesem Wochenende bei dir melden. Dann können wir uns verabreden und uns in einer etwas normaleren Umgebung besser kennenlernen."

„Du bist nicht sauer auf mich?"

„Katie. Ich bin doch keine siebzehn mehr. Ich kann warten." Wieder küsste er sie. „Ich weiß ja jetzt, dass es sich lohnt."

Er nahm ihr den Schlüssel aus der Hand und schloss ihr die Tür auf. Dann schob er sie ins Zimmer.

„Bis morgen dann."

„Okay. Gute Nacht."

Wie auf Wolken schwebte Katie in ihr Hotelzimmer. Was für ein aufregender, wundervoller Abend! Aber konnte es wirklich sein, dass der witzige, kluge und sehr attraktive Jackson ernsthaft an ihr interessiert war? Schwer vorstellbar.

Andererseits hatte er ihr sehr deutlich zu verstehen gegeben, dass er Interesse hatte. Doch sie hatte sich in diesen Dingen schon oft geirrt. Dennoch wollte ein Teil von ihr – genau genommen ein sehr großer Teil – unbedingt glauben, dass Jackson einer von den guten Männern war.

Gerade als sie ihre Pumps abgestreift hatte, klopfte es leise an der Tür und jemand flüsterte ihren Namen.

Freudige Erwartung und Unsicherheit machten sich gleichermaßen in ihr breit. Natürlich hatte sie grundsätzlich nichts gegen guten Sex einzuwenden, doch sie war sich nicht sicher, ob sie tatsächlich gleich am ersten Abend mit Jackson ins Bett gehen wollte.

Zögernd machte sie die Tür auf – und erstarrte. Ihr Besucher war nicht Jackson. Stattdessen stand ihr Exverlobter vor ihr.

„Alex?"

„Hallo Katie."

Ohne auf ihre Einladung zu warten, stolperte Alex ins Zimmer.

„Du bist betrunken."

„Kann schon sein." Er blieb vor ihr stehen und sah sie treuherzig und hoffnungsvoll an. „Betrunkene sagen bekanntlich immer die Wahrheit. Manchmal sagen wir sogar nur, wenn wir betrunken sind, die Wahrheit."

Um Himmels willen! Jetzt bloß keine peinlichen Offenbarungen!

„Alex, egal, worüber du dich unterhalten willst – besprich es mit Courtney. Ihr zwei heiratet übermorgen!" Sanft drängte sie ihn wieder zur Tür. „Geh bitte."

Doch Alex wollte noch nicht gehen. Störrisch blieb er vor ihr stehen. „Katie, was ist, wenn das alles ein Riesenfehler ist? Was ist, wenn ich Courtney gar nicht liebe?"

In Katies Kopf begannen die Alarmglocken zu schrillen. „Du bist nur nervös wegen der Hochzeit." Und ein Vollidiot, dich kurz vor der Trauung so unfassbar kindisch zu benehmen. Doch darüber würde sie später mit ihm sprechen. „Beruhige dich. Alles wird gut."

Er griff nach ihrem Arm. „Weißt du noch, wie es mit uns war? Wie wunderbar wir uns verstanden haben?"

„Nein. Ich kann mich nicht erinnern."

Er lächelte sie schief an. „Lügnerin. Ich weiß genau, dass du mich vermisst."

War das der Lohn für ihr sehr vernünftiges, erwachsenes Verhalten in Bezug auf Jackson? Vor fünf Minuten hatte sie brav auf hemmungslosen Sex verzichtet, und das hier sollte jetzt die Belohnung sein? Wo blieb da die Gerechtigkeit?

„Okay." Sie lächelte ihn beruhigend an. „Ich muss mal kurz verschwinden." Diskret wies sie auf die Badezimmertür. „Warte hier."

„Ich könnte mich schon mal ausziehen."

Katie unterdrückte einen entsetzten Schrei. „Nein, Alex, warte damit, bis ich wieder zurück bin."

Zufrieden grinsend ließ er sich auf ihr Bett fallen. „Ist gut."

Schnell verschwand Katie im Bad und holte ihr Handy aus der Tasche. Wie gut, dass ihre Mutter ihr für alle Fälle Jacksons Nummer gegeben hatte.

„Katie?"

„Alex ist hier. Er ist völlig betrunken und möchte Sex mit mir haben."

„Kann ich gut verstehen."

„Sehr witzig. Ich brauche deine Hilfe!"

„Bin gleich da."

Noch bevor Katie aus dem Bad herausgetreten war, hatte Jackson bereits an die Tür geklopft. Er sah Alex kopfschüttelnd an.

„Das wird wohl nichts. Du hattest deine Chance und bist gegangen. Jetzt gehört sie mir."

Verblüfft starrte Alex ihn an. „Du bist wirklich Katies neuer Freund?"

„Allerdings."

„Verdammt!"

Mühsam stand Alex auf und versuchte, die Balance zu halten. Dann wankte er zur Tür, die noch immer offen stand.

„Tut mir leid, Mann."

„Hauptsache, es passiert nicht wieder." Jacksons Ton ließ keinen Zweifel daran, dass er es ernst meinte.

Alex winkte zum Abschied und schloss die Tür hinter sich.

„Sehr beeindruckend", lobte Katie. „Vielen Dank, dass du mich gerettet hast. Wenn er zudringlich geworden wäre, hätte es einen handfesten Skandal gegeben."

„Mindestens."

Er wollte mit ihr schlafen. Katie sah es ihm deutlich an, spürte es mit jedem Blick, den er ihr zuwarf. Doch da er einer von den Netten war, würde er ihre Zurückhaltung akzeptieren und keinen zweiten Versuch starten. Wirklich, er war ein wahrer Gentleman.

Es wäre nun klug und richtig, ihm eine gute Nacht zu wünschen und ihn gehen zu lassen. Schließlich kannten sie sich kaum. Und auch wenn die Atmosphäre bei Hochzeiten immer sehr emotional war, war Sex mit einem Fremden sicher keine gute Idee. Bestimmt würde sie sich morgen früh hassen, wenn sie es dennoch tat.

Das waren alles sehr vernünftige Argumente, fand Katie, während sie zu Jackson herüberging und dann mit dem Zeigefinger über den Rand seiner Brille fuhr.

„Wie gut siehst du ohne Brille?"

„Sachen, die direkt vor mir sind, kann ich problemlos erkennen."

„Das ist gut."

Irgendwann zwischen ihrer ersten Verabschiedung und ihrem Hilferuf hatte er seinen Smoking und seine Krawatte abgelegt. Er war also schon mehr oder weniger ausgezogen – und es wäre eine Schande, diese Gelegenheit ungenutzt verstreichen zu lassen ...

„Möchtest du vielleicht deine Brille abnehmen?"

„Was bekomme ich, wenn ich es mache?"

Katie lachte. „Alles, was du willst."

6. KAPITEL

Jackson nahm seine Brille ab und legte sie auf den kleinen Tisch neben der Tür, bevor er sich zu Katie umdrehte, die ihn aufmerksam betrachtete – seine dunkelgrünen Augen, die langen Wimpern, sein perfekt geschnittenes Gesicht.

„Du bist wirklich ein außergewöhnlich attr..."

Weiter kam sie nicht, denn Jackson zog sie an sich und küsste sie. Diesmal war es kein sanfter Kuss und auch kein flüchtiges Streifen ihrer Lippen. Sein Kuss war hart und fordernd. Er ließ keinen Zweifel daran, dass es nun kein Zurück mehr gab.

Die Hitze, die von seinem Körper ausging, ließ Katies Knie weich werden, seine Nähe raubte ihr den Atem.

Seine Hände schienen überall zu sein – sie streichelten ihren Rücken und ihre Hüften und griffen dann unmissverständlich nach ihrem Po. Instinktiv presste sie sich noch näher an ihn und spürte dabei seine harte Erektion. Sie wollte ihn! Jetzt sofort!

Verzweifelt klammerte sie sich an ihn – nicht nur, um seinen muskulösen Körper zu spüren, sondern auch, weil sie selbst wacklig auf den Beinen war. Ihr Verlangen nach ihm, nach seinen Berührungen, wurde von Sekunde zu Sekunde unerträglicher.

Mit beeindruckender Leichtigkeit fand Jackson den Reißverschluss ihres Kleides und zog ihn herunter. Er unterbrach ihren Kuss gerade lange genug, um ihr den zarten Stoff über die Schultern zu streifen und auf den Boden gleiten zu lassen. Als sie, nur noch mit ihrem schwarzen BH und einem Höschen bekleidet, vor ihm stand, hielt er einen Augenblick inne. „Mein Gott, bist du schön", flüsterte er und umfasste ihre Brüste.

Quälend langsam begann er, ihre Brustwarzen zu streicheln. Katie glaubte, vor Erregung zerfließen zu müssen. Inzwischen hatte er ihren BH geöffnet und ebenfalls achtlos auf den Boden geworfen, um sich dann zu ihren Brüsten herunterzubeugen.

Zärtlich nahm er erst die eine und dann die andere Brustwarze in den Mund und neckte sie mit seiner Zungenspitze.

Als er schließlich anfing zu saugen, glaubte Katie ohnmächtig zu werden. Sie zitterte und spürte ein heftiges Ziehen in ihrem Unterleib. Sie konnte keinen klaren Gedanken mehr fassen – und wollte es auch gar nicht. Als Jackson sie schließlich in Richtung Bett drängte, konnte es ihr gar nicht schnell genug gehen.

Achtlos streifte sie ihre Schuhe ab; sein Hemd, seine Hose und seine Socken landeten ebenfalls auf dem Boden.

Plötzlich wurde Katie bewusst, dass sie fünfzehn ... nun ja, eher zwanzig Pfund zu viel auf den Rippen hatte, doch statt sich wie üblich zu schämen, war alle Unsicherheit von ihr abgefallen. Sie fühlte sich wundervoll. Begehrenswert.

Und Jackson ließ keinen Zweifel daran, dass er sie verführerisch fand. Er zog seine Boxershorts aus und griff nach ihrer Hand.

„Du bist unglaublich", flüsterte er und küsste sie.

Katie berührte ihn, spürte seine samtige Haut und schauderte. Doch als sie ihn streicheln wollte, hielt er ihre Hand fest und lächelte.

„Ich glaube, das wäre keine gute Idee. Ich fürchte, ich könnte mich nicht zurückhalten."

Wegen ihr? Konnte es wirklich sein, dass sie ihn so sehr erregte? Doch nun war keine Zeit zum Nachdenken, denn Jackson war gerade damit beschäftigt, ihr das Höschen auszuziehen.

Dann zog er sie zu sich ins Bett. Eng umschlungen küssten und streichelten sie sich, bis Jackson seine Hand zwischen ihre Schenkel gleiten ließ. Sie war feucht. Sehr feucht. Jackson stöhnte auf und streichelte sie, während er sie mit dem Daumen an ihrer empfindlichsten Stelle stimulierte. Diese Kombination, in perfektem Rhythmus, ließ Katies Erregung in Sekundenschnelle zu keuchender Lust werden.

Aus irgendeinem Grund schien er ganz genau zu wissen, wie er sie berühren musste und was ihr gefiel. Sie wollte ihn in sich spüren. Jetzt! Doch Jackson ignorierte ihre bereitwillig gespreizten Beine und machte stattdessen mit seiner Hand weiter.

Katie schloss die Augen und gab sich seinen Berührungen hin. Es war einfach zu viel, überlegte sie verzweifelt. Sie konnte doch nicht jetzt schon kommen. Doch sie hatte längst die Kontrolle verloren. Vollkommen. Das Einzige, das zählte, waren seine Hände, die sie immer weiter streichelten, bis sie vor Verlangen fast geschrien hätte. Ihr war heiß, sie fühlte sich vollkommen verschwitzt, und ihre Beine zitterten.

Ohne Vorwarnung nahm er ihre Brustwarze in den Mund und saugte daran. Eine Sekunde später kam Katie zum Höhepunkt – einem Höhepunkt, wie sie ihn noch nie erlebt hatte. Sie umklammerte seine Hand, damit er nicht aufhörte, woraufhin Jackson noch einen weiteren Finger zu Hilfe nahm. Katies Orgasmus schien kein Ende zu nehmen. Welle um Welle durchlief ihren Körper, und erst nach einer gefühlten Ewigkeit ebbte es ab.

Katie fühlte sich so überwältigt wie noch nie in ihrem Leben, doch auch ein wenig verlegen, weil sie sich so hatte fallen lassen. Was mochte er jetzt wohl von ihr denken? Dass sie eine sexuell völlig ausgehungerte Frau war? Ihre alten Selbstzweifel machten sich breit.

Doch bevor sie weiter darüber nachdenken konnte, kniete Jackson sich zwischen ihre Beine. Er drang in sie ein und beugte sich dann über sie. Er jetzt bemerkte Katie, dass seine Arme zitterten.

„Was hast du dir nur dabei gedacht?", fragte er. „Damit könntest du jeden Mann umbringen."

Verwirrt sah sie ihn an. „Wovon sprichst du?"

„Du warst unglaublich! So sexy! Ich konnte spüren, wie du deinen Höhepunkt hattest, und konnte mich kaum zurückhalten. Fast wäre ich nur vom Zusehen selbst gekommen."

Er schien selbst verblüfft von ihrer Wirkung auf ihn zu sein. Und diese Wirkung war noch nicht vorbei. Alle Unsicherheit fiel von Katie ab, und sie genoss das Gefühl, ganz von ihm ausgefüllt zu sein.

„Du brauchst dich nicht zurückzuhalten", flüsterte sie und genoss das Gefühl, so begehrt zu werden. „Ich will dich!"

Sie bewegte die Hüften in seinem Rhythmus und glaubte, ganz und gar mit ihm zu verschmelzen. Als sie bemerkte, dass sein Blick immer wieder zu ihren Brüsten wanderte, begann sie, sich selbst zu streicheln. Im selben Augenblick kam Jackson stöhnend in ihr.

Als sie später nebeneinander im Bett lagen, küsste er sie auf die Stirn.

„Ich bin so ein Idiot", murmelte er.

„Warum?"

„Meine Mutter versucht seit Jahren, mich dazu zu überreden, mit dir auszugehen. Wenn ich auf sie gehört hätte, dann hätten wir schon seit einer Ewigkeit diesen unglaublichen Sex haben können."

„Ich habe auch immer dankend abgelehnt", gab Katie lächelnd zu. „Wir waren also beide dumm. Wir sollten unseren Müttern zum Dank ein Geschenk schicken."

„Damit sie sofort wissen, dass wir Sex hatten?"

„Da ich inzwischen mehr über das Sexleben meiner Eltern weiß, als mir lieb ist, schätze ich, dass meine Mutter nicht sonderlich schockiert wäre."

Jackson beugte sich lachend über sie und sah sie an. „Meine Katie", flüsterte er und küsste sie liebevoll.

Sie verbrachten die Nacht gemeinsam und wurden früh durch die morgendlichen Sonnenstrahlen geweckt. Es würde wieder ein strahlend schöner Sommertag werden – perfekt für eine Hochzeit. Nach dem Aufstehen duschten sie gemeinsam. Niemals hätte Katie gedacht, dass man mit heißem Wasser und Seife so viel Spaß haben konnte.

Während sie sich an die kühlen, glatten Fliesen lehnte, kniete Jackson sich vor sie und verwöhnte sie mit der Zunge, bis Katie vor Erregung bebte. Dieser Mann war einfach unglaublich. Nur zu gern revanchierte sie sich. Als sie fertig waren, herrschte im Bad eine Luftfeuchtigkeit, die eher an eine Sauna erinnerte.

Obwohl sie sehr hungrig war, fühlte Katie sich so großartig wie schon seit Jahren nicht mehr. Vielleicht sogar wie noch nie in ihrem Leben.

Mit einem kurzen Blick auf ihren Wecker stellte sie fest, dass es bereits nach neun Uhr war.

„Auch wenn ich hundertmal lieber gleich wieder mit dir ins Bett gehen würde, muss ich mich jetzt leider anziehen", erklärte sie Jackson. „Ich muss mich noch um etliche Familienangelegenheiten kümmern. Die Generalprobe ist heute Nachmittag und heute Abend findet das große Dinner statt."

Er küsste sie auf die Nasenspitze. „Ich werde dich begleiten und dir helfen."

Freudig überrascht sah sie ihn an. „Auch bei den Familienangelegenheiten?"

„Klar. Ich werde sie alle mit meinem Charme um den Finger wickeln."

Sie berührte seinen noch immer nackten Brustkorb. „Du könntest auch einfach dein T-Shirt ausziehen. Damit würdest du zumindest die Frauen vollkommen ablenken."

„Ich möchte nicht, dass Tante Tully auf dumme Gedanken kommt."

Katie gab ihm einen Kuss auf die Schulter. „Das möchte ich auch nicht. Ich habe den Verdacht, dass es einen Mann für immer verändert, wenn er Tante Tully näher kennengelernt hat …"

Als kurz darauf jemand an die Tür klopfte, lachten sie noch immer.

„Katie? Bist du noch da?"

Katie zuckte zusammen. „Mist, meine Mutter."

Jackson griff nach seinen Sachen und verschwand im Bad. „Ich werde ganz leise sein", versprach er.

„Danke."

Schnell zog Katie ihren Bademantel über und öffnete die Tür. „Hallo Mom!"

Missbilligend runzelte ihre Mutter die Stirn. „Wieso bist du denn noch nicht angezogen?"

„Ich ... ähm ... ich habe heute Nacht nicht viel Schlaf bekommen."

„Ging mir genauso. Dieser ganze Stress macht mich fertig. Bitte versprich mir, dass deine Hochzeit nicht vier Tage lang gefeiert wird."

„Versprochen."

Ihre Mutter ließ sich erschöpft in den Sessel fallen und rieb sich die Schläfen. „Es ist ein Albtraum! Tante Tully hat sich an Bruce herangemacht, und es ist nicht klar, ob er ihr Angebot angenommen oder es abgelehnt hat. Die Gerüchteküche brodelt jedenfalls. Außerdem ist Alex verschwunden, und Courtney ist sich nicht mehr sicher, ob die Hochzeit wirklich eine gute Idee war. Du weißt ja, dass ich normalerweise Psychopharmaka ablehne, aber heute bin ich wirklich kurz davor, irgendwelche Pillen zu schlucken, um das alles ertragen zu können."

Entsetzt sah Katie ihre Mutter an. Bruce war der Vater von Alex. Und verheiratet. „Du hältst es für möglich, dass Tante Tully mit dem Vater des Bräutigams geschlafen hat?"

„Ehrlich gesagt möchte ich darüber lieber nicht nachdenken."

„Seine Frau findet das sicher kein bisschen witzig."

„Nett formuliert. Ich habe vorsichtshalber in der Küche Bescheid gesagt, damit alle Messer weggesperrt werden." Katies Mutter seufzte. „Die beiden haben sich beim Frühstück eine filmreife Szene geliefert. Schade, dass du nicht dabei warst."

Katie dachte daran, was sie und Jackson stattdessen getan hatten und lächelte versonnen. „Ja, sehr schade." Allein der Gedanke erregte sie so sehr, dass sie errötete. Wie gut, dass eine Wiederholung im Laufe des Tages ziemlich wahrscheinlich war. Doch im Augenblick gab es Wichtigeres zu tun.

„Ist Alex wirklich verschwunden?"

„Zumindest hat ihn seit der Party gestern Abend niemand mehr gesehen. Offenbar war er ziemlich betrunken."

Daran konnte Katie sich nur zu gut erinnern. „Ähm ... Mom ... ich muss dir etwas sagen."

Alarmiert sah ihre Mutter sie an. „Was?"

„Er war heute Nacht bei mir. Er sagte, er würde Courtney lieben, aber sei sich wegen der Hochzeit nicht mehr sicher. Und er wollte Sex mit mir haben."

Katie hatte erwartet, dass ihre Mutter entsetzt aufschreien würde oder zumindest betroffen wäre, doch Janis schloss nur die Augen und lehnte sich im Sessel zurück.

„Mom?"

„Sei leise! Ich stelle mir gerade vor, ich wäre irgendwo anders. An einem ruhigen Ort mit einem gurgelnden Flüsschen und sanft zwitschernden Vögeln. Wo ich eins mit dem Universum sein kann und alles schön ist."

„Könntest du vielleicht eins mit dem Universum sein und trotzdem den Bräutigam suchen?"

Ihre Mutter öffnete die Augen. „Nein. Aber du hast recht. Erst muss die Hochzeit abgewickelt werden. Danach habe ich noch genug Zeit für einen Nervenzusammenbruch." Sie holte tief Luft. „Ich weiß, dass die zwei sich lieben. Sie sind nur beide immer so dramatisch und egozentrisch. Kein Wunder, dass es zu dieser Katastrophe gekommen ist. Alex' Auto steht noch auf dem Parkplatz, also muss er in der Nähe sein. Vielleicht ist er nur in den Wald gegangen, um seinen Rausch auszuschlafen."

„Hoffentlich ist er nicht von einem Bären zum Frühstück verspeist worden. Wobei: Das würde Courtneys Problem mit den Zweifeln lösen, und der frühzeitige Tod ihres Bräutigams würde ihr all die Aufmerksamkeit sichern, nach der sie sich so sehr sehnt."

Tadelnd sah Janis ihre Tochter an. „Sei nicht so gemein!"

„War doch nur Spaß."

Ihre Mutter stand auf. „Gut. Ich kümmere mich um Tante Tully und Bruce. Courtney lassen wir in ihrem Zimmer vor sich hin schmollen. Darin war sie schon immer Spitzenklasse. Und du suchst nach Alex." Misstrauisch sah sie Katie an. „Du bist doch nicht etwa noch verliebt in ihn, oder? Falls doch, finde ich jemand anderen, der nach ihm sucht."

Katie dachte an den Traummann, der sich gerade in ihrem Badezimmer versteckte. Und daran, wie sie sich fühlte, wenn er in ihrer Nähe war. Jackson mochte sie und nahm sie ernst. Er war ein unglaublicher Liebhaber. Klug, witzig und charmant.

„Ich bin so sehr über Alex hinweg, dass ich gar nicht mehr weiß, weshalb ich jemals mit ihm zusammen war. Und das ist schon seit Monaten so."

„Sehr gut. Dann finde ihn jetzt bitte und bring ihn zur Vernunft. Falls es nötig ist, kannst du ruhig Gewalt anwenden. Morgen wird diese verdammt Hochzeit stattfinden, das schwöre ich dir!"

„Na, dann kann ja nichts mehr schiefgehen."

„Mach dich nicht über mich lustig! Ich bin am Rande eines Nervenzusammenbruchs." Ihre Mutter gab ihr einen flüchtigen Kuss auf die Wange. „Danke, dass du so normal bist."

„Gern geschehen."

Als Janis den Raum verlassen hatte, kam Jackson aus dem Badezimmer. Er hatte sich in der Zwischenzeit angezogen.

„Tja, es sieht so aus, als wärst du vor Tante Tully sicher", erklärte Katie ihm grinsend. „Sie hat Ersatz für dich gefunden."

„Prima. Glaubst du wirklich, dass sie mit dem Vater des Bräutigams ins Bett gegangen ist?"

„Leider ist bei ihr nichts ausgeschlossen."

Jackson verzog sein Gesicht. „Das kann ja lustig werden. Bestimmt gibt es einen Riesenkrach."

„Wie bei jeder guten Familienfeier."

Er griff nach ihrer Hand. „Soll ich dir bei der Suche nach Alex helfen? Zu zweit schaffen wir es bestimmt schneller."

„Das wäre großartig. Ich übernehme die Küche und das Untergeschoss."

Jackson nickte. „Und ich suche draußen nach ihm."

„Nimm dich vor den Bären in acht. So ein hübscher Kerl wie du kann leicht vernascht werden."

„Männer mögen es nicht, wenn man sie als hübsch bezeichnet."

Katie grinste. „Es ist nun mal die Wahrheit."

„Ich möchte aber nur von dir vernascht werden!"

Er küsste sie und ging hinaus. Gedankenverloren blieb Katie noch eine Weile in ihrem Zimmer stehen und fand, dass dies die mit Abstand beste Hochzeit aller Zeiten war.

7. KAPITEL

Die Suche aufzuteilen war ein sehr vernünftiger Plan gewesen, überlegte Katie eine halbe Stunde später, als sie sich angezogen und auf den Weg in die Küche gemacht hatte. Leider hatte dieser Plan einen Haken. Einen schlanken, rothaarigen Haken mit langen Beinen und einem perfekten Schmollmund.

„Du gehörst auch zur Hochzeitsgesellschaft, nicht wahr?", fragte Ariel, als Katie in die Küche kam.

Jacksons Exfreundin stand an einem der Tische und schichtete vorsichtig eine vierstöckige Hochzeitstorte auf. Die Tortenböden waren mit einer dicken Schicht Fondant überzogen, und neben der Torte standen mehrere Teller mit Marzipanrosen in blassrosa und gelb, mit deren Hilfe aus dem noch unscheinbaren Tortengerüst ein prachtvolles Kunstwerk werden würde.

„Ja. Ich bin die Schwester der Braut."

„Aha. Und was hast du mit Jackson zu tun? Ich habe dich mit ihm zusammen gesehen. Seid ihr befreundet?"

Katie dachte an Jacksons heiße Küsse in der Dusche. An die Art und Weise, wie er mit seinen Lippen ihren Körper erkundet hatte. Daran, wie er sie zu immer neuen Höhepunkten gebracht hatte – soweit sie wusste, gab es Bundesstaaten, in denen er sich mit manchen seiner Zärtlichkeiten sogar strafbar gemacht hätte.

„Ja, wir sind befreundet", erklärte sie kühl und versuchte, gelassen und selbstbewusst zu wirken. Wie gern hätte sie dieser unverschämt attraktiven Ariel das Gesicht zerkratzt. Doch das ging nicht. Sie musste schließlich an die Torte denken.

„Ist er …" Ariel schluckte. „Weißt du, ob er eine Freundin hat? Wir waren früher mal zusammen, aber ich habe ihn verlassen. Heute weiß ich, dass das ein Riesenfehler war. Wir haben großartig zusammengepasst, und nun möchte ich ihn zurück!"

Ihre schönen, mandelförmigen Augen füllten sich mit Tränen. War ja klar. Die perfekte Ariel bekam bestimmt keine rote Nase vom Heulen.

Am liebsten hätte Katie gesagt, dass sie und Jackson zusammen waren. Dass sie sich Hals über Kopf verliebt hatten. Plötzlich fiel Katie auf, dass sie diesen Satz schon tausendmal gehört oder gelesen hatte, doch heute zum ersten Mal verstand, was er bedeutete. Die Welt schien stillzustehen. Sie war so verdattert, dass sie nichts mehr um sich herum wahrnahm.

Hals über Kopf verliebt? Das konnte doch nicht sein! Schließlich kannte sie Jackson kaum. Gut, er war genau der Mann, den sie sich immer gewünscht hatte. Nett, witzig, charmant und sexy. Und im Bett war es unbeschreiblich mit ihm. Vielleicht war es also doch gar nicht so abwegig, dass sie sich in ihn verliebte? Sicher, es war verrückt, aber nicht unmöglich.

„Ist alles okay mit dir?", erkundigte Ariel sich.

„Ja, danke", erwiderte Katie benommen. „Ich … also … ich weiß nichts über sein Liebesleben." Womit sie recht hatte. Einmal abgesehen von seiner brandneuen Beziehung zu ihr.

Zwar war sie sich ziemlich sicher, dass er keine feste Partnerin hatte – seine Mutter hätte ihn andernfalls wohl kaum gebeten, an diesem Wochenende ihren Freund zu spielen –, doch genau wusste sie es nicht. Katie konnte sich gut vorstellen, dass es eine ganze Reihe von Frauen gab, die nur darauf warteten, bei ihm landen zu können. Angesichts seiner Talente, die er ihr in der vergangenen Nacht bewiesen hatte, konnte sie sich gut vorstellen, dass er ein Frauenheld war.

Ariel seufzte. „Ich muss unbedingt mit ihm reden. Ihm alles erklären. Bestimmt ist es noch nicht zu spät. Ich kann immer noch nicht fassen, wie blöd ich war. Einen Mann wie Jackson trifft man nicht jeden Tag."

„Nein", stimmte Katie kleinlaut zu und ging zur Tür. „Du hast nicht zufällig den Bräutigam gesehen?"

„Leider nicht. Aber ich habe deine Mutter kennengelernt. Sie ist sehr nett."

„Stimmt. Danke."

„Wünsch mir Glück mit Jackson!"

Lieber hätte Katie sich die Zunge abgebissen. Wortlos winkte sie zum Abschied und ging hinaus. Noch immer etwas benommen machte sie sich auf den Weg in den Park. Draußen war herrliches Wetter. Die Sonnenstrahlen waren schon jetzt am Morgen kräftig und warm. Die Blumenrabatten blühten in schillernden Farben, sodass die Auffahrt zum Hotel und der Park wie eine perfekt dekorierte Filmkulisse aussahen.

Doch Katie nahm die Schönheit ihrer Umgebung kaum wahr. Zu sehr war sie mit ihren eigenen Gedanken beschäftigt. War sie wirklich dabei, sich in genau den Mann zu verlieben, mit dem ihre Mutter sie seit Jahren verkuppeln wollte? Was für eine Ironie des Schicksals.

Noch mehr verwirrte sie allerdings die Erkenntnis, dass sie keine Ahnung hatte, wie Jackson über die Sache dachte. Natürlich kam es nicht infrage, ihn darauf anzusprechen. Sie war schließlich keine von diesen verzweifelten Frauen, die schon beim zweiten Date Zukunftspläne schmiedeten und von Heirat und Kindern sprachen. Katie hatte eine langjährige Erfahrung darin, ihre Gefühle für sich zu behalten. Warum sollte sie gerade jetzt damit aufhören?

Vielleicht, weil Jackson anders war als die Männer, die sie bisher kennengelernt hatte? Aber war er das wirklich? Oder interpretierte sie wieder einmal viel zu viel in ein verheißungsvolles Lächeln hinein – und in den beispiellos guten Sex?

Jackson musste nicht lange suchen, bis er den vermissten Bräutigam gefunden hatte. Er lag auf einer Parkbank hinter einem der Nebengebäude, in dem die Skier für die Wintersaison aufbewahrt wurden.

Jackson rüttelte an Alex' Schulter. Erst vorsichtig, dann jedoch immer entschlossener. Schließlich stöhnte der Bräutigam auf und blinzelte Jackson verwirrt an.

„He, ich kenne dich", stellte er mit heiserer Stimme fest. „Du gehörst zu meiner Hochzeitsgesellschaft. Wo ist Courtney? Ich vermisse sie. Wusstest du, dass sie die tollste Frau der Welt ist?"

„Ja, Courtney ist wundervoll", stimmte Jackson zu. „Und morgen wirst du sie heiraten."

Langsam setzte Alex sich auf. „Ich weiß. Sie ist wunderschön und so, aber sie kann auch sehr egozentrisch und selbstsüchtig sein. Das macht mich wahnsinnig. Aber wenn ich mir vorstelle, nicht mehr mit ihr zusammen zu sein, habe ich das Gefühl, ich müsste ersticken. Meinst du, das hat etwas zu bedeuten?"

„Du bist ein bisschen nervös, weil du morgen heiratest", erklärte Jackson beruhigend. „Das ist ganz normal. Konzentriere dich auf die Dinge, die du an Courtney liebst. Denk daran, wie du ihr den Antrag gemacht hast. Bestimmt wart ihr beide in dem Augenblick überzeugt, dass ihr euch für immer lieben werdet. Ruf dir diese schönen Momente in Erinnerung, und deine Nervosität wird vergehen."

„Das ist ein sehr weiser Rat, Kumpel." Alex blinzelte verlegen.

„Ja, ich bin gut darin, Leute zu beraten. So, und jetzt stehst du auf und gehst ins Hotel zurück. Du brauchst eine Dusche und viel Kaffee. Danach suchst du Courtney und sagst ihr, wie sehr du sie liebst. Und dann kümmerst du dich um deine Mutter. Es geht das Gerücht um, dass dein Vater mit Tante Tully ins Bett gegangen ist."

Entsetzt starrte Alex ihn an. „Wie bitte? Was hat mein Vater getan?"

Jackson half Alex beim Aufstehen. „Deine Mutter wird dir sicher die Einzelheiten erklären. Also, was machst du jetzt?"

„Duschen, Kaffee trinken, Courtney sagen, dass ich sie liebe, mit meiner Mutter sprechen. Alles klar."

„Sehr gut."

„Du bist also ein Seelenklempner?"

„So etwas Ähnliches."

„Katie kann sich glücklich schätzen, dich gefunden zu haben. Sie verdient einen wirklich netten Kerl wie dich."

„Ich weiß."

„Leider war ich nicht der passende Mann für sie."

„Nein, offenbar nicht."

Alex seufzte. „Ich vermisse sie."

„Du musst sie dir aus dem Kopf schlagen."

„Ich weiß."

Jackson sah Alex nach, als dieser in Richtung Hotel schlurfte, und überlegte, welche Katastrophen dieses Hochzeitswochenende wohl noch zu bieten haben würde.

8. KAPITEL

„Wie kommt Alex denn darauf, dass du Psychologe bist?", erkundigte sich Katie, als sie am Nachmittag mit Jackson zusammen zu dem Saal ging, in dem die Probe stattfinden sollte.

„Ich habe ihm zugehört und ihm einen Rat gegeben, und er hat daraus die falschen Schlüsse gezogen."

„Aha." Sie lächelte. „Er wird es kein bisschen witzig finden, wenn er die Wahrheit herausfindet."

„Falls diese Hochzeit planmäßig verläuft, dürfte es ihm egal sein."

Jackson klang sehr zuversichtlich und sah wieder einmal zum Anbeißen aus. Vielleicht fand Katie das aber auch nur, weil sie bei all dem Stress das Mittagessen vergessen hatte.

Unauffällig musterte sie ihn. Maßgeschneiderte Hose, ein blütenweißes Hemd, modisches Sakko. Er wusste, wie er sich kleiden musste, um unwiderstehlich zu sein. Bei der Vorstellung, ihm seine teuren Designerklamotten vom Leib zu reißen, vergaß sie sogar ihren knurrenden Magen.

Achtung! Sie musste vorsichtiger sein! Es war nicht klug, sich in Jackson zu verlieben. Zumindest nicht, bevor sie nicht ein bisschen mehr über ihn wusste. Irgendwie hatten sie die Small-Talk-Phase übersprungen, und nun war es sehr schwer, ein unverfängliches Gespräch anzufangen. Nachdem sie schon mit ihm im Bett gewesen war, schien ihr ein unverbindliches „Erzähl doch mal etwas über dich" irgendwie unpassend.

„Hast du noch ein bisschen geschlafen?", fragte Jackson flüsternd und legte seinen Arm um ihre Schultern.

Seine Berührung ließ Katie erröten. „Nein. Ich habe es versucht, aber es kam immer etwas dazwischen."

„Sollte ich mich entschuldigen?"

„Du hast mich doch gar nicht geweckt."

Er grinste. „Du weißt schon, was ich meine."

Sie sahen sich in die Augen, und beide spürten die erotische Spannung. „Nein", flüsterte sie heiser. „Entschuldige dich nicht!"

„Gut."

Sie waren vor der offenen Tür stehen geblieben. Von drinnen klang Stimmengewirr zu ihnen heraus, und Katie wusste, dass sie nun hineingehen sollten. Doch es war so viel verlockender, hier draußen stehen zu bleiben und Jackson in die Augen zu sehen. Noch besser wäre es natürlich, ihn zu küssen. Oder gleich mit ihm nach oben zu verschwinden.

„Ich habe immer gern Science-Fiction gelesen", platzte er heraus.

„Was?"

„Ich lese Science-Fiction-Bücher. Außerdem mag ich Spionagethriller. Notfalls kann ich aber auch eine romantische Komödie ertragen. In den Ferien erhole ich mich gern, am liebsten am Meer. Wenn es sein muss, darf es aber auch ruhig mal eine Bergtour sein."

Er nahm ihr Gesicht in die Hände. „Jetzt sag mir, was du magst."

„Hm. Ich lese gern Liebesgeschichten und Krimis. Ich gehe gern ins Kino, solange die Filme nicht zu brutal und blutrünstig sind. Mein letzter Urlaub ist so lange her, dass ich mich nicht mehr daran erinnern kann, aber Strand und Meer sind definitiv okay."

„Mit acht bin ich von einem Baum gefallen und habe mir den Arm gebrochen."

„Ich habe ein Tattoo auf dem Po, auf dem ‚Kneif mich!' steht."

Entgeistert ließ er seine Hände sinken und starrte sie an. „Kneif mich?"

Katie kicherte und gab ihm einen Kuss. „War nur ein Scherz. Kein Tattoo."

„Das hätte mich auch sehr gewundert. Schließlich hätte ich es letzte Nacht bemerken müssen."

Er nahm sie in den Arm und wirbelte sie herum. „Wir haben viel zu viel Zeit verschwendet, mein Schatz. Meine Mutter wird entzückt sein, wenn sie das hört."

Katies Herz pochte heftig. Was meinte er damit? Durfte sie hoffen, dass er genauso begeistert von ihr war wie sie von ihm?

War es möglich, dass sie tatsächlich so ein unverschämtes Glück hatte?

Gerade als sie etwas entgegnen wollte, hörte sie, wie jemand leise seinen Namen aussprach.

„Jackson, hast du eine Sekunde Zeit?"

Er setzte sie ab, und sie drehten sich beide neugierig um. Hinter ihnen stand Ariel, schön und zart und offensichtlich sehr verzweifelt.

„Wir müssen zur Probe", erklärte Jackson abweisend, ohne Katie loszulassen.

„Bitte. Es dauert wirklich nicht lange."

Katie überlegte, wie viel Jackson ihr nach nur einem Tag bereits bedeutete, und wie durchschnittlich sie im Vergleich zu Ariel aussah. Früher hätte sie in so einer Situation sofort aufgegeben, doch seit sie Jackson kannte, war sie selbstbewusster geworden.

„Du solltest mit ihr reden", riet sie ihm. „Es scheint wichtig zu sein."

„Ich habe dir versprochen, dich zur Probe zu begleiten."

„Ich schaffe das schon allein. Außerdem dauert es bestimmt nicht lange."

Zumindest hoffte sie das. Und wenn er wider Erwarten ein Mann war, der mit ihr ins Bett ging, um kurz darauf zu seiner Ex zurückzukehren, dann war es besser, sie erfuhr es so früh wie möglich. Andernfalls würde er ihr womöglich das Herz brechen. Wenn es nicht sogar schon zu spät war …

„Ich bin sofort zurück", versprach er und ging zu Ariel.

Katie hatte kein Interesse daran, diesen beiden gut aussehenden Menschen nachzusehen, und so beeilte sie sich, zu der Probe in den Ballsaal zu kommen. Es ging ihr großartig, beschloss sie, hob entschlossen ihr Kinn und stolzierte selbstbewusst in den Saal – um nach wenigen Schritten über eine Handtasche zu stolpern und auf dem blank polierten Parkett zu liegen.

Am liebsten wäre sie einfach liegen geblieben und hätte sich eingeredet, dass niemand sie bemerken würde, wenn sie sich nur nicht bewegte. Doch natürlich war das eine naive Hoffnung. Ihre gesamte Familie versammelte sich um sie herum, um ihr beim Aufstehen zu helfen und nach dem Grund für ihren Sturz zu fragen.

Alex war als Erster da und half ihr auf. „Wo tut es weh?", erkundigte er sich, während er sie fürsorglich zu einem Stuhl führte.

Sie riss sich los. „Es geht mir gut. Danke. Nichts passiert."

Ihre Mutter drängte sich durch die Gästeschar. „Liebling! Ist alles in Ordnung?"

„Ja, Mom. Ich bin nur gestolpert."

Mitfühlend drückte ihre Mutter ihr die Hand. „Wenn du versuchst, dich vor dieser Hochzeit zu drücken, musst du dir etwas Originelleres ausdenken", zischte sie leise.

Obwohl ihr Knie schrecklich wehtat, konnte Katie sich ein Grinsen nicht verkneifen. „Die Fenster hier sind einfach zu hoch zum Rausklettern."

Ihr Vater war vor ihr in die Hocke gegangen und untersuchte ihr Bein. „Dein Knie schwillt mächtig an, meine Kleine. Ich schätze, es ist verstaucht. Wir sollten es uns ansehen."

Er half ihr auf die Beine und brachte sie in einen Nebenraum. Katie zog ihre Sandalen und die weiße Jeans aus und zuckte dann beim Anblick ihres Knies erschrocken zusammen. Es war schon jetzt fast doppelt so dick wie normal.

„Sehr attraktiv", murmelte sie.

Ihr Vater, ein erfahrener Hausarzt, bewegte das Bein vorsichtig in alle Richtungen.

„Du bist die Sportskanone in unserer Familie. Was meinst du?"

Katie hatte schon unzählige verrenkte Knie gesehen. „Kühlen, hochlegen, nicht belasten, Ibuprofen und ein fester Verband, falls ich doch mal aufstehen muss."

„Meine Tochter!", rief ihr Vater stolz. „Falls es in den nächsten zwei Tagen nicht deutlich abschwillt, müssen wir eine Röntgenaufnahme machen. Aber ich schätze, das wird schon wieder." Er stand auf und machte einen Schritt Richtung Tür. „War das ein Versuch, deinen Job als Brautjungfer loszuwerden?"

„Wenn es doch nur so wäre." Mit schmerzverzerrtem Gesicht versuchte Katie, ihr Knie zu beugen. „Besonders grazil werde ich wohl nicht mehr sein."

Ihr Vater half ihr beim Anziehen. „Wir haben dich trotzdem lieb."

„Danke. Das tröstet mich sehr", erwiderte sie ironisch und nahm ihren Vater kurz in den Arm.

Er drückte sie an sich. „Diese Hochzeit ist eine einzige Katastrophe. Hast du die Geschichte über Tante Tully und Bruce gehört?"

„Ja, aber ein Gutes hat dieser Skandal: Ich denke seitdem viel weniger über euer Sexleben nach …"

„Bitte, sprich nicht mehr darüber!"

„Ich kann dir versichern, dass ich mir große Mühe gebe, diese Gedanken aus meinem Kopf zu verbannen."

Mit ernstem Blick sah ihr Vater sie an. „Ich weiß, dass Alex dich sehr verletzt hat, als er dich wegen Courtney sitzen ließ, aber ehrlich gesagt war ich trotzdem erleichtert darüber. Er war einfach nicht der richtige Mann für dich. Ich hoffe, das ist dir klar?"

„Ja, ich weiß."

„Gut."

In diesem Augenblick wurde die Tür aufgerissen, und Jackson stürmte herein. „Ich war doch nur eine Viertelstunde weg! Was zum Teufel ist passiert?" Als er Katies Vater sah, blieb er abrupt stehen. „Oh, hallo Dr. McCormick."

Schlimm genug, dass die gesamte Hochzeitsgesellschaft ihre Tollpatschigkeit mit angesehen hatte, doch jetzt musste sie auch noch Jackson davon erzählen.

„Genau das ist der Grund, weshalb ich nur über Sport schreibe, anstatt selbst aktiv zu sein", erklärte sie betont munter. „Ich bin gestolpert."

„Bist du verletzt?"

„Sie hat sich das Knie verstaucht", erklärte ihr Vater. „Das wird schon wieder." Fragend sah er von Katie zu Jackson. „Soll ich euch allein lassen?"

Katie nickte, und Dr. McCormick ging hinaus.

„Wie geht es Ariel?"

„Gut. Also, was ist passiert?"

„Erst Ariel."

„Nein, erst du."

Katie seufzte. „Ich bin über eine Handtasche gestolpert, hingefallen und habe mir dabei das Knie verdreht."

„Ariel findet, dass wir es noch einmal miteinander versuchen sollten. Ich habe abgelehnt."

Natürlich hatte Katie damit gerechnet, dass er Ariels großzügiges Angebot ablehnen würde, doch es war trotzdem schön, es von ihm zu hören.

„Könntest du etwas konkreter sein?", hakte sie vorsichtig nach.

Er nahm sie in den Arm. „Brauchst du Eis zum Kühlen oder sonst irgendetwas?"

„Kühlen, hochlegen, nicht belasten, Ibuprofen und ein fester Verband."

„In dieser Reihenfolge?"

„Alles gleichzeitig wäre noch besser."

„Hab ich mir schon gedacht."

Bevor ihr klar wurde, was Jackson vorhatte, hatte er sich über sie gebeugt und sie hochgehoben. Erschrocken schrie Katie auf.

„Was machst du da?"

„Na, wie sieht es denn aus? Ich bringe dich in dein Zimmer."

Die Tür, die ihr Vater hinter sich zugezogen hatte, öffnete sich wieder, und ihre Mutter trat ein. „Was ist los? Ich habe einen Schrei gehört und …" Erstaunt sah sie die beiden an. „Oh, das ist ja sooo romantisch."

„Unsinn!", widersprach Katie. „So schlimm ist es nicht. Lass mich wieder herunter!"

„Nein, ich werde dich in dein Zimmer bringen. Du darfst das Knie jetzt nicht belasten." Jackson trug sie zur Tür, als wäre sie federleicht. „Janis, könntest du Katies Tasche holen?"

„Natürlich."

Als sie durch den Saal gingen, scharten sich alle Gäste um sie, um sich nach Katies Befinden zu erkundigen. Alle außer Courtney, die Katie mit unverhohlener Wut ansah. Katie vergrub ihr Gesicht an Jacksons Brust.

„Mach dir keine Sorgen wegen der Probe", rief ihre Mutter ihnen nach. „Du musst einfach nur zum Altar gehen und dort auf die Braut warten. Das ist nicht weiter schwierig. Jackson, du passt doch gut auf mein Mädchen auf, oder?"

„Das werde ich", versprach er und ging mit Katie hinaus.

9. KAPITEL

„Ist es schon besser geworden?", fragte Jackson eine Stunde später.

Katie lag auf ihrem Bett und hatte ihr Bein auf einem Kissenberg abgelegt. Auf dem verletzten Knie lag ein Eisbeutel, den Jackson ihr aus der Küche geholt hatte.

„Der Schmerz ist nicht das Schlimmste", erklärte Katie. „Du glaubst gar nicht, wie sehr ich mich für diesen peinlichen Auftritt schäme."

Seitdem sie in ihrem Zimmer lag, hatte fast jeder einzelne Gast der Hochzeitsgesellschaft bei ihr vorbeigeschaut, um nach ihr zu sehen. Alle außer Courtney, die vermutlich davon überzeugt war, dass Katie absichtlich hingefallen war, um ihr die Schau zu stehlen und die Hochzeit zu ruinieren.

„Ich war abgelenkt", gab sie zu und sah Jackson an, der sich neben sie gelegt hatte.

Er drehte sich zu ihr um und sah sie liebevoll an. „Ariel?"

Katie zuckte die Achseln. „Kann schon sein."

„Wir sind nicht mehr zusammen. Schon seit sehr langer Zeit nicht."

„Genau das würde sie gern ändern."

„Und ich würde dich gern mit Champagner übergießen und dann abschlecken. Aber auch das wird wohl nicht passieren." Er grinste. „Zumindest nicht heute Nacht."

Er gab ihr einen zärtlichen Kuss. „Ich bin nicht an Ariel interessiert."

„Aber sie ist wunderschön."

Mit einem lässigen Achselzucken sah er sie an. „Ich bin über sie hinweg. Das war ich im Prinzip schon zehn Minuten, nachdem sie mich verlassen hatte."

Katie fand diese Aussage beruhigend und besorgniserregend zugleich. „Glaubst du nicht an zweite Chancen?"

„Doch. Aber warum sollte ich mich für Ariel interessieren, wenn du in der Nähe bist?"

Mit offenem Mund starrte sie ihn an. Wie schaffte er es nur immer, sie so aus der Fassung zu bringen? „Gute Antwort."

„Hast du noch weitere Fragen?"

„Eigentlich nicht."

„Prima." Wieder küsste er sie.

„Meinst du, die Krankenbesuche deiner Familie sind jetzt vorbei?"

Katie schlang ihm die Arme um den Hals. „Ich hoffe es."

„Ich auch."

Früh am nächsten Morgen stand Jackson leise auf. Katie, zum Anbeißen süß mit ihrem zerzausten blonden Haar und den geröteten Wangen, schlief noch tief und fest.

Sie hatte den größten Teil der Nacht mit hochgelagertem Bein auf dem Rücken gelegen, und Jackson bemerkte zufrieden, dass die Schwellung an ihrem Knie deutlich zurückgegangen war. Vermutlich würde es heute noch etwas wehtun, doch der Sturz war vermutlich bald vergessen.

Sein Blick blieb an ihren lackierten Fußnägeln hängen. Seltsam. Früher hatte er sich nie für die Zehen seiner Freundinnen interessiert, doch an Katie waren diese leuchtend rot lackierten Nägel ungeheuer sexy.

Während er sich anzog, konnte er den Blick nicht von ihr abwenden. Ihre Haut war weich, ihr Körper warm und verlockend. Sie hatte etwas Besonderes an sich. Etwas, das bei ihm den Wunsch auslöste, bei ihr zu bleiben.

Doch er würde dem Impuls jetzt nicht nachgeben. Stattdessen schlich er hinaus, um in seinem eigenen Zimmer zu duschen. Heute war der eigentliche Hochzeitstag, und Katie musste frisch und ausgeruht sein.

Doch bevor er Katies Zimmertür hinter sich schließen konnte, kam Courtney ihm aus dem Fahrstuhl entgegen.

„Ist sie schon aufgestanden?", fragte die künftige Braut barsch. „Ich muss sofort mit ihr sprechen."

„Sie ist noch ..."

Aber Courtney hörte ihm gar nicht zu. Entschlossen drängte sie sich an Jackson vorbei ins Zimmer.

„Du liegst noch im Bett? Steh bitte sofort auf! Irgendetwas stimmt mit Alex nicht. Ich glaube, er liebt mich nicht ..." Den letzten Satz hatte sie nur noch schluchzend herausgebracht.

Jackson zögerte. Sollte er zurück in Katies Zimmer gehen und Einfühlungsvermögen zeigen, oder war es klüger, sich aus dem Staub zu machen? Obwohl ihm die zweite Variante deutlich verlockender erschien, ging er zu den beiden Frauen.

Katie lag im Bett und hatte sich schützend die Decke bis ans Kinn gezogen. Als ihre Blicke sich trafen, lächelte sie. „Guten Morgen." Ihre Stimme klang tief und sexy.

„Morgen."

„Hörst du mir überhaupt zu?", schimpfte Courtney laut. „Alex ist sich nicht mehr sicher, ob er mich heiraten möchte!"

Damit hatte sie Katies Aufmerksamkeit gewonnen. Entsetzt sah sie ihre Schwester an.

„Aber gestern hast du doch noch gesagt, er würde dich lieben. Was ist denn passiert?"

„Ist doch egal. Mir geht es schlecht!"

Katie musste sich anstrengen, nicht genervt mit den Augen zu rollen. „Aber warum? Du wirst einen tollen Mann heiraten, der dich förmlich anbetet. Heute ist dein ganz großer Tag."

„Das sagst du doch nur, weil du eifersüchtig auf mich bist."

Katie runzelte die Stirn. Wenn sie eifersüchtig wäre, würde sie dann nicht eher gemein sein?

„Weshalb sollte ich eifersüchtig sein?"

„Weil ich heute heirate und du noch nicht einmal eine richtige Begleitung hast, sondern jemanden dafür bezahlen musst, dass er deinen Freund spielt."

Jackson lehnte sich an den Türrahmen und lächelte amüsiert. „Ich bekomme Geld?"

„Natürlich. Wusstest du das nicht? Mehrere Hundert Dollar." Katie lachte.

„Gibt es einen Zuschlag für gutes Benehmen?"

„Ja, ich habe auch schon darüber nachgedacht, mich besonders erkenntlich zu zeigen."

„Ich kann es kaum erwarten."

Zornig drehte Courtney sich zu ihm um. „Sei endlich ruhig und misch dich nicht in unsere Angelegenheiten ein. Das alles hier geht dich gar nichts an!"

Jackson ging langsam auf sie zu. „Da bin ich anderer Ansicht. Es geht mich eine ganze Menge an, wenn du Katie angreifst. Egal, welche Probleme du auch gerade mit deinem Verlobten haben magst – deine Schwester kann nichts dafür. Katie kümmert sich seit Tagen rührend um deine alberne Hochzeit, obwohl sie ihre Unterstützung meiner Meinung nach wirklich nicht verdient hast."

Mit vor Wut funkelnden Augen starrte Courtney ihn an. „Du ... du ..."

„Deine Schwester hat kein Interesse mehr an Alex. Er könnte sich sehr glücklich schätzen, wenn es anders wäre. Aber sie ist über ihn hinweg. Und Alex über sie. Erstaunlicherweise liebt er dich und will dich heiraten. Und falls du möchtest, dass eure Ehe funktioniert, dann wird es Zeit für dich, erwachsen zu werden. Bestimmt wird es dir schwerfallen, dein egozentrisches, trotziges Teenagerbenehmen abzulegen, aber ich fürchte, du hast keine andere Wahl."

Courtney funkelte ihn an. „Ich hasse dich!"

„Du gehörst auch nicht gerade zu meinen Lieblingsmenschen."

„Hiermit lade ich dich von meiner Hochzeit aus. Wage es ja nicht, dich blicken zu lassen!", schrie Courtney und rannte hinaus.

Jackson sah Katie an. „Soll ich ihr folgen und mich entschuldigen?"

Katie grinste. „Nein. Das war eine großartige Vorstellung. Ganz großes Kino. Und längst einmal fällig. Endlich hat sich jemand getraut, ihr den Kopf zu waschen."

„Also gut. Aber du darfst dich von ihr nicht länger so schlecht behandeln lassen."

„Ich weiß. Aber alte Gewohnheiten legt man nicht so einfach ab."

Genau in dem Moment, in dem er sich über sie beugte, um sie zu küssen, ging schon wieder die Tür auf.

Janis kam hereingeeilt und schien sich kein bisschen darüber zu wundern, Jackson im Zimmer ihrer Tochter anzutreffen.

„Die beiden Turteltäubchen hatten offenbar einen furchtbaren Streit. Courtney ist seitdem verschwunden, und Alex sitzt wie ein Trauerkloß in der Lobby. Dabei ist es noch nicht einmal neun Uhr. Ich hab ja von Anfang an geahnt, dass wir ihnen besser Geld für eine romantische Hochzeit zu zweit auf den Bahamas oder sonst wo gegeben hätten. Die beiden sind so wahnsinnig unreif, dass man es kaum aushalten kann. Und trotzdem passen sie großartig zueinander. Vielleicht gerade deshalb."

„Courtney war gerade hier", verriet Katie ihr. „Sie ist völlig aufgelöst."

Janis presste ihre Handflächen an die Schläfen. „Ich spüre, dass ich Migräne bekomme. Aber eines verspreche ich euch: Die Trauung wird planmäßig stattfinden! Selbst wenn ich die beiden betäuben und mit Handschellen aneinanderketten muss."

„Das gäbe zumindest sehr hübsche, unkonventionelle Hochzeitsfotos", bemerkte Katie ironisch.

„Sehr witzig. Wie geht es übrigens deinem Knie?"

„Viel besser."

„Gott sei Dank! Dann hast du jetzt keine Entschuldigung mehr. Steh auf und zieh dich an! Ich brauche deine Hilfe. Zum Beispiel, um mir ein Betäubungsmittel zu beschaffen. Meinst du, dein Vater würde mir etwas verschreiben?" Erschöpft holte sie Luft und lächelte Jackson abwesend an.

„Oh, guten Morgen, Jackson."

„Hallo Janis."

„Ich gebe dir einen guten Rat, mein Junge: Schaff dir niemals Töchter an."

Der Vormittag verging wie im Flug. Katie war sehr erleichtert darüber, dass ihr Knie schon fast wieder normal aussah und auch kaum noch wehtat. Vorsichtshalber trug sie flache, bequeme Schuhe, um ihre Füße bis zur Trauung zu schonen.

Es gab noch tausend Dinge zu erledigen, und um ihre Mutter zu entlasten, hatte Katie angeboten, sich um alles zu kümmern. Die Hochzeitstorte war fertig, die Stühle aufgestellt, und die Floristin war gerade damit beschäftigt, geschmackvolle Blumenarrangements zu verteilen.

Katie verließ den Saal, in dem die Zeremonie stattfinden würde, und ging nach draußen. Auf der großen Hotelterrasse war es wunderbar warm, die Sonne schien, und in den Beeten leuchtete ein wahres Blumenmeer. Eine ideale Kulisse für perfekte Hochzeitsbilder.

Courtney und Alex waren nirgends zu sehen, und Katie hoffte inständig, dass die zwei in ihrem Zimmer waren und Versöhnungssex hatten. Diese Hochzeit durfte auf keinen Fall schiefgehen.

„Warum siehst du denn so besorgt aus?" Jackson war von hinten an Katie herangetreten und hatte seine Arme um ihre Taille geschlungen.

„Ich mache mir Sorgen um Alex und Courtney. Warum haben die beiden bloß ihre Meinungsverschiedenheiten nicht geklärt, bevor sie beschlossen haben zu heiraten?"

„Tja, keine Ahnung. Hoffen wir das Beste." Er nahm ihr den Notizblock aus der Hand. „Wie weit bist du mit deiner Checkliste?"

„Ich komme gut voran." Unsicher sah Katie ihn an. „Ist Ariel wieder abgefahren?" Jackson drehte sie zu sich um. „Hör endlich auf, über Ariel nachzudenken. Ich mache das schon lange nicht mehr."

„Aber sie ist so ..."

„Ja?"

Katie konnte keinen klaren Gedanken fassen, wenn Jackson ihr so tief in die Augen sah. Sein Blick ließ keinen Zweifel daran, dass er sie interessant und attraktiv und ... einfach wundervoll fand.

„Wie warst du, als du ein kleiner Junge warst?"

„Sehr eigenbrötlerisch." Er strich ihr eine Haarsträhne aus dem Gesicht. „Mir waren meine Rechner wichtiger als andere Menschen, und so verbrachte ich die meiste Zeit in meinem Zimmer. Natürlich wollte meine Mutter, dass ich mich mit den Jungs aus der Nachbarschaft anfreunde und draußen spiele, aber ich hatte keine Lust. Ich wusste nie, worüber ich mich mit ihnen unterhalten sollte, und fühlte mich immer ausgeschlossen."

„Als der typische Hochbegabte mit verkümmerten Sozialkompetenzen?"

„Ganz genau. Deshalb war ich auch schon mit sechzehn auf dem College."

„Ich erinnere mich. Das war der Sommer, in dem wir uns getroffen haben. Als du so ungeheuer charmant zu mir warst."

„Du hast mich furchtbar eingeschüchtert!", verteidigte Jackson sich.

„Ja, ich hatte einen guten Tag", lachte Katie.

Jackson sah sie liebevoll an. „Hätte ich doch nur schon damals auf mein Herz gehört."

„Ich bitte dich! Du warst kein bisschen an mir interessiert!"

„Doch, doch, da war etwas zwischen uns."

„Ja, spontane gegenseitige Abneigung."

„Was wäre wohl passiert, wenn unsere Mütter uns erst zwei, drei Jahre später bekannt gemacht hätten?"

Katie sah ihn nachdenklich an. Wie wäre es gewesen, wenn sie Jackson etwas später kennengelernt hätte? Nachdem sie die Highschool abgeschlossen hatte oder während ihres ersten Jahres am College. Damals war sie viel hübscher und dünner gewesen – und sehr interessiert an jungen Männern.

„Ich wäre beeindruckt gewesen", vermutete sie.

„Ich auch." Er lehnte sich zu ihr herüber, um sie zu küssen, und Katie kuschelte sich bereits in seine Arme, als hinter ihnen ein vertrautes Lachen erklang.

„Tante Tully", flüsterte Katie entnervt. „Eine meiner Aufgaben besteht darin, sie von Bruce fernzuhalten."

Ganz offensichtlich herrschte zwischen den Eltern des Bräutigams alles andere als eitel Sonnenschein. Katie hatte nicht herausgefunden, ob zwischen Bruce und Tante Tully wirklich etwas passiert war, doch im Grunde wollte sie es auch gar nicht so genau wissen.

Vorsichtig drehte Katie sich um und sah in einer Ecke der Veranda ein älteres Paar, das sich gerade leidenschaftlich küsste. Selbst auf die beträchtliche Entfernung konnte man deutlich sehen, wie die beiden förmlich aneinander klebten und wie der Mann provokativ nach dem Po der Frau griff.

„Um Himmels willen!", stöhnte Katie.

„Dann ist das wohl nicht Alex' Mutter, was?", erkundigte Jackson sich sarkastisch.

„Nein. Das ist definitiv Tante Tully. Was sollen wir tun?"

„Sie sind erwachsen."

Katie sah ihn an. „Du meinst, es ist nicht unsere Angelegenheit?"

„Ganz genau."

„Dann machen wir uns unauffällig aus dem Staub?"

„Eine großartige Idee!" Jackson nahm ihre Hand und zog sie mit sich fort.

Doch anstatt ins Hotel zurückzugehen, führte er sie um das Gebäude herum in den Rosengarten auf der anderen Seite. Ein kleiner Pavillon mit zierlichen Stühlen und einer Bank lud zum Verweilen ein.

Jackson wartete, bis Katie sich auf die Bank gesetzt hatte, und holte sich dann einen Stuhl heran. Er legte ihre Füße auf seinen Schoß, zog ihr die Schuhe aus und begann, ihre Zehen zu massieren.

„Wie geht es deinem Knie?"

„Gut. Es tut noch ein bisschen weh und ist etwas steif, aber es geht schon." Besorgt warf Katie einen Blick über Jacksons Schulter hinweg in Richtung Hotel. „Ich weiß nicht, ob es richtig war, Tully und Bruce sich selbst zu überlassen."

„Willst du dich wirklich in diese Angelegenheit einmischen?"

„Nein. Aber Alex' Mutter wird furchtbar wütend sein." Sie schüttelte den Kopf. „Nein, nicht wütend. Sie wird verletzt sein."

„Glaubst du, es ist das erste Mal?"

Katie sah ihn an. „Also für Tully definitiv nicht. Sie ist die fleischgewordene Femme fatale und verführt ständig irgendwelche Männer."

„Verführen würde ich das nicht nennen. Denn das hört sich so an, als seien die Männer ihre Opfer – aber das sind sie nicht. Sie lassen sich alle bereitwillig darauf ein und sollten folglich auch die Verantwortung dafür übernehmen."

Aus diesem Blickwinkel hatte Katie es noch nie betrachtet. „Du hast recht. Wir sagen immer alle, dass Tully so eine Art Naturkatastrophe ist, der kein Mann sich entziehen kann."

„Also mir ist das ganz gut gelungen."

„Du bist eben anders."

„Nein, ich hatte nur Angst vor ihr."

Katie lachte. „Willst du damit sagen, dass sie nicht dein Typ ist?"

„Sie machte den Eindruck, als wollte sie mich mit Haut und Haaren verspeisen. Ich wäre ihr einfach nicht gewachsen." Er massierte noch immer sanft Katies Füße.

Nur zu gern hätte Katie ihm gesagt, wie es um sie stand. Doch es war unmöglich, ihm zu gestehen, dass sie sich in ihn verliebt hatte. Bestimmt wäre er völlig schockiert und würde vor Schreck die Flucht ergreifen. Und das war nun wirklich das Letzte, was sie wollte.

„Ich bin überzeugt davon, dass du mit Tully fertig werden würdest", erklärte sie.

„Vielen Dank für dein Vertrauen in meine Fähigkeiten, aber ich bin nicht interessiert. Ich bleibe lieber bei dir."

„Sehr gute Antwort!"

10. KAPITEL

Nachdem er ihr einige wundervolle Minuten lang die Füße massiert hatte, streifte Jackson Katie die Schuhe wieder über und setzte sich neben sie auf die Bank. Er legte seinen Arm um ihre Schultern, und sie kuschelte sich eng an ihn.

Er war so schön warm, und sie fühlte sich wunderbar geborgen.

„Erzähl mir, wo du lebst", bat sie.

„Ganz in der Nähe von Los Angeles."

„Nicht im Silicon Valley?"

„Nein, dieses Klischee wollte ich vermeiden. Das Angebot an hoch qualifizierten Leuten ist in L.A. einfach besser; deshalb ist mein Firmensitz dort."

„Lebst du schon lange da?"

„Seit sieben Jahren. Aber wir denken gerade darüber nach, die Firma in eine ruhigere Gegend umzusiedeln. Fast alle meine Mitarbeiter haben inzwischen Kinder und möchten deshalb lieber im Grünen leben. Früher haben wir uns über die neuesten Entwicklungen auf dem Computerspielmarkt unterhalten, doch heute geht es fast nur noch um die besten Schulen und Kindergärten."

In Katie regte sich eine leise Hoffnung. Würde er Fool's Gold wohl auf die Liste der potenziellen Standorte setzen?

„Und welche Städte stehen in der engeren Wahl?"

„Bis jetzt noch keine. Wir haben gerade erst angefangen, uns umzusehen. Was ist mit dir? Du hast gesagt, du seist sehr heimatverbunden. Willst du für immer hierbleiben?"

„Ja. Ich bin zwar zum Studieren fortgegangen, aber ich wollte immer zurück nach Fool's Gold. Eine Zeit lang habe ich überlegt, in eine größere Stadt zu ziehen – um bei einer richtigen, überregionalen Zeitung zu arbeiten. Aber hier gefällt es mir nun einmal am besten."

Jackson ließ seinen Blick über das gewaltige Bergpanorama wandern und nickte. „Du hast recht. Es ist wunderschön hier."

Er zögerte. „Gab es nie jemanden, für den du deine Stadt verlassen hättest?"

„Einen Mann, meinst du?" Sie sah ihn an. „Ich bitte dich! Du hast Alex doch kennengelernt. Er ist nicht gerade ein Hauptgewinn. Dabei war ich fest davon überzeugt, dass er einer von den netten Jungs wäre." Katie schloss die Augen und erinnerte sich. „Ich habe lange gedacht, dass er mich verlassen hat, weil er sich Hals über Kopf in Courtney verliebt hat, aber inzwischen bin ich mir nicht mehr so sicher. Wahrscheinlich haben wir einfach nicht zueinander gepasst, und Courtney war eher der Auslöser und nicht der Grund für unsere Trennung."

„Und vor Alex?"

„Ach, die üblichen Verdächtigen. Eine Highschoolliebe, die mir das Herz gebrochen hat. Ein Typ auf dem College, der zwar sehr gefühlvoll und romantisch war, sich mit der Zeit aber als ziemlich langweilig erwiesen hat."

Gedankenverloren spielte Jackson mit einer ihrer Haarsträhnen. „Du bist also die Frau, der die Männer später nachweinen …"

Seine Stimme war tief und sexy und ließ die Schmetterlinge in ihrem Bauch wild mit den Flügeln schlagen.

„Eigentlich nicht."

„Das war keine Frage."

Wenn er wüsste. Sie räusperte sich. „Was ist mit dir? Wen gab es außer Ariel in deinem Liebesleben?"

„Einige. Auf der Highschool hatte ich keine Freundin. Du weißt schon, da war ich der Nerd. Meine erste Romanze fand auf dem College statt."

„Lass mich raten: Sie war älter und hat dir alles gezeigt, was man wissen und können muss."

Verwundert sah er sie an. „Woher weißt du das?"

„Wie alt warst du, als du aufs College kamst? Fünf?"

„Fast sechzehn!"

„Also noch fast ein Kind. Da wäre es einigermaßen schwer geworden, eine gleichaltrige Freundin zu finden. Außer du hättest gewartet, bis du in der Abschlussklasse bist." Sie sah ihm in seine wundervollen, tiefgrünen Augen. „Du hättest vermutlich so lange warten können, aber die Frauen nicht."

Jackson grinste. „Ich war damals sechzehn, und sie war neunzehn. Spring Break in Mexiko. Dabei wollte ich gar nicht mitfahren."

„Aber sie hat dafür gesorgt, dass du froh warst, doch mitgekommen zu sein, stimmt's?"

„Allerdings."

„Gut, dass ihr im Ausland wart. In den meisten Bundesstaaten wäre das illegal gewesen."

Sein Grinsen wurde noch breiter. „Das war es definitiv wert."

Katie lachte. „Ich meinte nicht dich, Jackson! *Sie* hätte sich strafbar gemacht! Schließlich warst du noch minderjährig."

„Ach so. Stimmt. Daran habe ich nie gedacht."

„Und wer war zwischen dieser älteren Dame und Ariel?"

Schmunzelnd zog er sie an sich. „Da habe ich auf dich gewartet."

Wenn das doch nur wahr wäre, dachte Katie sehnsuchtsvoll. Jackson war wirklich ein ganz und gar außergewöhnlicher Mann. Nur zu gern hätte sie geglaubt, dass er der Richtige für sie war. Doch diese Ansicht war lächerlich, denn schließlich kannten sie sich erst ein paar Tage. Andererseits fühlte sich alles so richtig an.

Während ihres ganzen Lebens hatte Katie immer vehement für ihre Ziele gekämpft. Selbst als sie einsehen musste, dass sie keine Sportlerkarriere machen würde, hatte sie einen Weg gefunden, aus ihrer Liebe zum Sport einen Beruf zu machen. Als Colleen, die griesgrämige Redakteurin der Lokalzeitung, sie für die Stelle als Sportreporterin nicht einmal zum Vorstellungsgespräch einladen wollte, hatte Katie ihr drei Wochen lang jeden Tag einen Artikel geschickt. So lange, bis Colleen schließlich aufgegeben und Katie eingestellt hatte.

Seitdem hatte sie sich beruflich etabliert, einen großen Freundeskreis aufgebaut und war eigentlich ganz zufrieden mit ihrem Leben. Alles lief großartig – nur die Romantik ließ zu wünschen übrig. In diesem Bereich war Katie immer ausgesprochen zurückhaltend gewesen, denn sie hatte große Angst davor, verletzt zu werden. Doch diesmal – Angst hin oder her – war es um sie geschehen. Sie hatte sich hoffnungslos in Jackson verliebt. Und sie musste etwas unternehmen. Entschlossen drehte sie sich zu ihm um.

„Fährst du gleich morgen früh nach Hause?"

„Das war mein Plan. Es sei denn, du möchtest, dass ich noch bleibe."

Verblüfft sah sie ihn an. „Wirklich …?"

„Du könntest mir die Stadt zeigen. Und mich zu dir nach Hause einladen."

Zärtlich streichelte er ihr Gesicht. „Es ist einfach unglaublich mit dir, Katie. Ich werde meiner Mutter für alle Zeiten dankbar sein. Du bist die außergewöhnlichste Frau, die mir je begegnet ist, und ich möchte dich nicht verlieren."

„Ich möchte auch nicht, dass du mich verlierst", gab sie zu. „Es würde mir großen Spaß machen, dir hier alles zu zeigen. Normalerweise dauert es ziemlich lange, bis ich mich auf jemanden einlasse, aber bei dir ist alles anders. Ich bin sehr gern mit dir zusammen und könnte die Vorstellung, dass du morgen schon wieder abreist, nicht ertragen."

„Das geht mir genauso."

Sie nahm eine seiner Hände. „Die Zeit mit dir war einfach toll. Du bist genau so, wie …"

„Da seid ihr ja!" Katies Mutter kam über den Rasen auf den Pavillon zugeeilt. „Ich habe euch schon überall gesucht. Hier herrscht das totale Chaos. Ein Irrenhaus ist nichts dagegen. Ich würde es schon fast als Katastrophe bezeichnen, aber das klingt so negativ und pessimistisch. Guten Morgen, Jackson!"

„Janis."

Widerwillig stand Katie auf. „Was ist denn jetzt schon wieder los?" Sie warf einen Blick auf ihre Uhr. „Es ist doch noch gar nicht so spät."

„Stimmt. Ihr habt noch ein paar Stunden Zeit, bis der Starfriseur, den Courtney aus San Francisco einfliegen lässt, hier ist, um uns alle zu verschönern. Im Augenblick geht es um Rachel und Bruce."

Katie versuchte verzweifelt, das Bild von Bruce in inniger Umarmung mit Tante Tully aus ihrem Kopf zu verbannen.

„Sie werden sich scheiden lassen", verkündete Janis.

„Was?"

„Offenbar sind sie schon seit einigen Monaten getrennt, aber Rachel wollte nicht, dass es vor der Hochzeit bekannt wird." Katies Mutter senkte die Stimme. „Rachel war diejenige, die Schluss gemacht hat. Sie hat Bruce wegen einer anderen Frau verlassen."

Katie verschlug es die Sprache, und Jackson beugte sich zu ihr herüber. „Sind alle Familienfeiern bei euch so?", fragte er flüsternd. „Das ist ja besser als jedes Theaterstück."

Mit vernichtendem Blick sah Katie ihn an, bevor sie sich wieder an ihre Mutter wandte.

„Im Ernst? Es ist also kein Problem, dass Bruce und Tully etwas miteinander angefangen haben?"

„Keine Ahnung. Bruce ist ja kein junger Mann mehr. Vermutlich wird Tullys Leidenschaft ihn umbringen. Aber wenigstens ist er dann glücklich gestorben. Gerade eben habe ich gesehen, wie die beiden sich abschleckten."

Katie schüttelte sich. „Bitte, Mom, tu mir einen Gefallen und sag nicht ‚abschlecken'."

„Ist das nicht das richtige Wort? Ihr jungen Leute drückt euch doch immer so plastisch aus. Ich gebe mir große Mühe, bei eurer Sprachentwicklung mitzuhalten."

Katie hakte ihre Mutter unter. „Ich weiß. Aber das passt einfach nicht zu dir. Gibt es sonst noch etwas, das ich wissen sollte? Sprechen Alex und Courtney wieder miteinander?"

„Das wird sich noch zeigen."

Gegen halb zwei brachte Jackson Katie zu dem berühmten Hairstylisten und hatte dann einige Stunden Zeit für sich. Er nutzte diese Zeit, um sich die Website von Fool's Gold anzusehen und Immobilienangebote zu studieren.

Soweit er es überblicken konnte, war Fool's Gold wirklich eine bezaubernde Stadt. Er verstand nun, weshalb Katie nur ungern umziehen wollte.

Um kurz nach vier duschte er, zog den dunklen Anzug an, den er eigens für den feierlichen Anlass mitgebracht hatte, und ging in die Eingangshalle, um dort auf seine Mutter zu warten. Sein Vater hatte sich durch eine geschickt geplante Geschäftsreise nach Hongkong vor der Hochzeit gedrückt.

Gleich, nachdem er aus dem Fahrstuhl getreten war, sah er seine Mutter. „Du siehst großartig aus!", begrüßte er sie und gab ihr einen Kuss auf die Wange.

„Danke, gleichfalls." Sie nahm ihn in den Arm und hielt ihn dann ein Stück von sich entfernt, um ihn besser ansehen zu können. „Sehr schick. Dabei bist du gar nicht der Bräutigam. Habe ich heute schon erwähnt, dass ich sehr gerne Enkelkinder hätte?" „Manchmal gelingt es dir ja eine ganze Stunde lang, es nicht zu erwähnen …"

„Sehr witzig. Und, wie gefällt dir die Hochzeit bisher?"

„Sehr unterhaltsam. Es herrscht großer Ärger im Paradies. Courtney und Alex haben einen fürchterlichen Streit, und ich weiß nicht, ob sie sich schon wieder vertragen haben."

Seine Mutter seufzte. „Kein Wunder, dass Janis mir auf dem Anrufbeantworter den Rat hinterlassen hat, mich ordentlich zu betrinken, bevor ich herkomme. Hoffentlich wendet sich noch alles zum Guten."

Jackson stimmte ihr zu, auch wenn er nicht genau wusste, wie ‚das Gute' in dieser vertrackten Situation aussehen könnte. Courtney und Alex machten auf ihn nicht den Eindruck, als seien sie reif genug für eine erfolgreiche Ehe.

Vorsichtig sah er sich um, um zu vermeiden, dass jemand ihnen zuhörte. „Alex ist kürzlich sturzbetrunken mitten in der Nacht in Katies Hotelzimmer aufgetaucht."

„Was wollte er?"

„Dreimal darfst du raten."

Seine Mutter schüttelte den Kopf. „Ein schöner Schlamassel. Was passierte dann?"

„Sie hat mich angerufen, und ich habe ihn weggeschickt." Natürlich erwähnte er nicht, was er den Rest der Nacht gemacht hatte. Seine Mutter musste schließlich nicht alles wissen.

„Du hast dich also gut mit Katie amüsiert?"

Sie waren in Richtung Bar gegangen, und Jackson bestellte für sie beide einen Drink, bevor er antwortete. „Ja, Mom. Du hattest recht."

Sie seufzte glücklich. „Diesen Satz höre ich immer noch am liebsten. Du magst sie also?"

„Katie ist wundervoll. Witzig und charmant. Süß, freundlich und sehr klug. Wir verstehen uns großartig, und ich bedaure zutiefst, dass ich so lange gewartet habe, sie kennenzulernen."

Seine Mutter sah ihn aufmerksam an. „Soso. Höre ich da etwa noch viel mehr Interesse, als ich erwartet hatte? Werdet ihr euch wiedersehen?"

„Ja. Auf jeden Fall. Ich bleibe noch einen Tag länger, und sie wird mir morgen Fool's Gold zeigen."

Nun konnte seine Mutter ihre Begeisterung nicht länger verbergen. „Das ist ja großartig! Dabei interessierst du dich doch normalerweise nicht so sehr für Kleinstädte."

„Ich möchte sehen, wo sie lebt."

„Das ist alles? Ich weiß doch, dass du darüber nachdenkst, deinen Firmensitz zu verlegen. Du hast doch nicht etwa vor, nach Fool's Gold zu ziehen, Howie?"

Wie immer zuckte Jackson leicht zusammen, als sie ihn mit dem ungeliebten Namen ansprach. „Warum nicht? Es gibt hier ein riesiges Angebot an gut ausgebildeten Leuten, sehr gute Schulen, und die Immobilienpreise sind günstig."

„Falls du dein Unternehmen hierhin verlegst, wird Katie denken, dass sie der Grund dafür ist. Denk daran, dass sie die Tochter meiner besten Freundin ist! Du darfst so etwas nur tun, wenn du dir absolut sicher bist, was deine Gefühle für sie betrifft. Ich möchte nicht, dass du sie verletzt."

„Ich hatte nicht vor, sie zu verletzen, Mom!"

„Das hast du nie vor, doch trotzdem passiert es immer wieder. Sobald es ernst wird in deinen Beziehungen, machst du einen Rückzieher. Ich sage ja gar nicht, dass es bisher falsch war. Vermutlich war keine deiner Verflossenen die Richtige für dich. Aber bei Katie ist es etwas anderes. Ich möchte, dass du dir ganz sicher bist, bevor du ihr Hoffnungen machst."

Der Barkeeper reichte ihnen ihre Getränke, und Jackson gab ihm geistesabwesend eine 20-Dollar-Note. Er hätte seiner Mutter gern gesagt, dass sie sich irrte. Dass er keineswegs so ein Beziehungsmuster hatte. Doch nach kurzem Nachdenken musste er zugeben, dass sie recht hatte. Er hatte tatsächlich alle seine Beziehungen in dem Augenblick beendet, in dem sie ernst wurden. Bei keiner seiner Freundinnen hatte er sich vorstellen können, den Rest seines Lebens mit ihr zu verbringen.

Bis jetzt.

Denn während der Gedanke an ein ganzes Leben mit Ariel oder einer seiner anderen Exfreundinnen in ihm den dringenden Wunsch ausgelöst hatte, so schnell wie möglich das Weite zu suchen, fand er die Vorstellung, die nächsten sechzig oder siebzig Jahre mit Katie zu verbringen, ausgesprochen verlockend.

Er war sich sicher, dass sie im Laufe der Zeit immer schöner werden würde. Ihr skurriler Humor und ihr wacher Geist würden ihn immer herausfordern. Er merkte, dass ihm der Gedanke gefiel, für sie zu sorgen und sie zu beschützen. Zum Beispiel vor ihrer schrägen Familie.

„Bitte nimm es mir nicht übel", bat seine Mutter ernst. „Ich liebe dich über alles, Howie, und es würde mich sehr glücklich machen, wenn ihr zwei ein Paar würdet. Aber ich möchte auf keinen Fall, dass Katie verletzt wird. Du bist ein außergewöhnlicher Mann, mein Schatz, und ich schätze, die Chancen stehen sehr gut, dass sie sich in dich verliebt. Wie fast alle Frauen, die dich kennenlernen."

„Ist schon gut, Mom", murmelte Jackson, „ich habe es verstanden."

„Sicher?"

„Ich würde alles dafür tun, um zu verhindern, dass Katie verletzt wird."

„Gut. Hauptsache, du vergisst es nicht."

11. KAPITEL

Trotz aller Katastrophen, aller Tränen und Unstimmigkeiten war Courtney rechtzeitig fertig, um wunderschön zurechtgemacht zum Altar zu schreiten. Auch der Bräutigam war pünktlich und stand nervös neben dem Pfarrer. Beide Brautleute waren unglaublich aufgeregt, unbeschreiblich glücklich und wurden nicht müde, allen Anwesenden immer wieder mitzuteilen, wie sehr sie sich liebten.

Die knapp dreihundert Gäste saßen erwartungsvoll auf ihren Plätzen – und Katie freute sich einmal mehr, dass sie sich weder um diese riesige Gästeschar kümmern, noch für sie bezahlen musste. Wie viel mochte diese gigantische Hochzeit ihre Eltern wohl gekostet haben? Schnell ging sie zurück in den Umkleideraum.

„Ich sehe perfekt aus, oder?", fragte Courtney zum hundertsten Mal, während sie sich vor dem großen Spiegel hin und her drehte.

Nur mühsam gelang es Katie, ihren Ärger über die Eitelkeit ihrer Schwester für sich zu behalten. Es war schließlich Courtneys Hochzeitstag, und in ein paar Stunden würde alles vorbei sein, beschwichtigte sie sich selbst. Sie würde ihrer Schwester zuliebe schweigen.

Die Aussicht, danach in ihr normales, unspektakuläres Leben zurückkehren zu können, war ausgesprochen angenehm. Vor allem, weil die Chancen gut standen, dass Jackson ein Teil davon sein würde.

„Sie warten schon alle auf dich", erklärte Janis, die ebenfalls gerade hereingekommen war. „Courtney, du bist wunderschön. Dein Vater ist hier, um dich hineinzuführen. Auf geht's!"

Courtney zupfte ihren Schleier zurecht, nahm ihr üppiges Blumenbouquet und lächelte. „Ist dies nicht das wundervollste Wochenende aller Zeiten? Es ist einfach perfekt, Mom. Alex und ich sind euch wirklich unglaublich dankbar dafür, dass ihr alles organisiert habt und es so romantisch ist."

„Gern geschehen."

Ihre Mutter nahm Katies Arm und zog sie nach draußen. „Danke für deine Hilfe, mein Schatz", flüsterte Janis. „Ohne dich hätte ich das alles hier nicht ausgehalten. Zum Glück haben wir es in einigen Stunden hinter uns!"

„Genau das Gleiche habe ich vorhin auch gedacht. Ich verspreche dir, dass ich – sollte ich jemals heiraten – mit meinem Liebsten durchbrennen und irgendwo ganz allein und heimlich heiraten werde. Oder wir allerhöchstens fünfzig Gäste einladen."

„Dein Vater und ich werden für deine Hochzeit exakt genauso viel Geld ausgeben wie für Courtneys."

Katie grinste. „Heißt das, ich bekomme den Differenzbetrag in bar?"

Janis nahm sie in den Arm. „Mit Zinsen!"

Die Zeremonie war sehr feierlich, und nicht wenige Gäste mussten sich Tränen der Rührung aus den Augen wischen. Beim anschließenden Empfang gab es herzerwärmende, gefühlvolle Reden und köstliches Essen. Die imposante Hochzeitstorte hatte einen Ehrenplatz auf dem Büffet. Als das Brautpaar mit dem Hochzeitswalzer den Tanz eröffnete, seufzten alle Beteiligten glücklich.

Jackson zog Katie an sich und bewegte sich mit ihr langsam im Takt der Musik. „Wärst du mir böse, wenn ich fragen würde, wie lange wir noch bleiben müssen?"

Sie grinste. „Kein bisschen. Denn ich kenne die Antwort ganz genau: Es sind noch exakt 75 Minuten. Ich habe meiner Mutter versprochen, dass wir bis halb zehn hierbleiben. Danach sind wir frei!"

„Prima. Gehen wir in mein Zimmer oder in deins?"

Während Katie über seine Frage nachdachte, fiel Jackson wieder einmal auf, wie schön sie war. Das sanfte Licht ließ ihr hübsches Gesicht leuchten und betonte ihren süßen Mund. Ihre Augen blitzten vor Vergnügen, als sie ihm schließlich antwortete.

„Wir gehen zu dir. Da sucht wenigstens niemand nach mir."

„Ich bin für dich also nur Mittel zum Zweck, um deiner Verwandtschaft aus dem Weg zu gehen?"

„Ist das ein Problem für dich?"

„Nein. Überhaupt nicht."

Sie lachte auf, und Jackson spürte, wie ihm warm ums Herz wurde. Das Gefühl, dass er alles richtig machte, verstärkte sich noch.

Doch die mahnenden Worte seiner Mutter klangen ihm weiter in den Ohren. Er würde es langsam angehen lassen. Trotzdem wollte er, dass Katie und auch alle anderen Menschen wussten, wie wichtig sie ihm war. Er spielte keine Spielchen mit ihr, denn sie war die Richtige für ihn, und er hatte die feste Absicht, sie für immer festzuhalten.

Courtney kam auf sie zu und tippte Katie auf die Schulter.

„Ich werde jetzt gleich den Brautstrauß werfen. Und ich werfe ihn direkt in deine Arme. Sieh also zu, dass du ihn auffängst!" Sie nahm ihre Schwester in den Arm. „Ich hab dich lieb, Katie. Danke für alles."

„Ich dich auch."

Courtney ließ sie los und drehte sich zu Jackson um. „Schön, dass du zu meiner Hochzeit gekommen bist."

„Ich dachte, du hasst mich?"

Sie kicherte beschwipst. „Sei nicht albern. Aber du solltest dich gut vorsehen. Ich weiß alles über dich."

„Was meinst du denn damit?", erkundigte Jackson sich belustigt.

Courtney hatte sich wieder zu Katie umgedreht. „Ich weiß, dass du ihn magst. Auch wenn er ein bezahlter Begleiter ist und so. Trotzdem solltest du vorsichtig sein. Du weißt ja, wie Männer sein können. Und bisher hattest du nicht gerade ein glückliches Händchen bei Männern."

Katies Lächeln gefror. Wie gut, dass sie ihre Gesichtszüge immer so gut unter Kontrolle hatte.

Jackson beschloss, dass er Courtneys Taktlosigkeit nicht länger akzeptieren konnte. „Hör zu, Courtney", begann er.

Courtney runzelte die Stirn. „Nein. Jetzt hörst du mir zu! Du hast mit Ariel geschlafen. Das hat sie mir selbst gesagt. Also lass meine Schwester in Ruhe. Los, Katie!" Entschlossen zerrte sie Katie am Arm. „Ich werfe jetzt den Brautstrauß!"

Katie riss sich von ihm los, bevor er sie aufhalten konnte, und Jackson stand verloren mitten auf der Tanzfläche und sah der Frau, die er über alles liebte, hilflos nach.

Er hatte nicht mit Ariel geschlafen. Zumindest nicht seitdem sie sich von ihm getrennt hatte. Eigentlich sollte Katie das wissen. Sie musste doch erkennen, dass Courtney entweder log oder die Wahrheit verdrehte. Oder dass Ariel gelogen hatte. Wusste Katie denn nicht, wie viel sie ihm bedeutete? Und dass er niemals etwas tun würde, das sie verletzte?

„Ist alles in Ordnung?", erkundigte sich seine Mutter.

„Ja. Alles okay."

„Katie sieht ganz bestürzt aus."

Er musste das richtigstellen. Aber wie? Wie konnte er sie davon überzeugen, dass sie …?

Er legte seiner Mutter die Hände auf die Schultern und sah sie eindringlich an. „Bitte sorg dafür, dass Courtney den Brautstrauß noch nicht wirft! Es ist sehr, sehr wichtig!"

„Wie bitte?"

„Sie will jeden Augenblick den Strauß werfen. Du musst es verhindern!"

„Wie viel Zeit brauchst du?"

„Bis ich wieder zurück bin!" Er rannte zur Tür.

„Howie …"

Er drehte sich noch einmal um. „Mom, hör endlich auf, mich Howie zu nennen! Ich werde dir nachher alles erklären, aber jetzt hilf mir bitte!"

„Gut. Aber was um alles in der Welt soll ich sagen?"

„Dir fällt schon etwas ein!"

„Das ist doch völlig schwachsinnig!", beschwerte sich Courtney und trank noch einen Schluck Champagner, während sie ungeduldig hin und her lief. „Ich will jetzt den Brautstrauß werfen und dann weiterfeiern."

„Mom und Tina waren sehr deutlich. Sie möchten, dass wir noch warten."

„Meinetwegen. Aber höchstens fünf Minuten. Dann mache ich, was *ich* für richtig halte."

Wie immer. Konsequenzen hatten Courtney ja noch nie interessiert, überlegte Katie genervt. Manchmal nahm Courtney durchaus Rücksicht auf andere Menschen, doch diese Augenblicke waren selten.

„Ich hoffe, du weißt, dass ich das vorhin nur gesagt habe, um dich zu beschützen", bemerkte Courtney beiläufig.

Katie starrte sie verständnislos an. „Wovon sprichst du?"

„Na, Jackson und Ariel. Hast du sie nicht gesehen? Gegen so eine Frau hast du nicht die Spur einer Chance. Das hört sich vielleicht gemein an, aber es ist doch wahr. Es ist besser, du machst dir gar nicht erst irgendwelche Hoffnungen. Er würde dir nur das Herz brechen."

Katie wusste, dass es für den Familienfrieden günstig wäre, wenn sie ihrer Schwester gute Absichten unterstellte. „Es freut mich, dass du dir Sorgen um mich machst, aber Jackson und Ariel sind schon lange nicht mehr zusammen. Und sie haben bestimmt nicht miteinander geschlafen."

Courtney sah sie mit großen Augen an. „Doch, das haben sie. Gestern und vorgestern Nacht."

„Nein", erklärte Katie ruhig. „Das kann nicht sein, denn Jackson war bei mir."

Courtney wurde rot und starrte Katie mit offenem Mund an.

„Aber Ariel hat behauptet, dass sie es getan hätten. Sie bat mich, es dir zu erzählen, damit du gewarnt bist. Seit gestern habe ich mir den Kopf darüber zermartert, wie ich es dir schonend beibringen soll." Erleichterung spiegelte sich auf ihrem Gesicht. „Ich bin so froh, dass es nicht stimmt!"

Verblüfft sah Katie ihre Schwester an. „Ja ... ich auch."

Courtney drückte sie an sich. „Jetzt will ich aber wirklich, dass du meinen Brautstrauß fängst!"

Noch immer benommen von den Ereignissen, stolperte Katie über die Tanzfläche, als sie plötzlich Jackson ihren Namen rufen hörte. Sie blieb stehen und spürte, wie ihr Herz heftig pochte.

Sie liebte ihn! Die Erkenntnis traf sie wie ein Schlag und ließ ihre Knie weich werden. Sie hatte ihn gefunden – den einen Mann, mit dem sie für immer zusammen sein wollte. Glücklich drehte sie sich zu ihm um.

„Hallo."

„Ich habe nicht mit Ariel geschlafen!"

Er sah sie ernst und sehr besorgt an.

„Das weiß ich doch."

„Und ich hatte es auch zu keinem Zeitpunkt vor."

„Ich glaube dir."

Um sie herum hatte sich eine Gruppe schaulustiger Gäste gebildet. Manche gaben vor, ihnen nicht zuzuhören, doch die meisten machten keinen Hehl aus ihrer Neugier.

Jackson holte tief Luft und sah Katie in die Augen. „Ich weiß, es ist vielleicht ein bisschen vorschnell und ganz bestimmt vollkommen verrückt, aber, Katie McCormick, du bist die wunderbarste Frau, der ich je begegnet bin. Du bist die Frau, auf die ich mein ganzes Leben lang gewartet habe. Es macht mich fertig, dass unsere Mütter recht hatten, doch damit müssen wir wohl leben. Ich liebe dich."

Obwohl es im Ballsaal laut war – das Orchester spielte, Leute unterhielten sich, Gläser klirrten –, konnte Katie ihn deutlich verstehen. Hörte die magischen Worte, die sie in den siebten Himmel schweben ließen.

„Ich habe dich von der ersten Sekunde an geliebt", fuhr er fort. „Es ist in Ordnung, wenn du etwas Bedenkzeit brauchst, aber bitte sag nicht gleich Nein!"

Und dann kniete Jackson Kent, der unwiderstehlichste, attraktivste und wunderbarste Mann der Welt, sich vor sie hin und streckte ihr einen Diamantring entgegen.

„Katie, willst du meine Frau werden?"

Tausend Gedanken schwirrten ihr durch den Kopf.

Dass dies hier ein Traum sein musste und dass sie nie, niemals wieder aufwachen wollte.

Dass sie niemals geglaubt hätte, dass man einen Menschen so sehr lieben konnte, wie sie Jackson liebte.

Und dass ihre Schwester sie umbringen würde, weil sie gerade dabei war, ihr die Schau zu stehlen.

Doch der klarste Gedanke war die Erkenntnis, dass nichts auf der Welt sie davon abhalten konnte, Ja zu sagen.

Wie in Trance ging sie auf Jackson zu und beugte sich zu ihm herunter. Nachdem sie sein Gesicht in ihre Hände genommen und in seine unglaublich grünen Augen gesehen hatte, lächelte sie.

„Ja."

Die umstehenden Gäste brachen in Jubel aus und applaudierten. Jackson sprang auf und wirbelte sie herum, bevor er sie leidenschaftlich küsste.

„Ich liebe dich", flüsterte er.

„Ich liebe dich auch. Von der ersten Sekunde an."

Mit strahlenden Augen steckte er ihr den Ring an den Finger. Beeindruckt betrachtete Katie den riesigen Diamanten.

„Trägst du immer Verlobungsringe mit dir herum? Eine kleine Diamantauswahl für den Fall, dass du jemandem spontan einen Heiratsantrag machen möchtest?"

„Ich habe den Hotelmanager überredet, das Juweliergeschäft kurz für mich aufzumachen. Falls er dir nicht gefällt, können wir ihn umtauschen. Vielleicht hättest du ja lieber einen Diamanten in Form eines Fußballs oder eines Baseballschlägers."

Katie lachte. „Nein danke. Dieser hier ist perfekt. Genau wie du."

Jackson zog sie an sich und küsste sie noch einmal. „Ich bin nicht perfekt. Nur sehr, sehr glücklich!"

Katie schlang die Arme um seinen Hals. Über seine Schulter hinweg sah sie ihre Mutter und Tina, die sich beide verstohlen die Augen wischten. Courtney hing an Alex' Arm und winkte mit dem Brautstrauß.

Katie sah Jackson bittend an. „Was die Hochzeitsfeier betrifft …"

„Ich denke, wir sollten durchbrennen", unterbrach er sie.

„Genau das wollte ich auch gerade vorschlagen!"

– ENDE –

Beth Kery

Heißes Wiedersehen in Chicago

Roman

Aus dem Amerikanischen von
Heike Warth

PROLOG

Drei Blocks weit war Marc ihr gefolgt, unschlüssig, ob er sie ansprechen sollte. Vielleicht sollte er sich lieber mit seinen Erinnerungen begnügen. Aber sie zog ihn an wie ein Magnet, und immer wieder sagte er sich, dass es keinen Grund für seine Scheu gab.

Was er und Mari einmal geteilt hatten, war heute jedoch von seinen bitteren Gefühlen und der Scham für das Verhalten seines Vaters überschattet. Seit vielen Jahren weigerte Mari sich zudem hartnäckig, auch nur mit ihm zu sprechen.

Kurz vor der Drehtür des Palmer House Hotels hätte er fast kehrtgemacht, aber im letzten Augenblick überlegte er es sich anders.

„Marianna?"

Marianna sah sich um. Das Blut wich ihr aus dem Gesicht.

Fast hatte er schon vergessen, wie ihr Anblick auf ihn wirkte. Jedes Mal.

Ein paar Sekunden lang bewegten sie sich beide nicht. Dieses eine Wort, ihr Name, war das erste seit jenem schicksalhaften Tag, an dem sie beide geliebte Menschen verloren hatten.

„Marc", flüsterte Marianna.

„Ich war auf deinem Konzert", sagte er. Aber sie sah ihn nur an, wie gelähmt. „Ich … ich wollte dir nur sagen, dass du … dass du wunderbar warst."

Mari setzte ihren Cellokasten ab und drückte den Rücken durch, als müsste sie Kraft sammeln. Ein schwaches Lächeln erschien auf ihrem Gesicht, und das machte ihm Mut, einen Schritt näherzukommen. „Seit wann hört denn Marc Kavanaugh etwas anderes als Rockmusik?"

„Ein bisschen mehr könntest du mir schon zutrauen, Mari. In fünfzehn Jahren kann sich vieles ändern."

„Zugegeben."

Er verschlang sie förmlich mit Blicken. So lange schon hatte er auf ihren Anblick verzichten müssen. Jetzt trug sie ein schlichtes schwarzes Kleid – die Berufsuniform für die weiblichen Mitglieder des Symphonieorchesters –, das ihre Figur dezent zur Geltung brachte.

Alles am richtigen Platz, dachte Marc, während er den Blick zwei Herzschläge lang auf Maris vollen Brüsten verweilen ließ. Sie schien sich nicht ganz wohlzufühlen in ihrer Haut, stellte er fest, denn sie spielte nervös mit den Händen. Es waren die Hände einer Cellistin, feingliedrig und sensibel. Schon damals, als sie beide noch so jung waren, hatten diese Hände Marc wie magisch berührt.

„Marianna Itani", sagte er jetzt. „Du bist erwachsen geworden."

„Du auch."

Vielleicht war es Einbildung, aber es schien, als musterte sie ihn genauso interessiert wie er sie.

Als sie ihm jetzt in die Augen sah, lächelte sie. „Ganz der Staatsanwalt von Cook County."

„Woher weißt du das?"

Mari hob die Schultern. „Aus der Zeitung. Aber es hat mich nicht überrascht. Schließlich hattest du den Erfolg immer schon gepachtet." Ihre Stimme wurde ein wenig unsicher, und sie wandte den Blick ab. „Das mit deiner Scheidung tut mir leid."

Marc hob eine Augenbraue. „Das stand aber nicht in der Zeitung."

„Ein paar Kontakte habe ich noch zu Harbor Town, und du weißt ja, wie das in Kleinstädten ist. Da wissen alle alles."

Mari trat von einem Fuß auf den anderen, während Marc darauf wartete, dass sie mehr sagte. Sie waren sich fremd geworden über die Jahre. Seltsam, dachte er, diese gleichzeitige Nähe und Distanz, als stünden wir uns auf den beiden Seiten einer Schlucht gegenüber, verbunden nur durch ein dünnes Band der Erinnerung.

Und doch war dieses Band stark genug gewesen, ihn erst in dieses Konzert zu führen und Mari dann aus einem Impuls heraus zu ihrem Hotel zu folgen.

Er machte eine Bewegung in Richtung der gut besuchten Hotelhalle. „Darf ich dich auf einen Drink einladen?"

Sie zögerte, und er rechnete schon mit einer Ablehnung. Vielleicht hätte er die Idee vor fünf Minuten auch noch nicht so gut gefunden. Aber das war, bevor er ihr so nahe gewesen war, bevor er ihr ins Gesicht gesehen hatte.

„Vielleicht könnten wir in meiner Suite etwas trinken und ein bisschen reden. Ich meine … Also wenn du willst", fügte sie hinzu, als er nicht gleich antwortete.

Marc sah wie gebannt auf ihre leicht zitternde volle Unterlippe.

Jetzt blinzelte er, als traute er seiner Wahrnehmung nicht. Vielleicht wollte er etwas sehen, was in Wirklichkeit gar nicht da war. In ihren Augen – die ihn immer schon an die Farbe von Cognac hatten denken lassen –, leuchtete etwas wie Begehren. Zumindest redete er sich das ein.

„Ja, das klingt gut."

Mari nickte, aber sie rührte sich ebenso wenig vom Fleck wie er.

Dann aber setzte sie sich in Bewegung, und im selben Moment machte Marc einen Schritt auf sie zu und schloss die Arme um sie. Er spürte, wie sie sofort erstarrte, sich aber gleichzeitig gegen ihn drückte und zitterte.

„Schsch." Er fuhr mit der Hand durch ihr Haar und hob eine Strähne an seine Nase. Der zarte Duft stieg ihm direkt in den Kopf, und er verspürte ein heftiges Verlangen.

„Mari", flüsterte er. Dann presste er die Lippen auf ihre Augenlider und Wangen. Sie wurde ganz still in seinen Armen, als er sie auf die Mundwinkel küsste. Langsam drehte sie den Kopf, bis ihre Lippen seine berührten. Ihrer beider Atem vermischte sich, und Marc wurde von seiner Lust fast überwältigt. Es schockierte ihn, wie mächtig dieses Bedürfnis war, und voller Hunger begann er, Mari zu küssen.

Nach einer Weile löste er sich von ihr.

„Es gibt tausend Gründe, warum wir das nicht tun sollten", flüsterte Mari.

„Mir fällt kein einziger ein."

So nahm sie seine Hand, und gemeinsam steuerten sie auf die Lifttür zu.

1. KAPITEL

Fünf Wochen später

Zum ersten Mal in ihrem Leben begriff Mari die volle Bedeutung des Wortes *bittersüß*, als sie nach fast fünfzehn Jahren Harbor Town zum ersten Mal wieder besuchte. Das Gefühl wurde stärker, als sie den Lake Michigan durch die Bäume schimmern sah.

„Ist hier nicht irgendwo die Silver Dune Bay?", erkundigte sie sich bei Eric Reyes und winkte zugleich der Immobilienmaklerin, die ihnen gerade das Bürogebäude gezeigt hatte, zum Abschied zu.

„Ja. Was hältst du davon, wenn wir schwimmen gehen?" Eric betrachtete Mari ein wenig besorgt. „Bei dieser Hitze täte das vielleicht ganz gut." Sein Blick wurde forschender. „Mari? Ist alles in Ordnung? Du bist so blass."

Mari strich sich eine feuchte Haarsträhne aus der Stirn und lehnte sich an die Hauswand, bis die Übelkeit, die sie plötzlich überfallen hatte, wieder verschwunden war.

„Vermutlich habe ich mich bei meinem Sitznachbarn im Flugzeug angesteckt. Der hat den ganzen Flug über ununterbrochen gehustet."

Eric betrachtete sie aus schmalen Augen. Er war Arzt, und zwar ein sehr guter, soviel Mari wusste.

„Kein Grund zur Beunruhigung", versicherte sie ihm. „Es ist gleich wieder vorbei. Vermutlich ist die Hitze mit daran schuld."

Mari löste sich von der Wand. Im Moment hatte sie keine Zeit, krank zu sein. Sie wollte ihre Mission möglichst schnell abschließen, und ihre unerwartete Begegnung mit Marc Kavanaugh vor fünf Wochen hatte diesem Wunsch noch sehr viel mehr Nachdruck verliehen.

Sie zwang sich zu einem Lächeln, als sie mit Eric zu seinem Wagen ging.

„Bist du damals eigentlich auch von der Klippe gesprungen wie die anderen?", wollte sie von ihrem alten Jugendfreund wissen. „Dazu gehört sicher eine Portion Mut."

Sie sah wieder ihre damals beste Freundin Colleen Kavanaugh mit ihren wehenden blonden Haaren vor sich. Die Furchtlosigkeit der Geschwister Kavanaugh hatte sie immer schon bewundert, diese selbstbewusste, aber sympathische Schönheit, die Offenheit und Fröhlichkeit, ihre Liebe zum Wagnis, das Temperament und vor allem die Loyalität gegenüber den Menschen, die sie liebten.

„Es geht siebzehn Meter in die Tiefe", erwiderte Eric jetzt, als er neben ihr im Wagen Platz genommen und die Klimaanlage auf die höchste Stufe geschaltet hatte. „Klar bin ich auch gesprungen."

Mari selbst hatte nur einmal den Mut zu diesem Sprung aufgebracht. Noch immer erinnerte sie sich daran, wie Marc sie damals angesehen hatte, den Mund zu diesem aufregenden kleinen Lächeln verzogen, das so unerhört sexy war.

Denk nicht so viel, Mari, spring.

Und sie war gesprungen. Es war in dem Sommer gewesen, in dem ihre Eltern ums Leben gekommen waren.

Vor fünf Wochen in Chicago hatte sie sich ähnlich leichtsinnig verhalten. Dabei konnte sie sich mit ihren dreiunddreißig Jahren wohl kaum auf jugendliche Schwärmerei und Unbekümmertheit berufen. Ihr Magen verkrampfte sich, als sie daran dachte, wie Marc sie angesehen hatte, als er zu ihr gekommen war. Und sie hörte wieder seine Stimme, rau vor Lust und Begehren.

Darauf habe ich fünfzehn Jahre gewartet, Mari.

Sie schloss die Augen in der Erinnerung an dieses aufregende, wunderbare Zusammensein mit Marc. Als sie jetzt die Augen wieder aufschlug, stellte sie fest, dass Eric auf etwas zu warten schien.

„Willst du es besonders spannend machen? Oder was ist?", fragte er, als er den Wagen auf die Straße lenkte.

„Wie meinst du das?", fragte sie vorsichtig.

Ein verwunderter Blick traf sie. „Ich will nur wissen, wie dir das Anwesen gefallen hat."

„Oh!" Mari lachte erleichtert auf. Eine Sekunde lang hatte sie schon befürchtet, er hätte ihre Gedanken gelesen. „Ausgesprochen gut", erwiderte sie dann. „Es ist schön ruhig gelegen gleich am See und beim Wald, und wir haben genug Platz, damit das Familienzentrum bei Bedarf wachsen kann. Vielen, vielen Dank für deine Vorarbeit, Eric. Du und Natalie, ihr habt viel mehr getan, als ich erwartet hatte."

„So viel war das auch wieder nicht."

„Die meisten Leute halten mich sowieso für total verrückt: eine Cellistin, die ein Zentrum für Opfer von Drogen- und Alkoholmissbrauch gründet."

Eric hob die Augenbrauen. „Wie gut, dass die Reyes nicht die meisten Leute sind", meinte er trocken.

Mari lächelte. Natürlich hatte er recht.

Fünfzehn Jahre war es jetzt her, dass Derry Kavanaugh, Marcs Vater, sich betrunken ans Steuer gesetzt hatte. In dieser Nacht hatte er einen Verkehrsunfall verursacht, bei dem er selbst, Maris Eltern und Erics Mutter ums Leben gekommen waren. Natalie, Erics Schwester, hatte dabei schwere körperliche und seelische Schäden davongetragen.

Deshalb war Mari jetzt nach all diesen Jahren nach Harbor Town zurückgekehrt. Sie wollte endlich die alten Wunden heilen. Aber das tat sie nicht nur für sich oder Eric und Natalie oder Marc, sondern für alle, die ähnlich traumatische Erlebnisse hinter sich hatten.

Eric nahm ihre Hand. „Nat und ich stehen hundertprozentig hinter dir. Bist du dir sicher, dass du für dich selbst nichts von dem Schmerzensgeld möchtest und wirklich die ganze Summe in diese Stiftung stecken willst?"

„Ganz sicher. Ich verfolge diesen Plan seit Jahren, es war ja keine spontane Entscheidung. Nie könnte ich das Geld für mich anrühren. Es ist einfach so ..." Sie machte eine kleine Pause und suchte nach den richtigen Worten. „Ja, irgendwie war das Geld für etwas Größeres bestimmt. Außerdem wollen wir das Haus an der Sycamore Avenue verkaufen. Damit haben Ryan und ich ein ganz hübsches finanzielles Polster."

Mari sah auf die Reihen gepflegter Ferienhäuschen am See. In den Sommermonaten kamen viele Gäste nach Harbor Town, und der kleine Ort platzte aus allen Nähten.

Sie lächelte ein wenig, als sie ein kleines Mädchen mit Pferdeschwanz entdeckte, das gerade um eine Hausecke gerannt kam. Es trug einen pinkfarbenen Bikini und einen Schwimmring in Form eines grünen Drachens um den Bauch.

„Ich hoffe, dass die Zeit für alles reicht, was ich mir vorgenommen habe."

Eric drückte Maris Hand. „Weißt du, was du unbedingt brauchst? Ein bisschen Spaß und Entspannung."

„Denkst du dabei an etwas Bestimmtes?"

„Erzähl mir nicht, dass du den Umzug am 4. Juli vergessen hast!"

Mari lachte ein wenig. „Wie könnte ich so ein bedeutendes Ereignis vergessen?"

„Dann gönnen wir uns doch eine Pause und gehen hin. Unsere Pläne für das Familienzentrum können wir auch später noch besprechen."

Mari zögerte. Sie wollte möglichst wenig in der Öffentlichkeit auftreten. Marc kam zwar nur noch selten nach Harbor Town, aber seine Mutter und Schwester lebten noch immer dort, und sie wollte keiner von beiden über den Weg laufen.

„Mari", sagte Eric jetzt sanft. „Du hast keinen Grund, dich für irgendetwas zu schämen. Einer deiner Gründe, dieses Zentrum zu gründen, war doch, etwas gutzumachen. Du kannst dich nicht die ganze Zeit verstecken."

Ihre Augen wurden feucht, und sie starrte aus dem Fenster, ohne etwas zu sehen. Natürlich hatte Eric recht. Und es gehörte ja zu ihrer eigenen Heilung, nicht immer nur an diesen Schmerz und an dieses Leid zu denken, sondern auch an die schöne Zeit in Harbor Town.

„Also gut. Du hast mich überzeugt."

Mari stand neben Eric an der Hauptstraße, umgeben von einer fröhlich geräuschvollen Ansammlung von Einheimischen, Urlaubern und Tagesausflüglern. Eine Posaune gab einen ziemlich schrägen Ton von sich, und Mari verzog schmerzlich das Gesicht. Hinter der marschierenden Blaskapelle folgte ein riesiges

Segelboot, begleitet von Mitgliedern des arabisch-amerikanischen Wirtschaftsrates. In Harbor Town hatten sich viele arabischstämmige Menschen angesiedelt, und die Stadt war ein lebendes Beispiel dafür, dass eine Minderheitengruppe sich nicht nur in eine Gesellschaft integrieren, sondern diese Gesellschaft auch bereichern und verbessern kann. Maris Eltern, Kassim und Shada Itani, waren Mitglieder der orthodoxen libanesischen Christengemeinde, der Maroniten, gewesen.

Als Kind hatte Mari nie so richtig begriffen, welchen Einfluss die Herkunft und die religiösen Ansichten ihrer Eltern auf sie selbst hatten. Ihr Bruder Ryan war als junger Mann oft ausgegangen und hatte mit vielen Mädchen geflirtet. Aber als sie selbst dann fünfzehn gewesen war, hatte sie schnell am eigenen Leib verspürt, dass an sie andere Maßstäbe angelegt wurden als an Ryan – vor allem, wenn es um Marc Kavanaugh ging, Ryans Freund.

Dabei hatten ihre Eltern Marc sogar sehr gern gehabt, und er war häufig zu Gast gewesen im Wochenendhaus der Familie. Aber an ihrem fünfzehnten Geburtstag hatte sich mit einem Mal alles verändert. Marc Kavanaugh stand plötzlich oben auf einer neuen Liste unerwünschter Freunde.

Mari sah sich jetzt um und entdeckte die beiden großen dunkelblonden braun gebrannten Männer in der Menge. Sie erstarrte. Einer der beiden trug ein kleines Mädchen auf den Schultern. Liam und Marc Kavanaugh.

In Shorts und T-Shirt sah Marc genauso gut aus wie in dem grauen Anzug, den er in Chicago getragen hatte.

Ihr Blick fiel auf die Frau neben ihm – Brigit Kavanaugh, die ausgerechnet jetzt zu ihr herübersah. Offene Wut stand in Brigits Augen, und Mari fühlte sich, als hätte man ihr mitten ins Gesicht geschlagen.

Mari wusste, dass Marc gelegentlich zu Besuch nach Harbor Town kam – welch ein Zufall, dass er sich dieselbe Zeit wie sie dafür ausgesucht hatte.

Andererseits ... Heute war Unabhängigkeitstag, und morgen jährte sich der Unfall. Vielleicht kam die Familie jedes Jahr an diesem Tag an Derry Kavanaughs Grab zusammen. Damit hätte sie eigentlich rechnen müssen.

Mari versuchte, sich wieder auf den bunten, fröhlichen Umzug zu konzentrieren. Aber sie spürte fast körperlich, dass Marc sie beobachtete. Diese blauen Augen hatten immer wieder eine magische Kraft auf sie ausgeübt, und sie konnte sich gut vorstellen, dass es im Gerichtssaal nicht anders war.

In Chicago hatte sie die Macht dieser Augen zum letzten Mal gespürt.

Vermutlich war er ziemlich böse auf sie gewesen, als sie nicht zu ihrer Verabredung erschienen war und dann auch auf seine Anrufe nicht reagiert hatte – vor allem nach dieser Nacht im Hotel.

„Na, wenn das nicht Marianna Itani ist!", rief Liam Kavanaugh verwundert.

Marc folge Liams Blick und fand Mari sofort. Sie trug ihr langes Haar offen, das gelbe Kleid unterstrich ihre golden schimmernde Haut und brachte ihre aufregenden Kurven aufs Vorteilhafteste zur Geltung.

„Marianna Itani?", wiederholte Colleen Kavanaugh hinter ihren Brüdern ungläubig. „Wo?"

„Wusstest du, dass sie hier ist, Mom?", wollte Marc von seiner Mutter wissen.

„Ja. Sie will das Haus in Ordnung bringen, bevor es verkauft wird. Unglaublich, dass sie und Ryan so lange damit gewartet haben. Aber sie scheinen auf das Geld nicht angewiesen zu sein", bemerkte Brigit bitter.

„Mommy, können wir mit der Parade laufen?", bettelte die sechsjährige Jenny. „Brendan sieht so lustig aus, ich will ihn noch mal sehen."

Marc bückte sich, um seine Nichte von seinen Schultern absteigen zu lassen.

„Gehst du nicht mit, Onkel Marc?" Jenny zog an seiner Hand.

„Nein, Kleines. Ich leiste Grandma noch ein bisschen Gesellschaft. Du kannst mir ja später erzählen, ob Brendan irgendeinen Unsinn gemacht hat."

Jenny zerrte ungeduldig an Colleens Hand, und bald waren die beiden nicht mehr zu sehen.

Liam lachte. „Offenbar gibt es für kleine Mädchen kein größeres Vergnügen, als ihre Brüder in erniedrigenden Situationen zu ertappen."

„Das liegt vermutlich daran, dass Jungen dazu neigen, ihre Schwestern zu übersehen", erwiderte Marc. Er konnte den Blick nicht von Mari lösen.

„Sieht so aus, als hätte Mari sich sehr erfreulich entwickelt", meinte Liam jetzt.

Marc versuchte immer noch, sich von dieser unerwarteten Begegnung zu erholen. Sein erster Gedanke war gewesen, dass Maris Besuch in Harbor Town irgendetwas mit dieser Nacht in Chicago zu tun hatte. Aber als sie ganz offensichtlich seinen Blick mied, war er sich nicht mehr so sicher.

„Ist Ryan auch da?", wollte Marc wissen. Wie Ryan sich damals vor Gericht benommen hatte, gehörte zu seinen unangenehmsten Erinnerungen.

„Nein. Er ist bei der Air Force und derzeit in Afghanistan stationiert, kann also nicht hier sein. Aber dass Mari ihr Haus verkaufen will, höre ich zum ersten Mal. Ich finde es gut. Ein Haus sollte bewohnt werden."

„Es ist ein Schandfleck!", erklärte Brigit. „Nicht einmal als Ferienwohnung wurde es genutzt."

„Wenn Mari und Ryan das Haus an Urlauber vermietet hätten, hättest du dich genauso aufgeregt, Ma. Außerdem hält Joe Brown das Haus in Schuss."

Brigit sah Liam böse an, und Marc schnitt seinem Bruder eine Grimasse. *Selbst schuld*, sollte sie heißen. Liam sollte allmählich wirklich wissen, dass es nicht ratsam war, irgendetwas *Vernünftiges* über die Itanis zu sagen. Hatten sie denn nicht vor all diesen Jahren gelernt, dass Logik ausgedient hatte, wenn es um Freundschaft, Mitgefühl ... Liebe ging?

„Wer ist das denn neben Mari?", erkundigte sich Liam.

Marc erstarrte. Er hatte sich so sehr auf Mari konzentriert, dass ihm der große, gut aussehende Mann neben ihr gar nicht aufgefallen war.

„Eric Reyes", erklärte Brigit. „Er ist Arzt geworden. Mari und er scheinen viel zu bereden zu haben." Mit einem letzten gekränkten Blick setzte sie sich in Bewegung, um sich auf die Suche nach Colleen und ihrer Enkeltochter zu machen.

Aha, das also war Eric Reyes. Der zappelnde dürre Knirps, an den er sich erinnerte, hatte sich zu einem imposanten Mann ausgewachsen. Und er war Arzt geworden? Vermutlich hatte er das Geld, das ihm in dem Prozess zugesprochen worden war, in sein Studium investiert.

Marc wurde das Herz schwer, aber das hatte nichts mit diesem Prozess zu tun. Schließlich war er Staatsanwalt und stand damit vor allem auf der Seite der Opfer. Schon vor langer Zeit hatte er sich damit abgefunden, dass in Katastrophen wie der, die sein Vater verursacht hatte, der Schaden der Opfer nicht allein von der Versicherung gedeckt war. Und so war auch ein großer Teil des Familienvermögens auf Gerichtsbeschluss in die Wiedergutmachung für die Familien Itani und Reyes geflossen.

In all der Zeit war es ihm jedoch nicht gelungen, seiner Mutter seine Sicht der Dinge begreiflich zu machen. Brigit hatte das Gefühl, dass sie und ihre Kinder für das Verbrechen ihres Mannes bestraft worden waren. Dass die beiden anderen Familien vor Gericht gegangen waren, um Geld zu erstreiten, hatte sie tief verletzt. Sie hatte das Haus der Familie in Chicago verkaufen und in das Sommerhaus in Harbor Town ziehen müssen. Außerdem hatte sie einen Gutteil der familiären Ersparnisse hergeben müssen, um die Schuld ihres Mannes abzutragen.

Seitdem waren die beteiligten Familien verfeindet.

Mari selbst hatte sich nie um das Verfahren gekümmert. Ihre Tante und ihr älterer Bruder hatten sie mit nach Chicago genommen und beschützt. Achtzehn Jahre alt war sie damals gewesen. Als Marc jetzt ihr Profil betrachtete, fragte er sich zum hundertsten Mal, wie wohl ihre Sicht der tragischen Geschichte war. Ob sie auch ihm Vorwürfe machte? In dieser wilden, spontanen Nacht in Chicago hatten sie das Thema nicht berührt. Da waren sie mit anderen Dingen beschäftigt gewesen.

Er verzog das Gesicht in der Erinnerung daran. Irgendwie empfand er es als zutiefst symbolisch, dass er und Mari sich so nahe gekommen waren und jetzt voneinander getrennt auf zwei verschiedenen Straßenseiten standen. Wie die Königskinder …

In diesem Moment legte Reyes den Arm um Maris Schultern und strich ihr über die Wange. Marc erinnerte sich noch allzu gut daran, wie weich und zart ihre Haut war.

Mari und Reyes, das hatte einen gewissen Sinn. Blut war dicker als Wasser, und diese Weisheit traf vermutlich noch viel mehr auf vergossenes Blut zu. Das schweißte wohl noch mehr zusammen als die Herkunft.

Da konnte er nicht mithalten.

Er wusste nicht einmal, ob er das überhaupt wollte – nicht mehr, nachdem Mari ihn seit dieser unglaublichen Nacht ignorierte.

„Willst du mit ihr reden?", fragte ihn Liam jetzt.

Auf Marcs Stirn erschienen Falten. „Keine Ahnung. Ich habe das Gefühl, dass sie nichts mit mir zu tun haben will."

Liam wollte etwas entgegnen, aber ein Blick in Marcs grimmiges Gesicht ließ ihn schweigen.

Als Marc in Begleitung von Colleen und Liam gegen zehn Uhr an diesem Abend in Jake's Place eintraf, war er schlechtester Laune. Er hatte sich inzwischen erfolgreich eingeredet, dass Mari ihn zu Recht mied. Diese Nacht in Chicago war ein Fehler gewesen, irgendwie eine späte Reaktion auf ihre gemeinsame Geschichte als Jugendliche.

Vor achtzehn Monaten war er erst geschieden worden, und er hatte sich damals geschworen, sich in absehbarer Zeit nicht mehr zu binden.

Kaum hatten sie Jake's betreten, als er Mari entdeckte. Sie saß mit Eric Reyes an einem Tisch und lachte gerade über etwas, das Eric erzählte. Obwohl Marc sich soeben vorgenommen hatte, dass er und Mari so viel Distanz wie möglich zwischen sich legen sollten, kollidierten seine Gefühle mit seiner Vernunft. Und mit Logik hatte es sowieso nichts zu tun.

Ohne sich um Colleens Einwände zu kümmern, bahnte er sich seinen Weg durch die anderen Gäste. Er kannte nur noch ein Ziel.

Maris Augen wurden groß, als er vor ihr stehen blieb.

„Darf ich bitten?"

2. KAPITEL

Mari brachte kein Wort heraus. Marc wirkte auf sie ebenso überwältigend wie damals in Chicago. Sein einst so helles Haar war zu einem attraktiven Altgold gedunkelt. Inzwischen trug er es kurz, aber die Naturwelle war trotzdem noch zu erkennen. Jetzt hatte er ein Polohemd und aufregend gut sitzende Jeans an, und Mari fand, dass sie noch nie einen so schönen Mann gesehen hatte.

Er war noch so schlank wie mit einundzwanzig, nur muskulöser. Mit Mühe schaffte sie es, sich vom Anblick seiner schmalen Hüften und kräftigen Schenkel loszureißen.

Ja, er sah gut aus – und wütend. Unmittelbar, bevor er aufgetaucht war, hatte sie Eric erzählt, wie erschöpft sie sich nach diesem ereignisreichen Tag fühlte. Aber ein Blick auf Marc, und das Blut schoss durch ihre Adern und vertrieb jedes Zeichen von Müdigkeit.

„Äh ... ja", stammelte sie. „Gern."

Ihr fiel nicht der geringste Grund ein, warum sie einen Tanz mit ihm ablehnen sollte, ohne unhöflich zu erscheinen. Die Leute würden wahrscheinlich annehmen, dass da zwei miteinander tanzten, die einmal ein Paar gewesen waren. Nichts, worüber man sich aufregen könnte.

Auf dem Weg zur Tanzfläche schwiegen sie beide. Die Kapelle spielte alte Hits aus den Achtzigern. Marc legte den Arm um Maris Taille, und sie bewegten sich so selbstverständlich miteinander, als läge ihr letzter Tanz erst ein paar Tage zurück.

Mari sah Marc nicht an, aber mit jeder Faser ihres Körpers spürte sie ihn. Wie gut sie zusammenpassten, wie vollkommen sie sich zusammen bewegten ...

Das hatte sie auch vor fünf Wochen gedacht, als sie sich in dem Hotel in Chicago geliebt hatten. Als sie jetzt wieder daran dachte, wurde ihr heiß. Es gab so vieles, was sie trennte. Aber warum fühlte es sich dann so richtig, so natürlich an, in Marcs Armen zu liegen?

Nach dieser Nacht hatte sie ihm im dämmrigen Licht des frühen Morgens beim Anziehen zugesehen. Er hatte noch einen Termin und wollte zu Hause duschen und etwas anderes anziehen. Aber sie hatten verabredet, mittags zusammen zu essen.

Diese Nacht würde für immer in ihrem Gedächtnis bleiben, diese fast unerträgliche Lust, ihn zu berühren, von ihm berührt zu werden, dieses Einssein mit ihm ... Es war, als wären sie nie getrennt gewesen.

Marcs Handy hatte geklingelt, war dann verstummt, nur um kurz darauf wieder anzufangen.

„Vielleicht solltest du drangehen", meinte Mari. „Scheint wichtig zu sein."

Er sah ihr tief in die Augen, als er das Handy aus seiner Jackentasche angelte.

„Hallo, Mom."

Mari war, als hätte man ihr einen Eimer mit eiskaltem Wasser über den Kopf geschüttet. Auf einmal war alles wieder da, der Schmerz und Kummer, die Erinnerung daran, warum sie und Marc auseinandergerissen worden waren.

Ryan hatte ihr erzählt, dass Brigit Kavanaugh ihn nach dem ersten Tag im Gericht angegriffen hatte: „Ist dir eigentlich nicht klar, dass ich bei diesem Unfall meinen Mann verloren habe? Warum willst du mich zusätzlich noch bestrafen, indem du mir und meinen Kindern alles nimmst?"

Mari hatte den Prozess nicht persönlich verfolgt, aber natürlich wusste sie um all die Verletzungen, die zwischen den Kavanaughs und Itanis standen.

Und deshalb hatte sie dann auch an diesem Tag in Chicago, kaum dass Marc sie verlassen hatte, ihre Sachen gepackt und war nach San Francisco geflohen. Manches sollte einfach nicht sein, auch wenn es sich noch so richtig anfühlte.

Beim Tanzen rieben ihre Schenkel, ihre Hüften sich aufreizend aneinander, und immer wieder berührte ihre Brust seine. Ihre Brustspitzen reagierten überempfindlich, fast schmerzhaft auf ihn. Diese flüchtigen Liebkosungen erregten sie, und eine verheerende Mischung aus Gefühlen tobte in ihr – Nervosität, Unsicherheit, Sehnsucht ...

Begehren.

Ohne wirklich etwas zu sehen, blickte sie über seine Schulter. Sie sah und hörte nichts und fühlte nur seinen harten, sehnigen Körper, nahm seinen männlichen Geruch wahr. Mit Mühe bekämpfte sie ihren Impuls, den Kopf an seine Schulter zu legen.

„Ich vermute mal, dass es nichts bringt, wenn ich dich frage, warum du mich in Chicago versetzt hast?" Marcs raue Stimme ließ eine Gänsehaut über Maris Nacken laufen.

Sie wurde rot und mied seinen Blick. „Ist das nicht offensichtlich?"

„Wenn es um dich und mich geht, gibt es nichts Offensichtliches." Er sah sie an. „Es war der Anruf meiner Mutter, habe ich recht? Bist du deshalb weggelaufen?" Wie bitter das klang.

Mari sah zu ihm auf, als er verstummte. Einen Moment lang war sie in seinem Blick gefangen. „Der Grund tut nichts zur Sache", sagte sie dann. „Chicago war ein Fehler, das ist alles."

„Das sehe ich anders."

„Dann einigen wir uns eben darauf, dass wir unterschiedlicher Meinung sind." Mari entging nicht, wie Marc das Kinn vorschob. Der Stolz und die Arroganz der Kavanaughs waren nur zu bekannt. Sie seufzte und wechselte das Thema. „Ich hatte ganz vergessen, wie gut du tanzt."

„Und ich hatte vergessen, wie schwer es ist, dich in den Armen zu halten und nicht lieben zu dürfen."

Mari hielt unwillkürlich den Atem an. So viel zu unverfänglichen Gesprächsthemen. Vorsichtshalber machte sie einen Schritt weg von ihm. „Nicht, Marc."

„Nicht was? Es nicht komplizierter machen, als es ohnehin schon ist? Dazu ist es zu spät", sagte er leise.

Mari war von Marcs Lächeln so hypnotisiert, dass sie sich nicht wehrte, als er sie wieder in die Arme zog und anfing, sich im Rhythmus der Ballade zu bewegen. Er hielt sie so eng an sich gedrückt, dass es sich für Mari fast so anfühlte, als wären sie nackt.

„Entspann dich", sagte Marc. „Es gibt eine Zeit zum Reden und eine Zeit zum ... Tanzen."

Mari warf ihm einen verärgerten Blick zu, aber er war mehr Ausdruck von Selbstverteidigung als echtem Ärger. Es machte Mari zu schaffen, wie heftig sie auf Marc reagierte – und es machte ihr Angst. Natürlich hätte sie sich einreden können, das sei nur die Erinnerung an die Gefühle von damals. Aber ganz so leicht war es nicht. Sie war nicht mehr das junge Mädchen von damals, aber sie reagierte noch genauso heftig auf ihn, obwohl inzwischen fünfzehn Jahre vergangen waren. Wenn sie ehrlich war, war ihre Reaktion sogar noch stärker.

Sie hielt sich zunächst ganz gerade, während sie sich zur Musik bewegten, aber es dauerte nicht lange, bis sie sich ergab und an ihn schmiegte, als erkenne ihr Körper seinen idealen Gegenpart, selbst wenn ihr Verstand sich noch sträubte. Wärme durchströmte sie.

Als Marc die Hand auf ihren Po legte und leichten Druck ausübte, gab Mari ihren Widerstand endgültig auf und lehnte mit einem Seufzer den Kopf an seine Schulter. Er roch wunderbar, nach einem würzigen Aftershave und ganz einfach nach Marc. Als er das Kinn auf ihre Haare legte, schloss sie die Augen. Dann spürte sie flüchtig seine Lippen an ihrem Hals, und ein Zittern durchlief sie. Jedes Stückchen Haut, das er mit seinem Mund berührte, schien zu glühen.

Die Musik verklang, und Mari hob den Kopf – und sah mitten in Marcs Augen. Sein Blick war verklärt, und seine Erektion war mehr als deutlich zu fühlen. Es schien, als stünde sie unter seinem Bann. Anders konnte sie sich nicht erklären, dass sie mitten in einer vollen, lauten Bar von dermaßen heftigen erotischen Gedanken überfallen wurde – und dann ausgerechnet noch in Harbor Town!

Sie löste sich aus Marcs Armen und legte die Fingerspitzen an ihre heißen Wangen.

„Entschuldige mich", murmelte sie und wand sich aus seiner Umarmung, um sich in den Erfrischungsraum zu flüchten. Sie kühlte das Gesicht mit kaltem Wasser, aber das half nicht. Die

Hitze wollte nicht so einfach verschwinden. Mit geschlossenen Augen tastete sie nach einem Papierhandtuch und presste es auf das Gesicht, verzweifelt bemüht, ihr seelisches Gleichgewicht wiederzufinden.

Marc hatte damals schon die Macht gehabt, sie aus der Fassung zu bringen, und offenbar hatte sich nichts daran geändert.

Die Vorstellung, dass sie nicht ewig in diesem Waschraum bleiben konnte, sondern wieder hinaus in die Bar musste, zu Marc und all diesen Menschen, versetzte sie in Panik. Marc und sie hatten auf der Tanzfläche förmlich aneinandergeklebt. Und dann hatte er sie auch noch auf den Hals geküsst – was sie nicht nur zugelassen, sondern auch voll ausgekostet hatte. Bei der Erinnerung daran geriet sie in einen schockartigen Zustand. Sie musste hier weg – und sie musste Harbor Town verlassen, so schnell wie möglich.

Morgen würde sie sich bei Eric für ihre überstürzte Abreise entschuldigen.

Irgendjemand, wohl eine Frau, rief ihr etwas nach, als sie die Bar fluchtartig verließ. Sie sah zurück. Liam und vor allem Colleen Kavanaugh beobachteten sie mit offenkundiger Besorgnis. Anscheinend hegte Colleen nach all den Jahren keinen Groll mehr gegen sie. Darüber freute sie sich, aber im Augenblick fühlte sie sich nicht in der Lage, alte Freundschaften zu erneuern.

Wie hatte sie je auf die verrückte Idee kommen können, überhaupt zurückzukommen? Und wie hatte sie nur glauben können, dass sie sich ihrer Vergangenheit stellen müsste, um so endlich ihren Frieden zu finden?

Vor Jake's Place atmete sie mehrmals tief durch und lief dann weiter zum Parkplatz. Dort spürte sie plötzlich Hände auf den Schultern und fuhr herum.

„Marc …" Bis zu diesem Augenblick war ihr nicht klar gewesen, dass sie seine Berührung gleichzeitig fürchtete und herbeisehnte.

„Lauf nicht vor mir davon, Mari. Bitte."

Sie schwankte. So gern hätte sie geglaubt, dass sie diesen Abgrund zusammen überwinden konnten, und ihm vertraut. Aber das war nichts als ein Traum.

Der Traum eines jungen Mädchens.

Mari sah ihm in die Augen „Marc, es geht nicht. Nicht noch einmal", flüsterte sie und wollte sich von ihm lösen, aber er ließ es nicht zu.

„Woran liegt es, Mari? Was mache ich falsch?" Mit einem Mal sah Marc müde aus. „Ich bin nicht mein Vater, verdammt. Wenn es hochkommt, trinke ich einmal ein Bier, wenn überhaupt. Niemals würde ich mich betrunken ans Steuer setzen. Ich habe deine Eltern nicht umgebracht." Ärger schwang in seiner Stimme mit.

Mari sah erschrocken zu ihm hoch. In stillem Einverständnis hatten sie sich im Lauf der Zeit darauf geeinigt, dieses Thema zu meiden.

„Das habe ich auch nicht behauptet."

„Ich habe bei dem Unfall auch meinen Vater verloren", sagte Marc jetzt.

„Als wüsste ich das nicht!" Maris Kehle war eng geworden.

„Ich weiß überhaupt nicht, was ich glauben soll. Vor fünf Wochen bist du wortlos verschwunden, und das, nachdem du dich fünfzehn Jahre geweigert hattest, auch nur mit mir zu sprechen. Es war genau wie damals. Dieser Unfall hat uns auseinandergerissen. Ein paar Tage danach warst du Tausende von Meilen weg."

„Marc, wir waren damals noch halbe Kinder, und meine ganze Welt war gerade in Trümmer gefallen."

„Aber du bist nach Harbor Town zurückgekommen. Warum?"

„Ich habe meine Gründe." Mari wandte den Blick von seinem Gesicht und starrte in die Ferne. Was er wohl von dem Familienzentrum halten würde? Sie war nie auf die Idee gekommen, ihm davon zu erzählen, schon allein aus Furcht, er könnte sich darüber mokieren. Vermutlich würde er ohnehin nicht verstehen, was sie damit erreichen wollte.

Wieder schloss sie die Augen, als könnte sie damit Ruhe in ihre sich überschlagenden Gedanken bringen.

„Dass ich zurückgekommen bin, hat nichts mit dir zu tun. Und ich möchte mit dir nicht über die Vergangenheit sprechen, Marc."

„Mit wem dann? Mit Reyes? Weil ihr beide Opfer seid und ich der Sohn des Ungeheuers, das euch eurer Eltern beraubt hat?"

„Marc, nicht. Bitte."

Er wirkte so verletzt, dass es ihr wehtat und sie die Sehnsucht verspürte, diese Traurigkeit von ihm zu nehmen. Aber das lag nicht in ihrer Macht. Die Brust wurde ihr eng. Sie hatte nicht damit gerechnet, dass die alte Wunde so schnell wieder aufbrechen würde.

Marc strich ihr über die Arme. „Du zitterst ja. Es tut mir leid …"

„Was ist hier los? Mari?"

Mari sah über Marcs Schulter und entdeckte Eric hinter ihm. Er war sichtlich wütend.

„Ach, sieh an", bemerkte Marc mit leichtem Sarkasmus. „Da steht ja unser anderes Opfer. Vermutlich in der edlen Absicht, Mari vor dem Ungeheuer zu retten. Was haben Sie vor, Reyes? Wollen Sie sich mit mir prügeln?"

„Marc", warnte Mari.

„Nein, Kavanaugh, das dürfte eher Ihre Spezialität sein, wenn ich mich recht erinnere", gab Eric zurück.

Mari hielt Marc an den Schultern fest und versuchte, ihn zu sich umzudrehen. „Marc …"

„Ich wette, er hat dir nie davon erzählt. Oder doch, Mari?", fragte Eric. „Ich weiß, dass Ryan dir das ersparen wollte. Oder wusstest du, dass Kavanaugh deinen Bruder nach der richterlichen Entscheidung auf dem Gerichtsparkplatz zusammengeschlagen hat?" Er verzog verächtlich den Mund, als er Marc mit Blicken musterte.

Marc schloss für einen Moment die Augen, als könnte er so seinen Ärger und seine Frustration in Schach halten. Dann sah er Mari wieder an.

„Hat Ryan es dir wirklich nie erzählt?", fragte er. „Ich dachte, dass du mich deshalb all die Jahre gemieden hast."

Etwas in ihrem Gesichtsausdruck sagte ihm, dass sie keine Ahnung hatte.

„Damals war ich zweiundzwanzig, Mari, das ist eine Ewigkeit her."

Marc und Ryan waren immer unzertrennlich gewesen, die besten Freunde. Wie traurig, dachte Mari.

„Gibt es Schwierigkeiten?", erkundigte sich plötzlich jemand hinter ihnen mit scharfer Stimme.

Liam, der Jüngste der Kavanaugh-Geschwister, kam mit langen Schritten auf die kleine Gruppe zu. Von Marc hatte Mari erfahren, dass er bei der Polizei war. Jetzt gebärdete er sich, als hätte er die Absicht, eine berüchtigte Chicagoer Verbrecherbande dingfest zu machen.

„Verschwinden Sie, Reyes", blaffte er. Seine blauen Augen blitzten. „Scheren Sie sich in Ihr schickes Haus am Buena Vista Drive, das Sie mit dem Geld meiner Mutter bezahlt haben."

Eric war schockiert. „Sie verdammter Drecks…"

„An Ihrer Stelle würde ich das lieber nicht aussprechen", drohte Liam.

Nur halb bekam Mari mit, dass die Tür zu Jake's Place sich öffnete und wieder schloss. Ihre ganze Aufmerksamkeit galt Marc und Eric.

„Was ist los, Reyes? Haben Sie Angst davor, sich Ihre zarten Chirurgenhändchen zu verletzen?", spottete Liam provozierend, als er sich der Gruppe näherte.

Wut blitzte in Erics Augen auf, und er machte eine Bewegung auf Liam zu.

„Nicht, Eric!", rief Mari, aber Marc war schon dazwischengegangen.

„Hört sofort auf", befahl er. „Alle beide." Gleichzeitig streckte er den Arm aus, um Eric davon abzuhalten, sich auf Liam zu stürzen. Eric drehte sich um, Mari den Rücken zugekehrt. Als ein Fausthieb ihn traf, geriet er kurz ins Wanken.

„Lassen Sie meine Brüder in Ruhe, Reyes!"

Maris Augen weiteten sich, als sie Colleen Kavanaugh entdeckte.

„Bring sie weg, Liam", knurrte Marc. „Und zwar sofort."

Einen Moment lang war Mari sich nicht sicher, ob Liam seinem großen Bruder gehorchen würde, aber dann packte er seine Schwester am Arm.

Colleen ließ sich nur unter Protest in die Bar zurückführen. Vorher warf sie Eric noch einen Unheil verkündenden Blick zu. Er stand da, als wäre er zu Stein erstarrt. Dann hörte Mari ihn unterdrückt fluchen.

Bald waren nur noch Mari, Eric und Marc auf dem Parkplatz. Mari konnte Marcs Gesichtsausdruck nicht recht deuten, als er zuerst sie, dann Eric ansah. Seine Miene war hart, dann wandte er sich ab und ging in die Bar zurück.

Mari stieß zittrig den Atem aus. Sie und Eric sahen sich im schummrigen Licht der Parkplatzlaternen eine Weile nur stumm an. Aus Jake's Place klangen Musikfetzen und verflüchtigten sich in der warmen Sommernacht. Ihnen war nur zu bewusst, dass sie gerade einer Eskalation von Gewalt entgangen waren.

Übelkeit stieg in Mari hoch, und sie beugte sich vor und gab einen erstickten Laut von sich.

„Mari?", fragte Eric besorgt und berührte sie am Rücken. „Ist alles in Ordnung?"

Sie schluckte mit Mühe und richtete sich langsam wieder auf. „Ich ... ich weiß es nicht. Mir ist so schlecht."

„Komm, ich bringe dich nach Hause. Das Theater hier war zu viel für dich."

Als Eric sie zu seinem Wagen führte, drehte Mari sich noch einmal um. Mark verschwand gerade in der Tür, und sie unterdrückte ihren Impuls, ihm zu folgen.

3. KAPITEL

Marc stand neben seiner Mutter auf der Veranda und ließ den Blick die Sycamore Avenue hinunter zu dem Sandsteinhaus der Itanis wandern. In der Auffahrt stand ein dunkelblauer Wagen, der am Nachmittag noch nicht da gewesen war.

Ich bin nicht deinetwegen nach Harbor Town zurückgekommen, hatte Mari gestern Abend gesagt. Marc verschränkte die Arme vor der Brust. Warum dann?

Der Himmel war blassblau mit einem Hauch Lavendel, aber über dem Strand am Ende der Sycamore Avenue war bereits ein rotgoldener Streifen erkennbar. Bald würde die Sonne untergehen. Wie viele dieser Sonnenuntergänge hatte er mit Mari zusammen beobachtet?

Er riss sich von seinen Erinnerungen los, als seine Mutter wissen wollte, wie lange er in Harbor Town bleiben wollte. Natürlich war ihr nicht entgangen, dass er zu Maris Haus hinübergeschaut hatte.

„Bis zwei Tage nach Brendans Geburtstag."

„Kannst du dir denn so viel Urlaub leisten?"

„Ein paar Tage ohne mich werden sie schon überleben."

„Marc, du bist Staatsanwalt", erinnerte Brigit Kavanaugh ihren Sohn mit einem nachsichtigen Lächeln. „Du hast sehr viele Leute unter dir, für die du verantwortlich bist."

„Ich habe noch jede Menge Urlaub, außerdem habe ich mir Arbeit mitgebracht."

Alle Kavanaughs hatten Berufe, die nach außen signalisierten, dass sie wertvolle Mitglieder der Gesellschaft waren. Deidre stand als Krankenschwester im Dienste der Armee und war gerade zum vierten Mal im Auslandseinsatz. Liam war Kriminalbeamter bei der Sondereinheit für organisiertes Verbrechen im Chicago Police Department, und Colleen arbeitete als Sozialarbeiterin in der Psychiatrie mit verhaltensauffälligen Teenagern mit Drogenproblemen.

Die Schuldgefühle der Überlebenden, dachte Marc oft.

Der von seinem Vater verursachte Unfall vor fünfzehn Jahren hatte sie alle geprägt.

Natürlich wünschte seine Mutter sich, dass ihre Kinder ihre jährlichen Besuche zum Unabhängigkeitstag so lange wie möglich ausdehnten. Trotzdem wäre es ihr dieses Mal lieber gewesen, wenn Marc möglichst bald wieder abgereist wäre. Das irritierte ihn, wenn er sich auch nichts anmerken ließ. Aber vielleicht wollte sie nur nicht, dass Mari ihn noch einmal so verletzte wie nach diesem Unfall, als sie ohne ein Wort von hier weggegangen war.

Das leise Quietschen der Hollywoodschaukel mischte sich mit dem Zirpen der Grillen und dem Plätschern der Wellen, das vom Lake Michigan herüberklang.

„Du solltest dich von ihr fernhalten", warnte Brigit ihn jetzt und sprach endlich aus, was er schon gestern erwartet hatte.

„Vielleicht hast du recht. Trotzdem …"

„Nach allem, was sie uns angetan hat …"

„Mari hat uns nie etwas angetan. Und so wie Ryan und seine Tante hätten sich wohl die meisten Menschen in dieser Situation verhalten."

„Sie hat dich ignoriert! Und sie hat das Geld genommen – Blutgeld! Du hast offenbar vergessen, was das für mich – für uns alle – bedeutet hat!"

„Ich habe gar nichts vergessen", erwiderte Marc härter als beabsichtigt. „Hast du nie daran gedacht, dass Mari und ich vielleicht auch Erinnerungen teilen, die nichts mit Dad und dem Unfall zu tun haben?"

Brigit brachte die Schaukel zum Halten. Sie war blass und wirkte angespannt. Marc wollte ihr nicht wehtun, aber er hatte, verdammt noch mal, recht! Langsam stieß er den Atem aus, um seinen Ärger unter Kontrolle zu behalten. Dabei war er weniger zornig auf seine Mutter als auf diese ganze verfahrene Situation.

„Du willst Mari nur deshalb, weil du sonst immer alles bekommen hast, was du wolltest. Nur sie nicht."

Marc traute seinen Ohren nicht. „Meinst du das im Ernst?"

„Ja. Du bist mein ältester Sohn, Marc. Ich habe dich geboren und zum Mann heranwachsen sehen. Wann immer du etwas wolltest, hast du alles daran gesetzt, es auch zu bekommen. Koste es, was es wolle."

Das von seiner eigenen Mutter! „Das klingt, als wäre ich ein ziemlich verzogenes Gör gewesen. Ich habe immer hart gearbeitet. Und ich hatte auch meine Misserfolge, wenn ich dich daran erinnern darf. Oder was war das mit Sandra?"

„Ich habe gesagt, alles was du *wolltest*. Du könntest heute noch mit Sandra verheiratet sein, wenn es dir wichtig genug gewesen wäre."

Marc warf seiner Mutter einen warnenden Blick zu. Die Gründe für diese Trennung gingen nur ihn und seine geschiedene Frau etwas an, keinesfalls seine Mutter.

„Es heißt, dass Mari nie geheiratet hat", sagte Brigit jetzt.

„Nein", erwiderte Marc vorsichtig. Er wusste nicht, worauf sie hinaus wollte.

„Seit dem Tod ihrer Tante hat sie nur noch ihren Bruder, und ich glaube kaum, dass Ryan darüber erfreut wäre, wenn sie sich wieder mit dir einließe."

„Seit wann interessiert dich, was Ryan Itani denkt?"

„Das tut es auch nicht. Aber wenn dir Mari wichtig ist, solltest *du* dich dafür interessieren. Du willst doch keinen Keil zwischen sie und ihren einzigen Verwandten treiben."

„Das würde zunächst einmal voraussetzen, dass Mari mich überhaupt will. Bis jetzt habe ich davon noch nichts gemerkt", erwiderte Marc bitter. Seine Mutter hatte einen wunden Punkt getroffen. Er wusste selbst, dass es besser wäre, Mari in Ruhe zu lassen, um die Geister der Vergangenheit nicht zu neuem Leben zu erwecken.

Aber genau das hatte er getan. Er hatte Mari wieder in den Armen gehalten, nackt und leidenschaftlich. Jetzt konnte er es nicht mehr rückgängig machen und auch nicht so tun, als wäre es nicht passiert.

Aus dem Augenwinkel nahm er eine Bewegung wahr und drehte sich um. Mari ging gerade zu ihrem Wagen; das lange braune Haar hatte sie zu einem Pferdeschwanz gebunden, der bei jedem Schritt wippte. Als sie die Tür aufsperrte, sah sie für den Bruchteil einer Sekunde zu ihm herüber, dann duckte sie sich ins Wageninnere.

Liam kam auf die Veranda. Er fuhr sich mit beiden Händen durch das lange blonde Haar.

„Gib mir sofort die Schlüssel zu deinem Motorrad", befahl Marc.

Liam schreckte ein wenig zurück, dann sah er Maris Wagen rückwärts aus der Auffahrt fahren. Ohne ein Wort griff er in seine Hosentasche, zog den Schlüssel hervor und drückte ihn seinem Bruder in die Hand.

„Sei so nett und fahr gleich zum Tanken. Falls du dazu kommst", fügte er mit einem kleinen boshaften Funkeln in den Augen hinzu.

Marc lief die Treppe hinunter, ohne sich um den missbilligenden Blick seiner Mutter zu kümmern.

Mari war früh aufgestanden, entschlossen, sich wieder auf ihr Projekt zu konzentrieren. Sie frühstückte mit Eric und Natalie Reyes und besprach die weiteren Pläne für das Familienzentrum. Anschließend unterschrieb sie den Pachtvertrag und kümmerte sich schon einmal um ein paar Möbel.

Den Rest des Tages verbrachte sie damit, das Haus auf Vordermann zu bringen, um es einem möglichen Käufer in schönstem Glanz präsentieren zu können.

Später stand sie in der Tür und sah auf die Straße und zum Strand hinüber. Der Himmel färbte sich bereits rötlich.

Nach einer vier Jahre dauernden Beziehung mit einem Investmentbanker aus San Francisco, die von Anfang an unter keinem guten Stern gestanden hatte, folgte sie dem dringenden Bedürfnis nach einem Neuanfang. Sie wollte endlich die Vergangenheit hinter sich lassen – und das schloss die Rückkehr nach Harbor Town ein, zumindest vorübergehend.

Leider war die Rechnung nicht ganz aufgegangen.

Irgendwann wurde Maris Hunger übermächtig. Sie duschte, band die Haare zusammen und schlüpfte in Shorts und T-Shirt. Als sie zu ihrem Wagen ging, sah sie aus alter Gewohnheit zu Marcs Haus hinüber. Das Herz klopfte ihr bis zum Hals.

Und natürlich war er da. Er lehnte am Verandageländer und beobachtete sie. Ein paar Sekunden lang war ihr, als müsste sie ersticken.

Und so stieg sie hastig ins Auto, fuhr zu einem kleinen Restaurant am Stadtrand und erstand ein üppiges Truthahnsandwich. Danach fuhr sie ziellos durch die Straßen, bis sie schließlich auf einem Parkplatz am Strand landete. Irgendwo knatterte ein Motorrad. Sie nahm ihr Sandwich und öffnete die Tür, als ein Schatten übers Lenkrad fiel.

Instinktiv drehte sie sich um. Marc.

Mari musste daran denken, wie er und Ryan früher auf ihren Motorrädern die Straßen unsicher gemacht hatten. Mit ihrer Sonnenbräune und den windzerzausten Haaren hatten sie wie junge Götter auf sie gewirkt.

„Bist du mir gefolgt?"

„Na ja …" Er sah sie unverwandt an. „Du hättest mir ja nicht aufgemacht, wenn ich an deine Tür geklopft hätte. Und ich wollte nicht noch einmal fünfzehn Jahre warten, bis ich dich endlich wiedersehe."

Mari blickte ihn an. Es war nicht zu erkennen, was sie dachte und fühlte.

„Wir müssen miteinander reden, Mari. Bitte."

Ihr Blick fiel auf die dunklen Schatten auf seinem Kinn und den Wangen, und sie dachte daran, wie seine Haut sich in dieser Nacht in Chicago angefühlt hatte. Warum musste dieser Mann nur so attraktiv sein! Umso wichtiger war es, dass sie auf der Hut war.

„Und das ist wirklich alles? Sonst willst du nichts?"

Marc seufzte. „Ich werde ganz sicher nicht am Strand über dich herfallen, Mari, wenn du das meinst."

Sie blitzte ihn ärgerlich an und stieg dann aus, vorsichtig darauf bedacht, nicht zu viel von ihren Beinen zu enthüllen. Marc bemerkte dies natürlich und grinste in sich hinein.

Auf dem Weg zum Strand schwiegen sie allerdings, bis sie am Wellenbrecher angekommen waren. Sie setzten sich, und Mari betrachtete Marc unauffällig von der Seite. Er trug Cargoshorts und dazu ein dunkelblaues Polohemd, das seine muskulösen Schultern nur unzulänglich verdeckte. Auch in dieser lässigen Strandkleidung sah er umwerfend sexy aus. Natürlich! Sie sah ihn wieder vor sich, wie er als Vierzehnjähriger am Sycamore Beach gestanden hatte, die neu erworbene Sonnenbrille auf der Nase und das Surfbrett unterm Arm. Die Sonne hatte seine welligen Haare in einen warmen Goldton getaucht.

„Hunger?", fragte sie jetzt und bot ihm die Hälfte ihres Sandwiches an.

Der Himmel hatte ein dunkles Orange angenommen, und von der Sonnenscheibe war nur noch die obere Hälfte zu sehen.

Sie aßen schweigend. Zum ersten Mal fiel Mari auf, dass der Strand menschenleer war.

„Kommt niemand mehr hierher?"

„Nein. Der Strand ist inzwischen in Privatbesitz. Aber keine Angst, solange wir uns anständig benehmen, wird niemand uns vertreiben."

Mari trank einen Schluck von ihrem Mineralwasser, das sie zusammen mit dem Sandwich gekauft hatte, und reichte die Flasche dann an Marc weiter.

„Ich habe nicht die Absicht, mich in irgendeiner Weise danebenzubenehmen", gab sie kühl zurück. „Abgesehen davon, bist du erstaunlich schweigsam dafür, dass du eigentlich mit mir reden willst."

„Ich wollte diesen friedlichen Moment nicht zerstören."

Mari schob die Augenbrauen hoch. „Soll ich daraus schließen, dass dein Gesprächsthema nicht friedlich ist?"

„Das kommt darauf an, ob du dich weiterhin weigerst, mich zu sehen."

Mari stieß ihre Flipflops weg und grub die Füße in den feinen Sand. Obwohl sie versuchte, ruhig zu bleiben, klang ihre Stimme ein wenig brüchig.

„Marc, du hast doch miterlebt, was gestern Abend passiert ist. All diese Feindseligkeiten, das tut weh. Es wäre unverantwortlich, wenn wir – ich meine ... Du weißt schon."

„Ja, ich weiß es. Die Frage ist: Weißt du es auch?"

„Was?"

„Ich habe dieses Wiedersehen nicht geplant, Mari. Aber nachdem es nun einmal passiert ist, habe ich nicht vor, dich wieder gehen zu lassen. Und das heißt nicht, dass ich vorhabe, mich für eine heiße Nummer heimlich in dein Haus zu schleichen." Ein kleines Lächeln umspielte seinen Mund. „Obwohl diese Vorstellung durchaus ihren Reiz hat, muss ich sagen. Aber du bedeutest mir viel mehr als das. Es war unglaublich, als ich dich nach all diesen Jahren in Chicago wiedergesehen und gemerkt habe, dass sich nach all der Zeit nichts geändert hat. Ich bin ziemlich praktisch veranlagt und finde es unsinnig, vor der Wahrheit davonzulaufen."

Mari schluckte krampfhaft. „Es kann nicht funktionieren", sagte sie nach einer Weile so leise, dass er sie kaum verstand.

„Wie kannst du dir so sicher sein? Du redest dir das nur ein, damit du mich leichter wegstoßen kannst." Maris Herz schlug so heftig, dass es schmerzte, als er ihr sanft über die Wangen streichelte.

Ihr Rücken versteifte sich, und er nahm die Hand wieder weg. „Nein. Ich bin nur vernünftig. Und ich will nicht, dass dir wehgetan wird oder dass mein Bruder sich sorgt. Außerdem würde deine Mutter es nicht ertragen, und ich will nicht ..."

„Und du? Was willst *du*, Mari?"

Sie stand auf, trat ans Wasser und sah über den dunklen See hinaus.

Marc rückte näher. „Weißt du was?" Sein Mund war ganz nah an ihrem linken Ohr, und sie bekam eine Gänsehaut. „Ich glaube, dass du damals vor mir davongelaufen bist, weil du vernünftig sein wolltest. Nicht, weil es *richtig* war."

Sie sah ihn an.

„Du hast damals einfach versucht, dich danach zu richten, was deine Eltern gewollt hätten."

Ihre Eltern? Sie wurde ärgerlich, als er ihre Eltern erwähnte. „Ich muss mir das nicht anhören."

Sie wollte aufstehen und weglaufen, aber Marc hielt sie an der Schulter fest.

„Damit wollte ich nicht sagen, dass es falsch war. Ich verstehe dich. Auf einmal waren deine Eltern tot, und das war ein großer Schock für dich. Und du wolltest nur tun, was sie sich deiner Meinung nach gewünscht hätten. Die rebellische Tochter, die sich nachts heimlich aus dem Haus schlich, um den Jungen zu treffen, den ihre Eltern ihr verboten hatten, war von einem auf den anderen Tag verschwunden."

„Ja, und?", gab Mari herausfordernd zurück. „Ich hatte mich wie ein egoistisches, verlogenes, undankbares Gör benommen. Manchmal ist eben eine Krise nötig, damit man erkennt, wie dumm und verletzend man sich verhalten hat."

„Ja, ich weiß. Aber du warst nicht herzlos, Mari. Du hast dich wie ein ganz normaler Teenager verhalten und deine Eltern nicht absichtlich verletzt."

„Aber erst als sie tot waren, habe ich gemerkt, was ich ihnen angetan habe!" Mari reagierte fast aggressiv.

„Und jetzt willst du diese Schuldgefühle für den Rest deines Lebens mit dir herumtragen und dich zur Märtyrerin stilisieren?" Marcs Stimme klang hart.

Als sie aufstand und zum Wasser ging, folgte er ihr, legte die Hände auf ihre Schultern und drehte Mari zu sich herum. „Ich werfe dir deine Schuldgefühle nicht vor. Ich kenne das aus eigener Erfahrung. Aber da gibt es noch etwas …"

Jetzt erst wurde ihr bewusst, dass ihr die Tränen übers Gesicht liefen. Sie sah Marc an und wusste, dass es nicht nur Trauer und Ärger waren, die sie so mitnahmen. Nein, da war noch etwas anderes, er hatte recht.

Hoffnung.

Sie stand ganz still. Nur ihr Herz schlug wie wild. Marc neigte sich zu ihr, bis ihre Gesichter nur noch Zentimeter voneinander entfernt waren.

„Du bist keine achtzehn mehr, sondern eine erwachsene Frau.

Sag mir eines: Wenn wir uns in Chicago zum ersten Mal gegenübergestanden hätten – hättest du dann geleugnet, dass es zwischen uns knistert?"

„Das hättest du gern", sagte Mari. „Aber wir haben uns dort nicht zum ersten Mal getroffen, und wir waren uns nicht fremd. Vor der Vergangenheit können wir nicht davonlaufen."

„Das will ich auch gar nicht. Aber wir können damit umgehen. Oder es zumindest versuchen."

Er rieb leicht mit der Hand über ihren Rücken, als könnte er Mari damit ermuntern.

Wir können damit umgehen.

Mari zweifelte daran. Die Dämonen der Vergangenheit würden sie nie mehr loslassen. Aber war sie nicht deshalb nach Harbor Town gekommen, weil sie sich eingeredet hatte, dass Wunden heilen können, auch wenn sie noch so tief sind? Oder galt das vielleicht nur für andere Menschen, nicht für sie?

Unwillkürlich stöhnte sie auf, und Marc legte die Arme um sie. Die Tränen liefen ihr in Strömen über die Wangen, als hätte sie sie viel zu lange zurückgehalten. Sie drückte das Gesicht an seine Brust. Über die Jahre aufgestaute Gefühle brachen sich endlich Bahn. Ihre Füße wurden von kalten Wellen umspült, während Marc sie einfach nur festhielt.

Es gab so vieles, was sie ihren Eltern noch gern gesagt hätte – dass sie ihnen ihre Liebe und Wertschätzung nicht ausreichend gezeigt hatte, dass sie oft nicht die Tochter gewesen war, die sie sich gewünscht hatten, dass ihr ihre Liebe fehlte ... Es gab so vieles.

Es war nicht das erste Mal, dass sie solche Gedanken hatte. Aber noch nie waren sie mit solcher Macht über sie hereingebrochen wie hier am Strand in Marcs Armen.

Nach langen Minuten wurde Mari bewusst, dass Marc den Kopf auf ihren Scheitel gepresst hatte und beruhigend auf sie einredete. Als er sie aufs Ohr küsste, durchlief sie ein Schauer, und langsam versiegten ihre Tränen.

„Ich verlange ja nicht mehr, als dass du es versuchst", sagte Marc leise. Seine Stimme klang rau.

„Aber ich weiß nicht, wie, Marc. Allein daran zu denken, ist so schmerzhaft." Sie schniefte in sein Hemd. „Es ist so ... so ..."

„Was?"

„Es macht mir Angst."

„Ich helfe dir. Du bist stärker, als du glaubst. Gib uns eine Chance, Mari. Lauf nicht wieder davon." Sie wurde ganz still, als sie unsicher zu ihm hochsah. Er lächelte. „Triff dich mit mir, dann sehen wir weiter."

„Mehr willst du nicht?", fragte sie zweifelnd.

Er zog sie an sich, als wollte er klarmachen, wie sehr er sie begehrte.

„Ich will dich, ich habe dich immer gewollt und auch nie ein Geheimnis daraus gemacht – das hätte ich gar nicht gekonnt. Aber ich will nichts überstürzen und überlasse dir, wie es weitergeht. Solange du nicht wegrennst, bin ich glücklich. Oder wenigstens zufrieden."

Mari seufzte. Wenn sie nur wüsste, was richtig war. Sicherheit gab es nicht.

„Riskier es, Mari."

Sie sah ihn eine Weile nur an. „Also gut", flüsterte sie schließlich. „Aber ich kann nichts garantieren. Und ich möchte, dass wir es langsam angehen." *Und sehen, wie es auf unsere Familien und Freunde wirkt, wenn wir zusammen auftreten.* Sie verzog den Mund. Marc hatte recht. Immer machte sie sich eher Gedanken um die Gefühle und Meinungen anderer als um ihre eigenen.

Marc zog sie enger an sich. Er sagte nichts. Ob er wohl ähnliche Gedanken hatte wie sie? Vor fünfzehn Jahren hatten sie beide erfahren müssen, wie grausam das Leben sein kann. Wer glaubt, das Glück und die Sicherheit gepachtet zu haben, lebt in einem Traum.

Aber heißt das, dass man nicht davon träumen darf?

Mari wusste es nicht. Und so legte sie einfach die Arme um Marc und versuchte, ihre Zweifel beiseitezuschieben. Sie spürte Marcs Körper an ihrem und schloss die Augen. Einige köstliche Momente lang gab es nichts als das beruhigend sanfte Plätschern der Wellen und Marcs männlich-herben Geruch.

Als er ihren Namen murmelte, sah sie zu ihm. Und dann begann sie an seinem Hals zu knabbern und mit der Zunge über seine Haut zu streichen. Er schmeckte so gut und fühlte sich so gut an. Wieder sagte er ihren Namen, drängender diesmal. Sie beugte sich ein wenig zurück und betrachtete ihn.

Mit angehaltenem Atem wartete sie, als er langsam den Kopf senkte und sie küsste. Es war ein eher keuscher und sanfter Kuss, und doch lag ein Versprechen darin, das Leidenschaft und Begehren verhieß. Sie hob den Kopf, um mehr zu bekommen, aber er entzog sich ihr.

„Wir sollten gehen", sagte er heiser.

„Was? Oh ... Ja, gut." Mari fühlte sich wie betrogen. Wie als ob Marc ihr etwas Großartiges versprochen und dann dieses Versprechen nicht gehalten hätte. Aber er hatte recht. Hatte sie nicht selbst vorgeschlagen, langsam vorzugehen? Und jetzt war sie es, die sich beinahe von ihrer Leidenschaft hatte überwältigen lassen.

Na, toll. Sie konnte gar nicht glauben, dass sie tatsächlich zugestimmt hatte, sich mit Marc in Zukunft zu treffen.

„Ich, äh ... Bis demnächst. Ich sollte jetzt lieber ..." Sie schloss ihr Auto auf und spielte nervös mit den Fingern.

Marc stand hinter hier. „Okay. Bis demnächst."

Er klang angespannt. Wollte er sie denn zum Abschied nicht küssen? Oder wenigstens berühren?

„Ja, gut", murmelte sie. „Dann gute Nacht."

Er schwieg und erhöhte ihre Unsicherheit damit nur noch. Mari stieg ein, zog die Autotür zu, drehte den Zündschlüssel um und fuhr los.

Minuten später bog sie in ihre Auffahrt ein und stieg aus. Da hörte sie das Motorrad. Marc hielt hinter ihr an. Die Spannung war ihm anzusehen, als er abstieg und auf sie zukam.

„Ich habe zwar versprochen, nicht am Strand über dich herzufallen, aber von deiner Auffahrt war nicht die Rede."

Damit nahm er sie kurz entschlossen in die Arme und begann sie zu küssen.

Dieser Kuss war anders als der erste. Er war verzehrend und voller Leidenschaft. Marc legte die Hand auf Maris Rücken und drückte sie besitzergreifend an sich.

Mari stöhnte auf, als er mit der Zunge tief in ihren Mund eindrang, und sie ergab sich ihren Gefühlen und legte die Arme um ihn. Lust und Leidenschaft brachten ihr Blut zum Kochen, und sie fühlte sich mit einem Mal lebendig wie lange nicht. Sie begehrte Marc, und sie kam gar nicht auf den Gedanken, sich dagegen zu wehren.

Ihr Atem ging schneller, als er für einen kurzen Moment den Kopf hob, dann die Lippen an ihren Hals presste, daran zu knabbern begann und kleine Küsse darauf verteilte. Wie hätte sie da einen einzigen klaren Gedanken fassen sollen? Ihre Brustspitzen wurden hart und stellten sich auf. Sie hatte das Gefühl, dass seine Hände überall auf ihrem Körper waren und sie in eine Art sinnliche Trance versetzten. Und so bog sie den Hals zurück, um ihm leichteren Zugang zu gewähren.

Dann, auf einmal, entstand ein Bild vor ihrem inneren Auge: Brigit Kavanaugh auf der Veranda, die zusah, wie ihr Sohn in aller Öffentlichkeit im Schein der Straßenlaterne wilde Zärtlichkeiten mit Mari Itani austauschte.

„Marc", flüsterte sie heiser. „Jeder kann uns sehen."

Einen Augenblick lang glaubte sie, er habe sie nicht gehört, denn er hörte nicht auf mit seinen verzehrenden Liebkosungen. Aber dann hielt er abrupt inne, packte sie an der Hand und zog sie in den Schatten eines Ahornbaums, der sie vor neugierigen Blicken verbarg.

Dort drückte er sie mit dem Rücken an den Baumstamm und begann sofort wieder, sie zu küssen. Dieses Versteckspiel in der Öffentlichkeit, in dieser warmen Sommernacht in Harbor Town, fachte ihre Leidenschaft zusätzlich an, und sie ließ die Zunge um seine tanzen, saugte daran, bis er heiser aufstöhnte.

Hitze durchströmte sie, und sie seufzte zufrieden, als sie seine Erregung spürte. Eine Gänsehaut überzog ihren Körper. Marc Kavanaugh begehrte sie!

Er streichelte ihren Hals und fand dann ihre Brust. Ihr Hunger auf ihn wurde immer größer, verzweifelt fast. Sekunden später hob er den Kopf, und im samtschwarzen Schutz der Nacht schob er ihr das T-Shirt über die Brüste.

Mari stöhnte, als das Begehren sie zu überwältigen drohte, und ihr wurde heiß zwischen den Beinen. Marc ließ die Finger über ihre zarte Haut wandern und schob den Büstenhalter hinunter. Dann strich er mit der Fingerspitze über ihre nackte, harte Brustwarze. Mari biss sich auf die Unterlippe, um nicht aufzuschreien.

„Du hast so wunderschöne Brüste", flüsterte er und legte liebkosend die Hand darum.

Mari wimmerte, als ihre Lust unerträglich wurde. Und als er dann mit den Lippen ihre Brustwarze umschloss, stieß sie einen kleinen Schrei aus. Mit der Zunge und den Lippen umspielte er in einem Moment ihre Brustknospe ganz zart, fast nicht spürbar, um sie im nächsten Augenblick voller Lust fordernd und drängend darum zu schließen. Wie von selbst schienen ihre Hüften sich an seinen zu reiben, und Marc reagierte sofort darauf und glitt mit einer Hand zwischen ihre Schenkel.

Maris Augen wurden groß, als wildes Begehren ihren Körper erfasste. Das war verrückt! Völlig unmöglich. Sie standen in ihrem Vorgarten! In kürzester Zeit war aus einem Kuss wildes Petting geworden! Offenbar hatte sie den Verstand verloren. Hatte sie nicht behauptet, sie wollte es langsam angehen? Wie konnte es geschehen, dass Marc sie derart schnell auf Siedetemperatur brachte und sie alle Vernunft vergessen ließ?

Als er sich jetzt daran machte, den Reißverschluss ihrer Shorts zu öffnen, protestierte sie schwach. „Marc, wir sollten nicht ..."

Im selben Moment schob er die Hand in ihren Seidenslip, und sie stöhnte auf. Dann hatte er gefunden, was er suchte, und ein heiserer Laut drang aus seiner Kehle. Mari lehnte den Kopf an den Baumstamm und wimmerte und keuchte, während Marc ein heißes Feuer in ihr auflodern ließ.

„Lass einfach los, Mari", flüsterte er an ihrem Mund. „Ich bin hier bei dir ..."

Marc.

Immer schon hatte er es verstanden, alle ihre Sinne zu wecken, ihr Mut zu machen, ihren Gefühlen zu trauen ... Und wie immer reagierte sie mit ihrem ganzen Körper darauf. Jetzt legte er ihr den Arm um die Schultern und hielt sie fest, während sie ihrer Lust in einem letzten Aufbäumen endlich nachgab.

Irgendwann drang das Zirpen der Grillen in ihr Bewusstsein, und sie öffnete blinzelnd die Augen, noch ganz erfüllt vom Nachbeben dieser Explosion der Leidenschaft.

„Siehst du, Mari? Dein Körper vertraut mir. Jetzt musst du nur noch deiner Seele vertrauen, deinen Wünschen." Er küsste sie, heftig und intensiv.

„Komm rein ..."

Mari wollte gerade etwas sagen, als sie eine Stimme hörte.

„Marc?"

Unwillkürlich hielt sie die Luft an.

„Liam? Bist du das?"

Sie fuhr zusammen und stieß Marc mit einem Ruck von sich, bevor sie hastig ihre Kleider ordnete.

„Tut mir leid, wenn ich störe", sagte Liam. „Aber ich habe mein Motorrad auf der Auffahrt stehen sehen."

Mari gab Marc einen Schubs. „Geh schon und rede mit ihm", flüsterte sie. Wie peinlich!

„Ich habe einen Anruf von meinem Captain bekommen", hörte sie Liam sagen. „Leider muss ich heute Nacht noch nach Chicago zurückfahren, aber ich denke, dass ich zu Brendans Geburtstagsparty wieder da sein kann. Mom hat mir erzählt, dass du bis dahin bleibst. Könntest du mir dann vielleicht deinen Wagen leihen? Dafür lasse ich dir das Motorrad da."

Mari fühlte sich ziemlich lächerlich, wie sie sich da im Schatten des Baums versteckte. Sie war davon überzeugt, dass sie Liam nichts vormachen konnten. Trotzdem strich sie sich glättend über die Haare, auch wenn das vermutlich wenig nützte. Liam wusste genau, was los war. Sie schob das Kinn vor und trat zu den beiden Männern.

„Na, wenn das nicht Mari Itani ist", stellte Liam trocken fest.

Ganz offensichtlich amüsierte ihn die Situation, und plötzlich erkannte sie die Komik dieser Situation auch. Liam hatte immer schon die Gabe gehabt, sie zum Lachen zu bringen.

Jetzt breitete er einladend die Arme aus. „Komm, lass dich drücken. Wir sind gestern Nacht gar nicht dazu gekommen, uns zu begrüßen."

Er drückte sie so fest an sich, dass sie geräuschvoll den Atem ausstieß. Marc berührte seinen Bruder am Ellbogen, als ihm die Umarmung zu lang dauerte. „Hattest du nicht etwas Dringendes in Chicago zu tun?"

„Ist schon gut." Liams Lachen war reichlich anzüglich, als er Mari endlich wieder losließ. „Dann überlasse ich euch beide wohl besser eurem eigenen dringenden Anliegen, dem ihr hinter dem Baum nachgehen wolltet."

Mari warf Marc einen schnellen Blick zu. „Meinetwegen musst du nicht so hektisch aufbrechen", sagte sie dann zu Liam. „Ich wollte sowieso gerade ins Haus gehen."

„Mari", sagte Marc warnend, aber sie ignorierte ihn.

„Dann gute Nacht, ihr beiden. Liam, schön, dass wir uns noch gesehen haben." Damit lief Mari zum Haus.

„Einen großartigen Zeitpunkt hast du dir da ausgesucht", hörte sie Marc noch mit sarkastischem Unterton zu seinem Bruder sagen."

Sie floh regelrecht die Stufen zur Veranda hinauf, als sie Liam laut auflachen hörte.

4. KAPITEL

Der Tag ist wie geschaffen für einen Ausflug zum Strand, fand Mari, als sie am nächsten Tag auf die Veranda trat. Strahlender Sonnenschein lag auf der amerikanischen Kleinstadtidylle mit ihren weiß gestrichenen Zäunen und den zwitschernden Rotkehlchen in den Eichen und Ahornbäumen.

Sie sah die Straße hinauf, und ihr Blick blieb wieder einmal am Haus der Kavanaughs hängen. Die Aussicht, Marc bald zu sehen, machte sie aufgeregt wie einen Teenager.

Sie wusste selbst, dass sie sich nur etwas vormachte. Noch nie hatte sie auf einen Mann nur annähernd so reagiert wie auf Marc. In den vergangenen Jahren war sie mit mehreren Männern liiert gewesen, hätte einmal sogar fast geheiratet. Und immer wieder hatte sie sich anhören müssen, dass sie mit ihrem Beruf verheiratet und zu unnahbar sei.

Bei Marc war das anders, immer schon.

Aber jetzt hatte sie Wichtigeres zu tun, als über die Vergangenheit nachzudenken. Es war Zeit, dass sie mit dem Saubermachen anfing. Und so holte sie ein paar alte Tücher und Möbelpolitur und machte sich an die Arbeit.

Ein paar Stunden später zwang ein Anfall von Übelkeit sie, von der Leiter zu steigen. Sie sollte etwas essen! Außerdem war ihr heiß geworden von der Arbeit. Gerade machte sie sich ein belegtes Brot in der Küche, um ihren Magen zu beruhigen, als sie Schritte auf der Veranda hörte.

Marc.

Er lehnte in der Tür, lässig und sehr männlich. Durch das Fliegengitter trafen ihre Blicke sich, und sie sah seine Augen aufblitzen. Sofort stellten sich ihre Brustspitzen auf, deutlich sichtbar unter dem engen T-Shirt.

„Ist sie das?", hörte sie jemanden flüstern.

Marc wandte leicht den Kopf zur Seite, aber er sah Mari ununterbrochen an. „Ja, das ist sie", erwiderte er gespielt verschwörerisch dem Jungen, der neben ihm stand.

Jetzt tauchte noch ein zweites Kind auf, ein Mädchen mit langem blondem Pferdeschwanz, das durch Marcs Beine hindurchspähte.

„Hallo", sagte das kleine Mädchen ernst. Es hatte große blaue Augen und war zauberhaft.

„Hallo", antwortete Mari und öffnete die Fliegentür. Dann warf sie Marc einen schnellen Blick zu. Das sah ihm ähnlich, dass er mit zwei Kindern – vermutlich seinem Neffen und seiner Nichte – auftauchte, um die Spannung abzubauen.

Jetzt strich er dem kleinen Mädchen über die Haare. „Du kannst aus deinem Versteck kommen, Jenny. Mari beißt nicht. Das hoffe ich jedenfalls."

Mari verdrehte leicht die Augen, dann bat sie die Besucher ins Haus.

„Ist zufällig Colleen eure Mom?", fragte sie über die Schulter, als sie voraus in die Küche ging. Sie hatte gehört, dass Colleen als einzige der Geschwister geheiratet und Kinder bekommen hatte.

„Ja. Unsere Mom heißt Colleen Sinclair", antwortete der Junge jetzt höflich.

Mari musste lächeln.

„Marianna Itani, ich möchte dir gern meinen Neffen Brendan und meine Nichte Jenny vorstellen", sagte Marc, als sie die sonnendurchflutete Küche betraten.

„Aber du hast gesagt, dass sie Mari heißt", beschwerte Jenny sich bei ihrem Onkel.

„Mari ist nur die Abkürzung von Marianna, genau wie Jenny von Jennifer", erklärte ihr Marc.

Jenny betrachtete Mari mit augenscheinlichem Interesse. „Du siehst aus wie eine Prinzessin", befand sie dann.

„Jenny!", stieß Brendan hervor. Die direkte Art seiner kleinen Schwester war ihm eindeutig peinlich.

Mari lächelte Jenny an. „Danke. Und du siehst fast so aus wie deine Mutter, als sie so alt war wie du. Ich freue mich, euch beide kennenzulernen. Möchtet ihr gern etwas trinken? Limonade vielleicht?"

Beide Kinder nickten.

Mari schenkte zwei Gläser sein und kramte dann aus einer Ecke noch ein paar Schokoladenkekse hervor.

„Brendan hat gesagt, dass es hier spukt", erzählte Jenny, als Mari die Limonade und die Kekse auf den Tisch stellte.

„Das stimmt überhaupt nicht", wehrte sich Brendan, aber er war rot geworden. Er war ebenfalls blond, wenn auch ein, zwei Nuancen dunkler als seine Schwester. Offenbar verbrachte er viel Zeit am Strand, denn er war sonnengebräunt. Seine Augen waren dunkel, trotzdem fühlte Mari sich an Marc in dem Alter erinnert.

„Es ist wohl wahr! Du sagst es jedes Mal, wenn wir draußen bei Grandma spielen", widersprach Jenny.

Mari und Marc tauschten ein kleines Lächeln.

„Dürfen wir uns das Haus anschauen?", erkundigte sich Brendan.

„Ja, natürlich. Aber es gibt nicht viel zu sehen", warnte Mari. „Und erst recht keine spukenden Geister."

Er schien ein wenig enttäuscht, aber dann lief er mit seiner Schwester schnell davon.

„Was für nette, hübsche Kinder", meinte Mari, als sie außer Hörweite waren.

„Ja, finde ich auch." Auf einmal wurde es Mari bewusst, dass sie mit Marc allein war. „Colleen hat mit den beiden alle Hände voll zu tun. Brendan vor allem ist sehr selbstständig und will immer allein zum Strand gehen."

„Als wir so alt waren wie er, waren wir auch allein dort", meinte Mari.

„Seitdem hat sich viel verändert. Unsere Eltern haben uns meistens nur zu den Mahlzeiten gesehen, und selbst dann wären wir nicht nach Hause gegangen, hätten wir nicht solchen Hunger gehabt."

Mari dachte wieder an diese goldenen Nachmittage, wenn sie vom Spielen mit den Kavanaugh-Kindern nach Hause zurückgelaufen war, die Sycamore Avenue entlang. Ihre Mutter hatte beim Kochen gesungen, ihr Vater meist auf der hinteren Veranda die Zeitung gelesen oder erfolglos versucht, seine Hortensien zum Blühen zu bringen. Nach dem Essen hatten Ryan und sie es immer eilig gehabt, wieder ins Freie zu kommen und weiter mit den anderen Kindern zu spielen, bis sie von ihren Eltern nach Hause gerufen wurden. Und der nächste Tag hatte neue aufregende Versprechungen gebracht, und alles hatte sich wiederholt. Es war wie im Paradies gewesen.

„Sieht so aus, als hättest du heute schon einiges geschafft", meinte Marc jetzt und sah sich um.

„Ja, ich will das Haus in Schuss bringen, bevor ich es verkaufe."

„Eine traurige Vorstellung, dass einmal andere Leute hier leben werden", meinte Marc. „Ich habe so schöne Erinnerungen an das alte Haus."

„Ja", sagte Mari leise und betrachtete sein Profil, als er sich umsah.

Eine halbe Stunde später saßen sie alle zusammen auf der Veranda. Die Kinder spielten vergnügt miteinander, während Marc und Mari nebeneinander in der Hollywoodschaukel sanft hin- und herschaukelten.

„Wen hat Colleen geheiratet?", wollte Mari von Marc wissen.

„Darin Sinclair", erwiderte Marc mit gedämpfter Stimme. „Er war bei der Army und kam vor fast zwei Jahren in Afghanistan ums Leben."

Unwillkürlich sah Mari zu den Kindern hinüber. Kein Wunder, dass sie manchmal so erwachsen wirkten, sie hatten viel zu früh ihren Vater verloren.

Marc nahm ihre Hand und strich über die Innenseite ihres Handgelenks. „Ich habe gehört, dass Ryan auch in Afghanistan ist. Er ist bei der Luftwaffe, oder?"

Mari blinzelte. „Ja. Als Pilot. Er ist in Kabul stationiert. Aber in zwei Wochen kommt er nach Hause." Marcs kleine Zärtlichkeit tat ihr gut, sie hatte etwas Tröstliches. „Aber an Ryan hatte ich jetzt gar nicht gedacht, mehr an Colleen. Es ist so unfair, nachdem sie als Kind schon so viel durchgemacht hat."

Marcs Gesichtsausdruck wurde grimmig. Und dann hatte er auf einmal den Arm um Mari gelegt, und sie lehnte den Kopf an seine Schulter.

„Weißt du, was?", fragte er nach einer Weile. „Ich finde, du hast für heute genug geputzt. Lass uns zum Strand gehen."

Mari hob den Kopf und sah ihn an. Er lächelte ein wenig, doch in seinem Blick lag eine klare Herausforderung.

„Aber ich habe noch so viel zu tun ..."

„Zum Beispiel?"

Sie zögerte. Es wäre ein guter Moment gewesen, ihm von dem Familienzentrum zu erzählen. Aber irgendwie scheute sie davor zurück, es war so ein ernstes Thema. Aber vielleicht war sie auch nur ein Feigling und wollte vermeiden, dass er ihre Absichten falsch verstand, sie vielleicht sogar verurteilte.

Und so machte sie lediglich eine unbestimmte Bewegung zum Haus hin. „Ich bin noch lange nicht durch mit dem Putzen."

„An einem so wundervollen Tag wie heute gibt es Besseres zu tun, Mari."

Sie lachte auf. Dieses Leben war ihr fremd geworden, diese Lebendigkeit, diese Lust am Leben. In all den Jahren hatte sie sich so daran gewöhnt, sich zu beherrschen und jede lustvolle Anwandlung zu unterdrücken, dass sie aus dieser Angewohnheit nur schwer wieder herausfand.

„Ich habe keinen Badeanzug", sagte sie und sah auf Marcs Mund.

„Über die Jahre haben Colleen und Deidre Dutzende Badeanzüge hier angesammelt. Zufällig habe ich sie gestern im Schrank entdeckt. Komm schon", sagte Marc aufmunternd. „Harbor Town hat immer noch einiges zu bieten. Du musst es nur zulassen."

Sie hatte tausend andere und vor allem wichtigere Sachen zu tun, als mit Marc am Strand zu faulenzen. Trotzdem ... Dieses Versprechen in seinem Blick hatte etwas Unwiderstehliches.

„Der Immobilienmakler kann jeden Moment kommen."

„Großartig. Ich muss auch noch etwas erledigen, bevor wir aufbrechen. Der Makler wird dich ja wohl nicht den ganzen Tag beanspruchen, oder?"

„Nein, aber ..." Sie unterbrach sich unter seinem ironischen Blick. „Du bekommst immer, was du willst, oder?", fragte sie ihn.

„Das wird sich herausstellen, aber ich bin Optimist. Ich hole dich um zwei Uhr ab, okay?"

Am frühen Nachmittag wartete Marc auf Maris Veranda, bis sie in den Bikini geschlüpft war, den er ihr mitgebracht hatte.

„Ist das dein Ernst?", hatte sie ihn gefragt, als er damit angekommen war und dieses Nichts an Stoff am Finger hatte baumeln lassen. „Da ist ja gar nichts dran."

„Früher hast du auch Bikinis getragen", hatte er unschuldig zurückgegeben.

„Ich bin aber kein Teenager mehr!"

„Umso besser. Heute steht dir ein Bikini mit Sicherheit noch besser als mit siebzehn."

Das meinte er im Ernst, auch wenn sie die Augen verdrehte. Die Erinnerung daran, wie Mari im Palmer House Hotel nackt auf dem Bett gelegen hatte, war wohl für immer in sein Gedächtnis eingebrannt. Sie war so schön, dass man als Mann leicht verrückt werden konnte bei ihrem Anblick.

Jetzt ging die Fliegentür auf, und Mari kam aus dem Haus. Sie hatte die Haare hochgesteckt, aber ein paar vorwitzige Strähnen hatten sich gelöst und umrahmten ihr Gesicht. Sie trug ein rotes ärmelloses Oberteil und dazu Shorts aus Jeansstoff, in denen ihre langen, wohlgeformten Beine einfach nur klasse aussahen. Ihre Schultern erinnerten Marc an süßen Honig, und sein Körper reagierte sofort. Nach all den Jahren hatte sich nichts geändert.

„Fertig?", fragte er ein wenig heiser.

Sie nickte nur und wandte schnell den Blick ab. Allmählich gewöhnte er sich daran, dass sie in seiner Gegenwart immer ein wenig nervös war. Andererseits zweifelte er daran, dass ihre geröteten Wangen nur diesen einen Grund hatten.

Er hatte alles dabei, was man für ein Picknick brauchte, und verstaute die Sachen jetzt in den Gepäcktaschen von Liams Motorrad. Als er Maris Gesichtsausdruck sah, hielt er inne.

„Was ist?"

„Ich hatte vergessen, dass wir …" Sie machte eine unbestimmte Handbewegung in Richtung Liams Motorrad und räusperte sich. „… dass wir mit dem Motorrad fahren."

Er hielt es für klüger, darauf nicht zu antworten. Wie sie erinnerte er sich nur zu gut an ihre aufregend vibrierenden Motorradfahrten übers Land, bei denen Mari so eng an ihn gepresst hinter ihm gesessen hatte, dass nicht ein Sandkorn mehr zwischen sie gepasst hätte. Und so lachte er nur und hielt ihr den Helm hin. Zu seiner Erleichterung lächelte sie. Dann erstarrte sie für einen Moment, als sie entdeckte, dass Brigit Kavanaugh sie beobachtete.

Marc war ihrem Blick gefolgt. „Fahren wir", sagte er nur. „Mir wird langsam heiß, ich brauche eine Abkühlung."

„Wohin fahren wir überhaupt?", rief Mari, nachdem sie bereits zehn Minuten auf der Route 6 unterwegs waren.

„Tranquil Lagoon, die stille Lagune. Warst du da schon einmal?", fragte er zurück.

„Ich glaube nicht."

„Kaum jemand hier kennt die Lagune. Colleen hat mich vor ein paar Jahren mal mitgenommen."

Nach einer kurvenreichen Straße, deren Asphaltbelag ziemlich reparaturbedürftig war, hielt Marc die Maschine auf einer Anhöhe an und machte den Motor aus.

„Ab hier müssen wir laufen."

Mit den beiden Picknicktaschen machte er sich auf dem grasbewachsenen Trampelpfad auf den steilen Weg nach unten. Mari folgte ihm. Einmal rutschte sie mit ihren Turnschuhen aus, und Marc half ihr beim Aufstehen. Die Anspannung in seinem Körper war kaum noch zu übersehen. Schließlich war er auch nur ein Mann, und Mari hatte eine Wirkung auf ihn wie keine andere Frau.

Der Weg schlängelte sich zwischen riesigen Robinien, Eichen und Ulmen hindurch, die den Blick auf die Lagune versperrten. Dann plötzlich, als sie unten angekommen waren und freie Sicht hatten, stieß Mari einen kleinen überraschten Schrei aus.

Massive Dünen schlossen die Lagune auf drei Seiten ein. Der wolkenlose Sommerhimmel spiegelte sich im Wasser und tauchte es in ein leuchtendes Blau. Hinter der Lagune glitzerte der Lake Michigan in der Sonne, an den Uferrändern spiegelte sich das dunkle Grün des Laubs.

Marc führte Mari zu einem Stückchen Sandstrand direkt am Wasser. Weit und breit war niemand zu sehen. Er stellte seine Taschen im Schatten eines Felsblocks ab und zog sein Hemd aus.

„Mir ist heiß." Aber nicht nur von der Sonne, dachte er. Die Motorradfahrt und der Weg hier herunter hatten ihm ziemlich zugesetzt. Er kickte die Schuhe von den Füßen. „Wie wäre es mit einer Abkühlung?"

„Ja, gleich." Aber Mari war wie gelähmt.

Die Art, wie sie auf seine Brust starrte, ließ ihn alle Höflichkeit vergessen, und er stürzte sich, ohne auf sie zu warten, in den See. Was er jetzt vor allem brauchte, war kaltes Wasser. Mari beim Ausziehen zuzuschauen – so gern er genau das getan hätte –, ging über seine Kräfte.

Den Kopf tief im Wasser, tat er etliche Schwimmzüge. Dann kam er wieder an die Oberfläche und drehte sich um. Mari stand schon bis zur Taille im Wasser, und er tauchte auf sie zu. Als er kurz vor ihr wieder hochkam, lächelte sie.

„Fühlt sich gut an, oder?", fragte er sie.

Sie hatte die schönsten Augen, die er je an einer Frau gesehen hatte, irgendetwas zwischen Braun und Bernstein.

Jetzt nickte sie. „Ja, es ist wunderbar." Fast liebevoll strich sie mit den flachen Händen über die Wasseroberfläche.

Marc ließ den Blick über ihren Arm wandern und blieb an ihrer Schulter hängen. Die Lust, sie zu berühren, wurde übermächtig, aber er beherrschte sich, wenn auch mit Mühe.

„Der Bikini passt wie angegossen", stellte er fest und betrachtete mit Genuss ihre Brüste, die durch die kleinen Stoffstückchen eher dürftig bedeckt waren.

„Hör auf zu grinsen, Kavanaugh", befahl Mari und verdrehte genervt die Augen.

„Ich grinse doch gar nicht."

„Du weißt sehr gut, dass du grinst!"

Mit diesen Worten tauchte Mari unter und entzog sich damit seinen Blicken. Nach ein paar Augenblicken kam sie ein Stückchen weiter wieder hoch und schüttelte sich das Wasser aus den Haaren. Dabei bedachte sie Marc mit einem vorwurfsvollen Blick.

„Musstest du ausgerechnet einen Bikini von Deidre nehmen?", schimpfte sie. „Colleen hat eher meine Größe. Nicht, dass du das nicht selbst wüsstest."

„So etwas fällt mir gar nicht auf", erwiderte Marc unschuldig. „Schließlich sind das meine Schwestern."

„Ach was! Du hast nie bemerkt, dass Deidre sehr zart und zierlich ist?"

Marc schnaubte verächtlich. „Ich weiß ja nicht, woran du dich im Zusammenhang mit ihr erinnerst. Aber zart ist wahrhaftig nicht die richtige Beschreibung für sie. Zum Beispiel hat sie einen verwundeten Soldaten aus dem Feuerhagel geholt."

„Im Ernst?" Mari war beeindruckt.

„Ja." Marc war von der Heldentat seiner Schwester weniger begeistert gewesen. „Sie hat eine Ehrenmedaille dafür bekommen. Zum Glück ist sie inzwischen versetzt worden."

„Du machst dir sicher große Sorgen um sie." Mari kam einen Schritt näher.

„So wie du um Ryan."

Ein Schatten hatte sich auf die zuvor gelöste Stimmung gesenkt. Über ihnen zwitscherte ein Vogel.

„Es tut mir leid, wie du von dem Streit zwischen Ryan und mir all diese Jahre nach dem Prozess erfahren hast", sagte Marc. „Du warst nicht da, und die Emotionen schlugen damals hohe Wellen."

„Aber ihr habt euch immer so nahegestanden", meinte sie fast unhörbar. „Manchmal ..." Sie verstummte mit einem Seufzer.

„Was?" Sie schüttelte den Kopf. „Du bist immer noch wütend."

„Das habe ich nicht gesagt."

„Aber es würde mich nicht wundern. Du hast deine Eltern verloren."

„Nicht nur", gab sie leise zurück.

Marc blickte Mari an, und auf einmal überkam ihn nackte Lust. Aber dazu war jetzt nicht der richtige Zeitpunkt.

„Wenn du damit mich meinst: Ich bin hier", erwiderte er.

Mari blinzelte und sah dann auf die Seite. „Ich habe dich auch gemeint, ja. Aber auch meine Kindheit, meine Sicherheit, meinen Glauben an die Zukunft, daran, dass irgendwann alles wieder gut wird, dass am nächsten Tag alles wieder frisch und neu ist. In diesem Sommer damals habe ich das alles verloren."

„Es ging uns allen so."

„Ja, ich weiß. Ich wollte dir das ja auch erklären, aber irgendwie ist alles auf einmal so schnell gegangen. Dir habe ich nie einen Vorwurf gemacht, Marc. Nie. Wie auch?"

Er hob die Schultern. „Andere haben es getan. Das ist menschlich. Wenn der Täter mit den Opfern stirbt, braucht man einen anderen Schuldigen."

„Aber das ist lächerlich."

„Ja, vermutlich. Aber die Leute müssen irgendwohin mit ihrer Wut und ihrem Zorn, mit ihrer Unsicherheit. Meine Mutter lebt seit fünfzehn Jahren mit ihrer Hilflosigkeit. Anfangs bekam sie hasserfüllte Anrufe und anonyme Briefe und wurde geschnitten. Es war nicht leicht für sie. Manche Leute fanden, sie hätte unterbinden müssen, dass mein Vater trank – oder einer von uns hätte einschreiten müssen, ich zum Beispiel."

„Das ist doch völlig unrealistisch!"

Marc zuckte die Achseln. Immer wieder hatte er sich in den letzten Jahren gefragt, ob er wirklich etwas hätte tun können, um diesen Unfall zu verhindern.

„Du warst erst einundzwanzig", flüsterte Mari. „Du nimmst dir diese absurden Vorwürfe doch nicht zu Herzen?"

„Nein", antwortete er nach einer kleinen Pause. „Mein Vater war selbst für sein Verhalten verantwortlich. Natürlich habe ich viel darüber nachgedacht, ob ich vielleicht etwas anders hätte machen können."

„Woher solltest du wissen, was in dieser Nacht passieren würde? Da hast du sicher nicht an deine Eltern gedacht, genauso wenig wie ich."

Das Blut stieg ihr in die Wangen, als ihr bewusst wurde, was sie da gesagt hatte. Natürlich hatten sie beide nicht an ihre Eltern gedacht, denn in dieser Nacht waren sie zusammen im Bett gewesen, zum ersten Mal.

Aber das war jetzt wirklich nicht der richtige Moment für Erinnerungen dieser Art.

„Deidre hat meiner Mutter die Verantwortung für den Unfall gegeben, weil Mom das Alkoholproblem unseres Vaters immer verdrängt hat. Das ist auch der Grund, warum sie nicht mehr nach Harbor Town kommt."

Marc stieß einen kleinen Seufzer aus, als er Mari ins Gesicht sah. Er hatte einen unbeschwerten Ausflug im Sinn gehabt, und jetzt belastete er Mari mit diesen alten Geschichten.

„Lass uns an etwas anderes denken", schlug er vor.

Er legte ihr die Hände auf die Schultern, und sie stand ganz still. Dann schob er einen Finger unter den Träger ihres Bikinioberteils.

„Ich dachte, dass dir die Farbe steht", sagte er. „Deshalb habe ich diesen Bikini ausgesucht – hauptsächlich jedenfalls." Er sah Mari in die Augen. „Er ist golden wie deine Haut."

„Marc."

Er neigte den Kopf, um sie zu küssen, und sie gab seinen Liebkosungen nach und erwiderte seinen Kuss. Und als er ihre Fingerspitzen auf der Brust spürte, spannten seine Muskeln sich an. Ihre Berührung war noch unsicher, leicht wie eine Feder, wie kleine Wassertropfen, die ihm über die Haut liefen. Mit jeder Faser seines Körpers reagierte er auf sie, und er musste sich beherrschen, um nicht das zu tun, was er jetzt am liebsten tun würde.

Sie hatte die Augen geschlossen und öffnete sie, als er sie forschend ansah. Es drängte ihn danach, ihren Körper ganz an seinem zu spüren, der Versuchung nachzugeben. Mit dem Daumen rieb er leicht über ihre Unterlippe. Er tat sein Bestes, um sich zurückzuhalten, aber ein Mann hat seine natürlichen Grenzen.

„Wer am schnellsten am Ende der Lagune ist."

„Was?" Mari sah ihn benommen an.

„Hier kann ich für nichts garantieren."

Mari blinzelte in plötzlichem Verstehen. „Okay", stimmte sie atemlos zu. „Machen wir ein Wettschwimmen."

Er machte einen Satz nach vorn, froh über die Abkühlung, und tauchte unter.

5. KAPITEL

Sie schwammen eine Weile, aßen die Sandwiches und schwammen wieder. Dabei unterhielten sie sich fast ununterbrochen, als wollten sie an einem einzigen Nachmittag die vergangenen fünfzehn Jahre nachholen. Mari fragte Marc nach seiner Scheidung und erfuhr, dass er und Sandra sich auseinandergelebt hatten.

„Das passiert vielen Paaren", meinte sie und dachte an ihre Beziehung mit James. „Man entwickelt sich, verändert sich, und das nicht unbedingt in dieselbe Richtung."

„Ja, vielleicht. Aber wenn man den anderen wirklich liebt, dann steht man auch vieles durch."

Marc hatte sich auf der Decke ausgestreckt, um die Sonne zu genießen.

„Ja, wahrscheinlich." Sie machte eine kleine Pause. „Bereust du die Trennung?"

„Nein."

Er starrte hinauf in den blauen Himmel. „Nein. Wenn ich etwas bereue, dann, dass ich so jung geheiratet habe. Aber vielleicht brauchte ich Halt."

Auf Maris Gesicht lag ein leichtes Lächeln. „Was ist?", fragte Marc.

Aber sie schüttelte nur den Kopf und wandte ihn ab. Wie Marc dalag, in den Badeshorts und mit Wassertröpfchen auf seiner Brust, bot er einen mehr als aufregenden Anblick.

„Ich dachte nur gerade, dass du vermutlich einer der begehrtesten Junggesellen im Staat bist."

Marc verzog den Mund. „Ich bin nicht mehr auf dem Markt, mir reicht eine Ehe. Und du? Bereust du irgendetwas in deinem Leben?"

„Beruflich? Nein. Ich habe immer schon gern Musik gemacht. Man könnte sagen, dass ich für mein Hobby auch noch bezahlt werde."

„Dann hast du Glück."

„Ja. Vielleicht sogar etwas zu viel."

Er schob die Augenbrauen hoch. „Wieso das denn?"

Mari lachte ein wenig verlegen. „Einige Männer sind der Ansicht, dass ich meinen Beruf zu ernst nehme."

„Dann haben wir ja einiges gemeinsam. Glück mit dem Beruf und Pech in der Liebe. Irgendwie ist es eigenartig ... Ich habe mir immer vorgestellt, dass du es bei beidem gut getroffen hast." In seinem Blick lag sehr viel Wärme, als er sie ansah. „Eigentlich hatte ich erwartet, dass du inzwischen verheiratet bist, mindestens fünf Kinder hast und sie alle fürs Familienorchester trainierst."

Mari warf ihr Handtuch nach ihm. Aber natürlich hatte er recht. Das war auch einmal ihr Traum gewesen – all das, zusammen mit Marc. Mädchenträume ...

Sie legte sich zu Marc auf die Decke und war bald eingeschlafen. Die Sonne machte sie müde. Irgendwann wachte sie wieder auf und sah sich benommen um. Ohne zu wissen warum, fühlte sie sich zutiefst zufrieden, auch wenn sie nicht gleich wusste, wo sie war. Um sie herum war alles ruhig.

Dann fiel ihr wieder ein, was geschehen war.

Sie drehte sich um und sah direkt in Marcs Augen. Er hatte den Kopf auf den Ellbogen gestützt und beobachtete sie. Nur zwei oder drei Zentimeter trennten ihre Körper voneinander.

„Was machst du da?"

„Wonach sieht es denn aus?", gab er mit dieser sinnlichen, leicht heiseren, tiefen Stimme zurück.

„Es sieht so aus, als hättest du mir beim Schlafen zugeschaut."

Er ließ den Blick über ihren Hals und ihre Brüste wandern, und Mari bekam eine Gänsehaut.

Diese Sehnsucht in seinen Augen hatte eine fast magische Wirkung auf sie. Jetzt lächelte er.

„Ich habe an all die Nächte gedacht, in denen du nicht bei mir warst." Er schwieg eine kleine Weile. „Und du? Hast du auch an mich gedacht, als du nach San Francisco gegangen bist?"

„Wie kannst du so etwas fragen?" Maris Augen brannten. „Das erste Jahr nach dem Unfall war die Hölle. Ich habe keine Nacht durchgeschlafen und bin jeden Morgen in panischer Angst aufgewacht. Und habe so viel abgenommen, dass es wirklich besorgniserregend war."

„Hattest du Albträume?"

„Nein." Sie schüttelte den Kopf. „In meinen Träumen lebten meine Eltern noch, und wir waren noch zusammen." Sie hob die Hand und strich ihm über die Wange. „Der Albtraum fing immer erst an, wenn ich wach war."

Sein Blick schien sich in ihre Augen zu brennen, dann neigte er sich über sie und küsste sie.

Mari ergab sich mit einem Seufzer, ohne auch nur den Versuch zu machen, sich zu wehren. Sie waren ganz allein hier unten, niemand konnte sich an ihrem Anblick stören oder sich gar belästigt fühlen. Die Vergangenheit rückte in weite Ferne. Im Augenblick war nichts wichtiger als dieses Gefühl zwischen ihnen.

Viel zu schnell hob er wieder den Kopf.

„Marc?", flüsterte sie enttäuscht.

Er drehte sich halb um und lauschte.

„Was ist denn?"

In diesem Augenblick hörte sie die Stimmen auch und setzte sich auf.

Drei Teenager kamen den Weg entlang, zwei Mädchen und ein Junge, und erreichten gerade den weißen Sand. Als sie sahen, dass sie nicht allein waren, zögerten sie. Der Junge sagte etwas, was Mari nicht verstand, dann gingen die drei ein Stück weiter.

Marc sah Mari wieder an und zuckte bedauernd mit den Schultern. Aber sie lachte nur. Waren sie nicht ohnehin zu alt für erotische Abenteuer am Strand? Trotzdem … Mari griff nach ihrem T-Shirt.

Sie zogen sich an, packten ihre Sachen und machten sich auf den Rückweg. Die Sonne stand schon tief am Himmel.

Mari setzte sich hinter Marc aufs Motorrad. „Wie lange habe ich geschlafen?"

„Über eine Stunde."

„Wirklich?" Das sah ihr gar nicht ähnlich. Ob er sie die ganze Zeit über beobachtet hatte? „Entschuldige. Ich werde neuerdings immer so schnell müde."

„Mach dir nichts draus. Es stört mich nicht."

Eigentlich hatte Mari gedacht, das Auftauchen der drei Teenager am Strand hätte diesen Zauber zwischen ihr und Marc gebrochen, aber das war ein Irrtum. Sie schlang die Arme um seine Taille, als er anfuhr, und drückte sich an ihn, die Wange an seiner Schulter, und ließ die Bäume und Farmen am Rand der Landstraße an sich vorbeiziehen. Schließlich lenkte Marc das Motorrad in eine lange, schmale Zufahrt. „McKinley Farm – Obst zum Selbstpflücken" stand auf einem gemalten Schild.

Marc hielt die Maschine an, und Mari stieg ab und studierte die kleinen Wegweiser, die an einem Pfosten angebracht waren: Kirschen, Erdbeeren, Heidelbeeren, Johannisbeeren, Pfirsiche, Pflaumen und Äpfel waren im Angebot. Dazu kamen ein Kirschenmuseum, ein Hofladen sowie ein „Kirschkuchen-Café".

„Warst du schon einmal hier?", wollte sie wissen.

„Noch nie. Aber wer kann schon einem Kirschkuchen-Café widerstehen?"

Mari zog ihre Tasche vom Gepäckkasten des Motorrads. „Ich jedenfalls nicht. Aber ich würde mich vorher gern umziehen."

Als sie kurz darauf in einem Sommerkleid aus dem Waschraum auftauchte, wartete Marc schon. Er trug inzwischen Shorts und ein weißes T-Shirt, das seine Sonnenbräune attraktiv betonte. Als er sie sah, musste er lachen. „Wer hätte das gedacht?", fragte er mit einem vielsagenden Blick auf das Kirschmuster ihres Kleides.

Mari stimmte in sein Lachen ein. Marc nahm ihre Hand, sie machten sich auf den Weg über eine kleine Brücke auf ihre Erkundungstour. Am Eingang zu der Obstplantage holten sie sich einen Korb, mit dem sie zu den Kirschbäumen wanderten. Sie sprachen nur wenig, während sie ihren Korb füllten. Gelegentlich summten ein paar Bienen an ihnen vorbei, und von irgendwo kreischten Möwen. Außer ihnen schienen keine Besucher hier zu sein, und Mari fühlte sich wie in einem verzauberten Garten.

Da sie keine Lust hatten, in die Stadt zurückzufahren, kehrten sie noch im Café ein. Mari wünschte, dieser Tag mit Marc würde niemals enden. Von ihrem Tisch aus hatten sie einen herrlichen Blick über den Lake Michigan. Hier oben konnte man sich fast vorstellen, dass es das Mittelmeer war, das unter ihnen funkelte.

Die Sonne senkte sich rot über den See, aber Mari hatte nur Augen für den Mann ihr gegenüber.

Marc nahm ihre Hand. „Ich schaue dich so gerne an."

Sie lachte. „Ja, ist es nicht witzig, dass ich ausgerechnet das Kleid mit dem Kirschenmuster mitgenommen habe?"

„Das hat nichts mit dem Kleid zu tun", sagte Marc. „Du leuchtest von innen."

„Findest du?" Sie wurde ein wenig verlegen unter seinem Blick. „Wir haben heute ziemlich viel Sonne abbekommen."

Marc schüttelte den Kopf. „Mit der Sonne hat es auch nichts zu tun."

Irgendwann später machten sie sich eher widerwillig auf den Heimweg. Als sie wieder in Harbor Town eintrafen, war es dunkel geworden.

Mari wusste nicht recht, was sie erwartete, als Marc in die Auffahrt zu ihrem Haus einbog. Sie löste sich nur zögernd von ihm, als sie abstieg. Sein Gesicht lag im Schatten, und so konnte sie seine Miene nicht erkennen.

Eine Weile schwiegen sie beide. Nur das rhythmische Plätschern der Wellen am Seeufer durchbrach die Stille.

„Möchtest du nicht morgen mit zu Brendans Geburtstagsfest kommen?", fragte Marc dann.

Mari hätte sich fast verschluckt. „Was? Nein, Marc. Bestimmt nicht."

„Warum nicht?"

Das Herz wurde ihr schwer. „Es ist ein Familienfest." Er schwieg. „Ich ... ich nehme an, dass deine Mutter auch da sein wird?"

„Ja, natürlich. Was hat das mit dir zu tun?"

„Komm schon, Marc. Ich will euch schließlich nicht das Fest verderben."

„Das wird nicht passieren."

„Doch. Das weißt du genau", gab sie zurück. „Es wäre mehr als unhöflich und unpassend, bei Brendans Fest aufzutauchen. Ich will deine Mutter nicht vor den Kopf stoßen."

„Was soll daran unpassend sein?" Zwar klang Marcs Stimme ruhig, aber Mari spürte seinen Ärger und seine Anspannung. Und sie spürte die vertraute Hilflosigkeit in sich hochsteigen.

„Dass mein Besuch sie verletzen würde."

„Dann hältst du mich für egoistisch, weil ich dich bei mir haben will?"

„Ja. Oder nein." Mari atmete tief durch. „In diesem Fall schon."

„Und was war heute Nachmittag?" Marcs Stimme klang hart. „Meiner Mutter wäre es mit Sicherheit lieber gewesen, wenn ich nicht mit dir zusammen gewesen wäre. Sie wünscht sich nach wie vor, dass ich wieder mit Sandra zusammenkomme. Wenn ich dich richtig verstehe, verhalte ich mich also jedes Mal egoistisch, wenn ich mich nicht ihren Wünschen beuge?"

„Nein, natürlich nicht." Mari ging langsam die Geduld aus. „Das ist nicht der springende Punkt."

„Warum darf ich nicht mit dir zusammen sein wollen?" In Marc stieg Ärger hoch.

Mari wollte ihm gerade eine passende Antwort geben, als jemand nach ihr rief.

Im nächsten Augenblick trat Eric in den Schein einer Straßenlampe und sah zwischen Mari und Marc hin und her.

„Ich wollte nur nachfragen, wie es heute mit dem Makler lief."

„Gut", gab Mari zurück.

„Hast du ein bisschen Zeit? Ich habe gute Nachrichten und möchte gern mit dir darüber reden. Auf dem Handy habe ich dich den ganzen Tag nicht erreicht."

„Ich ... ja, natürlich."

Als der Motor neben ihr aufheulte, fuhr sie unwillkürlich zusammen.

„Gute Nacht", knurrte Marc und brauste davon.

„Marc! Warte!", rief Mari, aber er reagierte nicht. Und sie wusste, dass ein traumhaft schöner Tag sein abruptes Ende gefunden hatte.

Und so stand sie neben Eric und sah Marc nach.

„Tut mir leid, ich wollte euch nicht stören", entschuldigte sich Eric, als Marc nicht mehr zu sehen war. „Ich wollte dir nur erzählen, dass ich genau die richtige Leitung für das Familienzentrum gefunden habe."

„Tatsächlich? Wie schön."

„Na, das klingt nicht ganz so begeistert, wie ich erwartet hatte." Eric sah die Sycamore Avenue hinunter. „Mari, bist du mit Marc zusammen?"

Sie versteifte sich. Musste er so ungläubig klingen?

„Darf ich fragen, was du daran so überraschend findest?"

„Na ja, es kommt schon etwas unerwartet."

„Ach. Das finde ich ganz und gar nicht!" Ihre Stimme klang ein wenig schrill in ihren Ohren. Ihre Gefühle liefen Amok. Außerdem war sie zugleich müde und aufgedreht, und sie hatte das unangenehme Gefühl, dass sie Eric gegenüber gerade etwas verteidigte, was sie vor sich selbst leugnete. Und das brachte sie noch mehr durcheinander.

„Ehrlich gesagt, Mari, doch", erwiderte Eric.

„Marc und ich waren vor dem Unfall zusammen, das wusstest du vielleicht nicht. Hör zu, ich finde es großartig, dass du jemanden für die Leitung gefunden hast, aber ich fühle mich nicht besonders gut momentan. Wenn du mich also entschuldigst …"

„Mari, warte. Ist alles in Ordnung mit dir?"

Sie hatte ein schlechtes Gewissen, weil sie einen Freund so schroff abservierte. Aber sie konnte nicht anders. Und deshalb lief sie ohne ein weiteres Wort die Stufen zur Veranda hinauf und verschwand im Haus. Ohne ihre Tasche abzusetzen, rannte sie ins Bad und übergab sich. Sie war in kalten Schweiß gebadet.

Erschöpft betrachtete sie sich im Spiegel. Plötzlich tauchte Erics Gesicht hinter auf.

„Mari?", fragte er besorgt.

„Alles in Ordnung", gab sie mit unsicherer Stimme zurück. Dann drehte sie den Wasserhahn auf und kühlte ihr Gesicht mit kaltem Wasser. „Ich … ich habe mir offenbar etwas eingefangen."

„Mir kommt das sehr merkwürdig vor. Ich werde einen Termin bei einem Internisten für dich machen."

„Das ist nicht nötig, Eric. Danke."

Aber er bestand darauf. „Doch, Mari. Das ist sogar sehr nötig."

Als sie merkte, wie ernst es ihm damit war, wurde ihr ein wenig mulmig zumute.

6. KAPITEL

Am nächsten Morgen fühlte Mari sich wieder so wohl, dass sie ihre Übelkeit vom Tag zuvor auf ihre widerstreitenden Gefühle schob. Eric hatte ein Mittagessen mit Allison Trainor arrangiert, der Krankenschwester, die er als Geschäftsführerin für das Familienzentrum im Auge hatte.

Allison hatte eine Ausbildung als Sozialarbeiterin und Krankenschwester und bereits Führungsaufgaben im Krankenhaus innegehabt und Erfahrung mit Opfern von Drogen- und Alkoholmissbrauch.

„Eric ist ganz angetan von Ihnen", sagte Mari, als sie Allison in einem klimatisierten Restaurant gegenübersaß. Sie lächelte. „Ich schließe mich seiner Beurteilung an. Wenn Sie wollen, haben Sie den Job."

Allison freute sich. „Danke, sehr gern. Als Dr. Reyes mir von Ihren Plänen erzählte, war ich sofort Feuer und Flamme. Vor allem dieser ganzheitliche Ansatz gefällt mir." Sie lehnte sich entspannt in ihrem Stuhl zurück. „Es wäre schön, wenn alle Bewerbungsgespräche so einfach wären."

Mari lachte. „Schließlich hat Eric Sie mir empfohlen. Das hilft. Kennen Sie zufällig einen Therapeuten oder eine Therapeutin, die zu uns passen könnten?"

„Ja. Colleen Sinclair. Ich habe allerdings keine Ahnung, ob sie interessiert ist."

„Colleen?"

„Ja. Kennen Sie sie?"

„Wir waren vor langer Zeit einmal befreundet." Mari war nachdenklich geworden. „Keine schlechte Idee eigentlich."

„Ich könnte sie fragen, wenn Sie wollen", bot Allison an.

Mari war unschlüssig. Aber es war einen Versuch wert. Schließlich wollte sie die besten Leute für das Familienzentrum, und Colleen konnte sie sich gut vorstellen. Vielleicht hatte ja auch ihre Freundschaft wieder eine Chance.

„Danke. Aber ich spreche selbst mit ihr, gleich morgen."

Kurz darauf verabschiedeten sie sich voneinander. Als Mari das Restaurant verließ, blendete die Sonne sie so sehr, dass sie die zierliche Frau fast übersehen hätte.

„Brigit!" So nahe war sie Marcs Mutter seit vielen Jahren nicht gekommen. „Entschuldigen Sie", stammelte sie. „Ich habe Sie nicht gesehen." Sie sah auf die Schachtel in Brigits Händen. „Das ist sicher Brendans Geburtstagsgeschenk. Er und seine Schwester waren gestern bei mir. Es sind ganz reizende Kinder und ..."

Wortlos drückte Brigit den Rücken durch, machte einen Schritt zur Seite und ging hoch erhobenen Hauptes weiter.

Trotz der Hitze fröstelte Mari. Vor dieser Begegnung hatte sie sich gefürchtet, nicht ohne Grund offenbar. Dabei war Brigit früher immer so freundlich gewesen und hatte sich gefreut, dass Mari im Gegensatz zu ihren eigenen Töchtern ihre Leidenschaft für Blumen teilte.

Und jetzt hasste und verabscheute Brigit sie, wenn sie ihren Gesichtsausdruck richtig gedeutet hatte. Das traf sie tief. Wie hatte Marc nur auf die Idee kommen können, sie mit zu Brendans Geburtstag zu nehmen?

Aber es war müßig, darüber nachzudenken. Sie sollte sich lieber darauf konzentrieren, was sie noch im Zusammenhang mit dem Familienzentrum erledigen musste, und dann Harbor Town schnellstmöglich verlassen.

Kurz darauf stieg sie die wenigen Stufen zu ihrer Veranda hinauf und sah wie immer zum Haus der Kavanaughs hinüber.

Dabei erfasste sie eine solche Sehnsucht nach Marc, dass es ihr fast den Atem nahm.

Nur Marc und Liam blieben im Haus zurück, nachdem Colleen und Brigit mit Brendan und einer Horde von kleinen Gästen zum Eisessen losgezogen waren. Der Küchentisch war mit Pizzaschachteln, Plastikbechern und den Resten des Geburtstagskuchens übersät, Limonadenflaschen und zerknülltes Geschenkpapier vervollständigten das Stillleben.

Marc und Liam hatten sich bereit erklärt aufzuräumen, aber sie hatten es nicht eilig damit.

„Du hast ziemlich abgenommen", stellte Marc fest. „Nicht unbedingt vorteilhaft."

Liam fuhr sich mit beiden Händen durch die Haare. „Ich habe in letzter Zeit zu viel gearbeitet. Nicht mal zum Friseur habe ich es geschafft. Nicht alle haben so viel Zeit wie ein hoch bezahlter Staatsanwalt."

„Ich bin Regierungsangestellter, da wird man nicht reich", gab Marc zurück. „Aber das war nicht der Punkt. Du arbeitest wieder verdeckt, oder?"

„Ja", erwiderte Liam knapp.

Marc sah seinen Bruder eine Weile an. „Geht es wieder um diese Korruptionsaffäre bei der Polizei?"

Liam sagte nichts, und Marc wusste, dass er recht hatte. Schließlich hatte er selbst sein Büro in Chicago und wusste, wenn etwas im Busch war. Vor allem spürte er, wenn die Polizei nervös wurde.

„Du weißt, dass die Typen gefährlich sind."

Liams Augen blitzten auf. „Ja, natürlich."

„Pass nur auf dich auf. Wenn dir etwas passiert, würde Mom das nicht überleben. Sie macht sich schon Sorgen genug um Deidre."

„Du klingst allmählich selbst schon wie Mom. Ich habe ihr gesagt, dass ich meinen Dienst quittiere, wenn ich den Fall aufgeklärt habe. Und bis dahin bin ich auf der Hut. Schließlich hänge ich am Leben."

„Das merkt man nicht immer."

Liam verzog das Gesicht, als er den Ellbogen vom Tisch hob und sah, dass etwas Undefiniertes daran klebte. „Komm, lass uns klar Schiff machen."

„Ja, okay." Das klang nicht gerade übereifrig.

Liam stand auf. Er räusperte sich. „Komisches Gefühl, dass du und Mari gleichzeitig hier seid, oder?"

„Ja", sagte Marc nur und trug einen Stapel Pizzaschachteln zum Abfalleimer.

„Marc?" Marc drehte sich zu seinem Bruder um. „Ich wollte dir nur sagen, dass ich niemandem erzählt habe, dass Mari in der Unfallnacht bei dir war."

Marcs Augen wurden schmal, als er wieder an diese Nacht dachte. Damals hatten Liams Schreie ihn und Mari aus einer intimen Situation aufgeschreckt. Sie hatten zum ersten Mal miteinander schlafen wollen. Aber bevor es so weit kam, war dieser Unfall passiert und seine und Maris Lebenswege hatten sich von einem auf den anderen Tag getrennt.

„Das muss hart für euch gewesen sein." Liams Stimme klang rau.

Marc antwortete nicht, sondern räumte weiter den Tisch leer.

Sein Bruder hatte immer schon ein gewisses Talent zum Untertreiben gehabt.

Mari kümmerte sich um die Möbel und andere Einrichtungsgegenstände für das Familienzentrum und besprach dann mit Natalie organisatorische Einzelheiten. Später, zu Hause, übte sie den größten Teil des Abends auf ihrem Cello. Dabei vergaß sie alles um sich herum, bis ihr plötzlich unerträglich heiß wurde. Offenbar hatte die Klimaanlage ihren Geist aufgegeben. Sie setzte ihr Cello ab und lief hinunter, um nachzuschauen.

Tatsächlich. Der Thermostat schien nicht zu funktionieren. In der Ferne grollte unheilvoller Donner. Ihr war gar nicht aufgefallen, dass ein Gewitter aufzog. Wenigstens würde es Abkühlung bringen.

Ein Blick auf die Uhr sagte ihr, dass es nach Mitternacht war. Auf einmal wurde sie unerklärlich traurig. Ohne es sich einzugestehen, hatte sie darauf gehofft, dass Marc heute zu ihr kam.

Sie trat auf die Veranda. Ein plötzlich aufgekommener starker warmer Wind versetzte die Hollywoodschaukel in Schwingungen. Trockene Blätter fegten über die verlassene Straße. Die Szene hatte etwas Geisterhaftes. Ein Blitz zuckte über den Himmel, und Mari setzte sich in die Schaukel. Das Wetter erinnerte sie an die Nacht, in der ihre Eltern umgekommen waren. Aber nicht das namenlose Entsetzen kam zurück, sondern die Erinnerung an Marcs verwunderten, fast andächtigen Gesichtsausdruck, als er damals im Bett auf sie heruntergeschaut hatte. Sie war nackt und von ihrer Lust überwältigt gewesen.

All die Jahre hatte der Kummer überwogen, wenn sie an diese Nacht gedacht hatte, aber heute stand das Wunder dieses Augenblicks im Vordergrund. Sie durchlebte ihn wieder so intensiv, dass sie sich zuerst nur einbildete, Marcs Stimme zu hören.

„Mari ..."

Er stand tatsächlich vor der Veranda, und diese Sehnsucht, die sie schon am Tag erfasst hatte, kam mit Macht zurück.

„Kannst du nicht schlafen?", fragte sie ihn.

„Nein. Dafür ist es viel zu schwül." Er kam zu ihr herauf. „Da braut sich ein gewaltiges Gewitter zusammen", meinte er, als erneut ein Blitz die Straße für Bruchteile von Sekunden grell erleuchtete. Dann donnerte es krachend.

„Ja." Ob er auch an die Nacht vor dem Unfall dachte? „Aber ich bin froh darüber. Meine Klimaanlage hat gerade den Geist aufgegeben." Er antwortete nicht. War das alles, was sie sich zu sagen hatten? Small Talk übers Wetter? „Wie war die Geburtstagsparty?"

„Ein voller Erfolg. Brendan hat genug Kuchen und Eis für eine ganze Woche verputzt." Marc machte eine winzige Pause. „Interessierst du dich für Eric Reyes?", fragte er unvermittelt.

Mari sah ihn verblüfft an. „Was?"

„Triffst du dich mit ihm?"

„Nein, natürlich nicht. Er ist lediglich ein guter Freund." Marcs Umrisse waren im Dunkeln kaum zu erkennen, aber sie sah, dass er nickte. „Ich habe ihn vor Jahren durch Ryan kennengelernt. Seitdem sind wir in Verbindung geblieben."

„Ryan hat ihn vermutlich beim Prozess getroffen."

„Ja, wahrscheinlich." Eine Bö setzte die Schaukel in Bewegung. Mari atmete tief durch, um Mut zu schöpfen. „Ich habe deine Mutter heute in der Stadt getroffen."

„Ach?"

„Hat sie nichts erzählt?"

„Nein. Und? Wie war es?"

„Fürchterlich." Mari stieß einen undefinierbaren Laut aus. Marc seufzte. „Tut mir leid."

„Du kannst ja nichts dafür."

Eine Weile sagte er nichts. „Eigentlich wolltest du sagen: Ich habe es dir ja gleich gesagt, oder?", meinte er dann.

Mari wischte sich den Schweiß von der Stirn. „Ja, vielleicht", gab sie zu. Hoffentlich gab es nicht schon wieder eine Auseinandersetzung. Aber entschuldigen würde sie sich trotzdem nicht für ihre gestrige Bemerkung.

„Soll ich mal einen Blick auf deine Klimaanlage werfen?"

„Meinst du, dass du etwas tun kannst?"

„Keine Ahnung. Aber ein Versuch schadet ja nicht."

Als Mari das Licht in der Diele anmachte, fiel ihr ein, wie dünn ihr Kleid war. Unwillkürlich verschränkte sie die Arme vor der Brust und warf Marc einen schnellen Blick zu. Er trug Shorts und ein blaues T-Shirt, und seine Haare waren höchst ansehnlich vom Wind zerzaust.

Im Keller vor dem Brenner blieben sie stehen.

„Hier habe ich dich immer geküsst", sagte Marc. „Weißt du noch? Danach hat mir tagelang der Mund wehgetan."

Mari musste lachen. „Weißt du noch, wie einmal meine Mutter in den Keller kam, um die Waschmaschine anzustellen?"

„Und ob! Sie konnte uns genau zwei Sekunden unterbrechen. Ich kann mich gar nicht mehr erinnern, wann sie wieder nach oben gegangen ist."

„Ich auch nicht."

Marc hörte auf zu lächeln, und Mari wurde heiß, als er den Blick auf ihren Busen senkte. In seinen Augen blitzte es auf, und die Luft schien plötzlich elektrisch geladen zu sein.

Mari räusperte sich und verschränkte die Arme. Als ihre Blicke sich trafen, schüttelte sie nur leicht den Kopf.

Dann endlich, nach kurzem Zögern, widmete Marc sich der Anlage. „Offenbar hat der Unterbrecher geklemmt. Mit ein bisschen Glück ist der Fehler behoben."

„Das war alles?", fragte sie verblüfft.

„Mit ein bisschen Glück schon. Wir müssen überprüfen, ob die Anlage wieder läuft."

Sie nickte, aber keiner von ihnen machte Anstalten, sich in Bewegung zu setzen. Stattdessen sahen sie sich nur an.

Mari hatte das Gefühl, dass in ihr ein Vulkan brodelte, der kurz vor dem Ausbruch stand. Sie atmete ein bisschen schneller. Auf einmal war ihr alles zu viel – zu viel Geschichte, zu viel Gefühl.

„Komm her", sagte Marc ruhig.

Kaum hatte er ausgesprochen, warf sich Mari in seine Arme, und ein Zittern lief durch ihren Körper.

„Warum wehrst du dich so sehr, Mari?", fragte er rau und streichelte beruhigend ihren Rücken.

„Es würde nie gut gehen!" Tränen schossen ihr in die Augen. „Aber ich kann nicht aufhören. Ich … ich brauche dich, vor allem …"

„Vor allem?", fragte er nach, als sie verstummte.

„Vor allem heute Nacht." Sie drückte den Kopf an seine Brust. „Es ist so wie – wie damals."

„Wie in der Nacht, als der Unfall passierte", flüsterte Marc.

Auch er hatte an jene schicksalhafte Nacht gedacht, die ihrem Leben diese drastische Wendung gegeben hatte.

Jetzt legte er die Finger unter Maris Kinn und hob es an. In seinen Augen stand dieselbe Sehnsucht, die auch sie verspürte.

Er neigte den Kopf und küsste ihr eine Träne vom Gesicht. Dann verteilte er kleine Küsse und trocknete ihre Tränen. Als er über ihre Mundwinkel strich, drehte sie leicht den Kopf.

Mari spürte, wie er sich einen Moment lang versteifte, als ihre Lippen sich trafen. Dann begann er, sie intensiv zu küssen. Ganz automatisch schloss sie die Augen, als ihr heiß wurde und die Sehnsucht in ihr wuchs. Hungrig ließ sie die Zungenspitze am Innenrand seiner Lippen entlangstreichen, bis er tief aufstöhnte und sich an sie presste. Sein Kuss wurde fordernder und leidenschaftlicher.

Warum spielte sie mit? Hatte sie nicht vorsichtig sein wollen? Aber jetzt, in diesem Augenblick, verspürte Mari nur tiefe Befriedigung und ein Triumphgefühl, weil Marc mit seinem ganzen Körper, seinem ganzen Herzen so stark auf sie reagierte.

Marc schlug jede Vorsicht in den Wind und begann, Maris Körper zu erforschen.

Das Blut stieg ihr in den Kopf, und ihr wurde schwindlig vor Begehren. Eine Hand schloss sie um seinen Nacken, mit der anderen packte sie ihn am T-Shirt. Als er sich immer stärker an sie drückte, bog sie sich zurück, um ihm den Zugang zu erleichtern. Mit beiden Händen massierte er ihren Rücken und streichelte sie.

Dann hielt er inne – Mari stöhnte voller Lust laut auf – und fing an, ihre Brust zu liebkosen. Marc sah ihr unverwandt in die Augen, als er mit der Handfläche über eine harte, aufgerichtete Brustwarze rieb.

Sie spürte die Anspannung in seinem Körper, und ihre Lust wuchs ins Unermessliche, als er die Knospe zwischen den Fingerspitzen zu massieren begann. Sie musste ihn spüren, ganz nah an sich musste sie ihn spüren! Und so schob sie, zitternd vor Erregung, sein T-Shirt hoch.

Marc stieß einen kehligen Laut aus und hob Mari dann mit Schwung auf die Arme. Im selben Moment tauchte ein Blitz das alte Haus in sein grelles Licht, unmittelbar gefolgt von einem ohrenbetäubenden Donnerschlag. Keiner von beiden sagte ein Wort, als Marc Mari die Treppe hinauftrug. Sie hatten nur eines im Sinn: Erfüllung ihrer Jahre alten Sehnsucht.

Im Schlafzimmer standen die Fenster offen, und die Vorhänge blähten sich im Wind. Marc legte Mari aufs Bett, und sie wollte ihr Kleid aufknöpfen. Aber er hielt sie an den Handgelenken fest. „Nein, lass mich das machen." Bei seiner heiseren Stimme bekam sie eine Gänsehaut, überall ... „Gib mir eine Sekunde ..."

Er fing an, sich auszuziehen. Vom Gang fiel ein matter Lichtschein auf seinen Körper. Mari konnte sich gar nicht satt an ihm sehen. Sie wünschte, er würde sich noch mehr beeilen. Sonst überlegte sie es sich womöglich noch – und das wollte sie nicht. Vernünftig sein konnte sie morgen wieder.

Unwillkürlich hielt sie den Atem an, als er sich das T-Shirt vom Oberkörper zerrte und seine sehnigen Muskeln zum Vorschein kamen. Hellbraune Haare wuchsen auf seiner Brust, verjüngten sich zu einer schmalen Spur in der Taille und verschwanden in seinem weißen Slip.

„Du siehst so gut aus", flüsterte sie.

Im nächsten Moment stand er nackt vor ihr, und Mari wandte den Blick ab. Es tat aus unerfindlichen Gründen weh, ihn in seiner ganzen männlichen Schönheit anzuschauen. Blitze schickten ihr zuckendes Licht durchs Fenster, und der Donner schien das Haus in seinen Grundfesten zu erschüttern. Die Luft war zum Schneiden.

Marc setzte sich zu Mari aufs Bett, und sie wartete wie hypnotisiert, als er ihr Kleid bis zur Taille aufknöpfte. Dann schob er den Stoff vorsichtig zur Seite, sodass er freie Sicht auf ihre Brüste hatte. Sie schluckte, während er sie nur ansah, als wollte er sich ihr Bild für immer einprägen.

„Schnell, Marc", flüsterte sie kaum hörbar.

Er sah ihr in die Augen, und sie entdecke in seinem Blick dasselbe verzweifelte Begehren.

Dann setzten seine Finger sich in Bewegung, hastig, ungeduldig, bis ihr Kleid und ihr Slip auf dem Boden lagen.

„Wie weich du bist", flüsterte er. „Ich wusste vom ersten Augenblick an, dass du mir gehörst – schon nachdem ich dich das erste Mal berührt hatte."

„Marc ..." Ihre Lust war so übermächtig, dass es schmerzte. Es war eine leidenschaftliche Nacht gewesen vor ein paar Wochen in Chicago. Aber dieses Gefühl heute Abend war stärker, wilder, drängender ...

Mari wollte protestieren, als Marc sich immer noch nicht zu ihr legte, sondern neben das Bett bückte, um in den Taschen seiner Shorts nach einem Kondom zu kramen. Einen Moment lang hatte sie ein schlechtes Gewissen. Sie selbst hatte nicht einen einzigen Gedanken an Verhütung verschwendet.

Fasziniert sah sie zu, wie er sich das Kondom überstreifte, dann breitete sie die Arme aus, um ihn willkommen zu heißen.

Endlich senkte er sich auf sie, und sie seufzte vor Erleichterung auf, als sie sein Gewicht auf sich spürte. Seine harten Muskeln auf ihrem zarten Busen fühlten sich unglaublich aufregend an, seine Erektion presste sich auf ihren Bauch und dorthin, wo ihre Schenkel sich teilten.

Mari ließ die Hände über Marcs Körper gleiten und spreizte die Beine. Wie um seinen Anspruch anzumelden, küsste er sie, während er gleichzeitig in sie eindrang. Maris erregter Aufschrei ging im Donner unter.

Dann endlich begann es zu regnen. Die Tropfen prasselten auf das Dach und auf die Erde, und die Ulme vor dem Fenster bog sich im Sturm. Aber die tobenden Elemente waren nichts im Vergleich zu den Gefühlen, die in Mari und Marc tobten, als er anfing, sich in ihr zu bewegen. Bei aller Leidenschaft war ihre Verbindung von unendlicher Zärtlichkeit geprägt. Marc war der stärkste, der männlichste Mann, den sie kannte, aber in diesem Augenblick war er ebenso hilflos wie sie in seinem Begehren. Mari streichelte seine Schulter und schob die Finger in sein Haar.

Er hob den Kopf. Sein Gesicht war verzerrt. „Ich ... ich weiß nicht, wie lange ich es noch aushalte", stieß er hervor.

„Das musst du nicht ..."

Und er bewegte sich weiter, schnell und rhythmisch.

Mari bewegte sich mit ihm, nahm seinen Rhythmus auf, schrie und schnurrte zugleich, ungeduldig auf die Erlösung drängend, als müssten sie etwas vollenden, was sie vor langer Zeit begonnen hatten.

Das Kopfteil des Bettes schlug gegen die Wand, und ihre Körper glänzten vor Schweiß, während sie sich immer schneller bewegten und vor Ungeduld fast das Atmen vergaßen. Marc erreichte den Höhepunkt zuerst, und Mari hielt ihn in sich fest. Sie wusste, dass sie diesen Moment, in dem seine Ekstase sich löste, nie vergessen würde. Und in diesem Moment griff er unter sich und fand diese empfindsame Stelle an ihrem Körper, um Mari mit sich zu nehmen in die süße Erlösung.

Mari schrie auf und rief verzweifelt seinen Namen, als sie ihm folgte.

Marc stützte sich auf die Ellbogen. Keuchend stieß er den Atem aus. Dann senkte er den Kopf und küsste Mari auf den Nacken. Sie rang nach Luft, ihre Brust hob und senkte sich.

Er betrachtete ihr Gesicht, ihren Nacken und den eleganten Schwung ihrer Schultern. Hatte er diese wunderschöne Frau wirklich gerade mit dieser Heftigkeit geliebt? Seine stürmische Leidenschaft hatte er so wenig beherrscht wie das Gewitter, das draußen tobte. Sein Blick blieb auf ihren Brüsten haften. Die Spitzen waren immer noch hoch aufgerichtet, als hätten sie noch nicht genug bekommen.

Er umschloss eine Brustwarze mit den Lippen, musste die zarte Haut spüren. Mari umschlang ihn mit Armen und Beinen, und er merkte, dass aus der Befriedigung neue Lust wuchs.

„Ich weiß, dass dir das alles viel zu schnell geht, aber irgendwie ... Ich konnte mich nicht beherrschen", flüsterte er fast unhörbar.

Wieder erhellte ein Blitz das Zimmer. Mari sah ihn unsicher an.

Er seufzte. „Ich gehe dann lieber, glaube ich."

Aber als er sich von ihr hob, wurde ihm klar, dass er eigentlich alles andere wollte, als sie zu verlassen.

Trotzdem stand er auf. „Ich bin gleich wieder da." Damit ging er auf den Gang hinaus.

Seine Erinnerung trog ihn nicht, und er fand das Bad sofort. Einmal war er schon hier oben gewesen im Sommerhaus der Itanis. Damals waren er und Ryan noch die besten Freunde gewesen und hatten sich manchmal dazu herabgelassen, mit ihren beiden kleinen Schwestern Colleen und Mari zu spielen.

Bis zu Maris erstem Jahr auf dem College.

Kassim und Shada Itani war damals nicht entgangen, wie begehrlich Marc ihre Tochter neuerdings ansah, und sie hatten die Regeln drastisch verschärft.

Früher hatte Marc sich nie viele Gedanken über den Glauben und die Herkunft der Itanis gemacht. Aber jetzt musste er sich zwangsläufig damit auseinandersetzen. Er war wie vor den Kopf geschlagen, als er gehört hatte, wie sehr Mari unter der Kontrolle ihrer Eltern gestanden hatte. Mit Ryan waren sie nicht annähernd so streng gewesen.

Es war ihm sehr schnell klar geworden, dass Mari niemals die Erlaubnis bekommen hätte, mit einem Amerikaner irischer Abstammung aus einer liberalen katholischen Familie auszugehen. Als Ryans Freund war er zwar akzeptiert, aber wenn es um Mari ging, galt er in den Augen ihrer Eltern nahezu als aussätzig. Hatten sie sich früher immer gefreut, ihn zu sehen, waren sie später eher misstrauisch, wenn er bei ihnen auftauchte.

Natürlich hatten Mari und er sich trotzdem getroffen. Wer hätte schon zwei hormongesteuerte, verliebte Teenager daran hindern können?

Jetzt ging er zu Mari zurück. Die Matratze ächzte, als er sich wieder ins Bett fallen ließ und im nächsten Moment anfing, ihren Hals mit Küssen zu bedecken.

Seine Haare kitzelten sie, und sie quiekte vergnügt.

„Soll das eine Beschwerde sein?", wollte er wissen, als er kurz Luft holte. Sie schmeckte so gut, dass er gar nicht genug von ihr bekam.

„Nein! Wie könnte ich mich darüber beschweren!"

Marc lachte und hob den Kopf. Jetzt erst fiel ihm auf, dass Mari das Betttuch über sich gezogen hatte. Er hob die Augenbrauen und schob dann das Tuch bis auf ihre Schenkel zurück. Mein Gott, war sie schön!

„Versteck dich nicht vor mir", bat er.

Dann strich er mit den flachen Händen an ihren Seiten entlang zu den Beinen und streichelte dann ihre Brust. Ihre Haut fühlte sich an wie warme Seide. Er sah ihr in die Augen.

Dann beugte er sich tiefer über sie und küsste sie auf den Bauch. Ihre Muskeln zogen sich krampfartig zusammen, dann ging ein Beben durch ihren Körper. Er wagte sich immer weiter vor und fuhr mit der Zungenspitze über die Innenseite ihrer Schenkel.

„Versteck dich nicht vor mir ..."

Am nächsten Morgen wachte Mari vom Klingeln ihres Handys auf. Durch das Fenster drang strahlendes Sonnenlicht und blendete sie.

Sie hob den Kopf.

„Ist etwas?", fragte Marc verschlafen neben ihr.

Mari betrachtete ihn, als käme er von einem anderen Stern. Er war nackt, und mit den schlafzerzausten Haaren sah er ungeheuer sexy aus. Offenbar hatte sie mit dem Kopf auf seiner Brust geschlafen. Schlagartig setzte die Erinnerung ein: an das heftige Gewitter, ihre leidenschaftliche Begegnung, die sinnlichen Stunden, in denen sie sich geliebt hatten, immer wieder. Diese völlige Versunkenheit im anderen ... Es hatte niemanden gegeben, nur sie und ihn und diese Sehnsucht, die sie so verzweifelt zu erfüllen versuchten und es doch nie ganz geschafft hatten.

„Ich habe um halb zehn einen Termin beim Arzt", erklärte Mari. „Außerdem habe ich hunderttausend Sachen zu erledigen."

Marcs Augen verengten sich. „Bist du krank? Oder warum gehst du zum Arzt?"

„Nichts Besonderes", erwiderte sie leichthin und streichelte seinen Oberarm. „Ich habe mir auf dem Flug nach Detroit irgendwas gefangen. Eine kleine Magenverstimmung vermutlich. Ich will nur sichergehen."

Marc fuhr mit den Fingern durch ihre Haare. „Auf mich wirkst du ziemlich gesund."

Unwillkürlich schloss sie die Augen unter seiner sinnlichen Massage. „Genau genommen gehe ich auch nur Eric zuliebe zum Arzt."

Mitten in der Bewegung hielt Marc inne. „Eric Reyes?"

Mari schlug die Augen wieder auf. „Ja." Sie zögerte, als sie in seine versteinerte Miene sah. „Er hat mitbekommen, dass mir schlecht geworden ist, und einen Termin für mich gemacht. Du weißt ja, dass er Arzt ist."

„Ja, ich weiß." Das klang grimmig.

Eric und Natalie hatten das Geld, das ihnen vom Gericht zugesprochen worden war, in ihre Ausbildung investiert. Ihre Mutter war vor vielen Jahren mit wenig mehr, als sie auf dem Leib trug, aus Puerto Rico gekommen und hatte achtzehn Stunden am Tag geschuftet, um ihre Kinder ernähren und ihnen eine gute Ausbildung bieten zu können. Nachdem sie bei dem Unfall ums Leben gekommen war, hatten Eric und Natalie sich verpflichtet gefühlt, ihr diesen Wunsch zu erfüllen und das Geld in ihrem Sinne zu verwenden.

Mari räusperte sich. „Hast du dich eigentlich jemals gefragt, was ich mit dem Geld gemacht habe?", wollte sie wissen.

Es dauerte eine Weile, bis er antwortete. „Ja."

„Deshalb bin ich überhaupt nach Harbor Town gekommen. Jetzt bleibt keine Zeit, aber ich erzähle es dir heute Abend. Hast du Lust, zum Essen zu kommen?"

Er nahm seine Massage wieder auf. „Was hältst du davon, wenn wir uns lieben und du mir anschließend alles erzählst?", schlug er vor.

Damit umfasste er ihre Schultern und zog sie ein Stückchen höher. Mari stöhnte leise auf, als ihre nackten Körper sich berührten und er sie zu küssen begann.

„Das ... das wäre ... schön ...", stammelte sie zwischen seinen Küssen. „Mein Termin ... Marc, es geht nicht."

Den Kopf auf den Arm gestützt, beobachtete er sie, während sie aufstand und sich ihren Morgenmantel aus dem Schrank holte. Dann bemerkte sie, dass er wie hypnotisiert auf ihre Brüste sah. Irgendwie war ihr das peinlich und sie bedeckte sich, woraufhin Marc einen Seufzer ausstieß und sich wieder hinlegte.

„Das wird ein endloser Tag bis zum Abendessen."

Sie lachte und machte sich auf den Weg ins Bad.

„Mari?"

Vor der Tür drehte sie sich noch einmal um. „Ja?"

„Du rufst mich doch sofort an, wenn der Arzt etwas findet?"

„Mir fehlt bestimmt nichts", meinte sie lächelnd und nickte dann. „Aber ja, falls etwas ist, rufe ich dich an."

Nach einem letzten sehnsüchtigen Blick auf ihn riss sie sich los und lief ins Bad. Wenn er in ihrer Nähe war, schien es unmöglich, einen vernünftigen Gedanken zu fassen.

7. KAPITEL

Erst als sie das Krankenhaus betrat, stellte Mari fest, dass sie einen Anruf ihres Bruders übersehen hatte. Aber sie schob den Rückruf hinaus. Noch beherrschte Marc zu sehr ihre Gedanken. Stattdessen wählte sie Colleens Nummer.

Marcs Schwester ging nicht ans Telefon, und so hinterließ Mari eine Nachricht auf dem Anrufbeantworter. Wenn sie nicht zurückrief, war das auch eine Antwort.

Es war kein Arzt, sondern eine Ärztin, die Mari schließlich untersuchte. Während Mari auf die Ergebnisse aus dem Labor wartete, überprüfte sie ihr Handy und sah zu ihrer Freude, dass Colleen sich gemeldet hatte: Sie würde gern heute Nachmittag vorbeikommen, wenn es Mari recht wäre.

Gleich darauf rief die Ärztin sie wieder ins Sprechzimmer. „Wir wissen jetzt, woher die Übelkeit kommt." Sie machte eine kleine Pause. „Sie sind schwanger."

Aus dem Rauschen in ihren Ohren kristallisierte sich eine vertraute Stimme, und Mari zwang sich, die Augen zu öffnen.

Eric stand vor ihr. „Was ist los?", wollte sie wissen. Einen Moment lang wusste sie nicht, wo sie war.

„Du bist ohnmächtig geworden. Vielleicht erzählst *du* mir, was los ist. Dr. Hardy ist an ihre Schweigepflicht gebunden."

Ein paar Sekunden starrte Mari ihn nur an. „Ich bin schwanger", platzte sie dann heraus.

„Was?!" Eric atmete tief durch. „Ich hatte auch schon den leisen Verdacht anhand der Symptome."

„Und warum hast du nichts gesagt?", wollte Mari wissen.

Er hob hilflos die Schultern. „Na ja, du hattest mir erzählt, dass du mit James vor fünf Monaten Schluss gemacht hast."

„James?", wiederholte Mari, als hätte sie den Namen noch nie gehört.

„Ja, James Henry. Erinnerst du dich? Du warst vier Jahre mit ihm zusammen." Eric nahm sie am Arm. „Du solltest dich wieder hinlegen. Du bist weiß wie die Wand."

„Nein, nein, mir geht es gut." Sie war völlig benommen, unfähig, ein vernünftiges Wort von sich zu geben. Wahrscheinlich fragte er sich, wer wohl der Vater des Kindes war.

Ihre Gedanken und Erinnerungsfetzen überschlugen sich. Sie sah vor ihrem inneren Auge, wie sie nach all diesen Jahren Marc zum ersten Mal wieder gegenübergestanden hatte, hörte wieder seine heisere Stimme.

Und jetzt war sie von ihm schwanger. Und dieses Kind war das Enkelkind des Mannes, der ihre Eltern getötet hatte, und einer Frau, die mit Sicherheit nichts mit diesem Kind zu tun haben wollte.

Den Rest des Tages verlebte Mari wie in Trance. Sie empfing Kaufinteressenten für ihr Haus, holte dann bei Natalie Reyes den Arbeitsvertrag für Allison Trainor ab und verfasste eine Stellenbeschreibung für Colleen, die sie später treffen wollte.

Als sie mit dem Wagen zum Vista Point Drive unterwegs war, fiel ihr plötzlich in Panik ein, dass sie ja Marc zum Essen eingeladen hatte. Sie hielt am Straßenrand an und legte instinktiv beschützend die Hände auf ihren Bauch.

„Ich bekomme ein Kind", sagte sie laut. Sie musste es aussprechen, um es sich bewusst zu machen. Es half nicht viel. Alles, was seit gestern Nacht passiert war, hatte etwas völlig Unwirkliches, fast Surreales.

Wahrscheinlich war es der Schock, warum sie immer noch nicht begriff, was da mit ihr geschah.

Ihr Bruder hatte noch einmal versucht, sie anzurufen, aber sie rief auch diesmal nicht zurück. Ein Gespräch mit ihm hätte sie überfordert, solange sie dieses Geheimnis vor ihm hatte.

Nachdem sie eine Stunde auf ihrem Cello geübt hatte, ging es ihr besser, auch wenn sie immer noch nicht wusste, wie es weitergehen sollte. Noch war ihrem Körper nichts anzusehen. Aber langsam sickerte in ihr Bewusstsein durch, dass sie ein Kind bekommen würde – und für ein paar Sekunden verspürte sie ein wildes Verlangen danach, zu Marc zu rennen und ihm die aufregende Neuigkeit zu verkünden.

Aber dieser Impuls war schnell vorbei, und sie fragte sich, ob sie ihm für heute Abend nicht absagen sollte. Es war schon schwierig genug, sich nachher gegenüber Colleen Kavanaugh nicht zu verraten. Wie sollte sie am selben Tisch mit Marc sitzen und ihre Neuigkeit nicht sofort hinausposaunen?

Ihr Zustand schwankte zwischen Benommenheit und überschäumender Freude, zwischen Angst und Erregung. Es war verrückt, ganz und gar verrückt. Offenbar war alles, was sie je über schwangere Frauen und ihre Gefühlsausbrüche und seltsamen Anwandlungen gehört hatte, wahr. Sie war dafür der lebende Beweis.

Um Viertel vor fünf Uhr klopfte es. Mari stellte ihren Kräutertee ab, lief zur Tür und riss sie auf. Colleen trug ein pinkfarbenes Sommerkleid und sah entzückend aus. Und sie lächelte.

„Ich hätte nie gedacht, dass du noch hübscher werden kannst – aber genauso ist es."

Mari lachte. „Das könnte ich von dir auch sagen." Auf einmal war sie unendlich glücklich darüber, dass sie ihre alte Freundin wieder traf. „Komm herein!"

Colleen warf einen schnellen, vorsichtigen Blick zum Haus der Kavanaughs hinüber. „Hättest du etwas dagegen, wenn wir uns bei meiner Mutter treffen? Sie ist mit ihrer Freundin beim Arzt, und Jenny ist allein. Eigentlich wollte ich sie mitbringen, aber sie ist eingeschlafen, und ich möchte sie nicht wecken. Sie ist nicht ganz auf dem Damm, und Schlaf tut ihr gut." Sie sah Mari offen an. „Ich weiß, dass es für dich eine Überwindung ist. Aber Marc und Liam sind mit Brendan am Strand und kommen sicher so bald nicht zurück. Und, wie gesagt, meine Mutter hat ihre Freundin zum Arzt gefahren."

„Na ja ..." Mari fühlte sich nicht recht wohl dabei, ein Haus zu betreten, in dem sie nicht willkommen war. „Ich verstehe das mit Jenny, aber vielleicht sollten wir unseren Termin verschieben."

„Unseren Termin?" Auf Colleens Stirn bildete sich eine kleine Furche. „Das klingt so schrecklich offiziell. Ich dachte, wir wollten unsere alte Freundschaft wieder aufwärmen."

Unsere alte Freundschaft ...
"Wenn du sicher bist ..."
"Ja, natürlich. Komm, lass uns die letzten fünfzehn Jahre nachholen."

Und das taten sie dann auch. Sie saßen mit Eislimonade auf der Veranda der Kavanaughs und redeten. Eine Stunde lang konnte Mari fast vergessen, dass sie schwanger war. Und fast hätte sie auch vergessen, dass sie Colleen eine Stelle anbieten wollte. Aber dann kam sie doch noch auf das Familienzentrum zu sprechen.

Colleen hörte aufmerksam zu. "Du hast das Geld nie angerührt?", fragte sie, als Mari fertig war.

"Nein." Mari schüttelte den Kopf. "Ich habe mich so oft gefragt, wozu es wohl einmal gedacht war. Vielleicht für deine Collegegebühren oder Marcs Jurastudium? Oder vielleicht auch für deine oder Deidres Hochzeit ..." Maris Augen waren feucht geworden, aber sie lächelte, als sie Colleen ansah. "Es war eine Tortur. Ich habe euch doch alle auf die eine oder andere Weise geliebt. Eine Weile habe ich ernsthaft überlegt, ob ich das Geld nicht zurückgeben soll."

"Das wäre nicht gut gewesen", widersprach Colleen. "Dadurch hätte sich das Gleichgewicht verschoben."

Mari konnte kaum fassen, dass Colleen ihre Gefühle offenbar genau verstand.

Colleen sah in ihr Glas. "Ich nehme die Stelle."

"Im ... im Ernst?"

Colleen nickte. "Ja. Vorher muss ich natürlich noch den Arbeitsvertrag durchlesen. Außerdem weiß ich nicht, welche Kündigungsfrist ich bei meiner derzeitigen Stelle habe, aber – ja. Ich will die Stelle." Sie lächelte Mari an. "Es hat etwas so Richtiges, dass du das Familienzentrum aufbaust und ich dann dort arbeite. Es ist, als würde der Kreis sich schließen."

Mari holte tief Luft und lächelte. "Danke. Aber eines musst du noch wissen, bevor du dich endgültig festlegst, Colleen. Eric Reyes wird auch im Zentrum arbeiten."

Colleens Lächeln verschwand. "Vollzeit?"

„Nein. Nur einen Nachmittag oder Vormittag pro Woche auf freiwilliger Basis."

„Verstehe." Colleen schien zu überlegen. „Wenn er damit leben kann, dann kann ich es auch. Schließlich müssen wir ja nicht die besten Freunde werden."

Maris Erleichterung drückte sich in einem Seufzer aus.

Aus den Augenwinkeln nahm sie eine Bewegung wahr und sah Marc die Sycamore Avenue heraufkommen. Colleen folgte ihrem Blick.

„Tut mir leid, Mari."

Mari lächelte ihr zu. „Mach dir keine Gedanken. Er kommt heute Abend sowieso zum Essen zu mir."

„Wirklich?" Das klang ausgesprochen erfreut.

Ein paar Augenblicke später hüpfte Brendan in Badehose und Flipflops die Treppe herauf, ein nasses Handtuch um den Hals gelegt.

„Onkel Liam hat mit Onkel Marc gewettet, dass er keinen Überschlag rückwärts von der Düne machen kann. Aber er hat es doch gekonnt!", erzählte er aufgeregt und begann eine detailgenaue Schilderung von Marcs Heldentat.

Colleen sah ihren Bruder vorwurfsvoll an, als er sich jetzt zu ihnen gesellte. „Du bist zu alt für solchen Unsinn."

„Ja, das dachte Liam auch", gab Marc zurück und schenkte ihr ein Lächeln. Dann erst entdeckte er Mari.

Sie versuchte, ruhig zu bleiben, aber es gelang ihr nicht. Er trug Shorts, ein weißes T-Shirt und eine Sonnenbrille. Für den Bruchteil von Sekunden schien der Mann von heute mit dem siebzehnjährigen Jungen von damals zu einem Bild zu verschmelzen.

„Hallo, Mari", begrüßte Liam sie locker, als wäre es die selbstverständlichste Sache der Welt, dass sie hier auf der Terrasse saß. „Schade, dass du nicht dabei warst. Mit dir als Zuschauerin hätte Marc wahrscheinlich einen doppelten Überschlag vorgeführt."

Er lachte, als Marc sein Handtuch nach ihm warf.

„Ist doch wahr! Das war schon immer so. Kaum kam Mari Itani um die Ecke, wuchs Marc über sich hinaus. Auf einmal tauchte er doppelt so lang, schwamm doppelt so schnell, flirtete doppelt so viel …"

„Stürzte sich doppelt so schnell auf seinen Bruder!"

„Wow!" Brendan sah Mari voller Bewunderung an. „Das nächste Mal musst du unbedingt mitkommen!"

Colleen schnaubte, aber Marc hatte nur Augen für Mari. Er lehnte am Geländer, die Arme vor der Brust verschränkt.

„Was machst du hier?"

„Ich lasse mich auf den aktuellen Stand bringen." Mari sah zu Colleen hinüber.

Marcs Blick verließ keinen Moment ihr Gesicht. „Warum hast du mich nach deinem Arzttermin nicht angerufen?"

„Oh …" Mari sah nervös zwischen Liam und Colleen hin und her. „Ich … ich habe es vergessen."

„Aber unser Essen hoffentlich nicht?"

„Nein." Sie versuchte, sich unbeschwert zu geben. Das war nicht einfach, wenn man von so vielen Augenpaaren beobachtet wurde. Mari fragte sich, ob Brendan jetzt vielleicht erwartete, dass sein Onkel einen Salto über das Geländer machte. „Ich habe den Lachs schon mariniert."

Liam klatschte in die Hände. „Ich liebe Lachs!"

„Halt den Mund, Liam", schimpfte Colleen.

Mari sah gerade Marc an, als ein Wagen in die Auffahrt bog. Brigit Kavanaugh saß hinter dem Steuer. „Ich muss los", sagte sie und lief zur Treppe.

Colleen und Marc riefen ihr etwas nach, aber sie kümmerte sich nicht darum, sondern rannte weiter. Offenbar war sie zu abrupt aufgestanden, denn sie fühlte sich seltsam unwirklich. Dann hörte sie eine bekannte Stimme. Sie gehörte ihrem Bruder Ryan.

Sein Gesichtsausdruck war grimmig. Vor Maris Augen schien alles zu verschwimmen.

Oh nein! Nicht schon wieder. Und nicht gerade jetzt!

Auf einmal wurde sie von einem Paar Arme umfangen, und trotz ihrer Benommenheit wusste sie, dass es Marc war. Kraftlos lehnte sie sich an ihn.

„Es ist alles gut, Mari. Ganz ruhig. Versuch durchzuatmen."

Sie gehorchte, und bald wurden die Bilder vor ihren Augen wieder klarer.

„Es geht mir gut", behauptete sie und versuchte sich aufzurichten. Aber Marc wollte sie nicht aus seinen Armen entlassen.

Als sie den Blick hob, wünschte sie, sie wäre in Ohnmacht gefallen.

Brigit stand rechts von ihr, mit versteinerter Miene. Ihr Gesicht war kalkweiß. Auf der anderen Seite kam Ryan auf sie zu. Trotz ihrer Verwirrtheit war sie froh, ihn zu sehen. Er war in Sicherheit und wieder zu Hause. Hinter ihm stieg gerade Eric aus seinem Wagen.

„Ryan! Was machst du hier?" Sie war sich nicht sicher, ob sie nicht nur an Wahnvorstellungen litt.

„Ich wurde früher nach Hause entlassen", erwiderte er steif. „Ich erkläre es dir später. Zuerst müssen wir dich nach Hause bringen."

Brigit ging weiter. Aber das nahm Mari nur schemenhaft wahr, denn ihre ganze Aufmerksamkeit galt nach wie vor Ryan. Er wirkte wütend, aber diese Wut galt nicht ihr, sondern sein Blick ging an ihr vorbei. Marcs Arme schlossen sich fester um sie, als Ryan die Hand nach ihr ausstreckte.

„Komm", sagte er und sah sie wieder an.

„Lass sie sofort los, Marc", befahl Brigit hinter ihnen.

„Du hast sie gehört." Ryans Stimme war leise, aber die Drohung darin war nicht zu überhören.

Aber Marc machte keine Anstalten zu gehorchen. Eher hielt er Mari noch fester.

„Mari?", sagte er.

„Alles in Ordnung." Sie drehte sich halb zu ihm um. Er wirkte genauso angespannt und verärgert wie ihr Bruder.

„Hörst du schlecht?", zischte Ryan. „Ich habe gesagt, du sollst sie loslassen."

Mari bekam Angst, als sie Marcs Augen aufblitzen sah.

„Bitte, Marc", flehte sie. „Es geht mir gut."

Marc lockerte seine Umarmung.

Mari sah ihn an, ohne ihm in die Augen zu schauen. „Vielleicht ... Vielleicht sollten wir unser Essen heute Abend verschieben."

Ryan packte sie an der Hand und zog sie die Auffahrt der Kavanaughs hinunter hinter sich her. Eric erwartete sie auf dem Gehsteig. Als sie noch einmal zurücksah, sah sie Brendan auf den Stufen zur Veranda stehen. Der Kleine wirkte völlig verwirrt. Brigit, Colleen und Liam umringten Marc.

Mari wandte sich wieder ab. Sie wollte gar nicht erst den Versuch machen, Marcs Gesichtsausdruck zu interpretieren, als er ihr nachsah.

8. KAPITEL

Maris Blicke folgten Ryan, als er auf der hinteren Veranda auf und ab ging. Er hatte zwar versucht, sie ins Bett zu schicken, aber sie hatte sich standhaft geweigert. Schließlich sei sie nicht krank, und selbst wenn, würde sie sich ganz sicher nicht ins Bett legen, wenn ihr Bruder gerade von seinem einjährigen Einsatz in Afghanistan zurückgekommen war! Und das auch noch, ohne ihr vorher Bescheid zu geben. Aber er hatte sie überraschen wollen.

„Es fühlt sich seltsam an, wieder hier zu sein", sagte er jetzt, als er ihr gegenübersaß.

„Ja, an dem Haus hängen so viele Erinnerungen."

Sie schwiegen. Ryan war nie feige gewesen, trotzdem zögerte er jetzt, das Thema Marc anzusprechen.

Schließlich machte er eine Bewegung zu dem überwachsenen Rankgitter hin. „Dads Hortensie hat es schließlich doch geschafft …"

Mari lächelte. „Kannst du dich an das Theater erinnern, das er darum gemacht hat? Dabei wollte die Hortensie die ganze Zeit über offenbar am liebsten allein gelassen werden, um in Ruhe wachsen zu können."

„Mari, was hattest du bei den Kavanaughs zu suchen?"

„Ich … Ich habe Colleen besucht. Sie wird für das Familienzentrum arbeiten." Durch das Fenster fiel genug Licht auf die Veranda, und Mari sah, dass Ryans Miene sich verhärtet hatte. Sie stieß langsam den Atem aus. „Du bist damit offenbar nicht einverstanden."

„Nein. Aber seit wann stört dich das? Ich war von Anfang an dagegen. Das Geld war für deine Zukunft gedacht, nicht für irgendwelche wohltätigen Zwecke."

„Aber du bist trotzdem gekommen." Mari hatte keine Lust, den alten Streit wiederzubeleben. „Und du sagst, dass du mir helfen willst."

„Ja. Aber nur um deinetwillen."

„Danke, Ryan."

„Allerdings glaube ich, dass es ein großer Fehler ist, die Kavanaughs in das Projekt einzubinden."

Mari seufzte, ging aber nicht darauf ein.

„Lassen wir das für den Moment", meinte Ryan schließlich. „Erzähl lieber von dir. Eric hat mir auf der Fahrt vom Flughafen hierher erzählt, dass es dir in letzter Zeit nicht sehr gut ging. Er meint, ich sollte dich fragen, was los ist."

Mari schreckte hoch. „Hat er ... hat er sonst noch was gesagt?"

„Nein. Aber kaum bin ich hier, entdecke ich dich bei den Kavanaughs, und dann wirst du auch noch halb ohnmächtig. Was ist los, Mari?"

„Nichts, wirklich. Es war nur ... Plötzlich tauchte Brigit auf, und dann ..."

Ryan unterbrach sie. „Hat sie dich angegriffen?", wollte er wissen. „Zutrauen würde ich es ihr."

Mari schloss die Augen. Sie hatte nur noch ihren Bruder und wollte nicht mit ihm streiten, nachdem er ein Jahr fort gewesen war.

„Was ich sagen wollte ..." Sie holte tief Luft. „Ich hatte nicht damit gerechnet, Brigit zu treffen, und da bin ich wohl ein bisschen zu schnell aufgestanden. Als du dann auch noch plötzlich da warst, war mir das alles irgendwie zu viel, und mir wurde schwindlig."

„Aha." Das klang wenig überzeugt.

„Eric macht sich zu viele Sorgen, Ryan, das ist alles. Es war eben ein bisschen hektisch in letzter Zeit."

„Ich werde mich ab jetzt um den Verkauf des Hauses kümmern. Und sag mir, was ich dir bei deinem Familienzentrum abnehmen kann. Rasen mähen, Bilder aufhängen, Möbel rücken ... Was immer du willst."

Mari griff über den Tisch und drückte seine Hand. „Danke, Ryan. Du weißt gar nicht, was das für mich bedeutet."

„Ich habe doch gesagt, dass ich dir helfe, wenn es dir wichtig ist." Ryan sah seine Schwester besorgt an. „Du siehst erschöpft aus. Willst du nicht doch ins Bett gehen?"

„Aber es ist dein erster Abend zu Hause", protestierte Mari.

„Und noch für einige Zeit nicht mein letzter. Also ab ins Bett. Morgen kannst du mich dann nach Herzenslust herumkommandieren."

Mari verdrehte die Augen, stand aber gehorsam auf. Vielleicht hatte Ryan recht. Sie brauchte ein bisschen Zeit für sich, um ihre Gedanken zu ordnen. Vor allem musste sie darüber nachdenken, wie sie ihm beibringen sollte, dass sie schwanger war – von Marc.

Und vor allem: Wann und wie sollte sie es Marc sagen?

Langsam und schwerfällig stieg sie die Treppe hinauf. Ihr war, als trüge sie die ganze Welt auf ihren Schultern. Während sie sich die Zähne putzte und das Nachthemd anzog, sah sie wieder die Gesichter der Kavanaughs vor sich. Vielleicht sollte sie Marc gar nichts sagen. War es wirklich fair, ein Kind all diesem Ballast, all diesen Verletzungen beider Familien auszusetzen?

Die Kehle wurde ihr eng, als sie auf das Bett sah, in dem sie sich gestern noch geliebt hatten. War es denn fair, Marc nicht zu sagen, dass er Vater wurde? Das konnte sie ihm nicht antun, dazu liebte sie ihn viel zu sehr.

Mari ließ sich auf die Matratze sinken und sah blicklos auf ihren Schrank. Zum ersten Mal hatte sie vor sich selbst zugegeben, dass sie Marc liebte. Natürlich war sie als Teenager in ihn verliebt gewesen. Aber aus dieser Verliebtheit war ein großes, leidenschaftliches, erwachsenes Gefühl geworden.

Vor ihrem Fenster raschelte das Laub der alten Ulme, und plötzlich tauchte hinter der Scheibe wie eine Erscheinung Marcs Gesicht vor ihr auf.

„Was treibst du da?", wollte sie flüsternd wissen, als sie ihm das Fenster öffnete und er hereinkletterte. Er lachte. Ihr Gesicht war unbezahlbar gewesen, als sie ihn da draußen im Baum entdeckt hatte.

„Ich habe keine andere Möglichkeit gesehen, wenn ich heute noch bei dir sein will."

„Du hättest doch an die Tür klopfen können." Mari schaltete den Ventilator ein, um ihre Stimmen zu übertönen.

„Das meinst du nicht im Ernst."

Sie sah so zerbrechlich und wunderschön aus, fand er, als sie sich auf die Bettkante setzte. Ihr Nachthemd ließ Arme und Beine frei, und durch den dünnen Stoff zeichneten sich ihre Brüste verführerisch ab. Er sah zur Seite. War er noch zu retten? Heute war sie fast ohnmächtig geworden, und er starrte sie an wie ein liebeskranker Teenager!

„Ich wollte mich vergewissern, dass es dir gut geht", erklärte er und setzte sich zu ihr auf die Bettkante.

„Sehr gut", behauptete sie, aber ihre Stimme klang erschöpft.

„Du wärst fast zusammengeklappt. Was hat die Untersuchung ergeben? Bist du krank?"

„Nein, nach Auskunft der Ärztin bin ich völlig gesund."

„Und woher kam dann dieser Schwächeanfall?"

„Mir war plötzlich alles zu viel. Deine Mutter will mich nicht in ihrem Haus haben, und Ryan findet, dass ich den Kontakt zu euch abbrechen sollte. Es ist so ein Durcheinander. Ich hätte nicht nach Harbor Town zurückkommen sollen. Das war dumm von mir."

„Das war nicht dumm. Ich finde, dass es sogar sehr mutig war, und bin sehr stolz auf dich." Er räusperte sich. „Colleen hat mir erzählt, dass du ein Familienzentrum für Opfer und Überlebende von Alkohol- und Drogenmissbrauch eröffnen willst."

„Ja. Eigentlich wollte ich es dir selbst sagen."

„Und warum hast du es dann nicht getan?"

„Ich wollte heute Abend beim Essen mit dir reden", sagte sie leise. „Aber dann …"

„Dann kam Ryan zurück."

Mari nickte nur, und Marc zog sie in die Arme. Zunächst blieb sie ganz steif, aber als er ihren Rücken zu streicheln begann, entspannte sie sich langsam und lehnte sich an seine Brust. Er glaubte zwar nicht, dass sie weinte, aber er fühlte, dass sie Trost brauchte. Nach einer Weile legte sie die Arme um seine Taille.

Es musste ein harter Tag für sie gewesen sein.

Eine Weile sagten sie beide nichts, aber doch berührte sie ihn im Inneren, wie ihn noch kein Mensch vor ihr berührt hatte. Es imponierte ihm, dass sie das Geld aus dem Prozess in dieses

Familienzentrum investieren und nichts für sich selbst behalten wollte.

Ihr Haar roch nach Zitrone, und er strich mit den Lippen über ihre Schläfe. Mari legte ein wenig den Kopf zurück und sah ihn an. Allmählich kehrte zu seiner Erleichterung die alte Lebendigkeit in ihre Augen zurück.

„Die ganzen Jahre über dachte ich, dass du Harbor Town ganz vergessen hast."

„Wie hätte ich das alles vergessen können?", gab sie leise zurück. „Hier habe ich die glücklichsten und traurigsten Momente meines Lebens erlebt."

Marc küsste sie zärtlich. Ihre Lippen waren warm und süß.

„Und dann bist du zurückzukommen, um einen Sinn in alldem zu finden", meinte er nach einer kleinen Pause. „Um es irgendwie zu verstehen. Und um etwas Positives zu schaffen." Er schüttelte den Kopf und sah sie fast ehrfürchtig an. „Du bist unglaublich, Mari."

„Nein, bestimmt nicht. Allmählich glaube ich, dass das alles ein Fehler war."

„Nein", erwiderte Marc fest. „Und ich möchte dir gern helfen, wenn ich kann."

Mari sah ihn aus großen Augen an. „Ehrlich?"

„Das scheint dich zu überraschen."

„Nein. Oder doch, ein bisschen." Sie nagte an ihrer Unterlippe. „Ryan hat mir auch seine Hilfe angeboten."

„Ach?" Marc war ein wenig geistesabwesend, weil ihn Maris Lippen faszinierten. Er blinzelte, als er registrierte, dass sie offenbar auf eine ausführlichere Antwort wartete. „Ach so, ja. Du meinst, dass es zu einem Konflikt kommen könnte, wenn die Kavanaughs und Itanis gleichzeitig an diesem Zentrum mitwirken."

„Ja, so etwas ging mir durch den Kopf."

„Es könnte ein gewisses Konfliktpotenzial geben", räumte Marc nach kurzem Überlegen ein.

„Ich habe allmählich das Gefühl, dass ich von Konflikten umgeben bin", meinte Mari ein wenig bitter.

„Und das bringt mich zu dem Grund, warum ich heute Abend auf deinen Baum geklettert bin."

„Ich dachte, das hast du getan, weil du ein Idiot bist."

Er lächelte ein wenig. „Ja, das auch. Aber das war nicht der einzige Grund. Ich hatte plötzlich die Idee, dass wir beide vielleicht weggehen sollten. Nur für ein paar Tage", fügte er hinzu, als sie ihn ansah, als wäre er übergeschnappt.

„Marc, ich muss hunderttausend Dinge erledigen, um das Zentrum in Gang zu kriegen, bevor ich wieder abreise. Bis dahin ist es nur noch eine gute Woche. Das geht einfach nicht."

„Du hast doch gerade gesagt, dass Ryan dir helfen will. Außerdem ist Colleen inzwischen an Bord. Und wenn Liam davon hört, hilft er sicher auch mit. Ich vermute, Eric Reyes ist auch mit von der Partie?"

Mari nickte langsam. „Und seine Schwester Natalie. Du erinnerst dich doch noch an sie?"

Marc schloss einen kurzen Moment die Augen. Und ob er sich an das junge Mädchen erinnerte, das bei dem Unfall so schwer verletzt worden war.

„Ja, natürlich." Er atmete tief durch. „Du hast gesagt, dass du uns eine Chance gibst. Aber hier in Harbor Town würde es nie funktionieren. Hier gibt es zu viele Hindernisse, zu viele schmerzliche Erinnerungen."

„Also?", fragte Mari vorsichtig. „Was schlägst du vor?"

„Dass du am Wochenende mit mir nach Chicago kommst – nur für zwei Tage", sagte er schnell, als sie zu einer ablehnenden Antwort ansetzte. „So lange kommt das Zentrum auch ohne dich aus."

„Aber das geht nicht, Marc", rief sie. „Ryan ist gerade erst nach Hause gekommen."

„Wir fahren ja erst in ein paar Tagen. Am Sonntag bist du wieder da. Außerdem bleibt Ryan ja für einige Zeit, oder?"

Mari nickte widerstrebend.

Als Marc spürte, dass ihr Widerstand allmählich bröckelte, griff er auf seine stärkste Waffe zurück und küsste sie auf die Nasenspitze. „Meinst du nicht, dass dir ein bisschen Abstand ganz guttäte? Wir könnten uns ganz auf uns konzentrieren. Wenn du es nicht wenigstens ausprobierst, weißt du vielleicht nie, ob es funktionieren würde."

Er entdeckte Zweifel und zugleich Sehnsucht in ihrem Blick.

„Ich habe dich einmal gehen lassen, weil ich dachte, ich hätte keine Chance", sagte er fast unhörbar. Seine Stimme klang heiser. „Wenn du nach dem Wochenende entscheidest, dass du gehen willst, werde ich es akzeptieren. Aber ich werde dich nicht loslassen, bevor ich ganz sicher bin, dass du das *wirklich* willst. Und das findest du erst heraus, wenn du ein paar Tage woanders mit mir zusammen bist. Hier ist alles zu belastet."

Er zog ihren Kopf zu sich, bis ihre Stirn seine berührte. „Das wäre nur fair, Mari."

„Du bringst mich dauernd dazu, etwas zu tun, was ich eigentlich nicht will."

Marc lächelte nur.

„Sei nicht so siegessicher, Kavanaugh! Ich finde das weniger toll. Wenn du da bist, kann ich irgendwie nicht vernünftig denken."

„Komm mit mir nach Chicago", flüsterte er beschwörend.

Sie kaute eine Weile auf ihrer Unterlippe. Dann gab sie nach. „Okay."

Im nächsten Augenblick begann er sie stürmisch zu küssen. Die ganze Zeit über hatte er sich beherrscht, aber jetzt musste er sich nicht mehr verstellen. Sie stöhnte leise auf, als er seinen Mund auf ihren presste und dann mit seiner Zunge vordrang.

„Marc ..." Sie atmete schneller. „Wenn ich mitkomme, musst du mir auch ein bisschen Raum für mich gönnen. Es war mir Ernst damit, dass ich in deiner Gegenwart nicht vernünftig denken kann. Aber ich möchte meine Entscheidung mit klarem Kopf treffen. Und das kann ich nicht, wenn du immer ... wenn du immer *das* tust."

„Was tue ich denn?", fragte er selbstgefällig und leckte über ihre Lippen.

Trotz ihres Protests fuhr sie mit der Zungenspitze an der Innenseite seiner Unterlippe entlang, bis er aufstöhnte und sie dann noch einmal intensiv küsste. Sie schmeckte wunderbar, nach Pfefferminz, Frau und Sex zugleich. Er ließ die Hände über ihre seidenweichen Schultern gleiten, drückte Mari dann auf die Matratze und liebkoste sie aufreizend. Ihre weichen Brüste schmiegten sich an seinen harten Oberkörper. Er war so angespannt, dass es wehtat.

„*Das*", brachte Mari endlich verspätet hervor.

Er war trunken vor Lust und verstand nicht sofort, was sie meinte. Langsam dämmerte es ihm, und er setzte sich auf. Das fiel ihm nicht leicht bei dem verführerischen Anblick, den sie mit ihren ausgebreiteten, zerzausten Haaren bot. Ihre Brüste unter dem dünnen Nachthemd hoben und senkten sich einladend, schnell und rhythmisch.

Jetzt stand sie auf und versuchte, ihre Haare zu glätten. Marc beobachtete sie mit einem Stirnrunzeln, als sie einen Morgenmantel aus dem Schrank holte. Offensichtlich war es ihr ernst, denn sie zog mit einer sehr entschiedenen Bewegung den Gürtel zu.

„Wenn du so weitermachst, fahre ich nicht mit dir, Marc."

„Wieso? Das ist doch das Natürlichste der Welt." Er war sichtlich irritiert.

„Aber ich meine es so", erwiderte sie so scharf, dass er die Augen zusammenkniff. Sie schien sehr entschlossen zu sein. „Dass wir im Bett zusammenpassen, wissen wir", sagte sie. „Das ist nicht das Problem." Rote Flecken zeichneten sich auf ihren Wangen ab. „Es war dein Vorschlag. Wenn wir wirklich herausfinden wollen, ob wir so gut zusammenpassen, dass wir uns eine gemeinsame Zukunft vorstellen können, dann geht es zunächst mal nicht ums Bett."

Seine Gereiztheit schwand, als er merkte, wie nervös sie war. Sie wirkte sehr zerbrechlich. „Also gut. Ich verspreche, dass ich mich ganz nach dir richte. Wenn du nicht willst, lassen wir das mit dem Bett erst mal." Sie sah ihn eine Weile nur an, dann lächelte sie.

„Ja", sagte sie. „Du musst mir versprechen, mich nicht zu bedrängen." Sie ließ den Blick über ihn wandern und seufzte.

„Ich muss allerdings zugeben, dass ich dir nur schwer widerstehen kann."

Er lehnte sich zurück. Es war ihm klar geworden, dass er viel Geduld brauchte, noch nie war es ihm so schwergefallen, seine Lust im Zaum zu halten. Aber sie spürte wohl, dass erst einmal alle Hindernisse fallen mussten, bevor sie wirklich frei und unbelastet miteinander umgehen und sich lieben konnten. Sie wollte ihm klarmachen, dass es einen Grund für diese Barrieren gab – sie boten Schutz vor Schmerz und Fehleinschätzungen.

Aber um frei zu werden, war es für Mari wichtig, dass sie selbst bestimmte, wie schnell oder langsam sich die Dinge zwischen ihnen entwickelten. Natürlich wollte er ihr nicht wehtun. Aber es schien unvermeidlich. Er musste nur daran denken, was heute im Haus seiner Mutter passiert war. Diesen Schmerz konnte er aushalten, aber Mari musste selbst entscheiden, ob sie diese Begleiterscheinungen ihrer Liebe auch ertragen konnte.

„Es gibt vermutlich Schlimmeres, als unwiderstehlich zu sein", meinte er jetzt ein wenig schmollend.

Mari musste ein Lächeln unterdrücken. „Das würde ich auch sagen. Aber jetzt ..." Sie sah aus dem Fenster. „Brich dir nicht den Hals auf dem Rückweg, Tarzan."

Marc verzog das Gesicht, als er zum Fenster ging. Er war immer noch erregt. „Andererseits lenkt mich ein Beinbruch vielleicht von anderen Unannehmlichkeiten ab."

„Und zwar?"

„Ach, nichts." Er schwang ein Bein übers Fensterbrett. Dann hielt er noch einmal inne und sah zurück. „Bist du sicher, dass du mich loswerden willst?"

„Ganz sicher."

„Brauchst du morgen meine Hilfe?"

Mari dachte einen Augenblick nach. „Ja. Du könntest den Babysitter für Jenny und Brendan spielen. Dann kann ich mit Colleen in Ruhe ihren Vertrag besprechen und sie schon einmal herumführen."

Seinem Gesichtsausdruck nach zu schließen, hatte er gehofft, dass er in ihrer Nähe sein konnte.

„Ja, okay. Dann gehe ich mit den beiden an den Strand." Sein Blick wurde streng. „Aber am Freitagmorgen werden wir uns ein paar freie Tage weit weg von Harbor Town gönnen."

„Einverstanden", sagte Mari.

„Komm her", bat Marc nach einem Blick in ihr Gesicht, und sie gehorchte. Tränen standen in ihren Augen. „Was ist los?", wollte er wissen.

„Nichts. Ich will nur nicht alles noch schlimmer machen, als es ist."

Er beugte sich vor und gab ihr einen schnellen Kuss. „Ich weiß, dass du sehr einsam warst. Aber ich verspreche dir, dass du dieses Mal nicht allein sein wirst."

Ein Zittern ging durch ihren Körper, als er kurz das Gesicht an ihre Brust drückte. Sie roch so gut, und er musste seine ganze Willenskraft zusammennehmen, um sie zu verlassen. Noch einmal sah er sie an. „Okay?"

Sie nickte, und nach einem letzten Kuss war er endgültig verschwunden.

9. KAPITEL

Als Mari am nächsten Nachmittag am Familienzentrum eintraf, waren schon Büsche und Blumen gepflanzt. Gerade verschwand ihr Bruder mit einer Schaufel hinter dem Haus, während Eric einen Fliederbusch in ein Erdloch hob. Er winkte ihr zu, als er sie entdeckte.

Mari war überwältigt. „Es ist unglaublich, was ihr in dieser kurzen Zeit zustande gebracht habt."

„Ja, es wird langsam." Eric gab sich bescheiden. Außer seinen Arbeitshandschuhen trug er nur Shorts und Turnschuhe. Sein muskulöser Oberkörper war sonnengebräunt.

Auf einmal hielt er mitten in der Bewegung inne. Mari drehte sich um. Gerade war Colleen aus dem Auto gestiegen und kam auf sie zu. Als sie Eric entdeckte, zögerte sie einen kleinen Moment, ging dann aber entschlossen weiter.

Mari räusperte sich. „Ihr werdet euch nicht immer aus dem Weg gehen können, deshalb hoffe ich, dass ihr euch respektieren könnt."

Colleen hatte leicht das Kinn vorgeschoben, und Eric wirkte auch nicht gerade sehr entgegenkommend.

Aber dann lächelte er unerwartet. „*Ich* werde sicher keinen Streit anfangen", betonte er. „Willkommen im Familienzentrum, Colleen. Nach allem, was Mari mir erzählt hat, können wir von Glück sagen, dass du für uns arbeiten willst."

Colleen schien nicht recht zu wissen, ob Eric das sarkastisch oder wirklich ernst gemeint hatte. „Danke", sagte sie daher nur.

Mari seufzte unhörbar. Hoffentlich hatte sie keinen Fehler gemacht. Man würde abwarten müssen.

„Mari, ich werde meiner Mutter sagen, dass ich in Zukunft für dich arbeite", sagte Colleen eine Stunde später. „Ist das in Ordnung? Ich hatte nämlich das Gefühl, dass du die Eröffnung des Familienzentrums noch nicht herumposaunen willst."

Mari schob einen Stapel Papiere in ihre Tasche. „Ja, natürlich musst du es ihr so bald wie möglich sagen", erwiderte sie fest, wenn sie auch alles andere als zuversichtlich war. „Irgendwann findet sie es ja doch heraus, das lässt sich gar nicht vermeiden."

„Ich dachte, du wolltest es ihr vielleicht selbst beibringen", meinte Colleen.

„*Ich?* Das halte ich für keine besonders gute Idee. Du hast ja gesehen, wie sie auf mich reagiert." Mari stieß einen Seufzer aus. „Ich würde mich ja freuen, wenn es ihr gefällt, aber ich habe eher das Gefühl, dass es noch Wasser auf ihre Mühlen ist."

„Hoffentlich nicht!", gab Colleen mit einem kleinen Seufzer zurück.

„Es könnte alte Wunden aufreißen", gab Mari zu bedenken.

„Aber du versuchst, Wunden zu *heilen*. Es geht um die Zukunft, nicht darum, in alten Verletzungen herumzustochern."

„Sie wird nicht die Einzige sein, die sich gegen das Projekt sperrt."

„Jeder hat ein Recht auf seine Meinung. Das heißt ja nicht, dass Meinungen sich nicht ändern können. Irgendwann werden alle merken, dass nur Gutes aus dem Zentrum entstehen kann."

Mari war leichter ums Herz geworden. „Danke, Colleen."

Ein paar Minuten später brach Colleen auf. „Ich muss das Essen für die Kinder machen, bevor Onkel Marc sie mit Pizza und Pommes vollstopft."

„Ist er so schlimm?"

„Nein, eigentlich nicht. Zumindest würde es einen Apfel und Milch dazu geben." Colleen kramte nach ihrem Autoschlüssel. „Er hat mir erzählt, dass ihr übers Wochenende nach Chicago fahrt."

„Ach?" Mari war vorsichtig.

„Ja." Colleen zwinkerte ihr zu. „Ich halte das für eine brillante Idee."

„Echt?"

„Man bekommt nicht oft eine zweite Chance im Leben. Also nutzt sie."

„Colleen, ich wollte es gestern schon ansprechen, aber irgendwie habe ich es nicht geschafft. Es … es tut mir unendlich leid mit deinem Mann."

„Dafür musst du dich nicht entschuldigen." Colleen lächelte. „Darin und ich hatten einige wunderschöne Jahre zusammen, und ich denke gern daran zurück. Ich würde mich freuen, wenn es mit dir und Marc klappt."

„Mal sehen", gab Mari zurück. „Die Zukunft macht mir manchmal Angst."

„Dann musst du das Glück erst recht am Schopf packen."

Mari dachte noch eine Weile darüber nach, was Colleen gesagt hatte. Aus ihrem Mund klang es so einfach und klar.

Aber das war es nicht.

Es war noch nicht lange her, dass Marc sich hatte scheiden lassen. Sich jetzt gleich wieder in eine Beziehung zu stürzen, hatte er nicht vorgehabt. Und jetzt war sie schwanger, weil sie einen Abend lang jede Vernunft in den Wind geschlagen hatte. Was, wenn er sich über das Kind nicht freute? Es war eine Sache, dass er mit ihr zusammen sein wollte, eine ganz andere, dass auf einmal auch noch ein Baby eine Rolle spielte.

Mari schloss die Büroräume ab und ging aus einem Impuls heraus in Richtung Dünen. Lange sah sie nur auf den weiten blauen See hinaus. Der Wind zerrte an ihren Haaren, und sie sah wieder vor sich, wie sie und Marc hier oben auf der Silberdüne gestanden hatten.

Aber sie dachte schon wieder viel zu viel nach. Sie sollte den Sprung ins kalte Wasser wagen. Mehr als schiefgehen konnte es nicht. Trotzdem …

Mari lenkte sich mit der Planung und Ausarbeitung eines Konzepts für ihr Familienzentrum ab. Das hinderte sie daran, sich allzu viele Sorgen zu machen: um Marc und das Baby, um ihr Verhältnis zu ihrem Bruder, um Brigits Feindseligkeit und vieles andere.

Am Donnerstagabend brachte sie endlich den Mut auf, Ryan von ihrem geplanten Wochenendausflug mit Marc zu erzählen.

„Das klingt ernst", meinte er.

„Ich glaube, das ist es auch."

„Wie ernst?", wollte Ryan wissen. Sehr angetan schien er von dem Vorhaben nicht zu sein.

„Das weiß ich noch nicht. Aber du kannst mir vertrauen."

„Dir schon, aber Marc nicht. Wie soll das gut gehen? Wir tragen viel zu viele Altlasten mit uns herum, Mari. Du hast etwas Besseres verdient."

„Aber ich will es so."

Ryan versteifte sich. „Marcs Vater hat Mom und Dad umgebracht. Wie kannst du da an eine Zukunft mit ihm denken?"

„Es war ein Unfall!"

„Es war kaltblütiger *Mord*!", fuhr Ryan sie an.

Ein paar Sekunden lang betrachtete Mari ihn sprachlos. „Wie lange willst du das noch durchhalten, Ryan? Deine Wut bringt Mom und Dad auch nicht zurück", sagte sie schließlich.

„Aber wenigstens ehre ich ihr Andenken", entgegnete Ryan und warf sein Geschirrtuch auf die Ablage. „Das kann man von dir nicht behaupten! Wieso musst du ausgerechnet mit Marc Kavanaugh ins Bett steigen?"

Mari machte sich gar nicht erst die Mühe, darauf zu antworten.

In dieser Nacht bekam sie nur wenig Schlaf. Schon nach wenigen Stunden wurde sie von einem Geräusch an ihrem Fenster geweckt. Sie fuhr hoch.

„Pst, ich bin es."

„Marc Kavanaugh! Du hast mich zu Tode erschreckt. Wie kannst du nur? Wenn das so weitergeht, lasse ich die Ulme fällen, das sage ich dir."

„Es ist Freitagmorgen", flüsterte er und kletterte ins Zimmer.

„Ja, und stockdunkel", zischte sie.

„Nicht mehr lange. Wir müssen uns beeilen. Zieh dich an."

Mari konnte gerade noch ihren lautstarken Protest unterdrücken, als er ihr die Bettdecke wegzog.

„Hast du schon gepackt?"

„Ja, aber ..."

„Sehr gut. Ich bringe dein Gepäck schon mal ins Auto, während du duschst und dich anziehst."

Mari blinzelte, als er ihre Nachttischlampe anknipste. Er trug Jeans und ein hellgraues T-Shirt, und er sah so aufgeregt wie ein kleiner Junge aus. Mit einem Mal legte sich ihre gereizte Stimmung.

Auf keinen Fall durfte er merken, wie attraktiv sie ihn fand. Er hatte ohnehin schon viel zu viel Macht über sie. „Okay. Ich hoffe nur, dass sich das alles lohnt. Ich habe viel zu wenig geschlafen."

„Es wird sich lohnen, versprochen."

Kurz darauf saßen sie im Auto. Unterwegs kaufte Marc zwei Becher Kaffee. Dann schlug er zu Maris Überraschung den Weg zum Hafen ein.

„Wo fahren wir hin?", wollte sie wissen.

„Zu Colleens Boot", sagte er und nahm ihre Hand.

„Wir fahren mit dem Boot nach Chicago?"

Aber Marc gab nur einen undefinierbaren Laut von sich, und Mari sagte nichts mehr. Es war noch dunkel, und eine leichte Brise strich über ihre Wangen. Die Luft war warm und weich. Ein wunderschöner Sommertag lag vor ihnen.

Ein paar Minuten später hatten sie die Hafenbojen hinter sich gelassen. Marc gab Gas. Nach einer Weile drosselte er den Motor und hielt nach einer bestimmten Stelle am Ufer Ausschau. Dann machte er den Motor aus, sodass nur noch das leichte Plätschern der Wellen gegen den Rumpf zu hören war.

„Wir sind da."

„Und wo ist *da*?"

„Komm."

Er hielt ihr die Hand hin und half ihr auf den Steuersitz. Selbst setzte er sich auf die Rückenlehne und stützte die Beine zu ihren beiden Seiten auf dem Sitz ab. Eine Hand legte er auf ihre Schulter, mit der anderen strich er über ihre Wange. Mari sah zum Ufer hinüber.

In der Ferne war schwarz der Umriss einer Düne zu erkennen. „Die Silberdüne", sagte sie leise.

„Ja."

Eine warme Brise streichelte ihre Haut. Marc bewegte die Hand auf ihrem Hals, und Mari lehnte sich an ihn, zwischen seine Beine, und hielt sich ganz still. Man hätte denken können, sie wäre sechzehn und zum ersten Mal mit einem Jungen verabredet!

„Worauf warten wir?", wollte sie wissen.

„Auf den Sonnenaufgang."

Das Boot schaukelte leicht auf den Wellen, und Marc liebkoste sie auf eine Weise, die ihr gefährlich zusetzte. Langsam färbte sich der Himmel über der Düne silbern und nahm dann einen in Rosa getauchten Goldton an. Die Sonnenscheibe schob sich tiefrot über den Horizont, und die Bäume hinter der Düne schienen mit einem Mal in Flammen zu stehen. Mari stieß einen kleinen Laut aus.

„Was ist?", fragte Marc ganz nah hinter ihr.

Mari drehte sich zu ihm um, und er stöhnte auf, als sie sich an ihm bewegte. Sie versuchte, den Kopf ein wenig von seinen Schenkeln wegzubewegen, aber er hielt sie fest.

„Ich kann das Familienzentrum sehen."

Jetzt hatte die Sonne sich in den freien Himmel geschoben und schickte ihre warmen Strahlen über den blassblau schimmernden See.

Über der Stadt lag jetzt das goldene Licht der Morgendämmerung, und Mari stellte ihren Kaffeebecher ab, drehte sich um und kniete sich auf den Sitz. Dann küsste sie Marc.

Es war ein kurzer Kuss. Danach sah sie ihm in die Augen. Bernsteinfarbene Lichter leuchteten darin.

„Jetzt weiß ich, warum wir hier sind."

„Ja?"

Mari nickte und strich noch einmal mit den Lippen flüchtig über seinen Mund. „Du wolltest, dass ich alles in einem neuen Licht sehe." Sie sah ihn ernst an. „Ich versuche es, Marc."

Er strich mit dem Daumen ihr Kinn. „Das ist alles, was ich mir von dir wünsche." Dann legte er den Arm um sie und machte eine Bewegung zur Küste hin. „Das wäre doch der vollkommene Platz für einen Gedenkstein, meinst du nicht?"

„Einen Gedenkstein?" Mari lehnte sich an ihn.

„Ja. Oder einen kleinen Brunnen. Für die Opfer von Alkohol- und Drogenmissbrauch."

„Ja. Ein Ort, an dem man Ruhe finden kann."

An dem man Heilung findet, dachte Mari, aber sie sprach es nicht laut aus.

„Ich würde diesen Ort gern stiften", sagte Marc, und wieder drehte sie sich zu ihm um.

„Du brauchst nicht ..."

„Ich weiß", unterbrach er sie. „Du brauchst auch kein Familienzentrum zu gründen. Nicht dass beides irgendwie vergleichbar wäre. Aber ich würde es gern machen, wenn du mich lässt."

„Ja, natürlich. Es ist eine wunderschöne Idee."

Mari legte die Arme um Marc, und er drückte sie an sich.

Ein paar Minuten lang blieben sie noch, hielten sich nur fest und genossen den heranbrechenden neuen Tag. Nach einer Weile legte Marc die Hand unter Maris Kinn und hob ihr Gesicht an. Dann küsste er sie, freundschaftlich, fast keusch zuerst, dann mit all der Leidenschaft und Lust, die nur Mari bei ihm auslösten.

„Ich glaube, wir sollten zurückfahren", sagte er schließlich.

Sie nickte und setzte sich wieder auf ihren Platz, während Marc den Bootsmotor anließ.

Und als sie zurückfuhren, sah Mari die Stadt plötzlich wirklich in einem anderen Licht.

Kurz vor Chicago döste Mari ein. Als sie wieder aufwachte, fuhren sie die Seestraße entlang, den tiefblau schimmernden See zu ihrer Rechten. Marc steuerte die Tiefgarage eines Hochhauses an.

„Und? Zu allen Schandtaten bereit?", erkundigte er sich.

Mari nickte. Ein aufregendes Wochenende voller Abenteuer lag vor ihr. Marc holte seine Post beim Portier ab, und Mari beobachtete fasziniert, wie der sonnengebräunte, lockere Urlauber sich von einem auf den anderen Moment in den erfolgreichen Staatsanwalt verwandelte. Einige andere Bewohner, denen sie begegneten, nickten ihm voller Respekt zu, und eine attraktive Frau mittleren Alters schenkte ihm einen Blick, in dem deutliches Bedauern zu erkennen war, dass er für sie unerreichbar war.

Von Marcs großzügig geschnittener Wohnung hatte man eine traumhafte Aussicht über den See. Die Einrichtung war eher karg und streng und vor allem in Grau und Beige gehalten, wie man es von einem allein lebenden, viel beschäftigten Mann erwartete. Aber sie wirkte nicht kalt, sondern in ihrer Einfachheit bei aller Eleganz nur zweckmäßig. Der bunte Blumenstrauß auf dem Esstisch fiel angenehm aus dem Rahmen.

Mari berührte lächelnd die Blüten. „Purpurne Iris und gelbe Chrysanthemen", stellte sie erstaunt fest. „Meine Lieblingsblumen. Der Kontrast zwischen dem eher schwermütigen Purpur und dem fröhlichen Gelb ist wunderschön, wie Sonne und Schatten."

Jetzt erst entdeckte sie die kleine Karte, die an der Vase lehnte. *Willkommen, Mari* stand darauf.

„Woher wusstest du, dass das meine Lieblingsblumen sind?" Mari drehte sich zu Marc um.

„Meine Mutter hatte welche in ihrem Sammelalbum, und darunter stand: Maris Lieblingsblumen."

„Deine Mutter hat sie aufbewahrt?" Maris Augen wurden feucht. „Danke, Marc."

Er hob die Schultern. „Der Dank gebührt meiner Assistentin. Ich weiß nicht, wie die Frau das alles schafft."

Mari lächelte. Natürlich merkte sie, dass er seine Gefühle herunterspielen wollte, und dafür liebte sie ihn umso mehr.

„Komm, ich zeige dir, wo du schläfst."

Damit nahm er ihren Koffer und führte sie in ein Gästezimmer. Durch die hellen Vorhänge fielen Sonnenstrahlen und tauchten das Zimmer in ihr helles, warmes Licht.

„Du hast doch nicht erwartet, dass ich dich in meinem Zimmer unterbringe, oder?", fragte er vorsichtshalber nach.

„Ehrlich gesagt, doch." Mari lachte.

„Heißt das, dass es dir nichts ausgemacht hätte?"

Sie sah ihn an und entdeckte den Anflug eines Lächelns um seinen Mund.

„Doch", erwiderte sie streng, aber ihr Lächeln machte die Wirkung zunichte. „Aber ich bin froh, dass es nicht so ist. Das ist ein wunderschönes Zimmer, danke."

„Dann lasse ich dich jetzt in Ruhe auspacken", meinte er und war im nächsten Augenblick verschwunden. Ein Glück, dass er keine Ahnung hatte, dass sie am liebsten vor dem sinnlichen Versprechen, das in seinen Augen gefunkelt hatte, kapituliert hätte.

10. KAPITEL

Marc saß auf dem ausladenden Sofa und sortierte gerade seine Post, als Mari ins Wohnzimmer kam.

„Du hast wahrscheinlich einen ganzen Berg Arbeit nachzuholen nach einer Woche Urlaub", meinte sie, als sie sich zu ihm setzte.

Achtlos warf er einen dicken weißen Umschlag auf den niedrigen Couchtisch. „Zum Teufel mit der Arbeit!" Er nahm ihre Hand. „Ich bin immer noch im Urlaub."

„Du musst dich nicht verpflichtet fühlen, mich zu unterhalten", meinte Mari. „Wir sind so früh losgefahren, dass noch nicht einmal Mittagszeit ist. Meinetwegen kannst du ruhig noch eine Weile arbeiten. Es stört mich nicht."

„Du glaubst doch nicht im Ernst, dass ich arbeite, wenn ich dich endlich für mich allein habe." Sein Blick wanderte auf ihren Mund.

Ihr wurde warm, so wie immer in Marcs Nähe, und sie begann, seine Hand zu streicheln.

„Was wollen wir unternehmen?", fragte sie.

Als er nicht gleich antwortete, sah sie ihn prüfend an. Er machte den Eindruck, als wollte er im nächsten Moment über sie herfallen, und sie gab sich redlich Mühe, seinen Blick zu ignorieren.

„Hast du Lust auf einen Spaziergang? Anschließend essen wir etwas und schwimmen vielleicht ein bisschen, wenn du willst. Auf der Dachterrasse haben wir einen sehr schönen Swimmingpool."

Ganz offensichtlich war er mehr an ihren Lippen als an seinem Vorschlag interessiert.

„Einverstanden."

„Mari?"

„Ja?", gab sie leicht atemlos zurück.

„Wenn du nicht damit aufhörst, dann gehen wir nirgendwohin. Soviel ist sicher."

Sie hatte die Hand um seinen Zeigefinger geschlossen und massierte ihn langsam. „Oh." Jetzt erst wurde ihr bewusst, wie das auf ihn gewirkt haben musste.

Mit einem Ruck stand sie auf. „Dann gehe ich mich umziehen." Sie wartete nicht auf seine Antwort, sondern floh förmlich aus dem Wohnzimmer.

Seit ihrer Kindheit war sie nicht mehr für längere Zeit in Chicago gewesen. Gelegentlich trat sie mit dem Orchester hier auf, aber dann war sie meistens vom Reisen müde und hatte keine Lust, nach dem Konzert noch das Hotel zu verlassen. Sie hatte ganz vergessen, wie schön die Stadt war, gerade auch durch ihre Lage am Lake Michigan und wegen der freundlichen Menschen.

Den Weg am See entlang teilten sie sich mit Radlern, Rollschuhläufern, Joggern und anderen Spaziergängern. Aus Spaß fing Mari an, andere Männer mit Marc zu vergleichen. Der Jogger zum Beispiel, der ihnen entgegenkam, hatte zwar in etwa Marcs Größe, bewegte sich aber längst nicht mit dieser, ja, fast anmutigen Leichtigkeit eines geborenen Sportlers. Ein anderer Mann war offensichtlich in Begleitung seiner Freundin unterwegs, aber seinen Blicken fehlte dieser Ausdruck, der einer Frau sagt, dass sie für ihn die Einzige ist.

„Was ist?", wollte Marc wissen, als er Maris prüfende Blicke bemerkte.

„Nichts", behauptete sie und versuchte, ihr Lächeln zu verbergen.

Sie wusste ja selbst, dass sie sich albern verhielt. Aber hieß es nicht immer, dass die Liebe genau diese Wirkung hat?

Sie spazierten bis zum Lincoln-Park am See entlang und aßen in einem kleinen Bistro. Später schlenderten sie eher ziellos durch den Zoo und blieben stehen, wann immer sie Lust hatten.

„Man dichtet Tieren ja fälschlicherweise alle möglichen menschlichen Verhaltensweisen an", meinte Marc, als sie einem Eisbären zuschauten, der sich im Wasser tummelte. „Aber ich könnte schwören, dass er mit dir flirtet."

„Eifersüchtig?", konnte Mari sich nicht verkneifen zu fragen.

Marc lachte, nahm Maris Hand und zog sie von dem Nebenbuhler weg.

Auf dem Rückweg kamen sie an einem Sportgeschäft vorbei. „Lass uns reingehen", bat Mari. „Ich möchte mir gern einen Badeanzug kaufen."

„Hast du den Bikini nicht dabei?"

„Doch, aber in der Öffentlichkeit würde ich mich damit zu Tode genieren."

„Du willst dir doch wohl nicht einen Einteiler kaufen?", gab Marc sichtlich entsetzt zurück, als sie prüfend einen Schwimmanzug hochhielt.

Sie bedachte ihn nur mit einem vernichtenden Blick und suchte weiter.

„Hier, was hältst du davon?", sagte er plötzlich neben ihr. „Der ist nicht ganz so winzig, aber sexy wie noch was." Er wedelte mit einem weißen Bikini vor ihrem Gesicht herum. „Zu deiner braunen Haut sieht er bestimmt hinreißend aus."

Mari musste zugeben, dass Marc Geschmack hatte. Der Bikini war wirklich süß und längst nicht so klein wie der von Deidre.

Marc hatte tatsächlich mit traumwandlerischer Sicherheit das richtige Modell getroffen, fand Mari wenig später, als sie sich vor dem Spiegel drehte. Bildete sie sich das nur ein, oder war da tatsächlich schon der Ansatz eines kleinen Bäuchleins zu sehen?

„Mari? Bist du fertig?"

„Ich komme!"

Sie zog schnell ihr Kleid über. Bestimmt tat sie Marc einen Gefallen, wenn sie ihm noch nichts von der Schwangerschaft erzählte. Natürlich würde er zu dem Kind stehen, auch wenn noch nicht einmal klar war, wie es weitergehen würde.

Seit sie ihn vor zwei Monaten im Palmer House Hotel nach all den Jahren wiedergesehen hatte, war nichts mehr sicher.

Jetzt trat sie zu ihm ins Wohnzimmer. Er stand in Badehose und einem türkisen T-Shirt in der Tür und wartete auf sie. Und er trug eine Tasche, die nach Arbeit aussah. Zugleich war der Blick, mit dem er sie empfing, wie eine Liebkosung.

Er hatte Lust auf sie, das wusste sie. Aber war das genug, um eine Zukunft darauf aufzubauen?

Abgesehen von einer älteren Frau, die im Becken ihre Bahnen zog, waren sie allein. Marc war froh darüber. Die Frau würde wahrscheinlich auch bald gehen, wenn sie ihr Pensum absolviert hatte. Er stellte seine Tasche auf einem schattigen Tisch ab und folgte Mari zum Rand des Dachs.

Der Ausblick von hier oben war beeindruckend. Im Osten lag der Lake Michigan in der Sonne, und im Norden und Süden glitzerten die Silhouetten der Hochhäuser.

Marc breitete sein Handtuch auf einem Liegestuhl aus und beobachtete fasziniert, wie Mari ihr Kleid aufknöpfte. „Mein Gott", sagte er plötzlich. „Ich habe wirklich einen genialen Geschmack."

Mari hielt mitten in der Bewegung inne. Marc war so in ihren Anblick in dem neuen Bikini vertieft, dass er ihren amüsierten Gesichtsausdruck gar nicht bemerkte. Vielleicht war der Bikini nicht ganz so knapp wie der von Deidre, aber ihre Figur sah darin so bombig aus, dass es Marc fast die Sprache verschlug.

Mari ließ sich in dem Liegestuhl neben Marc nieder. „Ja, ich gebe zu, du hast eine gute Wahl getroffen."

Er betrachtete ihre Brüste und weiter ihren Bauch und die Hüften. Sie sah zum Anbeißen aus, fand er.

„Marc!"

„Was ist?", fragte er ein wenig verwirrt.

„Wir sind nicht allein", flüsterte sie.

„Ich habe doch nur geschaut", verteidigte er sich.

„Es sah aber alles andere als unschuldig aus", gab sie zurück.

Er stand auf. „Wollen wir ins Wasser gehen?"

„Ein bisschen später. Ich habe das Gefühl, dass eine Abkühlung vor allem dir guttut." Damit kramte Mari in ihrer Strandtasche nach ihrer Zeitschrift.

Marc nahm seine Brille ab und hechtete ins Wasser. Es war erfrischend, aber längst nicht kühl genug für ihn. Er schwamm ein paar Bahnen, dann sah er sich um. Außer Mari und ihm war niemand mehr da.

Mari sah ihn über den Rand ihrer Zeitschrift hinweg an, und er winkte sie zu sich. Sie schüttelte den Kopf und widmete sich wieder ihrer Lektüre. Aber Marc gab nicht auf. Irgendwann kapitulierte sie schließlich, lief zum Beckenrand und sprang einfach über ihn hinweg. Dann schwamm sie in langen Zügen unter Wasser ans flache Beckenende, und er nahm sofort die Verfolgung auf. Den Bruchteil einer Sekunde vor ihr traf er ein und lehnte sich lässig an die Wand, die Beine abgeknickt, als säße er auf einem Stuhl.

„Was ... Wieso bist du schon hier?", prustete sie, als sie vor ihm auftauchte.

„Ich war hoch motiviert." Damit zog er sie zu sich, sodass sie auf ihm landete. Als Reaktion spritzte sie ihm Wasser ins Gesicht.

„He", protestierte er bestens gelaunt.

Mari schob sich das nasse Haar aus dem Gesicht und lachte ihn an.

„Wer schneller am anderen Ende ist", forderte sie ihn heraus.

„Keine Lust", meinte er und holte sie zu sich, sodass sie rittlings auf ihm saß und ihre Brüste seinen Brustkorb berührten. Maris nackte, nasse Haut fühlte sich gut an im kühlen Wasser. Richtig gut. „Mir gefällt es hier viel besser."

„Ach ja?", gab sie zurück, den Mund nur Zentimeter von seinem entfernt, sodass er ihren Atem spürte. Er legte die Hände auf ihre Hüften.

„Ach ja!" Er strich über ihren Körper, und sie hielt ganz still, als seine Liebkosungen immer aufreizender wurden. „Weißt du noch, was du gesagt hast? Dass ich dir nicht zu nahe kommen soll?"

„Ja." Ihr Blick hing an seinen Lippen, und sie stöhnte unwillkürlich auf, als seine Finger direkt unter ihren Brüsten angekommen waren. Ihr Herz klopfte wie wild.

„Wenn du mich zuerst küssen würdest, dann müsste ich mein Versprechen nicht brechen."

„Stimmt. Und nichts wäre mir unangenehmer, als dir das zuzumuten."

Er hielt den Atem an, als sie sich vorbeugte und sehr vorsichtig und behutsam die Wassertropfen von seinen Lippen küsste, einen nach dem anderen, und dann seine Nase in Angriff nahm. Ihre flüchtigen, leichten Berührungen lösten einen Aufruhr an Gefühlen in ihm aus, und er schloss die Augen. Nach und nach widmete sie sich seinem ganzen Gesicht, und als sie schließlich aufhörte, hielt er es vor Lust kaum noch aus.

Dann spürte er ihre Lippen auf seinem Mund.

Leichter hätte er die Erde anhalten können, als sich zu beherrschen. Den Versuch konnte er sich sparen. Zwanzig Sekunden gab er sich – zwanzig Sekunden, um ihren Geschmack auszukosten, zwanzig Sekunden, um ihr zu zeigen, wie sehr er sie begehrte, zwanzig Sekunden Schwelgen in dem Wissen, dass sie ihn ebenso begehrte wie er sie.

Dann beendete er gegen ihren kleinen Protest den Kuss.

„Ich werde noch ein paar Dutzend Runden drehen", kündigte er an und stieß sich ab. Aber viel half es nicht. Genau genommen half es überhaupt nicht.

Mari verließ das Becken, und irgendwann gab er auf und stieg aus dem Wasser. Sie sah von ihrer Zeitschrift auf, und er lächelte ihr aufmunternd zu, als er ihre Unsicherheit bemerkte. Sie sollte sich nicht schuldig fühlen.

„Stört es dich, wenn ich mal eben ein paar Sachen durchschaue?" Er wies zu dem Sonnenschirm, unter dem er seine Tasche abgestellt hatte.

„Nein, natürlich nicht."

Und so trocknete er sich ab und war die nächste Dreiviertelstunde damit beschäftigt, seine Mails und telefonischen Nachrichten durchzusehen und eine Art Dringlichkeitsliste aufzustellen, was er in den nächsten Tagen alles erledigen musste. Er war ganz stolz auf sich, dass er sich von Maris aufregendem Anblick nicht ablenken ließ.

Und das blieb auch so, bis sie eine Flasche Sonnenmilch aus der Tasche zog und sich damit die langen Beine einrieb. Wie eine

Biene, die unwiderstehlich vom Blütenduft angezogen wurde, stand er auf und ging zu ihr.

„Brauchst du Hilfe?", erkundigte er sich und ließ sich in den Liegestuhl neben ihr fallen.

„Danke, ich glaube, das kriege ich allein hin."

Er erwiderte nichts, sondern sah ihr nur zu. Als sie mehr Milch in die Handfläche schüttete, sah sie zu ihm. „Ich dachte, du wolltest arbeiten." Ihre Stimme klang ein wenig streng.

Dann begann sie, die Milch auf ihrem Bauch zu verteilen.

„Ich bin für heute fertig. Du hast schöne Arme", sagte er.

„Vielen Dank. Ich glaube, ein so großartiges Kompliment hat mir noch nie jemand gemacht."

Er lächelte nur und sah ihr weiter zu. Einem zufälligen Beobachter mochte er entspannt vorkommen, aber in Wirklichkeit stand sein Körper unter Strom. Hatte ihr tatsächlich noch niemand gesagt, dass ihre Arme schön waren? In ihm löste es geradezu poetische Gedanken aus, wie sie in der Sommersonne schimmerten.

Als Mari bei ihren Schultern angelangt war, setzte er sich auf und griff nach der Flasche. „Lass mich weitermachen, sonst wird dein Bikini noch schmutzig."

Mari betrachtete ihn ein wenig zweifelnd, überließ ihm aber die Sonnenmilch.

„Leg dich zurück", befahl er und begann dann sorgfältig, ihre Schulter einzureiben, ohne dabei die Bikiniträger zu berühren.

„Du nimmst das ja wirklich sehr ernst", stellte sie nach einer Weile beeindruckt fest.

„Ich bin eben Perfektionist."

Mari lachte, und das Lachen versiegte erst, als er sich an ihrem Dekolleté zu schaffen machte. Sie wollte protestieren, brachte aber kein Wort heraus, und Marc machte ungerührt weiter. Aufreizend langsam massierte er die Sonnenmilch in ihre Haut und legte dabei größten Wert auf Details.

Am Rand des Oberteils machte er zu ihrer Enttäuschung Halt, richtete sich ruckartig auf und schraubte entschlossen die Flasche wieder zu.

„So. Und nicht ein Tropfen ist auf deinem neuen Bikini gelandet", verkündete er stolz und sah sie an.

Maris Wangen waren gerötet und die Lippen leicht geöffnet. Ihr Atem ging schneller.

Marc hatte sich so auf seine Aufgabe konzentriert, dass ihm gar nicht aufgefallen war, welche Wirkung seine erotischen Berührungen auf sie gehabt hatten. Fast hätte er sich entschuldigt, aber dann überlegte er es sich anders. Jede Entschuldigung wäre heuchlerisch gewesen, denn er bereute nichts.

„Ich hüpfe noch mal ins Wasser."

Er stand auf. Hoffentlich war Mari nicht böse auf ihn – aber mal ehrlich: Wie viel hält man als Mann aus?

Nichts als egoistische Ausflüchte, dachte er, als er mit kräftigen Schwimmstößen durch das Wasser pflügte. Mari bedeutete ihm viel mehr als nur Lust und sexuelle Erfüllung. Und zwar sehr viel mehr. Sie wollte an diesem Wochenende herausfinden, ob die Chemie zwischen ihnen auch über das rein Sexuelle hinaus stimmte. Und deshalb hatte sie sich gewünscht, dass er sie nicht bedrängte. Und was tat er? Genau das. Seine Mutter und auch Mari hatten behauptet, dass er immer erreichte, was er wollte. Hatten sie damit Situationen wie diese gemeint? Er wollte Mari, und irgendwie schaffte er es nicht, die Finger von ihr zu lassen.

Er tauchte unter und wendete.

Das Problem war, dass diese sexuelle Lust mit vielen anderen Gefühlen verbunden war und er das eine nicht vom anderen trennen konnte.

Aber er würde es versuchen müssen, wenn ihre Beziehung eine Zukunft haben sollte. Er würde sich eben mehr anstrengen. Wenn er dieses Wochenende versiebte, würde er sich das nie verzeihen. Denn Mari war die einzige Frau auf der Welt, die ihm etwas bedeutete.

Als sie ihre Sachen zusammenpackten, um in die Wohnung zurückzugehen, war Mari plötzlich sehr müde. Vielleicht lag es an der Hitze, vielleicht auch daran, dass sie in der Nacht vorher so wenig geschlafen hatte.

Oder aber die Schwangerschaft war daran schuld.

Marc brauchte ihr nur einmal ins Gesicht zu schauen, um sie ins Bett zu schicken. Und Mari ließ es sich widerstandslos gefallen. Kaum hatte sie sich hingelegt, als sie auch schon schlief. Es dämmerte, als sie wieder aufwachte.

Sie fühlte sich wie neu geboren. Die Schwangerschaft machte sie offenbar abwechselnd müde und putzmunter. Jedenfalls fühlte sie sich, als könnte sie Bäume ausreißen.

Beim Duschen dachte sie wieder daran, wie Marc sie am Swimmingpool mit der Sonnenmilch eingerieben hatte, wie seine Finger in kleinen Kreisen über ihren Busen geglitten waren. Ihr wurde überall warm. Sie hatte keine Ahnung, ob es an Marcs erotischer Ausstrahlung lag oder auch daran, dass ihr Körper aufgrund der Schwangerschaft besonders sensibilisiert war, aber ihr war nie bewusst gewesen, dass sie so viele erogene Zonen hatte.

Heute Abend wollte sie besonders gut aussehen und verwandte große Sorgfalt auf ihre Frisur. Sie legte einen Hauch Make-up auf und schlüpfte dann in ihr ärmelloses korallenrotes Chiffonkleid. Dann betrachtete sie sich im Spiegel. Sie mochte noch keinen Bauch haben, aber ihre Brüste waren eindeutig voller, fand sie. Vielleicht lag das aber auch an dem dünnen Stoff.

Jetzt fehlten noch die Ohrringe, ein Armband und die Sandaletten, dann war sie zufrieden. Zu guter Letzt verteilte sie noch einen Tropfen ihres Lieblingsparfüms auf ihrer Haut und ging dann ins Wohnzimmer. Marc war nirgends zu sehen. Ob er die Wohnung verlassen hatte, um irgendetwas zu erledigen? Nein, das wohl nicht. Jedenfalls war der Tisch für zwei gedeckt, in seiner Mitte stand eine Kerze. Schön, dass sie heute Abend hierblieben und nicht ausgingen. Jetzt hörte sie auch das Wasser in der Dusche rauschen.

Sie lächelte und inspizierte die Bücherregale.

Man konnte sehr viel über einen Menschen lernen, wenn man wusste, was er las. Marc besaß viele Biografien berühmter Leute, historische Bücher und Krimis. Drei Bücher hatten keine Beschriftung auf ihrem Rücken, und sie zog eines heraus. Es war ein Fotoalbum, das offenbar schon einige Jahre alt war.

Mari setzte sich damit aufs Sofa und blätterte. Auf einem Foto war auch Derry Kavanaugh zu sehen. Es war eines der wenigen Fotos, auf denen die ganze Familie bei einem Strandausflug versammelt war. Ein glücklicher Augenblick, für die Ewigkeit festgehalten, dachte Mari und strich mit der Fingerspitze über Marcs Gesicht. Halbwüchsig war er gewesen, als die Aufnahme gemacht worden war. Brigit sah voller Liebe zu ihrem Mann, und für einen Moment fühlte Mari sich mit ihr verbunden. Sie beide hatten sich in einen Kavanaugh verliebt, und beide hatten ihren Mann, wenn auch auf unterschiedliche Weise, verloren.

Sie blätterte um, und einen Moment lang sah sie nur starr auf die beiden gepressten Blumen, unter denen *Maris Lieblingsblumen, Sonne und Schatten* stand. Der durchsichtige Umschlag steckte unter einem Foto, auf dem sie mit Marc zu sehen war. Es war im Garten der Kavanaughs aufgenommen worden. Marc hatte seinen Arm um sie gelegt, und sie strahlten beide im Bewusstsein ihrer ersten Liebe. Damals war sie sechzehn gewesen und Marc neunzehn.

„Ich habe die Blumen bei meiner Mutter gefunden und mitgenommen."

Mari sah zu Marc auf. Ihre Augen waren verschleiert, und sie sah ihn nur verschwommen. Vom Duschen waren seine Haare noch feucht, und er trug Jeans und ein Freizeithemd. Ein paar Sekunden schwiegen sie beide.

„Ich hatte nichts von dir, als du gegangen warst", sagte Marc, als wäre eine Erklärung nötig. „Nur ein paar Fotos." Er atmete tief durch und sah hinaus auf den See. „Um der Wahrheit die Ehre zu geben: Ich habe das Album mit den Blumen geklaut. Hätte ich meine Mutter um Erlaubnis gefragt, hätte sie nur eine Szene gemacht."

„Wann war das?", wollte Mari wissen.

„Nach der Nacht im Palmer House Hotel."

Mari legte die Blumen sorgfältig in das Album zurück und klappte es zu. Dann stellte sie es wieder an seinen Platz im Regal.

„Du siehst hinreißend aus", sagte Marc, als sie sich wieder umdrehte. „Ich habe zwar Essen kommen lassen, aber wir können auch ausgehen, wenn du willst."

„Nein." Sie schüttelte den Kopf. „Ich finde es schön, hier zu essen."

„Aber morgen Abend führe ich dich aus."

„Gut."

„Ich hole schon mal den Wein aus dem Kühlschrank."

Mari legte ihm die Hand auf den Arm. „Danke", sagte sie.

„Wofür? Dass ich ein Album gestohlen habe?"

„Nein. Weil du mich in all den Jahren nicht vergessen hast. Und weil du nicht aufgegeben hast." Sie stellte sich auf die Zehenspitzen und gab ihm einen flüchtigen Kuss auf den Mund. „So, und jetzt habe ich Hunger."

Er blinzelte, als wäre er gerade aus einer Trance aufgewacht. „Genau", sagte er. „Essen."

Mari lächelte, als sie ihm in die Küche folgte. Er war sonst immer so selbstbewusst, und es tat ihr irgendwie gut, dass er, wenn auch nur für zwei Sekunden, aus dem Gleichgewicht geraten war.

Sie fand, dass sie noch nie so gut gegessen hatte. Und das lag nicht nur an der Vielfalt, die Marc bestellt hatte, sondern vor allem auch an seiner Gesellschaft.

Eine ganze Weile später lehnte sie sich zufrieden zurück und sah auf den See. Der Himmel war von einem tiefen Lavendelblau, bald würde er ganz dunkel sein.

„Ich fühle mich wie im Paradies."

„Schön." Marc sah auf ihr volles Weinglas. „Schmeckt dir der Wein nicht?"

„Ich ... Doch", erwiderte sie ein wenig verlegen. „Ich habe nur nicht daran gedacht."

„Dann nimm dein Glas mit ins Wohnzimmer", schlug Marc vor. „Mit dem Nachtisch sollten wir vielleicht noch ein bisschen warten."

„Unbedingt", stimmte Mari ihm zu.

Gehorsam nahm sie ihr Glas mit ins Wohnzimmer, während Marc aufräumte, und machte es sich auf dem Sofa gemütlich. Ein paar Minuten später gesellte er sich zu ihr. Er hatte eine Tasse Tee dabei. „Kräutertee", erklärte er. „Ich dachte, das ist dir vielleicht lieber als Wein."

„Danke."

„Ich hätte nicht voraussetzen sollen, dass du Alkohol trinkst." Mari sah ihn verständnislos an. „Es wäre kein Wunder, wenn du abstinent wärst."

„Nein, nein", sagte sie, als ihr endlich dämmerte, worauf er hinauswollte. „Ich trinke schon hin und wieder Wein. Aber heute habe ich irgendwie keine Lust darauf."

Marc nickte. „Ich trinke auch nicht viel. Ich dachte nur, dass zu dem Essen Wein …"

Mari unterbrach ihn. „Du glaubst doch nicht im Ernst, dass ich dir irgendetwas unterstellen will? Du hast dein Glas ja nicht einmal ausgetrunken. Nur weil dein Vater ein Alkoholproblem hatte, muss das doch bei dir nicht auch so sein."

„Es wäre nicht das erste Mal, dass das jemand behauptet", meinte er und zuckte die Schultern. „Meine Geschwister haben sich auch schon Vorwürfe in der Richtung anhören müssen. Was mein Vater getan hat, schlägt auf uns alle zurück."

Mari hätte ihn fast gefragt, wer so einen Unsinn behauptete. Aber als sie Marcs versteinertes Profil sah, blieb sie stumm.

„Das ist unfair", sagte sie nach einer Weile.

Er sah sie wieder an. „Du weißt nicht, wie gut es mir getan hat, dass du mich nie für den Unfall verurteilt hast."

Mari schüttelte den Kopf. Sie brachte kein Wort heraus, so eng war ihre Kehle geworden. Und so legte sie nur die Hand an seine Wange und strich leicht darüber. Er war so lebendig, so voller Energie – und sie sehnte sich so sehr nach seiner Nähe.

„Was ist los?", wollte er wissen und sah sie forschend an.

„Das Leben ist so … so unsicher. Ich wollte, ich könnte immer so bei dir sein." Mari strich mit dem Daumen über Marcs Lippen. „Nur wir beide", flüsterte sie, „und sonst niemand."

„Das können wir haben. Und eine gemeinsame Zukunft."

„Aber wir haben auch eine Vergangenheit."

Marc legte ihr die Hand auf die Schulter. „Vor allem haben wir eine Gegenwart, Mari."

Eine Gegenwart.

Diese Gegenwart fühlte sich im Moment wie eine Ewigkeit an.

Marc bewegte sich nicht, als Mari sich jetzt vorbeugte und ihre Teetasse auf dem Couchtisch abstellte. Aber sie spürte seine Anspannung. Auf einmal konnte sie ihre Sehnsucht nicht mehr zügeln. Und sie knöpfte sein Hemd auf und legte das Gesicht an seine Brust. Dann endlich ließ sie ihren Gefühlen freien Lauf, so wie sie es sich seit Wochen, eigentlich seit Jahren gewünscht hatte.

Mari presste die Lippen auf Marcs Haut. Sie fühlte sich weich und fast zart an. Langsam ließ sie die Hände von seiner Taille nach oben gleiten und streichelte ihn dabei zärtlich und aufreizend zugleich.

Unwillkürlich hielt Marc den Atem an, als sie sein Hemd zur Seite schob und eine seiner winzigen dunklen Brustwarzen küsste. Er stöhnte und fuhr mit beiden Händen in ihr Haar.

Mari konnte gar nicht genug von ihm bekommen, so wunderbar männlich fühlte er sich an, und so ließ sie die Zunge um seine Brustwarze kreisen und leckte und knabberte behutsam daran. Gleichzeitig zerrte sie ihm das Hemd von den Schultern, damit sein Oberkörper nackt war. Er atmete schnell und heftig.

Irgendwann murmelte er etwas, als sie kleine flüchtige Küsse auf seiner Brust verteilte, aber sie verstand ihn nicht. Es spielte auch keine Rolle.

Schließlich packte er Mari an den Schultern, hob sie auf seinen Schoß und begann, sie mit verzehrender Leidenschaft zu küssen. Ihrer beider Lust wurde zu einem flammenden Feuer.

Sie erforschten sich gegenseitig, berührten sich ungeduldig und mit wachsender Erregung und Begierde. Wie sie seine Hände liebte, die so fordernd und zart zugleich sein konnten! Mit diesen Händen zog er sie nun enger an sich, bis sie sich an ihren intimsten Körperteilen berührten.

Sie stöhnte voller Leidenschaft auf, gleichzeitig mit ihm, ihr Mund an seinen Lippen.

Noch nie hatte Mari sich so frei gefühlt. Marc hatte immer die Macht gehabt, die Lust in ihr zu wecken, aber jetzt war es das erste Mal, dass sie ihren Gefühlen und Sehnsüchten freien Lauf ließ und jede Vorsicht in den Wind schlug. Sie hielt nichts zurück.

Es war ein Moment für die Ewigkeit.

Marc legte die Hände um ihre Hüften, rutschte tiefer und umfasste ihren Po. Sie waren beide so ausgehungert nach einander, so voller verzehrender Leidenschaft, so von Lust erfüllt, dass sie sich gegenseitig am liebsten verschlungen hätten.

Jetzt legte Marc die Hände um Maris Kopf und küsste sie, als könne er von ihr nie genug bekommen. Im nächsten Moment spürte sie seine Lippen heiß auf ihrem Hals, und sie legte den Kopf zurück, bot sich ihm an, verloren in einem Meer von Gefühlen.

Und Marc schob die Träger von Kleid und BH über ihre Schultern, befreite ihre Brüste und schloss die Lippen um eine Brustspitze. Mari stieß einen kleinen Schrei aus und presste seinen Kopf an sich, ganz fest, damit er nur nie aufhörte. Ein Wimmern kam aus ihrem Mund, und ihr Körper brannte fast schmerzhaft.

Sie wusste, dass dieser Schmerz nur durch die Vereinigung mit ihm gestillt werden konnte. Seine Lippen bewegten sich immer aufreizender auf ihrer Haut, und bald war sie der Verzweiflung nahe und am Rande ihrer Kräfte. Und so griff sie zwischen sich und ihn, um den störenden Stoff zu entfernen. Marc hob den Kopf, als er merkte, was sie vorhatte, und Mari keuchte auf, als er endlich zu ihr kam.

„Schau mich an ..."

Sie gehorchte. Es war ein Gefühl, als würde ein Feuerwerk entzündet, als sie ihm in die Augen sah. Ein Zittern durchlief sie. So nah war er, so sehr ein Teil von ihr ...

Und dann begannen sie, sich gleichzeitig zu bewegen wie auf ein geheimes Zeichen hin. Marc schloss die Augen, in seiner

Wange zuckte ein kleiner Muskel wie bei einem zugleich süßen und bitteren Schmerz.

Immer hatte sie etwas zurückgehalten ihm gegenüber, aber jetzt endlich ließ sie ihren Gefühlen freien Lauf, ließ nur ihren Körper sprechen.

Sie beugte sich vor und strich liebkosend mit den Lippen über seine Brust, schmeckte seinen Schweiß. Marc umfasste Mari noch fester, und seine Bewegungen wurden fordernder.

Am liebsten hätte Mari die Zeit angehalten. Wenn es doch immer so sein könnte!

Sie klammerte sich an ihn und stöhnte auf vor Lust, als er die Muskeln anspannte, bis sie hart wie Stahl unter ihren Fingern wurden. Er stieß ihren Namen hervor, kaum verständlich.

Mari presste den Mund auf seine Schläfe und versuchte, den Atem anzuhalten.

Sie konnte nur einen einzigen klaren Gedanken fassen: Sie musste Marc von dem Baby erzählen – nicht weil er ein Recht darauf hatte, sondern weil sie es wollte. Es würde das Band zwischen ihnen stärken, das wusste sie.

Unwillkürlich stieß sie einen kleinen protestierenden Laut aus, als er sie jetzt ein Stückchen hochhob.

„Ich will nicht, dass es aufhört!"

„Es hört ja nicht auf."

Mari blinzelte. Dann stand er mit ihr auf den Armen auf und trug sie in sein Zimmer. Es war dämmrig darin, und seine Bettdecke fühlte sich angenehm kühl an, als er sie jetzt darauf ablegte. Dann kam er wieder zu ihr.

„Das ist erst der Anfang", flüsterte er rau und küsste sie im nächsten Augenblick erneut.

Sie hielten sich in den Armen wie in einem schützenden Kokon, nachdem die erste Leidenschaft und Lust gestillt waren.

War das der richtige Augenblick, um ihm zu offenbaren, dass sie schwanger war? Aber ihr Herz war so voll, und sie wollte es ihm nicht in einem solchen so mit Gefühl aufgeladenen Moment sagen, der wahrscheinlich in einem Tränenstrom enden würde. Wie eine Närrin würde sie sich danach vorkommen.

Vielleicht wartete sie besser bis morgen, wenn sie zusammen essen gingen. Das war ein passender Rahmen. Aber allein der Gedanke daran machte sie schon nervös.

„Worüber denkst du denn so angestrengt nach?", wollte Marc plötzlich wissen.

Sie sah überrascht zu ihm auf. „Was?"

Er schenkte ihr ein Lächeln, das ein ganz merkwürdiges Ziehen in ihrem Bauch auslöste. „Du hast ausgesehen, als wolltest du mir etwas beibringen und wüsstest nur noch nicht, wie. Wetten, dass ich weiß, was es ist?"

Mari fuhr erschrocken hoch und wischte sich eine Haarsträhne aus dem Gesicht. „Wirklich?"

„Ja." Er war ernst geworden. „Ich habe dir deinen Nachtisch vorenthalten."

Mari verdrehte nur die Augen, und er lachte und stand auf. „Einen Moment." Er verschwand, und als er kurz darauf zurückkam, nackt und schön wie ein junger Gott, hatte er ein Tablett dabei, das er jetzt auf dem Nachttischchen absetzte.

„Das Dessert ist serviert", verkündete er und setzte sich zu ihr auf die Bettkante. Dann dimmte er die Nachttischlampe herunter, tauchte einen kleinen Löffel in einen Pappbecher und begann sie zu füttern.

„Was ist das?"

„Frische Ananas und Kokoseis."

Mari öffnete gehorsam den Mund. „Göttlich! Du verwöhnst mich."

„Das war der Plan."

Wieder hielt er ihr den Löffel hin.

„Du musst mich nicht füttern, Marc."

„Ja, dann …" Damit kippte er den Löffel leicht und ließ etwas Eis auf ihre Brust tropfen. Mari hatte kaum Zeit zu erschrecken, denn im nächsten Augenblick spürte sie seine Lippen auf ihrer Brust, heiß und aufreizend, und zog ruckartig die Luft ein. Diese Mischung aus heiß und kalt war unglaublich erotisch, und sie seufzte unwillkürlich. Marc schien genau zu wissen, welchen Gefühlstumult er mit seinen Lippen und Fingern in ihr anrichtete.

Oder reagierte sie nur so heftig auf ihn, weil sie schwanger war? Empfand sie seine Berührungen nur deshalb als so erregend?

Sie wusste es nicht, und sie kam auch nicht zum Nachdenken.

Jetzt saugte er an ihrer Brustspitze, und sie war nicht mehr fähig zu denken. Und so schloss sie die Augen und gab sich nur ihrer Lust hin.

Marc war, als würde er in Mari ertrinken. Es war nicht der Alkohol, von dem er abhängig war, aber er konnte sehr leicht abhängig von ihrem Lächeln, von diesem kleinen Zittern werden, wenn er sie küsste, von den süßen Lauten, die sie ausstieß, wenn er sich ganz tief in ihr bewegte, von diesem leichten Beben, das ihren ganzen Körper erfasste ...

Nachdem sie die ganze Nacht und einen großen Teil des nächsten Tages im Bett verbracht hatten, hatte Marc allmählich ein schlechtes Gewissen – nicht dass Mari sich beschwert hätte! Trotzdem. Es war wieder ein wunderbar sonniger Tag, und davon sollten sie doch etwas mitbekommen.

Also standen sie auf, duschten, aßen schnell etwas und gingen wieder auf die Dachterrasse an den Swimmingpool. Auch heute war außer ihnen niemand da. Nach einem erfrischenden Sprung ins Wasser und ein paar Schwimmzügen faulenzten sie wieder auf dem Liegestuhl. Die warme Sonne wirkte heute besonders sinnlich auf Marc, wahrscheinlich, weil Mari neben ihm lag.

„Marc?"

Er blinzelte, als ihm bewusst wurde, dass er die ganze Zeit auf ihren nassen Bauch gestarrt hatte. „Hm?"

Sie lachte und schüttelte den Kopf. „Weißt du, dass du ein Lüstling bist?"

„Ja, aber das hat einen guten Grund." Damit griff er in Maris Tasche und zog die Flasche mit der Sonnenmilch heraus. „Ich habe mich sowieso schon unmenschlich lange beherrscht." Er hob die Flasche hoch. „Zeit zum Einreiben."

Ihr Lachen verebbte, und auch Marc war ernst geworden, als er sich auf seine neue Aufgabe konzentrierte. Weit kam er nicht. Er schaffte gerade Maris Oberarm und die rechte Schulter, bevor ihre Blicke sich ineinander verfingen. Wie auf ein geheimes Zeichen standen sie beide gleichzeitig auf, packten ihre Sachen und machten sich Hand in Hand auf den Weg in Marcs Wohnung.

Es konnte ihnen gar nicht schnell genug gehen. Vielleicht waren es auch all diese vielen Jahre ohne einander, die ihre Lust so groß werden ließ. Oder es war das Bewusstsein, dass es irgendwie gestohlene Tage waren, die sie miteinander verbrachten.

„Morgen müssen wir zurückfahren", sagte Mari viel später. Ihr Kopf lag auf Marcs Brust, und sie hielten sich eng umarmt. Ihre Herzen schlugen schnell und im Gleichklang.

Marc fuhr mit den Fingern durch ihre langen seidigen Haare. „Dann haben wir ja noch mehr als vierundzwanzig Stunden. Das ist viel Zeit."

„Viel Zeit wofür?", wollte Mari wissen und strich mit den Lippen über seine Brust.

„Viel Zeit, um dich dazu zu überreden, den Rest deines Lebens mit mir zu verbringen."

Mari hob den Kopf. Im gedämpften Licht des Schlafzimmers wirkten ihre Augen dunkel wie Samt.

„Wie kannst du dir so sicher sein, dass du das wirklich willst?", fragte sie flüsternd.

„Du kennst mich doch. Ich bin ein Mann der schnellen Entschlüsse." Marc lächelte, um dem Moment ein wenig von der plötzlichen Schwere zu nehmen. Die Angst und der Zweifel in Maris Blick lösten eine düstere Ahnung in ihm aus.

„Aber ... aber du und Sandra habt euch erst vor eineinhalb Jahren scheiden lassen, und außerdem ..."

„Außerdem?" Er streichelte sie am Hals. „Willst du vielleicht sagen, dass es unmöglich ist?"

„Ich ... nein."

Er sah ihr in die Augen. „Lass dir Zeit." Damit zog er ihren Kopf auf seine Brust. „Ich glaube, wir sollten einen kleinen Nachmittagsschlaf machen. Du bist so wunderbar anstrengend, Mari."

Als er sie lachen hörte, lächelte er.

Mari betrachtete Marc, der friedlich neben ihr schlief, als wollte sie sich jede Linie, jede Einzelheit seines Gesichts einprägen. Zwar hatte sie immer noch große Zweifel daran, ob es klug war, sich mit ihm einzulassen, aber zu ihm selbst hatte sie Vertrauen. Sie versuchte sich vorzustellen, wie er darauf reagieren würde, wenn sie ihm heute Abend von dem Baby erzählte: ungläubig zuerst, dann verwundert und schließlich aufgeregt.

Würde sie auch Liebe in seinem Blick finden?

Irgendwann schlummerte sie ein – bis ein anhaltendes Klingeln sie aus dem Tiefschlaf riss. Sie hob den Kopf und rüttelte Marc leicht an der Schulter.

„Marc? Dein Telefon klingelt."

Er schlug die Augen auf, rollte sich auf die Seite und angelte sein Handy vom Nachttisch.

„Ja?" Seine Stimme klang noch rau vom Schlaf.

Eine Weile sagte er nichts. Mari sah ihn von der Seite an. Er wirkte angespannt.

„Und wann war das? Seit wann ist sie im Krankenhaus?"

Mari zog das Betttuch hoch und setzte sich auf. Ihr Herz schlug schneller.

„Mhm. Ja. Okay. Wir können in ein paar Stunden da sein. Um diese Zeit dürften die Straßen frei sein. ... Ja. ... Ja, ich verstehe. ... Trotzdem."

Damit beendete er das Gespräch.

„Was ist passiert?", wollte Mari wissen.

„Das war Liam. Mom hatte einen Herzanfall."

„Nein ...", flüsterte Mari erschrocken.

„Es scheint nicht so schlimm zu sein", erwiderte er schnell. „Sie wird sich wieder davon erholen. Offenbar ist sie schon eine Weile wegen Bluthochdruck und hohen Cholesterinwerten in

Behandlung, aber sie hat nicht darauf angesprochen. Der Kardiologe hat den Verdacht, dass sie vielleicht ihre Medikamente nicht genommen hat."

„Wusstet ihr davon?"

„Nein. Ich hielt sie immer für völlig gesund", erwiderte Marc grimmig.

„Auf jeden Fall sieht sie gesund aus."

Mari litt mit ihm. Sie wusste genau, was er jetzt durchmachte.

„Wie auch immer. Wahrscheinlich kann sie morgen schon wieder nach Hause, aber ich würde trotzdem gern heimfahren."

„Ja, natürlich", sagte Mari sofort und machte Anstalten aufzustehen.

Marc hielt sie noch einmal zurück. „Das ändert nichts zwischen uns, Mari. Das weißt du doch, oder?"

„Ja. Natürlich musst du fahren, Marc, sie ist deine Mutter."

„Es tut mir trotzdem leid, dass unser Ausflug so endet."

Mari nickte nur knapp, stand schnell auf und lief ins Bad. So viel also dazu, wie Marc die Neuigkeit von ihrer Schwangerschaft aufnehmen würde.

11. KAPITEL

Sie trafen gegen sechs Uhr am selben Abend in Harbor Town ein. Mari bestand darauf, Marc ins Krankenhaus zu begleiten.

„Keine Angst, deine Mutter wird mich nicht zu Gesicht bekommen, darüber würde sie sich nur aufregen. Aber ich möchte bei dir sein – wenn du willst."

Marc schenkte ihr ein kleines Lächeln und nahm ihre Hand. „Ja, natürlich möchte ich dich bei mir haben."

Mari ließ Marc bei der Krankenschwester zurück und wanderte durch die Korridore auf der Suche nach einem Getränkeautomaten.

Als sie später mit zwei Flaschen Orangensaft zurückkam, fand sie Marc im Gespräch mit Colleen. Die beiden hatten ihr den Rücken zugewandt und sahen sie nicht kommen.

„Es ist meine Schuld", sagte Colleen gerade.

„Wie kommst du denn darauf? Das ist doch Quatsch."

„Ja, vielleicht, aber ich habe auf jeden Fall dazu beigetragen." Colleen schob ihre langen Haare nach hinten über die Schulter.

„Der Arzt hat gesagt, dass sie ihre Medikamente nicht genommen hat, das war der Grund für den Anfall."

„Ja, aber es war unmittelbar nachdem ich ihr von meiner neuen Stelle in Maris Familienzentrum erzählt habe. Plötzlich wurde sie ganz grau und …"

Vielleicht hatte Mari ein Geräusch gemacht, jedenfalls drehte Marc sich zu ihr um.

„Mari!" Colleen stand auf.

„Mari?", sagte dann auch Marc.

Mari blinzelte. Sie wusste nicht, wie lange sie dort gestanden hatte. Das Herz klopfte ihr bis zum Hals. Marc kam auf sie zu, und sie hielt ihm eine der beiden Flaschen hin.

„Der Saft ist nicht sehr kalt", sagte sie. „Ich glaube, der Automat ist kaputt."

Marc sah sie an, als spräche sie in einer ihm unbekannten Sprache. Er nahm sie am Oberarm, und sie fuhr zusammen. Auf einmal war das alte Gefühl der Hilflosigkeit wieder da.

„Ich glaube, ich gehe lieber", sagte sie.

„Warum?"

„Bitte nicht, Mari", bat Colleen. „Moms Herzanfall hatte bestimmt nichts mit der Stelle bei dir zu tun und …"

„Aber das glaubst du", erwiderte Mari ruhig und drückte gleichzeitig Marc eine Saftflasche in die Hand.

„Ich bringe dich nach Hause."

„Das brauchst du nicht. Ich gehe zu Fuß." Mari wusste selbst nicht, warum sie trotz ihres rasenden Herzens so seltsam ruhig blieb. „Es ist alles in Ordnung, Marc", beruhigte sie ihn. „Meine Sachen kann ich später holen. Du solltest lieber zu deiner Mutter gehen."

Marc wollte protestieren, aber Colleen kam ihm zuvor. „Ich fahre Mari nach Hause. Das dauert nur ein paar Minuten. Geh zu Mom, Marc, sie wartet auf dich."

Als Mari nur wenige Minuten später zu Hause eintraf, kam Ryan gerade die Treppe herunter. Sein Oberkörper war nackt, er trug Shorts und hatte ein Buttermesser in der Hand.

„Ich dachte, du kommst erst morgen."

„Es ist etwas dazwischengekommen." Mari stellte ihren Koffer neben der Treppe ab und rieb sich mit den Fingerspitzen die Nasenwurzel.

„Eindrucksvolle Tätowierung", sagte sie dann, als sie auf Ryans Oberarm sah. Die Tätowierung stellte ein Flugzeug dar, das sich gerade in die Luft hob. „Seit wann hast du die denn?"

„Seit zwei oder drei Jahren, keine Ahnung." Ryans Augen wurden schmal. „Geht es dir gut, Mari?"

„Ja, ja. Ich bin nur todmüde und will mich ein bisschen hinlegen." Damit ging sie die Treppe hinauf, drehte sich aber nach ein paar Stufen noch einmal um. „Marcs Mutter hatte einen Herzanfall. Es ist nicht schlimm, aber es war natürlich ein Schock." Sie holte tief Luft. „Tust du mir einen Gefallen?"

„Ja, natürlich."

„Ich will keinen Besuch, egal, wer kommt."

Ryan nickte nur.

Mari seufzte und setzte ihren Weg fort. Sie konnte nichts mehr sagen und auch keinen klaren Gedanken mehr fassen oder irgendetwas fühlen außer Müdigkeit.

Das also war das Ende ihres wunderbaren Wochenendes. Irgendwie überraschte es sie nicht.

Ihr Schlafzimmer ging nach Westen und war sonnendurchflutet. Sie zog die Vorhänge zu und vergewisserte sich, dass das Fenster vor der Ulme geschlossen war. Vorbei war der Traum, heute Abend in Marcs Armen zu liegen und ihm zu erzählen, dass er Vater wurde.

Immer dann, wenn man es am wenigsten erwartete, kam die Vergangenheit wieder hoch.

Am nächsten Tag blieb Mari zu Hause und stellte das Telefon ab. Ryan behandelte sie, als würde sie sich gerade von einer schweren Krankheit erholen. Natürlich interessierte es ihn, was passiert war, aber ein Blick in Maris Gesicht hielt ihn davon ab. Mari war ihm dankbar dafür. Sie musste jetzt vor allem nachdenken.

Gegen Mittag, als sie gerade an ihrem Cello saß, hörte sie von unten eine angespannte männliche Stimme. Sie hielt den Atem an und versuchte zu verstehen, was da geredet wurde.

Die Stimmen gehörten Marc und Ryan, und sie wurden mit jedem Wort heftiger.

„Sie will dich nicht sehen", rief Ryan so laut, dass er problemlos oben zu verstehen war.

„Was soll das? Bist du Maris Gefängniswärter oder was?", gab Marc erzürnt zurück.

„Ich tue nur, worum sie mich gebeten hat, Kavanaugh. Sie will niemanden sehen, das betrifft auch dich."

Es hätte Mari nicht überrascht, wenn es zu einer tätlichen Auseinandersetzung zwischen den beiden gekommen wäre. Aber dann hörte sie die Tür zufallen, und alles war wieder ruhig.

Mari stellte ihr Cello auf die Seite und setzte sich auf die Bettkante. Jetzt erst fiel ihr auf, dass ihr Gesicht tränenfeucht war. Sie stellte sich Marcs Gesicht vor. Er war ein so schöner Mann.

Was würde ihr Baby wohl von ihm erben? Seine Augen? Seinen Humor? Seinen Mut?

Allein der Gedanke daran, dass sie ihn in ihrem Kind wiedererkennen würde, tat weh. Und sie schlang die Arme um den Bauch, als könnte sie so Trost finden. Tränen strömten ihr über die Wangen.

Als Mari am nächsten Morgen aufwachte, fühlte sie sich genauso schlecht wie am Abend. Sie hätte Marc nicht an der Tür stehen lassen sollen wie einen unerwünschten Vertreter. Das hatte er nicht verdient. Am besten rief sie ihn später an und fragte ihn, wie es Brigit ging. Bestimmt machte er sich große Sorgen um sie, auch wenn es nur ein leichter Herzanfall gewesen war. Aber konnte man wissen, ob sie ab jetzt ihre Medikamente nahm?

Am Nachmittag hatte sie einen Routinetermin bei der Frauenärztin, dann musste sie noch einiges mit Eric und Natalie besprechen, damit für die Eröffnung des Familienzentrums Ende August alles bereit war. Schade, dass Brigit Kavanaugh darauf so ablehnend reagiert hatte, aber davon ließ sie sich nicht beirren.

Die ärztliche Untersuchung dauerte nicht lang. Es war alles in Ordnung, und die Übelkeit würde irgendwann von selbst vergehen.

„Wenn Sie wollen, kann der Vater Ihres Kindes nächstes Mal gern zum Ultraschall mitkommen", meinte die Ärztin, als Mari sich verabschiedete. „Bis dahin müssten wir eigentlich schon sehen können, was es wird. Vorausgesetzt natürlich, Sie wollen es wissen."

Vor der Tür kamen Mari die Tränen, und sie wischte sie verärgert fort. Da entdeckte sie Brigit Kavanaugh und blieb abrupt stehen. Brigit zögerte.

„Brigit ... Geht es Ihnen gut?", brachte Mari schließlich heraus, als sie wieder sprechen konnte. Sie betrachtete Marcs Mutter forschend. Niemand hätte ihr angesehen, dass sie vor gerade mal zwei Tagen einen Herzanfall gehabt hatte. Sie sah aus wie das blühende Leben.

„Ja", antwortete Brigit steif. „Ich bin gestern Morgen entlassen worden. Alles bestens, sagen die Ärzte."

„Gott sei Dank."

„Und Sie waren bei Dr. Carol?", fragte Brigit und sah vom Sprechzimmerschild an der Tür auf Maris Bauch.

„Ja."

„Colleen hat mir von Ihrem Projekt erzählt."

Maris Mund war trocken. „Ich ... ja. Wollen wir uns setzen?"

Brigit drückte das Kreuz durch und straffte die Schultern. „Danke, das ist nicht nötig. Es geht mir gut. Ich befürchte keinen neuen Anfall."

Mari lächelte. „Ehrlich gesagt, ich hatte mehr an mich gedacht", fügte sie hinzu.

„Ja, natürlich", sagte Brigit schnell. Sie gingen die paar Schritte zur nächsten Bank. „Atmen Sie tief durch. Sie sind weiß wie die Wand."

Mari befolgte Brigits Rat und versuchte verzweifelt, ihre Nervosität in den Griff zu bekommen.

„Ich nehme an, Sie hätten dieses Familienzentrum nicht zufällig auch in San Francisco gründen können?", wollte Brigit wissen.

Mari sah sie an. „Ich habe mir Harbor Town nicht ausgesucht, um Sie zu ärgern oder zu verletzen. Das Zentrum soll Gutes bewirken und ein Ort des Heilens werden, kein Stein des Anstoßes."

Brigit schien wenig überzeugt, und Mari seufzte. Sie wusste einfach nicht, wie sie dieser Frau beikommen sollte. „Ich weiß, dass Sie das anders sehen", meinte sie ruhig. „Aber vielleicht glauben Sie mir irgendwann, dass ich Ihnen weder schaden noch Sie verletzen will."

Darauf gab Brigit keine Antwort. Stattdessen sagte sie: „Ich habe gehört, dass Sie am Wochenende mit Marc in Chicago waren."

Mari erwiderte ihren Blick, ruhig und gelassen. „Ja."

„Er scheint Sie ja unbedingt haben zu wollen, ganz gleich, was ich dazu sage. Aber so war er immer." Brigit hatte den Blick auf die gegenüberliegende Wand geheftet. „Wenn er sich einmal etwas in den Kopf gesetzt hat, dann bekommt er es auch – Sie waren die einzige Ausnahme. Selbst als sein Vater starb und all das schöne Geld für sein Studium plötzlich weg war. Er ging eben statt nach Yale auf die Universität von Michigan, das war billiger. Trotzdem hatte er noch zwei Jobs nebenbei und musste einen Kredit aufnehmen. Aber er hat sein Examen mit höchster Auszeichnung gemacht. Hat er Ihnen das erzählt?"

„Nein", erwiderte Mari leise.

„Typisch Marc." Endlich sah Brigit Mari an.

„Was mich betrifft, bewundern Sie seine Hartnäckigkeit und Zielstrebigkeit offenbar eher weniger", meinte Mari.

„Zielstrebigkeit? Ich würde es eher Sturheit und Stolz nennen. Sie nicht?", gab Brigit zurück und stand auf. Einen kleinen Moment zögerte sie noch. „Passen Sie auf sich auf, Mari. Sie sind nur ein Schatten Ihrer selbst."

Damit wandte sie sich zum Gehen. Mari blieb sitzen.

Als es an diesem Abend an ihrer Tür klopfte, war Mari das Herz schwer. Sie war gerade dabei, Bananen für einen Obstsalat zu schneiden, und ließ das Messer sinken. Ryans Augen blitzten auf, als er sie ansah.

„Ist schon gut. Vermutlich ist es Marc. Ich wollte ohnehin mit ihm sprechen."

Sie ging zur Tür und öffnete. Marc stand auf der Veranda, das Haar windzerzaust, Bartstoppeln auf den Wangen.

„Hallo", begrüßte Mari ihn unsicher.

„Hallo."

Auf Maris Armen stellten sich beim Klang seiner rauen Stimme die Härchen auf.

Er machte eine Bewegung in Richtung seines Wagens. „Hast du Lust auf einen kleinen Ausflug?"

Mari nickte und trat auf die Veranda. Sie fühlte sich wie eine Gefangene auf dem Weg zum Schafott.

Marc schlug den Weg zum Familienzentrum ein. Direkt neben dem Eingang war bereits das neue Schild angebracht worden.

„Liam musste wieder arbeiten, aber er wollte auch etwas beitragen. Deshalb hat er das Schild in Auftrag gegeben, bevor er die Stadt verlassen hat."

Mari brachte kein Wort heraus. Neben der Schrift war in einer Ecke eine Düne im Sonnenuntergang zu sehen – die Silberdüne. Darunter stand nur ein kurzer Satz: Entscheiden Sie sich für die *Hoffnung*.

„Hoffnung", flüsterte sie. Wehmut schwang in ihrer Stimme mit. Sie sah zu Marc. „Du musst mir unbedingt Liams Nummer geben, damit ich mich bedanken kann."

Marc nahm ihre Hand und führte sie über den kleinen Trampelpfad zur Düne. Der See funkelte unter dem brennenden Orange der sinkenden Sonne.

„Von hier haben wir den Sonnenaufgang bewundert", sagte Mari. „Das scheint schon eine Ewigkeit her zu sein."

„Sonnenaufgang oder Sonnenuntergang", gab Marc zurück. „Hauptsache, du bist bei mir."

„Es ist mir nicht leichtgefallen, nach Harbor Town zurückzukommen", gestand sie.

„Was Colleen da im Krankenhaus gesagt hat ... Ich weiß, dass es dich getroffen hat. Aber sie hat sich Sorgen gemacht und ..."

Mari unterbrach ihn. „Ja, ich weiß." Sie sah auf das funkelnde Wasser. „Natürlich hat sie sich Sorgen gemacht, das hätte jeder an ihrer Stelle getan."

„Und warum wolltest du mich dann nicht sehen?"

„Weil ich nachdenken musste."

Eine Weile sagte er nichts, und als sie ihn ansah, bemerkte sie, dass er den Mund zu einer schmalen Linie zusammengepresst hatte. Instinktiv wusste er, was sie ihm gleich mitteilen würde.

„Tu es nicht, Mari, bitte."

„Doch." Sie sprach so leise, dass er sie kaum verstand. „Einer von uns muss den Schlussstrich ziehen. Es würde nicht funktionieren mit uns beiden."

„Doch!", widersprach er heftig und nahm sie am Arm. „Es ist immer gut gegangen mit uns."

„Für uns beide vielleicht", gab Mari hitzig zurück. „Aber wir sind nicht allein auf der Welt. Wir müssen auch an die anderen denken."

„Warum? Wir tun niemandem etwas, wenn wir zusammen sind. Natürlich hat es uns allen einen Schrecken eingejagt, was mit meiner Mutter gewesen ist. Aber das hat weder mit dem Familienzentrum noch mit uns zu tun, sondern nur damit, dass sie nicht auf ihre Gesundheit geachtet hat. Ich habe mich lange mit ihr unterhalten, und sie hat mir versprochen, dass sie ihre Medikamente ab jetzt regelmäßig nimmt."

„Ich habe auch mit ihr geredet."

Marc erstarrte. „Was? Und worüber?", wollte er dann wissen.

„Offenbar ist sie der Meinung, dass du mich nur deshalb so unbedingt haben willst, weil ich sozusagen das Einzige bin, das du nie bekommen hast."

„Und das hast du ihr geglaubt?" Es war ihm anzumerken, wie ärgerlich er war.

„Nein. Wenigstens nicht ganz."

„Aha."

„Und was soll dieses Aha bedeuten?" Mari atmete tief durch. Dann machte sie eine Handbewegung zum Ende der Düne hin. „Weißt du noch, wie wir da oben gestanden haben? Damals vor fünfzehn Jahren, ein paar Wochen vor dem Unfall?" Er schwieg, aber sie spürte, wie sein Körper sich verspannte.

„Ich hatte Angst", fuhr sie fort. „Aber ich bin gesprungen, trotz meiner Höhenangst. Weißt du auch, warum?"

Sie drehte sich halb zu ihm um, aber er sagte noch immer nichts. Sein Gesicht war hart.

„Weil es einmal eine Zeit gab, in der ich Marc Kavanaugh überallhin gefolgt wäre. *Überallhin*", wiederholte sie traurig. „Aber die Zeiten haben sich geändert. Ich bin kein Kind mehr, und es gibt Menschen, auf die ich Rücksicht nehmen muss."

„Ich verstehe. Damit sind wir wieder ganz am Anfang. Ich bin der Egoist, weil ich mit dir zusammen sein will."

Mari schloss die Augen, als sie spürte, dass Tränen in ihr hochstiegen. Der Wind hatte an Stärke zugenommen und fegte durch die Baumkronen. Entschlossen schob sie die Haare aus dem Gesicht.

„Nein, das ist nicht wahr. Du bist nicht egoistisch, du bist stark, stärker als ich. Du hast mir versprochen, dass du meine Entscheidung akzeptierst, wenn wir aus Chicago zurückkommen." Sie schluckte krampfhaft. „Bitte versteh mich. Ich bin nicht stark genug, um dir auf diesem Weg zu folgen."

Mari wandte dem See den Rücken zu. „Ryan und ich fliegen morgen nach Hause. Bis dahin kann ich noch den Rest Arbeit für das Familienzentrum erledigen. Ich muss noch mit ein paar Leuten dort reden. Ryan kann mich später abholen." Sie senkte den Kopf. Hoffentlich fand sie die Kraft für das, was sie tun musste. „Es gibt noch etwas, was ich mit dir besprechen möchte, aber ... aber vielleicht ist es besser, ich warte damit, bis ich wieder in San Francisco bin."

Mari sah zu Marc. Noch nie war ihr etwas so schwer gefallen. Instinktiv legte sie schützend die Hände auf ihren Bauch. Dieses neue Leben in ihr hatte sie am Ende die Entscheidung treffen lassen. Denn sie musste dieses kleine Wesen vor der Last der Vergangenheit schützen. Sie und Marc waren nicht dafür bestimmt, zusammen zu bleiben. Sie würden zu viele Menschen damit verletzen.

„Leb wohl", sagte sie leise.

Er gab keine Antwort, aber sie spürte seinen Blick, als sie sich allein auf den Rückweg machte.

12. KAPITEL

Ungefähr sechs Wochen später standen Ryan und Mari vor ihrer Wohnungstür. Sie wusste, was gleich kommen würde.

„Du gefällst mir gar nicht, Mari. Ich mache mir ernsthaft Sorgen um dich."

„Es ist alles bestens, wirklich. Du hast doch gehört, was der Arzt gesagt hat. Es könnte mir nicht besser gehen und dem Baby auch nicht."

Ryan war nicht überzeugt, und er hatte ja irgendwie auch recht. Ihre Lebensgeister waren immer noch gedämpft. Aber bevor er sich noch mehr in das Thema vertiefte, küsste sie ihn schnell auf die Wange. „Bis bald."

„Ja gut, wenn du meinst. Ruf mich an, wenn du mich brauchst", sagte Ryan noch, bevor er sie verließ.

Seit Mari ihm vor zwei Wochen erzählt hatte, dass sie schwanger war, tauchte er ständig bei ihr auf, um sich davon zu überzeugen, dass sie auch genug Essen im Haus hatte, oder um ihr gute Ratschläge zu erteilen.

Mari nahm seufzend ihre Tasche hoch und trug ihre Einkäufe ins Esszimmer. Ihr Bruder meinte es nur gut mit ihr, auch wenn er sich wenig begeistert darüber gezeigt hatte, dass ausgerechnet Marc der Vater ihres Babys war. Seitdem war der Name Marc zwischen ihnen nicht mehr gefallen.

Sie hatte ihm noch immer nichts von dem Baby erzählt, sie schaffte es nicht. Der Gedanke an ihn, die Erinnerung an diesen letzten Moment auf der Silberdüne taten ihr noch immer weh. Seit sechs Wochen war sie jetzt wieder in San Francisco, und der Schmerz hatte nicht nachgelassen.

Sie hatte sich mit ihrer Musik und den Vorbereitungen für das Kinderzimmer abgelenkt und die Hauptverantwortung für das Zentrum an Allison, Eric und Colleen abgegeben. Der ständige Kontakt hatte ihre Kraft überstiegen.

Viel geholfen hatte es nicht. Noch immer wachte sie nachts mit dem panikartigen Gefühl auf, dass sie einen wichtigen Teil ihres Lebens zurückgelassen hatte. Die Träume selbst waren unterschiedlich, aber die Beklemmung danach war immer dieselbe. Genau wie die Tränen, die ihr übers Gesicht liefen.

So entwurzelt und heimatlos hatte sie sich auch vor fünfzehn Jahren gefühlt, als sie nach dem Unfall nach San Francisco gezogen war.

Mari nahm ein Fotoalbum aus einer Plastiktüte. Vor drei Wochen war das Haus in Harbor Town verkauft worden, und mehr als Erinnerungen waren nicht geblieben. Sie betrachtete ein Schwarz-Weiß-Bild, auf dem ein Paar für das Hochzeitsfoto posierte.

„Das sind deine Großeltern", flüsterte sie, die Hand auf ihrem Bauch.

Inzwischen hatte sie ein kleines Bäuchlein, das aber noch nicht auffiel, wenn man nichts von der Schwangerschaft wusste. Nur sie spürte es.

„Sie würden dich von vorn bis hinten verwöhnen", sagte sie, „vor allem dein Granddad."

Wieder griff sie in die Tüte. Dieses Mal kam ein schwarzes Jahrbuch zum Vorschein, ihr eigenes aus dem letzten Jahr am College. Siebzehn Jahre alt war sie damals gewesen, voller Neugier auf die Zukunft – und hoffnungslos in Marc verliebt. Sie öffnete das Buch und lächelte, als sie die vertrauten Gesichter sah. Mein Gott, wie doch die Zeit verging.

Auf einmal entdeckte sie zwischen den Seiten einen rosafarbenen Umschlag – eine Karte ihrer Eltern war darin, die sie ihr nach dem Examen geschrieben hatten. *Wir sind sehr stolz auf dich. Auch wenn es einmal schlecht läuft, gib nie die Hoffnung auf...*

Maris Augen wurden feucht. Sie stand nur da und sah auf die Karte hinunter. Ihr war, als sähe sie ihre Eltern leibhaftig vor sich. Sie ging ans Fenster und sah auf die Lichter der Stadt hinaus. Und auf einmal waren es nicht mehr ihr Vater und ihre Mutter, die sie vor sich sah, sondern Marc.

Gib nie die Hoffnung auf...

Aber genau das hatte sie getan. Sie hatte ihre Zweifel die Oberhand gewinnen lassen und alle Hoffnung begraben. Vom

Verstand her war es vielleicht die richtige Entscheidung gewesen, aber Hoffnung hatte nichts mit Logik zu tun.

„Ihre Mutter ist hier."

Marc sah erstaunt auf. „Was?"

Er blieb vor seinem Arbeitszimmer stehen. Gleich hatte er eine wichtige Besprechung. Es ging um einen sehr komplizierten Fall, aber für den Moment musste er in den Hintergrund treten. Seine Mutter kam nur selten in die Stadt, und bei der Arbeit störte sie ihn so gut wie nie. Es musste also einen Grund geben, wenn sie hier auftauchte.

Marc bedankte sich bei seiner Sekretärin und trat dann in sein Zimmer. Brigit stand von ihrem Stuhl auf. Er fand, dass sie gesund aussah, aber …

„Ist etwas passiert, Mom?"

„Nein, nein."

Nachdem er seine Tasche abgestellt hatte, gab er ihr einen Kuss zur Begrüßung. „Warum bist du dann gekommen?"

„Ich wollte mit dir reden."

„Worüber?" Marc setzte sich an den Schreibtisch.

„Ich habe mir Sorgen um dich gemacht. Du warst gestern so abweisend am Telefon."

„Ich war unter Zeitdruck."

„Mari fehlt dir."

Marc hob mit einem Ruck den Kopf. Dieser Name war in schweigendem Einvernehmen eigentlich tabu zwischen ihnen. Er selbst hatte ihn seit sechs Wochen nicht mehr ausgesprochen.

„Wie kommst du ausgerechnet jetzt darauf?", wollte er wissen.

„Weil ich dich kenne. Du leidest."

Marc antwortete nicht, sondern drehte nur seinen Stift zwischen den Fingern. Langsam stieg Ärger in ihm hoch.

„Was soll das, Mom? Du bist doch wohl nicht den ganzen Weg nach Chicago gekommen, um mir zu sagen, dass Mari mir fehlt! Und wenn es so wäre?"

Brigit presste einen kurzen Moment die Lippen aufeinander. „Ich dachte, ich könnte dir deinen Kummer vielleicht erleichtern."

Marc lachte freudlos auf. „Das möchte ich bezweifeln."

Brigit holte tief Luft. „Wer weiß. Ich habe Mari ein paar Tage nach meinem Herzanfall zufällig getroffen. Sie hatte einen Arzttermin."

Marc zog die Augenbrauen zusammen. „Ja, ich weiß. Sie fühlte sich nicht ganz wohl."

„Das heißt, ihr war schwindlig und gelegentlich übel?"

„Worauf willst du hinaus?"

„Sie war bei der Frauenärztin."

Er sah seine Mutter nur an. Aus weiter Ferne hörte er die Alarmanlage eines Autos loskreischen.

„Mari ist schwanger, Marc. Sie hatte diese gewisse Ausstrahlung, die nur schwangere Frauen haben."

Marcs Herz schlug schneller. Noch immer brachte er kein Wort heraus.

Brigit räusperte sich. „Ich muss dir ja wohl nicht sagen, dass es sich nicht um dein Kind handeln kann."

„Was?" Ihm schien, als hörte er sie durch eine dicke Schicht Watte sprechen.

„Selbst wenn ... also ich meine, wenn ihr intim wart, als Mari in Harbor Town war, konnte sie zu dem Zeitpunkt noch gar nicht wissen, ob sie schwanger war. Wenn sie das also trotzdem vermutete, dann muss das Kind von einem anderen Mann sein, Marc. Deshalb bin ich hier. Ich dachte, es hilft dir vielleicht, dass es da noch jemanden in Maris Leben gibt."

Marc beugte sich langsam vor. „Deshalb bist du hier? Um mir das mitzuteilen? Weil du ... weil du dachtest, danach geht es mir *besser*?" Er schüttelte den Kopf, als seine Mutter nicht antwortete. „Das ist bösartig, Mom!"

Brigits Gesichtszüge entgleisten. „Aber ich tue das für dich, Marc."

„Nein", gab er hart zurück. „Du tust das nicht für mich, sondern nur für dich. Du tust das, weil du glaubst, dass du Mari damit für immer vertreibst." Abrupt stand er auf, und sie fuhr unwillkürlich zusammen. „Weißt du, was? Du hast genau das Gegenteil erreicht."

„Was willst du damit sagen?", fragte Brigit völlig verwirrt.
„Wo willst du hin?"
„Zu Mari."
Damit stürmte er aus dem Zimmer, ohne seiner Mutter noch einen einzigen Blick zu schenken.

Noch im Taxi buchte er per Handy einen Flug nach San Francisco. Er hielt sich nicht damit auf, in seiner Wohnung vorbeizufahren, um irgendetwas zu packen. Was er vorhatte, war viel zu wichtig. Kurz vor dem Flughafen rief er seine Sekretärin an und beauftragte sie, sämtliche Termine abzusagen und Anrufe auf sein Handy weiterzuleiten.

In diesem Moment sah er auf dem Display, dass Mari anrief.

Warum ausgerechnet jetzt, nachdem sie sich all die Zeit geweigert hatte, seine Anrufe entgegenzunehmen?

Er setzte die Drehtür zur Hotelhalle so heftig in Bewegung, dass sie sich noch eine Weile weiterdrehte. Mari drehte sich um und riss die Augen auf. Sie stand nur da, völlig benommen.

Alles um ihn herum schien sich in Zeitlupe abzuspielen, und Geräusche nahm er nur noch gedämpft wahr. Es war genau wie damals, als er sie nach all den Jahren vor dem Hotel wiedergesehen hatte. Und doch war es ganz anders.

Sie war unvergleichlich schön, fand er. Sein Blick blieb auf ihrem Bauch hängen, dann sah er ihr in die Augen.

„Dritter Monat", sagte sie leise.

„Warum hast du mir nichts davon gesagt?"

Ihr Lächeln brachte ihn fast um den Verstand. Sie kam auf ihn zu. „Ich wollte es dir ja erzählen. Aber dann war ich davon überzeugt, dass es vernünftiger und besser wäre, wenn ich ginge. Und dann habe ich diese Karte gefunden und verstanden, dass ich nur Angst hatte. Ich hatte nur noch Zweifel und keine Hoffnung mehr. Das wurde mir gestern Abend plötzlich klar. Und dann habe ich das erste Flugzeug nach Chicago genommen. Ich hoffe, du kannst mir verzeihen und ..."

Er ließ sie nicht ausreden, sondern zog sie nur in die Arme und barg den Kopf in ihrem weichen Pullover. Sie roch so gut ...

„Bist du ganz sicher? Und du wirst nie wieder weglaufen?" Seine Stimme klang gepresst.

Mari verteilte kleine Küsse auf seinem Hals und seinem Gesicht, und er fühlte ihre Tränen.

„Nein, nie wieder!

„Bleibst du bei mir?"

Sie umfasste seinen Kopf und sah ihm in die Augen. „Ich verspreche es. Wenn du das wirklich willst. Ich war mir so unsicher. Du hast gesagt, du willst keine feste Beziehung mehr und …"

„Aber das galt doch nicht für dich!" Er konnte es gar nicht glauben, und vorsichtshalber küsste er sie mit solchem Nachdruck, dass sie keinen Zweifel mehr haben konnte.

„Wir haben eine zweite Chance bekommen", flüsterte Mari, als sie wieder zu Atem kam. „Ich war so dumm, dass ich das erst so spät begriffen habe."

„Hauptsache, du hast es begriffen!" Er küsste sie zärtlich und dann immer sehnsüchtiger. „Mein Gott, ich liebe dich so sehr! Ich kann noch gar nicht glauben, dass wir ein Kind bekommen."

Mari erwiderte sein Lächeln. „Ich liebe dich auch."

Marc küsste die Tränen von ihren Wangen. „Endlich fängt unsere gemeinsame Zukunft an, Mari."

Sie nahm seine Hand und legte sie an ihren Bauch. Er wurde ganz still.

„Genau genommen hat sie vor ungefähr zwölf Wochen angefangen. Maris Augen glänzten vergnügt, und sie sah sich um. „Und zwar genau hier."

Marc lächelte und schwenkte sie übermütig im Kreis. Dann setzte er sie vorsichtig ab. „Was hältst du davon, wenn wir in dein Zimmer gehen und unsere Zukunft feiern?", sagte er ganz nah an ihrem Mund, bevor er anfing, an ihrer Unterlippe zu knabbern.

Mari hob den Kopf und küsste ihn, während er sie ganz fest in den Armen hielt. Er hatte den unbestimmten Eindruck, dass sie inzwischen etliche Blicke auf sich zogen, aber nichts konnte ihm gleichgültiger sein. Solange Mari bei ihm war, konnte ihm nichts und niemand etwas anhaben.

Nie war ihm die Zukunft so hell und strahlend erschienen.

EPILOG

Im folgenden Frühling

Mari war noch nie so glücklich gewesen. Das winzige Baby in ihren Armen war das Schönste, was ihr je passiert war, genau wie der Mann, der neben ihr saß. Sie drückte Marcs Hand, und er wandte den Kopf halb zu ihr um und lächelte.

Vielleicht lag es an diesem traumhaften Frühlingstag oder auch an dem Ereignis, an dem sie teilnahmen. Gerade hatte der Priester das kleine Denkmal, einen von Marc in Auftrag gegebenen Brunnen am Rande der Silberdüne, gesegnet.

Mari sah sich unter den Gästen um, und ihr Blick traf sich mit dem von Eric Reyes, der ihr jetzt zunickte. Natalie war leider nicht mitgekommen.

Genau diesen Augenblick suchte Rylee Jean Kavanaugh sich aus, um ein gurgelndes Geräusch von sich zu geben. Gleichzeitig schürzte sie das Mündchen, als wollte sie saugen.

„Wahrscheinlich hat sie fürchterlichen Hunger und wird gleich aufwachen", vermutete Marc. Dabei ließ er den Blick unwillkürlich über Maris Brüste wandern.

„Sie ist genauso schlimm wie du", flüsterte Mari zurück und sah ihn gespielt vorwurfsvoll an.

Eine Bewegung halb in ihrem Rücken lenkte sie ab, und Marc folgte ihrem Blick.

„Ich hätte nie erwartet, dass sie kommt", wisperte Mari.

Colleen Kavanaugh führte ihre Mutter zu einem der letzten freien Stühle in der letzten Reihe. Das Familienzentrum war vom ersten Tag an angenommen worden und sehr gut besucht. Etliche Klienten waren zu der kleinen Feier gekommen, dazu Familienmitglieder, Mitarbeiter und Leute aus der Stadt.

Pater Mike setzte seine Ansprache fort: „Zum Abschluss dieser kleinen Feier möchte ich alle, die an die Hoffnung glauben oder wieder neue Hoffnung finden wollen, bitten, nach vorn zu kommen, um etwas Salz in den Brunnen zu werfen. Salz steht für Kummer und Tränen, aber auch für Hoffnung. Hoffnung kann man nicht sehen, wir müssen sie in uns finden. Der Glaube hilft uns dabei. Wenn die Hoffnung auch manchmal schwindet, so wird sie wieder neu wachsen, wenn wir nur daran glauben. Vertrauen Sie dem Brunnen Ihre Wünsche an."

Die Gäste standen einer nach dem anderen auf und bildeten eine Schlange. Mari drehte sich um. Brigit Kavanaugh war sitzen geblieben. Sie wirkte steif und schien sich alles andere als wohl in ihrer Haut zu fühlen.

Seit Mari Marc geheiratet hatte und zu ihm nach Chicago gezogen war, hatte das Verhältnis zwischen ihr und Brigit sich langsam verbessert. Vor viereinhalb Wochen war Rylee geboren worden, und die kleine Enkeltochter schien Brigits Herz aufgeschlossen zu haben. Manchmal erinnerte sie Mari wieder an die Frau, die sie einmal gekannt hatte. Aber noch immer stand Brigit dem Familienzentrum feindselig gegenüber. Umso erstaunlicher war es, dass sie heute hier erschienen war.

Nach einem Abschlusswort von Pater Mike und einem letzten kurzen Gebet zerstreuten sich die Besucher allmählich oder wanderten ins Zentrum, in dem noch ein kleiner Empfang vorgesehen war.

Mari stand auf. „Ich bin gleich wieder da", sagte sie zu Marc.

Brigit und Colleen wollten gerade wieder nach Hause aufbrechen, als Mari zu ihnen trat. Sie hatte das Baby auf dem Arm, aber die freie Hand streckte sie ihrer Schwiegermutter hin.

„Brigit …"

Brigit zögerte einen kurzen Moment, dann nahm sie Maris Hand.

Mari führte sie zu dem Brunnen, vor dem eine goldene Schale mit Salz stand.

„Hier könntest du dir auch Hilfe holen und die Vergangenheit verarbeiten, damit du wieder eine Zukunft hast", sagte sie vorsichtig. „Willst du nicht darüber nachdenken?"

Brigit kämpfte sichtlich mit sich, und einen Moment lang befürchtete Mari, dass sie einfach gehen würde. Aber dann gab sie sich einen Ruck und nahm eine Prise Salz. Ihre Hand zitterte, als sie es langsam in den Brunnen rieseln ließ. Sie bebte am ganzen Körper, und Mari nahm ihre Hand.

Später standen Mari und Marc an der Düne, die Arme umeinander gelegt, und sahen über den See. Die Sonne ging unter, und fast alle Besucher waren längst auf dem Heimweg. Das Baby hatten sie bei Colleen gelassen.

„Immer wenn ich glaube, noch mehr könnte ich dich gar nicht lieben, beweist du mir das Gegenteil", sagte Marc.

„Mir geht es auch so."

Marc lachte und gab ihr einen schmatzenden Kuss. „Ich bin so glücklich darüber, dass du den Mut hattest, ins kalte Wasser zu springen."

„Wenn du bei mir bist, ist meine Angst nur halb so groß."

„Und du bist doppelt so aufregend!"

„Macho", warf Mari ihm vor, stellte sich auf die Zehenspitzen und küsste ihn im rotgoldenen Licht der untergehenden Sonne.

– ENDE –

Roxanne St. Claire

Verlockende Leidenschaft

Roman

Aus dem Amerikanischen von
Gabriele Ramm

1. KAPITEL

Die verkohlte Ruine von Edgewater ragte wie ein massiver düsterer Berg aus dem vertrockneten Gras. Colin McGrath schaute auf die Trümmer, die einmal eines der herrlichsten Herrenhäuser von Newport gewesen waren.

Edgewater war verschwunden. Und mit ihm ein Teil von Newports goldenem Zeitalter. Der Architekt in Colin trauerte um den Verlust eines herrlichen Bauwerks, denn er glaubte fest daran, dass Häuser eine eigene Seele besaßen, doch gleichzeitig jubilierte der Purist in ihm angesichts der Zerstörung eines allzu überladenen, überproportionierten Prunkbaus. Auf Rhode Island standen noch genug andere von dieser Sorte und lockten die Touristen scharenweise an.

Colin fand, dass ausufernde Extravaganz sich mit dem alten Jahrtausend überlebt hatte. Im Fall von Edgewater hatte die Natur bei diesem Selbstreinigungsprozess ein wenig nachgeholfen, und zwar in Form eines Blitzes, starker Winde und einer andauernden Trockenperiode. Und was als Gefallen für einen ihm nahestehenden Menschen begonnen hatte, war zu Colins persönlicher Mission geworden.

Er hatte die Vision von dem Haus, das er nun anstelle von Edgewater bauen wollte, so lebhaft vor Augen, dass er im Grunde die Skizzen in der Mappe unter seinem Arm gar nicht brauchte.

Allein der Gedanke ließ ihn lächeln, als er entspannt auf das dreistöckige Kutscherhaus zuging, das als einziges Gebäude auf dem historischen Anwesen die Flammen überstanden hatte.

Die besten Architekten des Landes waren aufgerufen worden, ihre Entwürfe einzureichen. Colin musterte die Mitbewerber, die in schwarzen Anzügen und gestärkten weißen Hemden in Gruppen zusammen auf der Terrasse standen. Einige wenige Frauen trugen die feminine Variante dieser Uniform.

Man sah hier weder Pferdeschwänze, Ohrringe noch Jeans. Noch nicht.

Zwei Stufen auf einmal nehmend, lief Colin die Treppe empor und merkte, wie die Gespräche verebbten und man sich zu ihm umdrehte. Das war nichts Neues. Er hatte die Architektenwelt durcheinandergebracht in den sechs Jahren, die er ihr angehörte. Eins war auf jeden Fall sicher: Jeder der hier Anwesenden kannte seinen Namen und seinen Ruf.

Er hatte sich nicht die Mühe gemacht, die Mitbewerber zu prüfen. Die einzig ernst zu nehmende Konkurrenz für diesen Auftrag war „Hazelwood und Harrington", kurz H&H genannt, und irgendwo in der Menge befand sich ein Vertreter dieser ehrwürdigen Firma mit einhundertfünfzigjähriger Geschichte. Vielleicht sogar Eugene Harrington selbst. Es war unerheblich, wen H&H geschickt hatte, es gab nur eine Person auf deren Gehaltsliste, die Colin interessierte, und die hatte man ganz sicher nicht geschickt. Zweifellos hielt seine Hoheit Harrington die Prinzessin in einem Elfenbeinturm gefangen. Um sie vor den Wölfen zu schützen ... vor allem solchen mit langen Haaren.

„Die Präsentationen haben bereits begonnen", informierte ihn ein grauhaariger, langweiliger Typ, der aus seiner Missbilligung über Colins Verspätung keinen Hehl machte. „Sie müssen sich bei der Sekretärin im Haus melden."

Colin nickte dankend, ohne sich um den Tadel zu kümmern. Adrian Gilmore, der Besitzer von Edgewater, würde sich die Entwürfe seiner zehn Kandidaten in alphabetischer Reihenfolge ansehen. Colin mochte nichts über seine Konkurrenten wissen, aber er hatte sich so viele Informationen wie möglich über den exzentrischen britischen Multimillionär beschafft, der sein abgebranntes Schloss in der Bellevue Avenue wieder aufbauen lassen wollte. Colin war fest entschlossen, sich diesen Auftrag zu angeln. Allerdings hatte er nicht die geringste Absicht, Edgewater wieder aufzubauen.

Eine junge Frau mit Klemmbrett ging vor einer geschlossenen Doppeltür auf und ab. Dahinter, so vermutete Colin, hielt Gilmore Hof.

„Sie müssen Mr McGrath sein", sagte die Frau und ließ den Blick über seine lässige Aufmachung wandern. Der winzige Goldring in seinem rechten Ohr schien sie zu faszinieren.

Er lächelte. „Wie haben Sie das erraten?"

„Sie sind der Einzige auf meiner Liste, der sich noch nicht angemeldet hat. Und der einzige Mann, der keine Krawatte trägt."

Er zwinkerte ihr zu und meinte verschwörerisch. „Ich wollte nicht ersticken."

Sie lachte.

„Sagen Sie bloß nicht, dass der Buchstabe ‚M' schon dran war." Colin schaute zu der geschlossenen Tür.

„Sie kommen gerade noch rechtzeitig", erklärte sie und wedelte ein wenig missbilligend mit ihrem Stift. „Sie sind der Nächste, gleich nach Miss Harrington."

„Miss Harrington?" Für den Bruchteil einer Sekunde drohte die Welt aus den Angeln zu geraten. „Laura Harrington?"

Noch ehe die Frau antworten konnte, öffnete sich die Tür, und Licht strömte in den dunklen Flur. Wie vom Türrahmen in Szene gesetzt und in strahlendes Sonnenlicht getaucht stand die Frau da, die ihn seit zehn Jahren in seinen Träumen verfolgte.

Laura.

Einen Moment lang vergaß er zu atmen.

Sie strich sich eine Locke ihres hellblonden, schulterlangen Haares zurück. Es war kürzer als in seiner Erinnerung, aber ihr Gesicht hatte sich in den zehn Jahren kaum verändert. Es war nur noch schöner geworden.

Noch immer besaß sie einen hellen Teint, moosgrüne Augen und Wangenknochen, die von Künstlerhand modelliert schienen. Als sie die Sekretärin anlächelte, vertieften sich die Grübchen, an die er sich so gut erinnern konnte, und es war, als träfe ihn ein Pfeil mitten ins Herz.

Der Anblick von Laura Harrington sandte eine Welle der Erregung durch seinen Körper, und ihr Anblick warf ihn fast um.

„Hallo, Laurie", sagte er leise und blieb absichtlich im Schatten stehen.

Sie riss die Augen auf, und für eine Sekunde, nein, für den Bruchteil einer Sekunde bemerkte er darin den Ausdruck von Panik und Freude. Doch sofort erlosch dieser Funke und wich einem ausdruckslosen Blick.

„Wie bitte?" Was man ungefähr mit „Niemand nennt mich Laurie und kommt ungestraft davon" übersetzen konnte.

Er trat aus dem Schatten. „Colin McGrath." Förmlich reichte er ihr die Hand, so als wären sie sich niemals nähergekommen. Was natürlich darauf ankam, was man unter *näher* verstand.

Sie schaute ihn immer noch ausdruckslos an.

„Dein erstes Jahr im Carnegie Mellon College?" Er berauschte sich am Anblick ihres hübschen Gesichts und ließ den Blick einen Moment auf ihrem schlanken Hals und der entblößten Haut ruhen, die das Dekolleté ihres Kostüms freigab. Er war sicher, dass er sich genau daran erinnerte, wie weich diese Haut war. Er beugte sich vor und flüsterte: „Das Buggyrennen?"

Eine leichte Röte breitete sich auf ihren Wangen aus. Offensichtlich erinnerte sie sich an die Nacht, als sich Lady Harrington alles andere als ladylike benommen hatte.

„Colin. Natürlich." Ihr weicher Ostküstenakzent klang distinguiert und verriet ihre Zugehörigkeit zur gehobenen Gesellschaft. „Ich habe gehört, dass du eine eigene Firma gegründet hast, in Pittsburgh." Hatte das ein wenig herablassend geklungen, als sie den Namen seiner Heimatstadt aussprach?

Aber zumindest wusste sie etwas über ihn. Hatte sie im Internet nachgeschaut und seine Karriere verfolgt, so wie er ihre? Seine gelegentlichen Eingaben in diverse Suchmaschinen hatten ergeben, dass sie ihr Studium an der Rhode Island School of Design absolviert hatte und seither im Architekturbüro ihres Vaters arbeitete. Er wusste, dass sie in Boston lebte und nicht verheiratet war.

„Ich lebe immer noch in Pittsburgh", meinte er. „Aber ich komme herum."

Ihr Blick wanderte zu seinem Ohrring und dem offenen Hemd. „Das glaube ich dir aufs Wort."

Autsch.

„Wie schön, dass manches über die Jahre beim Alten bleibt", kommentierte er trocken.

Nichts hatte sich geändert. Laura war noch immer eine Göttin, die ihn verachtete für die Nacht, in der sie von ihrem Podest direkt in die Arme – und das Bett – eines Unwürdigen gefallen war.

„Beim Alten bleibt?" Sie hob fragend eine Augenbraue.

Er machte einen Schritt auf sie zu und nahm einen Hauch von Lavendel wahr. „Du bist noch immer ..." Er schmunzelte, als sie die Augen aufriss. „... wundervoll."

„Mr McGrath." Die Sekretärin holte ihn zurück, kurz bevor er sich vollends in Lauras Augen verlor. „Mr Gilmore ist jetzt für Sie bereit."

Er bemerkte, dass Laura vor Erleichterung durchatmete. „Viel Glück mit deiner Präsentation."

Er nickte, schaffte es jedoch, sie am Fortgehen zu hindern, indem er ihr den Weg verstellte. „Lass uns zusammen essen gehen, wenn ich fertig bin."

Noch einmal leuchteten ihre Augen auf, doch sie lächelte kühl. „Danke, aber ich muss noch heute Nachmittag zurück nach Boston."

Natürlich sagte sie Nein. In den vier Jahren, die sie beide noch auf dem College gewesen waren, hatte sie ihre Verachtung nur mit Mühe verbergen können, wann immer sich ihre Wege auf dem Campus oder im Fachbereich für Architektur versehentlich gekreuzt hatten. Sie hatte ihn keines Blickes gewürdigt.

Aber das lag zehn Jahre zurück. Fast ein Drittel ihres Lebens. Das Schicksal hatte sie zur selben Zeit an denselben Ort gebracht. Seine Großmutter würde das sein unerklärliches Glück nennen, das sie darauf zurückführte, dass er unter einem Regenbogen geboren worden war und daher ein Füllhorn voller Glück über ihm ausgeschüttet worden war.

„Komm schon, Laurie. Sag Daddy, dass du noch ein bisschen hier geblieben bist, um die Konkurrenz auszuspionieren."

Die Sekretärin räusperte sich.

Laura lächelte herablassend, doch er sah eine winzige Ader an ihrem Hals pulsieren. Er hatte diese Ader geküsst.

„Wir machen uns keine Sorgen um die Konkurrenz", sagte sie, während sie ihn umrundete. „H & H hat Edgewater im neunzehnten Jahrhundert erbaut, und wir werden es im einundzwanzigsten wieder errichten."

„Mr McGrath, Mr Gilmore wartet."

Der Humor war aus der Stimme der Sekretärin gewichen. Jetzt klang sie leicht irritiert.

„Auf Wiedersehen, Colin. Es war nett, dich wiederzusehen."

Er würde Laura nicht so ohne Weiteres gehen lassen. Das hatte er schon einmal getan. „Nein." Er griff nach ihrem Arm, und sie entwand sich seinem Griff, als hätte sie sich verbrannt. *Langsam, Junge.* „Wir sollten reden. Über dieses Projekt."

„Wo bleiben Sie, McGrath?" Adrian Gilmores Stimme mit dem britischen Akzent ertönte aus dem großen Raum.

Colin schaute zu Laura und versuchte noch einmal sein Glück. „Ich muss dir etwas sagen", erklärte er langsam und deutlich. „Über jene Nacht."

Sie wurde blass und hob trotzig das Kinn. „Das ist Vergangenheit."

„Diane!" Colin hörte, wie Gilmore seinen Stuhl zurückschob. „Streichen Sie McGrath von der Liste, und holen Sie Perkins."

Verdammt. Er berührte nun sacht ihre Schulter. „Warte auf mich, Laurie."

Bevor sie antworten konnte, schlenderte er ins Zimmer und ging auf Adrian Gilmores Schreibtisch zu. „Kommen Sie ja nicht auf die Idee, mich zu übergehen, Adrian. Ich habe den Siegerentwurf in der Tasche."

Der Millionär lachte nicht. „Ich mag zwar Selbstvertrauen, McGrath, aber strapazieren Sie meine Geduld nicht noch einmal."

„Das Einzige, was ich gern strapazieren möchte, ist Ihre Vorstellungskraft, Adrian." Colin schüttelte dem Fast-Food-Tycoon die Hand und lächelte trotz seines aufgewühlten Inneren. Er öffnete seine Mappe, nahm die erste Skizze heraus und versuchte sich zu konzentrieren.

Würde Laura auf ihn warten? Und wenn ja, sollte er ihr die Wahrheit sagen? Dass er ihr die ganze Nacht, die sie zusammen verbracht hatten, nur beim Schlafen zugesehen hatte?

Sie war in seinem Bett und in seinen Armen erwacht, zum ersten und wahrscheinlich auch zum letzten Mal in ihrem Leben verkatert und hatte gedacht, dass er ihr die Unschuld geraubt hatte. Seinen Beteuerungen vom Gegenteil hatte sie keinen Glauben geschenkt. Er konnte es ihr noch nicht einmal verübeln, dass sie so sicher gewesen war, dass es passiert war. Schließlich war sie fast nackt gewesen, als sie zusammen mit ihm auf zerwühlten Laken aufgewacht war. Würde sie ihm jetzt glauben?

„Was zum Teufel ist das?", fragte Gilmore und deutete auf die Skizze, die Colin herausgeholt hatte.

„Das, Adrian, ist Pineapple House. Es stand einhundertfünfzig Jahre vor Edgewater auf diesem Grundstück. Ich werde es für Sie entwerfen und bauen."

Gerade als er seine Präsentation beginnen wollte, erkannte Colin, dass er, wenn er überhaupt noch eine winzige Chance bei Laura hatte, jetzt gerade dabei war, sie zu verspielen. Wenn er hier erfolgreich war.

Doch zumindest Adrian sah auf einmal sehr interessiert aus.

Laura stürmte aus dem Kutscherhaus, ohne auf die neugierigen Blicke der anderen Architekten zu achten. Erst kurz vor ihrem Wagen verlangsamte sie den Schritt. Sie hatte einen schattigen Parkplatz ergattert, da sie natürlich eine Stunde zu früh zu ihrem „Treffen mit dem Schicksal", wie ihre Mitbewohnerin diesen wichtigen Termin beim Frühstück genannt hatte, erschienen war.

Allie wusste gar nicht, wie recht sie gehabt hatte. Aber nicht wegen des möglichen großen Auftrags. Stattdessen hatte das Schicksal ihr eine Wiederbegegnung mit dem Mann beschert, den sie nie hatte vergessen können.

Colin McGrath. Noch immer sah er aus wie ein junger Wilder und war unwiderstehlich.

Sie zog ihren Autoschlüssel aus der Tasche. Sie musste von hier verschwinden, bevor er seine Präsentation beendet hatte. Adrian Gilmore gestand jedem Architekten fünfzehn Minuten zu und keine Sekunde länger.

Als sie die Autotür öffnete, holte sie tief Luft und warf einen letzten Blick auf die Ruine von Edgewater. Doch statt der traurigen Ruine eines einstmals stattlichen Hauses sah sie dunkelbraune Augen mit kleinen goldenen Sprenkeln und seidig schimmerndes schwarzes Haar, das sie nur zu gern von dem schlichten Lederband befreit hätte, um mit den Fingern hindurchzufahren.

Oje, was war nur mit der überzeugenden, selbstsicheren, begabten Architektin passiert, die eben noch bei Adrian Gilmore geglänzt hatte? Colin McGrath war ihr passiert. Ein verführerisches Lächeln, eine geflüsterte Einladung, und schon schmolz ihre Professionalität dahin wie Butter in der Sonne. Es war nicht das erste Mal, dass ihr angesichts der bloßen Ausstrahlung dieses Mannes Hören und Sehen verging. Aber verflixt, es würde das letzte Mal sein.

Warte auf mich, Laurie.

Warum sandte ihr dieser neckende Kosename noch immer einen wohligen Schauer über den Rücken?

Weil er ihm so respektlos, so spielerisch und provokant über die Lippen kam?

Ich muss dir etwas erzählen über jene Nacht.

Ihr Puls beschleunigte sich, während ihr gleichzeitig verschiedene Möglichkeiten durch den Kopf schossen.

Vielleicht wollte er sich entschuldigen. Was lächerlich war, denn er hatte nur das getan, was jeder heißblütige Zwanzigjährige getan hätte, wenn sich eine junge, betrunkene Studentin, die ihm schon seit Monaten hinterhergelaufen war, an den Hals warf.

Vielleicht wollte er sich bei ihr und ihrem Vater irgendwie einschmeicheln. Vielleicht ging seine Firma nicht so gut und er brauchte einen Job. Doch auch das war lächerlich, denn sie hatte gehört, wie erfolgreich er war. Vielleicht wollte er an das Vergangene anknüpfen. Doch das war das Lächerlichste überhaupt ... denn ...

Sie legte ihre Mappe auf den Rücksitz. *Vergiss es, Laura.*

Sie war nicht an Colin McGrath interessiert. Er war unverschämt, frech und gefährlich. Das hatte sie vor zehn Jahren auf die harte Tour lernen müssen.

Aber was konnte er ihr sagen wollen?

Sie atmete tief durch, schlug die Wagentür zu, ohne einzusteigen, und marschierte die Auffahrt entlang. Sie wollte nicht abfahren, ohne einen Blick aufs Meer geworfen zu haben. Und Colin wird mich wahrscheinlich nicht einmal bemerken, wenn ich einen Moment lang an den Klippen stehe, redete sie sich ein.

Nur eine hüfthohe Marmorbalustrade hielt die unvernünftigen Bewohner von Edgewater davon ab, sich über die berühmten Klippen von Newport hinab ins Meer zu stürzen.

Apropos unvernünftig ... warum war sie denn nicht in ihren Wagen gestiegen und davongefahren, bevor Colin herauskam?

„Oh, verflixt." Ihr leises Stöhnen trug der frische Herbstwind davon. Laura starrte auf die weiße Gischt der Wellen, die sich vom blauschwarzen Wasser abhob, und umklammerte das Geländer.

Machte nicht jeder auf dem College irgendetwas Albernes? Betrank sich nicht jeder einmal und machte dann irgendwelche Dummheiten?

Nun, vielleicht tat es jeder. Aber nicht Laura Harrington. Auch wenn sie in den süßesten Jungen vom ganzen Campus unsterblich verschossen war. Auch wenn sie der Alkohol ihre Hemmungen vergessen ließ. Doch so viele Entschuldigungen sie sich auch ausdachte, immer landete sie an dem einzigen Ort, an dem sie niemals hätte landen dürfen. In Colins Bett.

„Danke, dass du gewartet hast."

Sie erschrak beim Klang der Stimme, drehte sich um und rang nach Luft. Colin schlenderte über den verbrannten Rasen geradewegs auf sie zu, wofür die Ruine von Edgewater einen atemberaubenden Hintergrund abgab. Der Teufel entsteigt der Hölle, dachte sie, um Ärger zu machen und Herzen zu brechen.

„Ich hatte gehofft, dass du bleiben würdest." Ein kleines Lachen und Kopfnicken begleitete sein Geständnis, und das Sonnenlicht ließ seinen Goldohrring aufblitzen. Wer hätte gedacht, dass ein so kleines Schmuckstück so sexy sein konnte?

Laura machte einen Schritt rückwärts und dachte an das aufgewühlte Wasser direkt hinter ihr. Aber was war gefährlicher? Das Meer unter ihr oder der Teufel vor ihr? „Du warst aber nicht lange drin", meinte sie.

Er kam näher. „Ich habe nicht viel Zeit gebraucht."

Sie bemühte sich, seinem Blick standzuhalten, konnte aber auch nicht widerstehen, seine imposante Gestalt einer kurzen Prüfung zu unterziehen. Im Laufe der Jahre hatte sich der Oberkörper des schon damals sportlichen Colin noch weiter entwickelt, und durch das luftige Leinenhemd konnte sie die Umrisse seiner muskulösen Arme erkennen. Die ausgeblichene Jeans saß wie angegossen auf seinen schmalen Hüften. Jeans! Um sich mit einem der reichsten Männer der Welt zu treffen!

Nur Colin McGrath, der Rebell, traute sich so etwas.

„Aber du warst ja kaum fünf Minuten drin", beharrte sie.

Er zuckte die Schultern und kam noch einen Schritt näher, was ihr die Möglichkeit bot, sein Gesicht zu studieren, das – leider – genauso anziehend war wie sein Körper. Seine Züge wirkten männlicher und ausgeprägter als damals, alles Jungenhafte war daraus verschwunden. Der Dreitagebart passte zu einem Mann, der sich in Jeans um einen millionenschweren Auftrag bewarb. Und seine braunen Schlafzimmeraugen wurden noch immer von sündhaft langen Wimpern beschattet.

„Ich hatte ja einen Anreiz, das Ganze schnell hinter mich zu bringen." Er lächelte verschmitzt. „Außerdem habe ich nur ein paar Minuten gebraucht, um den Auftrag zu bekommen."

„Den Auftrag zu bek…" Laura kniff die Augen zusammen. „Du lügst." Noch während sie das sagte, wusste sie, dass es stimmen musste. Colins Ehrlichkeit war genauso legendär wie das schulterlange Haar, das er stets im Nacken zusammengebunden trug.

„Er mochte meine Ideen." Lächelnd sah er ihr ins Gesicht und ließ seinen Blick dann langsam tiefer wandern. Das Lächeln verschwand, als er ihr wieder in die Augen sah. „Du siehst gut aus, Laurie."

Das Kribbeln in ihrem Magen, waren das Schmetterlinge? Sie verschränkte die Arme und lehnte sich gegen das Geländer, was sie normalerweise in ihrem weißen Seidenkostüm nicht getan hätte. Aber ihre Beine wollten auf einmal ihren Dienst nicht mehr tun.

„Hat er dir das gesagt? Dass ihm deine Ideen gefallen?" Adrian hatte das Gleiche zu ihr gesagt, bevor sie den Raum verlassen hatte.

„Das brauchte er nicht."

Laura verfluchte nun seine Selbstsicherheit. Das hatte er schon immer ausgestrahlt: Selbstvertrauen und Offenheit. „Er ist erst halb durch mit den Präsentationen", erinnerte sie ihn.

„Stimmt", gab Colin zu. „Und die Konkurrenz ist groß. Zweifellos hat H & H eine Menge Arbeit in diesen Auftrag gesteckt."

Hörte sie da einen Anflug von Neid heraus? Kaum vorstellbar. Colin hätte für die Größten und Besten arbeiten können, aber er hatte ihrem Vater einen Korb gegeben. Den Gerüchten nach war er nicht einmal zu einem zweiten Vorstellungsgespräch erschienen.

„Wir erfahren doch keine Sonderbehandlung, falls du das meinst."

Er lächelte. „Das habe ich nicht gemeint, Laurie."

Brauchte er auch nicht. Die gesamte Architektenbranche beäugte genauestens, wie H & H mit diesem Auftrag umging, und die gesamte Firma verfolgte ganz genau, wie Laura sich anstellte, um diesen Auftrag zu ergattern.

Edgewater war zum Heiligen Gral der Architektur geworden, und sie wollte ihn. Und sei es nur, um ihren Kollegen und allen anderen in der Branche ein für alle Mal zu beweisen, dass sie nicht nur die Tochter des Chefs war. Sie war eine talentierte Architektin. Wenn nur auch ihr Vater das endlich anerkennen würde.

Sie hob das Kinn. „H & H hat die Sachkenntnis, das Talent, die Mitarbeiter und die Geschichte, wie keine andere Firma sie vorweisen kann. Wir brauchen keine Fäden zu ziehen, um den Auftrag zu bekommen. Wir sind die beste Firma, um Edgewater wieder aufzubauen."

Colin lachte leise und berührte ihr Kinn leicht mit dem Finger. „Spar dir deine Verkaufstaktik für Gilmore, Laurie. Ich habe nicht die Absicht, Edgewater wieder aufzubauen."

„Was machst du denn dann hier? Alle Architektenbüros sind hier, um das verbrannte Anwesen wieder zu errichten."

„Lass sie." Er zuckte die Schultern und drehte sich zu der Ruine um. „Ich will keine Prunkvilla bauen."

Das war ja sehr interessant. Genau wie die dunklen Haare, die aus seinem offenen Hemdkragen hervorlugten. „Was hast du Adrian denn dann präsentiert?"

Er schaute Laura lange und intensiv an. „Ich werde es dir beim Mittagessen verraten."

„Ich glaube, da irrst du dich."

„Meinst du nicht, dass die Chefs von H & H gern wissen würden, was die Konkurrenz plant?" Er beugte sich zu ihr. Er duftete nach Seife und Wald. „Informationen wie diese könnten die gesamte Kreativabteilung beeinflussen. Du könntest zur Heldin der Firma werden, Laurie."

Himmel, war er gut. „Das ist Erpressung, McGrath."

„Nein." Er schüttelte den Kopf. „Nur Mittagessen. Wenn ich dich erpressen wollte, dann würde ich härtere Geschütze auffahren."

Wie zum Beispiel Alkohol. „Danke, aber ich muss wirklich los. Ich möchte mit der Arbeit anfangen." Sie warf ihm einen warnenden Blick zu. „Wir können diesen Auftrag noch immer bekommen, trotz deiner Selbstsicherheit und deiner vorschnellen Gewissheit."

„Du bist ziemlich vorschnell, nicht ich." Er hielt sie mit einem eindringlichen Blick gefangen. „Ich habe dir doch gesagt, Laurie, dass ich mit dir über etwas Persönliches sprechen möchte."

Sie wollte nicht hören, was er zu sagen hatte. *Weißt du, Laurie, ich glaube, ich habe dir nie gesagt, wie toll du auf dem Esszimmerfußboden, auf der Treppe und in meinem Zimmer gewesen bist.*

Er griff nach ihrer Hand. „Komm schon, Laurie. Es ist gerade Essenszeit."

Verdammt. Sie hatte geschworen, dass sie sich nie wieder in Colins Nähe aufhalten würde. Sie hatte geschworen, dass sie nie wieder etwas Stärkeres als grünen Tee trinken würde. Und sie hatte geschworen, dass sie niemals wieder ihren Körper einem Mann schenken würde, den sie nicht von ganzem Herzen liebte.

Sie hatte all ihre Regeln befolgt. Bis heute.

„Na gut."

2. KAPITEL

Zum ersten Mal war Colin glücklich, dass er seine Harley zu Hause gelassen hatte und die Reise nach Newport in seinem, wenn auch nur wenig kundenfreundlicheren, deutschen Sportwagen zurückgelegt hatte.

Nicht dass er es nicht gern gesehen hätte, wenn Laura diesen hautengen Rock bis zu ihren Oberschenkeln hochgeschoben hätte, um sich auf seine Maschine zu schwingen. Aber damit hätte er sein Glück herausgefordert, und im Moment war er zufrieden, so wie es war.

„Lass uns hinunter zum Hafen fahren", schlug er vor, als er die Beifahrertür des Porsches öffnete. „Zelda's wird dir gefallen."

Als sie in den Wagen stieg, rutschte Lauras Rock so weit hoch, dass Colin einen Blick auf ihre herrlichen Schenkel erhaschte. Er konnte sich ein kleines Zwinkern nicht verkneifen, als sie aufschaute und ihn dabei ertappte, wie er sie anstarrte.

„Ich mag Zelda's", versicherte sie ihm und zupfte an ihrem Rock, bevor sie nach dem Gurt griff. „Als ich in Providence studiert habe, war ich öfter in Newport."

Sämtliche Botschaften ihrer Reaktion kamen bei ihm an. Sie kannte sich hier aus, sie hatte einen Universitätsabschluss, und er sollte aufhören, sie anzustarren.

Colin setzte sich hinter das Steuer und griff nach seiner Mappe, die vor ihren Füßen lag. „Tut mir leid, ich habe keinen Rücksitz. Ich kann sie aber in den Kofferraum tun."

„Ich halte sie fest." Sie legte die Ledermappe auf ihren Schoß und verbarg damit ihre Beine.

„Willst du meine Entwürfe sehen?", fragte er und deutete auf die Mappe. „Mach schon, du darfst einen Blick riskieren."

Laura starrte ihn überrascht an. „Du würdest deine Ideen der Konkurrenz zeigen?"

Achselzuckend ließ er den Motor an. „Ihr würdet diese Entwürfe sowieso niemals in Betracht ziehen. Ich habe eine völlig andere Vision von Edgewater."

Eine Sekunde lang spielte sie mit dem Reißverschluss, dann faltete sie die Hände zusammen. „Ich habe kein Interesse."

„Natürlich hast du das." Er reihte sich in den Verkehr ein und fuhr Richtung Zentrum. „Ich habe keine Angst, dass du zurück in Boston als Erstes kopieren wirst, was ich vorhabe."

„Es würde mir niemals einfallen, deine Ideen zu stehlen."

„Natürlich nicht. Ich bin sicher, dass du selber genug Einfälle hast."

Sie verschränkte die Arme, und er konnte geradezu spüren, wie sie vor Wut bebte. „Allerdings."

„Die Uni in Providence ist gut. Ein paar Freunde von mir sind auch dort gewesen."

„Es war wunderbar. Providence ist eine herrliche Stadt."

„Genauso herrlich wie Pittsburgh?"

Das trug ihm einen strafenden Blick ein. Zu viele Erinnerungen?

„Carnegie Mellon ist auch eine gute Uni für Architektur", erwiderte sie. „Dir scheint die Stadt zu gefallen, sonst wärst du wohl nicht dort geblieben."

Schwang da Herablassung in ihrer Stimme mit? Wahrscheinlich. Und war das vielleicht der Grund, warum sie jedes Mal so gequält aussah, wenn die Unterhaltung sich dem Thema näherte, was sie getan beziehungsweise nicht getan hatten?

Er war das Scheidungskind einer Pittsburgher Arbeiterfamilie, und sie war in einer der angesehenen Familien von Neuengland aufgewachsen. Einer Familie, deren Vorfahren auf der legendären „Mayflower" in die Neue Welt gekommen waren.

„Ich habe einen guten Kundenstamm und viele Freunde in Pittsburgh", meinte er bemüht sachlich. „Mein Dad lebt dort, und meine beiden Brüder kommen oft zu Besuch."

„Wo leben sie jetzt?"

„Cameron in New York, er arbeitet an der Wall Street, und Quinn hat gerade seinen Job als Immobilienmakler in Manhattan geschmissen, um auf eine Insel nach Florida zu ziehen." Er trat auf die Bremse, als der Verkehr kurz vor dem Zentrum immer dichter wurde.

„Ehrlich? Warum hat er das getan?"

„Er hat sich verliebt." Colin verdrehte die Augen, als er an Quinns idiotische Verlobung dachte. „Liebe bringt einen dazu, verrückte Dinge zu tun."

„Davon habe ich auch schon gehört."

Ihr trockener Tonfall veranlasste ihn, sie anzuschauen. „Hast du keine eigenen Erfahrungen darin, Laurie?"

Sie warf ihm einen vielsagenden Blick zu. „Was verrückte Dinge angeht ja, Liebe nein."

Der Hieb hatte gesessen. Ohne nachzudenken, legte er seine Hand auf ihre verschränkten Hände. Wie sollte er es ihr erklären? *Es war nicht verrückt? Du bist einfach nur eingeschlafen?*

Hinter ihm ertönte eine Hupe, und er musste seine Aufmerksamkeit wieder auf den Verkehr richten.

Beim Essen, entschied er. Er würde es ihr beim Essen erzählen.

Keine Zweideutigkeiten mehr, Laura Harrington. Und hör auf, mit ihm zu flirten.

Bei Laura schrillten alle Alarmglocken. Sie holte tief Luft, wodurch ihre Schulter gegen Colins Arm stieß. Und jedes Mal, wenn er durch eine Kurve fuhr, kam es zu weiteren elektrisierenden Körperkontakten.

Schon einmal hatte sie einen Fehler begangen, was diesen Mann betraf. Nie wieder.

Als sie vor dem Restaurant aus dem Wagen stiegen, überlegte Laura, ob sie überhaupt etwas würde essen können. Colin hatte es fertiggebracht, dass in ihrem Inneren ein Aufruhr tobte. Genau diesen Effekt hatte er damals schon auf sie gehabt, als sie ihm das erste Mal begegnet war, ein paar Tage nach Studienbeginn in Carnegie Mellon.

Sie hatte ihn in der Architekturbibliothek gesehen, einen großen, schlaksigen, gut aussehenden Studenten, der sich, wie sie sehr bald erfuhr, einen Namen als Herzensbrecher gemacht hatte. Aber ihre Schwärmerei für ihn hatte an dem Tag begonnen, als er sie angelächelt hatte … und endete an dem Morgen, als sie in einem warmen, zerwühlten Bett im dritten Stock des

Studentenwohnheimes aufgewacht war, mit nichts weiter an als einem Uni-T-Shirt der Größe XXL.

Die Erinnerung an den heißen, muskulösen und heftig erregten Körper, der sich damals an ihren Rücken gepresst hatte, nahm ihr noch immer fast den Atem.

Dies war derselbe Mann.

„Weißt du, warum das Dach so spitz ist?" Er deutete auf die ungewöhnliche Dachschräge des dreistöckigen Backsteingebäudes.

„Um Regenwasser zu sammeln und in die Zisterne für die Brauerei zu leiten", erwiderte sie. „Zumindest war das vor hundert Jahren die Absicht."

Er lachte und griff nach ihrer Hand, als sie die Straße überquerten. „Wie mir scheint, kann ich dich selbst mit den weniger bekannten architektonischen Besonderheiten nicht beeindrucken." Er verschränkte seine Finger mit ihren, was ihren Arm kribbeln und die Schmetterlinge in ihrem Bauch flattern ließ.

Hatte er sie wirklich beeindrucken wollen? Hier ging es ums Geschäft! Und sie waren Konkurrenten.

Als er die massive Holztür des Zelda's öffnete, nutzte sie die Gelegenheit, um ihre Hand von seiner zu lösen.

„Oh, ich habe meine Handtasche im Wagen liegen lassen." Sie tastete ihre Kostümjacke ab und fühlte nur ihr Telefon und die Schlüssel. „Da ist mein Geldbeutel drin."

„Solange du mir keine Bilder von deinen Kindern zeigen willst, Laurie, brauchst du deine Brieftasche nicht. Du bist eingeladen." Er legte ihr die Hand auf den Rücken und schob sie sanft hinein. Plötzlich waren seine Lippen jedoch ganz nahe an ihrem Ohr, sodass sein Atem die winzigen Härchen auf ihrem Nacken erzittern ließ. „Du hast doch noch keine Kinder oder, Laurie?"

„Willkommen im Zelda's." Eine blonde Kellnerin strahlte Colin an. „Ein Tisch für zwei?"

Es sprach für ihn, dass er den flirtenden Blick nicht erwiderte, sondern seine Hand fest auf Lauras Rücken liegen ließ. Während sie sich ihren Weg durch die weiß gedeckten Tische bahnten, wiederholte Laura im Stillen immer wieder: Dies ist ein Geschäftsessen, und sonst nichts weiter. Es war völlig in Ordnung, dass er seine Hand auf ihren Rücken legte. Völlig normal, ein paar persönliche Dinge zu besprechen. Völlig normal und doch irgendwie intim.

Genau wie der kleine Tisch für zwei Personen am Fenster. Als sie saßen und die Speisekarten vor ihnen lagen, entschied Laura, dass sie das Persönliche so schnell wie möglich hinter sich bringen wollte. Um sich dann auf das Geschäftliche konzentrieren zu können.

„Keine Kinder", erzählte sie ihm ohne Umschweife. Auch Colins Biografie auf seiner Homepage hatte nichts von Frau und Kindern erwähnt, aber das mochte er absichtlich weggelassen haben. Ihr Herz klopfte ein wenig schneller, aber sie schaute ihn direkt an und fragte: „Und wie steht's mit dir?"

Er reagierte mit diesem teuflisch verführerischen Lächeln, das sich langsam auf seinem Gesicht ausbreitete und wohl jede Frau dahinschmelzen ließ. „Nun, ich habe eine sechs Jahre alte Firma. Zählt das auch? Sie raubt mir mindestens so viel Zeit wie ein Kind."

Aus Gewohnheit richtete Laura das Besteck auf dem Tisch aus, sodass Messer und Gabel exakt gerade lagen. „Deine Firma heißt McGrath Inc., stimmt's?" So viel konnte sie preisgeben, ohne zu verraten, dass sie jede Station seines beruflichen Werdegangs genauestens verfolgt hatte.

„Ja. Und so wie die meisten Sechsjährigen ist sie klein, aber mächtig." Er stützte sich auf dem Tisch ab und schien keine Eile zu haben, die Speisekarte in die Hand zu nehmen. Die Nachmittagssonne schien durch die Holzjalousie, und die Bartstoppeln auf seinen Wangen warfen winzige Schatten, die sein Gesicht noch interessanter wirken ließen.

„Also läuft es gut bei dir?", fragte sie und richtete die Kaffeetasse so aus, dass der Henkel genau im rechten Winkel abstand.

Als sie aufschaute, lächelte Colin verschmitzt. „Das kann man so sagen."

Natürlich hatte sie von seinen Avantgardeentwürfen gelesen und von den vielen Preisen, die er mit seinen unkonventionellen und schöpferischen Bauten gewonnen hatte. Das Opernhaus in Oregon war sogar in der Newsweek vorgestellt worden. „Du bist doch bekannt für das Ungewöhnliche."

„Ich verstoße gern gegen Regeln." Er lachte leise und legte eine Hand auf ihre. „Und entweder bist du höllisch nervös, oder du bist extrem ordnungsliebend."

Beides. „Ich mag Ordnung." Sie entzog ihm ihre Hand und sah ihn herausfordernd an. „Hast du auch beim Wiederaufbau von Edgewater vor, die Regeln zu brechen?

„Ich habe nicht die Absicht, Edgewater wieder aufzubauen, Laurie. Das habe ich doch schon gesagt."

Jetzt machte sich Laura doch auch Sorgen beruflicher Natur. Was hatte er vor? Und konnte es bedeuten, dass H & H den Auftrag doch nicht bekommen würde? Trotz seiner verträumten Augen und dem herzerwärmenden Lächeln durfte sie nicht vergessen, dass dieser Mann ein ernst zu nehmender Konkurrent war – und zwar um den Auftrag, den sie so dringend brauchte, um sich endlich in der Branche zu etablieren. Und damit sie sich endlich aus dem Kokon befreien konnte, den ihr Vater über die Jahre um sie gesponnen hatte.

„Was hast du Gilmore denn nun vorgeschlagen?", fragte sie betont beiläufig.

Er hob eine Augenbraue. „Ich dachte, du wolltest den professionellen Anstand wahren?"

„Du brauchst ja keine Berufsgeheimnisse zu verraten, Colin. Nur die Grundidee."

„In Ordnung." Er nahm eine Speisekarte und reichte sie ihr. „Lass uns erst bestellen, dann erzähle ich es dir." Er hielt kurz inne, und der Humor wich aus seinen Augen. „Beim Nachtisch muss ich dir dann noch etwas anderes sagen."

Laura schluckte und beugte sich vor. Mit so viel Stil und Gelassenheit wie möglich musste sie dieser Tortur ein Ende bereiten. „Colin, hör mir zu. Jeder hat das Recht, Fehler zu machen, und jeder zahlt dafür auf eigene Weise." Sie spürte, dass sie errötete, doch sie zwang sich weiterzusprechen. „Bist du bitte so nett und vermeidest dieses Thema unseres ... unseres kurzen Zusammentreffens auf dem College?"

Er öffnete den Mund, um etwas zu sagen, doch sie hob die Hand. „Falls du vorhattest, die Vergangenheit wieder aufleben zu lassen, bitte ich dich um Verständnis. Ich möchte mich nicht für mein Verhalten entschuldigen. Ich war an jenem Abend nicht ich selbst, das ist alles. Bitte, erwähne es nicht mehr."

Sie hätte schwören können, dass sich sein Blick verdüsterte. Nun, was hatte er erwartet? Hatte er etwa geglaubt, sie würde mit ihm über die unwürdige Art, wie sie ihre Unschuld verloren hatte, diskutieren? Wollte er, dass sie zugab, sich an nichts erinnern zu können, nicht einen einzigen Moment dieses Ereignisses, das den meisten Mädchen zumindest einen bescheidenen Eintrag im Tagebuch wert ist?

„Für den Rest des Essens bist du sicher, aber für die Zukunft kann ich dir nichts versprechen."

Laura schlug die Speisekarte auf. „Es wird keine Zukunft geben", meinte sie bestimmt.

Kurzes Zusammentreffen? Sie war nicht sie selbst gewesen?

Colin dachte über Lauras Worte nach. Nie hatte er vergessen können, dass sie ihn verschmäht hatte. Es ging nicht darum, dass sie ihre Unschuld verloren hatte, weil sie im Studentenwohnheim zu viel getrunken hatte. Ihr ging es darum, ihre Unschuld an ihn verloren zu haben, den rebellischen Arbeitersohn aus Pittsburgh. An einen Mann, dessen Erfolg so zweifelhaft war, dass sie nicht ohne ihren eigenen Geldbeutel mit ihm essen gehen wollte.

„Erzähl mir von deinen Plänen für Edgewater", sagte Laura, nachdem der Kellner gegangen war. Ihre Hände ruhten gefaltet auf dem Tisch, anscheinend lag das Gedeck nun ordentlich genug. Ihr hübsches Gesicht wirkte entspannt, und sie lächelte leicht. Sie war kühl, ruhig und völlig beherrscht, so wie immer. Sie hatte die unangenehme Sache hinter sich gebracht und war wieder die elegante Laura Harrington.

Colin griff über den Tisch und nahm ihre Hände. „Sei dir nicht in allem so sicher, Laurie."

Die Farbe wich aus ihren Wangen, und sie versuchte, ihm ihre Hände zu entziehen. „Wovon redest du?"

„Es kann durchaus eine Zukunft geben. Wer weiß? Es kommt oft genug vor, dass ein Auftraggeber zwei Firmen mit einem Projekt beauftragt." Sanft strich er über ihre weiche Haut. „Vielleicht ergibt sich irgendwann sogar einmal die Möglichkeit zusammenzuarbeiten."

„Das bezweifle ich."

„Warum?" Er ließ sie los. „Weil H & H sich nicht die Finger schmutzig machen würde mit einer kleinen Firma aus Pittsburgh?"

Sie sah ihn strafend an. „Das habe ich nicht gesagt." Laura strich die Serviette auf ihrem Schoß glatt. „Du warst schließlich derjenige, der nicht bei H & H arbeiten wollte."

Sie wusste davon? Wie viel genau wusste sie von seinem einzigen Gespräch mit Eugene Harrington? „Ich wollte nicht für eine so große Firma arbeiten, Laurie. Ich habe nichts gegen H & H. Dein Vater – und dein Großvater und ich glaube, dein Urgroßvater – können eine beachtliche Anzahl von architektonischen Meisterleistungen vorweisen."

„Und mein Ururgroßvater", fügte sie hinzu, „der Edgewater entworfen hat."

Colin trank einen Schluck und überlegte, wie er darauf antworten sollte. „Mir ist klar, dass du eine tiefe, familiäre Verbundenheit zu dem alten Gebäude verspürst, Laurie, aber bitte sei nicht allzu enttäuscht, wenn Adrian Gilmore sich für eine andere Bauweise entscheidet."

„Was meinst du damit?"

„Pineapple House", sagte er schlicht.

„Pineapple? Das alte Haus, das noch vor Edgewater auf dem Grundstück stand?"

Aus irgendeinem Grund gefiel es ihm ausgesprochen gut, dass sie die Geschichte über die Häuser kannte. „Ja, das Ananas-Haus. Es wurde im Jahr 1743 gebaut."

Verwirrt sah Laura ihn an. „Was hat Pineapple House mit Edgewater zu tun?"

„Ich habe Adrian angeboten, Pineapple House zu entwerfen und wieder aufzubauen und nicht Edgewater. Ich habe den Vorschlag gemacht, dass er weitere einhundertfünfzig Jahre in die Vergangenheit zurückgeht und damit den Kapitänen, die aus Newport überhaupt erst eine Stadt gemacht haben, seine Ehre erweist. Diese Männer brachten Ananas – auf englisch *pineapple* – von den Westindischen Inseln hierher und machten die Früchte zu einem Symbol der Gastfreundschaft."

„Ich kenne die Symbolik und Geschichte", versicherte sie ihm. „Aber das ursprüngliche Pineapple House wurde abgerissen, um Edgewater zu bauen. Es gibt keine verlässlichen Aufzeichnungen, wie es ausgesehen hat – du würdest lediglich ein ganz neues Haus bauen. Adrian möchte aber historisch sein."

„Ich werde historisch sein." Colin beugte sich vor und senkte die Stimme. „Ich habe doch uralte Dokumente über den Originalbau."

Laura riss ihre grünen Augen weit auf. „Was? Wie? Woher?"

Er hatte nicht vor, alles auszuplaudern, und seine Geheimwaffe sollte vorerst auch geheim bleiben. „Ich kann meine Quellen nicht preisgeben."

Sie bedachte ihn mit einem skeptischen Blick. „Hast du Skizzen?"

„Sehr detaillierte."

Einen Moment lang starrte Laura gedankenverloren aus dem Fenster. Dann sah sie ihn wieder an. „Ein zweistöckiges Holzhaus, egal wie authentisch und nett es auch sein mag, wird nicht imposant genug für Gilmore sein."

„Ich stimme dir zu, dass Pineapple House nicht gerade Aufsehen erregend ist. Im Gegenteil. Aber es war das erste Haus, Laurie. Dieses Gebäude stand über hundert Jahre, bevor irgendein New Yorker Banker namens Andrew Smith es abreißen und sich ein Monument seiner eigenen Gier errichten ließ."

„Andrew Smith war der erste Kunde von H & H", entgegnete sie. „Mein Ururgroßvater gründete eine Architekten-Dynastie mit den Erlösen aus dem Bau von Edgewater. Es mag vielleicht ein Beweis für Andrew Smiths Erfolg gewesen sein, aber es war auch die Grundlage für unser Familienunternehmen."

Colin war klar, dass der Entwurf von H&H genau darauf gründen würde. Doch es würde für Gilmore nicht unbedingt entscheidend sein. „Pineapple House steht für die wahre Geschichte von Newport …"

„Edgewater auch!"

„Edgewater repräsentiert die Zeit, als das Geld im Überfluss vorhanden war, Laurie, als Monstrositäten aus Marmor und Gold erbaut wurden, mit dem alleinigen Zweck, einmal im Jahr eine rauschende Ballnacht zu feiern, mit der man seine Nachbarn übertrumpfen konnte."

Laura betrachtete ihn nachdenklich. „Warum liegt dir an diesem Thema so leidenschaftlich viel?"

„Ich bin bei allem sehr leidenschaftlich."

„Wieso interessiert dich die Geschichte von Newport so sehr?"

„Mir liegt sowohl das Erbe als auch die Geschichte sehr nahe", erklärte er absichtlich vage.

„Dann wirst du doch sicherlich verstehen, dass das Erbe meiner Familie eng mit Edgewater verbunden ist."

Er nickte. „Ich versuche immer, die Geschichte in die Gebäude einfließen zu lassen, die ich entwerfe. Newport existiert seit dem 17. Jahrhundert. Hier in der Bellevue Avenue stehen viele Villen aus dem neunzehnten Jahrhundert, Laurie. Ich hätte es gern, wenn Adrian Gilmore …", er schenkte ihr ein Lächeln, „… etwas Unkonventionelles wagt."

„Das ist sicherlich eine interessante Idee, Colin, das muss ich zugeben. Aber lass dich von Adrians gleichgültiger Haltung, die er sich mit seinen Fast-Food-Millionen erkauft hat, nicht täuschen. Er sehnt sich verzweifelt danach, gesellschaftlich anerkannt zu sein. Dafür steht Edgewater mehr als alles andere."

Sie hatte recht in Bezug auf Adrians Wunsch, aber nicht, dass Edgewater ihm unweigerlich gesellschaftliche Anerkennung einbringen würde. „Ich glaube, du irrst dich."

Ihr Blick war eine einzige Herausforderung. „Ich denke, ich habe recht."

In diesem Moment klingelte sein Handy. Laura griff in ihre Kostümtasche.

„Nein, es ist meins", sagte Colin und zog das Telefon heraus, um auf die Anzeige zu schauen. Der Anrufer war anonym.

„Meins vibriert." Mit einem entschuldigenden Lachen zog sie ihr Handy hervor. „Essen im neuen Jahrtausend. Stört es dich?"

„Nur zu." Er drückte die Hörertaste auf seinem Gerät.

Sobald er sich gemeldet hatte, erkannte er Adrian Gilmores britischen Akzent. „McGrath, mir haben Ihre Ideen gefallen. Vielleicht ist der Vorschlag mit dem Pineapple House gar nicht so schlecht."

Laura drehte sich plötzlich zur Seite und runzelte die Stirn. Die Arme. Sie hatte den Auftrag nicht erhalten.

„Freut mich zu hören", erwiderte Colin. „Wann fangen wir an?"

„Nicht so schnell, mein Lieber. Ich denke, dass Sie noch ein wenig Zeit brauchen, um die Entwürfe zu überarbeiten."

Colin antwortete nicht, weil er versuchte mitzuhören, was Laura in ihr Telefon flüsterte.

„Wie soll das denn funktionieren?", fragte sie ihren Anrufer.

„Woran haben Sie dabei gedacht?", wollte Colin wissen.

„Drei Wochen in Newport, McGrath, auf meine Kosten. Betrachten Sie es als Arbeitsurlaub."

„Urlaub?"

„Urlaub?" Lauras Echo auf seinen erstaunten Ausruf ließ Colin aufschauen.

„Ich finde, dass Sie einen guten Ansatz haben, was die Geschichte des Grundstücks angeht", fuhr Adrian fort. „Ich möchte, dass Sie sofort ins Kutscherhaus ziehen. Drei Wochen sollten reichen, um die Atmosphäre und die Geschichte zu verinnerlichen und einen prächtigen Entwurf anzufertigen."

Laura ordnete schon wieder das Besteck, während sie zuhörte. „Drei Wochen?", fragte sie.

Mit wem telefonierte sie wohl?

„Drei Wochen?", wiederholte auch er ins Telefon. „Und dann habe ich den Auftrag?"

„Na ja, nicht unbedingt", erwiderte Adrian und lachte kurz. „Ich habe meine Auswahl auf zwei Firmen beschränkt, die ganz unterschiedliche Entwürfe präsentiert haben. Beide sind brillant. Ich bitte Sie beide, die gleiche Zeit auf Edgewater zu verbringen, um dann die endgültigen Zeichnungen vorzulegen."

Laura nickte und sagte etwas, was er nicht verstand. Aber auf einmal überkam ihn ein vertrautes Kribbeln. So wie immer, wenn ihm das Glück hold war.

„Dann werden Sie also in sechs Wochen Ihre Entscheidung treffen?", fragte Colin.

„Nein, in drei. Sie werden beide zur gleichen Zeit im Kutscherhaus wohnen."

Sagte Gilmore tatsächlich das, was Colin da hörte? „Zur gleichen Zeit?"

„Das habe ich doch gesagt", rief Adrian verärgert. „Ich werde dafür sorgen, dass jemand sich um den Haushalt und die Mahlzeiten kümmert, und werde angemessene Arbeitsbedingungen für Sie beide schaffen. Sie werden ausreichend Zeit zum Arbeiten haben.

Drei Wochen in einem Haus mit Laura.

Gegenüber rutschte Laura unruhig auf ihrem Stuhl hin und her. „Das ist eine ziemlich lange Zeit, die ich dann nicht im Büro bin", meinte sie langsam. „Und eine andere Firma hat das gleiche Angebot bekommen?"

In diesem Moment schaute sie Colin an, und ihre Miene drückte nicht länger Verwirrung, sondern Entsetzen aus.

Oh, ja. Drei Wochen in einem Haus mit Laura.

Die Glücksgöttin schien ihm heute wirklich gesonnen zu sein. „Sie können auf mich zählen", sagte er, ohne Laura dabei aus den Augen zu lassen. „Sie wissen, ich tue, was nötig ist, um den Auftrag zu bekommen."

Die Farbe wich aus Lauras Wangen, als sie ihm einen wütenden Blick zuwarf. „Natürlich, Diane", erklärte sie gequält.

„Bitte sagen Sie Mr Gilmore, dass ich seinem Wunsch entsprechen werde."

Sie beendeten gleichzeitig ihre Gespräche.

„Siehst du, Laurie, es gibt doch noch eine Zukunft für uns beide."

„Muscheln?"

Laura bemerkte den Kellner kaum, der neben dem Tisch stand, als sie ihr Handy wieder in die Tasche steckte.

Drei Wochen? Im Kutscherhaus? Mit Colin?

„Für die Dame", sagte Colin, der zufrieden lächelte.

Als der Kellner den Teller vor sie stellte, nahm Laura den Duft von Pfeffer und Parmesan wahr. *Drei Wochen?*

„Und das Gorgonzola-Sandwich", verkündete der Kellner und stellte den Teller vor Colin ab.

Drei Wochen? Es musste doch einen Ausweg aus dieser Situation geben. Aber nicht, wenn sie den Edgewater-Auftrag haben wollte. Dieses Arrangement war nicht verhandlungsfähig. So viel war klar. Warum dem so war, blieb jedoch ein Rätsel.

„Ist alles in Ordnung, Ma'am?"

Laura schaute zum Kellner. Nein, es war nicht alles in Ordnung. „Ja. Es sieht ... perfekt aus. Danke."

Colin lächelte noch immer so hinterhältig und schaute sie siegesgewiss an. „Guten Appetit, Laurie."

Sie hatte keinen Appetit, schon gar keinen guten.

Sie hob die Gabel und ließ sie wieder fallen. „Wollen wir nicht darüber reden?"

„Was gibt es da zu reden?" Er nahm sein Sandwich in die Hand. „Adrian klang eben so, als wäre damit alles abgemacht."

„Adrian?" Ihre Stimme überschlug sich fast.

„Ja. Wer hat dich angerufen?"

Jedenfalls nicht Adrian. Ein schlechtes Zeichen. „Diane, seine Assistentin", gab sie widerwillig zu.

Er schenkte ihr einen „Mach dir keine Sorgen"-Blick, ohne sein Mitleid verhehlen zu können. „Bestimmt wollte er beide Firmen gleichzeitig informieren, deshalb hat Diane geholfen."

Oder Adrian mochte Colin – und seine unkonventionellen Ideen – einfach lieber und hatte längst entschieden, ihm den Auftrag zu geben. Vielleicht war H&H nur gebeten worden mitzumachen, um den Schein zu wahren?

„Du hast sicherlich recht", pflichtete sie ihm bei und wandte sich ihrem Essen zu. Colin sollte auf keinen Fall merken, wie sehr die Idee, drei Wochen mit ihm allein in einem Haus zu wohnen, sie nervös machte. Sie wusste, dass er dieses Wissen genießen – und zu seinem Vorteil nutzen würde.

„Iss etwas, Laurie. Es schmeckt hervorragend." Ein Funkeln erschien in seinen Augen, als er ihr sein Sandwich hinhielt. „Möchtest du mal probieren?"

Die Vorstellung, ihren Mund dahin zu tun, wo seiner gerade gewesen war ... Sie musste schlucken.

„Nein, danke." Sie nahm einen Bissen von ihrem eigenen Essen und kaute langsam.

„Du hast doch nicht etwa Bedenken, wenn wir so eng zusammenwohnen müssen, oder, Laurie?" Er schien ein Lachen zu unterdrücken.

„Natürlich nicht", log sie. „Außerdem kann man das Kutscherhaus wohl kaum als beengt bezeichnen. Ich werde das Obergeschoss nehmen."

Er hob die Augenbrauen. „Das Wohnzimmer und die Küche sind unten, wenn ich mich recht erinnere. Du wirst essen müssen."

„Ich komme schon zurecht."

„Und ich werde schlafen müssen."

Eine Muschel blieb ihr im Hals stecken, und Laura bekam einen Hustenanfall. Wie sollte sie das nur überstehen?

„Alles okay?", fragte er besorgt.

„Ja." Sie legte die Gabel zur Seite und trank einen Schluck Wasser. „Mir geht's gut."

Er schaute auf ihren noch immer vollen Teller. „Ich bin immer ein wenig misstrauisch bei Menschen, die nicht essen mögen."

„Ich mag essen", verteidigte sie sich. „Ich mache die Dinge nur gern gewissenhaft."

„Ich weiß."

Sie wurde noch nervöser. „Tatsächlich?"

Er zuckte mit den Schultern. „Ich kenne dich noch vom College, Laurie."

Sie sah ihn scharf an, doch er erwiderte den Blick völlig unschuldig. „Du weißt doch, dass ich während der ganzen Zeit, als du in Carnegie Mellon warst, auch dort studiert habe, oder?", fuhr er fort.

Meinte er etwa, sie hätte ihn im Architektur-Fachbereich und auf dem Campus nicht gesehen? Auch wenn sie einander nicht beachtet hatten, war sie sich seiner Anwesenheit ständig und schmerzhaft bewusst gewesen. „Ja, ich glaube, ich wusste das."

Plötzlich wurde er ernst. „Laurie …"

Sie langte mit ihrer Gabel über den Tisch nach einem Pommes frites auf seinem Teller. „Darf ich?"

„Natürlich." Er schmunzelte.

Zumindest hatte ihr Verstoß gegen gängige Benimmregeln ihn davon abgehalten, etwas über jene Nacht zu sagen.

Er schob ihr den Teller entgegen. „Nimm dir, was du möchtest. Pass auf, ich weiß, dass du diese Regeln aufgestellt hast, aber ich möchte dir gern etwas erzählen …"

„Die sind wirklich lecker." Sie nahm sich noch einen Pommes frites.

Dieses Mal lachte er. „Okay, du hast gewonnen. Ich kenne dich nicht. Ich erinnere mich nicht an dich, und meine Jahre auf dem College liegen im Nebel der Vergangenheit. Lass uns über die Zukunft reden."

Noch schlimmer. „Über die nächsten drei Wochen?"

„Ja. Wollen wir die miteinander verbringen, indem wir all diese heiklen Themen ausklammern?"

„Ja, das wollen wir. Hier sind die Regeln: Wir werden auf gar keinen Fall über unsere Arbeit, unsere Ideen, unsere Vorschläge, unsere Firmen, unsere Vergangenheit, unsere Zukunft oder unsere Gegenwart reden."

„Es wird ein sehr stilles Haus werden."

„Das sind gute Arbeitsbedingungen."

„Ich höre gern laute Rockmusik."
Sie stöhnte. „Ich liebe Klassik."
„Ich schlafe lange."
„Ich stehe jeden Morgen um halb sechs auf und gehe joggen."
„Ich esse am liebsten etwas von Call-a-Pizza."
„Ich koche nur Vollwertkost."
„Weißt du was, Laurie?"
Sie wischte sich die Hände an der Serviette ab. „Was, Colin?"
Er grinste. „Mit dir hat man keinen Spaß."
„Danke."
Lachend nahm er sich einen Pommes frites und steckte es in den Mund, während er Laura nachdenklich ansah. „Und du hast dich zu einer erstaunlichen Frau entwickelt."
Eine wohlige Wärme durchströmte sie. „Noch mal danke."
Er beugte sich über den Tisch und flüsterte. „Ich freue mich schon auf die nächsten drei Wochen."
„Ich freue mich schon darauf, die Edgewater-Ausschreibung zu gewinnen", entgegnete sie und hielt seinem feurigen Blick eisern stand.
„Vielleicht kann ich dir das eine oder andere beibringen."
Sie hob skeptisch eine Augenbraue. „Was denn zum Beispiel?"
„Wie man laute Musik, spätes Aufstehen und Fast Food genießt." Er lachte leise und hielt ihr als eine Art Friedensgeste einen Pommes frites hin. „Und wie man … Regeln bricht."

3. KAPITEL

„Ach, du meine Güte!"

Laura fuhr herum und sah die verblüffte Miene ihrer Mitbewohnerin. „Was ist los, Allie?"

„Ich habe dein Zimmer noch nie so unordentlich gesehen." Allie blinzelte verschlafen und zeigte auf Lauras Bett. „Ich dachte, du wüsstest gar nicht, wie man einen Berg aus Klamotten macht. Sind dir die farblich sortierten Bügel ausgegangen?"

Laura sah sie verzweifelt an. „Hilf mir", flehte sie mit einer Spur Panik in der Stimme. „Gilmore hat uns vierundzwanzig Stunden Zeit gegeben, um zurück nach Newport zu kommen. Und ich weiß nicht, was ich mitnehmen soll." Sie hob eine Jeans hoch. „Soll ich für einen Urlaub packen?" Sie griff nach einer Kostümjacke. „Für eine Geschäftsreise?" Einen Rock. „Ist das Ganze eine Art Wettbewerb, oder ist es …"

„Dein wahr gewordener Traum?" Allie griff in den Stapel und zog ein aufreizendes schwarzes Kleid heraus, das sie herausfordernd an ihrem Finger baumeln ließ.

Laura griff danach und warf es zu den aussortierten Sachen. „Mein einziger Traum ist es, den Edgewater-Auftrag zu bekommen."

„Und als kleinen Bonus könntest du dir die Konkurrenz angeln."

Laura hob strafend den Finger. „Allison Powers, du bist ein böses Mädchen."

„Ich tue mein Bestes. Aber du warst schließlich diejenige, die mich gestern vor den Computer geschleppt hat, um mir die Webseite deines neuen Mitbewohners zu zeigen." Allie warf ihr langes schwarzes Haar über die Schulter und schlenderte um das Bett herum. „Und ich würde sagen, wenn du jemals dafür bereit warst, alle Bedenken über Bord zu werfen, dann ist jetzt der beste Zeitpunkt dafür."

„Ich habe kein Interesse an einer kurzen Affäre mit Colin McGrath. Du weißt doch, das hatte ich schon einmal und habe es für den Rest meines Lebens bereut."

Doch sie bereute nicht, dass sie sich gestern Abend, als sie aus Newport zurückgekommen war, Allie anvertraut hatte. Und Allie hatte sie verstanden. Schließlich war sie vor Kurzem selbst tief enttäuscht worden.

Allie schob die Sachen beiseite und streckte sich auf Lauras Bett aus. „Ich respektiere deine Moralvorstellungen. Vielleicht übe ich mich demnächst auch in Enthaltsamkeit. Aber, Liebes, du bist achtundzwanzig Jahre alt. Bist du nicht neugierig, worum es bei der ganzen Sache mit Sex und Liebe geht?"

„Ich werde es herausfinden, wenn ich den Mann treffe, bei dem ich mich gut und geborgen und vor allem geliebt fühle", erklärte Laura entschieden. „Wenn es so weit ist, dann werde ich ..."

„Ihn festnageln."

„Nein, so wird es nicht sein."

„Erwarte keine Liebesschwüre, Blumen oder Geigen, Kleines." Allie verdrehte die Augen. „Die Realität ist anders. Und da wir gerade von Männern sprechen, die keine Gefühle ausdrücken können – was hat dein Dad gesagt?"

Laura schüttelte den Kopf. „Warum gebe ich mich nur mit dir ab?"

„Weil ich dich auf den Boden der Tatsachen zurückhole und die Wahrheit sage."

Das stimmte. Allie kannte den Frust, der Laura wegen ihres gefühllosen Vaters immer wieder überkam. „Ich habe heute Morgen mit ihm gesprochen. Erst hat er gezögert, aber dann hat er mit Adrian gesprochen ..."

„Er hat den Kunden angerufen?"

„Ja", gab Laura zu, die es ebenfalls als Schmach empfand.

„Wie grässlich", meinte Allie. „Er behandelt dich wirklich wie ein Baby."

„Deshalb muss ich diesen Auftrag unbedingt bekommen." Laura nahm einen gewagten rosafarbenen Pullover, den Allie ihr zum Geburtstag geschenkt hatte. Sie sah ihn an und ließ ihn dann fallen. Zu weit ausgeschnitten und zu eng. „Ich bin es wirklich leid, immerzu unter seiner Fuchtel zu stehen. Dies ist meine Chance, mich endlich zu befreien."

Allie nahm den aussortierten Pullover und warf ihn in den offenen Koffer. „Du wirst dich befreien, wenn du den anziehst."

„Allie", Laura warf ihr einen strafenden Blick zu, ließ den Pullover aber, wo er war. „Ich kann es mir nicht leisten, diese Gelegenheit dadurch zu vermasseln, indem ich mich mit der Konkurrenz einlasse."

„Das hat nichts mit Konkurrenz zu tun, sondern vielmehr mit dem Effekt, den dieser Mann auf dich hat."

Leider hatte sie recht. „Das bildest du dir nur ein."

„Oh, natürlich. Und wieso ist seine Webseite auf deinem Computer unter ‚Favoriten' gespeichert?" Allie deutete auf etwas, was hinter Laura lag. „Nimm das rote Kleid, das steht dir ausgezeichnet."

„Hier geht es nicht darum, wie ich aussehe." Sie nahm das Kleid vom Bügel.

„Ach, nein? Wie kommt es dann, dass ich das Gefühl habe, du hättest die Sachen bereits ordentlich gefaltet und alphabetisch sortiert in deinem Koffer liegen, wenn du dir ein Flitterwochendomizil mit, na ja, irgendeinem x-beliebigen Mann teilen müsstest?"

Sie hatte ja so recht. „Es ist ein dreistöckiges Haus mit mindestens fünf Schlafzimmern und kein Flitterwochendomizil."

„Wie du meinst, aber du weißt, dass ich recht habe."

„Allie, Colin McGrath war der erste große Fehler in meinem Leben. Und ja, ich gebe es zu, er ist höllisch attraktiv. Aber das ändert nichts daran, wie ich über Liebe und Sex und die Verbindung von beidem denke. Ich könnte Colin niemals lieben."

„Warum nicht?"

Es begann in Lauras Magen zu kribbeln. „Weil ... er ist, er ist ... weil ich ..."

„Du hast Angst vor ihm."

Sie wollte es leugnen, wusste aber, dass es sinnlos war.

„Er könnte der Mann sein, bei dem es dich erwischt."

Sie schüttelte hilflos den Kopf.

„Du hast noch nie jemanden getroffen, der dich so aus der Fassung gebracht hat."

Warum musste Allie immer den Nagel auf den Kopf treffen?

Allie setzte sich auf und richtete anklagend ihren Finger auf sie. „Weißt du, was dein Problem ist?"

„Ich werde es wohl gleich erfahren."

„Meine Liebe, du hast Angst vor einem Mann, der seine Gefühle zeigen kann und dich dazu bringen könnte, auch deine zu zeigen. Du hast noch nie einen Mann an dich herangelassen – zweifellos wegen deines zugeknöpften alten Herrn –, und du weißt nicht, was du tun sollst, wenn du einem Mann begegnest, den du vielleicht willst."

„Das könnte sein", erwiderte Laura. „Aber Colin ist nicht der richtige Mann für mich. Er ist rebellisch und wild und respektlos und unkonventionell."

Allie stöhnte wohlig. „Hört sich himmlisch an."

„Er hat eine Frau ausgenutzt, die betrunken war, vergiss das nicht."

„Nach deinen Erzählungen warst du aber auch nicht ganz unschuldig an der Situation."

Laura stöhnte. Es stimmte. Sie hatte sich Colin an den Hals geworfen, ihn geküsst, bis sie auf den Boden gefallen waren und sich minutenlang eng umschlungen dort getollt hatten. Daran konnte sie sich noch erinnern. Dann waren sie die Treppen hinaufgestolpert und hatten die Finger nicht voneinander lassen können. Ja, auch daran erinnerte sie sich noch. Dann waren sie in sein Zimmer gegangen, und von da an wusste sie nichts mehr.

„Aber Allie, ich war zum ersten Mal in meinem Leben betrunken. Dadurch habe ich alle meine Hemmungen verloren und mich der lustvollsten Schwärmerei hingegeben, die ich je erlebt habe. Er hätte mich nach Hause, nicht in sein Zimmer bringen sollen."

„Vielleicht hat er es für besser gehalten, dass du in diesem Zustand nicht nach Hause kommst", schlug Allie vor. „Vielleicht wollte er verhindern, dass der halbe Campus mitbekommt, dass du volltrunken bist. Vielleicht wollte er dich beschützen."

„Indem er mit mir geschlafen hat."

Allie kniff die Augen zusammen. „Bist du dir denn ganz sicher, dass du in jener Nacht deine Unschuld verloren hast?"

Laura reagierte mit einem undamenhaften Schnauben. „Ich bin in einem von Colins T-Shirts aufgewacht – mit nichts weiter an. Jemand hat mich ausgezogen, und wir lagen eng aneinandergepresst im Bett." Die Erinnerung daran ließ sie erröten.

„Wie hat er sich benommen?"

„Merkwürdig."

„Merkwürdig?"

Colin war zurückhaltend und verlegen gewesen. „Na ja, er hat mit seiner Eroberung nicht geprahlt. Er hat es sogar geleugnet."

„Hat er das?" Allie sah interessiert auf. „Warum hätte er lügen sollen?"

Colin McGrath lügt nie. Die Worte eines anderen Architekturstudenten hallten in Lauras Kopf wider. Aber Colin hatte gelogen. Zumindest das eine Mal. „Wahrscheinlich, damit ich ihm nicht mehr hinterherlaufe. Er war an einem Mädchen wie mir nicht interessiert. Er mochte – mag – wilde, freigeistige Menschen, die so sind wie er. Es tat ihm leid, dass es passiert war. Das war ihm deutlich anzumerken." Seine Miene war genauso abweisend gewesen wie ihre feuchten Sachen, die sie in seiner Dusche hängend gefunden hatte. Was hatten sie nur getrieben? „Ich habe einfach nur gemacht, dass ich wegkam."

„Waren die Laken blutig von der großen Entjungferung?"

Laura bedachte Allie mit einem angewiderten Blick. „Ich habe sie nicht inspiziert, Allie. Sein Zimmer war das reinste Chaos, das weiß ich noch. Der Typ ist schlampig. Wie auch immer, nicht jede Frau blutet."

„Hattest du Schmerzen?"

Manchmal ging Allie wirklich zu weit. „Ich glaube, man sagt, ‚ich fühlte gar nichts mehr', Allie. Ja, ich kam mir vor wie gerädert."

„Okay, aber sag schon ... war er gut ... ausgestattet?"

Laura faltete eine weiße Bluse und legte sie sorgfältig in den Koffer. „Colin ist in jeder Beziehung ein Prachtexemplar, Allie.

Aber ich will nicht darüber reden. Er ist der Feind. Die Konkurrenz. Ein Dämon mit Ohrring und Pferdeschwanz."

Schweigend stand Allie auf, nahm das schwarze Kleid und hielt es über den Koffer. „Na ja, dann ... falls du ein paar Dämonen gegenübertreten musst, Laura." Sie ließ es fallen. „Zieh das Richtige an."

„Gute Idee", murmelte Laura.

Nachdem Allie gegangen war, öffnete Laura eine Schublade und nahm ein weiteres Kleidungsstück heraus. Es war eins ihrer Lieblingsteile. Ohne weiter darüber nachzudenken, stopfte sie es zwischen den rosa Pullover und das schwarze Kleid.

Beim Anblick von Lauras Audi, der vor dem Kutscherhaus stand, zog sich Colins Magen erwartungsvoll zusammen. Alles an ihm war vor Erwartung angespannt, seit er gestern mit Laura essen gewesen war. Das Schwimmen im eiskalten Meer hatte geholfen, genau wie das Joggen auf den Klippen. Aber das Verlangen quälte ihn trotzdem ständig.

Er hatte seine Entscheidung bezüglich der kommenden Wochen bereits gefällt.

Er war nicht länger ein Arbeiterkind, das nur mithilfe eines Stipendiums studieren konnte. Er hatte es sich und der Welt bewiesen, und zwar nicht, indem er sich zurückgelehnt und das Leben an sich hatte vorbeiziehen lassen. Sicher, er war ein Glückskind. Aber er wusste, dass einem das Glück nur hold war, wenn man es beim Schopf packte. Und jetzt bekam er eine zweite Chance mit der Frau, die er nie hatte vergessen können. Er würde sie nutzen. Dieses Mal würde er Laura lieben, und sie würde jede einzelne Minute davon genießen und niemals vergessen.

Er griff nach seinem Gepäck und schlenderte zur Veranda, wo er einen Moment lang stehen blieb. Die große Hollywoodschaukel schien wie geschaffen dafür, mit Laura unter einer warmen Decke darauf zu kuscheln. Die Liegestühle im Garten waren der ideale Platz, um die letzten Sonnenstrahlen zu genießen, Seite an Seite mit Laura.

Und in diesem großen Stuhl könnte sie auf seinem Schoß sitzen ...

„Du kommst zu spät. Adrian sagte vier Uhr."

Laura stand im Eingang, in Jeans und einem hellen Pullover, das Haar zu einem Pferdeschwanz gebunden. Herausfordernd sah sie ihn an. Colin musste dem Impuls widerstehen, die Hand auszustrecken und ihre Wange zu berühren.

Wie lange würde er sich wohl noch beherrschen können? Nicht lange, fürchtete er.

„Ich wusste gar nicht, dass das Ganze auch ein Rennen auf Zeit ist."

Sie verschränkte die Arme und sah eine Sekunde lang zum Haus. „Wer weiß, was das Personal berichtet."

„Das Personal?" Enttäuschung breitete sich in ihm aus. „Welches Personal?"

„Leonard Billingsly, unser Butler", erklärte sie sichtlich zufrieden. „Er ist Engländer und backt köstliche Plätzchen." Mit einem Blick auf die Uhr fügte sie hinzu: „Die du leider verpasst hast, denn der Tee wurde um vier serviert."

„Ein Butler?" Der im Haus lebte? Und seine Fantasievorstellungen störte?

In diesem Augenblick erschien ein älterer Mann im Eingang. „Sie müssen Mr McGrath sein", sagte er mit feinem britischen Akzent.

Colin ergriff die Hand, die ihm entgegengestreckt wurde. „Und Sie sind Mr Billingsly?"

„Jawohl, Sir. Bitte nennen Sie mich Leonard. Ich bin Mr Gilmores persönlicher Bediensteter, doch er ist während der nächsten vier Wochen verreist und meinte, meine Dienste würden hier bei Ihnen und Miss Harrington mehr gebraucht." Er lächelte Laura an, und sie erwiderte das Lächeln.

Wunderbar. Jetzt musste er wohl mit dem Butler um ihre Aufmerksamkeit buhlen.

„Erlauben Sie mir, Sir, Sie nach oben zu geleiten." Leonard schaute Laura an, bevor sie alle hineingingen. „Ich hoffe, Sie haben Ihren Tee genossen, Miss Harrington."

„Sehr, Leonard. Er war ganz köstlich."

Natürlich fühlte Laura sich mit einem Butler wie zu Hause. Und so wie der alte Lenny sie anstrahlte, war er auch schon ganz verliebt in Laura.

Auch?

Colin räusperte sich und folgte Leonard die Treppe hinauf.

„Ich habe die West-Suite für Sie fertig gemacht. Miss Harrington deutete an, dass sie das Morgenlicht liebt und früh aufsteht, während Sie, äh, gern länger schlafen."

Colin warf Laura einen kurzen Blick zu, doch sie zuckte nur unschuldig mit den Schultern.

„Ich denke, Sie werden sich hier wohlfühlen", meinte der Butler, als er die Tür zu einem großen Raum öffnete, der einen atemberaubenden Blick auf das Meer bot.

„Das ist wunderbar", erklärte Colin und warf seine Sachen aufs Bett. „Danke."

„Möchten Sie auch das Studio sehen?", fragte Leonard.

Ach ja, er würde ja auch arbeiten müssen, während er hier war. „Gern."

Er folgte dem Butler eine weitere Treppe hinauf und trat in einen riesigen Raum, der über die ganze Etage ging.

„Mr Gilmore hat dieses Studio im letzten Jahr errichten lassen, als er auf Edgewater gewohnt hat", erzählte Leonard. „Er ist gerne hier und nutzt das herrliche Licht zum Malen."

Irgendwie fiel es Colin schwer, sich Adrian Gilmore mit einer Palette in der Hand vorzustellen. Aber das Studio war grandios. Durch die vielen Fenster strömte das Nachmittagslicht und ließ den polierten Holzfußboden glänzen. Colin konnte sich durchaus vorstellen, hier viel Zeit zu verbringen. Mit Laura.

Zwei Zeichentische mit jeweils identischen Computerarbeitsplätzen waren am anderen Ende des Raumes aufgebaut. Jemand hatte sich bei der Einrichtung viel Mühe gegeben. Und jemand hatte dieses Künstlerstudio innerhalb kürzester Zeit in einen Arbeitsplatz für Architekten verwandelt.

„Erstaunlich", sagte Colin und ging langsam durch das Zimmer. „Wie haben Sie es geschafft, die Zeichentische und Computer innerhalb von nur einem Tag hier aufzubauen?"

„Mr Gilmore kann alles erreichen, was er sich vornimmt", versicherte Leonard. „Ich habe ihm dabei geholfen, das Material zu besorgen. Ich soll es Ihnen hier so angenehm wie möglich machen und Sie mit allem versorgen, was Sie brauchen."

„Großartig. Wir werden viel Ruhe brauchen. Sie wissen schon, damit wir ungestört arbeiten können."

Leonard schmunzelte. „Die werden Sie haben, darauf können Sie sich verlassen, Mr McGrath. Ich versichere Ihnen, Sie werden ideale Arbeitsbedingungen vorfinden."

Colin machte sich mehr Sorgen um die Bedingungen fürs Vergnügen, aber das behielt er lieber für sich.

„Ich verbringe die meiste Zeit unten, Mr McGrath", fuhr Leonard fort. „Meine Zimmer liegen direkt neben der Küche, aber Sie können mich jederzeit über die Gegensprechanlage erreichen, die Mr Gilmore hat einbauen lassen."

„Das hört sich so an, als hätte Adrian mehr Zeit hier als auf Edgewater verbracht", stellte Colin fest.

„Mr Gilmore hatte hin und wieder Gäste im Herrenhaus, bevor das Feuer es zerstört hat, aber ihm gefiel es hier in dem kleineren Haus besser."

Ein gutes Zeichen, was die Pläne für Pineapple House betraf.

„Wie oft hat er denn Gäste?", hakte Colin nach.

„Oft genug, um es wieder aufzubauen", antwortete Laura, die an der Studiotür stand.

Er lachte und winkte sie herein. „Nette Arbeitsumgebung, oder, Laurie?"

„Hier werde ich eine Menge schaffen", stimmte sie zu und kam ins Zimmer. „Ich werde morgens arbeiten. Du kannst die Nachmittage haben."

Er hob die Augenbrauen. „Die Aufteilung ist nicht nötig. Ich schwöre, ich werde nicht bei dir abgucken."

„Keine Chance." Sie deutete auf ein modernes Lautsprechersystem, das in den Wänden installiert war. „Ich kann laute Musik nicht ausstehen."

„Da wird uns schon etwas einfallen."

„Das können Sie dann beim Abendessen besprechen", warf Leonard ein. „Um sechs Uhr gibt es Cocktails auf der Veranda."

„Für mich bitte nur Eistee", meinte Laura.

„Natürlich, Miss Harrington", stimmte er zu. „Ich kann das Essen im Esszimmer oder auf der Terrasse servieren, wie Sie wünschen."

„Auf der Terrasse", sagte Colin.

„Im Esszimmer", sagte Laura gleichzeitig.

Leonard konnte sein Schmunzeln kaum verbergen, als er Richtung Tür ging. „Bitte sagen Sie mir Bescheid, sobald Sie sich geeinigt haben. Ich bin in der Küche."

Als er gegangen war, herrschte eine angespannte Stille. Laura durchquerte das Zimmer und besah sich die Arbeitsplätze. Ihr glänzendes Haar reflektierte das Licht, und ihre Silhouette spiegelte sich im Fenster. Colin genoss den Anblick ihrer weiblichen Formen und musste abermals gegen den Impuls ankämpfen, Laura nicht nur mit den Augen zu verschlingen.

„Ziemlich erstaunlich, dass Gilmore das alles in einem Tag bewerkstelligt hat, findest du nicht?", fragte er. „Es sieht eher so aus, als hätte er das von langer Hand geplant."

Laura hob abrupt den Kopf. „Was meinst du damit?"

„Ich weiß nicht. Die Installation der Computer, die Zeichentische ..." Er nahm eine Handvoll Acrylstifte vom Tisch. „Meine Lieblingssorte, meine Lieblingsfarben."

Sie runzelte die Stirn. „Das ist eine gängige Marke, und ...", sie untersuchte die Stifte, „... nichts besonders Ausgefallenes, was die Farben betrifft."

Er musste ein Lächeln über diesen kleinen Seitenhieb unterdrücken. „Und auf deinem Schreibtisch?"

Sie hob eine Schachtel mit Buntstiften hoch. „Ich benutze keine Acrylstifte. Die sind mir nicht genau genug."

„Sieht fast so aus, als wäre er auf uns vorbereitet gewesen. Oder zumindest auf irgendjemanden."

„Es ist gut möglich, dass er eine Endausscheidung geplant hat", meinte Laura. „Aber er konnte doch vorher nicht wissen, wer es sein würde. Dies hier sind typische Architektengerätschaften. Leonard ist zu einem Büroartikelladen gegangen und hat gefragt, was Architekten brauchen." Sie warf einen Blick auf seine Acrylfarben. „Gute Architekten."

Er lachte und widerstand erneut einem Impuls – dem, sein Gesicht in ihren Haaren zu vergraben und den zarten Blumenduft darin einzuatmen. „Du hast wahrscheinlich recht."

Sie klopfte auf ihren Zeichentisch. „Mir gefällt dieser hier, und das nicht nur, weil meine Lieblingsstifte darauf lagen. Mir gefällt die Aussicht."

Er folgte ihrem Blick. „Dir gefällt der Anblick eines verkohlten Abbilds des Buckingham-Palastes?"

„Ich finde es inspirierend, weil ich weiß, dass ich den Neubau entwerfen werde."

„Gut, denn dies hier ..." Er deutete nach draußen. „... ist die perfekte Aussicht für mich."

Sie stellte sich neben ihn. „Warum? Das ist doch nur eine beliebige Ecke des Parks. Völlig unspektakulär, es sei denn, du spielst gern Krocket."

„Ich finde es spektakulär." Er legte Laura locker einen Arm um die Schulter und zog sie sacht an sich. Sie erstarrte, blieb aber stehen. „Dort hat Pineapple House einmal gestanden." Er hob die Hand und zeigte hinaus. „Lass deiner Fantasie freien Lauf. Stell es dir vor. Gerade Linienführung, perfekte Proportionen und klassische Architektur des achtzehnten Jahrhunderts."

Er schaute sie an. Ihr Blick war auf das Grundstück gerichtet, und sie versuchte sich offensichtlich mit dem Auge einer Architektin vorzustellen, was er meinte.

„Ich würde die Zeichnungen von dem Gebäude wirklich gern sehen", sagte sie und fügte dann hastig hinzu: „Natürlich nur aus beruflicher Neugier."

Als sie ihn ansah, zog sich sein Herz zusammen. Warum nur berührte Laura ihn auf diese Weise? Er senkte seine Stimme zu einem einladenden Flüstern. „Iss mit mir unter den Sternen, und ich zeige sie dir."

Ihr trotziger Blick wurde weicher, und auch aus ihren Augen wich die Kampfeslust. Sie entzog sich ihm nicht und wendete auch den Blick nicht ab. *Sag Ja, Laurie.*

„Colin, um des Anstands und der Vernunft willen, meinst du, dass wir während der nächsten drei Wochen die Sache so platonisch wie möglich halten können?"

Ihm stand nicht der Sinn nach Anstand und Vernunft, vor allem nicht, wenn es um Laura ging. „Nein."

Ihre Lippen formten ein winziges kleines O vor Überraschung. Und dieses Mal konnte er dem Impuls nicht mehr widerstehen. Er neigte den Kopf und küsste ihren wunderhübschen Mund. Ihre Lippen waren warm und schmeckten nach Tee. Er glitt mit der Zungenspitze über ihre Lippen, und diese intime Geste sandte einen Wonneschauer durch seinen Körper. Ihr Mund war so weich und köstlich, dass ihn ein wohliger Schmerz vom Kopf bis zu den Zehen, und vor allem an einer Stelle in der Mitte, durchzuckte. Das Verlangen überkam ihn sofort und mit aller Kraft.

Er schlang den anderen Arm um ihre Taille und zog sie an sich. Ihr Herz schlug in demselben schnellen Rhythmus wie seins, und ein leises Stöhnen entschlüpfte ihr, als sie die Faust in sein Sweatshirt krallte. Er war nicht sicher, ob Laura ihn schlagen, ihn durchs Zimmer schubsen oder ihn an sich ziehen würde.

Sie tat nichts dergleichen. Sie erschauerte und entzog sich ihm. Langsam schüttelte sie den Kopf, als wollte sie ihren Verstand dazu bringen, ihr zu gehorchen. Aus irgendeinem Grund brachte ihn das zum Lachen. Doch er unterdrückte es.

„Einige Dinge sind einfach zu mächtig, Laurie."

Aus grünen Augen funkelte sie ihn wütend an. „Nun, du wirst die nächsten einundzwanzig Tage dagegen ankämpfen müssen."

Er strich über ihre samtweiche Wange. „Wir können die Dinge in dem Tempo angehen, das du vorgibst."

Es gelang ihr, sich seinen Berührungen zu entziehen. „Null. Das ist das Tempo, das ich vorgebe. Kein Tempo und keine ‚Dinge'."

„Du verlierst wirklich nicht gern die Kontrolle, was, Laurie?"

„Nein." Er bemerkte, dass sie krampfhaft schluckte. „Wie du ja weißt."

„Laurie ..."

Sie hob die Hand. „Colin, bitte versteh das. Die Vergangenheit wird sich nicht wiederholen."

Er lachte gequält. „Ich glaube, du weißt nicht, was du da sagst."

„Ich weiß genau, was ich sage. Vielleicht habe ich eben eine verrückte Sekunde lang nicht gewusst, was ich tat, aber ich weiß, was ich sage. Ich werde diesen Fehler nicht noch einmal begehen."

Es war an der Zeit, diese absurde Fehleinschätzung endlich aus der Welt zu schaffen, damit Laura etwas anderes als nur Verachtung für ihn empfand. Es war eine Sache, dass sie ihn ablehnte, weil er gesellschaftlich nicht zu ihr passte. Aber er würde nicht länger dulden, dass sie glaubte, er hätte sich an einer betrunkenen Achtzehnjährigen vergangen. „Laurie, hör mir zu."

Sie verschränkte die Arme. „Na gut. Ich höre."

„Ich möchte das endlich aufklären."

Er kam einen Schritt näher und legte ihr beide Hände auf die Schultern, worauf sie herausfordernd das Kinn anhob. „Okay, sag es. Ich bin erwachsen, also reif genug, um deine Entschuldigung zu akzeptieren."

„Ich werde mich für nichts entschuldigen."

Sie errötete. „Natürlich nicht. Wer hätte das auch von dir erwartet? Soll ich mich dafür entschuldigen, dass ich mich dir an den Hals geworfen habe?" Sie versuchte sich von ihm zu befreien, doch er hielt sie fest. „Du bist ein Schuft, weißt du das?"

Er verstärkte den Griff um ihre Schultern und senkte die Stimme. „Laurie, ich habe nicht mit dir geschlafen."

Alles kam zu einem urplötzlichen Halt. Die Energie, die zwischen ihnen vibrierte, die fahrigen Bewegungen ihres Körpers, sogar ihr Atem schien zu stocken.

„Du lügst."

„Ich lüge nicht, Laurie. Dazu bin ich gar nicht fähig."

Sie starrte ihn ungläubig an.

„Dir war schlecht, als wir in mein Zimmer kamen. Und du bist auf dem Badezimmerfußboden besinnungslos zusammengesackt."

Sie zuckte zusammen und runzelte dann verwirrt die Stirn. „Warum hast du mir das nicht gesagt?"

„Ich habe es versucht", meinte er frustriert. „Aber du wirst dich erinnern, dass du nicht in der Stimmung warst, mir zuzuhören. Du wolltest nur so schnell wie möglich weg."

„Du hast mich ausgezogen, weil mir schlecht war?"

Er nickte. „Deine Sachen waren schmutzig. Du musstest dich übergeben. So konnte ich dich nicht nach Hause bringen. Unten waren immer noch zu viele Leute."

„Und du hast nicht …"

„Nein, das habe ich nicht." Er lächelte verschmitzt. „Okay, ich habe dich angeschaut. Ich meine, ich habe dich ausgezogen, dich gewaschen, aber das ist alles. Du warst nicht bei Bewusstsein. Ich aber wollte dich … mit klarem Kopf. Ich wollte, dass du dasselbe fühlst wie ich."

So schnell, wie ihr die Röte in die Wangen geschossen war, erbleichte sie jetzt. „Du meinst, all die Jahre, die ich gedacht habe, ich hätte meine Unschuld verloren …"

„So sehr ich die Ehre auch genossen hätte, Laurie, aber nein, ich war nicht der Erste. Alles, was ich getan habe …", er hielt kurz inne und strich ihr zärtlich über die Schultern, so wie er es in jener Nacht getan hatte, „… war wach zu bleiben und dich zu beobachten. Um sicher zu sein, dass dir nicht mehr schlecht wurde. Man kann daran sterben, weißt du."

Sie starrte ihn mit großen Augen an. Schließlich legte er einen Finger unter ihr Kinn und schob es hoch. „Siehst du? Du weißt nicht einmal, wann du deine Unschuld verloren hast."

„Ich habe sie nicht verloren", meinte sie schlicht.

Dieses Mal stockte ihm der Atem. Er musste sie falsch verstanden haben. „Wie bitte?"

Sie lachte verlegen. „Ich habe auch nie wieder Alkohol getrunken. Und wenn du die Wahrheit sagst, dann habe ich noch nie ... du weißt schon."

Sie hatte noch nie? War es tatsächlich möglich, dass Laura noch Jungfrau war?

Diese Erkenntnis traf ihn wie ein Schlag. Er wollte ihr Erster sein. Eine ungeahnte Euphorie überkam ihn in dem Moment, als auch ihre Augen zu funkeln begannen. Ob sie dasselbe dachte wie er?

Sie legte eine Hand auf ihr Herz und schüttelte leicht den Kopf. „Du weißt ja gar nicht, was für ein wunderbares Geschenk du mir gemacht hast."

„Ein Geschenk?", fragte er angespannt.

Sie nickte beschämt. „Ich weiß, es klingt altmodisch, aber ich habe mir immer gewünscht, meine Unschuld an den Mann zu verlieren, den ich liebe."

Seine Träume zerplatzten wie eine Seifenblase. „Das ist ein edler Vorsatz."

Das Funkeln in ihren Augen verwandelte sich in ein Glitzern. Nein, in eine Träne. „Jetzt kann ich mich dem Mann schenken, in den ich mich verliebe."

„Ja, das kannst du", flüsterte er, während Eifersucht das kurzzeitige Hochgefühl ersetzte. „Und er wird ein Glückspilz sein."

Aber seine Glückssträhne war gerade mit einem Schlag zu Ende gegangen, denn er war der letzte Mann auf diesem Planeten, den Laura lieben würde.

4. KAPITEL

Laura schlug die Decke zurück und gab es auf, schlafen zu wollen. Selbst die frische Septemberluft, die sie hereingelassen hatte, machte sie nicht schläfrig. Was war nur los mit ihr?

Hunger. Natürlich. Sie hatte das Abendessen ausgelassen, und die Leere in ihrem Inneren war schlichtweg Hunger. Es war erst kurz nach Mitternacht. Sie hatte also eine lange, schlaflose, hungrige Nacht vor sich.

Es war ein wenig kindisch gewesen, nicht zu Abend zu essen, das wusste sie selbst. Aber Colin war auf einmal verschwunden gewesen. Er hatte Leonard nur gesagt, dass er sich in der Stadt mit einer Freundin zum Essen treffen würde – er hatte eine Freundin in Newport? – und Laura hatte das Angebot des Butlers abgelehnt, für sie zu kochen. Was hätte sie denn tun sollen, sich auf die Terrasse setzen und allein bei Kerzenlicht essen?

Entschlossen stand sie auf. Sie würde nicht einfach hier herumliegen und grübeln. Der Gedanke, mitten in der Nacht Leonards Speisekammer zu plündern, gefiel ihr nicht, aber vielleicht konnte sie sich einen Tee kochen oder ein Glas Milch trinken. Irgendetwas würde sie schon finden.

Leise schlich sie hinunter in die Küche und warf einen Blick in den Kühlschrank. Der Anblick einer Schwarzwälder Kirschtorte ließ ihr das Wasser im Mund zusammenlaufen. Doch sie widerstand der Versuchung und entschied sich stattdessen für eine Tasse Tee. Da sie keinen Wasserkessel finden konnte, musste sie sich mit einem Topf begnügen, um Wasser heiß zu machen. Die Mikrowelle hätte sie natürlich auch benutzen können, doch das Klingeln hätte vielleicht Leonard ... oder Colin aufgeweckt. Sie sah auf ihr knappes Top und die Schlafanzughose. Nein, Colins Gesellschaft wollte sie im Moment ganz bestimmt nicht.

Der Gedanke ließ sie erschauern, und sie schüttelte den Kopf, als sie die Zitrone für den Tee aufschnitt. Wie lange konnte sie ihm – und sich selbst – noch etwas vormachen? Wie lange konnte sie noch kühl und unnahbar tun? Der Mann machte merkwürdige Dinge mit ihr. Er elektrisierte sie. Sämtliche Nervenenden vibrierten, sobald er in ihrer Nähe war, und sandten kleine Schockwellen an Körperteile, die sie in den letzten Jahren meist ignoriert hatte. Und er tat noch etwas anderes.

Er ließ sie an ihrer Entscheidung zweifeln.

Zum ersten Mal seit zehn Jahren fragte sich Laura, warum sie eigentlich so überaus viel Wert auf ihre Jungfräulichkeit legte.

Sie weigerte sich, diesem Gedanken nachzugehen, nahm ihren Tee und ging Richtung Wohnzimmer, wo sie sich eine Decke vom Sofa nahm und hinaus auf die Terrasse trat.

Perfekt. Meeresluft und eine Tasse Tee. Danach würde sie bestimmt schlafen können. Sie setzte sich auf die Hollywoodschaukel, hob die Tasse und atmete den frischen Zitronenduft ein.

„Hallo, Laurie."

Nur mit Mühe gelang es ihr, nichts zu verschütten, als sie die Stimme vom Rasen her hörte. Nicht irgendeine Stimme. Colins Stimme.

Sie blinzelte in die Dunkelheit. „Wo bist du?"

Ein Schatten bewegte sich. „Hier." Plötzlich konnte sie ihn im Mondlicht erkennen. Er stand auf den Stufen, die zur Terrasse hinaufführten.

„Was machst du hier?", fragte sie und zog die Decke ein wenig enger um sich.

„Ich wohne hier, falls du es vergessen hast."

„Ich meine, draußen, mitten in der Nacht."

„Ich bin schon ein großer Junge", meinte er lachend und kam die Stufen herauf. „Ich war in der Stadt. Und wieso bist du denn so spät noch auf? Du musst doch schon bald wieder aufstehen und joggen gehen."

„Ich kann nicht schlafen, also habe ich mir einen Tee gemacht. Soll ich dir auch einen machen?"

In dem schwachen Licht konnte sie erkennen, dass er die Mundwinkel leicht verzog. „Nein, danke, ich hatte gerade ein Bier."

Mit wem er wohl ein Bier trinken gewesen war? „Ich dachte, du würdest schon schlafen."

Er zuckte mit den Schultern und kam dann zur Schaukel. „Nein. Ich bin eine Nachteule. Darf ich dir Gesellschaft leisten?"

Sie rückte in die äußerste Ecke, als er sich setzte.

Er trug Jeans und ein dunkles Sweatshirt. Erstaunt bemerkte Laura, dass er sein Haar nicht zusammengebunden hatte. Fasziniert starrte sie es an und musste sich beherrschen, nicht die Hand danach auszustrecken.

Colin legte einen Arm auf die Rückenlehne und streckte die Beine von sich. Laura schloss die Augen und nippte am Tee.

„Es kann kein schlechtes Gewissen sein, das dich wach hält", meinte er.

Sie öffnete die Augen. „Wie bitte?"

„Meine Großmutter sagt immer, ein schlechtes Gewissen hält einen guten Mann wach. Oder eine Frau, in diesem Fall. Aber da du von einer Schuld befreit worden bist, weil du die Tat, um die es geht, nicht begangen hast, kann das nicht der Grund für deine Schlaflosigkeit sein."

Sie warf ihm einen warnenden Blick zu. „Können wir dieses Thema für die, sagen wir, nächsten drei Wochen bitte meiden?"

Mit einem leisen Lachen setzte er die Schaukel in Schwung. Eine Zeit lang schwiegen sie, und nur das leise Zirpen der Grillen und die Meeresbrise, die das trockene Herbstlaub aufwirbelte, waren zu hören.

„Was hat Lenny dir zum Abendessen gemacht?"

„Lenny?" Sie verschluckte sich fast an ihrem Tee. „*Lenny?*"

„Mr Billingsly, meine Liebe, unser verehrter Butler."

Sie lachte über seinen gespielten britischen Akzent. „Ich habe nichts gegessen. Aber mach dich nicht über einen Mann lustig, der eine Schwarzwälder Kirschtorte backen kann. Ich habe sie im Kühlschrank gesehen."

Er rückte näher, und sie spürte seinen Arm in ihrem Nacken. „Warum hast du nichts gegessen?"

Sie würde natürlich nicht zugeben, dass es ihr ohne ihn zu einsam gewesen war. „Ich war beschäftigt. Habe telefoniert. Bürokram erledigt."

Noch einmal schaute sie verstohlen zu seinem Haar. Himmel, es war so einladend. Es juckte ihr in den Fingern, es zu berühren.

Er ertappte sie. „Was betrachtest du so eingehend, Laurie?"

Sie wurde rot und dankte dem Himmel für die Dunkelheit. „Ich habe dich noch nie mit offenen Haaren gesehen", gestand sie.

„Ich habe das Band vorhin verloren."

Ein unangenehmes Gefühl machte sich in ihr breit. Was hatte er heute Abend getrieben, dass er sein Haarband verloren hatte?

„Und? Mit wem hast du gegessen?", fragte sie so unbeteiligt wie möglich.

Mit den Fingerspitzen berührte er ihr Haar. „Mit einer Freundin."

Sie dachte an seine Freunde vom College. Künstlertypen, exzentrische Leute. Im Gegensatz dazu war sie sich immer so bieder vorgekommen. „Du hast eine Freundin, die hier lebt?"

„Sie ist sogar hier in Newport geboren und weiß eine Menge über die Geschichte der Stadt."

„Also habt ihr über die Geschichte gesprochen?"

Er nickte gedankenverloren.

Da er anscheinend nichts weiter sagen wollte, schob Laura die Decke beiseite und wollte aufstehen.

„Wo willst du hin, Laurie?"

„Meine Tasse abwaschen."

Er schüttelte den Kopf, nahm sie ihr ab und stellte das kostbare Porzellan auf den Holzfußboden neben sich. „Mach es später. Bleib noch ein wenig bei mir."

Ein erwartungsvolles Kribbeln durchströmte genau die Körperteile, die sich vorhin in der Küche gemeldet hatten. Sie strich die Decke glatt und zog die Füße unter sich.

Und Colin rutschte noch näher.

Sie betrachtete sein Gesicht im Mondschein und bemerkte, dass sein Kinn noch dunkler als sonst wirkte. Offensichtlich hatte er sich nicht rasiert, bevor er mit seiner Freundin ausgegangen war.

Hatte er sie geküsst? Ein Bier mit ihr getrunken? Und wie fühlten sich diese Stoppeln wohl an, wenn er küsste?

Laura wendete sich ab. Du liebe Güte, wie sollte sie die drei Wochen überstehen, wenn sie ständig ans Küssen dachte? „Ich sollte lieber schlafen gehen, wenn ich morgen etwas schaffen will", meinte sie halbherzig. Sie wollte die Schaukel gar nicht verlassen, wollte nicht, dass dieser Augenblick endete.

„Keine Angst. Morgen ist Sonntag. Du kannst das Studio den ganzen Tag für dich haben, wenn du willst."

„Was hast du vor?"

Er zuckte mit den Schultern. „Weiß noch nicht. Ich habe keinen Plan. Was hast du vor?"

„Nichts, was dich interessieren würde."

„Erzähl trotzdem."

„Ich werde arbeiten, dann wollte ich mir ein paar der großen Herrenhäuser ansehen."

„Welche?"

„Ich dachte an Breakers und Rosecliff, um ein Gefühl für die Umgebung zu bekommen. Sie sind Edgewater ziemlich ähnlich, vor allem in der Art, wie sie auf dem Grundstück positioniert sind. Und es ist Jahre her, dass ich in der Elms Villa war. Auch wenn das Anwesen nicht direkt am Meer liegt, ist es mit Edgewater vergleichbar."

„Du solltest dir auch Hunter House anschauen."

„Warum?"

„Hunter House ist ein vorzügliches Beispiel für die hiesige Architektur aus der Mitte des achtzehnten Jahrhunderts. Abgesehen davon, dass es dir einen Einblick in die Pläne der Konkurrenz gibt, solltest du es dir einfach anschauen und es genießen. Nur so zum Spaß."

„Ich interessiere mich nicht für die Architektur des achtzehnten Jahrhunderts", erklärte sie und wickelte die Decke enger um sich. „Und ich bin auch nicht zum Vergnügen hier."

Er lachte spöttisch. „Ganz offensichtlich nicht." Er strich ihr kurz durchs Haar.

Sie rutschte noch weiter in ihre Ecke. „Bitte, Colin, hör auf, mich auf den Arm zu nehmen."

Langsam schüttelte er den Kopf. „Geht nicht, Laurie. Es macht einfach zu viel Spaß."

Spaß – für ihn vielleicht. „Ich kann die nächsten drei Wochen nicht überstehen, wenn du ständig darauf herumreitest, was ich ... verpasse."

„Du verpasst Architektur aus dem achtzehnten Jahrhundert."

Sie warf ihm einen warnenden Blick zu. „Du weißt genau, was ich meine. Alles, was du sagst, ist irgendwie doppeldeutig."

„Das bildest du dir ein", erklärte er lachend. „Aber ich mache dir einen Vorschlag. Ich verspreche, künftig nur eindeutige Aussagen zu machen, wenn du mir auch etwas versprichst."

„Das hängt davon ab, was es ist."

„An jedem Tag, den du hier bist, eine Regel zu brechen."

„Wie bitte?"

„Nur etwas Kleines. Geh ein Risiko ein, brich eine Regel. Zum Beispiel die Teetasse für zwanzig Minuten auf den Fußboden zu stellen, statt sofort hineinzulaufen, um sie abzuwaschen."

Diese Art von Regeln konnte sie brechen. Aber was schwebte ihm noch vor? „Ich weiß nicht", meinte sie und lächelte. „Ich will schließlich nicht meine Maßstäbe aufgeben."

Er strich ihr noch einmal durchs Haar, und ein Wonneschauer lief ihr über den Rücken. „Du brauchst überhaupt nichts aufzugeben, Laurie. Ich möchte nur, dass du ein wenig Spaß hast."

Das hier macht Spaß, stellte sie auf einmal erschrocken fest. So nahe bei Colin zu sitzen, im Mondschein, und dabei seinen männlichen Duft einzuatmen, während die Schaukel hin und her schwang, das war pures Vergnügen.

„Ich weiß nicht", meinte sie. „Mir gefallen Regeln."

„Es geht um Kontrolle, und darin bist du eine Expertin." Irgendwie war er bis auf ihre Seite der Schaukel gerutscht und saß jetzt nur noch Zentimeter von ihr entfernt. „Solange man die Kontrolle behält, kann man Regeln brechen. So gehe ich die Architektur an."

„So gehst du das Leben an."

Er grinste. „Vorsicht. Es ist ansteckend."

Das hatte gesessen. Genau davor hatte sie Angst. „In Ordnung. Eine Regel am Tag. Von morgen an. Aber dafür keine Zweideutigkeiten mehr, okay?"

„Abgemacht. Aber wir beginnen nicht morgen. Es ist bereits nach Mitternacht, also lass uns sofort anfangen." Er schob sich ganz nah an sie heran und hob die Decke ein wenig. „Was hast du an?"

Laura verschlug es fast die Sprache. „Einen Pyjama."

„Dann musst du dich umziehen."

„Warum?"

„Weil wir einen Spaziergang machen."

„Jetzt? Wohin?"

„Zu den Klippen."

„Zu den Klippen?" Sie musste über seine absurde Idee lachen. „Da kann man nachts nicht spazieren gehen. Ich wette, das ist verboten."

Er grinste, stand auf und streckte ihr die Hand entgegen. „Genau deshalb gehen wir dorthin."

„An der Ledge Road wird es ein wenig gefährlich", warnte Colin.

Laura blieb in der Auffahrt stehen, doch er zog sie weiter von der Sicherheit des Kutscherhauses fort. „Du meinst es wirklich ernst? Du willst um diese Zeit auf den Klippen spazieren gehen?"

„Natürlich. Vertrau mir, nachts ist es herrlich. Du kannst den Mond über dem Wasser sehen, und es ist absolut menschenleer."

„Genau deshalb ist es eine absurde Idee." Sie zog den Reißverschluss ihrer Jacke zu. „Man kann da draußen umkommen."

Colin schlang locker einen Arm um ihre Schulter. „Ich bin gestern Morgen die ganzen drei Meilen gelaufen. Es gibt ein paar unebene Stellen, aber ich passe schon auf, dass du dir nicht wehtust, Laurie."

Sie kannte den Pfad auch. Gut genug, um zu wissen, dass die „unebenen" Stellen selbst bei Tageslicht nicht einfach zu begehen waren. Die Felsen konnten rutschig sein, und an einigen Stellen war es ziemlich steil.

„Gegenvorschlag: Warum spazieren wir nicht einfach über das gesamte Edgewater Grundstück, und du zeigst mir, wo du Pineapple House bauen wirst?"

Er blieb stehen und sah sie ungläubig an, bis sich ein breites Lächeln auf seinem Gesicht ausbreitete. „Das nenne ich positives Denken, Laurie."

„Ich ... ich meine, wo du Pineapple House wieder aufbauen *willst*", korrigierte sie sich hastig.

Colin zog sie enger an sich, und sie spürte seine Wärme selbst durch ihre Jacke. „Das zeige ich dir morgen bei Tageslicht. Heute Nacht möchte ich mit dir spazieren gehen."

Während Colin sie durch das Tor zu dem schmalen Pfad führte, konnte Laura viel weiter unten die Brandung hören. Der Mond verbreitete zwar etwas Licht, aber bei Weitem nicht genug, wenn sie an den steinigen Weg vor sich dachte.

„Lass meine Hand nicht los", meinte Colin und nahm ihre.

Laura dachte nicht im Traum daran. „Rutsch nur nicht ab", erwiderte sie und deutete mit dem Kopf über den Rand der Klippen.

„Keine Angst, ich habe alles unter Kontrolle", antwortete er.

Einige Minuten gingen sie schweigend weiter, sodass Laura sich auf jeden einzelnen Schritt konzentrieren konnte. Aber immer wieder wurde sie abgelenkt von der kräftigen Hand, in der ihre fest und sicher lag. Und zu dem faszinierenden Mann, der mit ihr auf diesen gefährlichen Klippen ging. Sie atmete tief durch und hoffte, nicht die Kontrolle zu verlieren.

Als sie das Ende des steinigen Weges erreicht hatten, trat Colin vor, sprang herunter und drehte sich dann um, um Laura zu helfen. Er legte ihr die Hände um die Taille und hob sie auf den sicheren Weg.

„So, jetzt ist der gefährlichste Teil geschafft." Der Pfad war nun breiter und nicht mehr so felsig. Einen Moment lang hielt Colin ihre Taille noch umschlungen, und sein Gesicht war nur Zentimeter von ihrem entfernt. Lauras Puls beschleunigte sich, und ihr wurde klar, dass der gefährlichste Teil des Weges vielleicht doch noch vor ihr lag.

Sie gingen Hand in Hand weiter. Um sich abzulenken, fragte Laura: „Warum willst du Pineapple House bauen? Willst du damit dem Normalbürger ein Denkmal setzen?"

„Ich verstehe Pineapple House als eine Art Denkmal für die Menschen, die Newport einmal gegründet haben, und das waren nun mal ganz normale Menschen, die nichts zu tun haben mit all den Reichen, die sich hier später niedergelassen haben."

Sie hatte etwas ganz anderes erwartet. „Ich dachte, du würdest jetzt eine Lobeshymne auf die Schönheit der Architektur des achtzehnten Jahrhunderts halten und dass man das Erbe schützen müsse und die ganze Leier."

„Die ganze Leier?" Er mimte den Beleidigten, konnte ein Lachen jedoch nicht unterdrücken. „Das hältst du also von meinen brillanten und radikalen Ideen?"

„Wen kümmert, was ich denke, wenn die Zeitschrift ,Newsweek' fragt, ob die Welt bereit ist für die avantgardistische und geniale Architektur von Colin McGrath?"

„Mich kümmert es, was du denkst." Die Worte, so leicht dahingesagt, hatten eine bemerkenswerte Wirkung auf Laura. „Und offen gestanden bin ich überrascht, dass du diesen Artikel überhaupt gelesen hast. Ich meine, in Anbetracht unserer Vergangenheit."

Ihn gelesen? Sie hatte es nach der Vorankündigung kaum erwarten können, bis das Heft erschien. „Oh, ich habe ihn in unserem Büro zufällig gesehen."

„In dem Artikel stand ein Menge Unsinn, findest du nicht?"

„Eigentlich nicht." Sie hatte genau das Gegenteil gedacht, als sie ihn ausgeschnitten und die einzelne Seite zusammengefaltet in ihr Schmuckkästchen gelegt hatte. „Gute Pressearbeit."

„Du lügst."

„Okay, ertappt. Ich dachte: Wow, ich wusste gar nicht, dass die Leute in Portland in die Oper gehen."

Er lachte kurz auf, wurde dann aber wieder ernst. „Ich wette, du hast es gelesen und gedacht: Oh, da ist dieser Kerl, der mich auf dem College angemacht hat."

Sie schaute ihn an. War das Reue in seiner Stimme? In seinen Augen lag ein spöttischer Ausdruck, doch er lächelte nicht. Er war so nahe, zum Küssen nahe. Laura musste sich davon abhalten, sich auf die Zehenspitzen zu stellen und ihre Lippen auf seine zu pressen.

Langsam legte er einen Finger unter ihr Kinn und hob es an, sodass sie ihm so nahe war, dass sie sich bereits vorstellen konnte, wie sich sein Mund auf ihrem anfühlen würde.

„Sag mir die Wahrheit", beharrte er. „Was hast du wirklich gedacht?"

Sie hatte gedacht, dass sie diesen Mann noch immer ganz schrecklich anziehend fand, so sehr, dass allein sein Foto in einer Zeitung ihren Herzschlag beschleunigte. Und als er jetzt leibhaftig vor ihr stand, geschah genau das Gleiche.

Noch immer brachte er sie völlig durcheinander.

Aber sie hatte noch etwas verspürt, als sie den Artikel gelesen hatte, und das war ein Gefühl, das nicht unbedingt schmeichelhaft war, aber das sie zumindest zugeben konnte: „Ich war eifersüchtig."

„Eifersüchtig?", fragte er ungläubig. „Auf diese kleine Pressemitteilung?"

„Auf deine Fähigkeit, dich gegen die Trends zu stellen und damit durchzukommen. Dieser Opernbau ist atemberaubend, und das weißt du auch."

„Wow." Er beugte sich wieder zu ihr. Gefährlich nahe. Wie gern hätte sie ihn geküsst. „Das ist ja ein riesiges Kompliment, noch dazu aus deinem Munde."

„Ich weiß, was gute Arbeit ist. Selbst wenn sie riskant ist." Laura versuchte zu atmen, doch es funktionierte nicht. Sie spürte förmlich, wie ihr Verstand aussetzte und ihr Körper die Regie übernahm.

„Sei vorsichtig, Laurie." Er trug seine Warnung mit leiser, heiserer Stimme vor. „Sobald du einmal daran Gefallen gefunden hast, Regeln zu brechen, könnte es sein, dass du nicht mehr aufhören kannst."

Das Risiko gehe ich ein. Wortlos hob sie den Kopf und presste ihren Mund auf seinen. Colin zog sie an sich, öffnete die Lippen und begann mit seiner warmen, flinken Zunge eine Erkundungstour, die eine Hitzewelle nach der anderen durch ihren ganzen Körper sandte.

Sie hörte sich leise aufstöhnen, während sie die Arme um seinen Hals schlang und endlich die Finger in seinen seidigen Haaren vergraben konnte. Ihre Beine drohten nachzugeben, als ihre Zungen sich zu einem wilden Tanz fanden und sie ihre Körper aneinander pressten.

Sehr zu Lauras Bedauern löste Colin sich gleich darauf von ihr.

„Laurie", flüsterte er.

Er trat einen Schritt zurück, und sofort vermisste sie seine Wärme.

Sie versuchte etwas zu sagen, doch dieses Gefühl des Verlangens verschlug ihr fast die Sprache. „Ich ... ich ..."

„Pst." Colin legte ihr einen Finger auf die Lippen, und sie ertappte sich dabei, dass sie den Wunsch verspürte, ihn in den Mund zu nehmen. Himmel, war sie verrückt geworden?

Über sich selbst erschrocken zuckte sie zurück, und Colin packte sie gerade noch, bevor sie gegen das Geländer prallte. „Achtung", meinte er. „Denk dran, Kontrolle ist alles, Laurie."

Kontrolle. Ja, richtig. Sie hatte eine vage Erinnerung daran, was das war.

Sie machte einen Schritt zur Seite, wohl wissend, dass sie schon wieder an der Klippe stand, aber dass der Mann vor ihr die viel größere Gefahr darstellte. Sie lächelte unsicher. „Ich bin okay", versuchte sie ihm weiszumachen. Und sich selbst.

„So, so." Er erwiderte ihr halbherziges Lächeln. „Das war ein ausgezeichnetes Beispiel für einen Regelbruch." Er drehte Laura in die Richtung, aus der sie gekommen waren, und meinte ein wenig bedauernd: „Aber ich glaube, für heute haben wir unsere Grenze erreicht."

„Nein."

Er blieb abrupt stehen. „Nein?"

„Ich will noch eine Regel brechen."

Noch einmal ließ er sein sinnliches, belustigtes Lachen hören. „An was hast du dabei gedacht, Darling?"

„Das wirst du schon sehen."

Bevor er jedoch noch antworten konnte, joggte sie los in Richtung Edgewater.

5. KAPITEL

„Hm." Laura schloss die Augen und stöhnte genüsslich. „Dieser Mann ist ein Meister."

Langsam zog sie die Kuchengabel aus dem Mund und leckte sich mit ihrer kleinen Zunge einen Krümel Schwarzwälder Kirschtorte von den Lippen. Colin starrte sie einfach nur fasziniert an, während sein Stück Kuchen noch unberührt auf dem Teller lag.

Plötzlich öffnete Laura die Augen, und er wusste, er war ertappt.

„Willst du nicht auch probieren? Es schmeckt himmlisch."

„Dir dabei zuzusehen, wie du Torte isst, ist mindestens genauso himmlisch."

„Du bist verrückt." Ihre Augen funkelten, als sie den nächsten Bissen in ihren süßen Mund schob. „Dies, mein Freund, ist ein Kunstwerk."

Er wusste nicht, was ihm mehr gefiel – ihre Lippen, die sich um die Gabel schlossen, oder dass sie ihn als Freund bezeichnete.

„Ist mir zu gehaltvoll."

„Ach, komm schon, nur ein Bissen." Sie hielt ihm eine Gabel voll Kuchen vor den Mund, nur um sie wieder wegzuziehen. „Kontrolle, weißt du noch?" Sie lachte, bevor sie den Kuchen selbst aß.

Natürlich erinnerte er sich. Es hatte ihn fast übermenschliche Kraft gekostet, vorhin auf den Klippen die Kontrolle über sich und sein Verlangen nicht zu verlieren. Aber wie lange würde er das noch durchhalten? Laura war die verführerischste Frau, die er kannte, und sie erregte ihn permanent.

Selbstbeherrschung war das Motto für die nächsten drei Wochen, dabei war er darin noch nie besonders gut gewesen. Baden im eiskalten Meer konnte seiner überschäumenden Fantasie vielleicht ein wenig Einhalt gebieten. Aber wie sollte er die übrige Zeit durchhalten, ohne sich zum Narren zu machen?

Er bemühte sich, seine Gedanken in eine andere Richtung zu lenken. „Hast du schon mal darüber nachgedacht, dass Leonard ein Spion sein könnte?"

Laura kaute weiter und schaute ihn fragend an.

„Ja, was ist, wenn Adrian ihn hier einquartiert hat, um sicherzustellen, dass sein Plan funktioniert?"

Sie wischte sich den Mund ab. „Er wird wissen, dass es funktioniert hat, wenn wir ihm in drei Wochen unsere fertigen Entwürfe präsentieren. Ganz einfach."

„Vielleicht. Vielleicht aber auch nicht."

„Worauf willst du hinaus? Glaubst du wirklich, dass dies ein ausgeklügelter Plan ist?"

„Man sollte es nicht von vornherein ausschließen."

„Und selbst wenn es so wäre, was dann?" Sie stand auf und trug ihren leeren Teller zur Spüle. „Wir sind die Firmen, die er ausgesucht hat, also ist es letztlich unerheblich."

Colin schob seinen Teller zur Seite. Er war nicht im Geringsten daran interessiert, den Kuchen zu essen – es sei denn aus Lauras Mund. Eine köstliche Vorstellung.

„Sicher", stimmte er zu. „Wir kämpfen es mit den endgültigen Entwürfen aus. Aber warum wir? Warum allein? Warum hier?"

Sie drehte sich um. „Warum nicht? Wir sind die Besten."

„Warum zum Beispiel nicht jemand anderes aus eurer Firma?"

Er sah, wie das Leuchten in ihren Augen erlosch. „Du also auch."

„Was meinst du?"

Sie trat an den Tisch und nahm seinen Teller. „Willst du nichts essen?"

„Willst du es noch?"

Kopfschüttelnd stellte sie den Teller in den Kühlschrank. „Du hast keine Vorstellung davon, wie hart ich darum kämpfen musste, diesen Auftrag zu bekommen, und alle Kollegen glauben, man hätte ihn mir auf einem Silbertablett gereicht, eins mit dem Wappen meiner Familie drauf." Sie spülte sorgfältig ihren Teller ab. „Sogar mein Vater glaubt, dass ich die Sache eigentlich nicht allein schaffen kann."

Dass ihre Kollegen Vetternwirtschaft witterten, war verständlich, aber ihr Vater? Der glaubte, die Sonne, der Mond und die

Sterne leuchteten nur deshalb am Himmel, um ihr Licht auf Laura zu werfen. Das hatte Colin aus der einen Unterhaltung, die er mit ihm geführt hatte, herausgehört.

„Pfeif auf deine Kollegen", meinte er. „Sie sind nur eifersüchtig, weil du talentiert und gut aussehend bist und eines Tages ihre Chefin sein wirst."

Einen Moment lang hielt sie in ihren Bewegungen inne, bevor sie den Teller zum Abtropfen abstellte. „Danke für die Blumen." Ihre Stimme klang angespannt. „Aber wenn ich ihre Chefin werde, dann möchte ich diesen Titel auch verdient haben."

„Und das wirst du auch." Er nahm den Teller und trocknete ihn ab.

„Ja, wenn ich diesen Auftrag bekomme."

Colin unterdrückte die zynische Antwort, die ihm auf der Zunge lag. „So kann man einem Mann den Job auch vermiesen."

Sie strich sich eine blonde Haarsträhne von der Wange und schaute ihn an. „Komm schon, Colin, Wettbewerb ist für dich doch ein Ansporn."

„Wettbewerb, ja." Er stellte den Teller in den Schrank. „Aber ich möchte nicht verantwortlich dafür sein, deine Karriere ruiniert zu haben."

„Du kannst meine Karriere nicht wirklich ruinieren", widersprach sie dann voller Zuversicht, „denn ich werde diesen Auftrag bekommen."

„Nein, ich werde gewinnen." Daran hegte er nicht den geringsten Zweifel. Das Glück eines anderen Menschen war eng damit verbunden; ein Mensch, dem er viel zu verdanken hatte. Er durfte einfach nicht versagen.

„Träum weiter, McGrath." Ihre Stimme klang wieder munter. Natürlich. Sie bezweifelte nicht, dass es ihm hier nur um das Geschäft ging. „Du kannst gern bis Mittag darüber schlafen. Bis dahin habe ich meinen ersten Aufriss fertig."

Aber er würde den Auftrag bekommen. Und dann wäre er wieder der Grund für eine riesige Enttäuschung für Laura. Der Gedanke bereitete ihm Sorgen, doch er lächelte keck und warf das Geschirrtuch beiseite. „Mein erster Aufriss ist bereits fertig."

Kopfschüttelnd nahm sie das Handtuch, hängte es ordentlich auf und ging zur Tür. „Gute Nacht, Colin."

„Wir sehen uns morgen, Laurie."

„Wohl kaum", meinte sie leise. „Ich werde längst weg sein, wenn du aufwachst."

Colin bezweifelte jedoch, dass er überhaupt Schlaf finden würde.

Wen wollte er glücklich machen? Die Frau, der er sein Leben verdankte, oder die Frau, die ihn nie lieben würde?

Genau genommen konnte er nur verlieren.

Mr Harrington hat darum gebeten, täglich Faxe von Ihnen über Ihre Entwürfe zu bekommen sowie ausführliche Berichte über den Fortschritt der Konkurrenz.

Laura benutzte die Telefonnotiz, die in Leonards gestochener Schrift geschrieben war, als Untersetzer für ihren Kaffeebecher. Es war bereits ihr dritter Kaffee heute Morgen.

Und es war bereits neun Uhr.

Denn statt nach ihrem mitternächtlichen Spaziergang müde zu sein, hatte Laura eine unruhige Nacht verbracht, in der sie immer wieder an diesen unglaublichen Kuss auf den Klippen hatte denken müssen.

Und zu allem Überfluss wurde sie wieder einmal von ihrem Vater kontrolliert. Am frühen Sonntagmorgen. Er hätte ja auch eine Nachricht auf ihrem Handy hinterlassen können, aber nein, es war ja viel einfacher, dem Personal Befehle zu erteilen.

Die Nachricht besagte zwar nicht, dass sie zurückrufen sollte, doch sie nahm ihr Handy, wählte und lächelte, als sie die Stimme von Hannah Dumont hörte. „Hallo, Miss Hannah."

Die ältere Frau lachte, wie immer, wenn Laura die Haushälterin so ansprach, wie sie es als Kind getan hatte. „Hallo, meine Schöne. Ich habe gerade gehört, dass du ein paar Tage auf Rhode Island verbringst."

Hannah wusste immer, wo sie war, denn so lange Laura zurückdenken konnte, war es Hannah gewesen, die sich um sie gekümmert hatte, wenn ihre Mutter wieder einmal auf Reisen gewesen war. Auch jetzt erzählte Hannah, dass Catherine Harrington Freunde in Vancouver besuchte. Da es sich für eine Harrington nicht ziemte, sich scheiden zu lassen, hatte Lauras Mutter für sich entschieden, so viel wie möglich zu reisen, um einer Ehe, die nur noch auf dem Papier bestand, zu entkommen. Und Lauras Vater hatte schon immer die meiste Zeit in seiner Firma verbracht, sodass Laura ziemlich viel allein gewesen war.

„Ist er beschäftigt?", fragte sie Hannah jetzt.

„Natürlich, er ist im Arbeitszimmer. Ich stelle dich durch."

Während sie wartete, bemerkte Laura aus dem Augenwinkel eine Bewegung draußen auf der Einfahrt. Sie sah gerade noch, wie Colins dunkelblauer Porsche auf die Straße bog. Wo wollte er um diese Uhrzeit an einem Sonntagmorgen hin? Sie bezweifelte, dass er zur Kirche fuhr. Frühstück mit seiner *Freundin*?

„Laura!" Eugene Harringtons Stimme dröhnte durch die Leitung. „Was hast du zu berichten?"

Sie hatte keine liebevollen Worte erwartet, aber trotzdem war sie enttäuscht. Oder war ihre Enttäuschung auf Colins unvorhergesehenes Wegfahren zurückzuführen?

„Nun, ich bin gestern erst angekommen, also …"

„Bitte pass auf, dass dieser McGrath keinen Vorsprung bekommt, Laura. Ich weiß nicht, was er aushebt, aber Gilmore gefällt es. Es gefällt ihm sogar sehr. Aber mehr habe ich aus ihm nicht herausbekommen."

Laura überlegte kurz, ob sie ihrem Vater erzählen sollte, was Colin aushebte, aber irgendetwas hielt sie davon ab. „Ich mache mir wegen seiner Ideen keine Sorgen." Das stimmte immerhin. Es waren sein Gesicht, sein Körper, seine Haare und, oh ja, sein Mund, die sie die ganze Nacht lang wach gehalten hatten. „Ich glaube, Adrian haben unsere Entwürfe beeindruckt."

„Aber nicht genügend, sonst hätte er uns den Auftrag sofort gegeben. Er hat mir gesagt, dass er das gesamte Design ein wenig weicher haben will. Ich habe allerdings nicht die leiseste

Ahnung, was er damit meint. Hast du mit diesem McGrath über seine Pläne gesprochen?"

Wenn sie ihn nicht gerade draußen auf den Klippen geküsst hatte.

Sie zuckte zusammen bei der Vorstellung, ihre Gedanken laut auszusprechen. Es war etwas, was sie sich schon seit Langem wünschte, sich aber nie traute.

„Nicht viel. Ich bezweifle, dass wir uns viel sehen werden. Ich glaube, er bleibt gern für sich."

„Du solltest die Chance nutzen, Laura. Lerne ihn kennen. Und schau dir die Grundstücke an, die Gilmore erwähnt hat."

„Werde ich", versicherte sie ihm. „Das steht für heute auf meinem Plan."

„Gut. Dann zeichne deine Ideen und schick sie mir. Wir werden sie dann im Büro überarbeiten."

„Natürlich." Als würde er je ihre Ideen einfach unverändert übernehmen.

„Du weißt, dass Jack Browder erpicht darauf ist, dich dort zu ersetzen."

Typisch. Ihr Vater konnte es sich nicht verkneifen, ihr zu drohen, falls sie nicht „brav" sein sollte. Sie wusste, dass Jack Browder alles daran setzen würde, um die Leitung des Edgewater-Projekts zu bekommen. „Ich weiß."

„Vielleicht wäre es gar nicht so schlecht, Laura. Vielleicht könnte er ein besseres Verhältnis zu McGrath aufbauen. Um herauszubekommen, was er Gilmore präsentiert hat."

„Col… McGrath ist nicht sehr mitteilsam", murmelte Laura, während sie auf die Einfahrt starrte, als könnte sie so seinen Wagen zurückbeordern. „Wahrscheinlich könnte nicht einmal der charmante Jack etwas aus ihm herausbekommen."

„Ich werde mit Browder in einer Stunde Golf spielen. Wir werden darüber reden. In der Zwischenzeit solltest du fleißig sein. Wir wollen diesen Auftrag, Laura."

„Ja, Sir, ich auch."

Es gab keinen Grund, dem etwas hinzuzufügen.

Laura atmete tief durch, als sie ihr Handy weglegte. Sie drehte sich zu ihrem Computerbildschirm, doch vor ihren Augen sah sie noch immer den davonfahrenden Porsche. Wohin war Colin gefahren?

Und warum wollte sie das wissen?

Frustriert schaltete sie den Computer aus und entschloss sich, die Besichtigungstour der anderen Häuser zu starten, bevor Jack Browder sich geradewegs in ihren Auftrag gegolft hatte.

Als Laura den Flur durchquerte und bemerkte, dass Colins Zimmertür nur angelehnt war, konnte sie der Versuchung nicht widerstehen, kurz hineinzuschauen. Ihr Blick fiel auf ein ungemachtes, zerwühltes Bett. Wie würde es sich wohl anfühlen, noch einmal neben ihm aufzuwachen?

Wäre er genauso erregt wie letzte Nacht, als er sie geküsst hatte? Würde er zärtlich und sanft sein? Oder grob und schnell?

Sie spürte die Schmetterlinge in ihrem Bauch, rief sich jedoch zur Vernunft und setzte ihren Weg hastig fort.

Sie musste an die Arbeit gehen. Hatte ihr Vater das nicht klipp und klar gesagt? Sie wollte verflucht sein, wenn dieser Idiot Browder sie ersetzen und ein „Verhältnis" zu Colin aufbauen würde.

Wenn jemand ein Verhältnis mit ihm beginnen würde, dann war sie es.

Laura tat alles mit systematischer Präzision. Wenn sie die Herrenhäuser, die sie besichtigen wollte, in einer bestimmten Reihenfolge nannte, dann, da war Colin sich sicher, würde sie sie auch in dieser Reihenfolge aufsuchen. Erst „The Breakers", dann „Rosecliff".

„The Breakers" gefiel ihm wegen des Prunks und der Touristenhorden nicht. „Rosecliff" war ein viel besserer Ort, um Laura zu treffen.

Das ausgedehnte Grundstück bot einen herrlichen Ausblick auf das Meer, doch Colin wartete vor dem Haus, um Laura nicht zu verpassen.

Er vertrieb sich die Wartezeit, indem er die architektonischen Besonderheiten des Hauses studierte. Es wirkte sehr erlesen, klassisch und elegant.

Eine Beschreibung, die auch auf Laura passte.

Und schon waren seine Gedanken wieder da, wo sie seit zwei Tagen fast ununterbrochen waren. Bei Laura. Laura, die ihn geküsst hatte. Laura, die vor Verlangen gestöhnt hatte, als ihre Zungen sich trafen. Laura, deren Karriere von diesem Auftrag abhing.

Seine Gedanken drehten sich im Kreis, wie schon die ganze vergangene Nacht. Doch immerhin hatte seine Schlaflosigkeit zu einem Plan geführt. Der barg einige Schwierigkeiten, aber wenn es klappte, würde Laura bekommen, was sie wollte ... und er auch.

Er brauchte Laura nur dazu zu bringen, dass sie sich verliebte ... natürlich nicht in ihn. Das war ohnehin unmöglich – selbst wenn er an die Liebe geglaubt hätte, was er aber nicht tat. Doch wenn er Laura dazu bringen könnte, sich in eine andere Vision von Edgewater zu verlieben, dann würden sie beide gewinnen. Das war sein Ziel.

Ein durchaus realistisches Ziel. Auf jeden Fall realistischer als sein Wunsch, ihr erster Liebhaber zu werden. Nicht dass er sich nicht danach verzehrte, so sehr, dass es fast wehtat. Aber Laura setzte Sex mit Liebe gleich. Für ihn völlig unverständlich. Sex war Sex. Liebe war Dummheit.

Nein, Sex und Liebe schlossen sich gegenseitig aus. Und solange Laura das eine nur in Verbindung mit dem anderen suchte, war er nicht der Richtige für sie. Liebe war etwas für Träumer. Das hatte er herausgefunden, noch bevor er Lesen und Schreiben gelernt hatte.

In diesem Moment sah er Laura inmitten einer Gruppe von Touristen durch das Tor kommen. Die blonden Haare unter einer Baseballkappe versteckt, sah sie mit ihrem weißen Sweatshirt und der legeren Hose aus wie eine x-beliebige Touristin, doch er wusste es besser.

Er musste tief durchatmen. Diese unwillkürliche Erregung, die ihn bei ihrem Anblick jedes Mal überkam, damit konnte er leben. Schließlich war er auch nur ein Mann. Aber dieses seltsame unbekannte Gefühl in seinem Herzen hatte ihn die ganze Nacht lang wach gehalten.

Als Laura mit der Touristengruppe in Richtung Haupteingang ging, folgte er ihr unauffällig, bis sie zum Ballsaal gelangten. Dort stellte er sich leise hinter sie, während ihre Aufmerksamkeit von der kunstvoll bemalten Decke in Anspruch genommen wurde. „Du ziehst so etwas doch nicht etwa für Edgewater in Betracht, oder?", flüsterte er ihr ins Ohr.

Sie zuckte beim Klang seiner Stimme zusammen, schloss dann jedoch hastig die Augen, sodass er ihre Miene nicht entschlüsseln konnte. Was versteckte sie? Freude oder Ablehnung?

„Eigentlich habe ich mir gerade überlegt, ob es nicht was für mein Badezimmer wäre."

Er lachte und roch den süßen Duft ihres Shampoos.

Endlich sah sie ihn an. „Was machst du hier?"

„Dich verfolgen." Er grinste und legte ihr sacht eine Hand auf den Arm. „Ich kenne dieses Haus besser als die Studentin da vorn, glaub mir. Lass uns herumgehen, und ich werde dir das Haus vom architektonischen Standpunkt aus zeigen."

„Woher kennst du Rosecliff?"

„Ich habe mal ein Referat darüber gemacht." Die Touristen begannen weiterzugehen, doch Colin hielt Laura fest. „Ich habe eine Eins bekommen."

Er führte sie in die entgegengesetzte Richtung zu der berühmten, herzförmig angelegten Treppe in der Eingangshalle. „Eigentlich ist dieses Haus gar nicht so schlecht", meinte er, als sie auf dem weißen Marmor im Eingangsbereich standen.

„Das ist ja ein mageres Lob." Laura lachte und zeigte in den Empfangssaal. „Ehrlich, Colin, was kann man hieran nicht mögen. Es ist großartig."

Sie traten in den riesigen Raum. „Es ist ein bisschen überwältigend, aber mir gefällt es auch", gab Colin zu. „Der Besitzer hatte einen guten Geschmack, aber ...", er machte eine ausladende Handbewegung, „... es ist nichts Gewagtes hier. Das ist alles seit dem siebzehnten Jahrhundert so oft gemacht worden."

Laura schenkte ihm ein Lächeln. Sie trug kein Make-up, doch ihre grünen Augen waren auch ohne künstliche Farbe mehr als bezaubernd, auch wenn unter ihnen ein paar Schatten lagen. Also hatte sie auch nicht besonders gut geschlafen. Der Wunsch, sie zu küssen, wurde auf einmal fast übermächtig.

„Was würdest du denn anders machen, du Risiko liebender Avantgardist?"

Er sah sich den prunkvollen Raum an. „Nichts."

„Nichts? Keine glaseingefasste erste Etage mit einem Betonboden, um ein städtisches Flair zu schaffen? Nichts?"

„Nichts ..." Er schmunzelte und vergaß das Zimmer. „Nichts macht mich so glücklich wie das Wissen, dass du meine Arbeiten kennst."

Laura errötete. „Man sollte die Konkurrenz immer im Auge haben."

„Stimmt." Die Entscheidung, sie mit ins Willow House zu nehmen, kam spontan. Es war an der Zeit. Er nahm ihre Hand und ging mit ihr zum Ausgang. „Dann lass uns gehen."

„Warum? Ich habe meinen Rundgang noch gar nicht beendet."

„Du brauchst dieses Haus nicht zu sehen, Laurie", erklärte er und zog sie mit sich. „Wenn du wissen willst, was die Konkurrenz antreibt, dann wird es Zeit, dass ich dir jemanden vorstelle, der mir sehr wichtig ist."

Als sie hinaus in den Sonnenschein traten, schaute Laura ihn lächelnd an. „Ist das die Freundin, mit der du gestern essen warst?"

„Ja, und ich hoffe, du wirst sie genauso lieben wie ich."

Das Lächeln schwand aus Lauras Gesicht.

6. KAPITEL

Colin hatte das Verdeck seines Wagens heruntergeklappt, sodass das Fahrgeräusch eine Unterhaltung fast unmöglich machte. Was Laura durchaus behagte. Sie richtete ihre Aufmerksamkeit auf die Umgebung, auf die sich verfärbenden Bäume und die Fußgänger, die die Straßen bevölkerten. Alles, nur um nicht an die Frau denken zu müssen, die sie gleich treffen würde.

Kein Wunder, dass Colin den Kuss auf den Klippen selbst beendet hatte. Er liebte bereits eine andere. Eine Einheimische. Deshalb wollte er diesen Auftrag vermutlich auch unbedingt bekommen. Damit er seine Freundin regelmäßig sehen konnte.

Laura hatte überlegt, ob sie sich weigern sollte mitzukommen, doch das hätte engstirnig gewirkt. Sie wollte schließlich ein „Verhältnis" zu Colin aufbauen, wie es ihr Vater vorgeschlagen hatte.

An diesen Gedanken klammerte sie sich während der verbleibenden Fahrt, und kurz darauf parkte Colin den Wagen in einer Seitenstraße vor einem großen, elegant wirkenden Backsteinhaus.

Also besaß seine Freundin Geld, oder sie lebte noch bei ihren Eltern. Das Haus stand auf einem Hügel und wurde von einer parkähnlichen Anlage umgeben.

„Wir sind da", meinte Colin, als er die Wagentür öffnete und ihr die Hand entgegenstreckte.

„Hier lebt also deine Freundin?"

„Im Moment", sagte er mit einem wehmütigen Lächeln. „Ich fürchte nur, sie wird nicht mehr lange hier sein."

„Warum nicht?"

„Weil dies das Wartezimmer zum Himmel ist, und meine Großmutter bald abberufen wird."

„Deine ..." Laura schüttelte den Kopf, als hätte sie nicht richtig gehört. „Du hast deine Großmutter mal erwähnt. Hast du nicht gesagt, sie hätte dich und deine Brüder großgezogen?"

Er nahm ihre Hand und ging zum Haus. „Das war Gram

McGrath, die Mutter meines Vaters. Marguerite Deveraux ist die Mutter meiner Mutter." Seine Stimme klang ungewöhnlich angespannt.

Ein merkwürdiges Gefühl beschlich Laura. Sie legte Colin eine Hand auf den Arm. „Was ist mit deiner Mutter, Colin?"

Sie sah, wie sich sein Adamsapfel bewegte, als er schluckte. „Ich habe keine Ahnung. Ich habe sie nicht mehr gesehen, seit sie unser Haus verlassen hat. Da war ich drei Jahre alt."

Entsetzt blieb Laura stehen, doch er öffnete die Tür und schob sie hinein. Der Eingangsbereich des Seniorenheims war mit einem großen Empfangstresen, ein paar Stühlen und einem ausgeblichenen Sofa zweckmäßig eingerichtet.

Die Frau am Empfang strahlte, als sie Colin und Laura sah.

„Colin! Marguerite wird sich freuen, dass Sie wieder da sind. Sie konnte heute Morgen gar nicht genug von gestern Abend erzählen."

Colin begrüßte die Frau herzlich. „Wenn sie strahlt, dann liegt es nur daran, dass Sie so gut zu ihr sind, Vera." Er stellte Laura vor und fragte dann: „Glauben Sie, dass wir einen Moment zu meiner Großmutter gehen können?"

Vera nickte. „Aber lassen Sie mich kurz nachschauen, Colin. Als ich das letzte Mal nach ihr sah, hat sie geschlafen."

Kaum eine Minute später war Vera zurück. „Sie haben Glück, Colin. Sie ist wach. Ich habe ihr gesagt, dass Sie Ihre Freundin mitbringen." Sie lächelte Laura an. „Das hat sie ungemein aufgemuntert."

Laura wollte Vera gerade korrigieren, doch Colin nahm ihre Hand und ließ ihr keine Chance dazu. „Komm, Laurie. Hier entlang."

Vor einer geschlossenen Tür am Ende des Flures blieb er stehen und sah Laura an. „Sie ist fast blind, aber dafür funktioniert ihr Gehör noch ausgezeichnet." Mit dieser Warnung klopfte er an die Tür und öffnete sie langsam. „Marguerite? Ich bin's."

Die Vorhänge waren fast zugezogen, und eine kleine Lampe brannte auf dem Nachttisch. Die Frau, die halb aufgerichtet auf den Kissen lag, war so zierlich, dass sie in dem Doppelbett fast verloren ging. Sie drehte den Kopf in Richtung Tür und strich sich ihr dünnes weißes Haar von der Wange. Selbst im Schatten konnte Laura sehen, wie sich auf ihrem runzligen Gesicht ein Lächeln ausbreitete.

„Colin." Ihre Stimme war genauso zart wie ihr Körper. „Was für eine wunderbare Überraschung."

Ohne zu zögern ging er um das Bett herum und setzte sich zu ihr. „Hallo, meine Schöne", sagte er leise und beugte sich vor, um ihr einen Kuss zu geben. „Ich möchte dich mit jemandem bekannt machen."

Sie versuchte ein wenig höher zu rutschen. „Wo ist sie, mein Lieber?"

„Oh, bitte machen Sie sich keine Mühe", meinte Laura und ging zu dem Stuhl neben dem Bett. „Ich werde mich hierher setzen."

„Das ist Laura Harrington", stellte Colin sie vor. „Laura ist Architektin, Marguerite. Sie arbeitet mit mir am Pineapple House."

Überrascht sah Laura ihn über das Bett hinweg an. Tat sie das?

Das Lächeln der alten Frau vertiefte sich, und mit ihrer zarten Hand griff sie nach Lauras Händen. Ihre Finger waren warm und sehr weich.

„Ich bin sicher, dass Colin Ihnen erzählt hat, dass Sie den Traum einer sterbenden Frau wahr machen. Danke, meine Liebe. Vielen Dank."

„Du stirbst nicht", warf Colin ein und klang dabei wie ein Vater, der sein Kind zurechtweist.

„Doch, das tue ich", sagte Marguerite, während sie Laura zublinzelte. „Kommen Sie näher, mein Kind. Lassen Sie sich anschauen."

Laura beugte sich vor, und Marguerite begann langsam, mit geschlossenen Augen ihr Gesicht zu ertasten. „Oh, was für schöne Wangenknochen. Sie sind ein hübsches Ding."

Lächelnd legte Laura eine Hand auf Marguerites. „Danke. Sie aber auch."

Die alte Dame schmunzelte. „Und Sie mögen meinen Colin?"

„Meistens", antwortete Laura mit einem leisen Lachen und sah über das Bett hinweg. Seine dunklen Augen waren voller Wärme und Erwartung. Er brauchte keine Angst zu haben. Sie würde niemals etwas sagen, was seine kleine alte Großmutter aufregen könnte.

„Das ist gut", meinte Marguerite. „Und was halten Sie von Pineapple House, meine Liebe?"

Laura biss sich auf die Lippe und richtete ihre Aufmerksamkeit auf das runzlige Gesicht und die braunen Augen, die ausdruckslos starrten. Es sind Colins Augen, erkannte sie. Schwächer und vom Alter getrübt, aber die Ähnlichkeit war unverkennbar. „Es ist eine interessante Idee."

„Oh, meine Liebe, es ist mehr als interessant." Marguerite holte mühsam Luft. „Haben Sie diese wunderbaren Zeichnungen gesehen? Sie sind ..." Sie hustete und schloss die Augen.

„Möchten Sie ein Glas Wasser?", fragte Laura besorgt.

Marguerite schüttelte den Kopf. „Es geht mir gut." Dann tätschelte sie Lauras Hand. „Ich wünschte nur, ich würde lange genug leben, um den Wiederaufbau mitzuerleben. Ich bin das letzte Mitglied der Restaurierungsrebellen. Ich würde die anderen gern im Himmel mit den guten Neuigkeiten über unser Lieblingsprojekt überraschen."

Die Restaurierungsrebellen? Verwirrt sah Laura zu Colin. „Ich habe noch nie von den Restaurierungsrebellen gehört."

Marguerite seufzte und lächelte wehmütig. „Wir waren nur eine Bande von penetranten, armen Frauen, die ein bisschen Wirbel gemacht haben." Sie drückte Lauras Hand. „Die alten Schachteln von der Gesellschaft zur Erhaltung historischer Gebäude haben uns gehasst, aber das hat uns nie etwas ausgemacht. Wir haben mit weniger Geld viel mehr Krach gemacht."

Marguerite drehte sich zu Colin. „Ich bin so stolz auf das, was du für mich tust, mein Lieber. Ich weiß, ich habe dich mit meinen Geschichten gelangweilt, seit du mich gefunden hast."

Seit er sie gefunden hatte?

„Du bist ein geradliniger junger Mann", sagte sie und tätschelte seine Hand.

Colin nahm die Hand, führte sie an seine Lippen und küsste sie. Aus irgendeinem Grund ging diese Geste Laura ans Herz.

„Ich bin nur entschlossen, mein Versprechen zu halten und meine Schulden zu bezahlen", antwortete er.

„Du schuldest mir nichts, Colin." Wieder atmete sie mühsam ein und lächelte schwach. „Aber ich bezweifle nicht, dass du das hier für mich tust. Und dann kannst du mich dort begraben."

„Hör auf", sagte er leise.

Sie wollte etwas sagen, musste jedoch erneut husten.

„Ich hole Wasser." Laura lief ins angrenzende Bad. Als sie mit einem Glas Wasser zurückkam, waren Marguerites Augen geschlossen, und eine Art Panik überkam Laura. „Ist sie okay?"

Colin stand auf und zog die Decke bis zum Kinn seiner Großmutter. „Sie ist nur eingeschlafen."

Laura stellte das Glas auf den Tisch und schaute zu Marguerite. „Sie ist sehr nett."

„Sie ist sehr alt. Fast dreiundneunzig. Ich bezweifle, dass sie den Wiederaufbau von Pineapple House noch erleben wird."

Bei der Erwähnung des Hauses sah Laura ihn strafend an. „Das Projekt, an dem wir zusammen arbeiten?"

Er zwinkerte ihr zu. „Danke, dass du mir nicht widersprochen hast."

„Aber es ist nicht wahr."

Er erwiderte nichts, sondern beugte sich zu seiner Großmutter und küsste sie zärtlich auf die Stirn. Laura schaute fasziniert zu. Wer hätte gedacht, dass dieser rebellische Motorradfahrer mit dem Ohrring so fürsorglich zu seiner Großmutter sein konnte? Eine Restaurierungsrebellin. Na ja, ein paar Gene wurden wohl auch über Generationen weiter vererbt.

Doch dann, gerade als sie dabei war, ihr Herz an diesen Mann zu verlieren, traf sie eine Erkenntnis wie ein Schlag. Wenn sie den Edgewater-Auftrag bekam, würde der letzte Wunsch dieser lieben alten Dame nicht in Erfüllung gehen.

Hatte Colin genau aus diesem Grund das Treffen mit der „Frau, die er liebte" arrangiert?

Laura wurde plötzlich klar, dass sie vielleicht doch lieber eine hübsche, junge Freundin statt diese liebe, kranke alte Dame kennengelernt hätte.

„Das ist Erpressung, Colin."

Natürlich dachte Laura so. Colin lenkte den Porsche durch eine enge Kurve. „Es gibt kein Gesetz gegen den Besuch bei einer alten Dame", meinte er lächelnd. „Außerdem denkt sie, du wärst meine Freundin."

„Noch eine Lüge." Laura rückte so weit wie möglich von ihm ab, und Colin war froh, dass sein Wagen so kompakt war. Sie kam nicht weit. „Wohin fahren wir? Dies ist nicht der Weg zurück nach Rosecliff."

„Ich liebe diese Straße am Meer entlang." Und das stimmte auch. Aber deshalb fuhr er nicht mit ihr auf diesem malerischen Highway. Wenn er sie zurück zu ihrem Auto gebracht hätte, wäre sie für den Rest des Tages verschwunden gewesen. Er wollte aber mit ihr reden, um die Saat für seinen Plan zu säen.

Er lenkte den Wagen auf einen Parkplatz, der einen atemberaubenden Blick auf das Meer bot, und schaltete den Motor aus.

„Was machst du?", fragte sie.

Er atmete tief durch und schaute auf die Felsen, das Meer und den Himmel. „Ich genieße die Aussicht."

Sie schien die herrliche Natur gar nicht zu bemerken, sondern starrte ihn böse an. „Warum erzählst du mir nicht lieber etwas über die Restaurierungsrebellen?"

Ein sicheres Thema und gut geeignet, um sie mit seinem Plan vertraut zu machen. „Die Restaurierungsrebellen waren eine bunt gemischte Gruppe von Frauen aus Newport. Sie kamen aus der Mittelschicht und gründeten ihren Verein in den vierziger Jahren. Sie blieben zusammen, bis die meisten von ihnen starben."

Er machte eine kurze Pause und dachte an die Beerdigung von Marguerites letzter Freundin. Es würde nicht mehr lange dauern, und sie würde ihr folgen. „Sie wollten verhindern, dass das Kolonialerbe dieser Stadt, dem niemals der Stellenwert der weltbekannten Herrenhäuser zugestanden wurde, systematisch zerstört wurde. Die Herrenhäuser ziehen Scharen von Touristen an, die die Kassen der Stadt füllen. Aber auch wenn sie nicht reich waren, konnte man die Ahnen von einigen der Rebellen bis ins siebzehnte Jahrhundert zurückverfolgen."

„Auch die von Marguerite?"

„Nein, aber sie liebte die gute Sache." Er lächelte und dachte an die Gespräche mit Marguerite. „Und sie setzt sich gern für Schwache ein."

„Hatten sie Erfolg?"

„In gewisser Weise. Aber sie waren längst nicht so einflussreich wie die Damen von der ‚Gesellschaft zur Erhaltung historischer Gebäude'."

„Und wie fügen sich Edgewater und Pineapple House in das Ganze?"

„Als Edgewater vom Blitz getroffen wurde und abbrannte, war Marguerite begeistert. Sie hielt es für die Tat eines rebellischen Engels. Ich hätte mich niemals um eine Ausschreibung für Edgewater bemüht; ich habe sogar mehrfach Adrian Gilmores Anfragen abgelehnt. Aber ungefähr eine Woche vor der Präsentation kam ich hierher, um Marguerite zu besuchen, und sie hatte diese erstaunlichen Skizzen und schaffte es, mich dafür zu begeistern. Als ich Adrian anrief, um ihm zu sagen, dass ich mich doch beteiligen würde, lachte er nur, als hätte er nichts anderes erwartet. Und merkwürdigerweise ist es zu der wichtigsten Aufgabe in meinem Leben geworden."

Laura drehte sich mit funkelnden Augen zu ihm um. „Okay. Ich verstehe. Aber du musst auch Folgendes verstehen: Ich lasse mich nicht manipulieren, Colin. Selbst durch Mitleid mit deiner sehr süßen Großmutter nicht. Ich hasse Manipulation. Ich lebe jeden Tag damit, denn mein Vater ist Meister darin. Aber wenn ich mich mit diesem Auftrag beweisen kann, dann habe ich eine Chance, seiner Kontrolle zu entkommen."

„Ich versuche nicht, dich zu manipulieren. Ich fand nur, du solltest wissen, dass auch ich einen guten Grund habe, diese Ausschreibung unbedingt gewinnen zu wollen." Aber wenn der Plan, den er letzte Nacht ausgeheckt hatte, funktionieren sollte, war dann der Vorwurf der Manipulation nicht tatsächlich berechtigt?

Mit einem tiefen Seufzer schloss Laura die Augen und lehnte den Kopf gegen die Kopfstütze, sodass die Sonne ihr direkt ins Gesicht schien. „Was hat sie damit gemeint, als sie sagte, du hättest sie gefunden?"

Colin dachte an den Tag vor fast fünf Jahren, als er zu dem winzigen Haus am Strand gegangen war und an die Tür einer älteren Frau namens Marguerite Deveraux geklopft hatte. Und wie sie geweint hatte, als er sich vorgestellt hatte.

„Meine Mutter stand ihrer Mutter nie besonders nahe und ist bereits in jungen Jahren von zu Hause weggelaufen. Sie traf meinen Dad, zog mit ihm nach Pittsburgh und bekam drei Kinder. Doch anscheinend war sie kein sesshafter Typ."

Er spürte geradezu, wie Lauras Blick immer besorgter, verwirrter und neugieriger wurde. Er erzählte diese Geschichte nur widerstrebend. „Sie ließ auch uns im Stich, und wir haben nie wieder etwas von ihr gehört oder gesehen." Er beendete den Satz hastig und machte eine abwertende Handbewegung. „Wie auch immer, das ist Vergangenheit. Vor ungefähr fünf Jahren wollte ich sehen, ob es von mütterlicher Seite noch irgendwelche lebenden Verwandten gab, und recherchierte im Internet. Das führte mich zu Marguerite. Ende der Geschichte."

„Was hat deine Mutter veranlasst, die Familie zu verlassen?"

Colin blinzelte in die Sonne. Hatte Laura ihn nicht gehört? *Ende der Geschichte.* „Ich weiß es nicht."

„Du weißt es nicht? Hat dir nie jemand etwas darüber erzählt? Dein Vater? Deine älteren Brüder?"

„Wir sprechen nicht über sie. Ich weiß nur, dass sie ein Buch über Selbstverwirklichung gelesen hat und dann gegangen ist."

„Es muss doch eine Erklärung geben. Hat dein Vater sie ... misshandelt?"

Auch diesen Erklärungsversuch kannte er. Aber er wusste, dass James McGrath nicht gewalttätig war, in keiner Weise. „Mein Vater ist ein guter Mensch. Ich weiß nicht, was für eine

Art Ehemann er war, denn ich war noch ein Baby. Aber ich weiß, dass er ein gutes Herz hat und alles daran gesetzt hat, seine Kinder vernünftig großzuziehen und ihnen eine gute Ausbildung zu ermöglichen. Gemessen an unseren Abschlüssen und unseren Jobs, hat er seine Aufgabe gut gemacht."

„Wissen deine Brüder, dass du Marguerite gefunden hast?"

Er nickte. „Ich habe es ihnen erzählt, und sie haben sie auch besucht." Einen Augenblick lang schwieg er, bevor er fortfuhr: „In gewisser Weise gab ich mir die Schuld, weil ich glaubte, dass ich als drittes Kind den Ausschlag dafür gegeben hatte, dass meine Mutter der Situation nicht mehr gewachsen war. Aber nachdem Marguerite mir mehr von ihr erzählt hat, habe ich einiges verstanden. Deshalb fühle ich mich meiner Großmutter verpflichtet und schulde ihr etwas."

Laura seufzte. „Damit wären wir wieder am Anfang unserer Unterhaltung. Du versuchst mich zu erpressen, damit ich aufgebe."

„Nein, das tue ich nicht. Wirklich nicht."

„Warum hast du mich dann mit zu ihr genommen, wenn nicht deshalb, damit ich dich Pineapple House bauen lasse?"

Er berührte ihr Kinn sanft mit dem Daumen. „Ich werde Pineapple House nicht bauen."

Sie kniff die Augen zusammen. „Nicht?"

„Nein. Du wirst es tun."

Laura starrte ihn einfach nur an und versuchte eine Erklärung für seine Worte zu finden. Vergeblich. „Wie bitte?"

Er streichelte ihr Kinn mit dem Daumen, und das prickelnde Gefühl, das diese Berührung auslöste, hätte sie fast vom Thema abgelenkt.

„Ich wollte, dass du selbst zu diesem Ergebnis kommst, aber ich sage eben doch meistens, was ich denke."

„Ich werde Pineapple House nicht bauen. Das entspricht nicht dem, was H&H mit diesem Grundstück vorhat. Es ist deine absurde Idee – und außerdem die deiner Großmutter."

„Laurie, denk einfach noch einmal darüber nach. Ich werde dich ganz bestimmt nicht nötigen, etwas zu tun, was du nicht willst." Er umschloss ihre Wange und streichelte mit den Fingerspitzen den Haaransatz in ihrem Nacken. Wenn das keine Nötigung war, was dann?

Sie versuchte standhaft zu bleiben. „Bring mich zurück zu meinem Auto, Colin."

„Okay, aber ..." Er startete den Motor. „Erst einmal musst du etwas essen."

Nein. Nicht schon wieder so ein intimes Essen bei Zelda's. Das ertrug sie nicht. Sie musste arbeiten. „Ich habe keinen Hunger."

„Aber Leonard hat uns einen Picknickkorb gepackt."

Sie wirbelte den Kopf herum. „Was soll das heißen? Hast du das alles hier etwa geplant?"

„Ich bin ein Optimist." Er lächelte sie keck an. „Auf jeden Fall haben wir noch einen Abstecher vor uns."

„Genau. Rosecliff."

Achselzuckend bog er wieder auf die Straße. „Wie du willst. Aber Leonard hat Mousse au Chocolat gemacht."

Himmel, steckte Leonard tatsächlich mit ihm unter einer Decke? „Mousse au Chocolat ist echte Erpressung."

„Komm schon, Laurie." Er schubste sie sanft mit der Schulter. „Komm mit mir zum Hunter House."

„Ach ja, Hunter House. Das perfekte Beispiel für den Kolonialstil des achtzehnten Jahrhunderts."

Er lachte. „Du warst doch eine so brave Studentin, Laurie. Das weiß ich noch vom College."

„Wir hatten kein einziges Seminar zusammen." Das hatte sie auch ganz bewusst vermieden. „Woher willst du wissen, was für eine Studentin ich war?"

Er tätschelte ihr Bein, was sie erneut ablenkte. „Ich habe deinen Werdegang beobachtet."

Tatsächlich? Ein befriedigendes Gefühl breitete sich in ihr aus. „Warum?", fragte sie, während sie bemerkte, dass Colin nicht den Weg nach Rosecliff eingeschlagen hatte.

Schmunzelnd bog er in eine Auffahrt und fuhr auf einen Parkplatz. „Weißt du, was ich an Hunter House so mag?"

Laura wollte das Thema noch nicht wechseln. Doch wenn sie jetzt weiter darauf beharrte, würde sie so eingebildet klingen. „Nein, was denn?"

Er kam um den Wagen herum und machte ihr auf. „Ganz hinten auf dem Grundstück gibt es ein abgeschiedenes Plätzchen hinter einer hohen Steinmauer."

„Da bin ich nie gewesen." Aber sie hatte das unbestimmte Gefühl, dass sie es in absehbarer Zukunft sein würde.

„Es gibt dort viele Bäume und eine Wiese, und niemand kann dich vom Haus aus sehen. Niemand. Es ist völlig abgeschieden."

Ihr Körper summte geradezu vor Erwartung. „Tatsächlich. Das hört sich nett an."

Colin nahm einen Korb und eine Decke aus dem Kofferraum. „Es ist nett." Er schenkte ihr ein Lächeln, das so sexy war, dass ihr fast der Atem stockte. „Ich denke, es ist der perfekte Ort, um dir zu erzählen, dass ich auf dem College hoffnungslos in dich verliebt war."

7. KAPITEL

Sie hatten die Köstlichkeiten, die Leonard ihnen eingepackt hatte, fast alle aufgegessen, sie hatten über Hunter House und andere Aspekte von Newports Geschichte gesprochen, doch während der ganzen Zeit konnte Laura nicht vergessen, was Colin gesagt hatte. Er war hoffnungslos in sie verliebt gewesen.

Während ihrer Unterhaltung hatte er seine absurde Idee, dass sie Pineapple House wieder aufbauen solle, nicht mehr erwähnt, und das war ihr sehr recht.

Sie wollte lieber wieder auf die Sache mit der College-Liebe zurückkommen.

Satt und zufrieden von Leonards leckerem Essen streckte Laura sich schließlich auf der Decke aus, schloss die Augen und überlegte, wie lange sie wohl noch warten musste, bis Colin diesen Faden der Unterhaltung wieder aufgriff.

Sie drehte sich auf die Seite, stützte den Kopf mit dem Arm ab und beobachtete Colin. Er sah so zufrieden aus, wie sie sich fühlte, die Beine von sich gestreckt, den Oberkörper auf seinen muskulösen Armen abgestützt. Ein völlig unerwartetes Gefühl des Verlangens durchströmte sie bei dem Gedanken, sich in diese Arme zu schmiegen.

„Gefällt's dir?", fragte er mit einem Lächeln.

Seine Frage bezog sich auf den Stil des Hauses, aber einen Augenblick lang überlegte sie, ob er sich meinte. Ja, er gefiel ihr. Viel zu sehr.

„Ich würde es gerne von innen sehen", meinte sie vage, fast als Antwort auf beide Fragen. Sie wollte Colins Inneres sehen. Wollte verstehen, was ihn zu diesem komplexen, rebellischen Mann machte, der gleichzeitig so sanft zu seiner sterbenden Großmutter war. Sie wollte die Narben berühren, die seine herzlose Mutter hinterlassen hatte. Wollte sehen, ob er auch innerlich so attraktiv war wie äußerlich.

„Wir können später hineingehen." Er streckte den Arm aus

und kitzelte ihre Wange mit einem Grashalm. „Lass uns übers College reden."

Endlich. „Du zuerst."

Lächelnd streckte er sich neben ihr aus, und sie spürte seine Körperwärme.

„Ich mochte dich", sagte er schlicht. „Sehr sogar. Überrascht dich das?"

Es überraschte, entzückte und begeisterte sie. Allein bei dem Gedanken wurde ihr schwindelig. „Ein wenig."

„Und du?"

Ein schüchternes Lächeln spielte um ihre Mundwinkel. „Ich denke, ich habe meine Gefühle ziemlich klargemacht an jenem Abend."

„Aber da warst du nicht du selbst."

Sie lachte über seine vorsichtige Wortwahl. „Es heißt doch, im Wein liegt die Wahrheit."

Er schwieg und lächelte sie nur an. Die Wärme in seinen Augen war berauschender, als Alkohol je sein konnte.

„Ich kann mich noch genau daran erinnern, wie ich dich zum ersten Mal gesehen habe, Laurie."

Ihr Puls beschleunigte sich. „Ich mich auch. In der Bibliothek."

„Du hattest ein dunkelgrünes Top an, das deine Augen besonders gut zur Geltung brachte, und eine hellblaue Jeans."

Es war unglaublich, dass er sich sogar daran noch erinnerte. Okay, er war ein Architekt, ein visueller Mann. Und sie konnte sich genauso an jedes Detail seiner Kleidung erinnern. Von seinen hochgekrempelten Ärmeln bis hin zu den braunen Wildlederstiefeln.

„Du warst in der Design-Abteilung", fuhr er fort. „Hast ein Buch gelesen, doch ich bemerkte, dass du über eine Stunde lang dieselbe Seite aufgeschlagen hattest."

Sie lachte verlegen.

„Ich habe immer wieder zu dir hingeschaut und Entschuldigungen gefunden, um an deinem Tisch vorbeizugehen, bis ich schließlich beim sechzehnten Mal deine Aufmerksamkeit erregte. Und dann hast du gelächelt."

Die Erinnerung an diesen Moment war ihr so gegenwärtig, als wäre es gerade eben gewesen. Sie konnte das Kribbeln im Magen noch spüren, das sich jedes Mal eingestellt hatte, wenn er an ihr vorübergegangen war. Fühlte noch, wie er sie mit Blicken verschlungen hatte.

„Du hast das Lächeln erwidert", erinnerte sie ihn.

Er schenkte ihr den gleichen Blick wie damals, das gleiche Lächeln. Und auf einmal war es, als hätte jemand die Uhr zurückgedreht. In ihrem Magen begannen wieder die Schmetterlinge zu tanzen, genauso wie vor zehn Jahren.

„Weißt du, was ich gedacht habe, Laurie?"

Sie schüttelte den Kopf.

„Ich hielt dich für eine Göttin. Wunderschön und unerreichbar."

„Oh." Mehr brachte sie nicht heraus.

„Jetzt sei ehrlich, Laurie." Er rutschte näher und kitzelte sie mit dem Grashalm an der Nase. „Was hast du gedacht?"

„Ich fand dich irrsinnig sexy." Sie rollte sich auf den Rücken und bedeckte den Mund mit beiden Händen. „Himmel, habe ich das wirklich gerade gesagt?"

In Sekundenschnelle war er bei ihr, so nah, dass sich ihre Körper fast berührten und sein Mund ganz dicht über ihrem schwebte. „Das hast du tatsächlich gedacht?"

„Ich glaube, das war ziemlich offensichtlich, selbst vor dem verflixten Abend."

„Ich habe dich damals ziemlich häufig gesehen. Bevor wir ..."

„Besonders schlau habe ich mich wahrscheinlich nicht angestellt, wenn es darum ging, deinen Aufenthaltsort herauszufinden und dann möglichst unauffällig dort aufzukreuzen", gab sie zu. „Ich war erst achtzehn, Colin."

„Also mochtest du mich."

Wenn das mal keine Untertreibung war. Sie schloss die Augen und lächelte – vermutlich ziemlich einfältig. „Ich mochte dich ganz schrecklich."

Sein Lachen war leise, heiser und so nah an ihrem Ohr, dass es kitzelte. „Ich mochte dich auch schrecklich." Er schmiegte sich an ihren Hals, eine köstliche, warme, sinnliche Berührung, die sie dahinschmelzen ließ. „Jedes Mal, wenn ich dich sah, Laurie, wollte ich dich küssen. Und du?"

Küssen? Sie wollte sich an ihn klammern und ... „Ich auch." Trotzdem widerstand sie der Versuchung, die Arme um seinen Hals zu schlingen und ihn an sich zu ziehen. „Aber du mochtest doch wilde Mädchen viel lieber."

„Früher vielleicht", flüsterte er. „Jetzt mag ich brave Mädchen." Er überraschte sie mit einem sanften Kuss auf die Wange. „Ich mag sie ganz schrecklich."

Sie lachte. „Ich verstehe das nicht, Colin. Du hättest auf dem College jedes Mädchen haben können."

„Nein. Dich konnte ich nicht haben."

Nicht? „Du hast mich ja auch nie gefragt, ob ich mit dir gehen will. Du hast keinerlei Interesse gezeigt. Mit Ausnahme des einen Abends. Und das war nicht die Realität."

„Für mich war es sehr real. Als ich an jenem Abend ins Zimmer kam und dich dort stehen sah ..." Er schüttelte langsam den Kopf. „Da konnte ich es nicht glauben. Laura Harrington. In einem Studentenwohnheim. Mit etwas Sündigem im Glas und einem sündigen Blick in den Augen." Er lächelte verschmitzt. „Ich konnte mein Glück kaum fassen."

„Ich hatte gewettet." Sie biss sich auf die Lippe und lächelte verlegen. „Meine Mitbewohnerin meinte, ich würde mich nicht trauen, dich anzusprechen. Sie war es leid, dass ich immer nur von dir redete."

„Aber warum hast du so viel getrunken?"

„Um mir Mut anzutrinken."

„Ach, Laurie. Wem willst du etwas weismachen? Du warst für mich unerreichbar, und das weißt du auch."

Sie rutschte zurück, um ihn anschauen zu können. „Unerreichbar? Du hast dich mit Leuten umgeben, die nicht einmal wussten, dass ich existiere."

Er rückte ein wenig ab und stützte sich wieder auf dem Arm ab. „Kleines, du kommst aus einer Schicht, die nicht einmal wissen will, dass ich existiere."

„Ich verstehe dich nicht. Was meinst du damit?"

„Du gehörst zu den oberen Zehntausend, und ich komme von ganz unten." Sie hörte die Resignation in seiner Stimme.

„Ich weiß nicht, ob das stimmt", meinte sie langsam. „Aber auf jeden Fall hätte es mich nicht davon abgehalten, mit dir zu gehen, wenn du mich gefragt hättest."

„Aber es hat mich davon abgehalten, dich zu fragen."

„Das war dumm von dir, Colin. Du hättest mich von dem Podest holen und mit mir gehen sollen. Wir hätten dieses Desaster an jenem Abend im Wohnheim vermeiden können. Wer weiß, was dann geschehen wäre."

„Nichts wäre geschehen."

Nichts? „Das kannst du doch gar nicht wissen."

„Doch. Ich hätte dem Ganzen ein Ende bereitet, bevor das Unausweichliche geschehen wäre." Er beugte sich wieder zu ihr hinüber.

„Das Unausweichliche?"

„Du hättest mir das Herz gebrochen, Laura."

Sie erstarrte, bestürzt angesichts des Schmerzes, den sie in den Tiefen seiner Augen ausmachte. „Wieso bist du dir da so sicher?"

„Weil ich nichts dagegen hätte machen können, dass ich mich ... in dich verliebe."

Überrascht schnappte Laura nach Luft und schloss die Augen. Als sie sie wieder öffnete, war Colin noch immer da, ganz nahe, zum Küssen nahe. Sanft berührte sie seine Wange und strich mit einem Finger langsam über seine Unterlippe.

„Wieso glaubst du, dass mir nicht dasselbe passiert wäre?"

Er warf ihr einen sinnlichen Blick zu und öffnete die Lippen. Lauras Körper war gespannt vor Erwartung des Kusses. Sie sehnte sich danach, mit den Fingern durch Colins Haar zu fahren, sehnte sich danach, seine Zunge zu schmecken.

Mit einer abrupten Bewegung rollte er sich herum und stand auf. „Wir sollten lieber nach Hause fahren, Laurie."

Laura fühlte sich, als hätte er die Decke unter ihr fortgerissen und sie im Schmutz liegen lassen.

Wieder verschwand Colin am späten Nachmittag und informierte Leonard, dass er den ganzen Abend über weg sein würde. Diesmal war Laura wirklich nicht hungrig und entschloss sich, an ihren Entwürfen zu arbeiten. Doch sie grübelte mehr, als dass sie zeichnete.

Sie konnte noch immer nicht glauben, dass Colin vor zehn Jahren Gefühle für sie gehegt hatte, die ihren gleichkamen. Warum war er so überzeugt, dass sie ihm das Herz gebrochen hätte und nicht andersherum? Kopfschüttelnd sah sie die bisherigen Skizzen für den Edgewater-Neubau durch und hoffte auf Inspiration.

Die Entwürfe, die man Adrian Gilmore vorgelegt hatte, waren nicht von ihr. Sicher, sie war im Zimmer gewesen, als man sie besprochen hatte, aber sie kamen von ihrem Vater. Und von Jack Browder und sechzehn anderen Architekten, die im Team zusammenarbeiteten.

Was würde sie tun, wenn sie freie Hand hätte?

Sie wusste es genau. Sie würde Colins markantes Gesicht in die Hände nehmen und ihn küssen. Sie würde sein Lederband aus den Haaren ziehen und die Hände in den schwarzen Locken vergraben. Sie würde sich an seinen festen Körper schmiegen und …

Freie Hand konnte gefährlich werden.

Tief Luft holend versuchte sie sich wieder auf Edgewater zu konzentrieren. Ein neues, besseres Edgewater.

Doch das Einzige, was sie vor Augen hatte, war Colin mit nacktem Oberkörper.

Was war nur aus der Frau geworden, die unschuldig bleiben wollte, bis der „Richtige" kam?

Sie war die Frau geworden, die sich die Konkurrenz angeln wollte. Allie hatte recht gehabt. Was kam wohl als Nächstes? Eine Flasche Champagner, um den Sinneswandel zu feiern?

Laura erschrak, als sich jemand hinter ihr räusperte, und schaute zur Tür. „Oh! Leonard."

„Es tut mir leid, wenn ich Sie störe, Miss Harrington. Darf ich hereinkommen?"

Sie nickte. „Sicher, gern."

„Ich habe Ihnen Tee mitgebracht." In der einen Hand hielt er eine Tasse, in der anderen einen Briefumschlag.

Dankbar lächelte sie. „Und dabei habe ich gerade an etwas Stärkeres gedacht."

„Ich bringe Ihnen auch gern etwas anderes. Ein Glas Wein vielleicht?" Leonard näherte sich ihrem Schreibtisch mit ernstem Gesicht, doch seine blauen Augen blitzten humorvoll auf. Vielleicht konnte er ihr helfen herauszufinden, was für Vorstellungen Adrian bezüglich Edgewater hatte. Zumindest würde sie das von … Champagner ablenken.

„Tee ist genau richtig, Leonard, danke." Sie stand auf, um ihm die Tasse abzunehmen, und deutete dann auf einen Stuhl. „Warum setzen Sie sich nicht einen Moment. Ich hatte noch gar keine Gelegenheit, Ihre Schwarzwälder Kirschtorte zu loben." Sie trank einen Schluck Tee. „Und die Mousse au Chocolat! Köstlich."

Leonard setzte sich. „Danke, Miss Harrington. Ich koche gern. Eigentlich bin ich eher Mr Gilmores Koch als sein Diener, obwohl ich mich bemühe, alle seine Bedürfnisse zu erfüllen."

„Ein Wunder, dass der Mann nicht zweihundert Kilo wiegt bei all der Schokolade."

Er lachte. „So etwas gibt es nur am Wochenende. Er ist sehr diszipliniert."

„Das ist sicherlich ein Grund, warum er schon so erfolgreich ist. Er ist doch kaum vierzig, oder?"

Leonard schüttelte den Kopf. „Er wird nächstes Jahr vierzig. Ich hoffe, dass er dann etwas ruhiger und sesshafter wird."

„Nach dem, was ich gehört habe, ist das eher unwahrscheinlich."

„Ich fürchte, Sie haben recht", meinte Leonard, lächelte dann aber verschwörerisch. „Aber er glaubt an die wahre Liebe, also besteht noch Hoffnung."

Laura unterdrückte ein Seufzen. „Wahre Liebe? Himmel, gibt es die wirklich, Leonard?"

„Geben Sie die Hoffnung nicht auf, Miss Harrington. Ich bin sicher, Sie werden sie in dem Moment finden, wenn Sie es am wenigsten erwarten. Oh! Das hätte ich fast vergessen." Er hielt ihr den großen Umschlag hin. „Mr McGrath hat mich gebeten, Ihnen den hier zu geben. Er hatte ihn auf meinen Schreibtisch gestellt, und ich habe die Nachricht eben erst gesehen. Es tut mir leid. Ich hoffe, Sie hätten es bei Ihrer Arbeit nicht gebraucht."

Laura nahm den Umschlag und versuchte ihre Neugier zu unterdrücken. „Ich bezweifle, dass es etwas mit der Arbeit zu tun hat. Wie Sie wissen, haben wir völlig unterschiedliche Ansätze."

„Deshalb war es für Mr Gilmore ja so wichtig, Sie beide hier zu haben", stimmte Leonard zu. „Er hat mir schon im Sommer gesagt, dass er davon ausgeht, dass Sie beide in die Endausscheidung kommen und dass es wohl eine schwierige Entscheidung werden wird."

Im Sommer? Laura erinnerte sich vage, dass Colin ihr erzählt hatte, er hätte erst im letzten Moment zugestimmt, am Wettbewerb teilzunehmen. Hatte Colin vielleicht recht? Hatte Adrian diesen Showdown zwischen ihnen bewusst eingefädelt?

Bevor sie sich überlegen konnte, wie sie Leonard weitere Informationen aus der Nase ziehen konnte, stand er auf und wiederholte sein Angebot, ihr ein Glas Wein zu bringen.

„Nein danke, Leonard." Sie würde nach anderen Wegen suchen müssen, um herauszubekommen, was hier vorging. „Ich bleibe beim Tee."

„Dann wünsche ich Ihnen eine Gute Nacht, Miss. Ich werde mich jetzt zurückziehen."

Laura schaute auf die Uhr. „Oh, es ist schon nach zehn. Ich frage mich, wann Colin zurückkommt." Sie hätte sich am liebsten auf die Zunge gebissen, kaum dass die Worte heraus waren.

„Er ist bereits zurück." Schon wieder war da dieses Funkeln in seinen Augen. Wollte Leonard sie womöglich verkuppeln? „Ich habe seinen Wagen vorfahren hören, allerdings ist Mr McGrath noch nicht ins Haus gekommen. Wahrscheinlich spaziert er auf dem Grundstück herum. Das tut er offenbar gern. Gute Nacht."

Als Leonard gegangen war, riss Laura den Umschlag auf. Ein Stapel weißer Blätter flatterte heraus, es waren Kopien von handgezeichneten Skizzen.

Auf der ersten Seite standen in gestochener Handschrift die Worte: Pineapple House, 1743, Architekt: unbekannt.

Dahinter kam eine Schwarz-Weiß-Zeichnung eines wunderschönen Hauses zum Vorschein, mit all den für die damalige Zeit typischen Merkmalen und dem geschnitzten Relief einer Ananas über der Haustür. Die Architektin in ihr bewunderte die symmetrische Linienführung und die schlichte, elegante Konstruktion. Und die Frau in ihr fragte sich, warum Colin ihr diese Zeichnungen überlassen hatte.

Langsam und voller Erstaunen und Bewunderung blätterte sie die Zeichnungen durch, die bis ins kleinste Detail das Pineapple House darstellten. Auf der letzten Seite waren keine Zeichnungen mehr, stattdessen aber ein Abriss zur Geschichte des Hauses, in dem von den vielen Geburten und Todesfällen berichtet wurde, aber auch von den exquisiten Kunst- und Zinnsammlungen, die mit der Zerstörung des Hauses verloren gegangen waren.

Wie konnte nur jemand solch ein unglaubliches Zeugnis amerikanischer Geschichte niederreißen?

Vor Scham zusammenzuckend, wurde Laura klar, dass dieser jemand ihr Ururgroßvater gewesen war.

Sie starrte auf die Zeichnungen und blätterte sie immer wieder durch, bis ihr Tee kalt geworden war und sie wieder auf ihre ursprüngliche Frage kam. Warum hatte Colin ihr dies hier gegeben? Um sie dazu zu bringen, Pineapple House statt Edgewater zu bauen? Um ihr zu zeigen, was man mit dem Grundstück anfangen konnte? Um sie bei ihrer Architektenehre zu packen und sie erneut zu erpressen?

Es war an der Zeit, dass sie miteinander redeten. Sie wollte mehr über seine Motivation erfahren. Außerdem wollte sie ihm erzählen, was Leonard in Bezug auf die zeitliche Planung dieses Arrangements entschlüpft war. Und sie wollte …

Wieder ging die Fantasie mit ihr durch. Sie wollte ihn küssen. Viel mehr als alles andere. Sie wollte einfach nur einen langen, sinnlichen Kuss, sozusagen als i-Tüpfelchen ihrer gegenseitigen, zehnjährigen Schwärmerei. Galt das als Regelverstoß?

Ohne noch länger über die Konsequenzen nachzudenken, verließ Laura das Studio und ging nach unten. Colins Schlafzimmertür stand offen, doch es war niemand dort. Anscheinend war er noch immer draußen. Also machte sie sich auf den Weg in den Garten.

Wo steckt er wohl? überlegte sie, als sie vor der Tür stand und sich umschaute. Links von ihr beleuchtete der Mond, der zwischen den Wolken hindurchschien, den nördlichen Zipfel des Rasens. Den Teil des Grundstücks, den man von Colins Zeichentisch aus sehen konnte. Die Stelle, an der einmal Pineapple House gestanden hatte.

Ihre Turnschuhe hinterließen kein Geräusch auf dem Rasen. Sie folgte dem Mondlicht und ihrer Intuition. Sie wusste, warum sie hier war. Sie suchte in der Dunkelheit nach Colin. Sie wusste, warum. Würde er es auch wissen?

Sie blieb stehen und lauschte. Alles war ruhig. Keine Brise. Keine Grillen. Kein Colin.

„Haben dir die Zeichnungen gefallen?"

Colins Stimme sandte einen wohligen Schauer über ihren Rücken. Sie folgte dem Klang, während sich ihre Augen immer mehr an die Dunkelheit gewöhnten, und sah ihn schließlich auf dem Boden an einen Baum gelehnt sitzen. Er schaute sie mit einem herausfordernden Blick an. Hatte er sie erwartet?

„Ja." Sie hockte sich auf die Knie neben ihn. „Pineapple House ist wunderschön, Colin."

Er berührte zärtlich ihre Wange und drehte ihr Gesicht zu sich. „Du auch, Laurie."

Und dann küsste er sie.

„Laurie."

Colin murmelte ihren Namen und genoss den Geschmack von Tee auf ihren Lippen. Mit einer geschmeidigen Bewegung schlang er den Arm um ihre schlanke Taille und zog sie auf seinen Schoß, ohne den Kuss zu unterbrechen.

Hatte er nicht genau daran gerade gedacht? Davon geträumt, Laura festzuhalten, sie zu lieben? Und jetzt war sie hier. Seine Göttin, seine Traumfee.

Noch einmal flüsterte er ihren Namen, und sie schmiegte sich an ihn, die Arme fest um seinen Hals geschlungen. Kurz darauf ließ sie den Kopf auf seine Brust sinken. Irgendwie war diese Geste noch intimer als der Kuss. Sie war ein Beweis ihres Vertrauens.

„Ich sollte dir öfter Zeichnungen geben, Liebling", flüsterte er. „Mir gefällt deine Reaktion."

Sie schaute ihn mit leuchtenden Augen an. „Du hast mich geküsst."

„Und du hast den Kuss erwidert."

„Ich bin auch nur ein Mensch, Colin."

Er schloss die Augen und rückte sie auf seinem Schoß zurecht. „Äh, ich auch, wie du sicherlich gerade merkst."

Er hörte, wie sie überrascht nach Luft schnappte. Oh, das war gefährlich. Unerwartet, romantisch und absolut gefährlich.

Ohne darauf zu antworten, beugte sie sich vor, um ihn erneut zu küssen. Ein kleines Stöhnen entschlüpfte ihr, als ihre Zungen sich zu einem wilden Tanz fanden. Himmel, das würde er nicht lange durchhalten. Er musste sich sehr beherrschen, um sie nicht mit Haut und Haaren zu verschlingen.

„Bist du hergekommen, um mich im Dunkeln zu verführen, Laurie?"

Sie antwortete nicht sofort. War das ihre Absicht gewesen?

„Nicht ganz."

Nicht ganz? Wenn sie zu ihm kam, ihn küsste, sich an ihn presste, konnte man von ihm doch nicht erwarten, dass er aufhörte, oder?

Doch, das konnte man. Sie war noch Jungfrau. Sie hatte keine Ahnung, was sie da gerade anrichtete. Er atmete tief durch und hob Laura dann langsam und widerstrebend neben sich ins Gras.

„Was hattest du dann vor?", fragte er leise. Er musste es wissen, denn wenn sie …

Nein. Nein. Nein. Sie wollte Liebe. Sie wollte eine feste, lebenslange Bindung, etwas, was er nicht bieten konnte.

„Warum hast du mir die Zeichnungen gegeben, Colin?"

„Damit du mich küsst."

Sie lachte. „Nein, im Ernst."

„Ich wollte, dass du sie siehst." Da er sein Verlangen allmählich wieder im Griff hatte, legte er einen Arm um sie und zog sie an sich. „Sind sie nicht unglaublich?"

„Ja. Du hast mir noch gar nicht erzählt, woher du sie hast."

„Ungefähr vor sechs Monaten ist die letzte von Marguerites rebellischen Freundinnen gestorben und hat ihr die Zeichnungen vermacht. Sie lagen mehr als hundert Jahre unentdeckt auf einem Dachboden. Irgendein unbekannter Künstler hat sie erstellt, als die Pläne für Edgewater angefertigt wurden." Er hielt inne und genoss die Wärme, die Laura ausstrahlte. „Was hast du den ganzen Abend gemacht, Laurie?"

„Gezeichnet."

„Wirklich?"

„Nein. Eher gegrübelt."

Er lachte leise. „Das kenne ich. Worüber denn?"

„Über dich."

„Nicht sehr inspirierend."

„Stimmt. Ich habe nichts geschafft. Aber ..." Sie lehnte sich ein Stück zurück, um ihn anschauen zu können. „... ich hatte eine interessante Unterredung mit Leonard."

„Ja?"

Sie nickte. „Du scheinst recht zu haben, was Adrian betrifft. Leonard sagte, er hätte uns schon im Sommer als die Finalisten des Wettbewerbs angesehen. Hast du nicht gesagt, dass du erst kurz vor Bewerbungsschluss zugestimmt hast, deine Entwürfe einzureichen?"

„Ja. Aber Adrian hatte schon seit Wochen versucht, mich dazu zu bewegen. Ich fühlte mich geschmeichelt, wollte aber nicht. Erst als ich mit Marguerite über Pineapple House gesprochen hatte, habe ich meine Meinung geändert."

Laura kuschelte sich näher an ihn, und er genoss das Gefühl, sie an sich zu spüren.

„Wusstest du, dass ich dabei sein würde?", fragte sie.

Er zögerte eine Sekunde lang. „Ich nahm an, dass eure Firma sich bewerben würde."

„Wolltest du deshalb nicht mitmachen?"
„Das war einer der Gründe."
„Wolltest du mich nicht sehen?"
„So kann man es wohl sagen."
Diesmal schwieg sie eine Weile, bevor sie schließlich fragte: „Warum?"
„Ich dachte, wir hätten über meine aussichtslose Schwärmerei bereits heute Nachmittag ausgiebig gesprochen."
„Ist es immer noch so schlimm?" Sie klang unsicher, als fürchtete sie, die Wahrheit zu hören. Doch er war nun einmal ein wahrheitsliebender Mensch.
„Ja."
Sie schaute ihn an und berührte sacht seine Wange, damit er sie ebenfalls ansah. „Bei mir auch", flüsterte sie.
Ohne Vorwarnung eroberte sie erneut seinen Mund und küsste ihn voller Verlangen, während sie sich wieder auf seinen Schoß schob.
„Laurie." Er verteilte kleine Küsse auf ihrem Gesicht und ihrem Hals, während er zärtlich an ihrem Pulloverausschnitt entlangstrich und die weiche Haut darunter streichelte.
Das Verlangen, das seinen Körper durchströmte, kostete ihn fast sein letztes bisschen Selbstbeherrschung.
Er versuchte, sie von seinem Schoß hinunter zu schieben, doch sie ließ sich nach hinten ins Gras fallen und zog ihn mit sich. Das Gefühl ihres weichen Körpers unter seinem war unbeschreiblich. Er unterdrückte einen Fluch. Himmel, er war doch kein Heiliger.
„Du bringst mich um, Liebling", stieß er heiser hervor, doch die Versuchung war zu groß, und er glitt mit der Hand unter ihren Pullover.
Er berührte ihre warme, samtweiche Haut. Sie schloss die Augen und rang nach Luft, während sie instinktiv die Hüften hob.
Er biss die Zähne zusammen. Sie küsste ihn, bis er sich entspannte.
Er entzog sich ihr ein Stückchen. Im gleichen Moment umschlang sie ihn mit den Beinen.

Er berührte ihre Taille. Sie drückte den Rücken durch, sodass seine Hand zu ihren Brüsten glitt.

Ahnte sie eigentlich, was sie anrichtete, wenn sie sich so sinnlich unter ihm bewegte?

„Ich weiß, dass du noch unberührt bist, Laurie, aber du warst doch bestimmt häufig genug in Gesellschaft von Männern, um zu wissen, dass wir nur hilflose, wilde Kreaturen sind. Wir sind in so einer Situation nicht gerade mit großer Willenskraft gesegnet."

Sie lachte und spannte dabei den Bauch an, etwas, was er an seiner empfindlichsten Stelle genau spüren konnte. Oh, Himmel. Er stöhnte und senkte den Kopf zu ihren Brüsten. „Du weißt ja nicht, wie sehr ich dich begehre, Laurie." Er konnte sich nicht länger beherrschen. Er küsste sie und strich sanft über ihre aufgerichteten Brustspitzen. „Ich will dich."

Er hörte, wie sie überrascht einatmete.

„Oh, Colin. Es tut mir so leid." Ihre Stimme brach, als sie sich unter ihm befreite. Sie legte sich neben ihn, die Hüften nicht länger miteinander verschmolzen, doch die Hitze zwischen ihnen noch immer spürbar. „Ich kenne mich mit solchen ... Situationen nicht aus. Aber ich bin ja nicht dumm. Ich weiß, was ich tue."

Sie setzte sich auf und strich sich ein Blatt aus den Haaren. „Und ich werde aufhören. Es ist falsch."

„Nein, es ist nicht falsch, Laurie." Es war überhaupt nichts falsch, wonach ihre Körper sich sehnten. Aber das war seine Meinung. Laura dagegen wartete auf die große Liebe. „Aber so willst du deine Unschuld wohl nicht verlieren, Liebling. Hier draußen im Gras. Unter den Sternen."

Sie lachte leise. „Nein, wohl nicht."

Er berührte sanft ihre Lippen. „Außerdem bin ich nicht der Mann, dem du sie schenken willst, Laurie."

Sie antwortete nicht, sondern stand langsam auf. „Sei dir da nicht so sicher, Colin."

Mit diesen Worten eilte sie zurück ins Haus.

8. KAPITEL

Laura zitterte noch immer, als sie die Schlafzimmertür hinter sich schloss. Was geschah mit ihr? Hatte sie den Verstand verloren? Für Frauen, die wie sie mit dem Feuer spielten, gab es einen Namen. Mehrere sogar und keiner davon schmeichelhaft.

Sie ging ins Bad und überlegte, ob sie duschen oder baden oder einfach nur heulen sollte, als sie ihr Gesicht im Spiegel sah.

Wer war diese Frau?

Auf jeden Fall nicht Laura Harrington.

Ihre Lippen war dunkel und angeschwollen, ihre Wangen gerötet, ihre Pupillen riesig. Ihr Haar war zerzaust. War das, was darin hing, etwa ein Blatt? Mit den Fingerspitzen strich sie über die gerötete Haut an ihrem Kinn und erinnerte sich an die kratzigen Bartstoppeln, die so sinnlich ihre Haut massiert hatten, während Colin sie geküsst hatte.

„Ich will dich", hatte er gesagt.

In ihrem Inneren verspürte sie noch immer diese ungewohnte, brennende, nicht gestillte Sehnsucht. Ihre Arme und Beine fühlten sich taub an, ihre Brüste sehnten sich danach, wieder berührt zu werden. Immer und immer wieder.

Ich will dich.

Diese drei Worte würden sich für immer in ihrem Gedächtnis einbrennen. Doch es waren ganz sicher nicht die drei Worte, die sie in das Bett eines Liebhabers locken konnten.

Also wirklich, Laurie ... konnte sie Colin geradezu spöttisch sagen hören. *Worauf wartest du?*

Auf jemand Besseren als Colin? Da würde sie lange suchen müssen, bevor sie einen Mann fand, der einer solchen Versuchung wie eben widerstehen konnte. Sie hatte Colin völlig falsch beurteilt. Trotz der langen Haare und des Ohrrings hatte der stolze Rebell mit dem Motorrad nicht gegen die Regeln verstoßen.

Sie erinnerte sich, wie zärtlich er seine Großmutter geküsst hatte. Hatte diese schlichte Geste nicht bewiesen, was für ein wunderbarer Mann er war?

Vielleicht war es nicht Liebe. Es war ganz sicher keine Liebe. Hier ging es um Verlangen.

Aber heute Abend war Verlangen viel wichtiger als Liebe.

Sie drehte sich um, ging zur Kommode und wühlte darin herum, bis sie fand, was sie suchte. Was sie bestimmt Hunderte von Malen während der letzten zehn Jahre getragen hatte – und sich dabei immer vorgestellt hatte, wie Colin es ihr ausziehen würde ...

Hastig zog sie Hose, Pullover und auch den BH aus und schaute auf ihren schlichten weißen Satinslip. Es war keine altjüngferliche Unterwäsche, aber es war auch nicht mit den winzigen Teilen aus Spitze zu vergleichen, die sie in Allies Wäschekorb gesehen hatte. So etwas besaß sie nicht.

Also musste es ganz ohne gehen.

Sie stand nackt vor der Kommode und versuchte, nicht weiter über das nachzudenken, was sie vorhatte, als sie den weichen Baumwollstoff auseinander faltete und über die Schrift strich. Sie erinnerte sich noch genau an das Gefühl, als sie es zum ersten Mal getragen hatte.

Sie zog das T-Shirt über den Kopf. Es reichte ihr bis zu den Oberschenkeln. Ja, das war es, was sie tun wollte. Sie hatte keine Zweifel mehr. Und sie würde es nicht bereuen.

Ich will dich.

Und auch sie hatte ihn immer gewollt.

Jetzt war es an der Zeit, da weiterzumachen, wo sie aufgehört hatten.

Die eiskalte Dusche hatte ein wenig geholfen. Zumindest was die körperliche Reaktion betraf. Doch in Gedanken war Colin immer noch bei Laura. Wer hätte gedacht, dass sie einen Mann derart reizen konnte? Und dabei wusste sie nicht einmal, wie sexy sie war.

Er trocknete sich ab und schlang sich das Handtuch um die Hüften. Schlafen würde er heute Nacht ganz sicher nicht können.

Wie zum Teufel sollte er die nächsten drei Wochen überstehen? Er griff nach seiner Zahnbürste und putzte sich die Zähne, während er seine Möglichkeiten abwog. Er konnte die nächsten

Wochen überstehen, wenn er stündlich unter die kalte Dusche ging. Er konnte Laura überreden, ihre Moralvorstellung aufzugeben und mit ihm ins Bett zu gehen. Er konnte eine andere Frau suchen und so tun, als wäre sie Laura.

Beim letzten Gedanken schüttelte es ihn.

Nein, keine dieser Möglichkeiten hatte auch nur die geringste Chance auf Erfolg. Was sollte er also tun? Er starrte in den Spiegel, regungslos, während sich der Zahnpastaschaum in seinem Mund sammelte.

Er könnte sie lieben. Sie heiraten. Den Rest seines Lebens mit ihr verbringen.

Fast wäre er erstickt bei diesem Gedanken. Hastig spuckte er den Schaum aus.

Komm zur Vernunft, schalt er sich. Selbst wenn er auf einmal eine Wendung um hundertachtzig Grad vollziehen und das Undenkbare wahr machen sollte, würde sie seine Befürchtungen bestätigen und verschwinden, sobald sie das bescheidene Haus sah, in dem er aufgewachsen war. Sie kamen aus völlig unterschiedlichen Welten.

Nachdem er sich den Mund ausgespült hatte, ging er ins Schlafzimmer, warf das Handtuch achtlos beiseite und schaltete die Lampe am Schreibtisch aus. Er überlegte noch kurz, ob er die Gardinen zuziehen sollte, doch da er vorhatte, am Morgen joggen zu gehen, wollte er nicht zu lange schlafen.

Schlafen? Schön wär's. Als wenn er schlafen könnte, solange er wusste, dass Laura nur einige Zimmer weiter im Bett lag. Mit nichts weiter an als ...

Er blieb wie angewurzelt stehen, als er aufs Bett schaute.

Mit nichts weiter an als seinem alten College-T-Shirt und mit einem Lächeln auf den Lippen.

Er wusste, dass er sie anstarrte, wusste, dass er nackt vor ihr stand, aber er war wie gelähmt. Die Zeit schien still zu stehen. Er konnte nicht denken. Konnte nicht fassen, was hier geschah.

Ein Wassertropfen aus seinem nassen Haar rann über seinen Rücken, als er sich ein wenig vorbeugte, um sicherzugehen, dass dies kein Traum war.

Nein. Laura lag tatsächlich in seinem Bett, so tief in den Kissen vergraben, dass er sie fast nicht gesehen hätte.

„Ich glaube, du hast dich verlaufen, Liebling", meinte er schließlich und legte sich zu ihr ins Bett, bevor sie sah, wie sich die Wirkung der kalten Dusche in Windeseile verflüchtigte. „Dies ist mein Zimmer."

„Ich weiß, wo ich bin."

Er drehte sich auf die Seite, ohne Laura zu berühren. „Tatsächlich."

Sie nickte.

„Weißt du auch, was du tust?"

Sie nickte erneut, und ihre Augen funkelten.

Sie will Liebe, ermahnte er sich.

Es half nichts. Seine Erregung nahm immer mehr zu. Er zupfte an ihrem Ärmel. „Hübsches Nachthemd."

„Ich wollte es dir zurückgeben."

Er schmunzelte. „Wird ja auch Zeit."

„Wenn du es allerdings zurückhaben willst", meinte sie herausfordernd, „dann wirst du es mir ausziehen müssen."

Sein Puls beschleunigte sich. Die Kehle schnürte sich ihm zu. Sein Verstand setzte aus, und ein anderes Organ übernahm freudig die Kontrolle. *Es ihr ausziehen?*

Oh, verflixt.

Er atmete einmal tief durch und versuchte gegen das Verlangen anzukämpfen, sie mit Küssen zu überschütten und diese Qualen zu beenden, indem er dem Verlangen nachgab.

„Du weißt nicht, was du tust, Laurie. Du willst das hier doch gar nicht."

„Doch." Der Blick in ihren Augen sagte ihm, dass sie die Wahrheit sprach.

„Du willst Liebe", stieß er heiser hervor. „Du hast mir gesagt, du wartest auf die große Liebe."

Sie streckte die Hand aus und wickelte sich langsam eine Strähne seines Haares um die Finger. „Ich will dich, Colin. Ich habe auf dich gewartet."

Nicht nur seine Selbstbeherrschung, sondern auch sämtliche guten Vorsätze lösten sich in Luft auf, als er das hörte.

„Bist du dir sicher?"

„Ganz sicher."

Sie glaubte, sie wäre sicher. Aber wie würde sie sich morgen fühlen? Was war, wenn dieser leidenschaftliche Blick verschwand, sobald sie ihre Unschuld verloren hatte und sie sich wieder in ihr Schneckenhaus zurückzog, so wie beim letzten Mal, als sie zusammen aufgewacht waren?

Wollte er das riskieren?

Wollte er darauf verzichten?

„Bist du wirklich sicher, Laurie?", zwang er sich, noch einmal zu fragen. „Bist du absolut sicher, dass du es nicht bereuen und mich morgen früh hassen wirst?"

Ein überraschtes Lachen perlte von ihren Lippen. „Ich dachte, ich müsste diejenige sein, die sich darum Sorgen macht."

„Keine Sorge, Laurie. Ich könnte dich niemals hassen. Ich ... ich ..."

Bevor er diesen Gedanken weiter verfolgen konnte, rutschte Laura zu ihm, legte ihm die Hände auf die Brust und schmiegte sich an ihn. Ihm stockte der Atem, als er die samtweiche Haut ihrer Beine an seinen spürte. Es war, als würde sich ein langes, festes Seidenband um ihn schlingen.

Langsam strich er mit der Hand über ihren Rücken, über das T-Shirt – sein T-Shirt, das sie zehn Jahre lang aufbewahrt hatte – bis er auf nackte Haut stieß.

Sie hatte unter dem T-Shirt nichts an. Absolut nichts. Die Haut ihres Pos war so unglaublich weich, dass er lustvoll aufstöhnte, als er darüber strich.

„Ich hoffe, du weißt wirklich, was du tust." Er drehte sie auf den Rücken und legte sich über sie, wobei er sich jedoch mit den Ellenbogen abstützte, um ihr nicht wehzutun. „Denn ich habe vor, einige Regeln zu brechen."

Sie schaute ihn herausfordernd an. „Das ist ganz in meinem Sinne."

Stürmischer als geplant drückte er seinen Mund auf ihren,

doch sie öffnete sich ihm, ohne zu zögern, und hob gleichzeitig die Hüften. Sie schmeckte nach Pfefferminz und duftete nach Zitronenshampoo.

Er reagierte auf ihre Bewegung, indem er seinen Unterleib gegen ihren schob, was ihr wiederum ein ängstliches Aufstöhnen entlockte.

„Keine Angst", versicherte er schnell, während er kleine Küsse auf ihrem Gesicht verteilte und die Hüften hob. „Ich verliere nur die Beherrschung, aber nicht den Verstand. Ich weiß, dass dies dein erstes Mal ist." Er musste sein Verlangen unter Kontrolle bringen, denn er wollte ihr nicht wehtun, wollte ihr Vertrauen in ihn nicht erschüttern.

„Wir werden es ganz langsam angehen lassen", versprach er. Er kam auf die Knie und strich ihr T-Shirt glatt. „Übrigens, darin siehst du wirklich niedlich aus."

„Danke."

„Aber ich glaube, noch besser wirst du ohne aussehen."

Er hob das Hemd und war froh, dass er die Gardinen nicht zugezogen hatte. Er wollte Laura sehen, und das Mondlicht war hell genug, um sich an ihrem Anblick berauschen zu können. Als er den Stoff langsam nach oben schob, bewunderte er die sexy Kurven ihrer Hüften und ihre schmale Taille. Ihr Körper erzitterte unter seiner eingehenden Musterung, und er schaute ihr in die Augen. Erstaunen und Zweifel spiegelten sich in darin.

Plötzlich erkannte er, dass noch niemand sie bisher so gesehen hatte, und diese Vorstellung beschleunigte seinen Puls, genau wie der Anblick ihrer hübschen kleinen und wohlgeformten Brüste. Schließlich zog er ihr das Hemd über den Kopf.

Sie nahm das T-Shirt und warf es über seine Schulter auf den Boden, was ihn überrascht auflachen ließ.

„Oh, nein, ich habe ein Monster geschaffen", meinte er und küsste ihre Lider, ihre Wangen, ihre Lippen und ihren Hals.

Doch sie bog sich ihm entgegen und drückte seinen Kopf tiefer. Endlich konnte er eine dieser wunderbaren Spitzen in den Mund nehmen und daran saugen, während er die andere Brust mit der Hand streichelte und die Knospe mit den Fingerspitzen neckte. Ihre Hüften hatten einen eigenen Rhythmus gefunden, sie hoben und senkten sich, drückten sich an ihn, sodass ihm vor Wonne fast das Herz stehen blieb.

Er nahm ihre Hand und schob sie zwischen ihre beiden Körper. „Berühre mich, Laurie." Als sich ihre Finger um ihn schlossen, stöhnte er lustvoll auf und schloss die Augen.

Hoffentlich würde er ihr nicht wehtun. Während sie fortfuhr, ihn zärtlich zu streicheln, vergrub er sein Gesicht in ihren Haaren und bedeckte sie dann mit heißen, leidenschaftlichen Küssen. Schließlich hob er den Kopf, und sie sahen einander tief in die Augen.

Mit dem Daumen liebkoste sie seine Erregung. „Ich möchte dich ganz spüren, Colin."

Zärtlich küsste er sie. Er berührte sie überall, ließ die Hände eine langsame Reise über ihren wunderbaren Körper antreten, während er das köstliche Gefühl genoss, Laura unter sich zu spüren. Er liebkoste ihre Brüste, umkreiste ihren Bauchnabel mit der Zunge und hauchte Küsse auf die honigfarbenen Locken zwischen ihren Schenkeln.

Mit jeder Berührung, jedem Kuss vergrub sie die Finger tiefer in seinem Haar. Das Blut pulsierte in seinen Adern, so laut, dass er kaum hören konnte, wie Laura ihre Zustimmung murmelte und ihn anflehte, nicht aufzuhören.

Als er schließlich ihre Beine auseinander schob und die weichen Locken zu streicheln begann, schloss Laura die Augen und rang nach Atem, bevor sie sich entspannte und seine Zärtlichkeiten genoss. Sie erzitterte unter seinen Fingern, und sein Verlangen wurde übermächtig.

Aber er musste ihr Zeit lassen. „Gefällt dir das, Liebling?"

Als sie nickte, glitt er vorsichtig mit einem Finger in sie. Instinktiv bog sie sich ihm entgegen. Voller Verlangen küsste und liebkoste er sie.

Laura erzitterte, warf den Kopf von einer Seite zur anderen und stöhnte lustvoll auf. Sie stand an der Klippe, bereit aufzusteigen in Höhen, die sie noch nie erklommen hatte. Sie war bereit für ihn.

„Laurie, bist du sicher, dass ich der Erste sein soll?"

„Ja, oh ja, bitte." Ihre Stimme überschlug sich fast, und das war zu viel für ihn.

Er zog die Hand zurück und umarmte Laura. „Versprich mir, dass du mich morgen nicht hassen wirst."

Sie lachte leise und drängte sich an ihn. „Ich verspreche es, Colin. Aber, bitte, bitte, hör jetzt nicht auf." Aufreizend bog sie sich ihm entgegen und wollte ihn endlich ganz.

„Warte." Er griff zum Nachtschrank und holte ein kleines Päckchen aus der Schublade. „Ich bin ja nicht unvorbereitet", gab er zu, als er das Kondom auspackte.

„Tatsächlich?"

„Ich wusste allerdings nicht ..." Er schüttelte den Kopf, weil er jetzt nicht diskutieren wollte. „Lass uns später darüber reden, Liebling. Wenn ich dich nicht sofort liebe, sterbe ich."

Sie lieben? War es das, was er tat?

Es kam ihm auf jeden Fall so vor.

Hastig streifte er das Kondom über. „Ich möchte, dass es etwas ganz Besonderes für dich wird, Laurie", meinte er, als er langsam zu ihr kam. „Aber es könnte wehtun."

„Pst. Es ist etwas ganz Besonderes." Erneut bog sie sich ihm einladend entgegen. „Es tut nicht ..." Sie biss sich auf die Lippe und schaute ihn an. Schmerz zeichnete sich auf ihrem Gesicht ab, aber auch Überraschung.

„Oh, Laurie, es tut mir leid." Er bemühte sich, sein rohes Verlangen zu zügeln.

Aber sie schüttelte heftig den Kopf, umschloss seinen Po und hielt ihn auf diese Weise gefangen. „Hör nicht auf, es ist in Ordnung. Ich möchte alles von dir, Colin."

Ihre flehenden Worte waren einfach zu viel für ihn. Ein weißes Licht explodierte in seinem Kopf, er ließ sich gehen und von den Bedürfnissen seines Körpers leiten. Er hörte, wie Laura keuchte, und versuchte seine Bewegungen zu stoppen, doch sie schlang die Beine um seine Hüften und drängte sich ihm entgegen, bis er ganz in ihr versunken war.

Dieses unglaubliche Glücksgefühl ließ ihn aufstöhnen, und er hielt einen Moment inne, um auf ihre Reaktion zu warten.

„Nicht aufhören." Sie ließ nicht zu, dass er ihren erotischen Tanz unterbrach, und mit jeder Bewegung entspannte sie sich weiter, und schließlich wich der Schmerz aus ihrem Gesicht und machte erst der Überraschung und dann der Erregung Platz.

Laurie und ich sind endlich eins, war alles, was er denken konnte.

Sie steigerten ihr Tempo, und ihre erhitzten Körper bewegten sich wie ein einziger, ihre schnellen Atemzüge vermischten sich.

Er schloss die Augen und spürte, dass er nicht mehr lange warten konnte.

Laura umklammerte seine Arme, und ihre Beine hielten ihn fest gefangen. Sie erzitterte unter ihm, ihre Augenlider flatterten, und sie biss sich auf die Unterlippe, als sie schließlich die Kontrolle verlor. Wieder und wieder zuckten ihre Hüften in unkontrollierten Bewegungen, und schließlich gab auch er dem Verlangen nach und vergaß alles um sich herum, bis auf das unfassbare Glück, sich in Laura zu verlieren.

9. KAPITEL

Ein vages Gefühl von Déjà-vu überkam Laura, noch bevor sie ganz wach war. Sie hatte das hier schon einmal erlebt. Unwillkürlich wappnete sie sich gegen das unweigerliche Entsetzen, dem ein Gefühl von Selbsthass und Ekel folgen würde.

Sie öffnete die Augen und blinzelte in die Morgendämmerung. Ohne sich zu bewegen, ließ sie den Blick auf den Boden wandern, wo sie das T-Shirt sah, das zusammengeknüllt dort lag. Der Impuls, aus dem Bett zu springen, um das in Ordnung zu bringen, wurde von dem kräftigen Arm zunichtegemacht, der sie fest umschlungen hielt. Und von dem muskulösen Körper, der sich an ihren Rücken schmiegte.

Colin.

Sie schloss die Augen und wartete. Entsetzen. Selbsthass. Ekel. Es würde kommen.

Doch im Gegenteil, sie fühlte sich wunderbar beschützt. Sie hasste niemanden. Eher hätte sie die ganze Welt umarmen können. Ekel? Nein, stattdessen war ihr, als hätte sie Schmetterlinge im Bauch, so wie jedes Mal, wenn sie mit Colin zusammen war.

Ihrem ersten Liebhaber.

Genüsslich erinnerte sie sich an die vergangene Nacht. Wie fürsorglich Colin gewesen war und wie er sie mitten in der Nacht noch einmal aufgeweckt und sie mit Küssen überschüttet hatte, bis sie vor Wonne gestöhnt hatte. Dann hatten sie sich so langsam und zärtlich geliebt, dass sie gegen die Tränen hatte ankämpfen müssen, als er ihren Namen wie ein Gebet immer und immer wieder vor sich hingemurmelt hatte.

Dies ist nicht die Liebe, auf die du gewartet hast, erinnerte sie sich. Aber es war ihr egal. Sie hatte sich nicht unter Wert verkauft. Es war vielleicht nicht Liebe, aber es war das Befriedigendste, was sie je erlebt hatte.

Hinter ihr bewegte sich Colin. „Verrate mir eins, Laurie." Seine Lippen versengten ihre Schulter mit einem Kuss. „Was hat dich veranlasst, deine Meinung zu ändern?"

Sie drehte sich langsam in seinen Armen, hielt die Augen geschlossen und stöhnte verschlafen, so als wäre sie noch nicht wach – nur um diese Frage nicht beantworten zu müssen, denn sie konnte es nicht.

Schließlich öffnete sie langsam die Augen. „Oh, hallo." Sie lächelte. „Hast du etwas gesagt?"

Sein Blick verriet ihr, dass er sie durchschaute. „Du hast mich genau gehört."

Im Geist ging sie blitzschnell mögliche Antworten durch und verwarf sie allesamt wieder. Was sollte sie ihm sagen? Dass es ihr unheimlich zu Herzen gegangen war, als er seine Großmutter geküsst hatte? Dass sie es leid geworden war, sich an eine Regel zu klammern, die sie als Jugendliche auf dem College aufgestellt hatte, nur weil sie verletzt worden war? Dass er ihr schlichtweg den Verstand geraubt und die Frau in ihr zum Leben erweckt hatte?

Nein. Tatsache war, dass sie ihren Sinneswandel selbst nicht verstand. Und sie wollte sich auch nicht näher damit beschäftigen. Jedenfalls nicht im Moment.

„Also, was hat dich veranlasst, deine Meinung zu ändern?"

„Warum ist das so wichtig?"

„Ich möchte es einfach wissen."

„Es ist nicht wichtig."

„Für mich schon."

Sie strich über seine breite Brust und erschauerte, als sie sich an das Gefühl seines maskulinen Körpers auf ihrem erinnerte und daran, wie seine Bartstoppeln ihre Schenkel gestreift hatten. Und dann seine Zunge, die ihr so viel Lust spendete, als er ihr ...

Sie seufzte zufrieden. „Ich sag dir, was wichtig ist."

„Na?"

„Es hat mir gefallen."

Ein zufriedenes Lächeln erschien auf seinen Lippen. „Das habe ich gemerkt."

Sie senkte die Stimme. „Es hat mir so gut gefallen, dass ich es wieder tun möchte."

Er reagierte, indem er seine Hüften vorschob und sie seine Erregung spüren ließ. „Das lässt sich machen."

„Und wieder", meinte sie.

Dieses Mal hob er lediglich die Augenbrauen.

„Und dann immer wieder."

Er begann zu lachen.

„Und dann nach dem Abendessen", fuhr sie fort. „Bevor wir wieder ins Bett gehen."

Er lachte so schallend, dass das Bett wackelte.

„Du hast tatsächlich ein Monster geschaffen", verkündete sie, mit Stolz und Zufriedenheit in der Stimme.

Colin gelang es, das Lachen zu unterdrücken, doch seine Augen funkelten belustigt, als er meinte: „Ich wusste ja schon immer, dass ich der glücklichste Mensch auf Erden bin, aber ich kann es kaum fassen."

Sie schmiegte sich an ihn. Es war so viel einfacher – und viel netter –, es zu tun, als über das Warum zu diskutieren.

„Du hast meine Frage noch nicht beantwortet."

Der Mann war verrückt. „Mir ist klar, dass ich keine Expertin bin, aber ziehen Männer nicht im Allgemeinen Sex einer Unterhaltung vor?"

„Ich bin nicht wie andere Männer."

Wie wahr. „Dann hast du dir deine Frage selbst beantwortet."

Verwirrt sah er sie an. „Ich kann dir nicht folgen."

„Du bist nicht wie andere Männer." Sie tippte auf seinen Ohrring, um ihre Aussage zu unterstreichen. „Das hat mich bewogen, meine Meinung zu ändern."

„Wirklich?" Er schien zu zweifeln. „Und ich dachte, es hätte an meinen erstaunlichen Fähigkeiten auf dem Gebiet der Architektur gelegen."

Lachend schlang sie die Beine um ihn und ließ sich auf ihn ziehen. „Oh, die sind durchaus auch beachtlich." Sie beugte sich hinüber zum Nachtschrank und fragte: „Wie viele hast du gekauft?"

Er grinste. „Offensichtlich nicht genug." Er streichelte ihren Po. „Wir können ja Leonard bitten, Nachschub zu kaufen."

„Nein!", rief sie entsetzt. „Das werden wir nicht."

Wieder musste Colin lachen. „Oh, es ist also in Ordnung, es morgens, mittags und abends zu tun, aber es darf niemand wissen." Er drehte sie auf den Rücken und umschloss ihre Handgelenke mit einem liebevollen, aber festen Griff. „Mir ist das hier nicht peinlich."

„Es ist nur so persönlich", beharrte sie und versuchte ihre Hände freizubekommen.

Mit einer geschmeidigen Bewegung strich er an den Innenseiten ihrer Arme entlang, bis er zu ihren Brüsten gelangte. „Das soll es auch bleiben, Laurie." Sanft strich er über die aufgerichteten Spitzen. „Aber er wird es sowieso bald herausfinden, wenn wir dieses Zimmer zehn Stunden lang nicht verlassen."

Die Erinnerung an Leonard ließ sie zur Besinnung kommen. „Ich sollte lieber in mein Zimmer gehen."

„Vergiss es, Liebling." Colin glitt mit der Zunge über ihre Spitzen. „Er wird dein Bett schon nicht kontrollieren."

„Aber er steht immer früh auf und macht mir Kaffee."

Colin hob den Kopf und sah sie skeptisch an. „Bringt er ihn dir aufs Zimmer?"

„Nein, aber wenn ich nicht herunterkomme, wundert er sich bestimmt." Sie wollte nicht erwischt werden. Nicht so. Noch nicht. „Ich gehe schnell in mein Zimmer, schlüpfe in einen Morgenmantel, laufe nach unten und hole Kaffee, und dann bin ich wieder da. Wie wäre das?"

Sie wollte aufstehen, doch Colin hielt sie mit einem leidenschaftlichen Kuss auf. „Beeil dich", murmelte er. „Ich warte."

Lachend stand sie auf und zog sich das T-Shirt über, bevor sie in ihr Zimmer eilte.

Dort schaute sie auf das ordentliche Bett. Was würde Leonard denken?

Er würde denken, dass sie das Bett gemacht hatte. Daran war nichts Ungewöhnliches. Schließlich war sie eine Ordnungsfanatikerin. Als Laura ins Bad ging, um sich die Zähne zu putzen, sah sie in den Spiegel und stellte fest, dass sie einmal eine Ordnungsfanatikerin gewesen war. Doch wenn Leonard sie jetzt genau ansah, würde er wissen, dass sie sich über Nacht in jemand anderen verwandelt hatte.

Kurz darauf lief sie auf Zehenspitzen nach unten und konnte schon den köstlichen Duft von Kaffee riechen, als sie ins Wohnzimmer kam. Sie würde den Butler nicht anlügen müssen. Wenn er fragte, ob sie eine gute Nacht gehabt hätte, entsprach ein Ja der reinen Wahrheit. Schließlich war es die beste Nacht ihres Lebens gewesen.

Ein zufriedenes Lächeln unterdrückend, ging sie weiter, als sie aus dem Büro, das neben der Küche lag, auf einmal Leonards Stimme hörte.

„Sicher, Sir. Ich beobachte das genau."

Sprach er mit Adrian? Laura blieb stehen und hörte eine Sekunde lang zu.

„Natürlich, Mr Harrington. Daran besteht kein Zweifel."

Mr Harrington? Ihr Vater war am Telefon? Morgens um Viertel nach sechs? Laura unterdrückte ein Stöhnen. Natürlich wollte er sie mal wieder kontrollieren. Sie wollte gerade weiter in die Küche gehen, als Leonard weitersprach. Unwillkürlich lauschte sie.

„Oh nein, Sir, überhaupt nicht", sagte er ernst.

Was hatte ihr Vater gefragt? Wahrscheinlich wollte er wissen, ob sie ein Verhältnis zur Konkurrenz aufgebaut hatte. Nun, Leonard, die Antwort darauf ist ein klares Ja. Ein ausgezeichnetes Verhältnis. Sie musste ein Kichern unterdrücken, als Leonard weiterredete.

„Das ist richtig, Sir, aber man kann nie genau wissen, was dabei herauskommt, wie ich Ihnen und Mr Gilmore bereits sagte, als wir die Details dieses Plans vor einem Monat besprochen haben."

Die Details dieses Plans ... vor einem Monat?

Steckte ihr Vater von Anfang an dahinter?

Leonard lachte leise, und Laura bemühte sich, etwas zu verstehen, obwohl das Blut in ihren Ohren rauschte. „Keine Angst, Sir. Ich stehe jeden Morgen zeitig auf. Sie können gern weiter um diese Zeit anrufen. Ich informiere Sie dann über etwaige Fortschritte. Das hatten wir ja abgemacht, und Mr Gilmore freut sich, Ihnen dabei zur Seite stehen zu können."

Laura wurde auf einmal ganz schlecht. Sie legte die Hand auf ihre Brust, als könnte sie so das laute Pochen ihres Herzens unterdrücken. Das durfte doch nicht wahr sein.

Ihr Vater hatte das alles hier mit Adrian Gilmore zusammen geplant. Der Schock ließ sie erzittern, als sie langsam den Rückzug antrat.

Warum? War sie nur eine Schachfigur in einem merkwürdigen Spiel? Wollte er sie testen? Versuchten sie, das Ganze nach einer fairen Ausschreibung aussehen zu lassen, während H & H den Auftrag längst in der Tasche hatte?

Sie machte auf dem Absatz kehrt und wollte gerade die Treppe hinaufgehen, um das Gehörte zu verarbeiten, als Leonard sie ansprach.

„Miss Laura, guten Morgen."

Sie blieb stehen und drehte sich um. Der Butler wirkte ganz normal und sah sie lächelnd an. „Guten Morgen."

Wenn er bemerkte, wie kühl ihre Stimme klang, dann ignorierte er das. Stattdessen öffnete er den Schrank und holte einen Kaffeebecher heraus. „Wollten Sie keinen Kaffee?"

Sie starrte ihn an. Würde er ihr nicht erzählen, mit wem er telefoniert hatte? „Äh, doch, gern, danke." Sie atmete tief durch. „Ich dachte, ich hätte Sie am Telefon gehört, und wollte nicht stören."

„Keine Sorge, Ma'am. Das war nur Mr Gilmores Büro in London. Dort drüben ist es schon Mittag, und sie haben wohl nicht an die Zeitverschiebung gedacht."

Leonard war ein Lügner. Laura wäre vor Verblüffung fast der Kiefer heruntergeklappt, doch sie fing sich noch rechtzeitig. Dieses Spiel konnten auch zwei spielen. Sie wusste jetzt Bescheid. Und Wissen war Macht.

Aber wie sollte sie das Colin beibringen? Der Gedanke ließ ihr die Knie weich werden. Er würde es nicht vertragen, so benutzt worden zu sein. Sie kannte ihn gut genug, um zu wissen, dass es gegen seine Natur ging, Opfer solch eines teuflischen Plans zu sein.

Aber Colin hatte die ganze Zeit recht gehabt. Leonard war ein Spion. Und das Ganze war von langer Hand geplant gewesen. Von ihrem Vater.

„Sie gehen jetzt ins Studio, damit Mr Colin heute Nachmittag hinein kann?", fragte Leonard.

Richtig. Sie musste ja an den Zeichnungen arbeiten, um diesen Auftrag zu bekommen, der ganz offensichtlich schon vergeben war. Was für eine Farce. Sie verfluchte ihren manipulierenden Vater, dem man nicht vertrauen konnte.

Die Lösung präsentierte sich ihr auf einmal so klar wie die historischen Zeichnungen, die sie gestern Abend bewundert hatte. Ihrem Vater stand ein böses Erwachen bevor, wenn die endgültige Edgewater-Präsentation anstand. Sie würde sich nicht manipulieren lassen.

„Nein, denn Colin und ich werden künftig zusammenarbeiten."

Jetzt sah der Butler aber doch überrascht aus. „Tatsächlich?"

„Ja. Ach ja ...", sie nahm noch einen Becher aus dem Schrank, „... ich werde ihm einen Kaffee mitnehmen, damit wir zeitig beginnen können."

„Oh, natürlich." Der unerschütterliche Leonard sah auf einmal ziemlich erschüttert aus. „Soll ich Ihnen Frühstück ins Studio bringen?"

„Nein, danke", sagte sie und schenkte Kaffee in den Becher. „Wir möchten absolut ungestört bleiben. Wir werden nach unten kommen, wenn wir ... so weit sind."

Eine Woche später waren sie immer noch nicht so weit. Zumindest kam es Laura so vor. Sieben Tage, nachdem sie die Fronten gewechselt hatte und zu Colin und Pineapple House übergelaufen war, trübte lediglich eins die intimen Tage – und Nächte –, die Laura mit ihrem Geliebten verbrachte, und das war das Geheimnis, das sie ihm vorenthielt.

Sie saß auf dem Fußboden im Studio und klopfte den Takt der Jazzmusik mit, auf die sie sich schließlich geeinigt hatten. Um sie herum lagen die neuen Skizzen verstreut, die sie vom Pineapple

House angefertigt hatten, wenn sie nicht gerade mit ... anderen Dingen beschäftigt gewesen waren.

Vielen anderen wunderbaren Dingen.

Wie zum Beispiel zusammen duschen oder zusammen spazieren gehen, bevor sie sich wieder ins Bett verkrochen und sich ausgiebig liebten.

Wenn Leonard bemerkt hatte, dass sich ihre Beziehung zu Colin verändert hatte, dann war er zu diskret, um es zu zeigen. Aber natürlich bemühte sie sich auch, den Anschein zu wahren. Offiziell wusste der Butler nur, dass sie Ideen austauschten. Zumindest hoffte Laura, dass Leonard dies jeden Morgen ihrem Vater mitteilte.

Der Gedanke daran bereitete ihr Sorgen. Was war, wenn Colin es herausfand? Sicher, sie hatten nur eine flüchtige Affäre miteinander. Colin lebte in Pittsburgh und hatte mehr als einmal betont, dass er nicht an die Liebe glaubte und mit seinem Junggesellendasein sehr zufrieden war. Sie wusste und akzeptierte das.

Hier ging es nur um körperliches Verlangen. Eine Affäre, die bald vorbei sein würde. Es war eine zauberhafte Zeit mit dem sinnlichsten Mann, den sie je getroffen hatte. Aber sie war sicher, dass er ausrasten würde, wenn er erfuhr, dass sie beide von Eugene Harrington benutzt worden waren. Es war eine furchtbare Vorstellung.

„Na, so was."

Laura schaute zu Colin, der vor dem Computer saß. „Was ist?"

Er hob die Hand und nahm den großen Ordner, den sie aus dem Archiv des Grundstücksamtes ausgeliehen hatten. „Moment, ich möchte etwas nachschlagen."

Schließlich meinte er: „Höchst interessant."

Sie stand auf und ging zu ihm hinüber. „Was hast du gefunden?" Sie begann, ihm die Schultern zu massieren.

Colin drehte sich um und lehnte sich genießerisch an sie, hin- und hergerissen zwischen den körperlichen Anziehungskräften, die in beiden immer wieder die Oberhand gewannen, und dem, was seine Aufmerksamkeit erregt hatte. „Nur eine kleine Lücke im Gesetz. Demnach könnte man den Teil des Grundstücks, auf dem Pineapple House stand, von dem Edgewater-Grundstück trennen."

„Wirklich? Wie das?"

„Irgendein uraltes Schlupfloch, wenn ich diese Gesetze richtig interpretiere."

„Und was bedeutet das?"

Er zuckte mit den Achseln. „Ich bin mir nicht sicher. Ich werde mal meine Brüder fragen. Cameron ist Investmentbanker und Anwalt, der sich gut in solchen Sachen auskennt. Und Quinn ist ein Fuchs, wenn es um Immobilien geht." Er zog Laura an sich und ließ seine Hände besitzergreifend unter ihr Top wandern.

Wie immer schmolz sie regelrecht dahin. Der Mann besaß eine geradezu absurde Macht über ihren Körper. Sie weigerte sich jedoch, darüber nachzudenken. Genauso wie sie nicht über … das Geheimnis nachdenken wollte. Gab es irgendeinen Weg, wie sie vermeiden konnte, dass Colin davon erfuhr? Vielleicht. Vielleicht wenn sie eine umwerfende Präsentation erarbeiteten, mit der sie zu ihrem Vater gehen konnte, der sie dann Adrian übergab. Colin wäre damit zufrieden. Ihm ging es lediglich darum, dass Pineapple House wieder aufgebaut wurde.

Wenn sie Colin jedoch erzählte, was sie über ihren Vater und Adrian wusste, konnte alles abrupt zu einem vorzeitigen Ende kommen. Und das wollte sie vorerst verhindern.

Colin hörte auf, sie zu streicheln. „Woran denkst du, Laurie?"

Sie versuchte hastig eine Antwort zu finden. Sie war inzwischen ziemlich gut darin, einer ernsthaften Unterhaltung auszuweichen, was auch nicht weiter schwierig war, da sie ihre Körper sprechen ließen. Aber Colin war ehrlich, und er erwartete dasselbe von ihr. Das belastete sie, denn sie war es nicht.

„Ich bin nur müde", meinte sie vage. „Vielleicht sollten wir eine Pause machen."

„Gute Idee", stimmte er zu und küsste ihre Nasenspitze. „Wie wäre es, wenn wir zu Marguerite fahren?"

„Gerne. Und wir könnten ihr etwas Leckeres aus Leonards Kühlschrank mitbringen."

„Oh, das wird ihr bestimmt gefallen", meinte Colin und schaltete den Computer aus. Dann überraschte er Laura damit, dass er sich plötzlich umdrehte, ihr Gesicht in beide Hände nahm und sie stürmisch küsste. „Erinnere mich daran, dass ich dich heute Abend ganz besonders verwöhne."

Wie lange konnte sie noch warten, bis sie ihm die Wahrheit sagen musste?

So lange wie möglich.

Colin klopfte in dem Moment an die Zimmertür seiner Großmutter, als Lauras fröhliches Lachen gerade durch den Flur schallte. Er liebte es, dass er sie so leicht zum Lachen bringen konnte, selbst mit absurden architektonischen Wortspielereien.

„Das ist wie Musik in meinen alten Ohren", sagte Marguerite in ihrer zarten Stimme, als Colin die Tür aufstieß und Laura hineinließ.

Er stellte die Tasche, die Leonard gepackt hatte, auf den Fußboden, ging um das Bett herum und setzte sich auf die Bettkante. Er begrüßte Marguerite mit einem Kuss auf ihr weißes Haar. „Wie geht es meiner Liebsten heute?"

Ihr runzliges Gesicht verzog sich zu einem verschmitzten Lächeln. „Ich glaube, ich bin nur noch deine Zweitliebste." Mit Mühe drehte sie sich Laura zu. „Ich habe euch zwei Turteltauben schon auf dem Flur lachen gehört."

Colin konnte sehen, wie Laura rot wurde, doch ihn überkam ein merkwürdiges Gefühl des Stolzes. Stolz darüber, dass jemand glauben könnte, Laura wäre in ihn verliebt. Schön wär's, dachte er.

„Niemand kann Sie ersetzen", versicherte Laura. „Colin spricht ständig von Ihnen. Er hat mir all die wilden Geschichten von den Rebellen erzählt."

Marguerite warf Colin einen vielsagenden Blick zu, bevor sie sich wieder an Laura wandte. „Ja, ich habe eine ziemlich bewegte Vergangenheit. Ich hoffe, dass Petrus milde gestimmt ist, wenn ich dort oben ankomme."

Laura tätschelte ihr die Hand. „Ich bin sicher, er bezieht alle Aspekte in seine Entscheidung ein, und manche Dinge werden einem verziehen, wenn sie aus den richtigen Beweggründen getan wurden."

Marguerite seufzte. „Ich hoffe Sie haben recht, meine Liebe. Ich werde es wohl bald herausfinden."

„Nein", beharrte Colin, dem sich allein bei dem Gedanken daran die Kehle zuschnürte. Er hasste die Vorstellung, sie zu verlieren. Sie war etwas so Besonderes. „Du hast noch ein paar wichtige Dinge vor, Marguerite. Schließlich musst du beim ersten Spatenstich dabei sein, wenn wir Pineapple House wieder aufbauen. Und beim großen Eröffnungsball will ich mit dir tanzen."

Natürlich wusste er, dass diese Versprechungen nicht zu erfüllen waren.

„Laura kann alle meine Tänze haben", sagte Marguerite und lächelte ihn an. „Aber ich werde im Geiste bei euch sein, mein Junge." Sie begann zu husten, und Laura wollte aufstehen, um Wasser zu holen. „Nein, nein", hielt Marguerite sie ab. „Es geht mir gut. Erzählt mir lieber von Pineapple House und was ihr tut, um meinen Traum wahr werden zu lassen."

Colin und Laura tauschten einen Blick aus, und sie nickte ihm stumm zu.

„Laurie hatte ein paar wunderbare Ideen", begann er. „Warte, bis du siehst, wie sie die Treppe wieder aufbauen will. Es gibt da jetzt Möglichkeiten …"

Er hielt inne, als Marguerite die Hand hob, als wollte sie ihn zum Schweigen bringen, doch sie wollte einfach nur Lauras Gesicht berühren. Es war ihre einzige Möglichkeit, jemanden zu sehen, und Colin war dankbar, dass Laura das verstand und es zuließ. Jemand anderes wäre vor solch einer intimen Berührung vielleicht zurückgeschreckt, doch Laura beugte sich vor und gestattete Marguerite, sie zu ertasten.

„Sprich weiter", sagte Marguerite, während sie die Handfläche auf Laura Wange legte. „Ich möchte mehr über die Treppe hören. Aber ich möchte auch einen Blick auf die Frau werfen, die du liebst."

Colin verschlug es die Sprache.

Die Frau, die er liebte.

Unwillkürlich blickte er zu Laura, doch sie hatte die Augen geschlossen. Und lächelte. Marguerite strich mit einem Finger über Lauras Wange. Lächelte sie deshalb? Oder war es eine Reaktion auf Marguerites Worte?

„Oh!", rief Marguerite plötzlich aus. „Laura hat ja Grübchen."

Jetzt sah Laura auf und zwinkerte ihm zu.

„Ja", meinte Colin. „Sie ist das hübscheste Mädchen, das du je gesehen hast, Marguerite."

„Oh, das ist offensichtlich."

Laura lächelte nun beschämt und schüttelte dann den Kopf, als wären sie beide nicht ganz bei klarem Verstand. „Sind Sie hungrig, Marguerite?", fragte sie. „Wir haben etwas Besonderes mitgebracht."

Marguerite war begeistert, und während Colin von der Reproduktion der Treppe erzählte, fütterte Laura die alte Dame mit Schokoladencreme.

Colin versuchte, sich auf die Bauweise der Treppe zu konzentrieren, doch der Anblick dieser eleganten, wunderschönen Frau, die sich um seine Großmutter kümmerte, lenkte ihn ab und richtete merkwürdige Dinge in seinem Inneren an. Vor allem sein Herz wurde auf einmal ganz schwer.

Wie hatte er jemals annehmen können, dass Laura eine kühle und verwöhnte Frau war, die auf ihn herabsah? Sie besaß ein Herz aus Gold. Sie war nett, geduldig, lustig, sinnlich, intelligent und selbstlos. Und sie war ... die Frau, die er liebte.

„Sie schläft", flüsterte Laura und riss ihn aus seinen Gedanken. „Wir haben sie ermüdet, fürchte ich."

Er schaute Laura an, und sein Herz begann heftig zu klopfen. Was ging hier vor? Was waren das für Worte, die ihm auf der Zunge lagen?

Das war Wahnsinn. Er hatte sich verliebt. Jetzt konnte nur noch eins geschehen. Sie würde ihn verraten. Oder nicht?

Er kannte das. Das war die Lektion, die ihm seine Mutter als Kind beigebracht hatte, als sie die Familie verlassen hatte. Liebe bedeutete Verrat, Schmerz und Verlust.

„Was ist los, Colin?" Laura berührte seine Hand. „Alles in Ordnung?"

„Es ist nur …" Er schüttelte den Kopf und sprach die Wahrheit, als er sagte: „Ich habe Angst."

Sie drückte seine Hand. „Ich weiß. Aber sie hat ein langes Leben hinter sich, und du hast ihr so viel gegeben, um es noch besser zu machen. Und vielleicht erlebt sie ja doch noch den ersten Spatenstich. Man weiß nie."

„Ja, du hast recht." Mit Mühe unterdrückte er die Worte, die ihm auf der Zunge lagen und die den Schutzwall um sein Herz durchbrochen hätten. Stattdessen sagte er drei andere Worte: „Man weiß nie."

10. KAPITEL

Colin schien gar nicht schnell genug nach Hause kommen zu können. Er lenkte den Sportwagen mit Schwung durch die Kurven. Seit sie Marguerite verlassen hatten, war er abwesend und still gewesen, nur seine Augen verrieten, dass etwas in ihm brodelte.

Ich habe Angst, hatte er gesagt. Offensichtlich liebte er seine Großmutter, liebte die Verbindung zu diesem Teil der Familie, den er vorher nicht gekannt hatte. Aber es ergab keinen Sinn, dass er Angst hatte. Marguerite war über neunzig. Sie hatte keine Schmerzen und akzeptierte die Tatsache, dass ihre Tage gezählt waren, sehr viel besser als Colin.

Hatte er Angst, dass er ihren Traum nicht erfüllen und Pineapple House nicht bauen könnte?

Das erinnerte Laura wieder einmal daran, dass sie ihm etwas verheimlichte. Sie durfte es nicht länger für sich behalten. Er musste es erfahren. Dann konnten sie noch entschlossener – gemeinsam – daran arbeiten, Pineapple House wieder aufzubauen, auch wenn ihr Vater andere Pläne hatte. Aber noch während sie sich das ausdachte, wusste sie, dass die Wahrheit anders aussah.

Colin würde schrecklich wütend werden. Noch dazu, da sie eine Woche hatte verstreichen lassen. Sie musste es ihm jetzt sagen.

Sie schaute zu ihm, bemerkte das angespannte Gesicht und ... schwieg.

Kurz darauf hielten sie vor dem Kutscherhaus, und Laura konnte hören, wie Colin erleichtert aufatmete.

„Wieder an die Arbeit?", fragte sie vorsichtig und überlegte, dass das ruhige Studio eine gute Umgebung wäre, um ihm die Neuigkeit mitzuteilen.

Er drehte sich mit ernstem Blick zu ihr um und schaute sie mit einer Intensität an, wie sonst nur, wenn sie sich liebten und er sich im Moment höchster Seligkeit völlig gehen ließ.

„Ich gehe ein bisschen spazieren." Seine Stimme klang heiser.

Sie musste es ihm sagen. Jetzt. Unabhängig von seiner merkwürdigen Stimmung. „Ich komme mit."

Er schaute sie überrascht an, bevor er einen Blick zum düsteren Himmel warf. Es würde gleich anfangen zu regnen, und sie waren in zehn Minuten bestimmt völlig durchnässt. „In Ordnung."

Nachdem Colin den Wagen abgeschlossen hatte, machten sie sich auf den Weg zu den Klippen. Dass Colin nicht reden wollte, war offensichtlich, also hielt Laura vorerst den Mund. Er war in einer düsteren Stimmung, und mit dem, was sie zu sagen hatte, würde sie seine Laune nicht gerade bessern.

Der Wanderweg war an diesem Mittwochnachmittag ziemlich verlassen. Sie waren einem anderen Pärchen begegnet, aber ansonsten konnte Laura niemanden sehen. Sie sah noch einmal zum schwarzen Himmel, widerstand jedoch der Versuchung, ein Wort darüber zu verlieren.

Sie gingen eine Viertelstunde, bis sie zur Rough Point Bridge kamen. Auch jetzt wieder war Laura beeindruckt von dem Naturschauspiel, das sich ihr darbot, als die Wellen unten gegen die Felsen krachten. Sie blieben einen Moment lang am Geländer stehen und merkten, dass es zu regnen begann.

„Jetzt geht's los", meinte Laura. „Wir sollten uns in einem Tunnel unterstellen."

Es gab mehrere Unterführungen, durch die die Anwohner der verschiedenen Villen und Häuser zu den Klippen gelangten.

„Gull Rock ist am nächsten", erwiderte Colin und hob das Gesicht gen Himmel. „Wir können dort warten, bis es wieder aufklart."

Doch er machte keine Anstalten, die Brücke zu verlassen, obwohl der Regen immer stärker wurde.

„Möchtest du mir vielleicht erzählen, was dich bedrückt?", fragte Laura schließlich.

Einen Augenblick lang verharrte er völlig still, während die Regentropfen wie Tränen über seine Wangen liefen, ein Bild, das ihr Herz wie ein Kunstwerk berührte.

Er öffnete die Augen und schaute zu ihr. „Ja."

Bevor sie etwas erwidern konnte, nahm er ihre Hand. „Komm", drängte er sie.

Schweigend eilten sie den Weg entlang und waren durchnässt, als sie am Tunnel ankamen.

Sie liefen bis in die Mitte des Durchgangs, der nicht mehr als sechs Meter lang war. Es war ziemlich finster, nur durch die Öffnungen an beiden Seiten drang etwas Licht.

Laura drückte sich das Wasser aus den Haaren, wischte sich das Gesicht mit den Fingern ab und sah dann zu, wie Colin seine Mähne so heftig schüttelte, dass das Wasser an die Wände spritzte. Es schien, als wollte er gleichzeitig noch etwas anderes aus seinem Kopf schütteln.

Sie lehnte sich gegen die kühle Wand und wartete, dass ihre Atmung sich wieder normalisierte. Plötzlich drehte Colin sich zu ihr herum, stützte die Hände rechts und links von ihrem Kopf ab und sah sie durchdringend an. Durch das nasse Haar und den Ohrring sah er plötzlich aus wie ein finsterer Pirat.

Laura wusste nicht, ob sie auf einen Kuss, einen Fluch oder eine Erklärung gefasst sein sollte.

„Ich war absolut nicht darauf vorbereitet", meinte Colin mit brüchiger Stimme. „Ich glaube, ich bin nicht einmal dazu fähig."

Sie runzelte die Stirn und versuchte herauszufinden, was er eigentlich sagen wollte. „Wozu?"

„Dich zu lieben."

Die Worte klangen im Tunnel nach.

Laura starrte Colin an. „Mich ..." Sie konnte die Worte nicht wiederholen. Sie wartete darauf, dass er sie noch einmal sagte.

„Ich möchte, dass du etwas verstehst." Er senkte den Kopf so weit, dass er sie hätte küssen können, doch stattdessen verschlang er sie mit einem langen, hungrigen Blick. „Ich bin nicht der richtige Mann für dich."

Sie widerstand dem plötzlichen Wunsch, ihn am Kragen zu packen, zu schütteln und dann zu küssen, bevor sie ihm sagte, wie falsch er damit lag. Doch sie erwiderte nur mit zittriger Stimme: „Ich finde, das muss ich selbst entscheiden."

„Nein", beharrte er. „Du kannst nicht... du weißt nicht, was..."

Nun konnte sie sich nicht länger zurückhalten. Sie umklammerte sein Hemd und riss ihn an sich. „Warum musst du das hier kaputtmachen, Colin? Warum gibst du uns nicht wenigstens eine Chance?"

Er schloss die Augen und atmete langsam aus. Als er sie wieder ansah, war er etwas ruhiger.

„Laurie, ich glaube einfach nicht an diese Art von Liebe, von der du träumst. Ich denke, dass die Menschen nur sich selbst lieben können. Letztendlich zumindest. Sobald die erste Verliebtheit vorüber ist, denkt jeder nur an sich, und einer wird unweigerlich verletzt."

Glaubte er das wirklich? War das die Lektion, die seine Mutter ihm erteilt hatte, als sie fortgegangen war? Dass es keine Liebe gab? Es musste doch jemanden in seinem Leben gegeben haben, der ihm das Gegenteil bewiesen hatte. „Was ist mit deiner Großmutter?"

„Marguerite? Was soll mit ihr sein?"

„Nein." Laura lockerte den Griff an seinem Hemd. „Diejenige, die dich großgezogen hat. Sie hat ihr Leben aufgegeben, ist bei euch eingezogen und hat dich und deine Brüder großgezogen. Sie liebt dich."

„Ja, aber …"

„Und was ist mit deinen Brüdern? Sie lieben dich. Und dein Vater. Er …"

Colin unterbrach sie, indem er mit der flachen Hand gegen den Fels schlug. „Nein, du redest hier von Familie. Das ist etwas anderes. Das ist vorbehaltlos, und diese Menschen haben keine andere Wahl."

Eine Wahl. Hatte sie eine Wahl? „Wenn du jemanden liebst, Colin, glaubst du, dass du dann eine Wahl hast?"

Und während sie die Worte sagte, traf die Erkenntnis sie unvermittelt. Selbst wenn Colin nicht an die Liebe glaubte und sie verließ, sobald die drei Wochen um waren, würde sie dann nicht weiter dieses herzzerreißende Gefühl verspüren, wann immer sie in sein Gesicht schaute, seinen Namen hörte oder an ihn dachte? Würde sie nicht lieber mit Colin zusammen sein als mit irgendjemandem sonst auf der Welt?

Ja, natürlich. Sie liebte ihn. Für sie war die Wahl längst getroffen.

Die Erkenntnis machte sie auf einmal ganz benommen. Sie wollte Colin lieben. Und was sagte er? Dass er nicht lieben konnte?

„Man hat immer eine Wahl", widersprach er mit rauer Stimme, doch seine Hände waren zärtlich wie immer, als er ihre Schultern umfing. „Und ich kann dir nur empfehlen, die richtige Wahl zu treffen."

Die Zeit schien still zu stehen, als Laura begriff, dass sie ihre Unschuld genau dem Mann geschenkt hatte, den sie liebte.

„Ich habe meine Wahl bereits getroffen", flüsterte sie, wobei ihre Worte in dem Regen, der gegen die Felsen über ihnen prasselte, kaum zu hören waren. Sie zog Colin wieder nah an sich. „Ich habe dich gewählt."

Die absolute Sicherheit ihrer Gefühle fuhr wie ein Blitz durch sie hindurch.

Sie liebte Colin. Liebte sein Herz und seine Seele, seinen Verstand und seinen Körper. Sie würde alles für ihn tun – alles, um mit ihm zusammen sein zu können, alles, um sein Leben zu bereichern.

Dann fiel ihr das Geheimnis ein, das sie ihm bisher vorenthalten hatte. Sie musste ihm erzählen, was sie über ihren Vater wusste. Sie konnte ihm nicht ihre Liebe gestehen, solange etwas so Unangenehmes unausgesprochen zwischen ihnen stand. Sie musste ihm beides gestehen – das Gute und das Schlechte.

„Ich möchte dir etwas sagen", sagte sie leise.

Er legte eine Hand über ihre Lippen. „Pst."

Sie schüttelte den Kopf. „Ich muss es sagen."

„Nein." Er zog die Hand weg und drückte stattdessen seinen Mund auf ihre Lippen, um sie erst sanft, dann immer leidenschaftlicher zu küssen. „Ach, Liebling", seufzte er. „Ich weiß nicht, auf was ich mich hier eingelassen habe, aber ich stecke so tief drin, dass ich kein Licht mehr sehen kann. Du bist perfekt, Laurie. Du bist schon immer so perfekt gewesen, und ich … ich bin es nicht."

Perfekt? Er würde seine Meinung wohl ändern, sobald er hörte, wie sehr er von ihrem Vater hintergangen worden war. Laura legte die Hand auf sein nasses Hemd und spürte seinen kräftigen Herzschlag. Sie holte tief Luft.

Wie sollte sie ihm das erzählen?

„Ich muss dir etwas sagen", wiederholte sie.

„Nein." Er brachte sie mit einem stürmischen Kuss zum Schweigen und presste seinen muskulösen Körper gegen ihren. „Ich bin zuerst dran."

„Nein, Colin, hör mir zu."

„Hör du mir zu", konterte er und drückte seine Lenden gegen ihre. Die Beine drohten unter ihr nachzugeben, als das inzwischen vertraute Feuer in ihrem Inneren zu lodern begann. Colin setzte seinen Anschlag auf ihre Sinne fort, und sie stöhnte leise auf, als er sie auf die Zehenspitzen hob, um ihre Körper noch näher zueinander zu bringen.

„Colin …"

„Pst." Er unterdrückte ihre Worte mit einem weiteren Kuss. Sanft strich er mit der Zungenspitze über die Konturen ihrer Lippen, bis sie den Mund öffnete und seine Zunge aufnahm. Mit der Hand glitt er unter ihren Pullover und schob das Top beiseite, als wäre es eine zweite Haut, unter die er gelangen wollte. Begierig erkundete er ihre feuchte Haut, umfing ihre Brüste und reizte ihre Spitzen, bis das Verlangen fast wehtat. Eine unglaubliche Hitze durchströmte sie, und für einen Augenblick vergaß sie alles um sich herum. Sie nahm nur noch seine Hände wahr, die ihr diese sinnlichen Genüsse verschafften, und seinen Körper, der sich gegen ihren drängte.

„Hier, Laurie. Jetzt. *Liebe* mich." Die Betonung in seiner rauen Stimme war unmissverständlich.

Liebe. Wunderbare, gefährliche, flüchtige Liebe.

Laura schmiegte das Gesicht an seinen Hals und küsste seinen heftig klopfenden Puls, schmeckte Salz und Regen und Schweiß, während er nach unten griff und ihren Rock hochschob. Die kühle Luft ließ sie erzittern, als er über ihren Slip strich und die Finger zwischen ihren Schenkeln vergrub.

Alles, was sie hatte sagen wollen, war vergessen. Verlangen und Leidenschaft hatten die Oberhand gewonnen. Laura erkannte, dass sie wieder einmal mit ihren Körpern sprachen. Er wollte etwas sagen, und verdammt, sie wollte es hören.

„Liebe mich."

Er sagte es noch einmal, während er ihren Slip herunterschob. Ihre Münder trafen sich zu einem weiteren leidenschaftlichen Kuss, und Colin befreite sich mit hastigen Bewegungen von seiner Hose. Automatisch senkte Laura die Hand, um ihn zu streicheln. Sie konnte nicht anders, wollte auch nicht darüber nachdenken, wo sie waren und dass man sie womöglich ertappen könnte.

Nur das Verlangen zählte. Dieser Moment. Dieser Mann, den sie liebte.

Colin umfasste ihren Po und hob sie hoch. Es gab kein Kondom, keine Decke, kein Bett, nichts war wie sonst, und gerade das machte es so aufregend. Laura erzitterte unter der Kraft der Leidenschaft und konnte an nichts anderes denken als daran, Colin zu spüren.

Er stieß ihren Namen aus und stöhnte auf, als sie die Beine um seine Hüften schlang und sich langsam auf ihn senkte. Die Regentropfen aus seinen Haaren vermischten sich mit den Schweißperlen auf seiner Stirn. Er schloss die Augen und war plötzlich ganz bei ihr.

Laura keuchte auf und vergaß die harte Wand hinter sich. Wieder einmal trat sie eine Reise in ungeahnte Höhen an. Sie hielt Colin mit den Beinen fest umklammert, während er seinen Rhythmus beschleunigte, sie mit seinen kräftigen Armen umschlungen hielt und dem inzwischen vertrauten Gipfel entgegentrieb.

Doch dies hier war nicht vertraut. Dieses Zusammenkommen wurde von Gefühlen und einem Liebesversprechen angeheizt. Sie konnte es in seinen Augen sehen, es in seinen Bewegungen spüren, in seinen Küssen schmecken.

„Komm mit mir", drängte er sie und wurde noch fordernder. „Komm mit mir, Laurie. Jetzt!"

Laut aufstöhnend erreichte er den Höhepunkt und riss Laura mit.

Schließlich ließ sie den Kopf gegen Colins Brust fallen, während ihre Beine um seine Hüften zuckten. Einen Moment lang war sie kaum in der Lage zu atmen oder zu denken. Als sie aufschaute und Colins Blick begegnete, war sie auf sein Lächeln gefasst, darauf, dass er sie sanft wieder auf den Boden stellen würde, aber nicht auf das, was sie sah.

Das war kein Schweiß, kein Regen. Diesmal nicht.

„Ich liebe dich, Laurie."

Seine Stimme brach, und auch ihr schossen die Tränen in die Augen.

Colin entspannte sich erschöpft, war aber entsetzt über die Tränen, die in ihren grünen Augen glitzerten.

„Was ist, Liebling?"

Sie schüttelte nur den Kopf und starrte ihn an. „Du weinst."

Er strich sich über die Wange. „Tatsächlich." Er lachte kurz. „Da siehst du, was du mit mir anstellst." Am liebsten hätte er sie mit zu Boden gerissen, sie in die Arme genommen und ihr immer wieder gesagt, dass er sie liebte. Dieses Geständnis war genauso befreiend und wunderbar wie der Liebesakt selbst.

Doch Colin stellte Laura vorsichtig wieder auf die Beine und zog sich an, ohne sie aus den Augen zu lassen.

Sie hatten kein Kondom benutzt. Ein unangenehmes Gefühl breitete sich in ihm aus. Aber das war das kleinste seiner Probleme. Laura hatte noch nicht auf sein Geständnis reagiert. Ob sie ihn ebenfalls liebte?

Vielleicht glaubte sie aber auch, die Worte wären lediglich ein Produkt der Leidenschaft gewesen. „Ich habe es ernst gemeint", sagte er leise.

Laura wich seinem Blick aus, während sie ihren Rock richtete. Das war nicht gerade das *Ich liebe dich auch*, auf das er gewartet hatte.

„Ich bin froh", sagte sie schwach.

Es war, als hätte sie ihm einen Schlag versetzt. „Merkwürdig, du siehst gar nicht froh aus."

„Na ja, ich ..." Sie verlor fast das Gleichgewicht, als sie sich bemühte, ihren Slip anzuziehen. Verlegen lachte sie. „Ausziehen ist einfacher als anziehen."

Wunderbar. Sie riss Witze. Wich seinem Blick aus. Wechselte das Thema. Frustriert schwieg er, während sie sich anzog.

„Colin, ich muss dir etwas sagen."

Wohl wahr. Er zog sie wieder zu sich. „Was?"

„Ich habe Neuigkeiten."

Er sah die Beklommenheit in ihrer Miene. „Wieso habe ich das Gefühl, dass ich darüber nicht begeistert sein werde?"

„Weil du es nicht sein wirst."

Also liebte sie ihn nicht. „Schieß los."

„Mein Vater und Adrian Gilmore haben dieses dreiwöchige Arrangement ... bereits vor über einem Monat geplant."

Eine Sekunde lang war Colin nur erleichtert. Sie hatte nicht gesagt, dass sie ihn nicht liebte. Aber ... was hatte sie da gesagt? „Was soll das heißen? Das verstehe ich nicht."

„Ich auch nicht. Aber aus irgendeinem Grund haben mein Vater und Adrian das alles arrangiert."

„Woher weißt du das?"

„Ich habe Leonard vor einer Woche mit meinem Vater telefonieren hören und daraus schließen können, dass alles abgesprochen war."

„Vor einer Woche? Du weißt es seit einer Woche?", rief er fassungslos.

Sie nickte und biss sich auf die Lippen. „Ich wusste nicht, wie ich es dir sagen sollte."

Er trat einen Schritt zurück. „Wie wäre es mit: ‚Oh, Colin, du wirst nicht glauben, was ich herausgefunden habe'? Das wäre ganz einfach gewesen."

Sarkasmus durchdrang seine Stimme, doch er konnte und wollte nichts dagegen tun. Wie konnte Laura ihm das antun? Wie konnte sie solch eine Information für sich behalten?

Sie hatte gelogen. Die Wahrheit zu verheimlichen, erschien Colin wie eine Lüge.

„Hast du deinen Vater zur Rede gestellt?"

Sie schüttelte den Kopf. „Nein, ich wollte, dass Leonard weitergibt, dass wir zusammenarbeiten."

„Was?"

Laura zuckte zusammen. „Nicht, um …"

„Du meinst, unsere Zusammenarbeit dient nur dazu, deinen Vater zu täuschen?" Noch mehr Lügen.

„Nein!" Sie legte die Hände auf seinen Oberkörper, doch er wich zurück. „Ganz bestimmt nicht, Colin. Ich wollte ihm die Ideen präsentieren und sehen, ob er sie annimmt. Du hast mir gesagt, es wäre dir egal, ob H & H den Auftrag bekommt, solange nur gewährleistet ist, dass Pineapple House wieder aufgebaut wird. Es war deine Idee, dass ich Gilmore die Entwürfe unterbreite."

Kopfschüttelnd versuchte Colin zu begreifen, was Laura ihm erzählte. Die ganze Sache war abgesprochen. Eugene Harrington hatte ihn zum Narren gehalten. Es hatte nie eine Chance bestanden, dass Colins Firma den Auftrag bekam.

„Warum sollten sie dich und mich dem Ganzen hier aussetzen? Was soll das alles?" Die Frage war weniger an Laura als an sich selbst gerichtet.

„Ich habe keine Ahnung", versicherte sie ihm. „Wirklich nicht. Aber ich werde nicht zulassen, dass mein Vater dieses Spiel gewinnt, Colin. Ich werde Pineapple House bauen. Ich verspreche es."

Colin brauchte Luft und ging ein paar Schritte Richtung Tunnelausgang. Warum hatte Harrington das getan? Und warum hatte Laura ihm nichts erzählt?

Sie hat recht, dachte er. Es spielte keine Rolle, wer den Auftrag bekommt, solange der Wunsch seiner Großmutter erfüllt wurde.

Aber verdammt, jetzt spielte es doch eine Rolle. Weil sie benutzt worden waren. Und zweifellos hatte H & H den Auftrag bereits in der Tasche gehabt, lange bevor Gilmore diese Farce mit der Präsentation eingefädelt hatte.

Und war es nicht stets das Gleiche? Die Reichen zogen die Fäden, wie es ihnen passte. Es war die gleiche Ungerechtigkeit, gegen die Marguerite zeit ihres Lebens gekämpft hatte.

Er spürte, dass Laura ihn vorsichtig am Ellenbogen berührte, und widerstand dem Bedürfnis, sie abzuschütteln. Stattdessen drehte er sich um, blieb diesmal von ihren Tränen jedoch unberührt.

„Warum hast du es mir nicht erzählt?"

„Weil ich fürchtete, dass diese Sache zwischen uns dann beendet gewesen wäre."

Diese Sache zwischen ihnen. Es war eine Sache für sie.

„Und weil unsere Arbeit brillant ist. Ich bin so stolz darauf."

Die Worte *Ich liebe dich* hallten in seinem Kopf wider, als hätte er sie gerade in den Tunnel hineingerufen. Was war er nur für ein liebeskranker Dummkopf.

Kein Wunder, dass sie ihm nicht gesagt hatte, dass sie ihn liebte. Sie war genau wie ihr Vater. Sie würde zurück in ihre Firma spazieren, die exzellenten Entwürfe präsentieren und der Liebling aller werden. Und nebenbei hatte sie noch eine nette, kleine Sache laufen gehabt.

„Colin, hör mir zu. Mein Vater macht das schon mein Leben lang mit mir." Wieder sammelten sich Tränen in ihren Augen. „Ständig manipuliert er mich. Dieses Mal wollte ich verhindern, dass er gewinnt."

Angewidert lachte er. „Oh ja. Also hast du das gleiche Spiel mit mir gespielt."

„Nein!", rief sie frustriert. „Das ist nicht wahr."

Colin wandte sich ab, lehnte sich gegen die Felsen am Tunneleingang und starrte hinaus aufs Meer. Wenn er jetzt einen Rückzieher machte, um des reinen Prinzips wegen, dann würde Pineapple House wahrscheinlich niemals gebaut werden. Aber wenn er keinen Rückzieher machte, war es ohnehin egal, denn Eugene Harrington hatte die Ausschreibung bereits gewonnen und würde bauen, was er wollte.

Was für eine Zwickmühle. Er würde einen anderen Weg finden müssen. Er würde so kämpfen müssen, wie Marguerite und ihre Rebellen es getan hatten. Mit Verstand und Kreativität.

Er drehte sich zu Laura herum und erkannte auf einmal die Ironie der Geschichte. Als sie hier angekommen waren, hatte sie Liebe gewollt und er Sex. Und was war passiert? Sie hatte Sex bekommen, und er hatte sich verliebt.

Und wieder einmal brach ihm eine Frau, die er liebte, das Herz.

Einige Dinge blieben leider vorhersehbar.

„Ich reise ab. Ich werde Gilmore anrufen und ihm sagen, dass ich aussteige."

Laura rang nach Luft. „Das kannst du doch nicht machen! Wie kannst du deinen Traum aufgeben?"

„Ich gebe nichts auf." Er marschierte hinaus, ohne auf sie zu warten.

„Und was wird dann aus Pineapple House, Colin?" Ihre Stimme verlor sich im Wind, je weiter er sich von ihr entfernte, doch er hörte sie noch hinzufügen: „Was ist mit uns?"

Er drehte sich um. „Mit uns? Es gibt kein uns. Es war nur ein Spiel, und du … du hast die Regeln gebrochen." Er lachte bitter auf. „Wer hätte gedacht, dass du in so kurzer Zeit eine Meisterin darin werden würdest, gegen Regeln zu verstoßen?"

Er setzte seinen Weg fort und drehte sich erst nach ein paar Minuten um, um zu sehen, wo Laura war.

Verschwunden. Sie hatte den anderen Tunnelausgang genommen und würde vermutlich vor ihm zurück sein.

Sein Instinkt riet ihm, ihr zu folgen. Aber derselbe Instinkt hatte ihm vor zwanzig Minuten gesagt, er solle seine Seele offenbaren.

Nicht noch einmal. Dieses Mal ignorierte er seinen Instinkt, schluckte den Kloß in seinem Hals hinunter und ging allein zurück, während er an eine düstere Zukunft dachte, in der die Frau, die er liebte, keinen Platz mehr hatte.

11. KAPITEL

"Mr Harrington telefoniert mit London, Laura, und er möchte nicht gestört werden."

Laura sah Evelyn Ginsberg, die Sekretärin ihres Vaters, entschlossen an. "Ich gehe hinein", verkündete sie. "Ich lasse mich nicht länger abwimmeln."

Evelyn deutete auf den Besucherstuhl neben ihrem Schreibtisch "Warten Sie hier. Ich schaue, was ich tun kann."

Als Evelyn hinter der massiven Mahagonitür verschwunden war, ließ Laura sich auf den Stuhl fallen. Seit zwei Tagen versuchte sie, ihren Vater zu erreichen. Sie hatte es zu Hause, übers Handy, im Büro, auf dem Golfplatz und auch per E-Mail versucht. Er hatte nicht zurückgerufen.

Also war sie nach Boston zurückgekehrt.

Nicht dass es schwierig gewesen war, Newport zu verlassen. Das Haus war schrecklich ruhig und einsam gewesen, und von dem Moment an, als sie nach ihrem Zerwürfnis mit Colin und einem zweistündigen Spaziergang durch die Stadt ins Kutscherhaus zurückgekehrt war, hatte sie nichts anderes getan, als Trübsal zu blasen.

Leonard war aus der Küche gekommen und hatte entsetzt verkündet, dass Colin abgereist sei.

Sie hatte nicht mehr die Energie besessen, Leonard weiter auszufragen. Natürlich war Colin abgereist. Sie hatte von Anfang an gewusst, wohin diese Affäre führen würde. Er brauchte eine Entschuldigung, und sie hatte sie ihm geliefert.

Ich liebe dich, Laurie.

Sie umklammerte die Lehnen des Besucherstuhls. Man kann keinen Mann für das verantwortlich machen, was er im Augenblick der Leidenschaft von sich gibt. Sie hatte Allie angerufen und es sich von einer Expertin bestätigen lassen. Sie sagen alles Mögliche in solch einem Moment, hatte ihre Mitbewohnerin ihr versichert.

An dem Abend, als Colin weggefahren war, war sie wie benommen durchs Haus gewandert und hatte sich die Augen ausgeweint. Und weil sie in ihrem Bett nicht hatte schlafen können, war sie schließlich in Colins Bett gekrochen, hatte sein Kissen umschlungen und das in sich aufgesogen, was von ihm noch geblieben war ... seinen wunderbaren Duft.

Es war albern und kindisch, aber tröstend.

Nachdem sie zwei Tage lang vergeblich versucht hatte, sich auf ihre Aufgabe statt auf ihr gebrochenes Herz zu konzentrieren, hatte sie gepackt, sich von Leonard verabschiedet und war nach Hause gefahren. Sie hatte Gilmore nicht angerufen. Das konnte ihr Vater erledigen. Sie wollte nur wissen, warum.

Die Mahagonitür wurde geöffnet, und Evelyn schlüpfte hinaus. Sie schüttelte den Kopf. „Nicht jetzt", verkündete sie.

Verdammt! Laura sprang auf und stürmte an der Sekretärin vorbei. Das konnte er nicht machen! Sie stieß die Tür auf. Ihr Vater telefonierte und genoss dabei wie immer den Panoramablick auf den Hafen.

„Ich muss mit dir reden", forderte sie. „Und zwar jetzt."

Beim Klang ihrer Stimme wirbelte er herum und funkelte sie zornig an. „Ich rufe Sie zurück. Ich habe hier einen kleinen Notfall." Mit hochgezogenen Augenbrauen legte er das Telefon zur Seite und deutete ruhig auf einen Stuhl. „Setz dich, Laura."

Sie schüttelte den Kopf und verschränkte die Arme. Sie würde ihm nicht die Möglichkeit geben, sich vor ihr aufzubauen, während sie wie ein braves Kind zu ihm aufschauen musste. „Ich versuche seit zwei Tagen, dich zu erreichen."

„Ich war sehr beschäftigt." Er setzte sich hinter seinen riesigen Schreibtisch. „Warum bist du nicht in Newport?"

Sie wartete auf die übliche Nervosität, die sie sonst stets packte, wenn sie einer Konfrontation mit ihrem Vater entgegensah, doch sie blieb ruhig. Und zum ersten Mal in ihrem Leben sprach sie die Worte aus, die ihr auf der Zunge lagen, statt sie nur zu denken. „Das ist nicht die richtige Frage. Es muss heißen: Warum war ich in Newport?"

„Um den Edgewater-Auftrag zu bekommen. Ein Auftrag, der, wie ich gerade gehört habe ...", er warf einen bösen Blick auf das Telefon, „... wieder zur Ausschreibung steht."

„Tatsächlich?" Das ergab keinen Sinn. Wenn ihr Vater den Auftrag bereits bekommen und diesen dreiwöchigen Arbeitsurlaub arrangiert hatte, warum wollte Gilmore dann auf einmal eine neue Ausschreibung?

„Gilmore hat es mir gerade gesagt", brummte ihr Vater. „Es werden nur wenige Firmen teilnehmen, aber wir sind noch im Rennen."

„Das überrascht mich. Ich dachte, du hättest die Sache bereits unter Dach und Fach."

„Nein, die Voraussetzungen haben sich geändert, als McGrath ohne Erklärung ausgestiegen ist. Weißt du, warum?"

„Ich bin hergekommen, um Fragen zu stellen, nicht um welche zu beantworten." Die Freiheit, endlich einmal ihre Meinung zu sagen, machte sie immer mutiger und gab ihr genügend Selbstvertrauen, sich zu setzen. „Ich möchte wissen, warum du diese Farce arrangiert hast."

Ihr Vater kniff die Augen zusammen. „Wer hat dir das erzählt?"

„Ich habe es herausgefunden."

„Du irrst dich."

„Du lügst."

„Du irrst dich, wenn du denkst, es wäre eine Farce gewesen."

„Wie zum Teufel würdest du das Ganze denn nennen, Dad?"

Sie wusste nicht, ob er zusammenzuckte, weil sie fluchte, oder aufgrund der sarkastischen Art, wie sie Dad sagte.

Er räusperte sich. „Ehrlich gesagt, Laura, ich habe versucht, euch zu verkuppeln."

Laura war ganz sicher, dass sie sich verhört hatte. „Wie bitte?", hakte sie entgeistert nach.

„Ich fand, dass du zu ihm gehörst."

Sie wollte aufstehen, doch die Beine versagten ihr den Dienst, also lehnte sie sich zurück und starrte ihn an. Dann lachte sie kurz auf. „Du machst Witze, oder?"

Er schüttelte den Kopf. „Nein."

Diese Art der Manipulation übertraf ja wohl alles. „Du hast versucht ... mich mit Colin zu verkuppeln?"

Schon fast trotzig erwiderte er ihren Blick. „Ich möchte, dass du Liebe erfährst, Laura, ist das so schwer zu verstehen? Ich möchte, dass du glücklicher wirst als deine Eltern."

Ihr fehlten die Worte. Schließlich fragte sie: „Traust du mir eigentlich gar nichts zu? Kann ich nicht einmal über meine Zukunft allein entscheiden?"

Ein unsicheres Lächeln erschien auf seinen Lippen. „Natürlich tue ich das. Ich dachte nur, es wäre eine gute Gelegenheit, um euch auf die Sprünge zu helfen. Dieser junge Mann macht sich sehr viel aus dir."

„Woher willst du das wissen? Du hast ihn nur einmal getroffen. Bei einem Vorstellungsgespräch."

„Ja. Und ich habe ihn nie vergessen." Er neigte den Kopf. „Ich hätte Berge versetzt, um diesen Architekten für unsere Firma zu gewinnen, aber er hat eine Anstellung nicht einmal in Betracht gezogen."

„Er ist zu unabhängig."

„Ja, das ist wohl ein Grund. Aber es lag vor allem an dir, Laura. Er brachte es kaum über sich, deinen Namen auszusprechen. Und als er es tat, leuchteten seine Augen."

Ihr Herzschlag stockte einen Moment lang. Sie hatte dieses Leuchten gesehen. Und sie hatte es ausgelöscht ... mit der Hilfe ihres Vaters.

„Er sagte mir, dass er dich auf dem College immer aus der Ferne bewundert hätte. Und er erklärte mir, dass er aufgrund der Gefühle für dich nicht bei uns arbeiten könnte. Er besitzt Integrität, Laura. Talent, Integrität und einen Haufen Gefühle für meine Tochter." Er zuckte mit den Schultern und nickte, als wollte er zugeben, einen Fehler gemacht zu haben. „Ich dachte, ich bringe ein wenig Bewegung in die Sache."

„Also hast du die Kontrolle übernommen und versucht, Schicksal zu spielen?"

„Ich übe gern Kontrolle aus, ja." Er beugte sich vor. „Diese Eigenschaft hast du geerbt."

Zorn wallte in ihr auf, wurde jedoch von Vernunft und ... etwas anderem erstickt. Oh ja, von Liebe.

Sie liebte ihren Vater. Und er, auf seine unbeholfene, kühle und beherrschende Art, liebte sie ebenfalls. „Ich verstehe nur nicht, warum Gilmore darauf eingegangen ist."

Ihr Vater zuckte mit den Schultern, doch bevor er antworten konnte, fuhr Laura fort: „Vergiss es. Ich habe dir etwas zu sagen."

„Ja?"

„Ich kündige. Mit sofortiger Wirkung."

Entsetzt sprang er auf. „Was?"

„Ich verlasse H & H, Dad. Ich danke dir für die Möglichkeiten, die du mir hier geboten hast. Jetzt werde ich mir etwas Eigenes aufbauen."

„Laura!" Seine Stimme hallte durch das Zimmer. „Du kannst nicht gehen. Was willst du denn machen?"

„Nun", meinte sie und stand auf, „als Erstes werde ich mich auf die Edgewater-Ausschreibung bewerben."

Eugenes Miene nahm den vertrauten, harten Ausdruck an. „Wenn du unsere Ideen für Edgewater übernimmst, Laura, dann ist das ein Vertragsbruch. Du kannst Edgewater nicht wieder aufbauen."

„Keine Angst." Sie lächelte. „Ich habe nicht die Absicht, Edgewater wieder aufzubauen."

Er öffnete den Mund, um etwas zu erwidern, doch sie drehte sich um und ging hinaus.

Die Tatsache, dass Adrian Gilmore Boston als Ort für die endgültige Präsentation der Entwürfe ausgesucht hatte, vermittelte Laura das unbestimmte Gefühl, dass H & H noch immer der aussichtsreichste Kandidat war. Dass das Treffen am späten Freitagnachmittag stattfand, bedeutete, dass er den Gewinner im Anschluss zum Essen einladen wollte. Und sie beabsichtigte, die Gewinnerin zu sein.

Auch wenn sie noch immer unter einem gebrochenem Herz litt, hatte die Tatsache, dass sie ihre eigene Firma gegründet und es bis in die Endausscheidung geschafft hatte, ihr Selbstvertrauen ganz enorm gesteigert.

Adrians Sekretärin Diane begrüßte sie dann vor dem Konferenzzimmer im „Ritz Carlton". „Hallo, Laura. Wie kommt es, dass ich nicht überrascht bin, Sie als Erste zu begrüßen?"

Laura lachte. „Manche Gewohnheiten wird man nicht los. Kann ich hineingehen?"

Diane nickte. „Natürlich. Ich vermute, die anderen beiden Firmen werden auch gleich da sein, und Adrian kommt in ein paar Minuten."

Also gab es drei Wettbewerber. Laura dankte Diane und ging in den leeren Raum, setzte sich und öffnete ihre Mappe. Die ersten Entwürfe von „Harrington Design" waren gelungen. Sie hatte allen Grund, stolz zu sein.

Kurz darauf trat ihr Vater zusammen mit Adrian ins Zimmer. Man begrüßte sich und tauschte Höflichkeiten aus, bevor Adrian sich an den Kopf des Tisches setzte und nach einem Blick auf die Uhr zu Diane sagte: „Wenn McGrath nicht in zwei Minuten hier ist, ist er aus dem Rennen."

McGrath.

Laura wurde leichenblass, und all das wunderbare Selbstvertrauen schwand dahin und hinterließ ein großes Loch in ihrem Magen. Oder war es in ihrem Herzen?

„Wagen Sie es nicht, mich rauszuwerfen, Adrian." Colins tiefe Stimme schickte Stiche durch ihr Herz. „Ich habe hier die Siegerentwürfe. Und das beste Team der Welt."

Plötzlich war das Zimmer voller Männer. Drei große, selbstbewusste, überwältigende Menschen, die eine große Ähnlichkeit verband, die jedoch auch alle irgendwie anders waren.

Einer hatte perfekt geschnittenes dunkelblondes Haar und trug einen teuren Designeranzug. Neben ihm stand eine nahezu identische Kopie von Colin, mit dem gleichen dichten, dunklen Haar. Aber er trug es kurz, mit Ausnahme der Strähne, die ihm ins Gesicht fiel. Mit seinem blauen Blazer und der hellen Hose sah er aus, als käme er direkt von einer Jacht.

Du meine Güte. Die McGrath-Brüder waren gekommen und beherrschten auf einmal den Raum.

Mit ihnen schlenderte Colin herein, völlig unbeeindruckt davon, dass er wie immer zu spät kam. Laura wappnete sich und stand auf, um ihn zu begrüßen.

Bei ihrem Anblick, zuckte er eine Sekunde lang zusammen, starrte sie an und ließ dann den Blick über ihren engen rosafarbenen Pullover wandern.

„Hallo, Laura."

Laura.

Aus irgendeinem Grund tat das mehr weh als alles andere.

Sie nickte und bemühte sich, genauso ausdruckslos auszusehen wie er. „Colin."

Den angespannten Moment beendete das allgemeine Händeschütteln, und Colin begrüßte Adrian und ihren Vater und stellte seine Brüder Cameron und Quinn vor.

„Tut mir leid, dass wir zu dritt gekommen sind", sagte er zu Adrian. „Ich wollte meine Brüder aber gern dabeihaben, weil sie wesentlich dazu beigetragen haben, den Masterplan für Edgewater zu entwickeln."

Den Masterplan? Das unangenehme Gefühl verbreitete sich weiter in Lauras Magen. Was würde er vorschlagen? Sie hatte nicht damit gerechnet, gegen Colin antreten zu müssen. Hatte sich nicht träumen lassen, ihm hier zu begegnen.

„Ist in Ordnung", erwiderte Adrian. „Lasst uns anfangen. H & H hat die Nummer eins gezogen, also wird Eugene mit der Präsentation beginnen."

„Aber …" Colin schaute zu Laura, dann wieder zu Adrian. „Ich dachte, drei Firmen würden ihre Entwürfe präsentieren."

„Stimmt." Adrian deutete auf Eugene. „H & H." Er nickte zu Laura. „Und das neu gegründete Architektenbüro ‚Harrington Designs'."

Diesmal konnte Colin seine Überraschung nicht verbergen. „Oh. Herzlichen Glückwunsch, Laura."

Bevor sie antworten konnte, begann ihr Vater mit seiner Eröffnungsrede für den Wiederaufbau von Edgewater, und Laura bemühte sich sehr, sich auf ihn und nicht auf die McGrath-

Brüder zu konzentrieren, obwohl sie spürte, wie sie von ihnen in Augenschein genommen wurde.

Denk an die Arbeit, ermahnte sie sich und schaute auf die Präsentation ihres Vaters. H&H schlug vor, Edgewater originalgetreu wieder aufzubauen. Auf dem Teil des Grundstücks, auf dem Pineapple House gestanden hatte, wollte ihr Vater einen Springbrunnen in Form einer schlichten Ananasskulptur bauen lassen, als Reminiszenz an die Vergangenheit, wie er leicht herablassend bemerkte.

Nachdem er geendet hatte, schien Adrian relativ unbeeindruckt. Er bat Laura um ihre Entwürfe.

Sie hatte sich entschlossen, Colin während ihrer Präsentation nicht anzuschauen, um nicht die Fassung zu verlieren. Aber als sie davon berichtete, was sie über die Gründer von Newport und vom Kampf einiger für die Restaurierung der Häuser aus der Zeit der ersten Einwanderer wusste, sah sie kurz zu ihm hin.

Sein Gesichtsausdruck wäre fast ihr Verderben gewesen. So hatte er sie während ihrer kurzen, gemeinsamen Zeit immer wieder angesehen. Seine Augen strahlten voller Zuneigung und Bewunderung.

Ich liebe dich.

Die Worte hallten in ihrem Kopf wider, so wie im Tunnel an jenem verregneten Nachmittag.

Warum hatte er ihr das gesagt? Warum hatte er ihr solche Hoffnungen gemacht und war dann gegangen, ohne ihr die Möglichkeit einer Erklärung zu geben? Sie verhaspelte sich bei einem Satz und musste kurz innehalten, um sich wieder zu fangen.

Nachdem sie einen Schluck Wasser getrunken hatte, fuhr sie fort darzulegen, wie sie sich den Wiederaufbau von Pineapple House auf dem Grundstück von Edgewater vorstellte. Schließlich sammelte sie ihre Unterlagen zusammen und ging zurück an ihren Platz. Colin stand auf, und sie begegnete seinem Blick.

„Du warst fantastisch", flüsterte er.

Die Zeit stand still, und ihr wurde ganz leicht ums Herz.

„Danke", erwiderte sie mit angespanntem Lächeln.

Und dann begannen die drei McGrath-Brüder mit ihrer Präsentation, und alles andere verlor an Bedeutung. Mit seinem tiefen Bariton erfüllte Colin das Zimmer und hielt seine Zuhörer gefangen.

Dabei wirkte er mit seiner ausgeblichenen Jeans, dem hellblauen Hemd, dem Pferdeschwanz und dem Ohrring eher wie ein Cowboy denn als angesehener Architekt. Natürlich benutzte er keine Computeranimation, sondern präsentierte seine Ideen mit Hilfe von kunstvollen Skizzen, jede Zeichnung ein Original und brillant ausgeführt.

„Ich schlage vor, das Land in zwei Grundstücke zu teilen", sagte er, den Blick auf Adrian gerichtet. „Der größere Teil wird eine der herrlichsten Villen Amerikas beherbergen, ein Tribut an vergangene viktorianische Zeiten, die das Leben, den Erfolg und die Schönheit in großem Stil zelebriert haben: das neue Edgewater."

Das neue Edgewater glich dem Original und wies nur einige wenige, aber erstaunliche Änderungen auf.

„Bevor ich fortfahre, wird Quinn erst einmal die Teilung des Grundstücks erklären."

Dann sprach Quinn mit der Autorität eines Mannes, der sein Geschäft bestens verstand. Er erklärte das Schlupfloch im Gesetz, das es möglich machte, das Grundstück zu teilen, und Adrian hörte gebannt zu.

Anschließend fuhr Colin mit der Präsentation fort und zeigte die Zeichnungen für Pineapple House.

„Miss Harrington hat bereits auf exzellente Weise auf die Geschichte und die Bedeutung dieses Hauses hingewiesen. Doch statt es als Wohnhaus zu nutzen, schlage ich vor, daraus ein öffentliches Gebäude zu machen, und zwar ein Museum, das über die Geschichte des Ortes informiert. Sie, Adrian, könnten in diesem Fall das Grundstück und das Haus der Stadt Newport überlassen. Die Bauarbeiten würden von einem Team von Restaurierungsfachleuten geleitet werden, allesamt Nachfahren der ursprünglichen Gruppe von Historikern und Denkmalpflegern, die das bauliche Erbe der Gründerphase von Newport bewahren wollten."

Die Restaurierungsrebellen würden zu neuem Leben erwachen. Eine Gänsehaut überlief Laura. Was für eine unglaubliche Idee.

An diesem Punkt erhielt Cameron das Wort und erläuterte einen komplizierten Plan, der es Adrian erlaubte, das gesamte Projekt über die Einnahmen des Museums zu finanzieren.

„Ohne finanzielles Risiko", fügte Colin hinzu und sah Adrian an, „wird man Sie als Helden feiern."

Der Mann war ein Genie. Seine Entwürfe waren einmalig, sein Plan war mutig und doch risikofrei, und Adrian erhielt so seine Villa und den Ruf als Retter der Stadt.

Als Colin zum Ende kam, war der Wettbewerb entschieden.

Eugene ließ die Schultern hängen und gab sich wortlos geschlagen. Adrian hatte Colin bestimmt zwanzig Mal unterbrochen, hatte Fragen gestellt und seine Begeisterung für den Plan deutlich gemacht.

Als die Besprechung endete, packte Laura ihre Mappe ein und verließ eilig den Raum.

Sie kam bis zum Treppenabsatz.

„Warum so in Eile?"

Beim Klang von Colins Stimme bemühte sie sich um ein strahlendes Lächeln. „Ich habe noch eine Besprechung." Wollte er ihr das wirklich antun? Wollte er mit ihr eine belanglose Unterhaltung führen – oder noch schlimmer, sich in einer Hotellobby von ihr verabschieden? „Herzlichen Glückwunsch. Du hast den Auftrag."

Ihr tief in die Augen blickend, öffnete er den Mund, um etwas zu sagen, aber Diane kam um die Ecke gehastet.

„Mr McGrath, bitte gehen Sie nicht. Mr Gilmore möchte noch mit Ihnen und Ihren Brüdern sprechen."

Colin sah über die Schulter. „Sofort."

Laura stupste ihn an und schaffte es, ihm zuzuzwinkern. „Du solltest lieber gehen. Dein Kunde wartet."

„Du hast H & H verlassen."

Sie nickte. „Ja, ich stehe jetzt auf eigenen Füßen."

Er spannte den Kiefer an, so wie immer, wenn er dagegen ankämpfte, das zu sagen, was ihm durch den Kopf schoss. „Ich … ich wollte dir nur sagen, was für eine großartige Präsentation du abgeliefert hast."

„Es ist ein bisschen schwierig, dich und dein Team zu übertrumpfen. Das sind beachtliche Gene, die ihr da versammelt habt, Colin."

Er zuckte mit den Schultern. „Kommt wohl von der väterlichen Seite."

Sie ging eine Stufe hinunter, blieb aber stehen, als sie den Schmerz in seiner Stimme hörte. Zu ihm aufschauend, berührte sie sanft seinen Arm. „Du bist ein Produkt deiner Vergangenheit. Gut und schlecht. Was dir geschehen ist … nun, es hat dich zu dem gemacht, was du bist. Und du bist …" Verdammt, ihr versagte die Stimme. „… wirklich ein wunderbarer Mann." Die Tränen, die sie seit vier Wochen mühsam unterdrückt hatte, begannen ausgerechnet jetzt zu fließen.

„Laurie, bitte, hör mir zu …"

„McGrath!" Adrians Stimme tönte über den Flur. „Ich warte."

Colin schloss kurz die Augen. „Er wird bestimmt ein anstrengender Kunde."

In diesem Moment löste sich etwas in Laura. Warum sollte sie versuchen zu kontrollieren, was sich einfach nicht kontrollieren ließ?

Sie drückte seinen Arm und holte tief Luft. „Ich liebe dich, Colin. Ich liebe dich, so lange ich denken kann, und ich werde dich wohl auch immer lieben."

Er riss die Augen auf und wollte antworten, doch plötzlich tauchte Adrian auf, legte Colin wütend eine Hand auf die Schulter und zog ihn mit sich.

„Verflixt, Mann, Zeit ist Geld."

Laura stand an der Treppe und sah ihnen hinterher. Kurz bevor sie um die Ecke verschwanden, drehte Colin sich noch einmal um.

„Ich liebe dich auch." Lautlos formten seine Lippen die Worte.

Noch fünf Minuten später stand Laura wie angewurzelt auf der Treppe und versuchte zu begreifen, was gerade geschehen war.

Schließlich fuhr sie nach Hause, um gegen die letzte Regel zu verstoßen.

Sie brauchte einen Drink.

12. KAPITEL

Es war fast elf Uhr abends, als das Taxi vor dem Gebäude hielt, das mit der Adresse im Telefonbuch übereinstimmte. Zusammen mit seinen Brüdern und Adrian war Colin essen gewesen und schließlich in einer irischen Kneipe gelandet, wo Quinn ihn irgendwann beiseite nahm.

„Pass auf, wir kümmern uns um Adrian. Du sieh zu, dass du zu ihr kommst, Brüderchen." Quinn hatte ihn ernst angesehen. „Vertrau mir. Wenn man die Richtige gefunden hat, darf man sie nicht einfach wieder gehen lassen."

Colin hatte seinen Bruder umarmt, sich das nächste Taxi geschnappt und den Fahrer mit ein paar Scheinen davon überzeugt, so schnell wie möglich zu fahren.

Jetzt stand er vor dem kleinen Mehrfamilienhaus und schaute auf das Licht im dritten Stock. Hoffentlich war ihm das Glück hold. So wie heute Nachmittag, als er in das Konferenzzimmer gekommen war und Laura gesehen hatte. Hoffentlich war es ihre Wohnung, in der noch Licht brannte, und hoffentlich war Laura noch wach und akzeptierte sein Angebot. Er drückte auf die Klingel und betete.

Eine unbekannte Stimme antwortete, und ihm fiel ein, dass Laura eine Mitbewohnerin hatte. Allie. Als er seinen Namen sagte, zögerte sie kurz und ließ ihn dann herein. Zwei Stufen auf einmal nehmend, stürmte er die Treppe hinauf und wollte gerade klopfen, als die Tür geöffnet wurde.

Eine hübsche dunkelhaarige Frau betrachtete ihn neugierig.
Er schenkte ihr ein fröhliches Lächeln. „Ist Laura da?"
„Sie ist, na ja, im Moment ... nicht ganz da."
„Kann ich auf sie warten?"
Sie zuckte mit den Schultern und hielt ihm die Tür auf. „Es könnte eine Weile dauern. Sie war ziemlich weggetreten."
„Weggetreten? Wo ist sie?"
Die Frau durchquerte den Flur und führte ihn ins Wohnzimmer. Sie nahm eine fast leere Rotweinflasche und schaute auf das Etikett. „Irgendwo in Napa Valley."

Entgeistert schaute Colin sie an. „Laura? Sie hat Wein getrunken?"

„Ja, und es war nicht schön." Sie stellte die Flasche auf den Tisch und streckte ihm die Hand hin. „Ich bin Allie Powers, Lauras Mitbewohnerin."

„Hallo, Allie. Laura hat mir von Ihnen erzählt. Ich bin ..."

„Ich weiß alles über Sie", unterbrach Allie ihn mit einem vielsagenden Lächeln. Doch sie wurde gleich wieder ernst. „Vor allem weiß ich, dass eine in sich ruhende Frau vor gut einem Monat Boston verlassen hat und kurz darauf völlig verstört zurückgekommen ist. Sie hat sich vorhin die Augen aus dem Kopf geheult, als sie beim dritten Glas Wein angekommen war", meinte sie anklagend.

„Bitte", erwiderte Colin flehend. „Ich muss sie sehen. Ich kann das alles richtig stellen."

Allie betrachtete ihn eingehend und verzog ihren Schmollmund dann zu einem zaghaften Lächeln. „Sie wird sich vermutlich sowieso nicht daran erinnern, auch wenn sie inzwischen schon ein paar Stunden geschlafen hat." Sie deutete den Flur entlang. „Erste Tür rechts. Und wehe, Sie tun ihr wieder weh."

Er nickte und machte sich auf den Weg.

Das Zimmer war dunkel, und nur Lauras leiser Atem durchbrach die Stille. Bei jedem Ausatmen seufzte sie leise, ein Geräusch, das Colin fast das Herz brach.

Während der letzten Wochen hatte er sich lange mit seinen Brüdern und auch mit Marguerite unterhalten, aber keiner von ihnen hatte ihn das sehen lassen, was er heute Nachmittag gesehen hatte.

Eine Frau, die stark genug war, sich gegen jede Konkurrenz durchzusetzen. Eine Frau, die stolz genug war, um sich gegen ihren dominanten Vater zu wehren. Eine Frau, die genügend Kontrolle besaß, um sich auch einmal gehen zu lassen.

Die Frau, die er liebte.

Hastig zog er die Schuhe aus und kroch zu ihr ins Bett. Sie stöhnte, als die Matratze unter ihm nachgab, rollte sich herum und schlang ein Bein um ihn. Oh, das war so gut. So perfekt.

Wie hatte er je glauben können, er könne ein Leben ohne Laura führen? Sie zu lieben, war eine Ehre. Ein Privileg und ein Bestandteil seines Lebens.

Er legte ihr sacht eine Hand auf die Schulter und erkannte sofort sein zehn Jahre altes T-Shirt.

„Na, wer hätte das gedacht? Laurie, die ihren Rausch in meinem College-T-Shirt ausschläft." Er küsste sie. „Das hatten wir doch schon einmal."

Sie seufzte leise und schlief dann weiter.

„Aber beim letzten Mal habe ich es gründlich vermasselt, weil ich dich habe gehen lassen. Das hätte ich nicht tun sollen, Laurie."

„Colin." Sein Name kam ihr über die Lippen, als hätte sie ihn jeden Tag ausgesprochen.

Er streichelte ihre Wange. „Diesen Fehler werde ich nicht noch einmal machen, Liebling", versprach er. „Denn während der letzten Wochen habe ich ein neues Gesetz auf dem Gebiet der Architektur entdeckt. Möchtest du es hören?"

Sie blieb still.

„Ohne dich ist die Welt zweidimensional. Es gibt keine Tiefe. Keine Farbe. Keine Ecken oder Formen." Er küsste sie zärtlich. „Mir gefällt diese Welt nicht, Liebes. Ich möchte nicht ohne dich leben."

Er musste lächeln, als er bemerkte, dass Laura nach Pfefferminz roch. Sie hatte sich doch nicht ganz geändert. Nur sie brachte es fertig, fast eine ganze Flasche Wein zu trinken und dann noch daran zu denken, sich die Zähne zu putzen.

„Ich bin gekommen, weil ich dir sagen wollte, dass ich den Auftrag bekommen habe", flüsterte er. „Adrian nannte es das Beste aus beiden Welten. Und er hat mir die ganze Geschichte von deinem Vater und seinem Verkupplungsversuch erzählt."

Ihr Atem beschleunigte sich, und einen Augenblick lang dachte er, sie wäre wach, doch ihr Gesicht wirkte ganz ruhig.

„Da glaubt dein Vater doch tatsächlich, dass wir zusammengehören."

Wieder schien ihr Atem zu stocken.

„Das Erstaunliche daran ist, dass er recht hat." Er zog sie näher an sich. „Und ich möchte dir einen Vorschlag machen." Er wartete auf eine Reaktion auf seine Worte, bekam aber keine.

„Du hast heute eine erstaunliche Leistung geboten. Deine Ideen waren unglaublich, und – ich gestehe – dieser Pullover hat mir fast den Verstand geraubt." Sie zuckte ein wenig zusammen, und er vermutete, dass sie das gehört hatte. Also fuhr er fort: „Ich habe entschieden, dass wir diesen Auftrag gemeinsam machen sollten, Laurie. Wir sollten es sogar ganz offiziell machen. Lass uns die beiden Häuser wieder aufbauen und ... na ja, einfach alles zusammen machen."

Er vergrub die Finger in ihrem Haar und zog sie so nahe zu sich, dass er ihr den nächsten Satz ins Ohr flüstern konnte.

„Lass uns fusionieren, Liebling. Eine Firma. McGrath ... und McGrath."

Er spürte, dass sie erstarrte. Sie war wach. Sein Puls beschleunigte sich, während er auf ihre Antwort wartete. „Was hältst du davon, Laurie?"

„Entweder bin ich noch immer beschwipst, oder ..." Sie hob den Kopf und sah ihn aus verschlafenen Augen an. „... ich habe den wunderbarsten Traum meines Lebens."

Oh, sie war so schön. „Das hier ist kein Traum, und du bist nüchtern genug. Was hältst du von meinem Vorschlag?"

„Hast du gesagt McGrath ... und McGrath?"

Lächelnd nickte er. „Ich dachte, dass du meinen Namen annimmst, wenn du mich heiratest, aber das musst du natürlich nicht."

Als er sich vorbeugte, um sie zu küssen, wich sie zurück. „Fragst du mich, ob ich dich heiraten will, Colin?"

„Liebling, ich frage nicht, ich flehe dich an." Er umschlang sie und schloss die Augen. „Ich liebe dich, Laurie. Ich möchte jeden Tag meines Lebens damit zubringen, dir zu zeigen, wie sehr ich dich liebe."

„Ach, Colin. Ich liebe dich auch. Ich werde dich niemals betrügen oder dich verlassen, und ich werde dich immer lieben."

„Ich weiß, Liebes."

Sie seufzte und schmiegte sich wieder an ihn. „Bitte lass mich niemals aus diesem Traum aufwachen."

„Du solltest lieber aufwachen. Denn wir haben so einiges zu bauen."

„Was?"

„Edgewater, Pineapple House. Eine Firma." Er hielt inne und verstärkte seine Umarmung. „Eine Familie. Eine Zukunft. Unser gemeinsames Leben."

Laura küsste ihn. Sein einsames Leben war vorüber. Er hatte die Frau gefunden, die er liebte.

„Wann fangen wir an?"

Langsam glitt er mit der Hand unter ihr T-Shirt und berührte ihre warme, weiche Haut. „Jetzt."

Sie stöhnte leise auf und bog sich ihm entgegen. „Unter einer Bedingung", flüsterte sie.

„Was immer du willst", versprach er, als sie das Lederband aus seinen Haaren zog.

Sie schob sich auf ihn. „Keine Regeln."

Er fing an zu lachen, doch sie brachte ihn mit einem leidenschaftlichen Kuss zum Schweigen, und dann brachen sie sämtliche Regeln, die ihnen einfielen.

EPILOG

Irgendwo zwischen den Frühlingsknospen sang ein Rotkehlchen sein Morgenlied. Laura schloss die Augen und stellte sich vor, dass es der Geist von Marguerite war und sie so ihre Zustimmung zu der kleinen Gruppe von Menschen gab, die sich zur Grundsteinlegung von Pineapple House versammelt hatte.

Sie standen in einem Kreis unter einer alten Eiche – Colin und Laura, Quinn und seine Braut Nicole sowie Cameron. Es wehte ein frischer Aprilwind, und Colin schlang seinen Arm um Lauras Schultern.

„Ich denke, es wird Zeit", sagte er ruhig.

Cameron nickte, beugte sich vor und legte den ananasförmigen Behälter vorsichtig in das Loch, das man gegraben hatte. Es war so passend, dass alle drei McGrath-Brüder sich hier zu dieser Beisetzung eingefunden hatten. Gemeinsam hatten sie die bürokratischen Kämpfe der letzten Monate ausgefochten und aufgrund ihrer besonderen Fähigkeiten gewonnen. Sie trugen ganz offensichtlich die Gene der Restaurationsrebellen in sich, und Pineapple House, der Traum ihrer Großmutter, würde nun aufgrund ihrer gemeinsamen Entschlossenheit wieder errichtet werden.

Die offizielle Grundsteinlegung sollte in einer Stunde beginnen. Adrian würde dies übernehmen, und sie würden von Kameras umlagert sein.

Doch diese Zeremonie war ganz privat. Für Marguerite. Für die Familie.

Jetzt auch Lauras Familie. Die McGraths. Es würde ganz offiziell sein, wenn sie und Colin in ein paar Monaten heirateten – sobald Pineapple House fertiggestellt war und sie die Trauung in dem neuen Haus vornehmen lassen konnten. Doch diese Männer waren bereits jetzt wie Brüder für sie.

Als sie an die zierliche alte Frau dachte, die sie vor Kurzem verloren hatten, traten Laura Tränen in die Augen.

„Sie war ein stiller Sturm", sagte Colin und zog Laura fester an sich. „Ich habe so viel von ihr gelernt."

Quinn schluckte, und Laura sah, wie sich seine Finger um Nicoles schlossen. „Danke, dass du sie gefunden hast, Colin. Sie war für uns alle ein Geschenk."

Cameron begann ein vertrautes Gebet, und sie alle stimmten leise ein. Während sie sprach, sah Laura aus dem Augenwinkel eine Bewegung am Eingangstor. Keiner der anderen schien es zu bemerken, doch Laura sah genauer hin und hoffte, dass die Presse nicht schon vorzeitig eintraf.

Eine ältere Frau stand am Eingang, mit grauen Haaren und einem ausgemergelten Gesicht. Als ihre Blicke sich trafen, erzitterte Laura erneut, diesmal jedoch nicht vor Kälte.

Die dunkelbraunen Augen waren gespenstisch vertraut. Sie glichen denen von Marguerite. Und Colin.

Camerons Stimme stockte. Laura sah auf und bemerkte, dass er die Frau ebenfalls anstarrte. Die Farbe wich aus seinem Gesicht.

Als sie zum Tor zurücksah, war die Frau verschwunden.

Laura wusste, wer sie war. Ein weiteres Mitglied der Familie war nach Newport zurückgekehrt, um mitzuerleben, wie ihre drei Söhne ihre Großmutter zur letzten Ruhe betten.

Cameron beendete das Gebet, ohne die Miene zu verziehen, doch er schaute immer wieder Richtung Tor.

Also war die Mutter aufgetaucht, hatte sich aber nicht getraut, mit ihren Söhnen zu sprechen. Der Gedanke schmerzte Laura, und sie lehnte sich gegen Colin.

Er lächelte sie an, die Augen feucht, weil er an den Verlust seiner geliebten Großmutter dachte. Doch aus seinem Blick sprach auch die Liebe, die er für sie empfand.

Laura legte den Kopf an Colins Schulter und gab im Geiste ein Versprechen an Marguerite ab. Sie würde den Rest ihres Lebens damit zubringen, diesen Mann zu lieben, seine Wunden zu heilen und sich um die kümmern, die ihm das Leben noch zufügen würde.

Sie würde für immer die Frau sein, die er liebte.

– ENDE –

Debbie Macomber

Ist das alles
nur ein Spaß für dich?

Roman

Aus dem Amerikanischen von
Ingrid Babl

1. KAPITEL

Susannah Simmons war klar, dass dieses Wochenende ein einziger Albtraum werden würde. Ihre Schwester Emily, eine perfekte Hausfrau und Mutter, hatte sie gebeten, auf ihre neun Monate alte Tochter Michelle aufzupassen.

„Emily, ich weiß nicht." Susannah hatte versucht, Ausflüchte zu erfinden, als ihre Schwester sie angerufen hatte. Was wusste sie mit ihren achtundzwanzig Jahren schon von Babys? Die Antwort lautete einfach nicht besonders viel.

„Ich bin völlig verzweifelt." Das musste wahr sein, denn sonst hätte Emily nicht bei ihr angefragt. Jeder wusste, dass Susannah nicht gut mit Kindern umgehen konnte. Sie war ganz einfach kein mütterlicher Typ. Für sie zählte nur ihre Karriere. Zinssätze, Verhandlungen, Problemlösungen, Mitarbeitermotivierung, das waren ihre Stärken, jedoch nicht Babybrei, Milchzähne und Windeln.

Es war wirklich verwunderlich, dass ihre Eltern zwei so grundverschiedene Töchter zur Welt hatten bringen können. Emily buk ihr eigenes Brot, hatte die Zeitschrift „der organische Garten" abonniert und hängte ihre Wäsche zum Trocknen auf einer Leine im Garten auf.

Susannah hingegen war überhaupt nicht häuslich und hatte auch nicht die geringste Absicht, sich je um derartige Dinge zu kümmern. Dazu war sie viel zu sehr mit ihrer Karriere beschäftigt. Derzeit arbeitete sie als stellvertretende Leiterin der Marketingabteilung bei H & J Lima, der größten amerikanischen Firma für Sportartikel. Die Tätigkeit beanspruchte fast jede Minute ihrer Zeit. Diese Tatsache schien Emily momentan jedoch überhaupt nicht zu interessieren. Sie suchte dringend einen Babysitter.

„Du weißt, ich würde dich nicht darum bitten, wenn es sich nicht um einen Notfall handeln würde", jammerte Emily.

Susannah spürte, wie sie allmählich weich wurde. Schließlich war Emily ihre kleine Schwester. „Du wirst doch jemanden finden können, der sich besser dafür eignet."

Emily fing an zu schluchzen. „Ich weiß nicht, was geschieht, wenn du Michelle nicht nimmst. Robert verlässt mich."

„Was!" Nun hatte es Emily endgültig geschafft, sie zu überreden. Sie hatte ihren Schwager Robert Davidson immer für einen überaus zuverlässigen Menschen gehalten, den so leicht nichts erschüttern konnte. „Das kann ich nicht glauben."

„Es ist aber wahr", klagte Emily. „Er wirft mir vor, ich würde mich nur noch um Michelle kümmern und gar keine Zeit mehr für ihn haben. Ich weiß, dass er recht hat, aber eine gute Mutter zu sein, erfordert viel Zeit und Mühe."

„Ich dachte immer, Robert wünscht sich sechs Kinder."

„Das will er ... oder wollte er." Emily fing wieder an zu weinen. „Oh, Emily, so schlimm kann es doch gar nicht sein", versuchte Susannah ihre Schwester zu beschwichtigen. Dabei überschlugen sich ihre Gedanken. „Ich bin sicher, du hast Robert missverstanden. Er liebt dich und Michelle und hat sicherlich nicht die Absicht, euch beide zu verlassen."

„Doch, das hat er", beteuerte Emily zwischen zwei herzzerreißenden Schluchzern. „Er hat mich gebeten, jemanden zu finden, der auf unsere Tochter aufpasst. Wir brauchen ganz einfach mehr Zeit für uns, sonst wird unsere Ehe scheitern."

Damit hatte sie Susannah endgültig überzeugt.

„Ich schwöre dir, Susannah, ich habe jeden Menschen angerufen, der schon einmal auf Michelle aufgepasst hat, aber niemand ist im Augenblick verfügbar, nicht einmal für eine einzige Nacht. Als ich Robert gestand, dass ich keinen Babysitter gefunden habe, wurde er fuchsteufelswild ... Du weißt genau, das ist überhaupt nicht seine Art."

Das wusste Susannah allerdings. Nicht ein einziges Mal in den fünf Jahren, die sie ihren Schwager mittlerweile kannte, hatte er seine Stimme erhoben.

„Falls ich zu diesem Wochenendausflug nach San Francisco nicht mitkomme, will er allein fahren. Glaub mir, ich habe mein Möglichstes getan, um Michelle unterzubringen – ohne Erfolg. Und jetzt packt Robert seine Koffer. Er ist entschlossen, auch ohne mich zu verreisen. Und von der Menge der Gepäckstücke her zu schließen, glaube ich nicht, dass er danach wieder zurückkommen wird."

Susannah war so in Gedanken versunken, dass sie Emilys Leidensgeschichte kaum mitbekommen hatte. Lediglich das Schlüsselwort „Wochenende" drang bis zu ihr vor. „Ich dachte, du brauchst mich nur für eine einzige Nacht?"

„Wir fliegen am Sonntagnachmittag nach Seattle zurück. Am Samstagvormittag muss Robert irgendwelche geschäftlichen Angelegenheiten in San Francisco erledigen. Den Rest des Wochenendes hat er frei. Es ist schon so lange her, dass wir beide allein waren ..."

„Zwei Tage und zwei Nächte", rechnete Susannah laut.

„Oh bitte, Susannah, meine Ehe steht auf dem Spiel. Du bist immer so eine liebe große Schwester gewesen. Ich weiß, dass ich dich gar nicht verdient habe."

Susannah musste ihr insgeheim zustimmen.

„Ich werde einen Weg finden, wie ich mich bei dir für diesen Gefallen bedanken kann", fuhr Emily fort.

Susannah schloss die Augen. Wenn ihre Schwester ihre Dankbarkeit zeigen wollte, bedeutete dies meist frisch gebackenes Zucchinibrot – genau dann, wenn Susannah sich entschlossen hatte, eine Abmagerungskur zu machen.

„Susannah, bitte ..."

Schließlich gab Susannah nach. „Also schön. Komm rüber und bring Michelle zu mir."

Nachdem Emily und Robert das Baby bei ihr abgeliefert hatten, schwirrte Susannah der Kopf von all den Anweisungen.

Der Albtraum konnte beginnen.

Schon als Teenager hatte sie nur in äußerster Geldnot als Babysitter gearbeitet. Nicht, dass sie Kinder nicht mochte, aber sie hatte irgendwie das Gefühl, dass die Künder nicht mit ihr zurechtkamen.

Susannah hielt das strampelnde Kind an ihre Hüfte gepresst und ging in der Wohnung auf und ab. Dabei wiederholte sie noch einmal, was sie beachten sollte. Sie wusste, was sie bei Koliken oder Hautreizungen, die vom Windeltragen kamen, tun sollte. Aber niemand hatte ihr erklärt, wie sie Michelle davon abhalten konnte, laut zu weinen und zu schreien.

„Pssst", zischte Susannah und wiegte ihre Nichte in den Armen. Das Kind entwickelte plötzlich eine Lautstärke, die jeden Tarzanschrei übertroffen hätte.

Nach fünf Minuten war Susannah mit ihrer Geduld allmählich am Ende. Bald würde sie in ihrer Wohnung Schwierigkeiten bekommen. Im Mietvertrag stand ausdrücklich „keine Kinder".

„Hallo, Michelle, erinnerst du dich an mich?" Susannah versuchte verzweifelt, den Winzling in ihren Armen zu beruhigen. Große Güte, musste das Kind nicht irgendwann einmal Atem holen? „Ich bin's, deine Tante Susannah."

Michelle war nicht sonderlich beeindruckt. Im Gegenteil, sie steigerte ihre Lautstärke sogar noch und starrte zur Tür, als erwarte sie, dass ihre Mutter wie durch ein Wunder wieder auftauchen würde, wenn sie nur ausreichend laut und beharrlich schrie.

„Glaub mir, Kleines. Wenn ich einen Trick wüsste, um deine Mutter wieder herbeizuzaubern, würde ich ihn sofort anwenden."

Emily war nun genau zehn Minuten fort. Susannah überlegte sich mittlerweile ernsthaft, ob sie den Kinderhilfsdienst anrufen und einfach behaupten sollte, man habe ihr ein unbekanntes Baby vor die Türschwelle gelegt.

„Deine Mama ist ja bald wieder da", versuchte sie zu trösten.

Michelle schrie nur noch lauter. Weitere qualvolle Minuten verstrichen, wobei jede einzelne eine Ewigkeit dauerte. Inzwischen war Susannah verzweifelt genug, um zu singen. Da sie keine Wiegenlieder kannte, begann sie etwas aus ihrer Kinderzeit zu singen. Nach wenigen Minuten fiel ihr jedoch nichts mehr ein. Außerdem schien Michelle sowieso nicht besonders begeistert zu sein. Da Susannah mit der neuesten Hitliste nicht vertraut war, griff sie auf einige alte Weihnachtslieder zurück – auch wenn sie es nicht gerade passend fand, „Stille Nacht, Heilige Nacht" mitten im September zu singen.

„Michelle", bettelte Susannah. Sie würde sogar einen Kopfstand versuchen, nur um das Kind damit zu beruhigen. „Deine Mama kommt ja wieder. Ich verspreche es dir."

Offensichtlich glaubte ihre Nichte ihr nicht.

„Was hältst du davon, wenn ich ein Sparbuch für dich einrichte?", versuchte Susannah als Nächstes. „Das ist ein Angebot, das du nicht zurückweisen kannst."

Michelle interessierte sich jedoch nicht für diesen Bestechungsversuch.

„Na schön", seufzte Susannah verzweifelt. „Ich werde dir meine IBM-Aktien überschreiben. Aber das ist endgültig mein letztes Angebot. Du solltest es annehmen, solange ich noch so großzügig bin."

Michelle antwortete, indem sie sich mit ihren dicken Fingerchen an Susannahs Kragen festklammerte und ihr nasses Gesicht an der fleckenlosen weißen Seidenbluse verbarg.

„Du bist wirklich eine harte Nuss, Michelle Margaret Davidson." Susannah lief in der Wohnung hin und her und tätschelte ihrer Nichte dabei den Rücken. „Offensichtlich gibst du dich mit nichts zufrieden, Kleines."

Eine halbe Stunde, nachdem Emily sich verabschiedet hatte, war Susannah den Tränen nahe. Sie hatte wieder zu singen begonnen, als sie plötzlich ein heftiges Klopfen an der Tür hörte.

Wie ein Dieb, der auf frischer Tat ertappt wurde, schrak sie zusammen und wirbelte herum. Vermutlich war der unerwartete Besucher der Hausmeister, bei dem sich die anderen Mieter beklagt hatten. Nun würde er sie zur Rede stellen.

Mit einem tragischen Seufzer erkannte Susannah, dass sie nichts zu ihrer Verteidigung vorbringen konnte. Die einzige Möglichkeit war, sein Mitleid zu erwecken. Sie richtete sich auf und ging zur Tür.

Draußen stand jedoch nicht der Hausmeister, sondern Susannahs neuer Nachbar. Er trug eine Baseballmütze und ein ausgebeultes T-Shirt und blickte sie finster an.

„Das schreiende Baby kann ich ja noch ertragen, aber Ihr Gesang ist wirklich zu viel." Dabei verschränkte er die Arme vor der Brust und lehnte sich an den Türrahmen.

„Sehr lustig", brummte sie.

„Offensichtlich ist mit dem Baby auf Ihrem Arm etwas nicht in Ordnung."

Susannah starrte ihn wütend an. „Sie kommen sich wohl besonders klug vor?"

„Warum tun Sie denn nichts?"

„Ich versuche es doch ständig." Anscheinend mochte Michelle den fremden ebenso wenig wie Susannah, denn sie versteckte ihr Gesicht am Kragen ihrer Tante. Dadurch klangen wenigstens die Schreie etwas gedämpfter, aber der weißen Seidenbluse tat es sicherlich nicht besonders gut. „Ich habe ihr schon meine IBM-Aktien angeboten", erklärte Susannah. „Sogar ein Sparbuch habe ich ihr versprochen."

„An etwas zu essen haben Sie nicht gedacht?"

„Essen?", wiederholte Susannah. Der Gedanke war ihr tatsächlich nicht gekommen. Emily hatte ihr erzählt, dass sie Michelle bereits gefüttert hatte. Nun fiel Susannah ein, dass ihre Schwester eine Flasche erwähnt hatte.

„Das arme Ding ist vielleicht am Verhungern."

„Richtig, sie sollte ihre Flasche bekommen." Susannah ging ins Wohnzimmer und durchsuchte die verschiedenen Gepäckstücke, die Emily und Robert zusammen mit der Babyausstattung in ihrer Wohnung hinterlegt hatten. „Sie muss hier irgendwo sein."

„Ich suche, während Sie das Kind beruhigen."

Susannah hätte beinahe laut losgelacht. Wenn es ihr gelungen wäre, Michelle zu beruhigen, wäre ihr Besucher gar nicht hier.

Ohne eine Einladung abzuwarten, folgte der Mann ihr ins Wohnzimmer und durchsuchte eines der Gepäckstücke. Dabei zog er verwundert einen Stapel frisch gewaschener Stoffwindeln heraus. „Ich wusste gar nicht, dass man diese Dinger heutzutage noch verwendet."

„Meine Schwester hält nichts von Wegwerfwindeln."

„Kluge Frau."

Susannah unterdrückte eine Antwort, als sie bemerkte, dass er die Plastikflasche gefunden hatte. Er schraubte die Schutzkappe ab und reichte ihr die Flasche.

„Sollte man die Milch nicht aufwärmen?"

„Sie hat doch Zimmertemperatur. Die Kleine wird im Augenblick sicherlich nicht besonders wählerisch sein."

Kaum hatte Susannah den Gumminippel in den Mund ihrer Nichte gesteckt, packte Michelle die Flasche mit beiden Händen und saugte gierig daran. Zum ersten Mal, seit ihre Mutter gegangen war, hörte Michelle auf zu weinen. Die Stille war herrlich. Susannah stieß einen tiefen Seufzer der Erleichterung aus.

„Vielleicht sollten Sie sich besser hinsetzen", schlug ihr Nachbar vor.

Sie folgte seinem Rat und setzte sich vorsichtig auf das Sofa, wobei sie das Baby behutsam an sich drückte.

„So ist es doch besser, nicht wahr?"

Ihr Besucher schob die Baseballmütze in den Nacken und schien mit sich sehr zufrieden zu sein.

„Sehr viel besser." Sie lächelte ihn schüchtern an und betrachtete ihn zum ersten Mal genauer. Sie musste zugeben, dass ihr neuer Nachbar ausgesprochen gut aussah. Vermutlich würden die meisten Frauen seine schelmischen blauen Augen und seine gebräunte Haut sehr attraktiv finden. Sie hätte einen ganzen Monatslohn verwettet, dass seine Hautfarbe nicht von Besuchen im Sonnenstudio, sondern von zahlreichen Aufenthalten im Freien herrührte. Also scheint er nicht besonders häufig zu arbeiten, jedenfalls nicht in einem Büro. Ehrlich gesagt bezweifelte sie, dass er überhaupt einer regelmäßigen Arbeit nachging. Die Kleidung, die er trug, und die vielen Stunden, die er zu Hause verbrachte, hatten sie früher bereits zu Vermutungen über ihn veranlasst. Aber er musste Geld haben, sonst hätte er sich die hohe Miete nicht leisten können. Vermutlich hatte er irgendwann einmal eine Erbschaft gemacht.

„Es ist an der Zeit, dass ich mich vorstelle", sagte er und setzte sich in einen Sessel. „Ich bin Tom Townsend."

„Susannah Simmons", erwiderte sie und streckte ihm die freie Hand entgegen. „Tut mir leid wegen der Unannehmlichkeiten. Meine Nichte Michelle und ich, wir lernen uns gerade kennen, und wie es aussieht, wird das wohl ein schrecklich langes Wochenende, das uns da bevorsteht."

„Heißt das, dass Sie das ganze Wochenende babysitten werden?"

„Zwei Tage und zwei Nächte." Für Susannah klang das wie ein ganzes Leben. „Meine Schwester und ihr Mann verbringen gerade ihre zweiten Flitterwochen. Normalerweise passen meine Eltern auf Michelle auf, aber im Augenblick besuchen sie Freunde in Florida."

„Das ist aber sehr nett, dass Sie sich zur Verfügung gestellt haben."

Susannah hielt es für das beste, die ganze Sache richtigzustellen. „Glauben Sie mir, ich habe mich nicht freiwillig bereit erklärt. Für den Fall, dass es Ihnen entgangen ist, ich bin nicht gerade ein mütterlicher Typ."

„Sie müssen den Rücken der Kleinen etwas besser stützen", erklärte er, während er sein Gegenüber beobachtete.

Obwohl sie sich dabei nicht wohlfühlte, befolgte Susannah seinen Rat. „Ich habe Ihnen doch schon gesagt, dass ich mich als Mutter nicht besonders gut eigne. Wenn Sie glauben, alles besser zu können, dann füttern Sie sie doch."

„Sie machen es doch schon recht gut. Wenn Sie sich noch etwas entspannen, klappt es bestens. Übrigens, wann haben Sie eigentlich zuletzt etwas gegessen?"

„Wie bitte?"

„Sie scheinen ebenfalls hungrig zu sein."

„Das bin ich aber nicht", entgegnete Susannah trotzig.

„Das nehme ich Ihnen nicht ab. Aber lassen Sie nur, ich kümmere mich darum." Er ging zielstrebig in ihre Küche. „Sie werden sich besser fühlen, wenn Sie etwas im Magen haben."

Susannah nahm Michelle auf den linken Arm und folgte ihm. „Sie können doch nicht einfach hier hereinplatzen …"

„Natürlich kann ich nicht", murmelte er und steckte den Kopf in den Kühlschrank. „Ist Ihnen klar, dass sich hier drinnen nichts befindet – außer einer halb vollen Limonadenflasche und einem Glas mit Essiggurken?"

„Ich brauche keine Vorräte, denn ich esse sehr viel auswärts", verteidigte sie sich.

„Das sieht man."

Mittlerweile hatte Michelle ihre Flasche geleert, und Susannah nahm sie ihr ab. Die Augen des Babys waren geschlossen. Kein Wunder, dachte Susannah, wahrscheinlich ist sie völlig erschöpft. Ich bin es jedenfalls, und dabei war es erst sieben Uhr abends. Das Wochenende fing gerade erst an.

Sie stellte die leere Flasche auf die Küchenanrichte, legte das Baby über die Schulter und klopfte ihm leicht auf den Rücken, bis sie ein leises Bäuerchen hörte. Zufrieden lächelte Susannah vor sich hin. Tom lachte leise. Als sie zu ihm hinüberblickte, bemerkte sie, dass er sie mit einem breiten Grinsen beobachtete.

„Sie machen das wirklich großartig."

Verlegen senkte sie die Lider. Sie hatte es nie besonders gemocht, wenn ein Mann sie musterte und ihre Gesichtszüge eingehend studierte. Susannah fand, dass sie zu streng aussah, um als Schönheit zu gelten. Ihre Augen waren ungewöhnlich dunkel und tief liegend und betonten ihre hohen Wangenknochen. Mit ihrer geraden Nase und dem vollen Mund erinnerte sie an eine griechische Skulptur. Nicht sehr hübsch, war Susannahs Urteil, aber vielleicht interessant.

Ihre Gedanken wurden von Michelle unterbrochen, die sich plötzlich bewegte, fröhlich zu plappern begann und mit einer Hand in Susannahs Haar fasste. Dabei schaffte sie es, die Nadeln aus dem Nackenknoten zu lösen, und nun fielen die langen Strähnen ungeordnet herab. Wenn es etwas gab, worauf Susannah besonderen Wert legte, dann war es ihr makelloses Aussehen. Sie musste mittlerweile wirklich einen seltsamen Anblick bieten in ihrem eleganten Kostüm mit der verfleckten weißen Seidenbluse und dem losen, über die Schulter fallenden Haar.

„Ehrlich gesagt habe ich schon lange auf eine Gelegenheit gewartet, Sie kennenzulernen", bemerkte Tom. „Aber nachdem wir uns anfangs ein paarmal begegnet sind, schienen sich unsere Wege nie wieder zu kreuzen."

„Ich habe in der letzten Zeit viele Überstunden gemacht." In Wahrheit arbeitete sie regelmäßig länger. Häufig brachte sie auch noch Arbeit mit nach Hause. Sie war ehrgeizig und liebte ihren Beruf sehr. Ihr Nachbar hingegen sah nicht so aus, als besäße er diese Eigenschaften. Sie hatte den starken Verdacht, dass Tom Townsend im Leben alles in den Schoß gefallen war. Bisher hatte sie ihn noch nie ohne seine Baseballmütze oder ein T-Shirt gesehen. Irgendwie bezweifelte sie, dass er überhaupt einen Anzug besaß. Und falls doch, musste er sicherlich sehr komisch darin wirken. Tom Townsend war zweifelsohne ein Mann für Jogginganzüge und sonstige Sportkleidung.

„Ich freue mich auch, dass wir Gelegenheit hatten, uns kennenzulernen", meinte Susannah und ging durchs Wohnzimmer zurück zur Eingangstür. „Vielen Dank für Ihre Hilfe, aber wie Sie selbst gesagt haben, werden Michelle und ich nun bestens zurechtkommen."

„Als ich klopfte, klang es nicht so."

„Da habe ich auch gerade meine ersten Erfahrungen gemacht", erwiderte sie. „Außerdem haben Sie mich doch gerade eben gelobt."

„Ich habe ganz einfach gelogen."

„Und warum das?"

Tom zuckte mit den Achseln. „Es war offensichtlich, dass Sie eine Stärkung Ihres Selbstvertrauens nötig hatten."

Susannah funkelte ihn an. „Ich habe Sie nicht um Ihre Hilfe gebeten."

„Möglicherweise nicht", stimmte er ihr zu, „aber Michelle hat mich gebraucht. Das arme Kind war am Verhungern, und Sie hatten nicht die geringste Ahnung."

„Ich wäre schon noch dahintergekommen."

Tom sah sie an, als bezweifle er ihre Intelligenz. Susannah runzelte die Stirn. Wütend riss sie die Tür auf. „Vielen Dank für Ihren Besuch, aber wie Sie sehen, habe ich alles unter Kontrolle."

„Wie Sie meinen." Er schenkte ihr ein strahlendes Lächeln und ging ohne ein weiteres Wort davon.

Susannah warf mit einem Hüftschwung die Tür zu und verspürte dabei große Zufriedenheit. Ihr war durchaus klar, dass dies ein kindisches Benehmen war, aber Tom hatte sie irgendwie dazu herausgefordert.

Wenig später hörte Susannah aus der Nebenwohnung die Klänge einer italienischen Oper herüberdringen. Zumindest hielt sie es für italienische Musik. Sofort dachte sie an Spaghetti, und nun fiel ihr auf, wie hungrig sie war.

„Meine liebe Michelle", sagte sie lächelnd zu ihrer Nichte, jetzt ist es an der Zeit, dass deine Tante auch etwas zu essen bekommt." Sie setzte das Baby in den hohen Kinderstuhl und durchsuchte dann den Inhalt des Gefrierschranks. Das einzige, was sie fand, war eine tiefgefrorene mexikanische Vorspeise. Sie schaute lustlos die Abbildung auf der Verpackung an und legte die Schachtel zurück.

Michelle schien ihrem Entschluss zuzustimmen, denn sie klatschte begeistert in die Hände.

Die beschwörenden Töne der Musik wurden durch die dicken Wände leider allzu sehr gedämpft. Um sie besser zu hören, öffnete Susannah die Schiebeglastür zu ihrem Balkon, der nur durch eine halbhohe Mauer von Toms Balkon getrennt war. Nun konnte man die Musik deutlicher hören. Susannah trat hinaus. Der Abend war angenehm kühl. Die Sonne ging gerade unter und warf goldene Schatten über die Bucht von Seattle, die man von ihrer Wohnung aus sehen konnte.

„Michelle", klagte sie, als sie wieder ins Wohnzimmer zurückkehrte, „er kocht etwas, das wie Lasagne oder Spaghetti riecht." Da ihr Magen knurrte, lief sie in die Küche, um doch die mexikanische Vorspeise hervorzuholen.

Ein schwacher Knoblauchduft wehte über den Balkon in ihre Wohnung. Wie ein Hund folgte sie dem Geruch und atmete mehrmals tief ein. „Das ist offensichtlich ein italienisches Gericht. Es riecht köstlich."

Michelle patschte auf das Tablett, das an ihrem Kinderstuhl angebracht war.

„Oder Knoblauchbrot?" Sie sah ihre Nichte fragend an, die jedoch nicht reagierte. Kein Wunder, du hast deine Mahlzeit gehabt, überlegte Susannah. Unter normalen Umständen wäre sie nun zu „Mama Mataloni", einem bekannten italienischen Restaurant, gegangen, das nicht weit von ihrer Wohnung entfernt war.

Widerwillig stellte Susannah das Fertiggericht in den Mikrowellenherd und schaltete die Zeituhr ein. Als es an der Tür läutete, schaute sie Michelle fragend an, als könne sie ihr erzählen, wer diesmal draußen stand.

Wieder war es Tom. In den Händen hielt er einen Teller Spaghetti und ein Glas Rotwein. „Haben Sie sich mittlerweile etwas zu essen gemacht?"

Susannah konnte den Blick nicht von den dampfenden Nudeln mit der roten Soße abwenden. Tom hatte frischen Parmesan darauf gestreut, der gerade zu schmelzen begann. Am Tellerrand lag eine Scheibe geröstetes französisches Weißbrot. Noch nie war ihr ein Gericht so verlockend erschienen.

„Ich habe gerade etwas in den Mikrowellenherd geschoben", sagte sie und deutete in Richtung Küche.

„Leider war ich vorhin etwas hochnäsig." Er drückte ihr den Teller in den Hand. „Nehmen Sie das als Friedensangebot."

„Das ist ... für mich?" Woher wusste er, dass sie so hungrig war?

„Die Soße hat fast den ganzen Nachmittag auf dem Herd geköchelt. Ich bilde mir ein, dass ich etwas vom Kochen verstehe. Gelegentlich erprobe ich meine Künste in der Küche."

„Wie nett." Sie stellte sich vor, wie er am Herd stand und in einem Soßentopf rührte, während der Rest der Welt sich abmühte, um den Lebensunterhalt zu verdienen. Aber eigentlich sollte sie ihm dankbar sein! In Gedanken entschuldigte sie sich bei ihm. Dann ging sie in die Küche, nahm eine Gabel aus der Schublade und setzte sich an den Tisch.

Der erste Bissen verriet ihr alles, was sie wissen musste. „Das ist köstlich." Sie nahm eine zweite Gabel voll Nudeln und rollte mit den Augen. „Traumhaft! Wunderbar!"

Tom holte eine kleine Salzstange aus der Hemdtasche und reichte sie Michelle. „Und das hier ist für dich, meine Süße."

Während Michelle zufrieden kaute, nahm Tom sich einen Stuhl und setzte sich neben Susannah, die jedoch mit dem Essen viel zu beschäftigt war, um auf ihre Umwelt zu achten.

Endlich blickte sie auf und bemerkte, dass er die Stirn gerunzelt hatte. „Stimmt etwas nicht?" Sie wischte sich mit der Serviette den Mund ab und trank einen Schluck Wein.

„Ich rieche etwas", sagte er naserümpfend.

Offensichtlich war es kein angenehmer Geruch. „Vielleicht brennt mein Essen an?"

„Ich glaube nicht. Mir scheint eher", meinte Tom gelassen, „dass irgendjemand Michelles Windeln wechseln sollte."

2. KAPITEL

Nachdem sie Michelle mit frischem Windeln versorgt hatte, verließ Susannah mit dem Baby auf dem Arm das Badezimmer.

„Alles in Ordnung?", erkundigte Tom sich besorgt.

Sie nickte und lehnte sich erleichtert an die Wand. Nach mehreren Atemzügen lächelte sie ihn an.

„So schlimm war es doch nicht, oder?"

„Nun, ich weiß nicht." Sie öffnete den Schrank im Flur, holte eine Dose Desinfektionsspray hervor und begann ausgiebig im Badezimmer zu sprühen.

„Während Sie mit Michelle beschäftigt waren, habe ich das Kinderbett zusammengebaut", berichtete Tom. „Wo soll es denn hin?"

„Es kann im Wohnzimmer bleiben." Sie legte ihre Nichte ins Bett und deckte sie mit einer handgestrickten Decke zu. Das Baby schlief sofort ein.

Tom ging zur Eingangstür. „Sind Sie sicher, dass Sie ohne mich zurechtkommen?"

„Ganz sicher." Das stimmte zwar nicht, aber Michelle war schließlich ihre Nichte ... mit der sie allein fertig werden musste. „Sie haben bereits mehr als genug getan. Vielen Dank für das köstliche Abendessen."

„Gern geschehen. Im Übrigen habe ich meine Telefonnummer auf dem Küchentisch hinterlegt. Sie können jederzeit anrufen, wenn Sie mich brauchen."

„Vielen Dank."

Er grinste sie zum Abschied noch einmal schelmisch an und verabschiedete sich dann.

Nachdenklich lehnte Susannah sich an die geschlossene Tür. Ihre Gefühle für Tom waren überaus zwiespältig.

Schließlich räumte sie die Gepäckstücke, die Emily gebracht hatte, zur Seite, stellte die Gläser mit der Babynahrung in den Kühlschrank und schaffte in der Küche etwas Ordnung. Danach ließ sie sich ein heißes Bad ein, wobei sie die Tür offen stehen ließ, um zu hören, ob Michelle erwachte. Anschließend fühlte sie sich wie neugeboren.

Auf Zehenspitzen schlich sie zurück ins Wohnzimmer, holte ihre Aktenmappe hervor und entnahm ihr einen Stapel Papiere. Vorsichtig warf sie einen prüfenden Blick auf das schlafende Baby und tätschelte ihm leicht den Rücken. Das kleine Mädchen wirkte wie ein Engel.

Plötzlich überkam Susannah ein eigenartiges Gefühl, das sie nicht einordnen konnte. Natürlich mochte sie ihre Nichte. Aber es war mehr als das. Michelle hatte es geschafft, eine tief verborgene Sehnsucht in Susannah zu wecken, über die sie bisher noch nie nachgedacht hatte.

Seitdem sie sich für ihren Beruf und ihre Karriere entschieden hatte, wusste sie, dass sie damit jenen Teil von sich aufgeben würde, der sich nach einem Ehemann und Kindern sehnte. Aber sie hatte bereits als Teenager festgestellt, dass sie ausgesprochen unbegabt war, wenn es um Hausarbeit ging – vor allem wenn sie sich mit Emily verglich, die anscheinend mit einem Staubtuch in der einen und einem Kochbuch in der anderen Hand auf die Welt gekommen war.

Susannah hatte ihre Entscheidung für den Beruf und eine Karriere jedoch niemals bedauert, vielleicht auch, weil sie in einer glücklichen Lage war. Sie hatte Emily, die beschlossen hatte, sie mit zahlreichen Nichten und Neffen zu versorgen. Für Susannah waren Michelle und die anderen Kinder, die sicherlich bald folgen würden, mehr als genug.

Zufrieden mit sich und ihrer Entscheidung setzte sie sich in einen Sessel. Während der nächsten Stunden studierte sie ihre Unterlagen und vertiefte sich in die Einzelheiten des neuen Marketingprogramms. Am Montagmorgen würde das Konzept vorgestellt werden, und sie wollte gut vorbereitet sein.

Nachdem sie den Bericht zu Ende gelesen hatte, legte sie die Akten zurück in die Mappe. Danach ging sie zu dem Bettchen ihrer Nichte, um ein letztes Mal nach dem Rechten zu sehen. Dann zog sie sich in ihr Schlafzimmer zurück. Inzwischen war sie überzeugt, dass das Babysitten doch nicht so schlimm war, wie sie am Anfang gedacht hatte.

Als ein gellender Schrei sie um halb zwei Uhr morgens aus dem Tiefschlaf riss, musste Susannah diese Ansicht jedoch widerrufen. Sie sprang aus dem Bett und eilte ins Wohnzimmer. „Michelle?" Sie tastete sich durch das dunkle Zimmer. „Ich komme ja schon. Du musst doch hier vor nichts Angst haben."

Ihre Nichte war offensichtlich gegenteiliger Meinung.

Als Susannah das Licht anknipste, wurde alles nur noch schlimmer. Das Baby stand in seinem Kinderbett, hielt sich an den Stangen fest und erweckte den Eindruck, als sei es von der ganzen Welt verlassen worden.

„Was ist denn los, mein kleiner Liebling?" Susannah nahm das Kind in die Arme.

Ein nasser Popo gab ihr die halbe Antwort. Vielleicht lag es auch daran, dass das arme Würmchen in der unbekannten Umgebung erwacht war und sich nun fürchtete.

„Ist ja schon gut, meine Süße. Wir werden dir eben noch einmal die Windeln wechseln."

Susannah breitete ein weiches Handtuch auf ihrer Badekommode aus und legte Michelle vorsichtig darauf. Sie hatte ihre Aufgabe halbwegs vollendet, als das Telefon schrillte. Erschrocken blickte sie auf und fragte sich, was sie nun tun sollte. Sie konnte das Baby nicht einfach hier liegen lassen. Sie konnte es aber auch nicht halb nackt in die Küche tragen. Wer auch immer zu dieser nachtschlafenden Zeit anrufen mochte, sollte es eigentlich besser wissen. Wenn es etwas Wichtiges war, konnte der Anrufer ja eine Nachricht auf dem Anrufbeantworter hinterlassen.

Nach dreimaligem Läuten verstummte das Telefon, und kurz darauf klopfte es kräftig an Susannahs Wohnungstür.

Sie drückte die frisch gepuderte und gewickelte Michelle an sich und spähte durch den Türspion. Draußen stand Tom und verzog mürrisch das Gesicht.

„Sie schon wieder!", rief sie überrascht aus und öffnete die Tür. Was wollte er nur? Sie war nicht allzu begeistert, ihn in ihre

Wohnung zu bitten. Barfuß und nur mit einem flauschigen roten Bademantel bekleidet, stand er im Flur. Sein Haar war zerzaust, als sei er gerade aus dem Bett gesprungen. Bei seinem Anblick fragte Susannah sich, wie sie selbst aussehen mochte. Bestimmt nicht besonders vorteilhaft. Da sie so schnell aufgestanden war, hatte sie weder einen Morgenmantel angezogen, noch war sie in ihre Hausschuhe geschlüpft. Außerdem hing ihr das Haar ungekämmt ins Gesicht.

„Wie geht es Michelle?", fragte er wütend, obwohl er die Antwort eigentlich vor sich sah. Dann fuhr er in anklagendem Ton fort: „Sie sind nicht ans Telefon gegangen."

„Das konnte ich auch nicht. Ich habe gerade die Windeln gewechselt."

Tom musterte sie eingehend. „Dann sollte ich wohl besser fragen, wie es Ihnen geht."

„Gut."

„Was ist denn passiert? Warum hat die Kleine plötzlich geweint?"

„Ich weiß es nicht genau. Vielleicht, weil sie in der fremden Umgebung aufgewacht ist."

Michelle schien sich über die unerwartete Aufmerksamkeit zu freuen und streckte sich Tom entgegen.

„Das liegt an meinem männlichen Charme", erklärte er und sah dabei sehr zufrieden aus.

„Ich glaube eher, dass es an Ihrem roten Hausmantel liegt."

Woran es auch liegen mochte, Michelle wollte jedenfalls auf seinen Arm. Susannah nahm die Gelegenheit wahr, um in der Zwischenzeit ihren Morgenmantel aus dem Schlafzimmer zu holen. Als sie zurückkehrte, saß Tom auf dem Sofa und wiegte die Kleine hin und her.

„Fühlen Sie sich ganz wie zu Hause", murmelte Susannah unfreundlich. Nachdem Michelle sie so unsanft aus dem Schlaf gerissen hatte, war sie nicht gerade bester Laune.

Er blickte auf und grinste sie unverschämt an. „Es gibt keinen Grund, so unfreundlich zu sein."

„Doch, es gibt einen", widersprach sie und gähnte laut. Dann ließ sie sich in einen Sessel fallen und strich sich das Haar aus dem Gesicht.

Er folgte ihrer Bewegung mit den Augen. „Sie sollten Ihr Haar öfter offen tragen."

„Ich trage es aber immer aufgesteckt."

„Das habe ich bemerkt, aber ehrlich gesagt steht es Ihnen so besser."

„Wollen Sie mir jetzt vielleicht auch noch vorschreiben, wie ich mich anziehen soll?", schnaubte sie.

„Vielleicht. Es gibt doch keinen Grund, jeden Tag diese strengen Kostüme anzuziehen, oder? Versuchen Sie doch gelegentlich ein hübsches Kleid, etwas Feminines."

Obwohl Susannah ihm eigentlich eine wütende Antwort geben wollte, beschloss sie zu schweigen. Arroganz muss eine Eigenschaft aller gut aussehenden Männer sein, stellte sie fest. Sobald ein Mann attraktiv war und verführerisch lächeln konnte, schien er überzeugt, einer Frau alles sagen zu können, was ihm gerade einfiel. Als sei er der einzige, der wusste, wie sie sich frisieren oder was sie anziehen sollte! Sie würde einem Mann niemals derartige Vorschläge machen.

„Ich höre gar keinen Widerspruch?"

„Nein." Sie schüttelte den Kopf.

Er blinzelte überrascht. „Das finde ich sehr angenehm."

„Ich freue mich, dass es wenigstens etwas an mir gibt, das Ihnen passt."

Mittlerweile hatte sich Michelle, die kleine Verräterin, in seinen Arm gekuschelt. Aufmerksam betrachtete sie sein gut geschnittenes Gesicht, das zweifellos bereits zahlreiche andere weibliche Wesen begeistert hatte. Warum schlief ihre Nichte nicht endlich wieder ein, damit sie sie in ihr Kinderbett zurücklegen und Tom zur Tür führen konnte.

„Ich entschuldige mich für meine Bemerkung über Ihr Haar und Ihre Kleidung", erwiderte sie schnippisch. „Machen Sie sich nur keine Gedanken, ob Sie vielleicht meine Gefühle verletzt haben könnten. Ich bin stark genug und kann eine Menge vertragen."

„Das klingt ja wie aus einer Reklame für Allzweckreifen."

„Mit dem Unterschied, dass ich sehr viel mehr aushalten muss."

„Warum?"

„Weil ich jeden Tag mit Männern Ihres Schlags zusammenarbeiten muss."

„Männer meines Schlags!"

„Ja. In den letzten sieben Jahren habe ich ständig dagegen ankämpfen müssen, aber ich habe es gelernt, damit fertig zu werden."

Er runzelte die Stirn, als verstehe er nicht, wovon sie sprach.

Susannah wusste, dass sie ihm eine Erklärung schuldete. Offensichtlich hatte Tom sich niemals mit den Strukturen und der Rangordnung eines Unternehmens auseinandergesetzt. „Ich kann Ihnen gern ein paar Beispiele aufzählen. Wenn ein männlicher Mitarbeiter einen unordentlichen Schreibtisch hat, nimmt jeder an, dass er hart arbeitet. Herrscht auf meinem Schreibtisch ein unglaubliches Durcheinander, ist das ein Zeichen für Desorganisation."

Tom richtete sich auf, um ihr zu widersprechen, aber Susannah war in Schwung gekommen und fuhr mit ihrer Rede fort, ohne ihn zu Wort kommen zu lassen. „Wenn ein Mann heiratet, wird dies zum Vorteil des Unternehmens ausgelegt, weil er sich häuslich niederlässt und deshalb vermutlich ein fleißigerer Angestellter wird. Heiratet eine Frau, bedeutet das für sie das Aus, weil die Geschäftsleitung davon ausgeht, dass sie bald schwanger wird und die Firma verlässt. Sie wird die Letzte sein, der man eine Beförderung anbietet, ganz egal, wie qualifiziert sie ist. Wenn ein Mann das Unternehmen verlässt, weil man ihm eine bessere Stelle angeboten hat, freut sich jeder mit ihm, weil er die Gelegenheit zu einer ausgezeichneten Karriere ergreift. Falls die gleiche Position einer Frau angeboten wird und sie zugreift, dann zuckt die Geschäftsleitung mit den Achseln und behauptet, dass auf Frauen sowieso kein Verlass sei." Sie hielt inne und holte tief Luft.

„Sie scheinen schlechte Erfahrungen gemacht zu haben", bemerkte er schließlich.

„Wenn Sie eine Frau wären, würde es Ihnen ebenso ergehen."

Es dauerte eine Weile, bis er zustimmend nickte. „Sie haben recht, es würde mir vermutlich genauso gehen."

Michelle jauchzte und strampelte fröhlich mit ihren kleinen Beinchen. Susannah wunderte sich, wie jemand zu dieser späten Stunde so hellwach sein konnte.

„Wenn Sie das Licht etwas herunterdrehen, versteht sie vielleicht den Hinweis", schlug Tom vor und unterdrückte mühsam ein Gähnen.

„Sie sehen müde aus. Es gibt keinen Grund, dass Sie noch länger hierbleiben. Ich nehme die Kleine schon wieder." Sie streckte Michelle die Arme entgegen, aber das Baby klammerte sich nur umso fester an Tom.

„Machen Sie sich über mich keine Gedanken. Mir geht es bestens", erklärte Tom.

„Aber ..." Verlegen senkte sie den Blick. Wieso hatte sie sich zu einer solch glühenden Rede hinreißen lassen? „Es tut mir leid. Was in einem Büro abläuft, hat nichts mit unserer nachbarlichen Beziehung zu tun."

„Dann sind wir also quitt?" Er lächelte sie schelmisch an. „Sind wir jetzt Freunde?"

Susannah erwiderte sein Lächeln. „Freunde."

Michelle schien ebenfalls einverstanden zu sein, denn sie gluckste genüsslich und strampelte mit den Füßen.

Susannah schaltete die Deckenlampe aus und knipste stattdessen eine kleine Tischlampe an. Das dämmrige Licht schuf eine sehr intime Atmosphäre. Dann holte sie Michelles Decke und hüllte das Baby darin ein. Da sie selbst fröstelte, legte sie die bunt gemusterte Wolldecke, die Emily ihr vergangenes Jahr zu Weihnachten gehäkelt hatte, um die Schultern. „Vielleicht sollte ich für die Kleine ein Liedchen singen, damit sie endlich wieder einschläft."

„Wenn hier irgendjemand singt, dann bin das ich", meinte Tom eine Spur zu schnell.

Offensichtlich hält er nicht allzu viel von meiner Singerei, überlegte Susannah gekränkt. „In Ordnung, Frank Sinatra, fangen Sie an", forderte sie ihn auf. Sie war überrascht, wie beruhigend und wohlklingend Toms Stimme war. Noch mehr verwunderte sie jedoch, dass er wunderschöne alte Wiegenlieder kannte. Sie schloss die Augen und kämpfte mühsam dagegen an, bei seinem Gesang nicht selbst einzuschlafen. Seine Stimme wurde allmählich zu einem leisen Flüstern, das sich wie eine wohltuende Zärtlichkeit anfühlte. Viel zu wohltuend und viel zu vertraut, als würde eine Familie zusammen sein. Es war lächerlich, schließlich hatte sie Tom gerade erst kennengelernt. Er war ihr Nachbar und nichts weiter.

Aber die Vorstellung von einem häuslichen Idyll blieb, auch wenn Susannah sich noch so sehr bemühte, sie aus ihren Gedanken zu verbannen. Sie konnte nicht umhin, sich auszumalen, wie es wäre, ihr Leben mit einem Ehemann und Kindern zu teilen. Dabei hatte sie große Schwierigkeiten, die Augen für mehr als eine oder zwei Sekunden offen zu halten. Vielleicht, wenn sie sich einen Moment ausruhen würde ...

Als Nächstes spürte Susannah, dass ihr Nacken schmerzte. Sie griff nach ihrem Kissen und stellte fest, dass sie gar keins hatte. Statt in ihrem Bett zu liegen, kauerte sie in einem Sessel und hatte den Kopf auf die Armlehne gelegt. Zögernd öffnete sie die Augen und entdeckte zu ihrem Entsetzen, dass Tom auf der Couch saß und offensichtlich fest schlief. Michelle schlummerte friedlich in seinen Armen.

Susannah benötigte einige Sekunden, um sich zurechtzufinden. Als sie entdeckte, dass die Sonne bereits aufgegangen war und durch die großen Fenster schien, schloss sie schnell wieder die Lider. Es war Morgen. Morgen! Tom hatte die ganze Nacht in ihrer Wohnung verbracht.

Bestürzt richtete Susannah sich auf und rieb sich den Schlaf aus den Augen. Dabei überlegte sie krampfhaft, was sie nun tun sollte. Tom aufzuwecken war vermutlich nicht die beste Idee. Wahrscheinlich würde er ebenso entsetzt sein wie sie, wenn er bemerkte, dass er hier eingeschlafen war. Vorsichtig erhob sie sich und legte die Decke zusammen.

Tom bewegte sich, öffnete die Augen und sah Susannah überrascht an. „Wo bin ich?", fragte er verwirrt.

„In ... in meiner Wohnung."

Er schloss die Augen. „Das habe ich befürchtet." Unter anderen Umständen hätte der entsetzte Ausdruck auf Toms Gesicht komisch gewirkt, in der derzeitigen Situation konnte jedoch keiner von beiden lachen.

„Ich muss wohl eingeschlafen sein", bemerkte Susannah, um das peinliche Schweigen zu durchbrechen.

„Ich offensichtlich auch", murmelte Tom verlegen.

Nun erwachte auch Michelle und begann, mit den Füßen zu strampeln. Sie blickte sich um, und sofort zitterte ihre Unterlippe verdächtig.

„Michelle, mein Kleines, es ist alles in Ordnung", sagte Susannah schnell und hoffte, damit den Tarzanschrei zu verhindern, den sie so sehr fürchtete. „Du bist bei deiner Tante Susannah. Erinnerst du dich wieder?"

„Ich vermute, sie ist nass", meinte Tom, als Michelle leise zu wimmern anfing, und hob das Bündel von seinem Schoß. „Hier, nehmen Sie sie."

Susannah griff nach ihrer Nichte und einer trockenen Windel und wollte ins Bad eilen, aber Michelle hatte offensichtlich beschlossen, dass ihr das alles nicht gefiel – vor allem nicht, dass sie in den Armen eines Fremden aufgewacht war. Sie äußerte ihre Unzufriedenheit durch einen lauten, durchdringenden Schrei.

„Vermutlich ist sie auch noch hungrig", meinte Tom und wischte über die feuchte Stelle auf seinem Hausmantel.

„Sie sind sehr einfühlsam", bemerkte Susannah sarkastisch und verschwand im Bad.

„Und Sie scheinen frühmorgens besonders schnippisch zu sein", rief er ihr nach.

„Ich brauche dringend einen Kaffee", erklärte sie entschuldigend.

„Gut, ich kümmere mich darum. Außerdem werde ich Michelles Milch warm machen."

„Sie soll aber zuerst ihren Brei bekommen", rief Susannah durch die geöffnete Tür. Das hatte Emily ihr ans Herz gelegt.

„Ich glaube nicht, dass die Kleine besonderen Wert auf die Speisefolge legt."

„Na schön, dann machen Sie eben erst ihr Fläschchen zurecht."

Die lauten Stimmen der Erwachsenen schienen Michelle zu beunruhigen. Sie wehrte sich mit Händen und Füßen gegen die verzweifelten Versuche ihrer Tante, die Windeln zu wechseln.

„Soll ich es entgegennehmen?", rief Tom aus der Küche.

„Was entgegennehmen?"

Vermutlich war es nicht sonderlich wichtig, denn er gab keine Antwort. Wenige Sekunden später stand er jedoch in der Badezimmertür. „Es ist für Sie."

„Was ist für mich?"

„Der Anruf."

Erschrocken blickte sie auf. „Wer ist denn am Apparat?" Zweifellos war es jemand vom Büro, und nun würde sie den Gesprächsstoff für einen ganzen Monat liefern.

„Irgendjemand namens Emily."

„Emily?", wiederholte Susannah. Das war noch schlimmer. Ihre Schwester würde sie sicher gleich mit tausend Fragen überfallen.

„Grüß dich", sprach Susannah so beiläufig wie möglich ins Telefon.

„Wer war denn da gerade am Telefon?", erkundigte sich ihre Schwester sofort.

„Mein Nachbar Tom Townsend."

„Den habe ich aber noch nicht kennengelernt, oder?"

„Nein, hast du nicht."

„Er klingt nett."

„Hör gut zu, wenn du wegen Michelle anrufst, kann ich dich beruhigen. Alles läuft bestens." Das war zwar leicht übertrieben, aber sie wollte das Gespräch mit Emily so schnell es nur ging beenden.

„Und wen höre ich im Hintergrund schreien? Das klingt wie meine Tochter."

„Ja, aber sie ist auch gerade erst aufgewacht und will ihren Hunger kundtun."

Tom hielt das Baby im Arm und wanderte in der Küche auf und ab, wobei er ungeduldig darauf wartete, dass Susannah endlich das Gespräch beendete.

„Mein armes Baby", jammerte Emily. „Erzähl mal, was es mit diesem Nachbarn auf sich hat."

„Er hat mir nur etwas vorbeigebracht", antwortete Susannah schnell und versuchte, das Thema zu wechseln. „Wie geht es dir und Robert?"

Emily seufzte laut. „Robert hatte ja so recht. Wir mussten unbedingt einmal allein sein. Jetzt geht es uns tausendmal besser. Auch verheiratete Paare sollten hin und wieder allem entkommen. Nicht jeder hat natürlich eine so großzügige Schwester …"

„Schon gut, schon gut", wehrte Susannah geschmeichelt ab. „Jetzt muss ich aufhören. Michelles Milch ist warm. Tut mir leid, ich muss mich um dein Töchterchen kümmern. Das verstehst du doch sicherlich?"

„Natürlich."

„Wir sehen uns dann morgen Nachmittag. Um wie viel Uhr landet deine Maschine?"

„Um Viertel nach eins. Wir fahren direkt zu deiner Wohnung und befreien dich von Michelle."

„Wunderbar. Dann erwarte ich dich also gegen zwei."

Ein weiterer Tag mit Michelle! Aber die vierundzwanzig Stunden würde sie überstehen. Was mochte in dieser kurzen Zeit noch alles schieflaufen?

Tom verlor mittlerweile die Geduld, nahm die Flasche selbst in die Hand und trug Michelle ins Wohnzimmer.

Susannah sah durch die geöffnete Küchentür, wie er den Fernseher anschaltete und sich aufs Sofa fallen ließ, als wäre er seit Jahren hier zu Hause. Dann gab er dem Baby die Flasche. Michelle begann gierig daran zu saugen.

Emily plapperte indessen ungerührt weiter und erzählte ihrer Schwester ausführlich von ihrem ersten Abend in San Francisco. Susannah hörte kaum zu. Fasziniert beobachtete sie Tom, wie er, zerzaust und offensichtlich mit sich und der Welt zufrieden, es sich in ihrem Wohnzimmer gemütlich machte. Sie hatte schon viele Männer kennengelernt – weltgewandte, reiche und auch intellektuelle Männer –, aber das Gefühl, das sie nun verspürte, diese Anziehungskraft, überraschte sie. Dieser verstrubbelte, verschlafene Mann, der in ihrem Wohnzimmer saß, ihre kleine Nichte im Arm hielt und fütterte, gefiel ihr mehr als irgendjemand, dem sie je begegnet war. Das ergab überhaupt keinen Sinn. Zwischen ihnen beiden konnte sich niemals etwas entwickeln, dazu waren sie zu verschieden. Das Letzte, was sie benötigte, war eine ernsthafte Beziehung. Energisch zwang sie sich, ihre Augen von dem rührenden Familienidyll abzuwenden.

Als es ihr endlich gelang, das Telefongespräch mit Emily zu beenden, ging sie ins Wohnzimmer, strich sich die Haare aus dem Gesicht und überlegte, ob sie Tom jetzt das Baby abnehmen sollte, damit er endlich in seine Wohnung zurückkehren konnte. Ohne Zweifel würde ihre Nichte heftig Widerstand leisten.

„Ihre Schwester fliegt hoffentlich nicht mit Puget Air, oder?", erkundigte Tom sich stirnrunzelnd, während er weiterhin auf den Fernseher starrte.

„Doch, warum?"

Er presste die Lippen aufeinander. „Dann ... steht uns noch einiges bevor. Gerade haben sie in den Nachrichten durchgegeben, dass das Bodenpersonal von Puget Air beschlossen hat zu streiken. Ab sechs Uhr heute Abend wird kein Flugzeug mehr abgefertigt werden."

3. KAPITEL

"Soll das ein Scherz sein? Ich finde ihn allerdings nicht besonders komisch", fauchte Susannah.

"Warum sollte ich mit so etwas spaßen?", fragte Tom und sah sie stirnrunzelnd an.

Susannah ließ sich mit einem tiefen Seufzer in einen Sessel fallen. "Nein, das darf einfach nicht wahr sein. Ich rufe Emily lieber an." Natürlich ging sie davon aus, dass ihre Schwester keine Ahnung von dem Streik hatte.

Wenige Minuten später kehrte sie ins Wohnzimmer zurück.

"Nun? Was hat Ihre Schwester gesagt?"

"Dass sie es bereits wusste", erwiderte Susannah, "und mir nichts davon sagen wollte, weil sie befürchtete, ich würde in Panik geraten."

"Wie gedenkt sie denn nun nach Seattle zurückzukommen?"

"Die beiden haben offensichtlich bereits eine Reservierung bei einer anderen Fluglinie – als hätten sie geahnt, dass etwas passieren könnte."

"Das ist aber vorsichtig."

"Nur typisch für meinen Schwager. Also brauche ich mir keine weiteren Sorgen zu machen. Meine Schwester wird wie versprochen am Sonntagnachmittag zurück sein." Insgeheim schickte Susannah ein Stoßgebet zum Himmel.

Aber das Schicksal wollte es anders.

Am Sonntagmorgen hatte Susannah bereits Ringe unter den Augen. Sie war körperlich und seelisch erschöpft und von Neuem davon überzeugt, dass Mutterglück absolut nichts für sie war. Während der letzten beiden Nächte hatte sie erkannt, dass sich ihre Sehnsucht nach einem Ehemann und Kindern nur dann rührte, wenn Michelle schlief oder aß.

Tom kam gegen neun Uhr wieder vorbei. Er brachte frisch gebackene Zimtkekse mit, die noch ofenwarm waren. Groß, schlank und mit einem strahlenden Lächeln stand er vor der Tür. Bei diesem Anblick wird sogar die ehrgeizigste Karrierefrau schwach, dachte Susannah, während ihr Puls zu rasen begann.

Wieder einmal wunderte sie sich, wie heftig sie auf ihn reagierte. Sie bedauerte, sich nicht die Zeit genommen zu haben, etwas Hübscheres anzuziehen als den Morgenmantel.

„Sie sehen furchtbar aus", sagte er.

„Vielen Dank für das reizende Kompliment", erwiderte sie.

„Ich nehme an, Sie hatten eine unruhige Nacht."

„Michelle wollte nicht schlafen. Offensichtlich bekommt sie einen neuen Zahn."

„Warum haben Sie mich denn nicht angerufen?", beschwerte er sich, nahm Susannah beim Ellbogen und führte sie in die Küche.

„Sie anrufen? Wieso? Damit Sie mit dem kleinen Unruhegeist hier herumgelaufen wären?" Tatsächlich hatte Tom einen Großteil des Samstags damit verbracht, ihr beim Babysitten zu helfen. Aber eine weitere Nacht in seiner Gesellschaft zu verbringen, war für sie nicht infrage gekommen.

„Wie finden Sie das eigentlich mit dem neuen Zahn? Man kann ihn bereits fühlen." Gähnend setzte sie das Baby in den Kindersitz, und die Kleine begann sogleich auf dem Tablett zu trommeln.

Tom blickte auf die Uhr. „Um wie viel Uhr landet das Flugzeug Ihrer Schwester?"

„Um ein Uhr fünfzehn." Kaum hatte sie es ausgesprochen, läutete das Telefon. Bevor Susannah den Hörer abnahm, wusste sie, dass es das Gespräch war, wovor sie sich am meisten fürchtete.

„Nun?", erkundigte Tom sich, als sie den Hörer wieder aufgelegt hatte.

Sie fuhr sich mit den Händen über das Gesicht und lehnte sich an die Wand.

„Was ist denn los?"

„Sämtliche Puget-Air-Flüge sind storniert, wie sie es in den Nachrichten vorhergesagt haben. Die andere Fluglinie, bei der Robert und Emily Flüge reserviert hatten, ist ausgebucht. Sie können frühestens morgen Vormittag zurückfliegen."

„Ich verstehe."

„Offensichtlich tun Sie das nicht", fauchte Susannah. „Morgen ist Montag, und ich muss ins Büro."

„Melden Sie sich doch einfach krank."

„Das kann ich nicht", gab sie mürrisch zurück. Wie konnte er ihr überhaupt einen derartigen Vorschlag machen! „Die Marketingabteilung stellt ihr neues Konzept vor, und da darf ich nicht fehlen."

„Warum?"

Sie starrte ihn fassungslos an. Es war sinnlos, von jemandem wie Tom zu erwarten, dass er die Wichtigkeit einer Verkaufspräsentation begriff. Tom hatte offensichtlich keinen Job und musste sich deshalb auch keine Gedanken über eine berufliche Karriere machen. Wahrscheinlich konnte er überhaupt nicht verstehen, dass eine Frau in einer gehobenen Position sich doppelt so viel Mühe geben musste, um ihr Können unter Beweis zu stellen.

„Ich will hier nicht den Besserwisser spielen, Susannah", meinte er mit unerschütterlicher Ruhe, „sondern will ganz ehrlich wissen, warum diese Versammlung für Sie so wichtig ist."

„Ganz einfach, weil sie das ist. Ich erwarte kein Verständnis von Ihnen. Versuchen Sie ganz einfach die Tatsache zu akzeptieren, dass ich anwesend sein muss."

Tom legte den Kopf auf die Seite und rieb sich das Kinn. „Beantworten Sie mir doch erst einmal eine Frage. Wird diese Sitzung heute in fünf Jahren irgendeinen Unterschied in Ihrem Leben machen?"

„Das weiß ich nicht." Sie rieb sich nachdenklich die Stirn. Was sollte diese Frage? Glücklicherweise war Michelle inzwischen eingeschlafen.

„An Ihrer Stelle würde ich mir nicht allzu viele Gedanken machen", riet Tom gleichmütig. „Wenn Sie nicht da sind, wird die Marketingabteilung die Präsentation vielleicht auf Dienstag verschieben."

Tom Townsend hatte nicht die geringste Ahnung, wie schwer es war, sich am Arbeitsplatz durchzusetzen. Vermutlich hatte er noch nie für etwas kämpfen müssen. Also konnte man von ihm auch nicht erwarten, dass er den Zwiespalt verstand, in dem sie sich befand.

„Nun?", fragte er. „Was werden Sie tun?"

Susannah war nicht ganz sicher. Sie schloss die Augen, um sich zu konzentrieren. Sei diszipliniert! ermahnte sie sich. Bleib ruhig, das ist wichtig! Für jedes Problem gibt es eine Lösung.

„Susannah?"

Sie öffnete die Augen und sah zu ihm hinüber. Beinahe hätte sie seine Anwesenheit vergessen. „Für den Vormittag werde ich meine Termine absagen und lediglich an der Präsentation teilnehmen", erklärte sie schließlich.

„Und was wollen Sie mit Michelle machen? Wollen Sie einen Babysitter bestellen?"

Ein Babysitter, der von einem Babysitter angestellt wurde. Ein neuer Gedanke und gar nicht schlecht, aber Susannah kannte niemanden, dem sie ihre Nichte anvertrauen konnte.

Dann traf sie eine Entscheidung. Sie würde Michelle einfach ins Büro mitnehmen.

Und genau das tat sie.

Wie vorauszusehen gewesen war, verursachte Susannahs Eintreffen bei H & J Lima ziemlichen Aufruhr. Am Montagmorgen verließ sie pünktlich um zehn Uhr den Lift. In der einen Hand hielt sie ihre schwarze Aktenmappe, und mit der anderen presste sie Michelle an ihre Schulter. Hocherhobenen Hauptes marschierte sie über den Flur, vorbei an zahlreichen Angestellten. Ein verstohlenes Murmeln und Wispern folgte ihr.

„Guten Morgen, Miss Brooks", begrüßte Susannah nervös ihre Sekretärin, als sie mit dem Windelsack über der einen und dem Baby an der anderen Schulter ihr Büro betrat.

„Einen schönen guten Morgen, Miss Simmons." Die Sekretärin zuckte nicht einmal mit der Wimper, sondern tat so, als würde Susannah täglich mit ihrer neun Monate alten Nichte im Büro erscheinen.

Susannah stellte den Windelsack hinter ihrem riesigen Schreibtisch auf den Boden. Michelle schaute sich sofort neugierig um.

„Möchten Sie eine Tasse Kaffee?", erkundigte sich Miss Brooks.

„Oh ja, gerne."

Die Sekretärin zögerte einen Moment. „Und ihr ...?"

„Darf ich Ihnen meine Nichte Michelle vorstellen?"

„Wird die Kleine etwas zu trinken benötigen?"

„Nein, vielen Dank. Gibt es etwas Dringendes in der Post?"

„Nichts, das nicht warten könnte. Ich habe Ihre Termine um acht und neun Uhr abgesagt", berichtete die Sekretärin. „Mr Adams lässt fragen, ob Sie nicht stattdessen morgen Abend um sechs einen Drink mit ihm nehmen möchten."

„Das soll mir recht sein." Der alte Charmeur wollte natürlich das Geschäftliche außerhalb des Büros besprechen. Diesmal würde sie auf seine Bedingungen eingehen müssen, nachdem sie die ursprüngliche Verabredung abgesagt hatte. Aber ein zweites Mal würde sie sich nicht mehr so widerspruchslos dazu bereit erklären. Sie hatte noch nie besonders große Sympathie für Andrew Adams verspürt. Außerdem war er langweilig, viel zu dick und hatte schütteres Haar.

„Brauchen Sie mich noch?", fragte Miss Brooks, während sie den Kaffee auf einem Tablett brachte.

„Nein, danke."

Wie vorauszusehen war, wurde das Treffen der Marketingabteilung eine einzige Katastrophe. Obwohl die Sitzung nur zweiundzwanzig Minuten dauerte, gelang es Michelle in der kurzen Zeit, Susannahs silbernen Kugelschreiber auseinanderzuschrauben, ihre Bluse aufzuknöpfen und ihr Haar aus dem sorgfältig geschlungenen Knoten zu lösen. Einmal war Susannah sogar gezwungen gewesen, unter den Tisch zu kriechen, um ihre Nichte wieder einzufangen, die über sämtliche Schuhe hinwegkrabbelte.

Als Susannah endlich wieder in ihrer Wohnung ankam, war sie am Rand eines Nervenzusammenbruchs. Zu ihrer großen Überraschung erwartete sie Tom am Lift. Sie warf ihm einen kurzen Blick zu und hatte Mühe, ihre Tränen zurückzuhalten.

„Ich vermute, die Sache lief nicht besonders gut."

„Wie kommen Sie denn darauf?"

„Vielleicht, weil Sie Ihr Haar offen tragen. Ich erinnere mich, dass Sie das Haus ordentlich frisiert verlassen haben. Möglicherweise liegt es auch daran, dass Ihre Bluse falsch zugeknöpft ist." Sein Lächeln war teuflisch. „Ich habe mich immer gefragt, ob Sie wohl einen Spitzen-BH tragen. Nun weiß ich es."

Sie stöhnte und bedeckte mit der Hand die aufklaffende Knopfleiste. Diese Bemerkung hätte er sich wirklich sparen können!

„Hallo, Kleines", begrüßte er dann Michelle und nahm sie Susannah ab. „Es sieht aus, als sollten wir deiner armen Tante etwas Ruhe gönnen."

Susannah drehte ihm den Rücken zu, knöpfte die Bluse richtig zu und suchte nach dem Schlüssel. Ihr einst so ordentliches Apartment sah aus, als sei ein Wirbelsturm hindurchgefegt. Auf dem Boden waren überall Decken und Spielsachen verstreut. In der vergangenen Nacht hatte sie auf der Couch geschlafen, um näher bei Michelle zu sein. Die Kissen und die Bettdecke lagen noch immer dort, zusammen mit der blauen Kostümjacke, die sie hatte ausziehen müssen, nachdem Michelle Pflaumenmus auf den Ärmel gekleckert hatte.

„Was ist denn hier passiert?", fragte Tom bestürzt.

„Drei Tage und drei Nächte mit Michelle, und da fragen Sie noch?"

„Setzen Sie sich doch hin", forderte er sie besorgt auf. „Ich werde Ihnen eine Tasse Kaffee machen."

Susannah nahm sein Angebot dankbar an.

Kaum hatte Tom die Küche betreten, rief er erschrocken: „Was ist denn das für lila Zeug an der Küchenwand?"

„Pflaumenmus", erklärte Susannah. „Ich habe auf diese unangenehme Weise herausfinden müssen, dass der kleine Teufel Pflaumen nicht ausstehen kann."

Der Anblick der Küche war ein gutes Beispiel dafür, wie der Morgen verlaufen war. Sie hatte fast drei Stunden benötigt, um sich und Michelle für den Ausflug ins Büro vorzubereiten. Aber das war nur der Anfang gewesen.

„Eigentlich brauche ich eher einen doppelten Martini als einen Kaffee", erklärte sie Tom, als er zwei Tassen Kaffee ins Wohnzimmer brachte.

„Es ist aber noch nicht einmal Mittag."

„Können Sie sich vorstellen, was ich brauchen würde, wenn es jetzt zwei Uhr nachmittags wäre?"

Lachend reichte Tom ihr die dampfende Tasse. Michelle saß zufrieden auf dem Teppich und spielte mit genau den Spielsachen, die sie am Morgen so heftig zurückgewiesen hatte.

Zu Susannahs Überraschung setzte Tom sich neben sie und legte ihr den Arm um die Schulter. Sofort verkrampfte sie sich, aber falls er es bemerkt hatte, schien er ihre Reaktion zu ignorieren. Die Erinnerung an die Marketingsitzung reichte bereits, um ihren Blutdruck in die Höhe zu treiben, aber nun spürte sie auch noch Toms Nähe. Nicht, dass sie etwas gegen seine Berührung hatte, ganz im Gegenteil. Sie hatten sich in den letzten drei Tagen häufig gesehen, und trotz allem, was sie von ihrem Nachbarn hielt, musste sie zugeben, dass seine sorglose Lebenseinstellung sie beeindruckte. Aber die Tatsache, dass sie sich zu ihm hingezogen fühlte, machte ihr gleichzeitig Angst.

„Möchten Sie über Ihre Erlebnisse im Büro sprechen?"

Sie atmete tief durch. „Nein. Das Beste ist, wenn alle Beteiligten diesen Tag vergessen. Sie hatten recht, ich hätte die Sitzung absagen sollen."

Tom nippte an seinem Kaffee. „Das war wohl eine dieser Erfahrungen im Leben, die man unbedingt selbst machen muss."

In diesem Augenblick zog Michelle sich am Couchtisch hoch und tastete sich daran entlang, bis sie von Toms ausgestrecktem Bein aufgehalten wurde. Sie streckte einen Arm aus und schenkte ihm ein Lächeln, das Tom dahinschmelzen ließ.

„Schauen Sie nur", rief Susannah stolz, „man kann schon ihren neuen Zahn sehen."

„Wo?" Er hob das Baby auf den Schoß und blickte suchend in dessen Mund. Susannah wollte ihm gerade zeigen, wo er nachsehen musste, als die Türglocke dreimal läutete. Als sie öffnete, flatterte Emily aufgeregt herein.

„Mein Baby!", schrie sie. „Mami hat dich ja sooo vermisst."

„Nicht halb so sehr, wie ich dich vermisst habe, Emily", warf Susannah ein und beobachtete die glückliche Wiedervereinigung von Mutter und Kind.

Robert folgte seiner Frau in die Wohnung. Er machte einen sehr zufriedenen Eindruck. Offensichtlich hatte das Wochenende den beiden außerordentlich gutgetan, auch wenn dabei beinahe Susannahs Seelenfrieden und ihre berufliche Karriere zerstört worden wäre.

„Sie müssen Tom sein", grüßte Emily und setzte sich neben ihn. „Meine Schwester hat mir schon sehr viel über Sie erzählt."

„Möchte irgendjemand Kaffee?", versuchte Susannah abzulenken. Das letzte, was sie nun ertragen konnte, war, dass ihre Schwester versuchen würde, sie mit Tom zu verkuppeln. Emily war der festen Überzeugung, dass die Lebensweise ihrer Schwester unnatürlich sei. Da sie selbst mit ihrer Rolle als Ehefrau und Mutter sehr zufrieden war, nahm sie an, dass Susannah ein wesentlicher Teil des Lebens entging.

„Nicht für mich", wehrte Robert ab.

„Vermutlich wollt ihr sowieso lieber schnell zusammenpacken und nach Hause fahren", sagte Susannah hoffnungsvoll. Dabei blickte sie kurz zu Tom hinüber. Er hatte Mühe, bei diesem offensichtlichen Versuch, Emily loszuwerden, nicht in lautes Lachen auszubrechen.

„Susannah hat recht", stimmte Robert zu und schaute sich im Wohnzimmer um. Er hatte die Wohnung seiner Schwägerin noch nie in einem solch unordentlichen Zustand erlebt.

„Aber ich hatte doch noch gar keine Gelegenheit, mich mit Tom zu unterhalten", protestierte Emily. „Dabei habe ich mich schon so darauf gefreut, ihn endlich näher kennenzulernen."

„Ich bin ja weiterhin in greifbarer Nähe", meinte Tom gelassen. Dabei warf er Susannah einen Blick zu, der ihr einen Schauer über den Rücken jagte. Zum ersten Mal erkannte sie, wie sehr sie sich danach sehnte, von diesem Mann geküsst zu werden. Das war ein neues Gefühl für sie. Bisher hatte sie noch nie derartige Wünsche verspürt. Vermutlich hat das etwas mit meiner Erschöpfung zu tun, beschwichtigte sie sich.

Plötzlich bemerkte Emily, was in ihrer Schwester vorging. „Du wirst wohl recht haben, Robert", erklärte sie heiter. „Ich werde Michelles Sachen zusammenpacken."

Susannahs Wangen waren leicht gerötet. Nur mit Mühe konnte sie ihren Blick von Toms Gesicht lösen. „Übrigens, wusstest du, dass Michelle Pflaumen nicht ausstehen kann?"

„Nein", meinte Emily und sammelte die Spielsachen ihrer Tochter ein. Tom half, das Bett und den Kinderstuhl zusammenzuklappen und hinauszutragen. Schon nach wenigen Minuten sah die Wohnung wieder so aus, als sei nichts geschehen.

Susannah stand in ihrem Wohnzimmer und genoss die Stille. „Sie sind weg!", erklärte sie, als sie bemerkte, dass Tom immer noch hier war. „Nun kehrt endlich wieder das normale Leben ein." Wahrscheinlich würde sie Wochen benötigen, um sich von diesen drei Tagen zu erholen. Komischerweise stiegen ihr nun Tränen in die Augen. Verlegen ging sie zum Fenster und schaute auf die große Bucht von Seattle hinunter. Eine grün-weiße Fähre glitt friedlich über das dunkle Wasser. Regen klopfte sanft ans Fenster, und der schwarzgraue Himmel verhieß weitere Schauer für den Rest des Nachmittags. Verstohlen wischte sie sich die Tränen von den Wangen und holte tief Luft.

„Susannah?"

„Ich entspanne mich, indem ich aus dem Fenster schaue. Um diese Jahreszeit ist es so schön hier." Sie hörte, wie er aufstand und zu ihr herüberkam. Als er die Hand auf ihre Schulter legte, hatte sie Mühe, sich nicht an ihn zu lehnen, um etwas von seiner Stärke in sich aufzunehmen.

„Sie weinen ja."

Beschämt nickte sie.

„Das ist aber gar nicht Ihre Art. Was ist denn los?"

„Ich weiß nicht ...", sagte sie und versuchte, ein Schluchzen zu unterdrücken. „Ich begreife selbst nicht, was mit mir los ist. Plötzlich liebe ich diese kleine Tyrannin ... Wir haben gerade begonnen, Freundschaft zu schließen ... Dabei bin ich gleichzeitig so froh, dass Emily endlich zurückgekommen ist ..." Unvermittelt erkannte Susannah, dass es eine Familie war, die sie vermisste.

Tom berührte leicht ihren Arm und schwieg für eine Weile. Dann drehte er sie zu sich herum und legte den Zeigefinger unter ihr Kinn. Die Geste war so liebevoll und fürsorglich, dass Susannah erneut zu schluchzen begann. Ihre Schultern bebten, und sie wischte sich über die Nase.

Vorsichtig strich er ihr eine Haarsträhne aus dem Gesicht, die an ihren nassen Wangen klebte. Dann tastete er sich mit den Fingerspitzen langsam über ihr Gesicht und untersuchte es wie ein Blinder, der sich die Umrisse einprägen wollte. Susannah war wie verzaubert. Langsam, als wolle er den Augenblick möglichst lange hinauszögern, beugte er sich vor.

Als sich ihre Lippen endlich trafen, stieß Susannah einen kaum hörbaren Seufzer aus. Schon früher hatte sie sich gefragt, wie es sei, wenn Tom sie küssen würde. Nun wusste sie es. Obwohl sein Kuss sanft, warm und unendlich zärtlich war, spürte Susannah, wie sich eine Art elektrischer Spannung zwischen ihnen aufbaute.

Als reiche eine Probe nicht, küsste er sie erneut. Diesmal seufzte Tom. Dann ließ er die Hände fallen und trat einen Schritt zurück.

Erschrocken über das abrupte Ende seiner Zärtlichkeiten schwankte Susannah leicht, aber Tom stützte sie sofort. Offensichtlich war er zur Besinnung gekommen. Für einen kurzen Moment schienen sie beide vergessen zu haben, wie unterschiedlich sie doch waren. Unsere einzige Gemeinsamkeit ist, dass wir im gleichen Gebäude wohnen, dachte Susannah traurig. Unsere Lebensweisen sind dagegen Welten voneinander entfernt.

„Bist du jetzt wieder in Ordnung?", fragte er stirnrunzelnd.

Sie blinzelte unsicher. Dabei wehrte sie sich nicht einmal gegen das vertrauliche Du, mit dem er sie nun ansprach. Alles war viel zu schnell gegangen. Ihr Herz schlug heftig. Noch nie in ihrem ganzen Leben hatte sie sich zu einem Mann so hingezogen gefühlt. „Natürlich bin ich in Ordnung", meinte sie tapfer. „Und wie fühlst du dich?"

Einige Sekunden lang antwortete er nicht, sondern steckte stattdessen die Hände in die Hosentaschen und trat noch einen Schritt zurück. Er schien sich über irgendetwas Sorgen zu machen.

„Tom?", fragte sie erschrocken.

Er sah sie an und seufzte. Dann rieb er sich mit den Händen die Augenbrauen und schob die Baseballmütze in den Nacken. „Ich glaube, das sollten wir noch einmal versuchen."

Susannah war sich nicht sicher, was er meinte, bis er die Arme nach ihr ausstreckte. Seine ersten Küsse waren zart gewesen, aber dieser nun raubte ihr die Sinne. Er bewegte den Mund auf ihrem, bis ihre Lippen weich wurden. Um nicht das Gleichgewicht zu verlieren, klammerte sie sich an seinen Schultern fest und gab sich ganz den überwältigenden Empfindungen hin. Sie konnte nicht mehr atmen, sie konnte nicht mehr denken, und sie konnte sich nicht mehr bewegen.

Tom strich mit seinen Lippen über ihren Mund, als spiele er auf einem Musikinstrument. Schließlich gab er sie frei, holte tief Luft und verbarg das Gesicht an ihrem Nacken. „Und jetzt? Wie war das?"

„Du küsst sehr gut."

„Das meine ich nicht, Susannah. Du fühlst es doch auch, nicht wahr? Du musst es ganz einfach spüren! Zwischen uns besteht eine Art Stromspannung, die ausreichen würde, um einen ganzen Häuserblock damit zu erhellen."

„Nein", log sie und schluckte heftig. „Was die Küsse angeht, war es nett, aber ..."

„Nett!"

„Sehr nett", gab sie zu und hoffte, ihn damit beschwichtigen zu können, „aber das ist auch alles."

Tom starrte sie eine schmerzlich lange Minute schweigend an. Dann brummte er etwas vor sich hin, drehte sich um und stürmte aus ihrer Wohnung.

Zitternd schaute Susannah ihm nach. Sein Kuss hatte etwas in ihr geweckt, vor dem sie bisher immer die Augen verschlossen hatte. Nur fürchtete sie, dass es nie wieder so werden würde wie früher. Das durfte sie auf keinen Fall zulassen. Sie hatten nichts, aber auch gar nichts gemeinsam. Nein, sie passten überhaupt nicht zusammen.

Während Susannah mit ihrem Kollegen in einer Nische der plüschigen Cocktailbar saß, bedauerte sie zutiefst, dass sie dieser Verabredung zugestimmt hatte. Schon als sie das Lokal betreten hatten, war ihr klar geworden, dass Andrew Adams mehr im Sinn hatte als nur eine geschäftliche Unterredung.

„Es gibt ein paar Zahlen, die ich Ihnen zeigen möchte", sagte Adams, umschloss das Martiniglas mit beiden Händen und verschlang Susannah fast mit seinen Blicken. „Leider habe ich die Unterlagen in meiner Wohnung vergessen. Warum beenden wir unser Gespräch nicht dort?"

Susannah blickte auf ihre Armbanduhr und runzelte die Stirn. „Ich fürchte, dafür habe ich keine Zeit", wehrte sie ab. Es war fast sieben Uhr, und sie hatte bereits mehr als eine Stunde in seiner Gesellschaft verbracht.

„Meine Wohnung ist ganz in der Nähe."

Unter seinem eindringlichen Blick wurde Susannah immer nervöser. Der Abend war reine Zeitverschwendung gewesen. Nein, sie wollte so schnell wie möglich in ihre Wohnung zurückkehren und mit Tom Townsend reden. Den ganzen Tag über hatte sie bereits an ihn gedacht, und sie brannte darauf, ihn wiederzusehen. Wie würden sie heute aufeinander reagieren? Seitdem Tom überstürzt aus ihrer Wohnung geeilt war, hatte sie kein Wort mehr mit ihm gewechselt.

„John Hammer und ich sind sehr gute Freunde", behauptete Andrew Adams und zog seinen Stuhl näher zu ihrem. „Ich weiß nicht, ob Sie sich darüber im Klaren sind."

Er gab sich nicht einmal Mühe, die unterschwellige Drohung zu verbergen. John Hammer war Susannahs unmittelbarer Vorgesetzter und gleichzeitig der Direktor der Firma. Und er hatte das letzte Wort, was ihre Beförderung anging.

Zusammen mit zwei anderen Kandidaten bewarb sie sich für den Posten der Abteilungsleitung. Susannah wollte unbedingt dieses Ziel erreichen. Erst dann würde ihr Traum von einer Karriere wirklich in Erfüllung gehen.

„Wenn Sie mit Mr Hammer so gut bekannt sind, dann schlage ich vor, dass Sie ihm die Zahlen direkt geben, da er sie sowieso überprüfen wird", wies sie ihn kühl zurecht.

„Nein, das fände ich nicht gut", erwiderte er scharf. „Kommen Sie doch mit mir. Es dauert nur ein paar Minuten."

Susannah hatte Mühe, ihr Temperament zu zügeln. „Wenn es nicht so weit zu Ihrer Wohnung ist, dann warte ich hier, während Sie die Unterlagen holen."

In diesem Augenblick setzten sich ein Mann und eine Frau an einen freien Tisch, der in der Nähe der Nische war, in der sie mit Andrew Adams saß. Sie achtete nicht weiter auf den neuen Gast in dem grauen Flanellanzug, aber die Blondine an seiner Seite erregte ihre Aufmerksamkeit. Sie war außergewöhnlich schön, und Susannah beneidete sie um die elegante Geschmeidigkeit, mit der sie sich bewegte.

„Es wäre wirklich einfacher, wenn Sie gleich mitkommen würden." Andrew Adams ließ nicht locker.

„Nein", antwortete sie energisch und sah auf ihr Weinglas. Plötzlich verspürte sie ein eigenartiges Prickeln auf der Haut. Jemand starrte sie an. Sie konnte den Blick wie eine körperliche Berührung fühlen. Langsam schaute sie auf und entdeckte zu ihrem Erstaunen, dass Tom der Begleiter der auffallend schönen Frau war.

Susannah hielt den Atem an. Hastig griff sie nach ihrem Glas, wobei sie jedoch etwas Wein verschüttete.

Tom blickte sie durchdringend an und musterte dann Andrew Adams. Dabei wurden seine Lippen ganz schmal. Seine Augen, mit denen er sie gestern noch so zärtlich angesehen hatte, funkelten nun vor Zorn.

Susannah war über den Anblick des Paars nicht gerade erfreut. Tom amüsiert sich mit Miss Universum, während ich mit diesem widerlichen Lüstling zusammen bin, dachte sie erbost.

4. KAPITEL

Susannah lief wütend in ihrem Wohnzimmer auf und ab und versuchte, ihren Zorn abzureagieren. Männer! Wer brauchte sie schon? Sie jedenfalls nicht. Tom Townsend konnte sich seine Küsse an den Hut oder die Mütze stecken. Komisch, dass er sie heute bei Miss Universum nicht getragen hatte. Für eine andere Frau konnte er sich plötzlich elegant anziehen, während Susannah ihm wohl nur abgetragene und ausgebeulte T-Shirts wert war.

Sie war keine fünf Minuten zu Hause, als es an ihrer Haustür läutete. Ungehalten spähte sie durch den Türspion. Der Besucher war Tom. Was sollte sie tun? Er war der letzte Mensch, den sie jetzt sehen wollte.

„Susannah!" Er klopfte ungeduldig an die Tür. „Ich weiß, dass du da bist."

„Geh weg!"

Es folgte eine kurze Pause. „Also schön. Wie du willst."

Schließlich riss sie doch die Tür auf. Aufgebracht funkelte sie ihn an, aber Tom erwiderte ihren zornigen Blick.

„Wer war der Kerl?"

Eigentlich wollte sie ihm antworten, dass ihn das nichts angehe, aber dann entschied sie, dass das ein kindliches Verhalten wäre.

„Andrew Adams", antwortete sie und stellte sofort die Gegenfrage. „Und wer war die Frau?"

„Sylvia Potter." Er schwieg einige Sekunden. „Mehr wollte ich nicht wissen."

„Ich auch nicht", erwiderte sie steif.

Tom ging über den Flur, und Susannah schloss die Tür. „Sylvia Potter", zischte sie. „Liebe Sylvia Potter, du kannst ihn gerne haben."

Es dauerte eine gute Viertelstunde, bis sie ihren Zorn wieder abreagiert hatte. Erst nachdem sie die Abendnachrichten angeschaut und ihre Post gelesen hatte, war sie wieder einigermaßen ruhig und sie selbst.

Als sie erneut über die Begegnung in der Bar nachdachte, fragte sie sich, warum diese Frau sie so aus der Fassung gebracht hatte. Tom Townsend bedeutete ihr schließlich nichts. Wie sollte er auch? Bis vor einer Woche hatte sie nicht einmal seinen Namen gewusst.

Gut, er hatte sie ein paarmal geküsst, und es war auch eine gewisse Anziehungskraft zwischen ihnen vorhanden, aber daraus entstand schließlich nicht eine Bindung fürs Leben. Wenn Tom Townsend beschloss, jede blonde Schönheit zwischen Seattle und New York auszuführen, dann ging sie das gar nichts an.

Und dennoch tat es ihr weh. Das erzürnte Susannah mehr als alles andere. Sie wollte ihr Herz nicht an Tom Townsend verlieren.

Mit einer hastigen Bewegung strich sie sich eine Haarsträhne aus dem Gesicht. Vielleicht lag es gar an ihrer Haarfarbe und Tom bevorzugte Blondinen.

Entschlossen schob Susannah jeden weiteren Gedanken an ihn zur Seite und beschloss, sich etwas zu essen zu machen. Ein Blick in den Kühlschrank genügte, um festzustellen, dass es nur noch die vertrockneten Reste eines Brathuhns gab. Susannah betrachtete sie angewidert und warf sie in den Mülleimer.

Plötzlich bemerkte sie aus dem Augenwinkel eine Bewegung auf ihrem Balkon. Sie drehte sich um und entdeckte eine hellbraune Siamkatze, die auf dem Balkongeländer balancierte, als spaziere sie durch den Stadtpark.

Auch wenn Susannah nach außen hin Ruhe bewahrte, schlug ihr Herz doch heftig. Schließlich lag ihre Wohnung im siebten Stock. Eine falsche Bewegung, und die Katze würde in den sicheren Tod stürzen. Langsam ging sie zur Balkontür, öffnete sie und rief leise: „Hierher, Mieze. Komm, meine kleine Mieze."

Die Katze nahm die Einladung an und sprang vom Geländer herunter. Mit hoch aufgerichtetem Schwanz marschierte sie in die Wohnung und steuerte den Abfalleimer an.

„Ich wette, du hast Hunger." Susannah holte die Hühnerreste aus dem Mülleimer, um sie im Mikrowellenherd aufzuwärmen. Während sie wartete, rieb sich die Katze an ihren Beinen, schaute sie mit ihren großen blauen Augen an und schnurrte dabei. Als Susannah gerade das Fleisch in kleine Stückchen schnitt, läutete es an der Tür.

„Ist meine Katze bei dir?", erkundigte Tom sich, nachdem Susannah die Tür geöffnet hatte. Mittlerweile hatte er seinen Anzug ausgezogen und trug wieder die übliche Freizeitkleidung.

„Woher soll ich das wissen? Wie sieht sie denn aus?"

„Susannah, das ist jetzt nicht die Zeit für dumme Spielchen. Cookie ist ein wertvolles Tier."

„Cookie", äffte sie ihn nach, verschränkte die Arme vor der Brust und lehnte sich an die Wand. „Offensichtlich hast du den Mietvertrag nicht gelesen. Sonst wüsstest du, dass Haustiere hier nicht erlaubt sind."

„Wenn du mich nicht verrätst, dann verpetze ich dich auch nicht."

„Ich habe kein Haustier."

„Nein, das nicht, aber du hattest ein Baby."

„Nur für drei Tage", entgegnete sie. So ein widerlicher Kerl! Er verstieß ganz offensichtlich gegen die Hausordnung und hatte gleichzeitig den Nerv, ihr ihre winzige Übertretung vorzuwerfen.

„Die Katze gehört meiner Schwester. Cookie wird nur ein paar Tage bei mir wohnen. Nun, ist das Tier hier oder muss ich mich auf einen Herzinfarkt gefasst machen?"

„Es ist hier."

„Gott sei Dank! Meine Schwester hängt so sehr an dem Kätzchen. Sie ist extra von San Francisco hierher geflogen, um sie mir anzuvertrauen, bevor sie nach Hawaii in die Ferien aufgebrochen ist." Als hätte Cookie gemerkt, dass man von ihr sprach, kam sie daherstolziert. Tom beugte sich hinunter, um die Katze in den Arm zu nehmen.

„Vermutlich solltest du deine Balkontür geschlossen halten", riet Susannah schnippisch.

„Danke für den klugen Rat. Ich werde ihn befolgen. Falls es dich interessiert, Sylvia Potter ist meine Schwester." Dann drehte er sich um und verließ die Wohnung.

„Sylvia Potter ist meine Schwester", äffte Susannah ihn nach, während sie die Tür schloss. Plötzlich fiel ihr auf, was er gerade gesagt hatte. Schwester?

Ohne zu überlegen, stürmte Susannah zu seiner Wohnung. Als Tom auf ihr wütendes Klopfen hin die Tür aufmachte, sah sie ihn vorwurfsvoll an. „Was hast du gerade behauptet?"

„Dass Sylvia Potter meine Schwester ist."

„Das habe ich befürchtet." Susannahs Gedanken überstürzten sich. Sie hatte sich vorgestellt ... Sie war davon ausgegangen ... „Wer ist Andrew Adams?"

„Mein Bruder." Ob er die Antwort wohl glauben würde?

Tom schüttelte den Kopf. „Du hast noch einen Versuch ..."

„Ein Kollege. Er arbeitet ebenfalls bei H&J Lima", antwortete sie und beeilte sich zu erklären: „Da ich am Montag die Besprechung mit ihm absagen musste, schlug er vor, heute Abend bei einem Drink das Geschäftliche zu bereden. Damals hat die Einladung recht unschuldig geklungen, aber ich hätte mir gleich denken können, dass es ein Fehler war, sich darauf einzulassen. Andrew Adams ist ein bekannter Frauenheld."

Ein spöttisches Lächeln umspielte Toms Lippen. „Hätte ich nur eine Kamera bei mir gehabt, als du mich in der Bar entdeckt hast. Für eine Sekunde hatte ich befürchtet, die Augen würden dir aus dem Kopf fallen."

„Es lag an deiner Schwester. Sie hat mich eingeschüchtert", gab Susannah zu. „Sie ist wunderschön."

„Du auch."

Offensichtlich hat er zu viel Zeit in der Sonne verbracht, entschied sie. Im Vergleich zu Sylvia, die blond, groß und wohlproportioniert war, fühlte Susannah sich wie Aschenputtel. „Es schmeichelt mir sehr, dass du das findest."

„Möchtest du hereinkommen?" Tom trat einen Schritt zur Seite. Ein leises Piepsen weckte Susannahs Aufmerksamkeit. Plötzlich entdeckte sie im Wohnzimmer einen riesengroßen Bildschirm. Offensichtlich hatte sie Tom bei einem Videospiel gestört. Ein Videospiel!

„Nein", wehrte sie schnell ab. „Ich möchte dich nicht von deiner Beschäftigung abhalten. Außerdem wollte ich gerade ... wollte ich mir gerade etwas zu essen machen."

„Du kochst?"

„Natürlich."

„Freut mich zu hören. Wenn ich mich recht erinnere, schuldest du mir eine Mahlzeit."

„Ich ..."

„Und so ein gemütliches Abendessen und ein anschließender Plausch vor dem Kamin scheint mir eine gute Idee zu sein." Susannahs Gedanken überschlugen sich. Tom lud sich hiermit selbst zum Essen ein – zu einem Essen, das sie zubereiten sollte. Große Güte, warum hatte sie nur geprahlt, sie könne kochen? Alles, was sie jemals in ihrer Küche ausprobiert hatte, hatte katastrophal geendet. Toast war das einzige, was ihr gelang. In Gedanken überlegte sie sich die verschiedenen Varianten. Nur mit Butter bestrichen, mit Honig beschmiert oder mit Schinken belegt? Die Liste war endlos.

„Du kochst und ich besorge den Wein", meinte Tom mit leiser, verführerischer Stimme. „Es ist wirklich an der Zeit, dass wir uns gemütlich zusammensetzen und uns in Ruhe unterhalten. Einverstanden?"

„Ich ... ich habe aber noch einige Unterlagen, die ich heute Abend durchgehen muss."

„Gar kein Problem. Ich werde darauf achten, dass ich mich früh genug wieder verabschiede, damit du mit deiner wichtigen Arbeit fertig wirst." Er sah sie bittend an. Widerwillig musste Susannah sich eingestehen, dass sie sich eigentlich darauf freute, mit ihm zusammen zu sein. Zögernd nickte sie.

„Fein. Ich gebe dir eine Stunde Zeit. Reicht das?"

Wieder nickte sie.

Tom lächelte, beugte sich vor und strich sanft mit den Lippen über ihren Mund. „Dann also in einer Stunde bei dir."

Er legte ihr die Hand auf den Rücken und schob sie zur Tür. Als Susannah wieder in ihrer Wohnung war, überlegte sie, was sie tun sollte. Eigentlich gab es nur eine einzige Möglichkeit.

Das Western Avenue Delikatessengeschäft.

Genau eine Stunde später war Susannah fertig. In der Mitte des Tischs stand eine Kristallschüssel mit grünem Salat. Die Schüssel hatte sie von Tante Gertie zum Schulabschluss geschenkt bekommen. Vermutlich hatte sie ihre Tante damals mit Emily verwechselt, die die wertvolle Schale bestimmt sehr gemocht hätte. Susannah dagegen fand heute zum ersten Mal Verwendung für das Geschenk. Als sie die Schüssel jedoch genauer betrachtete, wurde ihr plötzlich klar, dass die bauchige Schale eher dafür gedacht war, Punsch daraus zu servieren.

Das Boef Stroganoff, der zweite Gang des Essens, köchelte in einer Pfanne vor sich hin und schmeckte köstlich.

Es läutete. Susannah holte tief Luft und wedelte mit den Händen über dem Herd, um den Essensgeruch besser in der Wohnung zu verteilen. Dann lief sie zur Tür, um ihren Gast zu empfangen.

„Hallo, da bin ich." Tom streckte ihr eine Flasche Wein entgegen.

„Fein. Das Abendessen ist gerade fertig geworden."

Genießerisch atmete er den Essensduft ein. „Passt Rotwein überhaupt dazu?"

„Bestens." Dabei trat sie einladend einen Schritt zur Seite.

„Soll ich die Flasche gleich öffnen?"

„Bitte." Sie führte ihn in die Küche.

Mit hochgezogenen Augenbrauen betrachtete er das Bild, das sich ihm bot. „Man merkt, dass du sehr beschäftigt warst."

Um Eindruck zu machen, hatte Susannah mehrere Töpfe und Pfannen im Spülbecken aufeinandergestapelt und diverse Gewürzgläser auf die Anrichte gestellt, als habe sie sie eben erst benutzt. Daneben hatte sie einige Bücher gelegt, die zwar nichts mit Kochen zu tun hatten, aber sicherlich beeindruckend wirkten.

„Ich hoffe, du magst Boef Stroganoff", meinte sie fröhlich.

„Und wie! Das ist eine meiner Lieblingsspeisen."

Susannah musste schlucken. Sie war noch nie besonders geschickt im Lügen gewesen.

Während sie das Essen auftrug, öffnete Tom die Weinflasche und füllte zwei Gläser. Dann setzte er sich ihr gegenüber an den Küchentisch.

Nachdem Tom die in Butter geschwenkten Nudeln und die Sahnesoße probiert hatte, sagte er: „Das schmeckt ausgezeichnet."

Susannah hielt den Blick gesenkt. „Vielen Dank. Meine Mutter hat ein Rezept, das schon seit Generationen innerhalb der Familie weitergereicht wird." Wahr an dieser Geschichte war lediglich, dass ihre Mutter tatsächlich ein besonders gehütetes Familienrezept besaß, das aber für Weihnachtsplätzchen war.

„Auch die Salatsoße ist köstlich. Was hast du denn da alles hineingemischt?"

Das war genau die Frage, vor der Susannah sich gefürchtet hatte. „Ääh ..." Verzweifelt versuchte sie sich daran zu erinnern, womit man normalerweise einen Salat anmachte. „Öl", rief sie aus, als hätte sie gerade schwarzes Gold entdeckt.

„Essig etwa auch?"

„Ja." Sie nickte eifrig. „Sehr viel sogar."

Er stützte die Ellbogen auf den Tisch auf und lächelte sie verschmitzt an. „Und Kräuter?"

„Ja, die natürlich auch."

Seine Mundwinkel zuckten verräterisch, und schnell trank er einen Schluck Wein.

Susannah presste die Lippen zusammen. Offensichtlich ahnte Tom etwas, und sie wagte nicht, ihr Lügennetz noch weiter zu spinnen. „Tom", begann sie schließlich, nachdem sie sich mit einem Schluck Wein Mut angetrunken hatte, „ich ... ich habe dieses köstliche Mahl gar nicht selbst gekocht."

„Etwa das Western Avenue Delikatessengeschäft?"

Sie nickte beschämt.

„Du hast eine sehr gute Wahl getroffen."

„Woher ... wie kamst du denn darauf?"

„Du meinst, wie ich dich durchschauen konnte, obwohl du so viele Töpfe und Pfannen in deinem Spülbecken stehen hast, als hättest du eine ganze Armee bekocht? Übrigens, wofür hätte denn dieser riesige Bräter sein sollen?"

„Ich ... ich hatte gehofft, du würdest denken, ich hätte darin die Nudeln in Butter geschwenkt."

„Ach so."

Susannah war ihm insgeheim dankbar dafür, dass er sie nicht auslachte.

„Aber verrate mir doch, woher du all die Gewürze hast?"

„Emily hat sie mir zu Weihnachten geschenkt. Sie hofft immer noch, dass ich eines Tages mein Leben ändere und beschließe, mich an Heim und Herd zu ketten."

Tom lächelte. „Ich habe mich nämlich schon gewundert, weshalb du für das Rindfleisch Nelken und Kardamon gebraucht hast."

„Das heißt also, du hast mich von Anfang an durchschaut?" Tom nickte. „Leider ja, aber allein die Mühe, die du dir wegen mir gemacht hast, schmeichelt mir sehr."

„Vermutlich macht es jetzt auch nichts mehr aus, wenn ich zugebe, dass ich in der Küche eine völlige Niete bin. Ich kann viel eher eine Gewinn-und-Verlust-Rechnung analysieren als irgendwelche Plätzchen backen."

„Solltest du trotzdem jemals auf die Idee kommen, dann möchte ich dich jetzt schon darauf hinweisen, dass ich am liebsten Schokoladenkekse esse."

„Ich werde daran denken." Erst kürzlich hatte eine Filiale von „Cookies", die die besten Plätzchen im ganzen Land herstellten, in der Nähe eröffnet.

Nach dem Essen half Tom ihr, den Tisch abzuräumen. Während sie die Teller unter fließendem Wasser abspülte und anschließend in den Geschirrspüler einordnete, machte Tom ein Feuer im Kamin. Er kauerte im Flammenschein auf dem Boden und wartete auf sie. „Noch etwas Wein?", fragte er, als sie sich endlich zu ihm gesellte, und hielt die Flasche auffordernd hoch.

„Bitte." Susannah schob ihren engen Rock etwas nach oben und ließ sich neben Tom auf dem Teppich nieder. Als sie ihn anlächelte, verstand er dies als Aufforderung, das grelle Deckenlicht auszuschalten. Die Schatten der Flammen tanzten an den Wänden, und die Atmosphäre im Raum war warm und gemütlich.

„So, meine Liebe", meinte er dicht an ihrem Ohr, „nun schieß los mit deinen Fragen."

Susannah blinzelte verwirrt und wusste nicht so recht, worauf er hinauswollte.

„Seitdem wir uns zum ersten Mal begegnet sind, bist du doch vor Neugier beinahe geplatzt. Du willst wissen, wie ich eigentlich lebe. Nun hast du die Gelegenheit, mich nach Strich und Faden auszufragen."

Susannah trank einen Schluck Wein. Wenn er meine Gedanken so leicht erraten kann, habe ich bei Geschäftsverhandlungen schlechte Karten, überlegte sie. Aber er hatte recht, sie wollte ihn so vieles fragen. Schon oft hatte sie darüber nachgedacht, wie sie erfahren könnte, was sie interessierte.

„Vorher möchte ich jedoch etwas anderes tun", verkündete er. Bevor Susannah wusste, wovon er sprach, drückte er sie auf den Teppich und küsste sie. Sein Kuss war lang und leidenschaftlich und traf Susannah so unvorbereitet, dass sie nicht einmal dagegen protestieren konnte.

Als er endlich den Kopf hob, starrte sie ihn an und wunderte sich über ihre spontane Reaktion auf seine Zärtlichkeit. Tom umschloss mit den Händen ihren Nacken, zog geschickt die Nadeln aus ihrem Haarknoten und fuhr mit den Fingern durch die herabfallenden Strähnen.

„Das hatte ich schon den ganzen Abend vor", murmelte er.

Susannah konnte noch immer nichts sagen. Er hatte sie zwar geküsst und in den Armen gehalten, aber offensichtlich schien ihn das nicht weiter zu beeindrucken, während sie selbst hilflos und verlegen war. „Äh ...", begann sie zu stammeln. „Ich habe vergessen, worüber wir gerade gesprochen haben."

Tom rutschte nun hinter sie und zog sie an seine Brust. Liebevoll legte er die Arme um sie und knabberte an ihrem Ohr, als sei es ein köstliches Dessert. „Ich glaube, du wolltest etwas über mich erfahren."

„Richtig, ich wollte … Tom, arbeitest du eigentlich?", platzte sie heraus.

„Nein."

Wohlige Schauer liefen über ihren Rücken, als er vorsichtig an ihrem Ohrläppchen saugte. Dennoch fuhr sie fort. „Warum nicht?"

„Ich habe ganz einfach aufgehört."

„Aber warum?"

„Weil ich zu viel gearbeitet und mein Leben nicht mehr genossen habe."

„Ach so."

Langsam wanderte er mit dem Mund über ihren Nacken zu ihrer Schulter. Susannah schloss verträumt die Augen, um seine Zärtlichkeiten zu genießen. Ein Teil von ihr sehnte sich danach, sich seinen aufregenden Berührungen ganz hinzugeben. Aber sie wollte noch mehr über diesen ungewöhnlichen Mann in Erfahrung bringen.

Tom wechselte seine Stellung, sodass er jetzt wieder vor ihr saß. Sanft küsste er sie auf die Lippen. Dann begann er, ihr Gesicht mit seinem Mund zu erforschen und überall kleine Küsse zu verteilen, die ihr wie sanfte Regentropfen auf Augen, Nase und die Wangen fielen.

„Ist das alles, was du wissen willst?", erkundigte er sich, während er kurz innehielt.

Hilflos schüttelte sie den Kopf. Sie zögerte kurz, bevor sie ihm die Arme um den Hals legte.

„Möchtest du noch etwas Wein?"

„Nein danke." Sie musste sich beherrschen, ihn nicht zu bitten, mit seinen Küssen fortzufahren.

„Gut, dann bin ich jetzt an der Reihe."

„Du bist an der Reihe?"

„Ja", bestätigte er mit einem schelmischen Lächeln. „Ich habe auch ein paar Fragen an dich. Du hast doch hoffentlich nichts dagegen?"

„Nein."

„Dann erzähl mir mehr über dich!"

Susannah zögerte. Was sollte sie ihm berichten? Womit konnte sie ihn beeindrucken? Ihr ganzes Leben lang hatte sie hart gearbeitet, ihre berufliche Karriere aufgebaut und sich langfristige Ziele gesteckt.

„Ich stehe kurz vor einer Beförderung", begann sie. „Vor fünf Jahren habe ich bei H & J Lima angefangen. Ich habe mich für diese Firma entschieden, obwohl die Bezahlung schlechter war als bei zwei anderen Unternehmen, bei denen ich ebenfalls einen Job hätte bekommen können."

„Warum hast du dann H & J ausgesucht?"

„Weil ich dort Aufstiegschancen hatte. Frauen haben es am Arbeitsplatz häufig nicht leicht. Wenn du weißt, was ich meine. Ich musste härter arbeiten als manche Männer, um mein Können unter Beweis zu stellen."

„Du meinst, man hat dich stärker gefordert, gerade weil du eine Frau bist?"

„Ganz genau. Ich habe jedoch meinen Stolz überwunden und beschlossen zu beweisen, dass ich alle Anforderungen erfüllen kann. Das ist mir mittlerweile auch bestens gelungen. Damals habe ich mir bereits vorgenommen, mich um die Stelle der Leiterin der Marketingabteilung zu bemühen. Das ist ein hochgestecktes Ziel. Ich wäre die erste Frau, die in unserer Firma eine so hohe Position bekleidet."

„Und?"

„Das werde ich in den nächsten zwei Wochen herausfinden."

„Gibt es irgendwelche Mitbewerber?"

Susannah atmete tief durch. „Es gibt zwei Männer, die ebenfalls auf die Stelle scharf sind. Beide sind genauso lang in der Firma wie ich – der eine sogar noch etwas länger. Außerdem sind sie beide sehr intelligent und ehrgeizig."

„Du bist aber auch intelligent und ehrgeizig."

„Das muss nicht unbedingt entscheidend sein, um die Stelle zu bekommen", meinte sie nachdenklich. Nun, da die Erfüllung ihres Traums in Reichweite war, sehnte sie sich noch stärker danach, ihr Ziel endlich zu erreichen. Susannah spürte, dass Tom sie eingehend betrachtete.

„Die Beförderung bedeutet dir sehr viel, nicht wahr?"

„Ja. Eigentlich alles. Von dem Augenblick an, als ich bei H & J zu arbeiten begann, habe ich alles daran gesetzt, um dieses Ziel zu erreichen. Aber es kommt alles viel schneller auf mich zu, als ich zu hoffen gewagt habe."

Tom schwieg, als sie mit ihrem Bericht am Ende war. Dann legte er ein weiteres Holzscheit auf das Feuer und schenkte ihr Wein nach.

„Hast du eigentlich jemals darüber nachgedacht, was passiert, wenn sich all deine Träume erfüllen und du plötzlich entdeckst, dass du dabei nicht glücklich bist?"

„Weshalb sollte ich dabei nicht glücklich sein?" Natürlich wäre sie glücklich, sogar überglücklich.

Tom kniff die Augen zusammen. „Hast du denn keine Angst, dass plötzlich eine Leere in deinem Leben entstehen könnte?"

Oh nein! Jetzt fing er auch schon an, wie Emily zu reden. „Nein", wehrte sie ab. „Das ist gar nicht möglich. Und bevor du weiterpredigen willst, lass dir sagen, dass ich deine Vorhaltungen bereits kenne. Spar dir also deine Worte. Emily hat seit meinem Schulabschluss mit mir darüber diskutiert."

Tom sah sie verwundert an. „Diskutiert ... worüber?"

„Über die Ehe und eine Familie. Die Rolle als Ehefrau und Mutter ist ganz einfach nichts für mich, und daran wird sich nichts ändern."

„Ich verstehe."

Trotzdem war Susannah davon überzeugt, dass er sie nicht verstand. „Wenn ich ein Mann wäre, würde man mich dann auch ständig in eine Ehe drängen?"

Tom schmunzelte. „Glaub mir, Susannah, keiner wird dich jemals mit einem Mann verwechseln."

Sie lachte auf. „Es liegt an meiner Nase, nicht wahr?"

„An der Nase?"

„Ja." Sie wandte ihm ihr Profil zu. „Wahrscheinlich ist sie das einzig Aufregende an mir." Offensichtlich ist mir der Wein zu Kopf gestiegen, dachte Susannah, dass ich so unbekümmert über alles reden kann. Aber in Toms Gesellschaft fühlte sie sich sicher und geborgen. Selten war sie zufriedener mit sich und ihrem Leben gewesen.

„Ehrlich gesagt habe ich überhaupt keinen Gedanken an deine Nase verschwendet, sondern an jene erste Nacht mit Michelle gedacht."

„Du meinst, als wir alle drei im Wohnzimmer eingeschlafen sind?"

Tom nickte und legte die Hand auf ihre Schulter. „Das war das erste Mal in meinem Leben, dass ich eine Frau im Arm hielt und mich dabei nach einer anderen gesehnt habe."

5. KAPITEL

„Ich habe beschlossen, ihn nicht wiederzusehen", verkündete Susannah.

„Wie bitte?" Mrs Brooks hielt inne und musterte ihre Vorgesetzte erwartungsvoll.

Schlecht gelaunt machte Susannah sich an den Akten auf ihrem Schreibtisch zu schaffen. „Entschuldigung, aber ich habe laut gedacht."

Die Sekretärin stellte eine Kaffeetasse auf den Schreibtisch. „Wie lange haben Sie denn gestern Abend noch gearbeitet?"

„Nicht sehr lange", log Susannah. Dabei war es fast zehn Uhr gewesen, als sie endlich gegangen war.

„Und den Abend davor?", drängte Mrs Brooks.

„Auch nicht allzu lang", schwindelte Susannah erneut.

Eleanor Brooks warf ihr einen strengen Blick zu, der besagte, dass sie kein Wort glaubte, und verließ schweigend das Zimmer.

Nachdem sie endlich allein war, presste Susannah die Fingerspitzen gegen die Stirn und atmete tief durch. Große Güte, Tom Townsend brachte sie so durcheinander, dass sie bereits Selbstgespräche führte.

An jenem Abend, an dem er zum Essen in ihre Wohnung gekommen war, hatte er sich erst gegen elf Uhr verabschiedet. Bis dahin hatte er sie fast bis zur Besinnungslosigkeit geküsst. Seitdem waren drei Tage vergangen, und Susannah konnte immer noch seinen Mund auf ihrem fühlen und schmecken. Der Duft seines Rasierwassers hing weiterhin im Wohnzimmer, sodass sie sich jedes Mal, wenn sie den Raum betrat, nach Tom umsah.

Dabei ging der Mann nicht einmal einer geregelten Arbeit nach! Gut, er hatte einen Beruf, aber er hatte aufgehört zu arbeiten. Es war offensichtlich, dass er nicht die geringste Eile hatte, sich nach einer neuen Stelle umzusehen. Zudem besaß er keinen Ehrgeiz und versuchte auch nicht, mehr aus sich zu machen.

Und ausgerechnet für ihn musste sie sich begeistern! Während der letzten Jahre war sie stets davon ausgegangen, dass sie sich nie verlieben würde. Dafür war sie praktisch veranlagt und zu karriereorientiert. Nie hätte sie gedacht, dass ausgerechnet ein Mann wie Tom ihr den Kopf verdrehen würde. Nachdem sie erkannt hatte, was in ihr vorging, hatte Susannah das einzig Mögliche getan, um sich selbst zu schützen: Sie hatte sich versteckt. Drei Tage war es ihr nun schon geglückt, Tom aus dem Weg zu gehen.

Als das Telefon auf ihrem Schreibtisch summte, wurde Susannah aus ihren Gedanken gerissen. Sie griff nach dem Hörer. „Ja bitte?"

„Ein Mr Townsend möchte Sie sprechen", berichtete die Sekretärin.

Susannah schloss die Augen und schluckte. „Er soll eine Nachricht hinterlassen."

„Er besteht darauf, persönlich mit Ihnen zu reden."

„Dann sagen Sie ihm eben, ich sei in einer Sitzung und unabkömmlich."

Mrs Brooks schnaufte verwundert. Es war das erste Mal, dass Miss Simmons sich verleugnen ließ. „Ist das etwa der Mann, den Sie nie wiedersehen wollen?"

Die unerwartete Frage ihrer Sekretärin erschreckte Susannah. „Ja …"

„Das habe ich mir gedacht. Gut, ich werde ihm sagen, dass ich Sie nicht erreichen kann."

„Vielen Dank."

Als Susannah den Hörer auflegte, zitterte sie. Dass Tom sie im Büro anrufen würde, hätte sie nicht gedacht. Es dauerte fast eine Stunde, bis sie sich wieder auf ihre Arbeit konzentrieren konnte.

Sie stellte gerade die Besprechungsunterlagen für eine Sitzung des Finanzausschusses zusammen, als die Sekretärin das Zimmer betrat. „Mr Franklin hat soeben angerufen und die Verabredung für heute Nachmittag abgesagt."

„Hat er einen neuen Termin vorgeschlagen?"

„Freitag um zehn."

„Das passt mir." Sie wollte Mrs Brooks fragen, wie Tom auf ihre Ausrede reagiert hatte, aber sie widerstand der Versuchung.

„Mr Townsend hat eine Nachricht hinterlassen."

Offensichtlich konnte ihre Sekretärin Gedanken lesen.

„Legen Sie den Zettel auf meinen Schreibtisch."

„Vielleicht sollten Sie die Notiz besser gleich lesen", drängte Mrs Brooks.

„Nein, das hat Zeit."

Mitten in der Sitzung wünschte Susannah jedoch, sie hätte den Rat ihrer Sekretärin befolgt. Ungeduldig wartete sie auf das Ende der Besprechung, damit sie an ihren Schreibtisch zurückeilen und Toms Nachricht lesen konnte. Nur mit Mühe konnte sie sich auf all die Zahlen konzentrieren, die das Ergebnis der von ihr entworfenen Marketingstrategie waren. Immer wieder wanderten ihre Gedanken zu Tom.

Als das Treffen endlich vorbei war, war sie wütend auf sich selbst.

„Mrs Brooks", begann sie, als sie das Vorzimmer betrat, „könnten Sie …"

Sie hielt unvermittelt inne. Der letzte Mensch, den sie hier erwartet hatte, war Tom. Er saß auf einer Ecke von Mrs Brooks' Schreibtisch. Wie üblich trug er ein T-Shirt, eine ausgewaschene Jeans und die unvermeidliche Baseballmütze auf dem Kopf.

Eleanor Brooks sah gleichzeitig verlegen und zufrieden aus. Offensichtlich hatte Tom erfolgreich seinen männlichen Charme an ihr erprobt.

„Jetzt ist es aber wirklich an der Zeit", meinte Tom und grinste hinterhältig. „Ich hatte schon Angst, wir würden zu spät zum Spiel kommen."

„Spiel?", wiederholte Susannah. „Was für ein Spiel?"

„Heute spielen die Mariners, und ich habe für uns zwei Karten besorgen können."

Susannahs Herz begann heftig zu pochen. Das sah Tom ähnlich – zu glauben, dass sie sich am helllichten Tag freinehmen konnte. Offensichtlich hatte er nicht das geringste Verständnis dafür, was es bedeutete, eine verantwortungsbewusste Angestellte zu sein. Schlimm genug, dass er ihre Gedanken während der Sitzung beherrscht hatte, aber nun vorzuschlagen, sich am Nachmittag einfach davonzumachen, ging wirklich zu weit.

„Du erwartest doch nicht ernsthaft, dass ich jetzt das Büro verlasse?"

„Doch."

„Ich kann nicht und ich will nicht."

„Warum nicht?"

„Weil ich arbeiten muss. Das sollte als Erklärung wohl genügen."

„Du hast die ganze Woche abends Überstunden gemacht. Irgendwann brauchst auch du eine Pause. Komm, Susannah, gönn dir einen vergnüglichen Nachmittag."

Dabei klang er, als messe er ihrem Pflichtbewusstsein keine große Bedeutung bei. Wieder einmal bewies er ihr, dass er keine Vorstellung von wirklicher Arbeit und daraus resultierender Befriedigung hatte.

„Nein, das ist ganz und gar unmöglich", widersprach sie.

„Na schön", meinte er gelassen. „Was gibt es denn heute Nachmittag Wichtiges?" Um seine Frage zu beantworten, griff er nach dem Terminkalender und blätterte darin.

„Mr Franklin hat doch den Termin abgesagt", erinnerte Mrs Brooks sie beflissen. „Außerdem haben Sie wegen der Sitzung noch nicht zu Mittag gegessen."

Susannah starrte ihre Sekretärin an und rätselte, was Tom getan hatte, um ihre sonst so loyale Mitarbeiterin in eine Verräterin zu verwandeln.

„Ich habe noch ein paar andere wichtige Dinge zu erledigen", erklärte Susannah brüsk.

„In deinem Terminkalender steht aber nichts davon. Soweit ich sehe, hast du keine Entschuldigung, warum du nicht zu dem Baseballspiel mit mir gehen kannst."

Susannah hatte keine Lust, weiterhin hier zu stehen und sich mit ihm herumzustreiten. Hoch erhobenen Hauptes marschierte sie in ihr Zimmer und flüchtete sich hinter den Schreibtisch.

Zu ihrem Entsetzen folgten ihr sowohl Tom als auch Mrs Brooks. Am liebsten hätte sie den Kopf in den Händen verborgen und beide angefleht, sie doch endlich in Ruhe zu lassen.

„Susannah", sagte Tom, „du brauchst dringend eine Pause. Morgen wirst du frisch und erholt wieder im Büro erscheinen. Wenn du weiterhin so viel arbeitest wie in den letzten Tagen, wirst du irgendwann zusammenbrechen. Ein paar erholsame Stunden werden dir guttun."

Ihre Sekretärin sah aus, als wolle sie Tom beipflichten, aber Susannah gebot ihr mit einem vorwurfsvollen Blick zu schweigen. Bevor sie Tom antworten konnte, betrat ein neuer Besucher das Büro.

„Susannah, ich habe gerade diese Zahlen hier durchgesehen", und John Hammer stand bereits in der Mitte des Raums, als er die Versammlung bemerkte.

Susannah hätte sich am liebsten in ein Mauseloch verkrochen. Der Direktor lächelte ihr jedoch wohlwollend zu. Dabei zeigte er eine gewisse Verlegenheit, weil er sie in einem Gespräch unterbrochen hatte. Nun erwartete er ganz offensichtlich, dass sie ihn mit dem Fremden bekannt machte.

„John, das ist Tom Townsend … mein Nachbar."

John Hammer trat näher und streckte ihm die Hand hin. Falls er überrascht war, einen Mann in lässiger Freizeitkleidung in Susannahs Büro vorzufinden, zeigte er es jedenfalls nicht.

„Tom Townsend", wiederholte er nachdenklich. „Das freut mich, das freut mich wirklich."

„Vielen Dank", beeilte Tom sich zu sagen. „Ich will Susannah abholen. Am Nachmittag spielen nämlich die Mariners."

John nahm die Brille von der Nase und lächelte. „Das ist eine hervorragende Idee."

„Nein, ich denke nicht, dass ich gehen werde, das heißt …" Susannah hielt inne, als sie bemerkte, dass niemand auf ihren Protest achtete.

„Tom hat wirklich recht", meinte John und legte ein Schriftstück auf den Schreibtisch. „Sie haben in letzter Zeit zu viel gearbeitet. Nehmen Sie sich den Nachmittag frei und genießen Sie ihn."

„Aber …"

„Susannah, du willst dich doch nicht mit deinem Vorgesetzten anlegen?", mischte Tom sich ein.

„Nein ... vermutlich nicht." Susannah presste die Lippen aufeinander.

„Gut, sehr gut." John lächelte Tom zu, als seien sie schon seit Jahren gute Freunde. Dann verabschiedete er sich.

Auch Mrs Brooks zog sich wieder in das Vorzimmer zurück, wobei sie eine zufriedene Miene aufsetzte.

Tom blickte auf die Uhr. „Jetzt sollten wir aber wirklich aufbrechen, damit wir nicht die Eröffnung versäumen."

Immer noch zögernd griff Susannah nach ihrer Handtasche. Sie hatte alles in ihrer Macht stehende getan, um diesem Mann aus dem Weg zu gehen. Nun aber würde sie den ganzen Nachmittag in seiner Gesellschaft verbringen. Konnte sie sich daraus einen Vorwurf machen?

Während der Fahrt im Aufzug versuchte Susannah erneut zu protestieren. „Ich kann doch nicht in dieser Kleidung ins Baseballstadion gehen."

„Mir gefällst du so."

„Aber ich trage ein Kostüm."

„Lass den Unsinn, das macht überhaupt nichts." Er griff nach ihrer Hand. Als der Aufzug im Erdgeschoss ankam, zog er sie aus dem Gebäude hinaus. Dann eilte er mit ihr die vierte Straße hinunter zum Kingdome Stadion.

„Weißt du eigentlich, dass mir das überhaupt nicht gefällt?", keuchte sie, während sie neben ihm herlief.

„Falls du dich beklagen willst, warte wenigstens, bis wir auf unseren Plätzen sitzen. Wenn ich mich recht erinnere, bist du mit leerem Magen immer besonders kratzbürstig." Obwohl sein Lächeln einen Eisberg zum Schmelzen gebracht hätte, war Susannah entschlossen, sich nicht davon beeindrucken zu lassen. Unverschämterweise war Tom einfach in ihr Büro eingedrungen. Sobald sie wieder ruhig atmen konnte, würde sie ihm gründlich die Meinung sagen.

„Keine Sorgen, ich werde bestens für dich sorgen und dich mit Köstlichkeiten verwöhnen."

Seine Versprechen konnte ihre schlechte Laune jedoch nicht besänftigen. Was mochte John Hammer von ihr denken? Eigentlich hatte seine Reaktion sie überrascht. John teilte ihre Arbeitseinstellung und war ebenso ehrgeizig wie sie selbst. Es sah ihm gar nicht ähnlich, Toms Idee gutzuheißen, mitten am Nachmittag ein Baseballspiel zu besuchen. Irgendwie hatte sie den Eindruck, als würde er Tom kennen oder habe zumindest von ihm gehört. Noch nie war ihr Chef so freundlich gewesen, wenn sie ihm jemanden vorgestellt hatte.

Der Kontrolleur am Eingang des Stadions riss die Karten ein, und Tom führte Susannah zu einer Loge ganz in der Nähe der Kabinen der Sportreporter. Susannah war noch nie in ihrem Leben zu einem Baseballspiel gegangen und konnte daher gar nicht schätzen, wie gut die Plätze waren.

Kaum hatten sie sich hingesetzt, sprang Tom wieder auf und fuchtelte mit der Hand in der Luft herum. Susannah verkroch sich, so gut sie konnte, in ihren Sitz. Gleich darauf flog eine Tüte mit Erdnüssen dicht an ihrem Ohr vorbei.

„He!", schrie sie und wirbelte herum.

„Nur keine Panik", beschwichtige sie Tom. „Ich spiele gerade mit dem Verkäufer Ball." Gleich darauf fing er geschickt eine zweite Tüte auf.

„Hier, das ist für dich." Er reichte ihr die beiden Päckchen. „Der Typ mit den Hotdogs muss jeden Augenblick vorbeikommen."

Susannah hatte jedoch kein Verständnis für sein Spiel. „Mir reicht's. Ich gehe. Wenn du Ball spielen willst, dann geh auf das Feld hinunter."

Tom lachte. „Wenn du dich weiterhin so anstellst, kenne ich eine gute Methode, um dich zum Schweigen zu bringen."

„Was fällt dir eigentlich ein? Erst zerrst du mich aus dem Büro, dann bestehst du darauf, wie ein Schuljunge mit irgendwelchen Tüten um dich zu werfen. Ich will mir gar nicht vorstellen, was dir als Nächstes einfällt. Im Übrigen …"

Zu mehr kam sie nicht, obwohl ihre Wut mit jedem Atemzug größer wurde. Bevor sie seine Absicht erahnen konnte, legte ihr

Tom die Hände auf die Schulter, zog sie an sich und gab ihr einen langen Kuss.

Erschöpft lehnte Susannah sich in ihrem Sitz zurück und schloss die Augen. Ihr Herz schlug heftig.

Als ob er sie beruhigen wollte, drückte Tom ihr ein warmes Hotdogbrötchen in die Hand. „Iss es, bevor ich gezwungen bin, dich noch einmal zu küssen."

Dieser Aufforderung hätte es nicht benötigt. Hungrig biss sie in die Wurst. Nachdem sie den Hotdog verschlungen hatte, riss sie die Tüte mit den Erdnüssen auf. Sie waren noch warm vom Rösten und schmeckten sehr salzig.

Wieder kam ein Verkäufer vorbei. Diesmal kaufte Tom zwei Dosen mit Limonade.

Als Susannah endlich ihr Mahl beendet hatte, war die erste Spielrunde bereits vorüber.

Tom griff nach ihrer Hand. „Geht es dir jetzt besser?" Er schaute sie liebevoll an.

Sein Blick blieb auch diesmal nicht ohne Wirkung. Jedes Mal, wenn sie in seine Augen schaute, hatte sie das Gefühl, von einem Wirbelsturm erfasst und davongetragen zu werden. Sie versuchte, dem Sog zu widerstehen, aber es gelang ihr nicht.

„Susannah?" Seine Stimme klang besorgt.

Sie konnte nur noch nicken. Nach ein paar Sekunden meinte sie: „Ich komme mir trotzdem reichlich fehl am Platz vor."

„Warum?"

„Schau dich doch um, Tom! Ich bin die einzige Frau hier, die ein Kostüm trägt."

„Dem kann Abhilfe geschaffen werden."

„Wie willst du denn das anstellen?" Susannah hegte bereits die schlimmsten Befürchtungen. Womöglich wollte er sie ausziehen.

Tom lächelte sie vielsagend an und entschuldigte sich dann. Verwirrt beobachtete sie, wie er sich einen Weg durch die Menge bahnte. Wenige Minuten später kehrte er zurück. Triumphierend hielt er ihr ein Vereins-T-Shirt der Mariners und eine Baseballmütze entgegen.

Susannah zog die Kostümjacke aus und streifte sich das Hemd über den Kopf. Dann setzte Tom ihr die Baseballmütze auf.

„Nun, was habe ich gesagt?", fragte er zufrieden. „Du siehst wie ein richtiger Fan aus."

„Vielen Dank." Sicherlich wirkte sie reichlich komisch. Merkwürdigerweise machte es ihr jedoch nichts aus. Ja, sie genoss die Zeit mit Tom und lachte und freute sich ihres Lebens.

Auch wenn sie nicht viel von Baseball verstand, ließ sie sich bald von der Menge anstecken, die die Heimmannschaft mit viel Beifall unterstützte. Bald schon wurde sie von der allgemeinen Erregung mitgerissen, und sie klatschte und johlte mit den anderen.

„Du bist mir in letzter Zeit aus dem Weg gegangen", klagte Tom wenig später. „Ich würde gern wissen, warum."

Sie konnte ihm schlecht die Wahrheit sagen. Aber zu lügen fiel ihr ebenfalls schwer. Stattdessen gab sie vor, sich ganz auf das Geschehen auf dem Spielfeld zu konzentrieren. Dabei zuckte sie mit den Achseln und hoffte, er würde dies als Erklärung akzeptieren.

„Susannah?"

Natürlich, er ließ nicht locker! „Weil mir nicht gefällt, was passiert, sobald du mich küsst", platzte sie heraus.

„Was passiert denn? Nach dem ersten Kuss hast du meinem Selbstbewusstsein beinahe den Todesstoß versetzt, als du behauptet hast, es sei eine angenehme Erfahrung gewesen. Wenn ich mich recht erinnere, hast du dabei auch das Wort ‚nett' gebraucht und gemeint, mehr sei nicht dahinter."

Susannah hielt den Blick gesenkt. „Ja, ich erinnere mich, etwas Ähnliches gesagt zu haben."

„Hast du denn gelogen?"

Warum ist er nur so hartnäckig? „Also gut, ich gebe zu, dass ich die Unwahrheit gesagt habe, aber sonst …"

„Sonst was?"

„Sonst hättest du mich jedes Mal einfach geküsst, wenn du mich zu etwas hättest überreden wollen, womit ich eigentlich nicht einverstanden wäre."

Tom verzog das Gesicht zu einem Grinsen. Plötzlich sah er wie ein verschmitzter Schuljunge aus.

„Du hast das von Anfang an gewusst, also erzähle mir jetzt nichts von deinem gekränkten Selbstbewusstsein."

„Es ist gut, dass du es zugibst. Zwischen uns herrscht eine starke Anziehungskraft, Susannah. Ich finde, dass es an der Zeit ist, dass dir das klar wird. Mir jedenfalls ist es von Anfang an bewusst gewesen."

„Sicher, aber es ist ein Unterschied, ob man neben einer elektrischen Steckdose steht oder ob man mit einer Hochspannungsleitung spielt. Ich gehe lieber auf Nummer sicher."

„Ich nicht." Er strich ihr sanft mit der Hand über das Gesicht und legte dann einen Finger auf ihre Lippen. „Nein", flüsterte er heiser. „Lieber lebe ich gefährlich."

„Das ist mir nicht entgangen." Sie erschauerte bei seiner Berührung und hielt den Atem an, bis er endlich seine Hand wieder von ihrem Gesicht nahm.

Das laute Aufschreien der Menge sagte ihr, dass auf dem Spielfeld etwas Wichtiges vor sich ging. Dankbar für die Ablenkung, beobachtete sie gespannt, wie ein Spieler mit dem Ball davonstürmte. Bald jedoch packte sie das Geschehen auf dem Spielfeld wirklich. Sie klatschte begeistert in die Hände, stieg auf ihren Sitz und brüllte mit den anderen im Chor, um den Spieler anzufeuern. Als er den Ball erfolgreich ins eigene Feld gebracht hatte, schlang Susannah die Arme um Toms Nacken und drückte ihn an sich. Sie lachte und schrie und stampfte vor Begeisterung auf den Boden. Erst jetzt merkte sie, dass Tom sie beobachtete. In seinen Augen zeichnete sich gespieltes Entsetzen ab, als könne er kaum glauben, dass die sonst so zurückhaltende Susannah Simmons sich zu derart lautem Beifall hinreißen ließ.

Unter seinem Blick kühlte sich ihr überschwängliches Verhalten rasch ab. Sie setzte sich wieder hin, verschränkte die Arme und schlug verlegen die Beine übereinander. Wieso habe ich mich überhaupt von so etwas Sinnlosem wie einem Baseballspiel derart hinreißen lassen? Als sie vorsichtig zu Tom hinüberspähte, bemerkte sie, dass er sie noch immer nicht aus den Augen ließ.

„Tom", flüsterte sie beunruhigt.

Mittlerweile war das Spiel zu Ende, und die Zuschauer begannen, das Stadion zu verlassen. Susannah spürte, wie sie errötete. „Warum schaust du mich so an?"

„Du erstaunst mich."

Wahrscheinlich hatte sie sich in seinen Augen unmöglich aufgeführt. Sie schämte sich zu Tode.

„Du wirst schon noch, Susannah Simmons", verkündete er vielsagend. „Wir beide werden schon noch."

„Susannah, ich bin erstaunt, dass du an einem Samstag zu Hause bist", bemerkte Emily, als sie ihrer Schwester einen Besuch abstattete. „Ich will heute Morgen mit Michelle auf den Pike Place Markt. Also haben wir beschlossen, kurz bei dir vorbeizuschauen. Hoffentlich hast du nichts dagegen."

„Nein, natürlich nicht." Susannah strich sich das Haar aus dem Gesicht und rieb sich die Augen. „Wie viel Uhr ist es überhaupt?"

„Halb neun."

„So spät?"

Emily kicherte. „Ich habe völlig vergessen, dass du am Wochenende immer länger schläfst."

„Das macht nichts", meinte Susannah und unterdrückte verstohlen ein Gähnen. „Ich werde uns schnell einen Kaffee machen."

Emily folgte ihr mit Michelle in die Küche.

Während der Kaffee durch die Maschine lief, setzte sich Susannah zu ihrer Schwester an den Küchentisch. Michelle winkte begeistert, und trotz der frühen Morgenstunde freute Susannah sich über ihre fröhliche Nichte. Sie streckte dem Baby die Arme entgegen, und zu ihrer großen Überraschung ließ Michelle sich gern auf den Schoß nehmen.

„Ich glaube, sie erinnert sich an dich", meinte Emily.

„Natürlich tut sie das." Susannah kraulte das Baby am Hals. „Wir hatten schließlich viel Spaß miteinander, nicht wahr, meine Kleine? Vor allem, als ich versucht habe, dich mit Pflaumenmus zu füttern."

Emily lachte. „Ich weiß gar nicht, wie ich dir jemals dafür danken kann, dass du Michelle an jenem Wochenende zu dir genommen hast. Robert und ich hatten ein paar freie Tage dringend nötig."

„Das war doch selbstverständlich." Susannah machte eine wegwerfende Geste. Sie hatte schließlich auch von diesem Wochenende profitiert. Wahrscheinlich hätte es ohne Michelle viel länger gedauert, bis sie Tom kennengelernt hätte.

Emily seufzte. „Ich habe die ganze letzte Woche versucht, dich zu erreichen, aber du bist scheinbar nie zu Hause."

„Warum hinterlässt du nicht einfach eine Nachricht auf dem Anrufbeantworter?"

Ihre Schwester schüttelte den Kopf. „Du weißt ganz genau, dass ich diese Dinger hasse. Mir fällt nie ein, was ich sagen soll. Aber du könntest mich gelegentlich auch einmal anrufen."

Susannah hatte mehrmals daran gedacht, mit ihrer Schwester zu telefonieren. Dann hatte sie es jedoch unterlassen, weil Emily ihr sicher unangenehme Fragen über Tom stellen würde.

„Hast du denn in der letzten Zeit wieder besonders viele Überstunden gemacht?", erkundigte Emily sich.

„Teilweise."

„Dann warst du sicherlich mit Tom Townsend aus. Es geht mich ja nichts an, Susannah, aber Robert und ich finden deinen neuen Nachbarn wirklich nett. Er geht so fürsorglich mit Michelle um. Und wie er dich ansieht ... Ich glaube, er interessiert sich für dich. Ich weiß, dass ich meine Nase nicht in deine Angelegenheiten stecken soll. Aber du bist achtundzwanzig Jahre alt und wirst auch nicht jünger. Jetzt ist wirklich der Zeitpunkt gekommen, dass du dir ernsthaft Gedanken über einen Ehemann machen solltest. Ehrlich gesagt bin ich der Meinung, dass du keinen besseren als Tom finden wirst. Deshalb ist er auch ..."

Als sie tief Luft holte, nutzte Susannah die günstige Gelegenheit. „Möchtest du Kaffee?"

Emily nickte. „Du hast mir überhaupt nicht zugehört!"

„Ich habe dir sehr wohl zugehört." Susannah stellte zwei Tassen mit Kaffee auf den Tisch.

„Aber du hast kein einziges Wort davon begriffen."

„Natürlich habe ich das", entgegnete Susannah. „Ich wäre eine Närrin, wenn ich Tom nicht einen Ring durch die Nase ziehen würde. Du willst, dass ich ihn heirate, bevor ich die Chance verpasse, doch noch Ehefrau und Mutter zu werden."

„Ganz genau", bestätigte Emily und freute sich, dass sie ihre Botschaft so gut vermittelt hatte.

Michelle quietschte, und Susannah setzte sie auf den Boden, damit sie herumkrabbeln und ihre Umgebung erforschen konnte.

„Nun", drängte Emily, „was meinst du dazu?"

„Zu einer Ehe mit Tom? Das würde nie gut gehen. Und zwar aus mehreren Gründen. Um deine Neugier zu befriedigen, werde ich dir ein paar auflisten. Zum Ersten habe ich eine berufliche Karriere vor mir, während er gar keinem Beruf nachgeht. Dann …"

„Was? Tom arbeitet nicht?", fragte ihre Schwester ungläubig. „Wie kann er es sich dann leisten, hier zu wohnen? Die Miete ist doch extrem hoch. Hast du mir nicht erzählt, dass die Nachbarwohnung doppelt so groß ist wie deine?"

„Ich habe nicht die geringste Ahnung." Susannah vergaß Tom für einige Sekunden, während sie Michelle beobachtete. Überrascht musste sie feststellen, dass sie das kleine Wesen vermisst hatte. Das Baby krabbelte über den Küchenboden, hielt sich an Susannahs Nachthemd fest und zog sich daran hoch. Fröhlich lächelte es über seinen Erfolg.

„Hör mal", meinte Susannah einer plötzlichen Eingebung folgend, „warum lässt du Michelle nicht einfach hier? Dann können wir unsere Freundschaft erneuern, und du kannst ungestört einkaufen gehen."

Es folgte ein kurzes, erstauntes Schweigen. „Susannah? Habe ich richtig gehört? Hast du tatsächlich gerade vorgeschlagen, freiwillig noch einmal auf meine Tochter aufzupassen?"

6. KAPITEL

Der Morgen war strahlend und sonnig, sodass Susannah nicht widerstehen konnte, die Balkontür aufzuschieben und die salzige Meeresluft, die von der Elliott Bay herüberwehte, in ihre Wohnung einzulassen. Michelle saß auf dem Küchenboden und klopfte mit einem Holzlöffel auf den Topf, als wolle sie ihr musikalisches Talent unter Beweis stellen.

Als das Telefon läutete, wusste Susannah sofort, dass es nur Tom sein konnte. „Guten Morgen", begrüßte sie ihn und strich sich das Haar aus dem Gesicht. Heute Morgen beim Anziehen hatte sie sich gar nicht die Mühe gemacht, ihr Haar aufzustecken, weil Tom es offen sowieso lieber mochte.

„Guten Morgen", erwiderte er. „Hast du heute einen Trommler zu Besuch?"

„Nein, eine spezielle Freundin. Ich glaube, sie würde dir gern Guten Tag sagen. Warte eine Sekunde!" Sie legte den Hörer neben das Telefon und hob Michelle zu sich auf den Schoß. Sofort gab das Kind eine Reihe unverständlicher Laute von sich. „Hast du ihren Gruß verstanden?"

„Michelle?"

„Wie viele Babys sollen mich denn noch besuchen?"

„Wie viele Schwestern hast du eigentlich?"

„Nur eine", antwortete sie und lächelte. „Aber glaub mir, für unsere armen Eltern waren zwei Kinder mehr als genug."

„Hast du Lust auf weitere Besucher?"

„Ja. Wenn du Hörnchen mitbringst, stelle ich den Kaffee zur Verfügung."

„Einverstanden."

Komisch, überlegte Susannah, dass ich inzwischen gar nicht mehr nach Ausflüchten suche, wenn Tom vorbeikommen will. Seit dem Baseballspiel hatte sie es aufgegeben, ihm aus dem Weg zu gehen. Trotz ihrer Vorbehalte war der Nachmittag aufregend und vergnüglich gewesen. Wenn sie mit Tom zusammen war, schien es, als würde sie einen Teil ihrer Jugend wiederfinden. Tom Townsend war wie ein unerwarteter Sonnenstrahl an einem wolkenverhangenen Tag. Bald würde jedoch der Regen kommen. Susannah wollte ganz einfach nicht glauben, dass es irgendetwas Dauerhaftes zwischen ihnen beiden geben konnte.

Als Tom anklopfte, war die Wiedersehensfreude groß. Er hob Michelle hoch, und das kleine Mädchen quietschte vor Begeisterung. „Wo ist denn Emily?", erkundigte er sich.

„Einkaufen. Allerdings wird sie diesmal nicht länger als eine Stunde weg sein."

Während er Michelle noch immer im Arm hielt, begab Tom sich in die Küche, wo Susannah die Hörnchen in einer Schale anrichtete und Kaffee in zwei Tassen einschenkte.

„Sie ist gewachsen, findest du nicht?", fragte sie ihn.

„Ist das noch ein neuer Zahn?" Tom spähte in den Mund der Kleinen.

„Vielleicht", erwiderte Susannah und überzeugte sich selbst.

Tom legte den freien Arm um ihre Schultern und lächelte sie an. Seine klaren blauen Augen schafften es wieder einmal, sie völlig aus der Fassung zu bringen.

„Du trägst ja heute gar keinen Knoten", flüsterte er dicht an ihrem Ohr und strich ihr durch das offene Haar. „Etwa für mich?"

Sie nickte verlegen.

„Vielen Dank." Dabei war sein Gesicht so nah an ihrem, dass sie seinen warmen Atem spüren konnte.

Unwillkürlich lehnte Susannah sich an ihn, und als er sie küsste, zerschmolz sie fast in seinem Arm.

Michelle fand es wunderbar, zwei Erwachsene so nah bei sich zu haben. Sie griff mit den Fingern nach Susannahs Haar und zog kräftig daran, bis Susannah vor Schmerz aufschrie. Lächelnd befreite Tom sie aus den Fängen des Babys und küsste sie erneut. „Du schmeckst besser als ein Hörnchen", flüsterte er. „Hast du für heute eigentlich schon Pläne gemacht?", fragte er dann, setzte sich an den Küchentisch und nahm Michelle auf den Schoß.

„Ich wollte eigentlich in einer Stunde ins Büro gehen."

„Ich glaube nicht, dass du das tun wirst."

„Das glaubst du nicht?", fragte sie überrascht.

„Ich werde dich heute entführen." Er betrachtete skeptisch ihre dunkelblauen Hosen und den weißen Kaschmirpullover. „Besitzt du eigentlich auch Jeans?"

Susannah nickte. Irgendwo im Schrank hatte sie noch ein Paar. Es war schon Jahre her, seit sie sie das letzte Mal getragen hatte. „Ich bin mir aber gar nicht sicher, ob ich überhaupt noch hineinpasse."

„Probier sie doch einfach an."

„Warum? Was hast du denn vor?"

„Heute werden wir Drachen steigen lassen", verkündete er, als sei das etwas, was er jeden Tag tat.

Susannah traute ihren Ohren nicht. Tom schien derartige Überraschungen zu lieben. Erst ein Baseballspiel mitten in der Woche – und nun Drachensteigen.

„Du hast ganz richtig verstanden. Schau mich nicht so entsetzt an."

„Aber Drachen ... das ist doch etwas für Kinder."

„Nein, das ist für jedermann, für Groß und Klein. Mach nicht so ein erstauntes Gesicht. Auch Erwachsene sollten gelegentlich Spaß haben. Vor ein paar Tagen habe ich einen riesengroßen Kastendrachen gebastelt. Heute will ich ihn endlich ausprobieren."

„Du hast was gemacht?" Sie hatte Mühe, ein Lachen zu unterdrücken.

Während Susannah in ihrem Schrank nach den alten Jeans suchte, kam Emily zurück, um Michelle abzuholen. Tom ließ ihre Schwester in die Wohnung, und da die Schlafzimmertür einen Spalt offenstand, konnte Susannah die Unterhaltung mit anhören. Sicherlich würde Emily Tom gleich in den schillerndsten Farben schildern, was für eine gute Ehefrau ihre ältere Schwester abgäbe.

„Tom", hörte sie Emily sagen, „es ist wirklich sehr nett von Ihnen, dass Sie mir mit Michelle helfen." Vor Aufregung klang ihre Stimme gleich eine Oktave höher.

„Das tue ich doch gern. Susannah kommt sicherlich auch gleich. Sie zieht sich nur ihre Jeans an. Wir gehen heute in den Stadtpark zum Drachensteigen."

Es folgte eine kurze Pause. „Susannah trägt Jeans und lässt Drachen steigen? Wollen Sie damit sagen ..."

„Natürlich. Mach deinen Mund wieder zu!", unterbrach Susannah sie und betrat das Wohnzimmer. „Wie war es denn beim Einkaufen?"

Emily starrte ihre Schwester fassungslos an, blickte dann Hilfe suchend zu Tom hinüber und wieder zurück zu Susannah.

„Emily?" Susannah wedelte mit der Hand vor dem Gesicht ihrer Schwester, um sie wieder in die Gegenwart zu holen.

„Oh ... mein Einkauf verlief bestens. Ich habe all die frischen Kräuter bekommen, die ich wollte – Basilikum, Thymian, Rosmarin und noch ein paar andere." Als Beweis hob sie ihren Weidenkorb hoch.

„Ausgezeichnet", meinte Susannah. „Michelle war sehr friedlich. Wenn ich wieder einmal auf sie aufpassen soll, dann lass es mich wissen."

Die Augen ihrer Schwester weiteten sich. „Vielen Dank. Ich werde darauf zurückkommen."

Der Himmel ist so blau wie Toms Augen, dachte Susannah. Sie saß mit angezogenen Knien auf dem saftigen grünen Rasen des Stadtparks. Der Wind ließ Toms Drachen auf- und absteigen. Tom lief von einem Hügel zum nächsten, damit die Brise den bunten Papiervogel noch weiter nach oben tragen würde.

Susannah schloss die Augen und genoss die warmen Sonnenstrahlen. Dies würde sicher einer der letzten wirklich schönen Herbsttage sein. Ausgelassen warf sie den Kopf in den Nacken und lachte glücklich.

„Ich bin fix und fertig", keuchte Tom und ließ sich neben Susannah ins Gras fallen. Er legte sich auf den Rücken und streckte Arme und Beine weit von sich.

„Wo ist der Drachen?"

„Ich habe ihn einem Jungen geschenkt. Er hatte keinen."

Susannah lächelte. Das war typisch für Tom. Erst hatte er Stunden damit verbracht, den Drachen zu basteln, und nun verschenkte er ihn einfach.

„Ehrlich gesagt habe ich den Jungen gebeten, ihn für mich zu übernehmen, damit ich nicht noch vor Erschöpfung umfalle", fügte er hinzu. „Einen Drachen steigen zu lassen bedeutet nämlich harte Arbeit."

Arbeit war ein Thema, das Susannah in Toms Gegenwart vermied. Dabei war er von Anfang an ganz offen zu ihr gewesen. Sie war überzeugt, dass er ihr eines Tages von selbst erzählen würde, wie er seinen Lebensunterhalt finanzierte.

Was ich nicht weiß, macht mich nicht heiß, war ihre Überlegung. Offensichtlich besaß Tom eine Menge Geld. In finanziellen Schwierigkeiten schien er jedenfalls nicht zu stecken. Aber es war seine Einstellung, die ihr Sorgen machte. Für ihn war das Leben ein einziges Abenteuer. Nichts schien ihm wichtiger zu sein als die Gegenwart.

„Du runzelst die Stirn", bemerkte er. Liebevoll legte er die Hand um ihren Nacken und zog sie zu sich herab, bis ihr Gesicht nur noch wenige Zentimeter von seinem entfernt war. „Macht es dir denn keinen Spaß?"

„Doch, doch", murmelte sie.

„Was quält dich dann?"

„Nichts."

„Wie gut, dass du den Gedanken, Anwältin zu werden, rechtzeitig aufgegeben hast", bemerkte er mit einem spitzbübischen Grinsen. „Es würde dir niemals gelingen, die Geschworenen zu täuschen."

Susannah schaute ihn erstaunt an. Woher konnte Tom wissen, dass sie früher einmal ernsthaft daran gedacht hatte, Rechtswissenschaften zu studieren.

„Schau mich nicht so entsetzt an! Emily hat mir das mit der Juristerei verraten."

Susannah lächelte. Zärtlich strich sie Tom eine Haarsträhne aus dem Gesicht und beschloss, sich diesen schönen Nachmittag nicht durch düstere Gedanken verderben zu lassen.

„Küss mich, Susannah", flüsterte er. Das Lächeln war aus seinem Gesicht gewichen, und er sah sie forschend an.

Sie hielt den Atem an. Vorsichtig blickte sie sich um. Der Park war überfüllt, und überall tobten Kinder.

„Nein." Er umschloss ihr Gesicht mit den Händen. „Ich möchte, dass du mich küsst, ganz egal, wie viele Zuschauer anwesend sind."

„Aber ..."

„Wenn du dich weigerst, dann werde ich dich eben küssen. Und, Liebling, wenn ich es tue, pass auf, denn ..."

Sie ließ ihn den Satz nicht zu Ende sprechen, sondern senkte den Kopf, bis sich ihre Lippen trafen. Schon die kleine Berührung genügte, um ihren Puls zu beschleunigen.

„Bist du immer so zurückhaltend und schüchtern?", fragte er, als sie ihren Kopf wieder hob.

„In der Öffentlichkeit schon."

Er atmete tief durch, dann sprang er energisch auf. „Ich bin am Verhungern", verkündete er und streckte ihr die Hand entgegen. Susannah ergriff sie und ließ sich von ihm hochziehen. „Ich hoffe, dir ist klar, dass ich auf etwas ganz anderes Appetit habe", flüsterte er ihr ins Ohr und legte ihr den Arm um die Taille. „Ich bin verrückt nach dir, Susannah Simmons. Irgendwie sollten wir eine Lösung dafür finden."

„Ich hoffe, ich bin nicht zu früh dran", erklärte Susannah, als Emily ihr die Tür öffnete. Bei ihrer Einladung zum Sonntagsessen hatte ihre Schwester gar nicht versucht, ihre eigentliche Absicht zu verschweigen. Sie wollte alles über die Beziehung zwischen Susannah und Tom Townsend herausfinden. Vor einer Woche hätte Susannah noch versucht, eine Entschuldigung zu finden, aber nachdem sie den ganzen Samstag mit Tom verbracht hatte, war sie so verwirrt, dass sie nur zu gern bereit war, die Angelegenheit mit Emily zu besprechen.

„Nein, du kommst gerade richtig", erklärte Emily. Mit der langen Schürze und dem zu einem dicken Zopf geflochtenen Haar wirkte sie wie das Musterbeispiel einer Hausfrau.

„Hier." Susannah überreichte ihrer Schwester eine Flasche Chardonnay. „Hoffentlich passt er zum Essen."

„Wie nett von dir", bedankte Emily sich und ging voraus in die Küche.

Das Haus am Capitol Hill war vermutlich am Anfang der siebziger Jahre gebaut worden. Die Wohnung besaß eine geräumige Küche. In einem deckenhohen Regal hatte Emily all ihre selbst eingekochten Gemüse ausgestellt. Ein Knoblauchzopf hing über dem Waschbecken. Auf dem Fensterbrett standen viele kleine Keramiktöpfe, in denen alle möglichen Blumen und Kräuter wuchsen.

„Was immer du da kochst, es riecht wunderbar."

„Das ist lediglich eine Linsensuppe." Emily öffnete die Backofentür und spähte hinein. „Außerdem habe ich heute Morgen frischen Apfelkuchen gebacken. Natürlich habe ich nur unsere eigenen ungespritzten Äpfel dafür verwendet, sodass du dir keine Gedanken machen musst."

„Das ist gut." Als würde ich bei gekauften Äpfeln Bedenken haben! dachte Susannah. „Wo ist denn Michelle?"

Von Robert und Michelle war weit und breit nichts zu sehen. Emily sah schuldbewusst zu ihrer Schwester. Anscheinend hatte sie alles getan, um mit Susannah einmal unter vier Augen zu sprechen. Vermutlich wollte sie so viel wie möglich über Tom herausfinden. Dabei hatte Susannah gar nicht sonderlich viel zu erzählen.

„Wie war es denn im Park?"

Susannah setzte sich auf einen Küchenstuhl und stellte sich auf die bevorstehende Fragestunde ein. „Herrlich. Wir haben sehr viel Spaß gehabt."

„Du hast Tom gern, nicht wahr?"

Gern war die Untertreibung des Jahres. Wider alle Vernunft hatte Susannah sich in ihren Nachbarn verliebt. „Ja, ich habe ihn gern", gab sie schließlich zu.

Emily machte ein erfreutes Gesicht. „Das habe ich mir schon gedacht." Sie nahm sich ebenfalls einen Stuhl und setzte sich Susannah gegenüber. Um jedoch nicht untätig zu sein, griff sie nach ihrer Häkelarbeit.

„Ich warte", erklärte Susannah mit wachsender Ungeduld.

„Worauf?"

„Auf deine Predigt."

Emily lachte. „Ich versuche gerade, meine Gedanken zu sammeln. Du bist schließlich diejenige, die die Dinge immer so gut analysieren kann. Das war schon in der Schule so."

„Schulerfahrungen haben wenig mit dem wirklichen Leben zu tun", erinnerte Susannah ihre Schwester. „Emily", begann sie vorsichtig, und ihr Magen verkrampfte sich, „ich muss dich etwas ... Wichtiges fragen. Wie hast du eigentlich gespürt, dass du Robert liebst? Woran hast du gemerkt, dass ihr beide füreinander bestimmt seid?" Ihr war klar, dass sie mit dieser Frage praktisch die Karten offen auf den Tisch legte. Aber sie hatte jetzt keine Lust auf Versteckspiele. Nein, sie brauchte nackte Tatsachen.

Emily lächelte und legte sich den Wollknäuel zurecht, bevor sie antwortete. „Ich glaube nicht, dass dir meine Antwort gefallen wird." Sie runzelte leicht die Stirn. „Es war, als Robert mich das erste Mal küsste."

Susannah wäre beinahe vom Stuhl gefallen. Sofort fiel ihr Toms erster Kuss ein. „Was war denn daran so besonders?"

„Wir hatten eine Bergwanderung gemacht und gerade eine Pause eingelegt. Robert half mir, meinen Rucksack abzunehmen. Dann blickte er mir in die Augen, beugte sich vor und küsste mich." Sie seufzte leise. „Ich glaube gar nicht, dass dieser Kuss beabsichtigt war, denn hinterher machte er ein reichlich entsetztes Gesicht."

„Und was ist dann passiert?"

„Robert legte seinen Rucksack ab und fragte mich, ob mir der Kuss unangenehm gewesen sei. Natürlich erklärte ich ihm, dass es mir gefallen hatte. Daraufhin setzte er sich neben mich und küsste mich noch einmal – nur war es beim zweiten Mal nicht eine kurze Berührung mit den Lippen, sondern ein langer, leidenschaftlicher Kuss. Sobald er mich küsste, konnte ich nicht mehr denken, nicht mehr atmen, mich nicht einmal mehr bewegen. Als er endlich aufhörte, zitterte ich so sehr, dass ich schon befürchtete, etwas sei mit mir nicht in Ordnung."

„Könnte man sagen, du hättest eine Art Stromspannung gespürt?"

„Ganz genau."

„Und bei den anderen Männern, mit denen du ausgegangen bist, ist dir das nie passiert?"

„Nie."

Susannah wischte sich über die Stirn. „Du hast recht. Und mir gefällt deine Antwort wirklich nicht."

Emily unterbrach die Häkelarbeit und schaute ihre Schwester prüfend an. „Tom hat dich geküsst, und du hast etwas gespürt, nicht wahr?"

Susannah nickte. „Ich hatte das Gefühl, auf dem elektrischen Stuhl zu sitzen."

„Oh Susannah, meine Arme!" Emily tätschelte die Hand ihrer Schwester. „Und nun weißt du nicht, was du tun sollst?"

„Ja", gab Susannah zu.

„Natürlich hast du auch nicht erwartet, dass du dich eines Tages verlieben könntest, oder?"

Langsam schüttelte Susannah den Kopf. Der Zeitpunkt hätte nicht schlechter gewählt sein können. Wahrscheinlich würde nächste Woche die Beförderung bekannt gegeben werden. Ihr Leben würde sich sicherlich ändern, wenn sie sich mit Tom einließ. Aber wollte sie das wirklich? Und wie dachte Tom darüber?

„Denkst du vielleicht gar daran zu heiraten?", erkundigte Emily sich unverblümt.

„Zu heiraten?", wiederholte Susannah leise. Eine Ehe schien die natürliche Folge, wenn zwei Menschen sich ineinander verliebt hatten. Gut, sie war bereit, sich ihre Gefühle einzugestehen, aber Toms Empfindungen kannte sie nicht. Und sie wusste nicht, ob er überhaupt bereit war, eine dauerhafte Bindung einzugehen. Sie hatte es jedenfalls nicht vor. Allein der Gedanke jagte ihr Angst ein.

„Ich weiß nicht ... Ehe?", fragte Susannah. „Im Übrigen haben wir über derartige Dinge noch gar nicht gesprochen." Genau genommen hatten sie noch nicht einmal von einer festen Beziehung gesprochen.

„Glaub mir, wenn du es Tom überlässt, wird er das Thema Heirat nie ansprechen. Männer wollen darüber einfach nicht reden. Das ist ganz allein die Aufgabe der Frauen."

„Ach, nun kommt schon wieder ..."

„Nein, es ist wahr. Schon seit Eva ihrem Adam den Apfel reichte, ist es uns überlassen, die Männer zu zähmen. Es ist eine äußerst schwierige Aufgabe, einen Mann davon zu überzeugen, er solle sich eine Frau nehmen."

„Aber Robert wollte dich doch sicher vom Fleck weg heiraten?"

„Dass ich nicht lache. Robert ist wie jeder Mann auf der Welt. Ich musste ihn davon überzeugen, dass es das war, was er wollte. Dabei musste ich sehr vorsichtig vorgehen, Susannah. Mit anderen Worten: Ich habe Robert so lange gejagt, bis er mich eingefangen hat."

Als Susannah ihren Schwager kennengelernt hatte, war sie davon ausgegangen, dass er beim ersten Zusammentreffen mit ihrer Schwester sofort auf die Knie gesunken war, um Emily einen Heiratsantrag zu machen. Ihrer Meinung nach waren die beiden wie füreinander geschaffen.

„Ich weiß nicht, Emily", seufzte sie. „Ich bin völlig durcheinander. Wieso fühle ich mich zu diesem Mann hingezogen? Das ergibt doch keinen Sinn. Weißt du, womit wir uns gestern Nachmittag die Zeit vertrieben haben, nachdem wir aus dem Park zurückkamen?" Sie wartete nicht auf eine Antwort. „Wir verbrachten den Abend mit Videospielen. Ich! Ich kann es noch immer nicht fassen. Es war reine Zeitverschwendung."

„Hat es dir denn keinen Spaß gemacht?"

Das war genau die Frage, die Susannah vermeiden wollte. Sie hatte an dem Abend so sehr gelacht, dass ihre Bauchmuskeln am Ende schmerzten. Beide hatten versucht, sich gegenseitig Punkte abzujagen, und dabei alles Mögliche unternommen, um den Gegner zu verwirren.

Tom hatte eine empfindsame Stelle hinter ihrem Ohr entdeckt und sie genau dann dort geküsst, wenn sie ihm durch ihre

Spielstrategie gefährlich wurde. Aber auch Susannah hatte sehr schnell Toms verwundbare Stellen herausgefunden und gegen ihn eingesetzt, um ihn am Spiel zu hindern. Bald hatten sie jedoch das Videospiel vergessen und sich damit beschäftigt, sich näher kennenzulernen.

„Wir hatten eine Menge Spaß." Mehr wollte Susannah nicht zugeben.

„Und wie war das Drachensteigen?"

Ihre Schwester konnte anscheinend mit ihrer neugierigen Fragerei nie aufhören. „Es war lustig, genau wie das Baseballspiel am Donnerstag."

„Willst du damit sagen, er hat dich am Donnerstag zu dem Spiel der Mariners mitgenommen? Das fand doch am helllichten Tag statt! Hast du dafür etwa das Büro verlassen?"

Susannah nickte, ohne jedoch zu erklären, dass Tom sie eigentlich entführt hatte. „Aber nun zurück zu dir und Robert", wechselte sie das Thema.

„Du willst wissen, wie ich ihn davon überzeugt habe, dass er mich heiraten will? Nun, so schwierig war das nicht."

Für Emily bestimmt nicht, dachte Susannah, während ich mir nicht einmal sicher bin, ob ich Tom überhaupt davon überzeugen will. Aber vielleicht konnte sie Emilys Ratschläge in der Zukunft einmal gut gebrauchen. Sie würde ihr jetzt jedenfalls zuhören und sich später entscheiden.

„Erinnerst du dich an die Redewendung, dass der Weg zum Herzen eines Mannes über seinen Magen führt? Es stimmt. Für Männer bedeutet Essen ebenso viel wie Liebe. Das ist eine altbekannte Tatsache."

„Dann bin ich bereits aus dem Rennen", bemerkte Susannah trocken. Tom konnte wesentlich besser kochen als sie.

„So schlimm ist das auch wieder nicht. Wenn du kein Fünf-Gänge-Menü aus dem Ärmel schütteln kannst, heißt das noch lange nicht, dass dein Leben gelaufen ist, bevor es überhaupt beginnt."

„Mein Eheleben ist unter diesen Umständen schon gelaufen. Ich kann nicht einmal eine Suppe kochen."

„Susannah, stell dein Licht nicht unter den Scheffel. Du bist klug und hübsch. Tom wird der glücklichste Mann auf der Welt sein, wenn er dich heiraten darf."

„Ich ... ich weiß nicht, ob Tom überhaupt dafür geschaffen ist", stammelte sie. „Und bei mir bin ich mir da auch nicht sicher." Emily achtete gar nicht auf den Einwand. „Ich werde dir zuerst etwas Einfaches beibringen."

„Etwas Einfaches? Ich verstehe dich nicht."

„Plätzchen", erklärte Emily. „Es gibt keinen Mann, den man nicht mit selbst gebackenen Plätzchen ködern kann. Da muss etwas dran sein, wirklich", fügte sie hinzu, als Susannah ihr einen zweifelnden Blick zuwarf. „Plätzchen schaffen eine Atmosphäre von häuslicher Gemütlichkeit. Ich weiß, das klingt verrückt, aber es stimmt. Ein Mann kann einer Frau nicht widerstehen, die für ihn backt. Sie erinnert ihn an zu Hause, seine Mutter und an ein warmes Feuer im Kamin. Allerdings versuchen die Männer seit Anbeginn der Zeit, dieses Gefühl niederzukämpfen. Dabei ist es genau das, was sie brauchen und wollen."

Susannah dachte über die Worte ihrer Schwester nach. „Jetzt, da du es sagst, fällt mir ein, dass Tom irgendwann einmal erwähnt hat, dass er besonders gern Schokoladenkekse isst."

„Siehst du, was ich meine?"

Susannah bemerkte entsetzt, wie weit sie sich bereits auf das Thema Ehe mit ihrer Schwester eingelassen hatte. Gut, sie und Tom hatten viel Spaß zusammen. Viele Menschen verbrachten eine herrliche Zeit miteinander. Und möglicherweise war zwischen ihnen auch ein stärkeres Gefühl, aber das war noch lange kein Grund, zum nächstgelegenen Altar zu stürmen.

Im Grunde hatte sie doch nur versucht, ihre Beziehung zu Tom mit ihrer Schwester zu besprechen. Aber bevor sie überhaupt wusste, was mit ihr geschah, hatte Emily sie dazu überredet, Schokoladenplätzchen zu backen und eine Ehefalle aufzustellen. Wenn sie in diesem Tempo weitermachte, würde sie am Ende der Woche verheiratet und schwanger sein.

„Wie war denn das Essen bei deiner Schwester?", erkundigte Tom sich noch am gleichen Abend.

„Das Essen war köstlich", antwortete Susannah hastig. „Wir haben uns sehr nett unterhalten."

Tom stützte die Arme am Küchenschrank ab und sperrte sie zwischen sich und dem Möbel ein. „Ich habe dich vermisst."

Sie schluckte. „Ich dich auch", flüsterte sie heiser.

Nachdenklich strich er mit den Fingern durch ihr Haar. „Du trägst es heute schon wieder offen."

„Ja. Emily findet ebenfalls, dass es mir so besser steht." Warum nur fiel ihr jedes Mal, wenn Tom sie berührte, das Sprechen so schwer? Ihre Knie wurden allmählich so schwach, wie ihre Widerstandskraft. Dabei hatte sie nach dem Gespräch mit ihrer Schwester beschlossen, die Beziehung zu Tom für eine Weile abkühlen zu lassen. Es geschah alles wirklich viel zu schnell.

Als er sie sanft auf ihren Hals küsste, hatte sie Mühe, weiterhin aufrecht zu stehen. Energisch stemmte sie die Hände gegen seine Brust und versuchte, ihn wegzudrücken und ihm zu entkommen. Aber als er mit seinen Lippen über ihren Hals wanderte und eine Spur feuchter Küsse legte, war sie verloren. Er tastete sich mit dem Mund über ihr Kinn zu ihren Lippen und zögerte den Kuss auf ihren Mund hinaus, bis Susannah glaubte, gleich kraftlos zu Boden zu sinken.

Als er sie endlich auf den Mund küsste und die Lippen hungrig auf ihren bewegte, stieß sie einen tiefen Seufzer aus. Dann nagte er an ihrer Unterlippe und zeigte ihr eine Welt der Empfindungen.

Als Tom endlich in seine eigene Wohnung zurückgekehrt war, zitterte Susannah am ganzen Körper. Langsam ging sie in die Küche. Misstrauisch sah sie auf das Telefon. Emily anzurufen, würde viel Mut erfordern. Sie holte tief Luft und nahm den Hörer ab.

„Emily", sagte sie, als ihre Schwester beim zweiten Läuten abhob. „Hast du ein Rezept für Schokoladenplätzchen?"

7. KAPITEL

Das Rezept für die Schokoladenkekse hatte Susannah in einer Küchenschublade versteckt. Der spontane Entschluss war schnell verflogen. Nun hatte ihr kühler Verstand wieder die Oberhand gewonnen.

Erst als sie am Montagmorgen das Büro betrat, wurde ihr klar, dass sie beinahe etwas Dummes getan hätte. Schließlich stand sie kurz vor der Beförderung, für die sie so hart gearbeitet hatte. Sie durfte sich die Chance nicht entgehen lassen, nur weil sie schwach wurde, sobald Tom Townsend sie küsste. Sie hatte sich von ihm überrumpeln lassen – was nur allzu verständlich war, da noch kein Mann derartige Gefühle in ihr geweckt hatte.

„Auf Leitung eins ist ein Gespräch für Sie", erklärte Mrs Brooks und fügte trocken hinzu: „Der Stimme nach ist es der nette junge Mann, der letzte Woche hier war."

Tom! Sie richtete sich entschlossen auf und nahm den Hörer ab. „Hier spricht Susannah Simmons."

„Guten Morgen, meine Schöne."

„Hallo, Tom", grüßte sie steif. „Was kann ich für dich tun?"

Er kicherte. „Das ist eine gute Frage. Aber die Antwort darauf willst du sicher nicht wissen."

„Tom", keuchte sie und schloss kurz die Augen, „bitte, ich habe zu tun. Was willst du?"

„Was ich außer deinem Körper noch will?"

Susannah errötete und seufzte laut. „Ich finde, wir sollten dieses Gespräch besser gleich beenden."

„Schon gut, tut mir leid. Ich bin nur gerade aufgewacht und habe mir ausgemalt, wie schön es wäre, wenn wir den heutigen Tag gemeinsam verbringen könnten. Kann ich dich zu einer Fahrt ans Meer überreden? Wir könnten Muscheln suchen, eine Sandburg bauen und dann vielleicht ein Lagerfeuer machen und ein bisschen singen."

„Falls es dich interessiert, ich bin bereits vor mehreren Stunden aufgestanden. Solltest du es vergessen haben: Ich habe einen Beruf, der mir wichtig ist. Also, warum rufst du an?"

„Mittagessen."

„Dafür habe ich heute keine Zeit. Ich bin verabredet."

„Schade. Wie wäre es stattdessen mit einem Abendessen? Nur wir beide?"

„Ich arbeite heute länger und lasse mir etwas zu Essen ins Büro bringen. Aber danke für deine Einladung."

„Susannah", platzte er ungeduldig heraus. „Sollen wir das alles noch einmal von Anfang an durchspielen? Du solltest inzwischen wissen, dass es gar nichts nützt, wenn du versuchst, mir aus dem Weg zu gehen."

Vielleicht nicht, überlegte sie, aber es würde mir zumindest helfen. „Hör gut zu, Tom! Ich muss wirklich arbeiten. Lass uns diese Unterhaltung ein andermal fortsetzen."

„Zum Beispiel im nächsten Jahr? Ich kenne dich. Du steckst deinen Kopf für die nächsten fünfzehn Jahre in den Sand, wenn ich dich nicht so energisch herausziehen würde. Ich schwöre dir, noch nie in meinem Leben habe ich eine dickköpfigere Frau kennengelernt."

„Auf Wiedersehen, Tom."

„Susannah", beharrte er, „was ist mit dem Abendessen? Komm, sag Ja!"

„Nein, ich muss heute Überstunden machen. Das ist die Wahrheit. Ich kann nicht einfach von hier weglaufen, um mir die Zeit mit Spielen zu vertreiben."

„Au!", schrie Tom. „Das hat wehgetan."

„Nur weil ich die Wahrheit ausgesprochen habe?"

Es folgte ein kurzes Schweigen. „Vielleicht", räumte er nachdenklich ein. „Aber bevor wir das Gespräch beenden, möchte ich wissen, wann ich dich wiedersehen kann."

Susannah blätterte schnell ihren Terminkalender durch, bis sie eine leere Stelle fand. „Wie wär's mit einem Mittagessen am Donnerstag?"

„Einverstanden. Dann hole ich dich also Donnerstagmittag ab." Noch lange nachdem sie das Klicken in der Leitung gehört hatte, hielt Susannah den Hörer umklammert. Obwohl es unvernünftig war, reizte sie der Gedanke, mit Tom einen Nachmittag am Strand zu verbringen. Dass es ihm immer wieder gelang, sie völlig aus dem Konzept zu bringen, war wirklich erschreckend. Es muss etwas geschehen, dachte sie, wenn ich nur wüsste, was ich tun soll.

Eine Stunde später klopfte Mrs Brooks leise an die Tür und trat ein. Sie brachte einen riesigen Strauß roter Rosen. „Die sind gerade abgegeben worden."

„Für mich?" Es musste sich um ein Versehen handeln. Noch nie hatte ihr jemand Blumen geschickt. Zudem gab es überhaupt keinen Anlass dafür.

„Auf dem Umschlag steht Ihr Name", erklärte die Sekretärin und reichte Susannah ein kleines weißes Kuvert. Susannah wartete, bis Mrs Brooks das Zimmer verlassen hatte, dann holte sie das Kärtchen heraus. Die Rosen waren von Tom, der sich entschuldigen wollte, weil er sie bei der Arbeit gestört hatte. „Du hast recht, nun ist wirklich nicht die Zeit für Spiele. In Liebe – Tom." Susannah schloss die Augen und presste das Kärtchen an die Brust. Warum nur musste er immer solch außergewöhnliche Einfälle haben? Es könnte doch alles so einfach sein.

Da Susannah an diesem Tag früher mit der Arbeit fertig wurde, kam sie bereits um sieben Uhr nach Hause. Wie an jedem Abend war ihre Wohnung dunkel und leer. Wieso hatte ihr das früher eigentlich nichts ausgemacht?

Als sie kurz darauf vor Toms Tür stand und klopfte, merkte sie, wie impulsiv ihr Verhalten mittlerweile geworden war. Einerseits versuchte sie, Tom aus dem Weg zu gehen, andererseits fühlte sie sich auf unerklärliche Weise zu ihm hingezogen.

„Susannah!", rief er erstaunt, als er die Tür öffnete. „Das ist aber eine freudige Überraschung."

„Ich ... ich wollte dir nur für die herrlichen Rosen danken. Das war wirklich sehr nett."

„Komm herein", forderte er sie auf. „Ich mache uns einen Kaffee."

„Nein, vielen Dank. Ich habe zu tun und wollte dir nur für die Blumen danken. Außerdem tut es mir leid, dass ich so abweisend am Telefon war. Montagvormittag ist nicht gerade meine beste Zeit."

Lächelnd lehnte er sich an den Türrahmen und verschränkte die Arme vor der Brust. „Eigentlich bin ich derjenige, der sich entschuldigen muss. Ich hätte dich heute Morgen gar nicht anrufen sollen. Stattdessen war ich selbstsüchtig und gedankenlos. Du hast einen wichtigen Job, und die kommenden Tage sind für dich entscheidend. Hast du mir nicht gesagt, dass in dieser oder der nächsten Woche die Beförderung bekannt gegeben wird?"

Susannah nickte.

„Vielleicht glaubst du mir nicht, aber ich will nichts tun oder sagen, um dir diese Möglichkeit zu nehmen. Du bist ehrgeizig, hast hart gearbeitet und hast es dir ehrlich verdient, als erste Frau Abteilungsleiterin bei H & J Lima zu werden."

Obwohl sie sich über sein Vertrauen freute, war sie gleichzeitig überrascht. Nach dem zu urteilen, was sie bisher über Tom erfahren hatte, schätzte er harte Arbeit und die damit verbundene innere Zufriedenheit überhaupt nicht.

„Wenn ich tatsächlich befördert werde", sagte sie und beobachtete ihn dabei scharf, „dann wird sich auch unsere Beziehung verändern. Abends werde ich nicht mehr so viel Zeit haben, zumindest am Anfang nicht."

„Heißt das, dass wir nicht mehr einfach losziehen und miteinander spielen können?"

„Genau das heißt es."

„Damit kann ich leben. Nur ..." Er zögerte.

„Was? Nun sag schon!"

„Ich möchte, dass du alles in deiner Macht stehende unternimmst, um deine Träume zu erfüllen. Aber auf dem Weg dorthin lauern viele Fallen, vor denen du dich hüten musst."

Sie schaute ihn verständnislos an.

„Ich will damit nur sagen, dass du nicht vergessen sollst, wer du bist, nur weil dir die neue Stellung so viel bedeutet. Und was noch wichtiger ist: Denk immer an den Preis." Er trat einen Schritt vor und küsste sie leicht auf die Lippen.

Susannah zögerte einen kurzen Moment, dann eilte sie in seine Arme, als sei dies der natürlichste Ort der Welt für sie. Auch wenn sie nicht wusste, was er ihr eigentlich sagen wollte, war die Zärtlichkeit in seiner Stimme nicht zu überhören. Über seine Warnung würde sie jedenfalls erst später nachdenken.

Susannah erwachte gegen Mitternacht. Sie rollte sich auf die Seite und klopfte ihr Kissen zurecht. Die Leuchtziffern des Weckers zeigten ihr, dass sie nur kurz geschlafen hatte. Gähnend fragte sie sich, was sie aus ihrem friedlichen Schlaf gerissen hatte. Sie schloss erneut die Augen, zog die Bettdecke hoch und versuchte, wieder einzuschlafen. Dabei begann sie sich auszumalen, wie es wäre, die Beförderung zur Abteilungsleiterin entgegenzunehmen. Natürlich würde ein Artikel über sie in der Abendzeitung oder sogar in einer der Wirtschaftszeitungen stehen.
Plötzlich fiel ihr Toms Mahnung ein, nicht zu vergessen, wer sie war. Aber wer bin ich? Eine Liste möglicher Antworten kam ihr in den Sinn. Ich bin Susannah Simmons, die zukünftige Abteilungsleiterin für den Bereich Marketing im größten Sportartikelunternehmen des Landes. Ich bin eine Tochter, eine Schwester, eine Tante ... und dann begriff sie. Ich bin eine Frau. Das war es, was Tom ihr hatte klarmachen wollen. Am Sonntag hatte Emily versucht, ihr das Gleiche zu vermitteln. Seitdem Susannah sich ein Ziel gesteckt hatte, hatte sie sich nur auf ihre Karriere konzentriert. Ihre Weiblichkeit hatte sie dabei vernachlässigt. Nun war es an der Zeit, sich mit diesem Teil ihres Lebens zu beschäftigen.

Am nächsten Abend lehnte Susannah sich erschöpft gegen die Küchenanrichte und versuchte verzweifelt, die Verpackung der Küchenmaschine aufzureißen. Emilys Rezept sollte drei Dutzend Plätzchen ergeben. Nach ihrem Ausflug in den Lebensmittelladen für die Zutaten und einem Abstecher in den Haushaltswarenladen, um Mixer, Backblech und eine Waage zu erwerben, kosteten sie die Kekse bereits vier Dollar und siebzig Cent pro Stück.
Aber was kümmerte sie schon der Preis. Sie wollte sich etwas Wichtiges beweisen. Auch wenn Susannah nicht wirklich an

Emilys Theorie glaubte, dass die Liebe durch den Magen ging, wollte sie es doch auf einen Versuch ankommen lassen. Zudem verspürte sie plötzlich einen unwiderstehlichen Drang, Schokoladenplätzchen zu backen. Nachdem sie Emilys Rezept gelesen hatte, erschien ihr diese Aufgabe gar nicht so schwierig.

Sie krempelte die Ärmel ihrer Bluse hoch und schaltete das Radio ein, um etwas Unterhaltung zu haben.

Die Küchenmaschine verrührte Zucker und Butter zu einer cremigen Masse. Dann schlug Susannah mehrere Eier in die Schüssel. „Verdammt!", fluchte sie, als ihr eine halbe Eierschale in die Schüssel fiel und sofort zermahlen wurde. Achselzuckend beschloss sie, dass etwas zusätzliches Eiweiß – oder war es Kalzium? niemanden schaden könne. Schließlich schaltete sie das Gerät ab und rührte langsam zuerst das Mehl und dann die Schokoladenstückchen ein. Der Ofen war genau nach Vorschrift vorgeheizt, als Susannah das glänzende neue Backblech mit den Teighäufchen hineinschob. Sie schloss die Tür mit einem fröhlichen Hüftschwung. Nun musste sie nur noch die Zeitschaltuhr des Herds auf zwölf Minuten stellen. Als sie etwas Teig von den Fingern abschleckte, musste sie zugeben, dass er recht gut schmeckte, zumindest so gut wie der von Emily, vielleicht sogar noch besser. Susannah nahm sich vor, dass die zusätzliche Eierschale ihr Geheimnis bleiben würde.

Glücklich, dass alles so gut geklappt hatte, goss sie sich eine Tasse Kaffee ein und setzte sich mit der Abendzeitung an den Tisch.

Wenige Minuten später roch sie Rauch. Sie atmete prüfend die Luft ein. Nein, die Plätzchen konnten es nicht sein. Sie waren noch nicht einmal fünf Minuten im Ofen. Um sicherzugehen, griff sie nach einem Topflappen und öffnete die Tür des Herds.

Sofort schlugen ihr dicke Rauchwolken und einige Flammen entgegen. Entsetzt stieß sie eine gellenden Schrei aus. „Feuer! Feuer!" In dem Augenblick schrillte der Rauchalarm im Haus. Susannah rannte panisch zur Tür und riss sie auf, damit der Qualm abziehen konnte. Dann eilte sie in die Küche zurück und goss den Inhalt ihrer Kaffeetasse in den Backofen. Hustend schloss sie wieder die Ofentür.

„Susannah!" Atemlos stürmte Tom in die Wohnung.

„Ich habe ein Feuer entfacht", rief sie. Dabei hatte sie Mühe, mit ihrer Stimme die Alarmglocke zu übertönen.

„Wo?" Tom blickte sich suchend in der Küche um.

„Im Herd." Sie bedeckte beschämt das Gesicht mit den Händen.

Wenige Augenblicke später nahm Tom sie in die Arme. Zwei Bleche mit schwarzen Plätzchen lagen im Ausguss. „Bist du denn in Ordnung?"

Irgendwie gelang es ihr zu nicken.

„Hast du dich an dem heißen Blech verbrannt?"

Wenn, dann hatte sie sich höchstens eine Brandblase geholt.

Sanft strich er ihr das Haar aus dem Gesicht. „Wodurch ist das Feuer überhaupt entstanden?"

„Das weiß ich nicht", erklärte sie verzweifelt. „Ich … habe doch alles so gemacht, wie es in dem Rezept stand. Aber als ich das Blech in den Ofen schob … ist es in Flammen aufgegangen."

„An den Plätzchen lag es nicht", stellte er fest. „Aber du hast vorher nicht die Schutzfolie von dem neuen Backblech entfernt."

„Oh", stöhnte sie und schluchzte laut auf.

„Susannah, es gibt keinen Grund zum Weinen. Das ist ein Fehler, der leicht passieren kann. Komm, setz dich hin!" Vorsichtig führte er sie zum Küchenstuhl und kniete sich vor ihr hin. Liebevoll nahm er ihre Hände und rieb sie. „Es gibt Schlimmeres auf der Welt."

„Das weiß ich", klagte sie. „Du verstehst es eben nicht. Es war eine Art Test …"

„Ein Test?"

„Ja. Emily behauptet, dass Männer Plätzchen lieben. Und ich wollte dir unbedingt welche backen." Emilys These, wonach eine Frau sich damit gleichzeitig das Herz eines Mannes erobern könne, verschwieg sie ihm besser. „In der Küche bin ich eine völlige Niete. Jetzt habe ich sogar noch ein Feuer entfacht. Außerdem habe ich eine Eierschale in den Teig fallen lassen. Ich kann eben nicht kochen. Und dann … eigentlich wollte ich niemandem etwas davon sagen."

Ihr Geständnis musste Tom schockiert haben, denn er stand auf und verließ die Küche. Susannah vergrub das Gesicht in den Händen und bemühte sich ruhig zu bleiben. Tom kehrte zurück und hielt ihr eine Packung mit Papiertaschentüchern hin.

Er zog Susannah von ihrem Stuhl hoch, setzte sich selbst darauf und nahm sie auf den Schoß. „Nun, du kleine Meisterköchin, das muss du mir näher erklären."

Sie wischte sich mit dem Taschentuch über das Gesicht. Plötzlich fand sie die ganze Situation zum Lachen. Schön, sie hatte ein Backblech verbrannt und ihre Schokoladenplätzchen ruiniert, aber so ein großes Unglück war das nun auch wieder nicht. „Was soll ich erklären?"

„Diese Bemerkung über Männer, die Plätzchen lieben. Wolltest du mir vielleicht etwas beweisen?"

„Eigentlich war es Emily, der ich etwas beweisen wollte", flüsterte sie.

„Du hast aber doch behauptet, du wolltest für mich backen."

„Das stimmt. Gestern hast du gesagt, dass ich nicht vergessen darf, wer ich bin und dass ich zu mir selbst finden soll. Ich glaube, der plötzliche Drang zu backen war eine Reaktion auf deine Worte. Glaub mir, nach dem heutigen Reinfall werde ich niemals mehr versuchen, irgendetwas in der Küche zu beweisen."

„Ich kann mich nicht erinnern, dir vorgeschlagen zu haben, dich selbst in der Küche zu finden." Tom blickte sie verwirrt an.

„Die Küche ist Teil von Emilys Idee. Sie war diejenige, die mir das Rezept gegeben hat. Meine Schwester ist der Meinung, dass eine Frau einen Mann dazu bringen kann, sein Herz und seine Seele zu verkaufen, wenn sie Schokoladenplätzchen backen kann."

„Und du willst mein Herz und meine Seele?"

„Natürlich nicht. Mach dich nicht lächerlich!"

Er dachte einen Moment lang über ihre Worte nach. „Würde es dich sehr überraschen, wenn ich gestehen würde, dass ich dein Herz und deine Seele will?"

Susannah hörte ihm kaum zu. Sie war momentan nicht in der Stimmung, sich über derartige Dinge zu unterhalten. Gerade eben hatte sie bewiesen, wie nutzlos sie in der Küche war. Früher hatte ihr diese Unfähigkeit keine großen Sorgen gemacht, aber nun hatte sie einen Versuch unternommen und war kläglich gescheitert. Aber nicht nur, dass ausgerechnet Tom Zeuge ihrer Niederlage geworden war, hatte ihren Stolz einen empfindlichen Dämpfer versetzt. „Irgendein Gen muss bei meiner Zeugung gefehlt haben. Das ist ganz offensichtlich. Ich kann weder kochen noch nähen. Und ich habe auch nicht die geringste Idee, wodurch sich eine Strick- von einer Häkelnadel unterscheidet. Von all den Fähigkeiten, die man normalerweise mit einer Frau in Verbindung bringt, besitze ich keine einzige."

„Susannah!" Diesmal klang Tom etwas ungehalten. „Hast du überhaupt gehört, was ich dir gesagt habe?"

Sie schüttelte den Kopf.

„Ich habe dir etwas Wichtiges gesagt. Du zwingst mich, es dir ohne Worte klarzumachen." Er nahm ihr Gesicht in die Hände und zog sie näher zu sich. Aber diesmal küsste er sie nicht, sondern zeichnete mit seiner Zungenspitze die empfindsamen Linien ihrer Lippen nach, bis sie hilflos in seinen Armen erschauerte. All ihre Gedanken lösten sich in Nichts auf. Sie vergaß zu denken und zu atmen und bebte in seinen Armen. Das Feuer in ihrem Ofen war nichts im Vergleich zu der Hitze, die Tom in ihrem Körper entfachte. Ohne zu denken, schlang sie die Arme um seinen Nacken und öffnete bereitwillig die Lippen. Tom liebkoste mit der Zunge das zarte Innere ihres Mundes. Susannah wand sich bei der überwältigenden Lust, die plötzlich in ihr aufstieg. Ihre Reaktion war unschuldig und hingebungsvoll, unerfahren und unwissend, aber sehr begierig.

„Genau so", flüsterte er heiser.

Langsam öffnete Susannah die Augen und holte tief Luft. Wenn sie jetzt etwas sagen sollte, würde sie nur immer und immer wieder seinen Namen wiederholen und ihn bitten, sie niemals zu verlassen.

Er grub die Finger in ihr Haar und küsste sie so stürmisch, dass sie sich fest an ihn klammerte, als sei er ein Rettungsring in einer aufgewühlten See. Leidenschaftlich strich sie ihm mit den Handflächen über den Hals, die Schultern und die Arme. Offensichtlich gefielen ihm ihre Berührungen, denn er stöhnte und küsste sie nur noch wilder.

„Ich fürchte, du bist noch immer nicht so weit, um es zu hören", sagte er sanft.

„Was zu hören?", fragte sie, als sie endlich ihre Stimme wiederfand.

„Was ich dir gesagt habe."

Sie hob eine Augenbraue. „Was war das denn?"

„Vergiss die Plätzchen. Du kannst einen Mann mit ganz anderen Mitteln überzeugen."

Sie sah ihn verständnislos an. Wenn sie nur wüsste, wovon er eigentlich sprach.

„Ich habe nie gesagt, dass du herausfinden sollst, wer du bist. Nein, ich wollte nur, dass du darauf achtest, deine eigene Persönlichkeit nicht aus den Augen zu verlieren. Ziele sind wichtig und notwendig, aber du darfst nicht vergessen, dass man dafür einen hohen Preis zahlen muss."

„Oh!" Sie war noch immer zu benommen, um die Bedeutung seiner Worte voll und ganz zu erfassen.

„Ist jetzt alles wieder gut?" Sanft strich er ihr mit der Fingerspitze über die Wange. Dann küsste er sie auf die Augenlider.

Susannah konnte nur noch nicken.

„John Hammer möchte Sie sofort sehen", berichtete Mrs Brooks, als Susannah am Donnerstagmorgen im Büro eintraf.

Susannahs Herz klopfte bis zum Hals. Da war er nun, der Tag, auf den sie fünf lange Jahre gewartet hatte.

„Hat er gesagt, worum es geht?", erkundigte sie sich und bemühte sich, zumindest nach außen hin kühl zu wirken.

„Nein", erwiderte Mrs Brooks. „Er hat lediglich gesagt, dass er mit Ihnen sprechen will, sobald es Ihnen passt."

Susannah ließ sich in ihren Bürosessel fallen. Dann stützte sie die Ellenbogen auf den Schreibtisch und vergrub das Gesicht in den Händen. Mühsam versuchte sie, Ordnung in ihre Gedanken zu bringen. „Sobald es mir passt", wiederholte sie leise. „Ich bin also nicht befördert worden. Das ist hiermit klar."

„Miss Simmons", mahnte ihre Sekretärin. „Ich glaube, Sie ziehen voreilige Schlüsse."

Susannah schaute sie verzweifelt an. „Wenn er mich zur Abteilungsleiterin befördern würde, würde er mich am späten Nachmittag zu sich rufen. So wurde das in diesem Unternehmen immer gehandhabt. Dann würde er eine lange Rede über treue Angestellte halten, darüber, was für eine wertvolle Arbeitskraft ich für das Unternehmen bin und all den anderen Unsinn. Wenn er jetzt mit mir sprechen will, bedeutet das ... Nun, Sie wissen selbst, was das heißt."

„Das kann man nicht sagen", meinte Mrs Brooks steif. „Mein Vorschlag ist, Sie reißen sich zusammen und gehen zu Mr Hammer, bevor er es sich anders überlegt."

Susannah erhob sich. Ihr Magen krampfte sich zusammen. Nur mit Mühe konnte sie ihre Aufregung verbergen.

„Ich warte hier auf Sie", sagte Mrs Brooks, hielt die Tür auf und lächelte ihrer Vorgesetzten ermutigend zu. „Hals- und Beinbruch!"

„Danke." Sollte sie nicht befördert werden, würde sie wahrscheinlich einen Nervenzusammenbruch bekommen. Susannah zwang sich, ruhig zu bleiben. Bevor sie die Antwort nicht kannte, würde sie sich keine weiteren Gedanken machen.

John Hammer stand auf, als Susannah das Büro betrat. Als Erstes bemerkte sie, dass ihre beiden Mitbewerber nicht zu der Besprechung hinzugezogen worden waren. John Hammer lächelte ihr wohlwollend zu und deutete auf einen Stuhl. Sie setzte sich auf die vorderste Kante und bemühte sich, ihre Nervosität zu verbergen.

„Guten Morgen, Susannah!", begrüßte ihr Chef sie.

Wie versprochen wartete Eleanor Brooks auf Susannahs Rückkehr.

„Nun?" Die Sekretärin folgte Susannah in deren Büro und sah sie fragend an. „Was ist passiert?", erkundigte sie sich erneut.

Susannahs Blick wanderte langsam vom Telefon zu ihrer Sekretärin. Dann begann sie zu lachen. Ihr Lachen steigerte sich, bis sie schließlich den Mund mit den Handflächen bedecken musste. Als sie endlich wieder sprechen konnte, wischte sie sich die Tränen aus den Augenwinkeln.

„Er hat mich zuerst gefragt, ob ich in ein anderes Büro ziehen würde, solange meines renoviert wird."

„Was?"

Vermutlich habe ich genauso ausgesehen wie Mrs Brooks jetzt, überlegte Susannah, als Mr Hammer mir diese Frage gestellt hat. „Das war auch meine erste Reaktion", rief Susannah aus. „Ich habe überhaupt nicht begriffen, was er meinte. Dann erklärte er, dass er mein Büro renovieren lassen will, da eine neue Abteilungsleiterin auch ein neues Büro verdient habe."

„Dann sind Sie also befördert worden?"

„Ja. Ich habe es geschafft", sagte Susannah und schloss die Augen. „Ich habe es tatsächlich geschafft."

„Herzlichen Glückwunsch!"

„Vielen Dank. Vielen, vielen Dank."

Sie griff nach dem Telefon. Das musste sie unbedingt Tom erzählen. Vor wenigen Tagen hatte er ihr gesagt, dass sie ihre Träume verwirklichen sollte, und nun, nur zwei Tage später, fiel ihr bereits alles in den Schoß.

In seiner Wohnung meldete sich jedoch niemand. Enttäuscht legte sie den Hörer wieder auf. Der Wunsch, ihm die freudige Nachricht mitzuteilen, ließ sie nicht zur Ruhe kommen. Sie versuchte jede halbe Stunde ihn anzurufen – ohne Erfolg.

Gegen Mittag war sie wieder wie üblich in ihre Arbeit vertieft, als ihre Sekretärin verkündete, dass ein Besucher wartete.

„Schicken Sie ihn herein", sagte Susannah leicht verärgert.

Tom schlenderte in ihr Büro und ließ sich in den Sessel fallen, der gegenüber von ihrem Schreibtisch stand.

„Tom!", schrie sie und sprang auf. „Den ganzen Morgen habe ich versucht, dich telefonisch zu erreichen. Was führt dich denn hierher?"

„Es ist Donnerstag, meine Schöne. Wir sind zum Mittagessen verabredet. Hast du das vergessen?"

8. KAPITEL

„Stell dir vor, John Hammer hat mich heute Morgen in sein Büro bestellt." Susannah lief um den Schreibtisch herum. „Ich bin befördert worden. Vor dir steht die neue Leiterin der Marketingabteilung von H & J Lima."

„Du hast es also geschafft?"

„Ja, ich habe es geschafft."

„Das finde ich toll." Er schaute sie bewundernd an. Dann warf er den Kopf in den Nacken und stieß einen markerschütternden Schrei aus. Begeistert schlang er ihr die Arme um die Taille, hob sie hoch und wirbelte sie herum.

Susannah lachte überglücklich. Noch nie hatte sie ein derart tiefes Glück empfunden. Erst jetzt, da sie ihre Freude über die Beförderung mit Tom teilen konnte, war ihr Traum wirklich in Erfüllung gegangen. Ihm hatte sie die Nachricht als Ersten erzählen wollen. Er war der Mittelpunkt ihres Lebens. Es war Zeit, sich einzugestehen, dass sie ihn liebte.

Tom setzte sie wieder ab, aber hielt sie weiterhin in den Armen. Susannah strahlte ihn an und grub die Finger in sein Haar. Sie konnte ihm einfach nicht widerstehen, besonders jetzt nicht, da sie sich so sehr freute. Leidenschaftlich küsste sie ihn auf den Mund, bis ihre Lippen brannten und sie glaubte, selbst Feuer zu fangen.

Langsam bog Tom ihren Kopf nach hinten. „Susannah", stöhnte er und küsste zärtlich ihre Mundwinkel, „was machst du da mit mir?"

Selbstvergessen öffnete sie den Mund. Sie wollte ihn so küssen, wie er es ihr in der Vergangenheit gezeigt hatte. Bis ihnen beiden die Luft ausgehen würde. Wie sehnte sie sich nach seinem Geschmack und seinem Duft! Das war der glücklichste Augenblick in ihrem bisherigen Leben. Aber nur ein geringer Teil hatte mit ihrer Beförderung zu tun. Der Rest war Tom und die ständig wachsende Liebe, die sie für ihn empfand.

Jemand hüstelte nervös. „Miss Simmons", sagte Mrs Brooks und lächelte zufrieden.

„Ja?" Susannah löste sich aus Toms Armen, strich sich das Haar glatt und versuchte, gelassen zu wirken.

„Ich gehe jetzt. Miss Andrews wird mich während der Mittagspause vertreten."

„Wir ... ich werde ebenfalls zum Mittagessen gehen", erwiderte Susannah.

„Ich werde es Miss Andrews ausrichten."

„Könnten Sie für heute Nachmittag eine Versammlung der Mitarbeiter einberufen? Ich möchte meine Beförderung bekannt geben."

Eleanor Brooks nickte, aber ihr Lächeln galt Tom. „Vermutlich weiß es sowieso schon jeder. Der Schrei von vorhin war unmissverständlich."

„Ich verstehe." Susannah musste lachen.

„Alle Mitarbeiter freuen sich übrigens sehr über diese Neuigkeit."

„Ich kenne zwei Menschen, für die das vielleicht nicht gilt", warf Susannah ein und dachte an ihre beiden Konkurrenten.

Die Sekretärin verabschiedete sich. Sobald sie die Tür hinter sich geschlossen hatte, streckte Tom die Arme erneut nach Susannah aus und zog sie an sich. „Wo waren wir stehen geblieben?"

„Wir wollten zu Mittag essen, wenn ich mich recht erinnere."

Tom machte ein ungläubiges Gesicht. „Ich erinnere mich an etwas anderes."

Sie schmunzelte und drückte ihn liebevoll an sich. „Ich glaube, wir haben uns beide gehen lassen." Sie löste sich von ihm und hängte ihre Tasche über die Schulter. „Bist du bereit?"

„Jederzeit, wenn du es bist." Sein Blick verriet ihr jedoch, dass er von etwas anderem sprach als vom Mittagessen.

Sie spürte, dass sie errötete. „Tom", flüsterte sie und senkte die Lider, „benimm dich! Bitte!"

„Ich tue mein Möglichstes unter den gegebenen Umständen." Er sah sie verschmitzt an. „Falls es dir noch nicht aufgefallen ist, ich bin verrückt nach dir, schöne Frau."

„Und ich ... bin verrückt nach dir."

„Gut." Er legte ihr einen Arm um die Taille und führte sie aus dem Büro den Gang hinunter zum Lift. Susannah spürte förmlich, wie sich die Blicke ihrer Mitarbeiter auf sie richteten. Aber zum ersten Mal machte es ihr nichts aus, welchen Eindruck sie hinterließ. In ihrer Welt war jetzt alles in Ordnung, und sie war noch nie glücklicher gewesen. Tom führte sie ins ‚Il Bostro', eines der besten italienischen Restaurants in der Stadt. Die Atmosphäre dort war festlich. Er benahm sich plötzlich wie ein richtiger Kavalier und gestattete Susannah nicht einmal, die Speisekarte zu lesen. Stattdessen beharrte er darauf, das Menü für sie auszuwählen.

„Tom", flüsterte sie, als sich der Kellner von ihrem Tisch entfernt hatte. „Lass mich das Essen bezahlen. Betrachte es als ein Geschäftsessen."

Er hob eine Augenbraue. „Und was ist der Anlass für die Bewirtung, wenn dich dein Chef danach fragt, meine Liebe?"

„Es gibt einen Grund, weshalb ich überhaupt mit dir zum Mittagessen gegangen bin – abgesehen davon, dass wir meine Beförderung feiern wollen. Aber bis heute Morgen habe ich davon noch keine Ahnung gehabt." Wie sie Tom schon früher erklärt hatte, würde sich ihr Leben durch die neue Aufgabe ändern. Die zusätzliche Verantwortung würde mehr Zeit und Energie beanspruchen und sich deshalb sicher auch auf die Beziehung zu Tom auswirken. Durch die veränderte Situation würde sich ihre Freundschaft entweder als dauerhaft erweisen oder aber zerbrechen. Susannah hoffte jedoch auf eine beständige Partnerschaft.

„Einen Grund?", erkundigte Tom sich.

Ihre Unterhaltung wurde durch den Kellner unterbrochen, der Tom die Weinflasche zeigte. Nachdem er sie entkorkt hatte, goss er einen Schluck in ein Glas und reichte es Tom zum probieren. Als dieser zufrieden nickte, füllte der Kellner ihre Gläser und zog sich diskret zurück.

„Nun, was wolltest du gerade sagen?", nahm Tom den Faden wieder auf und musterte sie eingehend.

Susannah griff über den Tisch nach seiner Hand. „Du warst immer offen und ehrlich zu mir. Ich möchte, dass du weißt, wie sehr ich das schätze. Erinnerst du dich, dass ich dich einmal fragte, ob du einen Job hast? Du hast daraufhin erklärt, du hättest lange Zeit gearbeitet, die Tätigkeit jedoch aufgegeben." Sie wartete, dass er dazu Stellung nehmen würde, aber er schwieg. Also fuhr sie fort: „Anscheinend hast du das Geld nicht nötig. Aber es gibt etwas, das ebenso wichtig ist."

Tom entzog ihr seine Hand und spielte nachdenklich mit dem Stiel seines Weinglases. „Und das wäre?"

„Dir fehlt ein Ziel."

Er schaute sie erstaunt an.

„Dein Leben führt in keine Richtung", verkündete sie. „In den vergangenen Wochen fiel mir auf, wie du ein Hobby nach dem anderen ausprobiert hast. Erst war es Baseball, dann die Videospiele, zuletzt das Drachensteigen. Und morgen wird es sicherlich wieder etwas anderes sein."

„Reisen", erklärte er. „Ich habe in letzter Zeit oft davon geträumt, mir die Welt anzuschauen. Ich würde zum Beispiel gern durch die Straßen von Hongkong schlendern."

„Hongkong", wiederholte sie und machte eine wegwerfende Geste. „Genau das meine ich." Bei dem Gedanken, dass er für längere Zeit verreisen würde, verlangsamte sich ihr Pulsschlag. Sie hatte sich so daran gewöhnt, Tom in der Nähe zu wissen und mit ihm ihren Tag zu teilen oder ihm zumindest davon zu erzählen. Nicht nur, dass sie sich in ihn verliebt hatte, er war auch sehr schnell ihr bester Freund geworden.

„Hältst du Reisen denn für etwas Schlechtes?"

„Das nicht", erwiderte sie schnell. „Aber was wird dir einfallen, wenn du die Welt erkundet hast. Und was wirst du tun, wenn dein Geld aufgebraucht ist?"

„Wenn es so weit ist, werde ich darüber nachdenken."

„Ich verstehe." Nachdenklich sah sie auf das Tischtuch. Was konnte sie seiner sorglosen Haltung entgegensetzen?

„Susannah, du klingst, als handle es sich um den Weltuntergang. Glaub mir, Reichtum ist nicht alles. Habe ich Geld, ist es gut. Habe ich keins, ist das auch in Ordnung."

„Ich verstehe", wiederholte sie leise.

„Das hast du nun zum zweiten Mal gesagt", hielt er ihr schmunzelnd vor. „Aber tust du das auch wirklich?"

„Es beschäftigt mich nur deshalb, weil ich dich so gern habe." Sie holte tief Luft. „Wir leben zwar im gleichen Haus, aber uns trennen Welten. Meine Zukunft ist genau geplant – bis zu dem Tag, an dem ich mit fünfundsechzig Jahren in Rente gehe. Ich weiß, was ich will und wie ich es erreichen kann."

„Das habe ich auch einmal gedacht, aber dann habe ich begreifen müssen, wie unwichtig das alles ist."

„So muss es doch nicht immer sein", erklärte sie leidenschaftlich. „Ich möchte dir einen Vorschlag machen. Du musst mir nicht sofort antworten. Denk lieber in Ruhe darüber nach."

„Willst du mir etwa vorschlagen, wir sollten heiraten?"

„Nein." Errötend strich sie die Leinenserviette auf ihrem Schoß glatt. „Ich will dir einen Job anbieten."

„Was willst du?" Vor Schreck stieß er beinahe die Weinflasche um.

„Mach nicht so ein entsetztes Gesicht. Eine regelmäßige Arbeit würde sich günstig auf deine Lebenseinstellung auswirken."

„Und was für einen Job willst du mir anbieten?" Nachdem er seine Überraschung überwunden hatte, schien ihn die Vorstellung zu erheitern.

„Ich weiß noch nicht. Zuerst muss ich mich in der Personalabteilung nach offenen Stellen erkundigen. Ich bin sicher, dass wir etwas finden werden, das deiner Qualifikation entspricht." Allmählich wurde seine Miene ernst, und er schwieg lange. „Glaubst du denn, dass ich zusammen mit einem Job gleichzeitig auch eine echte Lebensaufgabe bekomme?"

„Ja." Sie war überzeugt, dass er dann über den heutigen Tag hinaus in die Zukunft schauen würde. Eine regelmäßige Arbeit würde Tom veranlassen, frühmorgens aufzustehen, statt bis neun oder zehn Uhr jeden Tag zu schlafen.

„Susannah ..."

„Bevor du antwortest", unterbrach sie ihn und hob die Hand, „möchte ich, dass du ernsthaft über mein Angebot nachdenkst."

Seine Miene war mittlerweile fast düster. Er machte einen niedergeschlagenen Eindruck.

Der Kellner brachte ihnen das Essen. Der Lammrücken schmeckte köstlich. Tom war während des Mahls ungewöhnlich still. Aber das konnte Susannah nicht überraschen. Vermutlich dachte er über ihren Vorschlag nach. Hoffentlich würde er bald zu einer Entscheidung kommen. Da sie ihn liebte, sehnte sie sich danach, seine Welt ebenso zu ordnen wie ihre eigene.

Trotz Toms heftigem Protest bezahlte Susannah. Er begleitete sie noch zu ihrem Büro und verabschiedete sich vor dem Gebäude. Susannah küsste ihn leicht auf die Wange und bat ihn noch einmal, ihr Angebot zu überdenken.

„Das werde ich", versprach er und strich ihr zum Abschied zärtlich über die Wange.

Dann ging er davon, und Susannah schaute ihm noch einige Zeit nach.

„Irgendwelche Nachrichten für mich?", erkundigte Susannah sich bei Dorothy Andrews, die noch immer Mrs Brooks vertrat.

„Eine einzige", antwortete diese, ohne aufzusehen. „Eine Emily hat angerufen. Sie hat keinen Nachnamen genannt. Außerdem will sie es später noch einmal versuchen."

„Vielen Dank." Susannah ging in ihr Büro, setzte sich an den Schreibtisch und wählte die Telefonnummer ihrer Schwester. „Emily, ich bin's. Du hast angerufen?"

„Ich weiß, dass du nicht gern im Büro gestört werden willst, aber zu Hause erreiche ich dich nie."

„Was gibt es denn?" Susannah griff nach einer Akte, die sie während des Telefonats durchsehen wollte. Manchmal benötigte Emily mehrere Minuten, um mit dem eigentlichen Grund für ihren Anruf herauszurücken.

Emily zögerte. „Ich habe einige große Zucchini aus meinem Garten übrig. Möchtest du ein paar?"

„Ich bin genauso wild darauf wie auf einen Migräneanfall." Nach der Katastrophe mit den Schokoladenplätzchen hatte

Susannah beschlossen, nie wieder ein Rezept zu lesen, geschweige denn eines auszuprobieren.

„Aber Zucchini sind zu dieser Jahreszeit besonders gut." Susannah fragte sich bereits, weshalb ihre Schwester tatsächlich anrief. Die Zucchini waren sicherlich nur ein Vorwand. „Mit dem Gemüse kannst du mich nicht locken, aber es würde mir nichts ausmachen, mich einmal wieder als Babysitter zur Verfügung zu stellen. Brauchst du mich etwa?"

„Würdest du das wirklich tun? Ich meine, es wäre toll, wenn du sie heute in zwei Wochen am Samstag hüten könntest."

„Auch nachts?" Obwohl Susannah ihre Nichte liebte, war sie von dem Gedanken an eine weitere Nachtwache nicht sonderlich begeistert. Aber vielleicht würde Tom ihr ja helfen.

„Oh nein, nicht über Nacht, nur während des Abends. Roberts Chef will uns zum Essen ausführen. Es wäre höchst unpassend, wenn wir Michelle mitnähmen. Robert ist nämlich befördert worden. Habe ich dir das schon erzählt?"

„Nein."

„Ich bin so stolz auf ihn. Sicher ist er der beste Steuerberater in ganz Seattle."

Susannah spielte kurz mit dem Gedanken, ihrer Schwester die freudige Nachricht mitzuteilen, aber dann beschloss sie, ihrem Schwager nicht die Schau zu stehlen. Es würde reichen, ihnen die Neuigkeit in zwei Wochen zu verraten. „Ich passe gern auf Michelle auf." Sofort notierte sie sich das Datum im Kalender. Dabei stellte sie fest, dass sie es tatsächlich aufrichtig meinte. In der Küche mochte sie vielleicht nichts taugen, aber als Babysitter ihrer Nichte war sie gar nicht so schlecht. Vielleicht würde sie sich eines Tages sogar überlegen, selbst ein oder zwei Kinder zu bekommen. Natürlich nicht gleich, aber irgendwann einmal in der Zukunft. „Gut, ich habe es mir notiert, Samstag der Siebzehnte."

„Susannah, ich kann dir gar nicht sagen, wie viel mir das bedeutet", erklärte Emily.

Als Susannah abends nach Hause kam, war sie leicht beschwipst. Die Mitarbeiterversammlung war bestens verlaufen. Nach Büroschluss wurde sie von zwei Kollegen zur Feier des Tages auf einen Drink eingeladen. Wenig später hatten sich noch einige andere Kollegen in der Bar eingefunden und gleichfalls darauf bestanden, ihr ein Glas zu bestellen. Gegen sieben Uhr war Susannah so ausgelassen, dass sie es für ratsam hielt, sich nach einem Taxi umzusehen und heimzufahren.

Ein Abendessen hätte möglicherweise die Wirkung des Alkohols etwas gemildert, aber sie wollte nur noch nach Hause. Nach einem warmen Bad würde sie sich einen Toast machen. Das würde für heute genügen. Susannah war noch keine halbe Stunde zu Hause, als das Telefon läutete.

„Ich bin's, Tom. Kann ich rüberkommen?"

Sie blickte an ihrem Morgenmantel herab. „Gib mir fünf Minuten Zeit!"

„Einverstanden."

Wenig später öffnete sie ihm in Hosen und einem Pullover die Tür. „Hallo", begrüßte sie ihn fröhlich.

Tom achtete jedoch kaum auf sie. Er hatte die Hände in die Hosentaschen gesteckt. Als er die Wohnung betrat, schien er über irgendetwas verärgert zu sein. Unruhig marschierte er vor dem Kamin auf und ab. Offensichtlich beschäftigte ihn etwas.

Susannah setzte sich aufs Sofa und beobachtete ihn erheitert. Ihre Beförderung und die anschließende Feier taten noch immer ihre Wirkung. „Ich vermute, du willst mit mir über mein Angebot von heute Mittag sprechen."

Er hielt inne, strich sich mit den Fingern durch das dichte Haar und nickte. „Ganz genau."

„Tu es nicht." Sie lächelte ihn an.

„Warum nicht?"

„Weil ich möchte, dass du meinen Vorschlag reiflich überlegst."

„Ich muss dir aber erst etwas erklären."

Sie hörte jedoch gar nicht zu. Es gab wichtigere Dinge, die sie ihm erzählen wollte. „Du bist ein wunderbarer Mensch, klug und attraktiv", begann sie. „Was du auch willst, du könntest alles auf der Welt bekommen, Tom, alles."

„Susannah ..."

Sie wehrte mit einer Handbewegung ab. „Es gibt noch etwas anderes, was du wissen solltest."

„Was?"

„Ich habe mich in dich verliebt." Auf ihr mutiges Geständnis folgte ein lang gezogenes Gähnen. Erschrocken hielt sie die Hand vor den Mund. „Huch! Entschuldigung!"

Tom kniff die Augen zusammen. „Hast du etwas getrunken?" Sie hielt Daumen und Zeigefinger zusammen, um ihm die Menge zu zeigen, „Nur ein kleines bisschen. Aber ich bin heute überglücklich."

„Susannah!", rief er entsetzt. „Ich glaube dir nicht."

„Warum nicht? Möchtest du, dass ich es der ganzen Stadt verkünde? Ich bin dazu fähig. Pass nur auf!" Sie tanzte durch den Raum und öffnete die Schiebetür zum Balkon.

Die Wirkung des Alkohols ließ bereits nach. Dennoch verspürte sie plötzlich den unwiderstehlichen Drang, Tom zu zeigen, wie stark ihre Gefühle für ihn waren. Schließlich hatte sie das Thema lange genug verdrängt. Nun war sie jedenfalls wild entschlossen, ihm ihre Empfindungen klarzumachen. Dieser Tag war einer der wichtigsten in ihrem Leben. Nach Jahren harter Arbeit stellten sich endlich Glück und Erfolg ein. Zudem hatte sie sich in den wunderbarsten Menschen auf der ganzen Welt verliebt, auch wenn sein Leben bisher noch ohne Richtung verlief.

Auf dem Balkon wehte ein starker Wind. Die bunten Lichter in der Bucht erinnerten Susannah an einen Weihnachtsbaum. Sie trat ans Geländer und legte die Hände an den Mund. „Ich liebe Tom Townsend", rief sie über die Stadt. Zufrieden wirbelte sie herum und breitete die Arme aus. „Siehst du, ich habe es gerade der ganzen Welt verkündet."

Er trat zu ihr hinaus, nahm sie in die Arme und schloss ihr die Augen.

„Du scheinst dich nicht besonders zu freuen?", stellte sie enttäuscht fest.

„Du bist nicht du selbst."

„Wer bin ich denn dann?" Sie stemmte die Hände in die Hüften und funkelte ihn an. „Ich fühle mich sehr gut. Du glaubst, dass ich betrunken bin, aber das stimmt nicht."

Er antwortete nicht. Stattdessen führte er sie durchs Wohnzimmer zurück in die Küche und setzte Kaffee auf.

„Ich habe das Kaffeetrinken aufgegeben", verkündete sie.

„Seit wann denn das? Heute Mittag hast du jedenfalls noch einen getrunken."

„Gerade eben." Sie kicherte. „Komm, Tom, entspann dich ein bisschen. Sei doch nicht so steif!"

„Ich will nur, dass du wieder nüchtern wirst."

„Du könntest mich küssen."

„Das könnte ich, aber ich werde es nicht tun."

„Warum nicht?" Enttäuscht verzog sie das Gesicht und machte einen Schmollmund.

„Wenn ich es tue, kann ich nicht mehr aufhören."

Seufzend schloss sie die Augen. „Das ist der romantischste Satz, den du je zu mir gesagt hast."

Tom rieb sich mit der Hand übers Kinn und lehnte sich gegen die Küchenanrichte. „Hast du eigentlich seit dem Mittagessen irgendetwas zu dir genommen?"

„Einen gefüllten Champignon, eine in Speck gewickelte Kastanie und eine kleine, mit Käse gefüllte Selleriestange."

„Aber kein richtiges Abendessen?"

„Ich wollte mir eigentlich einen Toast machen, aber dann hatte ich keinen Hunger mehr."

„Nach einem gefüllten Champignon, einer Selleriestange und einer Kastanie ist das ja auch kein Wunder."

„Warum bist du denn schon wieder so zynisch? Vor einer Minute wollte ich dich doch etwas fragen." Sie presste den Zeigefinger an die Stirn und dachte angestrengt nach. „Hast du am Siebzehnten etwas vor?"

„Am Siebzehnten? Warum?"

„Da besucht Michelle ihre Tante Susannah, und ich weiß, dass sie dich wiedersehen will."

Tom machte kein allzu begeistertes Gesicht, aber das hatte er seit dem Betreten der Wohnung nicht getan. „An diesem Abend habe ich schon etwas anderes vor."

„Nun, macht nichts. Ich werde schon allein zurechtkommen. Früher ging das ja schließlich auch." Sie schnitt eine Grimasse. „Nein, so stimmt das zwar nicht, aber Michelle und ich werden es schon schaffen."

Endlich war der Kaffee durch den Filter in die Glaskanne gelaufen. Tom schenkte eine Tasse ein und reichte sie ihr.

„O, Tom, was ist nur mit dir los? Du bist heute irgendwie anders. Eigentlich sollten wir uns jetzt in den Armen liegen und uns küssen. Aber du scheinst mich völlig zu ignorieren."

„Trink deinen Kaffee!" Er wartete, bis sie den ersten Schluck genommen hatte. Da das Getränk sehr heiß war, verzog sie das Gesicht.

„Weißt du, was ich heute Abend getrunken habe. So etwas hatte ich vorher noch nie probiert. Es war köstlich. Shanghai Slung."

„Singapur Sling meinst du wohl."

„Oh!" Vielleicht war sie doch verwirrter, als sie glaubte. „Komm, trink aus."

Während sie austrank, beobachtete Susannah über den Rand der Tasse, wie Tom rastlos in der Küche umherging. Etwas quälte ihn. Zu gerne hätte sie gewusst, was es war.

„Fertig", verkündete sie. „Tom, liebst du mich?"

Er drehte sich zu ihr um. Sein Gesichtsausdruck war ernst. „So sehr, dass ich es selbst nicht glauben kann."

„Das ist gut. Ich habe mir schon Sorgen gemacht."

„Wo hast du denn das Aspirin versteckt?" Er zog die Küchenschubladen auf.

„Aspirin? Hast du von meinem Geständnis etwa Kopfschmerzen bekommen?"

„Nein." Er lächelte zaghaft. „Ich möchte nur, dass die Tabletten morgen bereitliegen. Du wirst sie brauchen."

„Das ist wirklich sehr lieb von dir."

„Wenn du morgen aufwachst, nimm als erstes zwei dieser Pillen. Das sollte wenigstens etwas helfen. Ich muss morgen früh verreisen und werde erst in ein paar Tagen zurückkommen."

„Willst du etwa wegfahren, um über mein Angebot nachzudenken? Das ist eine gute Idee. Wenn du zurückkommst, kannst du mir deine Entscheidung mitteilen." Sie gähnte. „Ich sollte wohl besser ins Bett gehen, findest du nicht auch?"

Am nächsten Morgen schrillte der Wecker besonders laut. Ein stechender Schmerz pochte in Susannahs Kopf. Sie griff nach der Uhr, stellte das Läutwerk ab und setzte sich im Bett auf. Bereits diese kurze Bewegung ließ sie aufstöhnen.

Nachdem sie sich endlich in die Küche vorgetastet hatte, sah sie das Röhrchen mit den Aspirin. Ihr fiel ein, dass Tom darauf bestanden hatte, die Tabletten bereitzulegen.

„Der Mann sei gesegnet", sagte sie laut und zuckte beim Klang ihrer eigenen Stimme zusammen.

Als Susannah im Büro eintraf, ging es ihr noch nicht sehr viel besser. Eleanor Brooks schien auch nicht gerade in Höchstform zu sein. Die beiden Frauen blickten sich vielsagend an.

„Ihr Kaffee ist schon fertig", sagte die Sekretärin.

„Haben Sie sich auch eine Tasse eingegossen?"

„Ja."

„Gibt es etwas Besonderes in der Post?"

„Nichts, das nicht warten kann. Mr Hammer hat vorhin hereingeschaut. Er bat mich, Ihnen diese Zeitschrift zu geben. Er meinte, Sie würden sicherlich genauso beeindruckt sein wie er." Sie drückte Susannah eine sechs Jahre alte Ausgabe des „Business Monthly", einem sehr angesehenen Wirtschaftsmagazin, in die Hand.

„Die Zeitschrift ist aber schon recht alt", stellte Susannah fest und wunderte sich, was darin Lesenswertes stehen mochte.

„Mr Hammer sagte, darin sei ein Bericht über Ihren Freund."

„Meinen Freund?"

„Ihren Freund", wiederholte Eleanor Brooks. „Der mit den wunderschönen Augen. Tom Townsend."

Susannah wartete, bis sie allein im Zimmer war, bevor sie die Zeitschrift aufschlug. Schnell fand sie den Artikel über Thomas

Townsend. Ein Foto zeigte einen sehr viel jüngeren Tom vor einer Filiale von „Cookies", dem erfolgreichsten Kekshersteller im Land. In der Hand hielt er einen riesigen Schokoladenkeks.

Plätzchen von dieser Firma waren Susannahs Lieblingsleckereien. Es gab verschiedene Sorten, aber die Schokoladenkekse waren unübertroffen.

Nachdem sie zwei Absätze gelesen hatte, glaubte Susannah, krank zu werden. Sie schloss die Augen und spürte, dass ihr übel wurde. Die Hand gegen den Magen gepresst, konzentrierte sie sich erneut auf den Bericht über Toms unglaublichen Geschäftserfolg.

Begonnen hatte er mit der Keksherstellung in der Küche seiner Mutter, während er noch das College besuchte. Er war so erfolgreich, dass er seine Firma stetig vergrößerte. Im Alter von achtundzwanzig Jahren war er bereits Multimillionär.

Nun fiel ihr auch ein, dass sie vor sechs oder sieben Monaten in einer Wirtschaftszeitung gelesen hatte, dass das Unternehmen für eine nicht genannte Summe verkauft worden war. Dabei wurde ein Schätzwert genannt, bei dem Susannah laut aufgestöhnt hatte.

Die Ellenbogen auf den Schreibtisch gestützt, atmete Susannah mehrmals tief durch. Sie hatte sich vor Tom lächerlich gemacht. Und was noch viel schlimmer war, er hatte sie nicht daran gehindert.

Allein der Gedanke, dass sie versucht hatte, für den König der Backwelt Plätzchen zu machen und dabei beinahe ihre Küche in Flammen gesetzt hatte, war entsetzlich. Aber das war alles nichts im Vergleich zu gestern, als sie über Ehrgeiz, Antrieb und Lebensziele gesprochen hatte, um ihm zu guter Letzt auch noch einen Job anzubieten.

Eleanor Brooks brachte die Post und legte sie auf den Schreibtisch. Als Susannah ihre Sekretärin ansah, wusste sie plötzlich, dass sie heute bestimmt nicht in der Lage sein würde zu arbeiten. „Ich gehe nach Hause."

Mrs Brooks hielt abrupt inne. „Wie bitte?"

„Wenn mich jemand braucht, sagen Sie, ich sei zu Hause krank im Bett."

„Aber ..." Offensichtlich hatte sie ihre Sekretärin schockiert. In all den Jahren, in denen Susannah bei H&J Lima arbeitete, war sie noch nie krank gewesen. Auch wenn es ihr einmal nicht so gut ging, war sie zur Arbeit erschienen. „Wir sehen uns am Montagmorgen", verkündete sie, als sie bereits an der Tür stand.

„Hoffentlich fühlen Sie sich dann besser."

„Mit Sicherheit." Sie musste unbedingt allein sein, um ihre Gedanken zu ordnen. Vor ein paar Stunden hatte sie in angeheitertem Zustand Tom Townsend ihre Liebe erklärt. Das war das Schlimmste überhaupt.

Als Susannah ihre Wohnung betrat, hatte sie das Gefühl, endlich in Sicherheit zu sein. Sie wickelte sich in eine Decke ein, setzte sich auf das Sofa und starrte aus dem Fenster. Warum hatte sie sich nur so idiotisch benommen? Mit geschlossenen Augen lehnte sie sich zurück und atmete tief durch.

Eigentlich standen die Dinge gar nicht so schlecht. Sie hatte ihr Hauptziel erreicht und war endlich Abteilungsleiterin in dem Bereich Marketing geworden. Die erste Frau in der Geschichte des Unternehmens, die eine derart hohe Position erreicht hat, hielt sie sich vor Augen. Sie konnte mit ihrem Leben zufrieden sein. Wenn sie sich gelegentlich nach einer Familie sehnte, hatte sie ja Emily. Nein, eigentlich fehlte es ihr an nichts. Sie wurde von allen respektiert, war erfolgreich und gesund. Sie konnte wirklich zufrieden sein.

Obwohl sie Kopfschmerzen und Magenkrämpfe hatte, zwang Susannah sich gegen Mittag eine Nudelsuppe aus der Dose aufzuwärmen und zu essen. Als sie gerade den Teller in die Spülmaschine stellte, läutete das Telefon. Mrs Brooks wusste als einzige, dass sie zu Hause war. Aber sie würde sicherlich nur anrufen, wenn es etwas Dringendes gab.

„Susannah Simmons", meldete sie sich förmlich.

„Grüß dich, Susannah, hier ist Tom."

Sie hielt einen Augenblick den Atem an. „Hallo, Tom", erwiderte sie tonlos. „Was kann ich für dich tun?"

„Ich habe gerade bei dir im Büro angerufen. Deine Sekretärin teilte mir mit, du seist krank."

„Ja. Vermutlich habe ich gestern doch mehr getrunken, als mir bewusst war. Heute früh hatte ich jedenfalls einen ordentlichen Kater." Sie erzählte ihm jedoch nicht, dass ihr Unwohlsein sich nach der Lektüre des Artikels erheblich gesteigert hatte.

„Hast du das Aspirin in der Küche gefunden?"

„Ja. Jetzt fällt mir wieder ein, dass du mich besucht hast." Ihre Gedanken überschlugen sich. Das war die Gelegenheit, Ausflüchte für ihr gestriges Verhalten zu erfinden. „Vermutlich habe ich mich recht komisch benommen", meinte sie leichthin. „Ich habe doch hoffentlich nichts Peinliches gesagt?"

Er kicherte leise. „Erinnerst du dich nicht?"

Natürlich erinnerte sie sich, aber das würde sie niemals zugeben. „Nur bruchstückhaft. Ein großer Teil des Abends ist im Nebel verschwommen."

„Sobald ich wieder in Seattle bin, werde ich dir helfen, dich an jedes einzelne Wort zu erinnern." Seine Stimme war leise, verführerisch und vielversprechend.

„Ich würde an deiner Stelle möglichst schnell alles vergessen, was ich gesagt habe. Jedenfalls möchte ich keine Verantwortung dafür übernehmen."

„Susannah, Susannah", mahnte Tom sanft.

„Ich finde, dass wir uns später darüber unterhalten sollten. Glaub mir, ich war nicht ich selbst." Tränen stiegen ihr in die Augen und liefen über ihre Wangen. Wütend über diesen ungewollten Gefühlsausbruch wischte sie sich mit dem Handrücken über das Gesicht.

„Geht es dir denn wieder besser?"

„Ja ... nein. Ich wollte mich gerade hinlegen."

„Tu das. Dann lasse ich dich jetzt in Ruhe. Am Sonntag bin ich zurück. Mein Flugzeug kommt vermutlich am frühen Nachmittag an. Ich würde gern mit dir zu Abend essen."

„Gut", sagte sie schnell. Hauptsache, er beendete endlich dieses Gespräch. Ihre Wunden waren einfach zu frisch und schmerzhaft. Am Sonntag würde sie sicherlich viel besser mit der ganzen Situation fertig werden. Am Sonntag würde es ihr auch gelingen, ihren Schmerz vor ihm zu verbergen.

„Dann sehe ich dich also am Sonntag um fünf Uhr."

„In Ordnung." Dabei hatte sie eigentlich überhaupt keine Lust, ihn so schnell wiederzusehen.

9. KAPITEL

Susannah konnte den Samstag nur überstehen, indem sie sich in ihre Arbeit stürzte. Sie ging ins Büro und las die Post durch, die Mrs Brooks auf ihren Schreibtisch gelegt hatte. Die Neuigkeit über ihre Ernennung zur Abteilungsleiterin würde zwar erst morgen im Wirtschaftsteil der „Seattle Times" bekannt gegeben werden, aber irgendwie war die Nachricht schon nach außen gedrungen. Vermutlich hatte ihr Chef etwas verlauten lassen. Eine Einladung, im Rahmen eines Arbeitsessens vor einigen Geschäftsleuten der Stadt einen Vortrag zu halten, befand sich in der Post. Die Aufforderung war eine große Ehre. Susannah schrieb eine kurze Mitteilung an den Veranstalter, dass sie gerne kommen würde. Da die Konferenz am Siebzehnten – also bereits in zwei Wochen – stattfinden würde, verbrachte sie einen Teil des Vormittags damit, sich erste Notizen für ihre Rede zu machen.

Als Susannah am Sonntagmorgen erwachte, fühlte sie sich nicht besonders wohl. Die Ursache ihres Unbehagens wurde ihr sehr schnell klar. Heute Nachmittag wollte Tom kommen. Während der vergangenen zwei Tage hatte sie immer und immer wieder geprobt, was sie ihm sagen wollte.

Tom erschien bereits um halb fünf. Sie öffnete ihm in dunkelblauen Hosen und einem cremefarbenen Pullover die Tür. Ihr Haar trug sie ordentlich zu einem Knoten aufgesteckt.

„Susannah!" Er trat ein und streckte die Hände nach ihr aus. Ungestüm nahm er sie in die Arme und küsste sie. Trotz aller Vorbehalte spürte Susannah, wie eine unendliche Zärtlichkeit in ihr aufstieg. Sie konnte ihre Freude über das Wiedersehen einfach nicht vor ihm verbergen.

Tom tastete mit den Fingern nach ihrem Nackenknoten und zog die Haarnadeln heraus, während er sie erneut küsste. „Noch nie sind mir zwei Tage so lang vorgekommen."

Endlich gelang es ihr, sich von ihm zu lösen. „Möchtest du eine Tasse Kaffee?"

„Nein. Das einzige, was ich jetzt will, bist du."

Sie wollte vor ihm fliehen, aber Tom hielt sie fest und zog sie erneut an sich. Zärtlich sah er sie an. Allmählich verwandelte sich sein Gesichtsausdruck jedoch in Besorgnis. „Ist etwas passiert?", erkundigte er sich.

„Ja ... und nein. Ich habe nur in einer alten Zeitschrift einen Artikel über dich gelesen. Dämmert dir etwas?"

Er zögerte, und einen langen Augenblick fragte sich Susannah, ob er etwas dazu sagen würde oder nicht.

„Du weißt es also?"

„Dass du der Plätzchenkönig bist, beziehungsweise warst? Ja, ich weiß es."

Er kniff die Augen zusammen. „Bist du mir böse?"

Sie seufzte. Obwohl sie so häufig geübt hatte, fiel es ihr jetzt schwer zu sprechen.

„Ich bin eher traurig", bemerkte sie ruhig. „Warum hast du mir vorher nichts gesagt? Stattdessen lässt du zu, dass ich mich lächerlich mache."

„Susannah, ich weiß, du hast ein Recht, böse zu sein." Er ließ sie los und rieb sich den Nacken. Dann begann er, zwischen Wohnzimmer und Küche auf- und abzugehen. „Es ist kein großes Geheimnis. Ich habe das Unternehmen vor etwa sechs Monaten verkauft und mir fest vorgenommen, mindestens ein Jahr lang nicht zu arbeiten. Ich habe es dringend nötig. Ich habe einfach zu viel gearbeitet. Mein Hausarzt hat festgestellt, dass ich kurz vor einem Herzinfarkt stand. Als ich dich kennenlernte, begann ich gerade, mich zu erholen und zu lernen, das Leben wieder richtig zu genießen. Jedenfalls wollte ich nicht über die vergangenen dreizehn Jahre sprechen. ‚Cookies' liegt hinter mir. Mein neues Ziel war, mir ein anderes Leben aufzubauen."

Susannah verschränkte die Arme vor der Brust. „Hattest du eigentlich vor, mir jemals von deinem bisherigen Leben zu erzählen?"

„Ja, am Donnerstagabend. Es war lieb von dir, mir einen Job anzubieten. Ich wusste, dass ich mit dir darüber sprechen musste. Aber du warst ..."

„Etwas beschwipst", beendete sie den Satz für ihn.

„Gut, sagen wir beschwipst. Du musst verstehen, dass ich unter diesen Umständen geschwiegen habe. Der Zeitpunkt war äußerst ungünstig."

„Über die Plätzchenkatastrophe musst du dich sehr amüsiert haben", bemerkte sie, stolz, dass ihre Stimme nicht zitterte.

Seine Mundwinkel bebten. Susannah konnte deutlich sehen, dass er Mühe hatte, nicht laut herauszulachen. „Tu dir keinen Zwang an!" Sie machte eine auffordernde Handbewegung. „Die Kohleplätzchen und das verbrannte Backblech waren sicher ein sehr komischer Anblick. Ich mache dir keinen Vorwurf."

„Das ist es nicht. Schon die Tatsache, dass du überhaupt versucht hast, mir Plätzchen zu backen, war eine ganz besondere Geste für mich. Sie hat mich tief berührt."

„Ich habe es aber nicht für dich getan", wehrte sie ab. „Es war eine Probe aufs Exempel ..." Susannah hielt erschrocken inne.

„Susannah?"

„Und dann die Standpauke, die ich dir neulich gehalten habe! Da rede ich zu dir über Aufgaben und ein Lebensziel."

„Auch das hat mich berührt", beharrte er.

„Wahrscheinlich bis in die unergründlichen Tiefen deiner Seele", spottete sie.

Tom machte ein reumütiges Gesicht. „Ich gebe zu, von deiner Sicht aus ist die Sache natürlich nicht besonders lustig."

„Nicht besonders lustig", äffte sie ihn nach. „So kann man es auch sagen."

Tom wanderte noch immer auf und ab. „Bist du bereit, dieses Missverständnis zwischen uns zu vergessen? Oder willst du es mir immer und ewig vorwerfen? Willst du etwa, dass unsere Beziehung deswegen zerbricht?"

„Ich weiß nicht."

„Wie lange wird es dauern, bis du dir die Antwort überlegt hast?"

„Auch das weiß ich nicht."

„Dann wird wohl nichts aus unserem Abendessen."

Sie nickte ein paarmal. Ihre Gesichtsmuskeln waren so verkrampft, dass sie schmerzten.

„Gut, dann lasse ich dir jetzt Zeit, um nachzudenken. Aber ich möchte, dass du dir eine Frage stellst. Was hättest du an meiner Stelle getan?"

„Ich werde darüber nachdenken." Dabei wusste sie längst, wie sie sich an seiner Stelle verhalten hätte. Mit Sicherheit hätte sie kein derartiges Versteckspiel getrieben.

„Es gibt noch etwas anderes, was du berücksichtigen musst", sagte er, als sie ihm die Tür aufhielt.

„Was?" Susannah brannte darauf, ihn endlich loszuwerden. Je länger er blieb, desto schwieriger war es, ihm weiterhin böse zu sein.

„Das hier." Er küsste sie, bis ihre Knie nachgaben. Sie spürte seine warmen Lippen auf ihrem Mund. Sein Kuss war feucht und leidenschaftlich. Als er sie endlich losließ, trat sie einen Schritt zurück. Beinahe hätte sie das Gleichgewicht verloren und wäre gestolpert. Erschöpft lehnte sie sich an den Türrahmen.

Tom lächelte zufrieden. „Gib es zu, Susannah", flüsterte er und strich ihr mit dem Zeigefinger über die Wange. „Wir sind füreinander bestimmt."

„Ich gebe gar nichts zu."

„Wirst du mich anrufen?", drängte er.

„Ja." Aber erst, wenn Weihnachten und Ostern auf einen Tag fallen würden.

Zwei Tage lang verlief Susannahs Leben wieder in normalen Bahnen. Sie ging frühmorgens ins Büro, arbeitete abends länger und tat alles, um Tom aus dem Weg zu gehen. Dabei wusste sie, dass er geduldig auf ein Zeichen von ihr wartete. Er hatte auch seinen Stolz, und darauf baute sie.

Als sie Mittwochabend nach Hause kam, fand sie einen Zettel an ihrer Tür eingeklemmt. Erst nachdem sie das Abendessen in den Mikrowellenherd geschoben hatte, befasste sie sich mit der Notiz. Ihr Herz klopfte, als sie das Papier auffaltete und darauf drei Worte sah. „Ruf an. Bitte!"

Susannah stieß ein kurzes, hysterisches Lachen aus. Er konnte warten, bis er schwarz wurde. Aber wenn sie ehrlich war, fiel es ihr schwer, ihm weiterhin böse zu sein.

Als das Telefon läutete, war sie noch immer unentschlossen. Sie überlegte lange, ob sie den Hörer abnehmen sollte.

„Hallo", meldete sie sich vorsichtig.

„Susannah?"

„Hallo, Emily."

„Du hast mich jetzt aber erschreckt. Deine Stimme hört sich so schwach an, als seist du krank."

„Nein, nein, mir geht es bestens."

„Was treibst du denn so?"

„Ich genieße mein Leben."

„Susannah!" So wie Emily ihren Namen aussprach, klang es wie eine Verwarnung. „Ich kenne dich gut genug, um zu merken, wenn etwas nicht in Ordnung ist. Vermutlich hat es mit Tom zu tun. Du erwähnst ihn zurzeit überhaupt nicht. Früher hast du fast ständig von ihm gesprochen."

„Ich habe ihn in den letzten Tagen auch nicht allzu oft gesehen."

„Warum nicht?"

„Als Multimillionär ist man eben sehr beschäftigt."

Emily stieß einen unterdrückten Schrei aus. „Stimmt etwas nicht mit dem Telefon? Hast du tatsächlich gesagt ..."

„Kennst du ‚Cookies'?"

„Natürlich, das kennt doch jeder."

„Dämmert dir nichts?"

„Du meinst, Tom ist ..."

„... der Plätzchenkönig."

„Das ist ja wunderbar. Dann ist er ja eine Berühmtheit. Ich meine, seine Plätzchen sind berühmt."

„Ehrlich gesagt hat mich das nicht sonderlich beeindruckt." Komisch, dass Emily plötzlich so überschwänglich war. Normalerweise konnte sie sich lediglich für Vollwertkost begeistern. „Wann hast du denn das herausgefunden?"

„Letzten Freitag. John Hammer gab mir eine Zeitschrift, in der ein Artikel über Tom stand. Das Magazin war zwar schon einige Jahre alt, aber endlich erfuhr ich all das, was Tom mir eigentlich hätte erzählen sollen."

„Das heißt, du bist von allein dahintergekommen?"
„Richtig."
„Und jetzt bist du ihm böse? Wahrscheinlich hätte er es dir schon noch erzählt", begann Emily, Tom zu verteidigen. „Ich kenne ihn zwar nicht besonders gut, aber ich halte ihn für sehr aufrichtig. Vermutlich hätte er dir die Sache erklärt, sobald der richtige Zeitpunkt dafür gekommen wäre."

„Vielleicht", räumte Susannah ein. Dennoch kam dieser Trost zu spät. „Emily, ich muss jetzt aufhören, ich koche gerade." Die Entschuldigung klang fadenscheinig, aber sie hatte keine Lust, sich über Tom zu unterhalten. „Bevor ich es vergesse", fügte sie schnell hinzu, „ich muss am Siebzehnten einen Vortrag halten. Aber ich werde bestimmt vor halb fünf Uhr wieder zu Hause sein. Du kannst Michelle also trotzdem zu mir bringen."

„Danke. Hör mal, Schwesterherz, wenn du darüber reden willst, stehe ich dir zur Verfügung. Das meine ich ernst. Dafür sind Schwestern schließlich da."

„Danke. Ich werde daran denken."

Nachdem sie den Hörer aufgelegt hatte, fiel Susannahs Blick erneut auf Toms kurze Nachricht. Sie knüllte den Zettel zusammen und warf ihn in den Müll. Nun fühlte sie sich etwas besser.

Aus den Augen, aus dem Sinn – diesmal erfüllte sich die Redensart jedoch nicht. Jedes Mal, wenn sie sich umdrehte, schien das Telefon sie magisch anzuziehen.

Das Essen war mittlerweile warm. Susannah hatte plötzlich keine Lust mehr darauf. Sie würde in das Western Avenue Delikatessengeschäft gehen und sich ein frisches Baguette mit Schinken und Käse holen. Damit würde sie gleichzeitig außer Reichweite des Telefons sein. Sie war bereits im Wohnzimmer, als es an der Tür läutete. Susannah stöhnte. Schon bevor sie öffnete, wusste sie, dass es nur Tom sein konnte.

„Du hast nicht angerufen", rief er vorwurfsvoll.

Ohne eine Aufforderung abzuwarten, stürmte er in die Wohnung. „Wie lange soll ich denn noch warten? Du willst mich offensichtlich bestrafen, was ich in gewisser Weise verstehen kann.

Aber findest du nicht, dass wir über diesen Punkt hinaus sind? Worauf wartest du? Auf eine Entschuldigung? Gut, es tut mir wirklich leid."

„Aber ..."

„Du hast wirklich Grund, verärgert zu sein. Aber überspann den Bogen nicht. Ich finde, jetzt reicht es. Außerdem bin ich verrückt nach dir, meine Schöne, und dir geht es ebenso. Versuch also nicht, mich durch deine Gleichgültigkeit zu täuschen. Ich habe dich durchschaut. Ich möchte, dass wir uns wieder vertragen."

„Warum?", wollte sie wissen.

„Warum was?"

„Warum hast du mir nicht früher davon erzählt?"

„Weil ich die Firma aus meinen Gedanken verbannen wollte. Das Unternehmen war zu meinem einzigen Lebensinhalt geworden. Als ich dich kennengelernt habe, musste ich erkennen, dass du mir wesensgleich bist. Dein ganzes Leben dreht sich um eine Sportartikelfirma ..."

„Das ist nicht irgendeine Sportartikelfirma", wies sie ihn zurecht. „H & J Lima ist das größte Unternehmen dieser Art im ganzen Land."

„Verzeih, aber damit kannst du mich nicht beeindrucken. Was ist mit deinem Leben? Dich interessiert nur noch, wie hoch du die Karriereleiter hinaufklettern kannst. Glaub mir, wenn du oben ankommst, wirst du über die Aussicht enttäuscht sein. Du vergisst, was es bedeutet, die einfachen Dinge im Leben zu genießen. Mir ging es ebenso."

„Willst du mir sagen, ich soll aufhören zu arbeiten und von nun an nur noch in der Küche stehen? Soll ich dir etwas sagen, Tom Townsend? Bisher war ich mit meinem Leben sehr zufrieden. Unverschämterweise dringst du einfach in meine Welt ein und sagst mir, dass ich auf dem besten Weg bin, einen riesengroßen Fehler zu begehen. Das gefällt mir nicht."

Toms Gesicht verdüsterte sich. „Ich will dir nichts vorschreiben. Aber sieh einmal aus dem Fenster! Es gibt noch viel mehr zu sehen als nur eine schöne Aussicht mit Booten auf dem Wasser und schneebedeckten Berggipfeln im Hintergrund. Das Leben hat mehr zu bieten als nur die Spinne, die dort drüben in der Ecke deines Balkons ihr Netz webt. Das sind die alltäglichen Wunder gleich vor deinen Augen, aber das Leben, das wahre Leben ist mehr als nur das. Es bedeutet echte Beziehungen, Freunde, Spaß. Wir haben beide den Blick dafür verloren. Zuerst passierte es mir, und nun beobachte ich, dass du genau in die gleiche Richtung läufst."

„Das mag für dich gelten, ich …"

„Du brauchst das gleiche wie ich. Wir brauchen einander."

„Mir gefällt mein Leben so, wie es ist!", erwiderte sie hitzig. „Ich habe mein Ziel erreicht und werde mir jetzt etwas Neues vornehmen. Bei H&J Lima kann ich es noch bis an die Spitze schaffen, und genau das werde ich. Und was unsere Beziehungen angeht, so hast du auch damit unrecht. Bevor ich dich kennenlernte, kam ich bestens zurecht, und das wird weiterhin so sein, auch wenn du keine Rolle mehr in meinem Leben spielst."

Es war so still im Raum, dass Susannah überzeugt war, Tom habe aufgehört zu atmen.

„Wenn ich keine Rolle mehr in deinem Leben spiele", wiederholte er. „Jetzt begreife ich. Du hast deine Entscheidung also bereits getroffen."

„Ja", sagte sie trotzig. „Ich war gerne mit dir zusammen. Aber wenn ich mich zwischen dir und der Stelle der Abteilungsleiterin entscheiden müsste, würde mir die Wahl nicht schwerfallen. Du wirst bald eine andere Frau kennenlernen, die du unter deine Fittiche nehmen kannst. Für dich war unsere Beziehung anscheinend eine Art Rettungsaktion. Aber ich will gar nicht von meinem traurigen Los befreit werden."

„Susannah, wirst du mir bitte zuhören?"

„Nein." Sie hob abwehrend eine Hand.

Tom schwieg lange. „Du machst einen Fehler, aber das ist eine Erfahrung, die du selbst machen musst."

„Ich vermute, du wirst sofort zur Stelle sein, sollte ich in tausend Scherben zerbersten."

Er kniff die Augen zusammen und schaute sie durchdringend an. „Vielleicht, vielleicht auch nicht."
„Im Übrigen wirst du darauf lange warten müssen."

„Miss Simmons, Mr Hammer, es freut uns sehr, Sie bei uns zu begrüßen.
„Vielen Dank." Susannah lächelte dem jungen Mann freundlich zu, der sie und ihren Vorgesetzten empfing. Das Kongresszentrum von Seattle war fast bis auf den letzten Platz gefüllt. Als Susannah klar wurde, wie viele Leute im Publikum saßen, verkrampfte sich ihr Magen. Und das jetzt, da sie eigentlich an einem Essen teilnehmen sollte.
„Darf ich Sie zu Ihrem Tisch führen?"
Susannah und John Hammer folgten dem jungen Mann durch den überfüllten Raum. Es saßen bereits mehrere Leute auf der Bühne. Susannah erkannte den Bürgermeister und einige wichtige Geschäftsleute aus Seattle.
Susannah wurde aufgefordert, am Tisch neben dem Podium Platz zu nehmen, und John wies man den Platz daneben zu. Nachdem sie den Organisator der Konferenz und die übrigen Tischgäste begrüßt hatten, setzten sie sich hin. Der erste Gang wurde sofort serviert. Es gab einen delikaten Salat aus wildem Reis und Lachs, der mit einem Himbeeressigdressing angemacht war.
Susannah stocherte lustlos in ihrem Essen herum. Beim Anblick der vielen Menschen war ihr der Appetit vergangen. Sie musste ruhig bleiben, schließlich war sie eine der Hauptrednerinnen des heutigen Nachmittags. Außerdem hatte sie sich sorgfältig auf ihren Vortrag vorbereitet.
Auf der Bühne wurde es unruhig. Da ihr das Rednerpult die Sicht versperrte, sah Susannah nicht, was dort vor sich ging.
„Hallo, meine Süße! Ich habe gar nicht gewusst, dass du auch hier sein würdest."
Tom! Susannah verschluckte sich fast an einem Stück Lachs. Hastig griff sie zum Wasserglas und spülte den Bissen hinunter. Ungläubig starrte sie ihn an. „Hallo, Tom", begrüßte sie ihn dann so beiläufig wie nur möglich.

„Ich hatte schon vermutet, dass Tom Townsend ebenfalls anwesend sein würde", meinte John und sah dabei sehr zufrieden aus.

„Wie ich sehe, hast du beschlossen, dich an meine Fersen zu heften", neckte Tom.

Susannah ignorierte diese Bemerkung und beschäftigte sich mit der Vorspeise.

„Hast du mich vermisst?"

Es waren zehn qualvolle Tage vergangen, seit sie Tom zuletzt gesehen hatte. Ihm aus dem Weg zu gehen, war nicht einfach gewesen. Dafür hatte er schon gesorgt. Am ersten Abend, als sie gerade vom Büro nach Hause gekommen war, hatte er italienische Opern gehört – gerade laut genug, dass die Musik zu ihr durch die Küchenwand drang. Gleichzeitig zog der Duft einer köstlichen Spaghettisoße über den Balkon in ihre Wohnung. Tom ging wohl davon aus, dass der Weg zu ihrem Herzen über den Magen führte. Da sie beinahe schwach geworden wäre, floh sie kurz entschlossen aus dem Haus in ihr italienisches Lieblingsrestaurant und verspeiste eine riesige Portion Nudeln.

Mit der Zeit hatte Susannah den Eindruck, als habe Tom ein ganzes Kochbuch durchprobiert, wobei jedes Gericht verlockender roch als das vorhergehende. Noch nie hatte sie so oft hintereinander auswärts gegessen.

Nachdem Tom erkennen musste, dass er sie nicht mit Essen, Wein und Opernmusik erobern konnte, versuchte er es mit einer anderen Taktik.

Als Susannah abends aus der Firma heimkam, lag eine rote Rose vor ihrer Tür. Sie hob sie auf und trug sie geistesabwesend in ihre Wohnung. Dabei sog sie tief den betörenden Duft ein. Der einzige Mensch, der sich so etwas ausdenken konnte, war Tom. Erschrocken überlegte sie es sich anders und legte die Blume vor Toms Tür. Als sie eine Stunde später nachsah, lag die Rose immer noch an ihrem Platz.

Tom gab jedoch nicht so schnell auf. Am nächsten Tag fand sie auf ihrer Fußmatte eine Schachtel Pralinen, die sie ebenfalls vor seine Tür legte.

„Nein", sagte sie energisch und konzentrierte sich wieder auf die Gegenwart. „Ich habe dich überhaupt nicht vermisst."

„Wie? Du hast mich nicht vermisst?" Er machte ein erstauntes Gesicht. „Dabei habe ich gedacht, du würdest mich umwerben. Oder weshalb hast du mir diese Geschenke vor die Tür gelegt?"

Eine Sekunde lang pochte ihr Herz wie wild. Dann warf sie Tom einen vernichtenden Blick zu und richtete ihre Aufmerksamkeit wieder auf den Teller.

Ihr Vorgesetzter schaute sie erwartungsvoll an. „Ich hatte gehofft, dass Sie sich über die Überraschung freuen würden. Ehrlich gesagt stecke ich hinter diesem Treffen."

„Wie reizend von Ihnen."

„Du hast mich also nicht vermisst?", begann Tom erneut.

Zugegeben, sie hatte sich etwas einsam gefühlt, aber das war normal. Mehrere Wochen lang hatte Tom ihre ganze Freizeit beansprucht. Bevor sie ihn kennengelernt hatte, war sie glücklich und zufrieden gewesen. Nun würde sie ihr altes Leben wieder aufnehmen. Sie brauchte ihn nicht. Sie würde ihm bestimmt nicht sagen, dass sie sich ohne ihn unglücklich gefühlt hatte.

„Ich vermisse dich", erklärte er und blickte sie aus seinen blauen Augen liebevoll an. „Du könntest wenigstens zugeben, dass du ebenso einsam und traurig bist wie ich."

„Aber ich bin es nicht", antwortete sie energisch. „Ich habe einen fantastischen Job und eine vielversprechende Karriere vor mir. Was sollte mehr ich wollen?"

„Kinder?"

Sie schüttelte den Kopf. „Michelle und ich haben sehr viel Spaß zusammen. Und wenn wir uns auf die Nerven gehen, kann ich sie wieder zu ihrer Mutter bringen. Für mich ist das die beste Art, sich an Kindern zu erfreuen."

Der erste Redner ging ans Pult, und Susannah richtete ihre Aufmerksamkeit auf ihn. Es dauerte aber nicht lange, bis sie etwas am Arm spürte. Sie warf einen verstohlenen Blick zu Tom, der eine weiße Leinenserviette hochhielt. „Und was hältst du von einem Ehemann?", stand mit Tinte darauf geschrieben.

Hoffentlich hatte außer ihr niemand diese Frage gesehen! Verärgert rollte sie die Augen. Erst dann bemerkte sie, dass das Publikum applaudierte und erwartungsvoll zu ihr hinsah. Ihr Vorredner hatte ihren Vortrag angekündigt, und nun warteten die Zuschauer darauf, dass sie sich erhob und ihre Rede hielt.

Entschlossen stand sie auf, nahm ihre Notizzettel und ging zum Podium. Dabei gönnte sie Tom keinen weiteren Blick. Der Mann war unmöglich! Jede andere Frau hätte ihm ein Glas Wasser über seinen Dickschädel gegossen. Sie atmete tief durch, zwang sich zur Ruhe und versuchte, sich zu konzentrieren.

Susannah hatte ihren Vortrag sorgfältig geplant und auswendig gelernt. Um ganz sicherzugehen, hatte sie alles niedergeschrieben und die Seiten mitgebracht. Plötzlich war ihr Kopf jedoch leer. Sie musste all ihren Mut zusammennehmen, um nicht in Panik zu geraten und von der Bühne zu fliehen.

„Los, zeig's ihnen, Susannah", flüsterte Tom ganz in ihrer Nähe und lächelte ihr aufmunternd zu.

Langsam kehrte ihr Selbstvertrauen zurück. Die Lähmung fiel von ihr ab. Entschlossen griff sie zu ihrem Manuskript und begann mit ihrer Rede.

Während der nächsten zwanzig Minuten sprach sie von der Bedeutung, sich ein Ziel zu setzen, und darüber, wie man Schwierigkeiten verringern und die eigenen Stärken verbessern konnte.

Noch während sie redete, spürte sie, wie gut ihr Vortrag von dem Publikum aufgenommen wurde. Als sie zum Ende kam, war sie mit sich und ihrer Leistung zufrieden.

Wieder an ihrem Platz blickte sie kurz zu Tom. Er klatschte begeistert, und das Leuchten in seinen Augen zeigte ihr seine Bewunderung. Sofort begann ihr Herz wieder heftig zu pochen.

Dieser Mann machte sie noch verrückt!

Als nächster Redner wurde Tom vorgestellt. Eigentlich sollte ich ihm ebenfalls Botschaften auf die Serviette kritzeln und sie ihm vor die Nase halten, überlegte Susannah. Dann erschrak sie über ihre kindische Idee. Was hatte er nur an sich, dass sie sich plötzlich wie eine Zehnjährige benahm?

Tom zog lediglich einen winzigen Notizzettel aus seinem Jackett. Was wollte er sagen, das auf diesem winzigen Stück Papier Platz hatte? Vermutlich hatte er sich die Notizen gerade eben während ihres Vortrags gemacht.

Tom bewies ihr jedoch – wie so oft – das Gegenteil. Sobald er anfing zu sprechen, hing das Publikum an seinen Lippen. Selten hatte sie jemanden gehört, der die Zuhörer so fesseln konnte. Seine kräftige Stimme erfüllte den Raum.

Er erzählte von seinen Anfängen als Unternehmer und vom plötzlichen Tod seines Vaters. Tom hatte gerade mit dem College begonnen, und jetzt konnte sich die Familie das Schulgeld nicht mehr leisten. Das war der Tiefpunkt seines Lebens gewesen. Dann erklärte er, dass die Schokoladenkekse seiner Mutter schon immer seine bevorzugten Leckereien waren. Tom, der auf alle Fälle seine Ausbildung fortsetzen wollte, kam auf die Idee, Schokoladenkekse zu backen und sie tütchenweise für fünfzig Cents pro Packung an Touristen zu verkaufen.

Bereits im August hatte er mehr Geld zusammengespart, als er für ein Schuljahr benötigte. Bald erhielt er Anfragen von einigen Feinkostläden, die seine Plätzchen in ihr Warensortiment aufnehmen wollten. Kurz darauf baten auch Restaurants und Hotels um Lieferung.

Tom ging weiter zur Schule und besuchte vor allem Kurse in Betriebswirtschaft. Nebenbei richtete er eine Backstube ein und gründete eine Firma, die unerwartet hohe Gewinne abwarf. Der Rest der Geschichte war bekannt. Als Tom seinen Collegeabschluss erwarb, war er bereits Millionär.

Als er auf seinen Platz zurückkehrte, ertönte tosender Applaus. Als Erstes blickte er zu Susannah, die ihn, gerührt von seinen persönlichen Erlebnissen, anlächelte. Nicht ein einziges Mal hatte er sich wohlgefällig auf die Schulter geklopft oder sich in seinem Erfolg gesonnt.

Wenige Minuten später endete die Veranstaltung. Susannah nahm ihre Tasche und hoffte, schnell aus dem Saal fliehen zu können. Mehrere Menschen drängten zum Podium, um noch mit Tom zu sprechen, aber er entschuldigte sich und eilte ihr nach.

„Susannah, ich möchte mit dir reden."

Sie blickte übertrieben nachdenklich auf ihre Armbanduhr. „Ich habe noch eine andere Verabredung", erklärte sie steif und warf ihm ein bedauerndes Lächeln zu.

„Dein Vortrag war sehr gut."

„Danke. Deiner auch. Warum hast du mir nie erzählt, dass dein Vater bereits tot ist?"

„Ich habe dir auch nie gesagt, dass ich dich liebe, aber es ist so."

Seine Worte trafen sie völlig unerwartet. Susannah spürte, wie ihr Tränen in die Augen stiegen. „Ich ... ich wünschte, du hättest geschwiegen."

„Was ich für dich empfinde, wird sich niemals ändern."

„Ich muss jetzt wirklich gehen." Sie wollte nur noch so schnell wie möglich den Saal verlassen.

„Mr Townsend", rief eine Frau aus dem Publikum. „Sie kommen doch heute Abend zur Auktion?"

Tom fiel es schwer, den Blick von Susannah zu lösen und seine Aufmerksamkeit der elegant gekleideten Dame zuzuwenden. „Keine Sorge, ich werde da sein", rief er zurück.

„Ich werde nach Ihnen Ausschau halten." Dabei kicherte sie wie ein kleines Mädchen.

Ihr Lachen klingt wie das Krähen eines kranken Gockels, dachte Susannah. Gerne hätte sie Tom gefragt, was für eine Auktion er besuchen wolle, aber sie widerstand der Versuchung.

„Auf Wiedersehen, Tom", verabschiedete sie sich.

„Auf Wiedersehen, mein Liebling." Erst als sie vor dem Kongresszentrum stand, fiel ihr auf, wie endgültig seine letzten Worte geklungen hatten.

Aber genau das wollte sie doch, oder? Schließlich hatte Tom ihr nur allzu deutlich gezeigt, dass er nicht vertrauenswürdig war. Seine Geheimniskrämerei war unerträglich. Wenn er sie in Zukunft nicht mehr sehen wollte, hatte sie wirklich keinen Anlass zur Klage.

In wenigen Stunden würden Emily und Robert kommen, um Michelle bei ihr abzuliefern, bevor sie mit Roberts Chef zum Essen gingen. Dann konnte sie sich immer noch Gedanken über Tom oder sonst jemanden machen.

10. KAPITEL

Als Emily mit ihrer Familie eintraf, war Susannah in einer eigenartigen Stimmung. Sie fühlte sich leicht beschwipst, obwohl das stärkste, was sie den ganzen Abend getrunken hatte, Kaffee gewesen war.

„Hallo!" Gut gelaunt öffnete sie die Wohnungstür. Michelle sah sie aus großen Kulleraugen an und hielt sich verängstigt am Mantelkragen ihrer Mutter fest.

„Schätzchen, das ist doch deine Tante Susannah. Kennst du sie denn nicht mehr?"

„Emily, unser Töchterchen weiß nur, dass du jedes Mal verschwindest, wenn sie hierhergebracht wird", erklärte Robert und stellte einen Karton mit Windeln, Decken und Spielsachen ab.

„Grüß dich, Robert!" Susannah gab ihm einen flüchtigen Kuss auf die Wange. Ihre Geste überraschte sie ebenso wie ihren Schwager. „Ich habe gehört, dass man dir gratulieren darf."

„Dir ja wohl auch."

„Das ist nicht so aufregend."

„Wenn man dem Artikel in der Zeitung glauben darf, hast du eine erstaunliche Leistung vollbracht."

„Ach!" Emily wirbelte herum. „Da wir schon von der Zeitung reden, gestern habe ich Toms Namen darin entdeckt."

„Ich weiß. Wir haben beide heute auf einem Kongress gesprochen."

„Das war es nicht, was ich gelesen habe", fuhr ihre Schwester fort und versuchte nebenbei, dem strampelnden Baby das Wolljäckchen auszuziehen. „Tom nimmt an der Auktion teil."

„Dada!", plapperte Michelle, als sie ihre Arme wieder frei bewegen konnte.

Robert schaute seine Tochter stolz an. „Endlich hat sie gelernt, meinen Namen zu sagen. Das ist bisher ihr erstes und einziges Wort", fügte er strahlend hinzu. „Dada liebt sein kleines Baby."

Es war so ungewöhnlich, Robert in dieser kindlichen Sprache reden zu hören, dass Susannah nicht sofort bewusst wurde, was ihre Schwester gerade gesagt hatte. „Was hast du erzählt?"

„Ich wollte dir von der Auktion berichten", antwortete Emily. Als sie Susannahs verständnislosen Blick bemerkte, fügte sie hinzu: „Sein Name stand in einem Artikel über diese Auktion zugunsten von Heimkindern."

Endlich ging Susannah ein Licht auf. „Du sprichst doch nicht von der Junggesellenversteigerung?", kreischte sie förmlich. Kein Wunder, dass diese Frau Tom über den ganzen Saal hinweg aufgefordert hatte, auch wirklich zu kommen. Sie wollte wohl für ihn bieten.

„Hat er dir etwa nichts davon gesagt?"

„Nein, wieso sollte er? Wir sind doch lediglich Nachbarn."

„Susannah!", rief Emily vorwurfsvoll.

„Liebling", mischte Robert sich ein, nachdem er auf die Uhr geschaut hatte. „Wir müssen jetzt gehen. Ich möchte meinen Chef nicht warten lassen."

„Ich wünsche euch viel Spaß!", sagte Susannah und begleitete Emily und Robert zur Tür.

„Tschüss, Michelle!" Emily drehte sich noch einmal um.

„Sag deiner Mama Auf Wiedersehen!" Susannah nahm das Baby in den Arm und winkte mit seiner kleinen Hand.

Kurz, nachdem Emily und Robert gegangen waren, begann Michelle leise zu wimmern. Gleichzeitig verdüsterte sich Susannahs Laune. Wen versuchte sie eigentlich zu belügen? Sich selbst? Seit Tom sich verabschiedet hatte, fühlte sie sich elend und einsam.

Dieser schreckliche Tom Townsend hatte es also wieder einmal geschafft. Er hatte es nicht für nötig gehalten, ihr von der Junggesellenversteigerung zu erzählen. Vermutlich hatte er bereits vor Wochen zugesagt. Und da wagte er es, ihr ewige Liebe zu schwören, wenn er gleichzeitig bereit war, sich von einer fremden Frau ersteigern zu lassen.

Je länger Susannah darüber nachdachte, desto wütender wurde sie. Als sie Tom gebeten hatte, ihr beim Babysitten zu helfen, hatte er ganz nebenbei erwähnt, dass er an diesem Abend bereits etwas vorhabe. Allerdings hatte er etwas vor! Sich selbst meistbietend versteigern zu lassen, und all das im Namen der Wohltätigkeit!

„Ich habe ihm gesagt, dass ich ihn nicht wiedersehen will", berichtete Susannah ihrer Nichte. „Der Mann bedeutete von Anfang an nur Schwierigkeiten. Du bist dabei gewesen, als wir uns kennengelernt haben. Erinnerst du dich? Ich wünschte, wir hätten damals schon gewusst, was wir jetzt wissen."

Michelle verzog das Gesicht und steigerte ihr Wimmern zu einem Greinen.

„Er hat schon immer die Angewohnheit gehabt, Dinge vor mir zu verheimlichen. Wichtige Dinge, aber ich kann dir sagen, den Kerl habe ich abgeschrieben. Jede Frau, die scharf auf ihn ist, kann ihn haben. Ich bin nicht an ihm interessiert!"

Michelle vergrub das Gesicht an Susannahs Hals.

„Ich weiß genau, wie dir zumute ist, Kleines", versuchte Susannah ihre Nichte zu trösten und wanderte mit ihr vor dem Fenster auf und ab. „Es ist, als hättest du deinen besten Freund verloren. Stimmt's?"

„Dada."

„Der ist mit deiner Mama ausgegangen. Dabei dachte ich, Tom sei mein Freund", sagte sie traurig zu dem Baby. „Er hat mich nur zum Narren gehalten." Michelle verstummte unvermittelt, als interessiere sie der Bericht ihrer Tante. „Hoffentlich kommt er sich bei der Auktion wie ein Idiot vor." Dabei stellte sie sich vor, wie er auf der Bühne stand und die Frauen im Saal begeistert kreischten. Wahrscheinlich würden gerade bei Tom die Gebote besonders hoch ausfallen. Schließlich war er ein sehr gut aussehender Mann. Während der Versteigerungen der letzten Jahren hatten manche Männer über tausend Dollar erzielt. Und das alles für einen Abend in Gesellschaft eines Junggesellen!

„Nun habe ich genug von ewiger Liebe und Treue", murmelte Susannah. Als sie den erstaunten Blick ihrer Nichte bemerkte, gab sie ihr noch einen Rat. „Männer sind wirklich nicht so toll, wie sie glauben. Lern das am besten lieber gleich."

Michelle plapperte etwas Unverständliches.

„Ich brauche jedenfalls keinen Mann. Allein lebe ich viel glücklicher. Ich habe einen interessanten, anspruchsvollen Beruf, einige gute Freunde und eine wunderbare Schwester."

Michelle streckte ein Händchen aus und strich Susannah über die Wange, wo eine Träne eine feuchte Spur hinterlassen hatte.

„Ich weiß, was du jetzt denkst", begann Susannah erneut. „Wenn ich so glücklich bin, warum weine ich dann? Verdammt, ich weiß es nicht. Das Problem ist nur, dass ich ihn liebe und nichts dagegen tun kann." Sie legte einen Finger an die Lippen, als wolle sie sich damit zum Schweigen bringen. „Er hat mich gefragt, was ich von einem Ehemann halte ... Ich hätte nie geglaubt, dass ich mich einmal nach eigenen Kindern sehnen würde." Sie drückte das Baby an die Brust und schloss die Augen. „Ich könnte ihn erwürgen. Was soll ich nur tun? Michelle, hast du vielleicht eine Idee?"

„Dada."

„Ich habe befürchtet, dass dir nichts Besseres einfallen würde. Und ich dachte, dass ich nach der Beförderung glücklich sein würde. Aber ich fühle mich so leer. Oh Michelle, wie soll ich dir das nur erklären? Die Nächte sind so lang. Außerdem kann ich nicht arbeiten, ohne ständig an ihn zu denken." Schniefend wischte sie sich mit der Hand die Nase.

„Dada."

„Tom trifft heute Abend möglicherweise seine Traumfrau und verliebt sich Hals über Kopf in sie. Wahrscheinlich wird er so beeindruckt sein, dass sie so viel für ihn bietet, dass es ihm gar nichts ausmachen wird ..." Susannah hielt abrupt inne. Sie hob ruckartig den Kopf und richtete sich auf. „Jetzt habe ich eine Idee", sagte sie. „Es ist völlig verrückt, aber ich werde es tun."

Susannah benötigte mehrere Minuten, um Michelle das Mäntelchen anzuziehen. Es war, als ob sie mit einem Tausendfüßler kämpfen würde.

Nachdem sie schnell auf einem Bankauszug ihren Kontostand überprüft hatte, nahm sie ihr Scheckbuch und eilte mit dem Baby auf dem Arm zur Garage. Eigentlich hatte sie für ein neues Auto gespart, aber Tom zu ersteigern, war jetzt wichtiger.

Der Parkplatz vor dem Theater, in dem die Junggesellenversteigerung stattfand, war überfüllt. Susannah hatte große Mühe, eine Lücke für ihr Auto zu finden. Dann stürmte sie zum Haupteingang, wo sie heftig mit dem Türsteher verhandeln musste, der sie wegen des Babys und wegen der fehlenden Eintrittskarten nicht einlassen wollte.

„Und im übrigen, meine Dame, sind verheiratete Frauen nicht zugelassen."

„Ich bin gern bereit, eine Eintrittskarte zu kaufen. Und das hier ist meine Nichte. Entweder Sie lassen mich jetzt hinein oder ... oder Sie werden ... ich werde ... Ich weiß nicht, was ich tun werde. Lassen Sie mich bitte ein", bettelte sie. „Es geht um Leben oder Tod."

Während der Mann überlegte, was er mit dieser hartnäckigen Besucherin anfangen sollte, spähte Susannah durch die Schwingtüren in den Theaterraum. Sie beobachtete, wie mehrere Frauen eifrig die Hände und ihre Nummertäfelchen zeigten. Auch ein Fernsehteam war anwesend, um die Veranstaltung direkt zu übertragen.

„Es tut mir leid, aber die Auktion ist ausverkauft."

Susannah wollte gerade anfangen, mit ihm zu streiten, als sie hörte, wie Toms Name aufgerufen wurde. Ein aufgeregtes Murmeln ging durch den Zuschauerraum.

Entschlossen stieß Susannah den Mann zur Seite, drückte die Schwingtür auf und eilte durch den engen Mittelgang.

Sofort rannte der Türsteher hinter ihr her. „Haltet diese Frau auf!"

Der Veranstaltungsleiter unterbrach die Vorstellung. Im Saal wurde es ganz still. Alle drehten die Köpfe zu Susannah, die Michelle beschützend an ihre Brust drückte. Sie hatte bereits die Hälfte der Strecke zur Bühne zurückgelegt, als der Türsteher sie endlich einholte. Susannah warf Tom einen flehenden Blick zu. Er stand auf der Bühne und schirmte die Augen mit der Hand gegen das Scheinwerferlicht ab, um besser sehen zu können, was unten im Zuschauerraum vor sich ging.

Michelle lallte fröhlich und genoss das Spiel. Mit ihrem kleinen Händchen zeigte sie auf Tom.

„Dada, Dada", rief sie mit lauter Stimme.

Ein Aufschrei ging durch die Menge. Susannah konnte Michelle nicht daran hindern, auf Tom zu zeigen und ihn Dada zu nennen. Tom schien jedoch unbeeindruckt. Er ging zum Veranstaltungsleiter und flüsterte ihm etwas ins Ohr. Erst jetzt erkannte ihn Susannah als Cliff Dolittle, einen bekannten Fernsehmoderator.

„Was gibt es denn für Probleme?", fragte Cliff.

„Die Dame hat weder eine Eintrittskarte noch eine Bieternummer", rief der Türsteher zur Bühne hinauf. Er hielt Susannah am Oberarm fest und sah nicht gerade erfreut aus.

„Ich habe vielleicht keine Nummer, aber ich besitze sechstausendzehn Dollar und zwölf Cent, die ich für diesen Mann biete", rief sie.

Nach dieser Ankündigung ging ein Raunen durch die Reihen. Sechstausend Dollar waren auf Susannahs Konto, die restliche Summe trug sie als Bargeld bei sich.

Als Susannah aus dem hinteren Teil des Raums ein Geräusch hörte, drehte sie sich um. Erst jetzt merkte sie, dass das Fernsehteam die Szene aufnahm. Jede Einzelheit würde übertragen werden.

„Ich habe hier ein Gebot von sechstausendzehn Dollar und zwölf Cents", verkündete Cliff Dolittle. „Zum Ersten, zum Zweiten ..." Er hielt inne und schaute gespannt ins Publikum hinunter. „Und zum Dritten. Die Dame mit dem Baby auf dem Arm erhält den Zuschlag."

Der Türsteher ließ Susannah los und führte sie zögernd zum Kassenschalter. Dann forderte er sie auf, die Summe zu bezahlen. Alle Augen ruhten gespannt auf ihr.

Ein Mann mit einer Kamera auf der Schulter kam auf sie zugeeilt. Michelle, die sich über die Aufmerksamkeit freute, deutete mit dem Finger auf ihn und rief „Dada", damit auch ja alle Menschen zu Hause vor den Bildschirmen dieses Possenspiel mit ansehen konnten.

„Susannah, was machst du denn hier?", flüsterte Tom ihr ins Ohr.

„Weißt du, was mir zu denken gibt?" Sie schaute ihn verlegen an. „Vermutlich hätte ich dich auch für dreitausend Dollar haben können. In meiner Panik habe ich alles Geld, das ich besitze, für dich geboten. Ich, das große Finanzgenie!"

„Ich verstehe gar nicht, wovon du redest."

„Wahrscheinlich verstehst du auch nicht, was du mir einmal gesagt hast. Da versprichst du mir ewige Liebe, um im nächsten Augenblick auf einer Versteigerung aufzutreten und dich einem Haufen ... Frauen anzubieten."

„Das macht dann sechstausendfünfundzwanzig Dollar und zwölf Cents", verkündete die weißhaarige Dame an der Kasse.

„Ich habe aber nur sechstausendzehn Dollar und zwölf Cents geboten", protestierte Susannah.

„Der Restbetrag ist für das Ticket. Ohne Eintrittskarte hätten Sie nicht teilnehmen dürfen."

„Ach so."

Die Tasche zu öffnen und gleichzeitig Michelle im Arm zu halten, erwies sich als schwierig.

„Gib her, ich nehme sie dir ab." Tom streckte die Arme nach Michelle aus, die sofort lautstark protestierte.

„Was hast du ihr denn über mich erzählt?", neckte er.

„Die Wahrheit." Endlich fand Susannah ihr Scheckheft. Sie stellte einen Scheck aus und schob ihn zögernd der Kassiererin zu. „Was genau bekomme ich eigentlich für mein hart verdientes Geld?"

„Einen Abend in Gesellschaft dieses jungen Mannes."

„Einen Abend", wiederholte Susannah grimmig. „Und wenn wir zum Essen gehen, wer zahlt dann? Er oder ich?"

„Ich", antwortete Tom.

„Das ist gut, denn ich habe keinen Penny mehr übrig."

„Hast du schon gegessen?"

„Nein, und ich bin am Verhungern."

„Ich auch", meinte er. Der Ausdruck in seinen Augen verriet ihr jedoch, dass er nicht an ein Sandwich oder Crêpes Suzettes dachte. „Dabei kann ich noch immer nicht glauben, dass du das getan hast."

„Ich auch nicht. Und ich spüre noch immer die Schockwirkung." Später würde sie sicherlich zu zittern anfangen. Noch nie in ihrem Leben hatte sie etwas derartig Dreistes gewagt. Vermutlich war die Liebe daran schuld. Bevor sie Tom kennengelernt hatte, hatte sie stets logisch und besonnen gehandelt. Sechs Wochen später dachte sie an Heirat und Babys und daran, eine vielversprechende Karriere aufzugeben. Und das alles nur, weil sie sich Hals über Kopf verliebt hatte.

„Komm, lass uns gehen!" Tom legte ihr die Hand um die Taille und führte sie in Richtung Ausgang.

„Susannah", begann Tom auf dem Parkplatz. Er drehte sich zu ihr und legte ihr die Hände auf die Schultern. Dann schloss er die Augen, als ob er sich konzentrieren würde. „Du warst der letzte Mensch, den ich heute Abend hier erwartet habe."

„Das scheint mir auch so", erwiderte sie steif. „Wenn wir erst einmal verheiratet sind, bestehe ich darauf, dass du mich über deinen Terminplan auf dem Laufenden hältst."

Tom hob ruckartig den Kopf. „Wenn wir verheiratet sind?"

„Du glaubst doch nicht im Ernst, dass ich sechstausend Dollar nur für ein Abendessen mit dir ausgebe, oder?"

„Aber ..."

„Und wir werden Kinder haben. Wahrscheinlich aber nicht mehr als zwei, da ich es sonst nicht schaffe."

Zum ersten Mal seit ihrer Bekanntschaft schien es Tom die Sprache verschlagen zu haben. Er öffnete und schloss den Mund mehrmals, aber kein Ton kam ihm über die Lippen.

„Ich vermute, du fragst dich, wie ich es mit meinem Beruf in Einklang bringen werde", fuhr sie fort, bevor er eine Frage stellen konnte. „Das weiß ich noch nicht so genau. Da ich allmählich auf die Dreißig zugehen, sollten wir mit dem Kinderkriegen jedoch nicht allzu lange warten."

„Ich bin dreiunddreißig und will bald eine Familie."

„Gut, dann fangen wir sofort mit deren Gründung an. Aber bevor wir jetzt weiter über Babys reden, muss ich dich etwas

Wichtiges fragen. Bist du bereit, schmutzige Windeln zu wechseln?"

Lachend nickte er.

„Dann ist ja alles bestens." Susannah blickte zu Michelle hinunter, die mit geschlossenen Augen an ihrer Schulter lehnte und schlief. Offensichtlich hatten sie die Ereignisse des Abends ermüdet.

„Wie ist das jetzt mit dem Abendessen?", erkundigte Tom sich und strich dem Baby zärtlich eine Locke aus dem Gesicht. „Michelle wird wohl nicht mehr lange durchhalten."

„Das macht nichts. Ich werde uns auf dem Weg nach Hause eine Pizza kaufen. Ach nein, das geht nicht. Ich habe ja kein Geld mehr."

Tom lachte. „Dann werde ich den Einkauf übernehmen. Wir sehen uns in einer halben Stunde in deiner Wohnung."

„Fein. Vielen Dank."

„Nein, ich habe zu danken." Er drückte sie liebevoll an sich.

„Tom."

„Hmmm?"

„Ich liebe dich so sehr."

„Ja, ich weiß. Ich liebe dich auch. Bereits an jenem Abend, als du das Essen aus dem Western Avenue Delikatessengeschäft serviert hast und es mir als eigenes Werk verkaufen wolltest, habe ich es bemerkt."

Sie schaute ihn mit großen Augen an. „Aber da kannten wir uns doch kaum."

Er küsste sie auf die Nasenspitze. „Nun, ich habe aber sofort geahnt, dass für mich nur noch ein Leben mit dir infrage kam."

Gerührt wischte sie sich eine Träne aus dem Augenwinkel. „Ich ... ich fahre jetzt besser mit Michelle nach Hause."

Tom küsste ihr die feuchte Spur von der Wange. „Bis gleich."

Kaum hatte Susannah Michelle in ihr Bettchen gelegt, als es auch schon klopfte. Schnell öffnete sie die Tür. Während sie Tom in die Küche führte, machte sie ihm ein Zeichen, dass er leise sein sollte.

„Ich habe beim Chinesen eingekauft."

„Toll."

In Windeseile deckte sie den Tisch, während Tom die einzelnen Warmhalteboxen auspackte. „Huhn in Knoblauchsoße mit Bambussprossen, gebratene Nudeln, Rindfleisch mit Ingwer und zwei Frühlingsrollen. Meinst du, das reicht?"

„Wen willst du denn damit alles verköstigen?"

„Du hast über Hunger geklagt." Er öffnete alle Schachteln bis auf eine.

Susannah füllte die Teller und setzte sich neben ihn. Dann entdeckte sie das ungeöffnete Päckchen. Sie zeigte mit der Gabel darauf. „Was ist denn da drin?" Neugierig öffnete sie die Verpackung und entdeckte ein kleines schwarzes Etui.

„Warum nimmst du es nicht heraus und schaust, was sich darin verbirgt?"

Vorsichtig hob sie den Decke. Erschrocken schrie sie auf, als sie einen großen Diamanten sah.

„Ich habe ihn zufällig bei einem Stadtbummel entdeckt", erklärte Tom so beiläufig, als spräche er über das Wetter. Er ließ sich auch nicht beim Essen stören.

Staunend hielt sie den Ring ans Licht. „So etwas Schönes habe ich noch nie gesehen."

Er legte die Gabel auf den Teller. „Ich werde ihn dir wohl am besten gleich an den Finger stecken."

Susannah nickte.

„Hoffentlich ist die Größe richtig, da du so zierliche Finger hast." Aber der Ring passte perfekt.

Susannah starrte fassungslos auf ihre Hand. Auch in ihren kühnsten Träumen hätte sie sich nie ausgemalt, einmal etwas so Schönes zu besitzen.

Tom nutzte ihre Überraschung aus und küsste sie auf ihre bebenden Lippen. „Eigentlich wollte ich dich bereits an dem Abend, als ich von meiner Reise zurückkehrte, bitten, meine Frau zu werden. Erinnerst du dich? Wir waren eigentlich zum Essen verabredet."

Oh ja, sie erinnerte sich sehr gut. Kurz vorher hatte sie den Artikel über ihn gelesen.

„Wir sprachen über deine berufliche Laufbahn. Heute möchte ich dir zur Abwechslung einen Vorschlag machen. Was hältst du davon, wenn ich dich bei H & J Lima abwerbe? Da mir das Drachensteigen so viel Spaß macht, will ich eine Firma gründen, die Papierdrachen herstellt. Dazu brauche ich aber noch eine Marketingexpertin. Da habe ich natürlich an dich gedacht."

„Nur wenn das Gehalt stimmt und ich eine Viertagewoche und ausgiebigen Mutterschaftsurlaub zugesichert bekomme."

„Das kann ich dir gern versprechen."

„Ich weiß nicht, Tom." Kokett legte sie den Kopf auf die Seite. „Die Leute werden reden."

„Warum denn das?"

„Weil ich die Absicht habe, mit dem Chef ins Bett zu gehen."

„Sollen die Leute reden." Er lachte, schlang die Arme um Susannah und zog sie auf seinen Schoß. „Habe ich dir schon gesagt, dass ich verrückt nach dir bin, schöne Frau?"

Sie strahlte ihn an. „Aber noch etwas möchte ich zwischen uns klären, Tom Townsend. Ab jetzt gibt es keine Geheimnisse mehr, einverstanden?"

„Großes Indianerehrenwort." Er legte drei Finger an die Brust. „Das war immer mein Schwur als Kind, wenn ich es besonders ernst meinte."

Als er seinen Eid jedoch mit einem Kuss besiegeln wollte, läutete es an der Haustür. Susannah hob erstaunt den Kopf. Wer konnte das sein? Dann fiel ihr ein, dass Emily und Robert das Baby abholen wollten.

Als Susannah die Tür öffnete, stürmte ihre Schwester herein. Robert folgte ihr. Er schien sehr aufgebracht zu sein.

„Was ist denn los?", wollte Susannah wissen. So hatte sie ihren Schwager noch nie erlebt.

„Das fragst du mich? Wo ist dieser Tom?" Wütend ballte er die Fäuste. „Ich muss mit ihm reden, und zwar allein."

„Robert!", schrien Emily und Susannah gleichzeitig.

„Hat hier jemand meinen Namen genannt", erkundigte Tom sich und kam aus der Küche geschlendert.

Sofort stürzte sich Robert auf ihn. „So einfach kommen Sie mir nicht davon!"

Susannah war völlig verwirrt. Ihr Schwager verlor doch sonst nicht Fassung. Was immer geschehen war, hatte ihn völlig aus der Bahn geworfen.

„Womit komme ich nicht davon?", erkundigte Tom sich ganz ruhig, was Robert nur noch mehr erzürnte.

„Mir meine Tochter wegzunehmen."

„Was!", kreischte Susannah.

Michelle schien der Lärm nicht zu beeindrucken. Sie schlief friedlich in ihrem Bettchen.

„Würdet ihr bitte von vorn anfangen und alles erklären", bat Susannah und führte ihre Besucher in die Küche. „Hier gibt es offensichtlich ein Missverständnis. Setzt euch hin, damit wir in Ruhe darüber reden können. Warum fängst du nicht an?", forderte Susannah ihre Schwester auf.

„Nun", begann Emily und holte tief Luft. „Nach dem Essen mit Roberts Chef saßen wir in der Cocktailbar und wollten einen Drink nehmen. In einer Ecke stand ein Fernseher. Eigentlich habe ich nicht auf das Programm geachtet, aber plötzlich entdeckte ich dich und Michelle auf dem Bildschirm. Und dann berichtete der Sprecher, dass du meine Tochter zu dieser ... dieser Junggesellenversteigerung geschleppt hast. Und Michelle zeigte ständig auf Tom und sagte Dada."

„Haben sie noch etwas gesagt?", erkundigte sich Tom. Er hatte Mühe, seine Erheiterung zu verbergen.

„Nur, dass weitere Einzelheiten in den Spätnachrichten bekannt gegeben würden. Und nun verlange ich eine Erklärung von Ihnen", forderte Robert und funkelte Tom drohend an.

„Das ist alles ganz einfach", beeilte Susannah sich zu erklären. „Tom trägt heute einen Anzug, der deinem sehr ähnelt. Das gleiche Blau. Aus der Entfernung hat Michelle Tom eben mit dir verwechselt."

„Meinst du?", stammelte Robert leicht verlegen.

„Klar", fuhr Susannah fort. „Dada ist ihr einziges Wort."

„Michelle weiß, wer ihr Papa ist", unterbrach Robert sie. „Du brauchst nicht zu glauben …"

„Susannah!", fuhr Emily dazwischen. „Woher hast du denn den Diamantring? Ist das etwa ein Verlobungsgeschenk?"

„Allerdings", erklärte Tom stolz und schaute zu Susannah.

„Dann kann ich also das Missverständnis vergessen, da Sie jetzt sozusagen zur Familie gehören", meinte Robert großzügig.

„Schließen wir Frieden!" Tom reichte Robert die Hand.

„Heißt das, du heiratest tatsächlich?" Emily konnte es kaum glauben.

„Ja", bestätigte Susannah strahlend.

„Susannah hat nicht nur zugestimmt, meine Frau zu werden, sondern sie wird auch die Stellung wechseln."

„Was, du verlässt H & J Lima?", fragte Robert ungläubig.

„Es bleibt mir nichts anderes übrig", erklärte Susannah und schlang einen Arm um Toms Taille. „Mein zukünftiger Chef hat mir ein Angebot gemacht, dem ich nicht widerstehen konnte. Ich trete jetzt in seine Firma ein, die es allerdings noch nicht gibt."

Toms Lächeln war wie ein sonniger Sommertag. Susannah schloss die Augen und genoss die Wärme, die von dem Mann ausging, der sie so viel über Liebe, Lachen und das Leben gelehrt hatte.

– ENDE –

Deutsche Erstveröffentlichung

Susan Mallery
Drum küsse, wer sich ewig bindet

Justice Garrett ist zurück in Fool's Gold! Nie hat Patience den Jungen, der einst ihr Herz eroberte, vergessen. Spurlos ist er vor Jahren verschwunden. Jetzt, als erwachsener Mann und erfolgreicher Bodyguard, ist er noch attraktiver als in ihrer Erinnerung …

Band-Nr. 25812
9,99 € (D)
ISBN: 978-3-95649-103-0
eBook: 978-3-95649-394-2
384 Seiten

Bella Andre
Nicht verlieben ist auch keine Lösung

Marcus Sullivan ist kein Typ für einen One-Night-Stand. Und so gibt es für Nicola nur einen Kaffee und einen warmen Händedruck anstatt wildem Sex. Erst später erfährt er, wen er da von der Bettkante gestoßen hat …

Band-Nr. 25818
9,99 € (D)
ISBN: 978-3-95649-112-2
304 Seiten

Deutsche Erstveröffentlichung

Deutsche Erstveröffentlichung

Kristan Higgins
Lieber für immer als lebenslänglich

Wie peinlich! Nur mit Bauchweg-Unterhose bekleidet muss Faith aus einer Bar fliehen und läuft direkt der Polizei in die Arme. Und der Cop, der sie erwischt, ist ausgerechnet der beste Freund ihres Ex, der sie vor dem Altar stehen ließ …

Band-Nr. 25808
9,99 € (D)
ISBN: 978-3-95649-097-2
eBook: 978-3-95649-376-8
448 Seiten

Sheila Roberts
Was Frauen wirklich wollen … für Anfänger

Was wollen Frauen wirklich? Jonathan und seine Freunde haben keinen blassen Schimmer. Bis Jonathan einen Liebesroman kauft. Erst lachen seine Freunde noch über die neue Lektüre – bis Jonathan erste Erfolge verzeichnet …

Band-Nr. 25804
8,99 € (D)
ISBN: 978-3-95649-094-1
eBook: 978-3-95649-375-1
368 Seiten

Deutsche Erstveröffentlichung

Mitten ins Herz!

Mit exklusiver Postkarte!

Band-Nr. 25773
9,99 € (D)
ISBN: 978-3-95649-050-7
eBook: 978-3-95649-395-9
336 Seiten

Carly Phillips & Jennifer Crusie
Wenn Amor zielt ...

Jennifer Crusie –
Ein Mann für alle Lagen:

Kate sucht den perfekten Mann – das kann doch nicht so schwer sein! Auf den Rat ihrer besten Freundin hin verbringt sie ihren Urlaub in einem Golfhotel für Singles. Prompt jagt ein Date das andere. Aber mit keinem der Jungunternehmer und Börsenmakler funkt es richtig. Wie gut, dass es Jake Templeton, den stillen Teilhaber des Hotels, gibt! Er ist ein echter Freund – und plötzlich noch mehr ...

Carly Phillips – ... und cool!:

Noch eine Woche bleibt Samantha, dann ist ihr Schicksal besiegelt! In sieben Tagen wird sie heiraten – nicht aus Liebe, sondern aus Vernunftgründen. Doch bevor Samantha diese Ehe eingeht, will sie ein letztes Mal pure Leidenschaft erleben. Als sie dem attraktiven Mac begegnet, weiß sie: Der Barkeeper ist der Richtige für ihr erotisches Abenteuer. Allerdings ändert dieser One-Night-Stand alles!